무정·꿈

춘·원·이·광·수
무정·꿈

1927년의 춘원(36세)

無情
春園
(무 정) (춘 원)

경셩학교 영어교사 리형식은 오후
두시 사년급 영어 시간을 마초고 나려
쪼이는 류월볏헤 살을 쪼이면셔 안동
김장로의 집으로 간다 김장로의 딸 션
형(善馨)이가 명년 미국 류학을 가기
위하야 영어를 준비할 차로 리형식을
날마다 한시간식 가뎡교사로 고빙하야
오날 오후 세시부터 슈업을 시작하게
되엇슴이라 리형식은 아직 독신이라
남의 녀즈와 갓가이 교제하야 본적이
업고 이러케 슌결흔 쳥년이 흔히 그러
흔 모양으로 나와 피가튼 쳐녀를 가면
갓가이 슈쳠은 싱각이 나셔 얼골이 확
그가 최졀로 슈어진다 남즈로 싱겨

의 손을 잡아 흔들 것이다
「이리 좀 헛구려고 무슨 빅 헛구려야
일즉브터 학교흥기로 약속호지 아엇느냐
형식은 일마큼 마음에 수치홍실고 이
나셔고 기롭플리며
「아직 그런말에 닉슉지틈못되여…」
호고 「더관렴어 더로가 논길인가 급지안
커던 덥심이나 호셰 그려」
「그려면 퇴슈나 한잔먹지」
「니가 슙흐먹느냐」
「그만두게 사나희가 빅슈를
먹으면 엇더 칸단말인가 쟈샴슈
쇠」호고 슐을고 안농파츌쇼
도리집으로 들어간다
「안일쇠 다른낫」 흐며 스사
헛겟비만논…날 다른놈이란
양흥게나 아니들렷노가 흐야
뒤면쇠 「오늘은좋일이 잇스」
「일은 무슨일? 무슨슙먹을일이 잇
다믄 사롬갓흐면 아리호 경우여다
만「급히좀볼일아잇쇠」흐면 그만이려
나와 원악청직흐고 니약흔형식이라
조곱이라도 거지말홈못흐야 한참슈쳐
슈쳐흐다가
「니리브터 긔인과츠가 잇쇠一

춘원의 대표 작품 〈무정〉

無情
春園 光洙 作
朴嘉 孔瑞 色

영화 〈무정〉 대본 표지

무정·꿈

■

이 광 수

■

작품 해설

조선 천지를 진동시킨 《무정》
구인환
시련과 형성의 2중주
이재선
《무정》과 소설적 근대성
서영채

(주) 문학사상사

차례

서 문

　누가 마음 있는 이며, 누가 느낌 있는 이며, 누가 입 있는 이뇨. 남보다
곱 되는 설움과 아픔과 갑갑함을 가진 우리네 가운데 아무 들리는 소리의
없음이 이럴 수 없도다. 아무 넋두리와 아무 푸념과 아무 하소연의 없음이
이럴 수 없도다.

　소리——소리——우리는 참소리에 주리는도다. 소리를 그리는도다. 커
다란 소리가 어디서든지 생겨 나와서 우리의 몸과 마음을 아울러 이렇듯
쓸쓸하고 답답한 구렁에서 건져내 주지 아니하면, 우리의 목구멍에서는
먼지가 날 것이요, 우리의 가슴에서는 불길이 일 것이요, 우리 목숨의 덩
어리는 시들고 마르다가 마침내 굶어 죽고 말리로다. 우리의 생각에 살림이
그만저만 거덜나고 말리로다. 아아 소리! 네가 나를 죽이려는가.

　그러나 어지신 검이 그의 끔찍한 그릇을 우리 때문에 아끼지 아니 하
시어 외배〔春園〕란 쇠북이 우리네 사이에 있게 되도다. 그에게 갖은 소리를
지닌 줄이 있으며, 갖은 가락을 감춘 고동이 있어 고르는 대로 트는 대로
듣고 싶은 소리가 샘솟듯 나오며, 알고 싶은 가락을 실 낳듯 잣게 되도다.
그의 덕에 아프면 앓는 소리, 즐거우면 웃는 소리, 갑갑한 때 부르짖음,
시원한 때 지저거림, 떠들기, 속살거리기를 마음대로 할 수 있게 되도다.

　혼자매 크지 못하도다. 그러나 비인 들에 부르짖는 소리는 본디 떼지어
하는 것 아니로다. 벗 부르는 맹꽁이 소리는 하나가 비롯하여 온 벌이 어

우르는 것이로다. 그가 없었더면 어찌하였을까 하는 생각을 하면 소름이 끼치며 그가 없으면 어찌 될까 하면 손에서 땀이 나나니, 끔찍코 대단한 것이 그가 아니냐, 그는 참 우리의 보배로다. 나라의 꽃이로다.

이제 그가 넓적한 얼굴을 무리 앞에 내어놓고 동트는 기별을 울리기 비롯하였도다. 《무정》은 그 첫소리로다. 둥둥거리는 이 울림이야말로 우리의 입이 눈트는 기별이며 생각의 살림이 신날 꼬는 기별이며, 오래오래 먼지 앉은 박달의 글월이 새빛을 내며 새 치부책장을 넘김이로다. 모래밭 같은 우리 땅에는 외로워도 큰 샘터요, 무겁게 싸인 우리 귀에는 훗치라도 큰 「하모니」 되려든, 하물며 외배란 북은 때리지 아니하여도 저절로 울며, 한번 울기 비롯하면 다시 그칠 줄 모름이라. 이 소리에 불려 일어나고 이 울림에 깨우쳐 움직일 구멍이 누리에 가득함이라. 날 사람 외배와 작은 책 《무정》의 그림자가 어떻게 크며, 울림이 어떻게 넓다 하랴. 이로써 비로소 이땅 이 사람의 소리가 늘고 불고 가다듬어져서 마침내 하늘과 사람을 아울러 기껍게 할 줄을 믿을 때에 누가 다시 가슴 앓는 벙어리 되기를 서러워하랴. 무궁화 동산의 아름다운 꽃이 누리의 고움을 더하는 큰 거리가 못 되겠다고 걱정하랴. 울어라, 울어라, 줄기차게만 울어라.

한샘

무정

경성학교 영어 교사 이 형식은 오후 두 시 사년급 영어 시간을 마치고 내려쪼이는 유월 볕에 땀을 흘리면서 안동 김 장로의 집으로 간다. 김 장로의 딸 선형(善馨)이가 명년에 미국 유학을 가기 위하여 영어를 준비할 차로 이 형식을 매일 한 시간씩 가정교사로 고빙하여 오늘 오후 세 시부터 수업을 시작하게 되었음이다.

　이 형식은 아직 독신이라, 남의 여자와 가까이 교제하여 본 적이 없고 이렇게 순결한 청년이 흔히 그러한 모양으로 젊은 여자를 대하면 자연 수줍은 생각이 나서 얼굴이 확확 달며 고개가 저절로 숙여진다. 남자로 생겨나서 이러함이 못생겼다면 못생겼다고도 하려니와, 여자를 보면 아무러한 핑계를 얻어서라도 가까이 가려 하고, 말 한마디라도 하여 보려 하는 잘난 사람들보다는 나으리라.

　형식은 여러 가지 생각을 한다. 우선 처음 만나서 어떻게 인사를 할까. 남자 남자간에 하는 모양으로, 「처음 보입니다. 저는 이 형식이올시다」 이렇게 할까.

　그러나 잠시라도 나는 가르치는 자요, 저는 배우는 자라, 그러면 미상불 무슨 차별이 있지나 아니할까. 저편에서 먼저 내게 인사를 하거든 그제야 나도 인사를 하는 것이 마땅하지 아니할까. 그것은 그러려니와 교수하는 방법은 어떻게나 할는지.

어제 김 장로에게 그 부탁을 들은 뒤로 지금껏 생각하건마는 무슨 묘방이 아니 생긴다. 가운데 책상을 하나 놓고, 거기 마주앉아서 가르칠까. 그러면 입김과 입김이 서로 마주치렷다. 혹 저편 히사시가미(주 —— 양갈래로 딴 머릿단)가 내 이마에 스칠 때도 있으렷다. 책상 아래서 무릎과 무릎이 가만히 마주닿기도 하렷다.

이렇게 생각을 하고 형식은 얼굴이 붉어지며 혼자 빙긋 웃었다. 아니 아니, 그러다가 만일 마음으로라도 죄를 범하게 되면 어찌하게. 옳다, 될 수 있는 대로 책상에서 멀리 떠나 앉았다가 만일 저편 무릎이 내게 닿거든 깜짝 놀라며 내 무릎을 치우리라. 그러나 내 입에서 무슨 냄새가 나면 여자에게 대하여 실례라, 점심 후에는 아직 담배는 아니 먹었건마는, 하고 손으로 입을 가리우고 입김을 후우 내어 불어 본다. 그 입김이 손바닥에 반사되어 코로 들어가면 냄새의 유무를 시험할 수 있음이다.

형식은, 아뿔사! 내가 어찌하여 이러한 생각을 하는가, 내 마음이 이렇게 약하던가 하면서 두 주먹을 불끈 쥐고 전신에 힘을 주어 이러한 약한 생각을 떼어버리려 하나, 가슴속에는 이상하게 불길이 확확 일어난다. 이때에,

「미스터 리, 어디로 가는가.」

하는 소리에 깜짝 놀라 고개를 들었다.

쾌활하기로 동류간에 유명한 신 우선(申友善)이가 대팻밥 모자를 제쳐 쓰고 활개를 치며 내려온다. 형식은 자기 마음속을 꿰뚫어보지 아니하였는가 하여 두 뺨이 한번 더 후끈하는 것을 겨우 참고 지어서 쾌활하게 웃으면서,

「오래 막혔구려.」

하고 손을 잡아 흔들었다.

「오래 막혔구려는 무슨 막혔구려야. 일전에 허교하기로 약속하지 않았 는가.」

형식은 얼마큼 마음에 부끄러운 생각이 나서 고개를 돌리며,

「아직 그런 말에 익숙치를 못해서…….」

22

하고 말끝을 못 맺는다.

「대관절 어디로 가는 길인가? 급지 않거든 점심이나 하세그려.」

「점심은 먹었는걸.」

「그러면 맥주나 한 잔 먹지.」

「내가 술을 먹는가.」

「그만두게. 사나이가 맥주 한 잔도 못 먹으면 어떡헌단 말인가. 자 잡말 말고 가세.」

하고 손을 끌고 안동파출소 앞 중국 요리집으로 들어간다.

「아닐세. 다른 날 같으면 사양도 아니하겠네마는.」

하고 다른 날이란 말이 이상하게나 아니 들렸는가 하여 가슴이 뛰면서,

「오늘은 좀 일이 있어.」

「일? 무슨 일? 무슨 술 못 먹을 일이 있단 말인가.」

다른 사람 같으면 이러한 경우에 다만 「급히 좀 볼일이 있어」 하면 그 만이려니와 워낙 정직하고 나약한 형식이라, 조금이라도 거짓말을 못하여 한참 주저주저하다가,

「세 시부터 개인교수가 있어.」

「영어?」

「응.」

「어떤 사람인데 개인교수를 받어?」

형식은 말이 막혔다.

우선은 남의 폐간을 꿰뚫어볼 듯한 두 눈으로 형식의 얼굴을 유심하게 들여다본다. 형식은 눈이 부신 듯이 고개를 숙인다.

「응, 어떤 사람인데 말을 못하고 얼굴이 붉어지나, 응?」

형식은 민망하여 손으로 목을 쓸어 만지고 하염없이 웃으며,

「여자야.」

「아, 축하하네. 약혼한 사람이 있나 보네그려. 음 그렇군. 그러구도 내게는 아무말도 없단 말이야. 에, 여보게.」

하고 손을 후려친다.

형식은 하도 머쓱하여 구두로 땅을 파면서,

「아니야. 저, 자네는 모르겠네. 김 장로라고 있느니…….」

「옳지, 김 장로의 딸일세그려? 응. 저, 옳지, 작년이지. 정신여학교를 우등으로 졸업하고 명년 미국 간다는 그 처녀로구먼. 베리굿.」

「자네 어떻게 아는가?」

「그것 모르겠나. 적어도 신문기자가. 그런데 언제 엥게지먼트를 하였는가.」

「아니여, 영어 준비를 한다고 날더러 매일 한 시간씩 와 달라기에 오늘 처음 가는 길일세.」

「아따, 나를 속이면 어쩔 터인가.」

「엑.」

「허허, 그가 유명한 미인이라대. 자네 힘에 웬걸 되겠나마는 잘 얼러 보게. 그러면 또 보세.」

하고 대팻밥 벙거지를 벗어 활활 부채질을 하며 교동 골목으로 내려간다. 형식은 여태껏 그의 너무 방탕함을 허물하더니 오늘은 도리어 그 파탈하고 쾌활함이 부러운 듯하다.

미인이라는 말도 듣기 싫지 아니하거니와 약혼, 엥게지먼트라는 말이 이상하게 기쁘게 들린다. 그러나 「자네 힘에 웬걸 되겠는가」 하였다. 과연 형식은 아무 힘도 없다. 황금시대에 황금의 힘도 없고, 지식시대에 남이 우러러볼 만한 지식의 힘도 없고, 예수 믿는지는 오래나 워낙 교회에 뜻이 없으매 교회 내의 신용조차 그리 크지 못하다. 아무 지식도 없고, 아무 덕행도 없는 아이들이 목사나 장로의 집에 자주 다니며 알른알른하는 덕에 집사도 되고, 사찰도 되어 교회 내에서 젠체하는 꼴을 볼 때마다 형식은 구역이 나게 생각하였다. 실로 형식에게는 시체 하이칼라 처자의 애정을 끌 만한 아무 힘도 없다.

이런 생각을 하고 형식은 자연히 낙심스럽기도 하고, 비감스럽기도 하였다.

이럴 즈음에 김 광현(金光鉉)이라 문패 붙은 집 대문에 다다랐다.

비록 두 벌 옷도 가지지 말라는 예수의 사도연마는 그도 개명하면 땅도 사고, 은행 저금도 하고, 주권과 큰 집도 사고, 수십 인 하인도 부리는 것이다. 김 장로는 서울 예수교회 중에도 양반이요 재산가로 두세째에 꼽히는 사

24

람이다. 집도 꽤 크고 줄행랑조차 십여 간이 늘어 있다. 형식은 지위와 재산의 압박을 받는 듯해 일변 무섭기도 하고 불쾌하기도 하면서 소리를 가다듬어,

「이리 오너라.」

하였다. 그러나 그 목소리는 아무리하여도 꽉 자리가 잡히지 못하고, 시골 사람이 처음 서울 와서 부르는 소리와 같이 어리고 떨리는 맛이 있다.

「안으로 들어오시랍니다.」

하는 어멈의 말을 따라 새삼스럽게 가슴을 두근거리면서 중문을 지나 안 대청에 올랐다.

전 같으면 외객이 중문 안에를 들어설 리가 없건마는 그만하여도 옛날 습관을 많이 고친 것이다. 대청에는 반양식으로 유리 문도 하여 달고 가운데는 무늬 있는 책상보 덮은 테이블과 네다섯 개 홍모전 교의가 있고, 북편 벽의 한 길이나 되는 책상에 신구서적이 쌓였다.

김 장로가 웃으면서 툇마루에 나와 형식이 구두끈 끄르기를 기다려 손을 잡아 인도한다. 형식은 다시 온공하게 국궁례를 드린 후에 권하는 대로 교의에 앉았다. 김 장로는 이제 사십오륙 세 되는 깨끗한 중노인이다. 일찍 국장도 지내고 감사도 지낸 양반으로서 십여 년 전부터 예수교회에 들어가 작년에 장로가 되었다. 김 장로가 형식에게 부채를 권하며,

「매우 덥구려. 자 부채질하시오.」

「녜, 금년에는 처음인가 봅니다.」

하고 부채를 들어 두어 번 부치고 책상 위에 놓았다. 장로가 책상 앞에 놓인 초인종을 두어 번 울리니 건넌방으로서,

「녜.」

하고 열너덧 살 된 어여쁜 계집아이가 소반에 유리 대접과 은으로 만든 서양 숟가락을 놓아 내어다가 형식의 앞에 놓는다. 보기만 해도 시원한 복숭아 화채에 한줌이나 될 얼음을 띄웠다. 손이 오기를 기다리고 미리 만들어 두었던 모양이다.

「자, 더운데 이것이나 마시오.」

하고 장로가 친히 숟가락을 들어 형식을 준다. 형식은 사양할 필요도 없다 하여 연해 십여 술을 마셨다. 마음 같아서는 두 손으로 쳐들고 쭉 들이키고

싶건마는 혹 남보기에 체면 없어 보일까 저어하여 더 먹고 싶은 것을 참고 술을 놓았다. 그만하여도 얼마큼 속이 뚫리고 땀이 걷고 정신이 쇄락하여진다.

장로는,

「일전에도 말씀하였거니와 내 딸을 위하여 좀 수고를 하셔야 하겠소. 분주하신 줄도 알지마는 달리 청할 사람이 없으고려. 영어를 아는 사람이야 많겠지요마는 그렇게……어……말하자면……노형 같은 이가 드무시니까.」 하고 잠시 말을 끊고 「너는 신용할 놈이지」 하는 듯이 형식을 본다.

형식은 남이 젊은 딸을 제게 맡기도록 제 인격을 신용하여 주는 것이 한껏 기쁘고, 자랑스러우면서도, 아까 입에 손을 대고 냄새나는 것을 시험하던 생각을 하면 부끄럽고 죄송스러운 마음이 복받쳐 올라온다.

그러나 기실 장로는 여러 사람의 말도 듣고 친히 보기도 하여 형식의 인격을 아주 신용하므로 이번 계약을 맺은 것이다. 여간 잘 알아보지 아니하고야 미국까지 보내려는 귀한 딸을 젊은 교사에게 다만 매일 한 시간씩이라도 맡길 리가 없는 것이다.

장로는 다시 말을 이어,

「하니까 노형께서 맡아서 일년 동안에 무엇을 좀 알도록 가르쳐 주시오」

「제가 아는 것이 없어서 그것이 민망합니다.」

「천만에. 영어뿐 아니라 노형의 학식은 내가 다 들어 아는 바요」 하고 다시 초인종을 울리니, 아까 나왔던 계집아이가 나온다.

「애, 이것(화채 그릇) 들여가고 마님께 아씨 데리고 나옵시사고 여쭈어라.」

「네.」

하고 소반을 들고 들어가더니, 저편 방에서 소곤소곤하는 소리가 들린다.

형식은 장차 일생에 처음 당하는 무슨 큰일을 기다리는 듯이 속이 자못 덜렁덜렁하며 가슴이 뛰고 두 뺨이 후끈후끈한다.

형식은 장로의 눈에 아니 띄우리만큼 가만가만히 옷깃을 바르고, 몸을 바르고, 눈과 얼굴에 아무쪼록 젊지 아니한 위엄을 보이려 한다. 이윽고 건넌방 발이 들리며 나이 사십이 될락말락한 부인이 연옥색 모시 적삼, 모시 치마에 그와 같이 차린 여학생을 뒤세우고 테이블 곁으로 온다. 형식은 반쯤 고개를 숙이고 일어나서 공손하게 읍하였다. 부인과 여학생도 읍하고, 장로의

26

가리키는 교의에 걸앉는다. 형식도 앉았다.

장로가 형식을 가리키며,

「이 어른이 내가 매양 말하던 이 형식씨요. 젊으시지마는 학식이 도저하고 또 문필도 유명한 어른이오. 이번 선형에게 영어를 가르쳐 줍소사 하고 내가 청하였더니, 분주하심도 헤아리지 아니시고 이처럼 허락하여 주셨소. 이제부터 매일 오실 터이니까 내가 출입하고 없더라도 부인께서 잘 접대를 하여야 하겠소」

하고 다시 형식을 향하여,

「이가 내 아내요, 저애가 내 딸이오. 이름은 선형인데 작년에 정신학교라고 졸업은 하였지마는 아무것도 모르는 어린애요」

형식은 누구를 향하는지 모르게 고개를 숙였다. 부인과 선형이도 답례를 한다.

부인은 형식을 보며,

「제 자식을 위하여 수고를 하신다니 감사하올시다. 젊으신 이가 언제 그렇게 공부를 많이 하셨는지, 참 은혜 많이 받으셨삽나다.」

「천만의 말씀이올시다.」

하고 형식은 잠깐 고개를 들어 부인을 보는 듯 선형을 보았다.

선형은 한 걸음쯤 그 모친의 뒤에 피하여 한편 귀와 몸의 반편이 그 모친에게 가리웠다. 고개를 숙였으매 눈은 보이지 아니하나 난대로 내어버린 검은 눈썹이 하얗고 넓찍한 이마에 뚜렷이 춘산을 그리고 기름도 아니 바른 까만 머리는 언제 빗었는지 흐트러진 두어 올이 불그레한 복숭아 꽃 같은 두 뺨을 가리어 바람이 부는 대로 하느적하느적 꼭 다문 입술을 때리고, 깃 좁은 가는 모시 적삼으로 혈색 좋은 고운 살이 몽롱하게 비치며, 무릎 위에 걸어놓은 두 손은 옥으로 깎은 듯 불빛에 대면 투명할 듯하나.

그 부인은 원래 평양 명기 부용이라는 인물 좋고 글 잘하고 가무에 빼어나 평양 춘향이라는 별명 듣던 사람이러니, 이십여 년 전 김 장로의 부친이 평양에 감사로 있을 때에 당시 이십여 세 풍류 남아이던 책방 도령 이 도령 —— 아니라 김 도령의 눈에 들어 십여년 김 장로의 소실로 있다가 본부인이 별세하자 정실로 승차하였다.

양반의 가문에 기생 정실이 망령이어니와, 김 장로가 예수를 믿은 후로 첩 둠을 후회하나 자녀까지 낳고 십여년 동거하던 자를 버림도 도리에 그르다 하여 매우 양심에 괴롭게 지내다가, 행인지 불행인지 정실이 별세하므로 재취하라는 일가와 붕우의 권유함도 물리치고 단연히 이 부인을 정실로 삼았음이다. 부인은 사십이 넘어서 눈꼬리에 가는 주름이 약간 보이건마는, 옛날 장부의 간장을 녹이던 아리땁고 얌전한 모습을 지금도 볼 수 있다.

선형의 눈썹과 입 언저리는 그 모친과 추호 불차하니, 이 눈썹과 입만 가지고도 족히 미인 노릇을 할 수가 있으리라. 형식은 선형을 자기의 누이라고 생각하였다. 이는 형식이 남의 처녀를 대할 때마다 생각하는 버릇이니, 형식은 처녀를 대할 때에 누이라고밖에 더 생각할 줄을 모르는 사람이다.

그러면서도 알 수 없는 것은, 가슴속에 이상한 불길이 일어남이니, 이는 청년 남녀가 가까이 접할 때에 마치 음전과 양전이 가까와지기가 무섭게 서로 감응하여 불꽃을 날리는 것과 같이 면치 못할 일이며, 하늘이 만물을 내실 때에 정한 일이라, 다만 사회의 질서를 유지하기 위하여 도덕과 수양의 힘으로 제어할 뿐이다.

형식이 말없이 앉았는 양을 보고 장로가 선형더러,

「애, 지금 곧 공부를 시작하지. 아차, 순애는 어디 갔느냐. 그애도 같이 배워라. 나도 틈 있는 대로는 배울란다.」

「네.」

하고 선형이가 일어나 저편 방으로 가더니 책과 연필을 가지고 나온다. 그 뒤로 선형과 동년배 되는 처녀가 그 역시 책과 연필을 들고 나와 공순하게 읍한다. 장로가,

「이애가 순앤데 내 딸의 친구요, 부모도 없고 집도 없는 불쌍한 아이요.」

하는 말을 듣고, 형식은 자기와 자기의 누이의 신세를 생각하고 다시금 순애의 얼굴을 보았다. 의복과 머리를 선형과 똑같이 하였으니 두 사람의 정의를 가히 알려니와, 다만 속이지 못할 것은 어려서부터 세상 풍파에 부대낀 빛이 얼굴에 박혔음이다. 그 빛은 형식이가 거울에 자기 얼굴을 볼 때에 있는 것이요, 불쌍한 자기 누이를 볼 때에 있는 것이다.

형식은 순애를 보매 지금껏 가슴이 울렁거리던 것이 다 스러지고 새롭게

무거운 듯한 감정이 생겨 부지불각에 동정의 한숨이 나오며 또 한번 순애를 보았다. 순애도 형식을 본다.

장로와 부인은 저편 방으로 들어가고 형식과 두 처녀가 마주앉았다. 형식은 힘써 침착하게,

「이전에 영어를 배우셨습니까.」

하고, 이에 처음 두 처녀의 목소리를 듣게 되었다. 그러나 두 처녀는 고개를 숙이고 아무 대답이 없다.

형식도 어이없이 앉았다가 다시,

「이전에 좀 배우셨는가요.」

그제야 선형이가 고개를 들어 그 추수같이 맑은 눈으로 형식을 보며,

「아주 처음이올시다. 이 순애는 좀 알지마는.」

「아니올시다. 저도 처음입니다.」

「그러면 에이, 비, 씨, 디도? 그것은 물론 아실 터이지요마는.」

여자의 마음이라 모른다기는 참 부끄러운 것이라, 선형은 가뜩이나 붉은 뺨이 더 붉어지며,

「이전에는 외웠더니 다 잊었습니다.」

「그러면 에이, 비, 씨, 디부터 시작하리까요?」

「녜.」

하고 둘이 함께 대답한다.

「그러면, 그 공책과 연필을 주십시오. 제가 에이, 비, 씨, 디를 써 드릴 것이니.」

선형이가 두 손으로 공책에다 연필을 받쳐 형식을 준다. 형식은 공책을 펴놓고 연필끝을 조사한 뒤에 똑똑하게 a, b, c, d를 쓰고, 그 밑에다가 국문으로 「에이」「비」「씨」하고 발음을 달아 두 손으로 선형에게 주고 다시 순애의 공책을 들어서 그대로 하였다.

「그러면 오늘은 글자만 외기로 하고 내일부터 글을 배우시지요. 자 한번 읽읍시다. 에이.」

그래도 두 학생은 가만히 있다.

「저 읽은 대로 따라 읽읍시오. 자, 에이. 크게 읽으셔요 에이.」

형식은 기가 막혀 우두커니 앉았다. 선형은 웃음을 참느라고 입술을 꼭 물고, 순애도 웃음을 참으면서 선형의 낯을 쳐다본다. 형식은 부끄럽기도 하고 답답하기도 하여 당장 일어나서 나가고 싶은 생각이 난다.

이때에 장로가 나오면서,

「읽으려무나, 못생긴 것. 선생님 시키시는 대로 읽지 않고」

그제야 웃음을 그치고 책을 본다. 형식은 하릴없이 또 한번,

「에이.」

「에이.」

「비.」

「비.」

「씨.」

「씨.」

이 모양으로 「와이」「제트」까지 삼사차를 같이 읽은 후에 내일까지 음과 글씨를 다 외우기로 하고 서로 경례하고 학과를 폐하였다.

형식은 김 장로 집에서 나와서 바로 교동 자기 객주로 돌아왔다. 마치 술취한 사람 모양으로 아무 생각도 없이, 어디로 가는지도 모르고, 다만 일년 너머 다니던 습관으로 집에 왔다. 말하자면 형식이가 온 것이 아니요, 형식의 발이 형식을 끌고 온 모양이다.

주인 노파가 저녁상을 차리다가 치마로 손을 씻으면서,

「이 선생 웬일이시오」

하고 이상하게 웃는다. 형식은 눈이 둥글하여지며,

「왜요」

「아니, 그처럼 놀라실 것은 없지마는……」

「왜 무슨 일이 생겼어요?」

하고 우뚝 서서 노파를 본다. 노파는 그 시치미떼고 놀라는 모양이 우스워서 혼자 깔깔 웃더니,

「아까 석 점쯤 해서 어떤 어여쁜 아가씨가.선생을 찾아오셨는데 머리는 여학생 모양으로 하였으나 아무리 보아도 기생 같습니다. 선생님도 그런 친구를 사귀는지.」

「어떤 아가씨? 기생?」

하고 형식은 고개를 기웃기웃하며 구두끈을 끄르고 마루에 올라서면서,

「서울 안에는 나를 찾아올 여자가 한 사람도 없는데, 아마 잘못 알고 왔던 게로구려.」

「에그 저것 보아. 아주 모르는 체하시지. 평양서 오신 이 형식씨라고, 똑똑히 그러던데.」

형식은 먹먹히 하늘만 쳐다보고 앉았더니,

「암만해도 모르는 일이외다. 그래 무슨 말은 없어요?」

「이따가 저녁에 또 온다고 하고 매우 섭섭해서 갑디다.」

「그래 나를 아노라고 그래요?」

「에그, 모른 이를 왜 찾을꼬. 자 들어가셔서 저녁이나 잡수시고 기다리십시오. 밥맛이 달으시겠습니다.」

형식에게는 그런 말이 귀에 들어오지도 아니한다. 과연 형식을 찾을 여자가 있을 리가 없다. 장차 김 선형이나 윤 순애가 형식을 찾아오게 되는지는 모르거니와 지금 어느 여자가 형식을 찾으리오. 하물며 기생인 듯한 여자가.

형식은 밥상을 앞에 놓고 아무리 생각하여도 알 수 없어 좀 지나면 온다 하였으니 그때가 되면 알리라 하고 저녁을 먹었다. 저녁을 먹고 나서 신문을 볼 즈음에 대문 밖에 찾는 사람이 있다. 노파가,

「이것 봅시오」

하고 눈을 끔쩍하고 나간다.

「선생님 돌아오셨어요?」

하는 말소리가 들리더니 노파의 뒤를 따라 어떤 젊은 여자가 들어온다. 아까 노파의 말과 같이 모시 치마 저고리에 머리도 여학생 모양으로 쪽쪘다. 형식도 말이 없고 여자도 말이 없고 노파도 영문을 모르고 우두커니 섰다.

여자가 잠깐 형식을 보더니, 노파더러,

「이 선생 계셔요?」

「저 어른이 이 선생이시외다.」

하고 노파도 매우 수상해 한다.

「네, 내가 이 형식이오. 누구시오니까.」

여자는 깜짝 놀라는 듯이 몸을 흠칫하고 한 걸음 물러서며 고개를 푹 숙인다. 해가 벌써 넘어가고 집집 광명등이 반짝반짝 눈을 뜬다.

형식은 무슨 까닭이 있음을 알고, 얼른 일어나 램프에 불을 켜고 마루에 담요를 내어 깐 뒤에,

「아무려나 이리 올라오십시오. 아까도 오셨더라는데 마침 집에 없어서 실례하였습니다.」

여자는 고개를 들었다. 눈에는 눈물이 고였다.

「저 같은 계집이 찾아와서 선생님의 명예에 상관이 아니 되겠습니까.」

「천만의 말씀이올시다. 우선 올라오십시오. 무슨 일이신지…….」

여자는 은근하게 예하고 올라온다. 데리고 온 계집아이도 올라앉는다. 형식도 앉았다. 노파는 건넌방에서 불도 아니 켜고 담배를 피우면서 이 광경을 본다.

형식은 불빛에 파래 보이는 여자의 얼굴을 이윽히 보더니, 무슨 생각나는 일이 있는지 고개를 기울이고 눈을 감는다.

「저를 모르시겠습니까.」

「글쎄올시다. 얼굴이 혹 뵈온 듯도 합니다마는.」

「박 응진을 기억하시겠습니까.」

「에! 박 응진?」

하고 형식은 눈이 둥글하고 말이 막힌다. 여자도 그만 책상 위에 쓰러져 운다. 형식의 눈에서는 굵은 눈물이 뚝뚝 떨어진다. 형식은 비창한 목소리로,

「아아, 영채씨로구려. 영채씨로구려. 고맙소이다. 나같이 은혜 모르는 놈을 찾아 주시니 고맙소이다. 아아.」

두 사람은 한참 동안 말이 없고 여자의 흑흑 느끼는 소리뿐이로다. 따라온 계집아이도 주인의 손에 매어달려 운다.

벌써 십유여 년 전이로다. 평안남도 안주읍에서 남으로 십여 리 되는 동네에 박 진사라는 사람이 있었다. 사십여 년을 학자로 지내어 인근 읍에 그 이름을 모르는 사람이 없었다.

원래 일가가 수십여 호 되고, 양반이요 재산가로 고래로 안주 일읍에 유세력자러니, 신미년 난에 역적의 혐의로 일문이 혹독한 참살을 당하고,

어찌어찌하여 이 박 진사의 집만 살아 남았다. 하더니 거금 십오륙 년 전에 청국 지방으로 유람을 갔다가 상해서 출판된 신서적을 수십 종 사 가지고 돌아왔다. 이에 서양의 사정과 일본의 형편을 짐작하고 조선도 이대로 가지 못할 줄을 알고 새로운 문명운동을 시작하려 하였다.

우선 자기 사랑에 젊은 사람을 모아 들이고 상해서 사 온 책을 읽히며 틈틈이 새로운 사상을 강설하였다. 그러나 당시 사람의 귀에는 철도나 윤선이라는 말이 들어가지 아니하여 박 진사를 가리켜 미친 사람이라 하고, 사랑에 모였던 선배들도 하나씩 하나씩 헤어지고 말았다. 이에 박 진사는 공부하려도 학자 없어 못하는 불쌍한 아이들을 하나 둘 데려다가 공부시키기를 시작하였다.

이러한 지 삼사 년 후에는 그의 교육을 받은 학생이 이삼십 명이나 되게 되었고, 그동안 그 이삼십 명의 의식과 지필묵은 온통 자담하였다. 그러할 즈음에 평안도에 새로운 운동이 일어나고 각처에 학교가 울흥하며 눈물 흘리는 사람이 많게 되었다.

박 진사는 즉시 머리를 깎고 검은 옷을 입고 아들 둘도 그렇게 시켰다. 머리 깎고 검은 옷 입는 것이 그때치고는 대대적 대용단이다. 이는 사천여 년 내려오던 굳은 습관을 다 깨뜨려 버리고, 온전히 새것을 취하여 나아간다는 표다.

인해 집 곁에 학교를 짓고 서울에 가서 교사를 연빙하며 학교 소용 제구를 구하였다. 일변 동네 사람을 권유하며, 일변 아이들과 청년들을 달래어 학교에 와 배우도록 하였다. 일년이 지나매 이삼십명 학생이 모이고, 교사도 두 사람을 더 연빙하였다. 학생은 삼십 이하, 칠팔 세 이상이었다.

이렇게 학교 경비를 전담하는 외에도 여전히 십여 명 청년을 길렀다. 이 이 형식도 그 십여 명 중의 하나이다. 그때 형식은 부모를 여의고 의지가 지없이 돌아다니다가 박 진사가 공부시킨다는 말을 듣고 찾아갔던 것이다. 마침 형식은 사람도 영리하고 마음이 곧고 재주가 있고, 또 형식의 부친은 이전 박 진사와 동년지우이므로 특별히 박 진사의 사랑을 받았다. 그때 박 진사의 아들 형제는 다 형식보다 사오 세 위로되 학력은 형식에게 밀리고 더구나 산술과 일어는 형식에게 배우는 처지였다.

그러므로 여러 동창들은 형식이가 장차 박 선생의 사위가 되리라 하여 농담삼아, 시기삼아 조롱하였다. 대개 우리 소견에 박 선생이라 하면 전국에 제일가는 선생인 줄 알았음이다. 그때 박 진사의 딸 영채의 나이 열 살이니 지금 꼭 열아홉 살일 것이다.

박 진사는 남이 웃는 것도 생각지 아니하고 영채를 학교에 보내며 학교에서 돌아온 뒤에는 소학, 열녀전 같은 것을 가르치고 열두 살 되던 여름에는 시전도 가르쳤다. 박 진사의 위인이 점잖고 인자하고 근엄하고도 쾌활하여 어린 사람들도 무서운 선생으로 아는 동시에 정다운 친구로 알았었다. 그는 세상을 위하여 재산을 바치고 집을 바치고 몸과 마음을 다 바치고 목숨까지라도 바치려 하였다. 그러나 그 동네 사람들은 그의 성력을 감사하기는커녕 도리어 미친 사람이라고 비웃었다.

이러한 지 육칠 년에 원래 그리 많지 못하던 재산도 다 없어지고 조석까지 말유하게 되니, 학교를 경영할 방책이 만무하다. 이에 진사는 읍내 모모 재산가를 몸소 방문도 하고 사람도 보내어 자기가 경영하는 학교를 맡아 주기를 간청하였다.

그는 오직 세상을 위하여 자기의 온 재산과 온 성력을 다 들인 학교를 남에게 내어맡기려 하건마는 어느 누가 「내가 맡으마」 하고 나서는 이는 없고 도리어 「제가 먹을 것이 없어 저런다」 하고 비웃었다.

육십이 다 못된 박 진사는 거의 백발이 되었다. 먹을 것이 없으매 사랑에 모여 있던 학생들도 사방으로 흩어지고 제일 나이 많은 홍모와 제일 나이 어린 이 형식만 남았다. 형식은 그때 열여섯 살이었다.

그해 가을에 거기서 십여 리 되는 어느 부잣집에 강도가 들어 주인의 옆구리를 칼로 찌르고 현금 오백여 원을 늑탈한 사건이 일어났다. 그 강도는 박 진사 집 사랑에 있는 홍모라, 자기의 은인인 박 진사의 곤고함을 보다 못하여, 처음에는 좀 위협이나 하고 돈을 떼어 올 차로 갔더니 하도 주인이 무례하고 또 헌병대에 고소하겠노라 하기로 죽이고 왔노라 하고 돈 오백 원을 내어놓는다. 박 진사는 깜짝 놀라며,

「이 사람아, 왜 이러한 일을 하였는가. 부지런히 일하는 자에게 하늘이 먹고 입을 것을 주나니……아아, 왜 이러한 일을 하였는가.」

하고 돈을 도로 가지고 가서 즉시 사죄를 하고 오라 하였더니, 중도에서 포박을 당하고 강도, 살인, 교사 급 공범 혐의로 박 진사의 삼부자는 그날 아침으로 포박을 당하였다.

박 진사의 집에 남은 것은 두 며느리와 영채와 형식뿐, 영채의 모친은 영채를 낳고 두 달이 못 되어 별세하였었다.

그후에 박 진사의 사랑에 있던 학생도 몇 사람 붙들리고 형식도 증거인으로 불려 갔었다 이틀 만에 놓였다.

두어 달 후에 홍모와 박 진사는 징역 종신, 박 진사의 아들 형제는 징역 십오 년, 기타는 칠 년 혹은 오 년 징역의 선고를 받고 평양감옥에 들어갔다.

인해 하릴없이 두 며느리는 각각 친정으로 가고, 영채는 외가로 가고, 형식은 다시 의지를 잃고 적막한 천지에 부평같이 표류하였다. 그후 형식은 두어 번 평양감옥으로 편지를 하였으나 편지도 아니 돌아오고 회답도 없었다. 작년 하기에 안주를 갔더니 박 진사의 집에는 낯 모를 사람들이 장기를 두며 웃고 있었다. 이제 칠 년 만에 서로 만난 것이다.

형식은 번개같이 이러한 생각을 하다가 눈물을 거두고 그 앞에 엎더져 우는 영채를 보았다. 그때, 십 년 전에 상긋상긋 웃으면서 어깨에도 매어달리고 손도 잡아 끌며 오빠 오빠 하던 계집아이가 벌써 이렇게 어른이 되었다.

그동안 칠팔 년에 어떠한 풍상을 겪었는고. 형식은 남자로되 지난 칠팔 년을 고생과 눈물로 지냈거든 하물며 연약한 어린 여자로 오죽 아프고 쓰렸으랴.

형식은 그동안 지낸 일을 알고 싶어, 우는 영채의 어깨를 흔들며,

「울지 말으시오. 자, 말씀이나 들읍시다. 네, 일어 앉으세요」

울지 말라 하는 형식이도 아니 울 수가 없거든 영채의 우는 것은 마땅한 일이다.

「자, 일어나시오」

「네, 자연히 눈물이 납니다그려.」

「……」

「선생님을 뵈오니 돌아가신 아버님과 오라버님들을 함께 뵈온 것 같습니다.」

하고 또 울며 쓰러진다. 「돌아가신……?」박 진사 삼 부자는 마침내 죽
었는가.

집을 없이하고, 재산을 없이하고, 마침내 몸을 없이하였는가. 불쌍한 나를
구원하여 주던 복 있는 집 딸이 복 있던 지 사오 년이 못하여 또 불쌍한
사람이 되었는가. 세상일을 어찌 믿으랴. 젊은 사람의 생명도 믿을 수 없거든
하물며 물거품 같은 돈과 지위랴. 박 진사가 죽었다. 옥중에서 죽었을지니,
같은 옥중에 있으면서 아들들이나 만나 보았는가. 누가 임종에 물 한 술을
떠 넣었으며, 누가 눈이나 감겼으리오. 외롭게 죽은 몸이 섬거적에 묶이어
까마귀 밥이 되단 말가. 그가 죽으매 슬퍼할 이 뉘뇨. 막막하게 북방으로
돌아갈 때에 누가 눈물을 흘렸으리오. 그가 위하여 눈물 흘리던 세상은 다시
그를 생각함이 없고, 도리어 그의 혈육을 핍박하고 희롱하도다. 하늘이 뜻이
있다 하면 무정함이 원망스럽고, 하늘이 뜻이 없다 하면 인생을 못 믿으
리로다.

「돌아가시다니, 선생님께서 돌아가셨어요?」

「네, 옥에 가신 지 이태 만에 아버님께서 돌아가시고, 아버님 돌아가신
지 보름 만에 오라버니 두 분도 함께 돌아가셨습니다.」

「어떻게……그렇게?」

「자세한 말은 알 수 없으나 옥에서는 병에 죽었다 하고 어떤 간수의 말에는,
처음에 아버님께서 굶어 돌아가시고 그다음에 맏오라버님께서 또 굶어 돌
아가시고, 맏오라버님 돌아가신 날 작은 오라버님은 목을 매어 돌아가셨다고
합데다.」

하고 말끝에 울음이 복받쳐 나온다. 형식도 부지불식간에 소리를 내어 운다.

주인 노파는 처음에는 이 형식을 후리려고나 온 추한 계집으로만 여겼더니
차차 이야기를 들어 보니 본래 양가 여자인 듯하고, 또 신세가 가엾은지라,
자기 방에 혼자 울다가 거리에 나아가 빙수와 배를 사 가지고 들여와 영채를
흔든다.

「여보, 일어나 빙수나 한 잔 자시오 좀 속이 시원할 테니. 이제 울으시면
어쩌요? 다 팔자로 알고 참아야지. 나도 젊어서 과부 되고 다 자란 자식
죽이고……그리고도 이렇게 사오. 부모 없는 것이 남편 없는 것에 비기면

우스운 일이랍니다. 이제 청춘에 전정이 구만리 같은데 왜 걱정을 하겠소. 자 어서 울음 그치고 빙수나 자시오. 배도 자시구.」

하며 분주히 부엌에 가서 녹슨 식칼을 가져다가 배를 깎으면서,

「여봅시오, 선생께서 좀 위로를 하시는 것이 아니라 당신이 더 울으시니……」

「가슴이 터져오는 것을 아니 울면 어찌하오. 이가 내 사오 년간 양육받은 은인의 따님이오그려. 그런데 그 은인은 애매한 죄로 옥에서 죽고, 그의 아들 형제는 아버지를 쫓아 죽고, 천지간에 은인의 혈육이라고는 이분네 하나뿐이오그려. 칠팔년 동안이나 생사를 모르다가 이렇게 만나니 왜 슬프지를 아니하겠소」

「슬프나 울면 어찌하나요」

하고 배를 깎아 들고 영채를 한 팔로 안아 일으키면서,

「초년 고락은 낙의 본입니다. 너무 설워 말으시고 이 배나 하나 자시오」

영채도 친절한 말에 감격하여 눈물을 씻고 배를 받는다.

형식은 다시 영채의 얼굴을 보았다. 이제 보니 과연 그때의 모양이 있다. 더욱 그 큼직한 눈이 박 진사를 생각케 한다. 영채도 형식의 얼굴을 본다. 얼굴이 이전보다 좀 길어진 듯하고 코 아래 수염도 났으나 전체 모양은 전과 같다 하였다. 마주보는 두 사람의 흉중에는 십여 년 전 일이 활동사진 모양으로 휙휙 생각이 난다.

즐겁게 지내던 일, 박 진사가 포박되어 갈 적에 온 집안이 통곡하던 일, 식구들은 하나씩 하나씩 다 흩어지고 수십 대 내려오던 박 진사 집이 아주 망하게 되던 일, 떠나던 날 형식이가 영채를 보고,

「이제는 언제 다시 볼지 모르겠다. 네게 오빠란 말도 다시는 못 듣겠다.」

할 적에 영채가,

「가지 마오, 나와 같이 갑시다.」

하고 가슴에 와 안기며 울던 생각이 어제런 듯 역력하게 일른얼른 보인다. 형식은 영채의 지나온 이야기를 들으려 하여 묻기를 시작한다.

노파와 형식이 하도 간절히 권하므로 영채도 눈물을 거두고 일어 앉아 빙수를 마시고 배를 먹는다. 눈물에 붉게 된 눈과 두 뺨이 더 애처롭고

아리땁게 보인다.

형식은 얼른 선형을 생각하였다. 얼굴의 아름다움이나 그 부모의 귀여
위함은 피차에 다름이 없건마는 현재 두 사람의 팔자는 왜 이다지도 다른고.
하나는 부모 갖고, 집 있고, 재산 있어 편안하게 학교에도 다니고, 명년에는
미국까지 간다 하는데, 하나는 부모도 없고, 형제도 없고 집도 없고, 어디
의지할 곳이 없어 밤낮을 눈물로 보내는고.

만일 선형으로 하여금 이 영채의 신세를 보게 하면 단정코 자기와는 딴
세상 사람으로 알렸다. 즉, 자기는 결단코 영채와 같이 되지 못할 사람이요,
영채는 결단코 자기와 같이 되지 못할 사람으로 알렸다. 또는 자기는 특별히
하늘의 복과 은혜를 받는 사람이요, 영채는 특별히 하늘의 앙화와 형벌을
받는 사람으로 알렸다.

그러하므로 부자가 가난한 자를 압시하고 천대하여 가난한 자는 능히
자기네와 마주서지 못할 사람으로 여기고, 길가에 굶어 떠는 거지들을 볼
때에 소위 제 것으로 사는 자들이 개나 도야지와 같이 천대하고 기롱하여
침을 뱉고 발길로 차는 것이다.

그러나 부자 조상 아니 둔 거지가 어디 있으며, 거지 조상 아니 둔 부자가
어디 있으리오. 저 부귀한 자를 보매 자기네는 천지개벽 이래로 부귀하여
천지가 없어질 때까지 부귀할 듯하나, 그네의 조상이 일찍 거지로 다른 부자의
대문에서 그집 개로 더불어 식은 밥을 다툰 적이 있었고, 또 얼마 못하여
그네의 자손도 장차 그리될 날이 있을 것이다.

칠팔 년 전 박 진사를 보고야 뉘라서 그의 딸이 칠팔 년 후에 이러한
신세가 될 줄을 짐작하였으랴. 다 같은 사람으로 부하면 얼마나 더 부하며,
귀하다면 얼마나 더 귀하랴.

조그마한 돌 위에 올라서서 다른 사람들을 내려다보며, 「이놈들, 나는
너희보다 높은 사람이로다」 함과 같으니, 제가 높으면 얼마나 높으랴. 또
지금 제가 올라선 돌은 어제 다른 사람이 올라섰던 돌이요, 내일 또 다른
사람이 올라설 돌이다. 거지에게 식은밥 한술을 줌은 후일 네 자손으로 하여금
내 자손에게 그렇게 하여 달라는 뜻이 아니며, 그와 반대로 지금 어떤 거지를
박대하고 기롱함은 후일 네 자손으로 하여금 내 자손에게 이렇게 하여 달

라함이 아닐까. 모르괘라, 얼마 후에 영채가 어떻게 부귀한 몸이 되고, 선형이가 어떻게 빈천한 몸이 될는지도.

이렇게 생각하면서 형식은 입을 열어,

「서로 떠난 후에 지내던 말을 하여 주십시오」

하였다.

「선생님께서 가신 뒤에 이삼일이나 더 있다가 저는 외가로 갔습니다.」

하고 말을 시작한다.

외가에는, 외조모는 벌써 죽고 외숙은 그보다도 먼저 죽고, 외숙모와 외종형 두 사람과 외종형의 자녀들만 있었다. 이미 자기 모친이 없고, 또 가장 다정한 외조부모도 없으니, 외가를 간들 누가 알뜰살뜰하게 하여 주리오.

더구나 내 집이 잘 살고야 친척이 친척이라, 내 집에 재산이 있고 세력이 있을 때에는 멀고먼 친척까지도 다정한 듯이 찾아오고, 이편에서 어린아이 하나이 가더라도 큰 손님같이 대접하거니와, 내 집이 가난하고 세력이 없어지면 오던 친척도 차차 발이 멀어지고, 내가 저편에 찾아가더라도, 「또 무엇을 달래러 왔나」 하는 듯이 눈살을 찌푸리는 것이다.

「외숙모께서는 저를 귀애하셔서 머리도 빗겨 주시고 먹을 것도 주시건마는 그 맏오라버니댁이 사나와서 걸핏하면 욕하고 때리고 합데다. 그뿐이면 참기도 하려니와, 그 어머니의 본을 받아 아이까지도 저를 업신여기고, 무슨 맛나는 음식을 먹어도 저희들만 먹고 먹어 보라는 말도 아니해요. 그중에도 열세 살 된 새서방(제 외오촌 조카지요)은 가장 심해서 공연히 이년, 저년 하였습니다. 어린 생각에도, 〈내가 제 아주머니어든〉하는 마음이 있어서.」

하고 웃으며,

「매우 분하고 패씸하여 보입데다. 옷은 집에서 서너 벌 가지고 갔으나, 밤낮 물긷고 불때기에 다 더럽고, 더러워도 빨아 주는 사람이 없어서 세 손으로 빨아서 풀도 아니 먹이고 다리지도 아니하고 입었습니다. 제일 걱정은 옷 한 벌을 너무 오래 입으니깐 이가 끓어서 가려워 못견디겠어요. 그러나 남 보는 데는 마음대로 긁지도 못하고 정 견디기 어려울 때에는 뒷 울안, 사람 없는 데 가서 실컷 긁기도 하고 혹 이를 잡기도 하였습니다. 하다가 한번은 맏오라버니댁한테 들켜서 톡톡히 꾸중을 듣고, 〈아이들에게 이 오르겠다. 저 헛간 구석에 자빠져 자거라〉하는 소리도 들었습니다. 제사 때나 명절에 고기나 떡이 생겨도 제게는 먹지 못할 것을 조금 주고 그러고도 일도 아니하면서 처먹기만 한다고 말을 들었습니다. 한번은 궷속에 넣었던 은가락지 한 쌍이 잃어졌습니다. 저는 또 내가 경을 치나 보다 하고 부엌에 앉았노라니, 아니나다를까, 맏오라버니댁이 성이 나서 뛰어들어오며 부지 깽이로 되는 대로 찌르고 때리고 하면서 저더러 그것을 내어놓랍니다. 저도 그때에는 하도 분이 나서 좀 대답을 하였더니, 〈이년, 이 도적놈의 딸년, 네가 아니 훔치면 누가 훔쳤겠니〉하고 때립니다. 제 부친께서 도적으로 잡혀갔다고 걸핏하면 도적놈의 딸년이라 하는데, 그 말이 제일 가슴이 쓰립데다.」

「저런 변이 있나. 저런 몹쓸년이 어디 있노.」
하고 노파가 듣다가 혀를 찬다.

형식은 말없이 가만히 듣고 앉았다. 영채는 후 한숨을 쉬고 말을 이어,
「그렇게 때리고 맞고 하는 즈음에 이웃에 사는 계집 하나이 와서, 〈저 주막에 있는 갈보가 웬 커다란 은가락지를 꼈습데다. 어디서 났는가 하고 물어 보니까 기와집 새서방이 주더랍데다그려. 새서방님이 요새 자주 다니는가 보더구면〉합데다. 이래서 저는 누명을 벗었으나, 그다음에 오라버 니댁과 그 계집과 대판 싸움이 납데다. 〈이년, 서방 있는 년이 남의 어린 사람을 후려다가 끼고 자고, 가락지도 네가 가져오라고 했지 이년?〉하면, 〈제 자식을 잘 가르칠 게지, 남의 탓을 왜?〉이 모양으로 다툽데다.」

「어린것을 가르칠 줄은 모르고 장가만 일찍 들여서 못된 버릇만 배우게 하니.」
하고 형식이가 탄식한다.

「그래서 이 선생께서는 장가도 아니 들으시는게구면.」

영채는 형식이가 아직 취처 아니했단 노파의 말을 듣고 놀래어 형식을 보았다. 그리고 그 장가 아니 든 이유를 알고 싶었다. 그 이유가 자기에게 무슨 상관이 없는가 하였다.

이전 부친께서 농담삼아, 「너 형식의 아내 되련?」하던 말을 생각하였다. 그때에 어린 생각에도 형식은 참 좋은 사람이거니 하고 사랑에 와 있던

40

여러 사람 중에도 특별히 형식에게 정이 들었었다.

이래 칠팔 년간에 한강에 뜬 버들잎 모양으로 갖은 고락을 다 겪으며 천애지각으로 표류하면서도 일찍 형식을 잊어 본 적이 없었다. 차차 나잇살을 먹어 갈수록 형식의 얼굴이 더욱 정답게 가슴속에 떠 나오더라.

혼자 어디 있는지, 죽었는지 살았는지도 모르는 형식을 생각하고 울면서 밤을 새운 적도 있었다. 몸이 팔려 기생 노릇 한 지가 이미 육칠 년에 여러 남자의 청구도 많이 받았건마는 아직 한 번도 몸을 허한 적이 없음은 어렸을 적 소학 열녀전을 배운 까닭도 되거니와, 마음속에 형식을 잊지 못한 것이 가장 큰 까닭이었다.

부친께서, 「너는 형식의 아내가 되어라」 하신 말씀을 자라나서 생각하니, 다만 일시 농담이 아니라 진실로 후일에 그 말씀대로 하시려 한 것이라 하고 내 몸이 가루가 되더라도 부친의 뜻을 아니 어기리라 하였다.

그러나 형식은 살았는가 죽었는가. 살았다 하더라도 이미 유실 유가하고 생자 생녀하였으려니 하고는 혼자 절망도 하였으나, 설혹 그러하더라도 나는 일생을 형식에게 바치고 달리 남자를 보지 아니하리라고 굳게 작정하였다. 이번 우연히 형식을 만나게 되니 기쁨은 기쁘거니와, 자기는 영원히 혼잣 몸으로 지내려니 하였다.

그러다가 형식이가 아직 장가 아니 들었단 말을 들으니, 일변 놀랍기도 하고 일변 기쁘기도 하나, 다시 생각하여 보건댄 형식은 지금 교육계에 다니는 사람이라, 행실과 명망이 생명이니 기생을 아내로 삼는다 하면 사회의 평론이 어떠할까 하고 다시 절망스러운 마음도 생긴다.

형식으로 말하면, 그동안 동경에 유학하노라고 장가들 틈도 없었거니와 그동안 구혼하는 데가 없지는 아니하였다. 그러나 공부로 핑계를 삼고 아직도 구혼에 응하지 아니한 것은 심중에 영채를 생각하였음이다. 일찍 박 진사가 형식을 대하여 직접으로 말한 적은 없었으나 박 진사가 특별히 자기를 사랑하는 양을 보고, 또 남이 전하는 말을 들어도 박 진사가 자기로 사위삼으려는 뜻이 있는 줄을 대강 짐작하였다. 형식이가 박 진사의 집을 떠날 때에 영채의 손을 잡고, 「다시 너를 보지 못하겠다」 한 것은 여러 가지 깊은 슬픔이 많이 있어서 한 말이다.

그러나 그후에 영채의 소식을 알 길이 바이없고, 또 영채의 나이 이미 과년이 된지라 응당 뉘 집 아내가 되어 혹 자녀를 낳았을는지도 모르리라 하였다.

그러하지마는 은사의 뜻을 저버리고 차마 제 몸만 위하여 달리 장가들 마음이 없고 행여나 영채의 소식을 들을까 하고 지금껏 기다리던 차이다. 그러다가 오늘 우연히 만나니, 아무리 보아도 기생의 태도가 나타난다.

그러면 벌써 여러 사람에게 몸을 더럽혔으려니, 만일 그렇다 하면 자기 아내 못 되는 것이 한이 아니라, 세상을 위하여 애쓰던 은인의 혈육이 이처럼 윤락하게 됨이 원통하여 아까도 슬피 소리를 내어 운 것이요, 또 그동안 지나온 이야기를 들으려 함도 행여나 기생이나 아니 되었으면 하는 희망과 설혹 되었다 하더라도 옛사람의 본을 받아 송죽 같은 정절을 지켰으면 하는 희망이 있음이다.

이제 형식과 영채는 피차에 저편의 속을 알고 싶어하게 된 것이다.

「그래, 그 다음에 어찌 되었습니까.」

「그날 종일 밥도 아니 먹고 울다가 아무리 생각하여도 그 집에 있지 못할 줄을 알고 어디로 도망할 마음이 불현듯 납데다. 도망을 하자니 열세 살이나 된 계집 아이가 가기를 어디로 갑네까. 영변 고모님 댁이 있단 말을 들었으나 어딘지도 모르고, 또 고모님도 이미 돌아가셨다 하니 거기인들 외가와 다르랴. 들은즉, 아버님과 두 오라버니께서 평양에 계시다 하니 차라리 거기나 찾아가리라. 아무리 옥에 계시다 하기로 자식이야 같이 있게 아니하랴 하고 그날 밤에 도망하여 평양으로 가려고 작정하고 저녁밥을 많이 먹고 식구들이 잠들기를 기다렸습니다. 저는 외숙모님과 같이 잤는데 그 어른은 노인이라, 이리뒤척 저리뒤척 돌아눕는 소리만 들리고 암만 기다리니 잠드는 양이 아니 보입니다. 그래 기다리다 못하여 뒷간에 가는 체하고 일어나 옷을 입었습니다. 외숙모께서도 의심이 나시는지, 옷은 왜 입느냐 하십데다. 그래서 뒤보러 가노라 하고 얼른 문밖에 나섰습니다. 여자의 옷으로는 혼자 도망할 수가 없을 줄을 알고 제 조카의 옷을 훔쳐 입으리라는 생각이 났습니다. 정말 도적질을 하게 되었지요.」

하고 웃으며,

「마침 저녁에 옷을 다려서 대청에 놓은 줄을 알므로 가만가만히 대청에 가서 제 옷을 벗어 놓고 조카의 옷을 갈아입었습니다. 그때는 팔월 열사 흘이라, 달이 째듯하게 밝고 밤바람이 솔솔 붑데다. 가만히 대문을 나서니 참 황황합데다. 평양이 동인지 서인지도 모르고 돈 한푼도 없이 어떻게 가는고 하고 부모 생각과 제 생각에 저절로 눈물이 납데다. 그러나 이 집에는 더 있지 못할 줄을 확실히 믿으므로 더벅더벅 앞길을 향하여 나갔습니다. 대 문간에서 자던 개가 저를 보고 우두커니 섰더니 꼬리를 치면서 따라나옵데다. 한참 나와서 길가 큰 들매나무 아래 와서 저는 펄썩 주저앉았습니다. 거기서 한참이나 울다가 곁에 섰는 개를 쓸어 안고, 〈나는 멀리로 간다. 다시는 너를 보지 못할까 보다. 일년 동안 네가 내 동무 노릇을 하였구나. 그러나 나는 너를 버리고 멀리로 간다. 집에 가서 누가 내 거처를 묻거든 아버지를 찾아 평양으로 가더라고 일러라〉하고 다시 일어나서 갔습니다. 참 개도 인정을 아는 듯해요. 제 옷을 물고 매어달려서 쿵쿵하면서 도로 집으로 가자는 시늉을 합데다. 〈그러나, 나는 못 들어간다. 너나 들어가거라〉하고 손으로 머리를 때렸습니다. 그러나 개는 떨어지지 아니하고 따라옵데다. 저도 외로운 밤길에 동무나 될까, 하고 구태여 때려 쫓지도 하니하였습니다.」

「저것 보게. 개가 도리어 사람보다 낫지.」

하고 노파가 눈물을 씻는다.

영채는 도리어 웃으면서,

「그러니 어디로 갈지 길을 알아야 아니합니까. 지난봄에 나물러 갔다가 넓은 길을 보고 이 길이 서편으로 가면 의주와 대국으로 가고, 동편으로 가면 평양도 가고 서울도 간다는 말을 들었기로 허방지방 그리로만 향하 였습니다. 촌중 앞으로 지날 적마다 개가 짖는데 개 소리를 들으면 한껏 반갑기도 하고 무섭기도 합데다. 저를 따라오는 개는 짖지도 아니하고 가 만가만히 고개를 숙이고 저를 따라옵데다. 그렇게 얼마를 가노라니 촌중에서 닭들이 우는데 저편에 허연 길이 보입데다. 옳다구나 하고 장달음으로 큰길에 나섰습니다. 나서서 한참이나 사방을 돌아보다가 대체 달 지는 편이 서편 이려니, 하고 달을 등지고 한정없이 갔습니다. 이튿날 조반도 굶고 낮이 기울도록 가다가 시장증도 나고 다리도 아프기로 길가 어느 촌중에 들어

갔습니다. 집집에 떡치는 소리가 나고 아이들은 새옷을 갈아입고, 떼를 지어 밀려다닙데다. 저는 그중에 제일 큰집 사랑으로 들어갔습니다. 사랑에는 여러 어른들이 모여서 술을 먹고 웃고 이야기합데다. 길가던 아인데 시장하여 들어왔노라 하니까 주발에 떡을 한 그릇 담아 내어다 줍데다. 시장했던 김이라 서너 개나 단숨에 먹노라니까 사랑에 앉은 어른 중에 수염 많이 나고 얼굴 우툴두툴한 사람이 제 곁에 와서 머리를 쓸며 〈뉘 집 아인고, 얌전도 하다〉 하면서 성명을 묻고, 사는 데를 묻고, 부친의 이름을 묻고, 나이를 묻습데다. 저는 숙천 사는 김 아무라고 되는 대로 대답하고 안주 외가에 갔다 오노라고 하였더니, 제 얼굴빛과 대답하는 모양이 수상하던지, 여러 어른들이 다 말을 그치고 저만 쳐다봅데다. 저는 속이 울렁울렁하고 낯이 훅훅 달아서 떡도 다 먹지 못하고 일어나 절한 뒤에 문밖으로 뛰어나왔습니다. 나온즉, 장난꾼 아이들이 모여 섰다가 저를 보고 〈얘, 너 어디 있는 아이냐? 어디로 가느냐〉 하고 성가스럽게 묻습데다. 〈나는 숙천 있는 아이다. 안주 외가에 갔다가 온다〉 하고 고개를 숙이고 달아나왔습니다. 아이들은 〈사람이 말을 묻는데 뛰기는 왜 뛰어〉 하고 트집을 잡고 따라옵니다. 그러나 나는 나이 어리고 밤새도록 걸음을 걸어 다리가 아파서 뛰지 못할 줄을 알고 우뚝 섰습니다. 그제는 아이놈들이 죽 둘러서고 그중에 제일 큰놈이 와서 제 목에다 손을 걸고 구린내를 피우면서 별별 말을 다 묻습니다. 대답하면 묻고, 대답하면 또 묻고, 다른 아이놈들은 웃기도 하고 꼬집기도 하고 쿡쿡 찌르기도 하고 아무리 빌어도 놓아 주지를 아니합니다. 한참이나 부대끼다가 하릴없이 으아하고 소리를 내어 울었습니다. 마침 그때에 저리로서 큰기침 소리가 나더니 서당 훈장 같은 이가 정자관을 젖혀 쓰고 기다란 담뱃대를 춤을 추이면서 오다가, 〈이놈들, 왜 그러느냐!〉 하고 호령을 하니까 아이놈들이 사방으로 달아납데다. 저는 다리 아픈 줄도 모르고 달음질을 하여 나왔습니다. 뒤에서는 아이놈들이 욕하고 떠드는 소리가 들립데다. 그러나 뒤도 돌아보지 아니하였습니다. 큰길에 나서니 개가 어디 있다가 따라나옵데다. 어떤 아이놈이 돌로 때렸는지 귀밑에서 피가 조금 납데다. 저는 울면서 호하고 불어 주었습니다. 그러고는 쉬엄쉬엄 또 동으로만 향하고 갔습니다. 몸은 더할 수 없이 곤하고 해도 저물었습니다. 아까 혼난 생각을 하면 진저리가 나서 다시 어느 촌중에 들어갈 생각이 없습니다. 그러나 밥 굶어서 한데에서 잘 수도 없으매 어쩌면 좋은가 하고 주저하다가 어떤 길가 주막에 들었습니다. 그날 저녁에 고생한 생각을 하면 지금도 치가 떨립니다.」

하고 손을 한 번 비틀고 한숨을 내어 쉰다.

「돈 한푼도 없이!」

하고 노파가 걱정을 한다.

「돈이 있으면 그처럼 고생은 아니하였겠지요.」

하고 말을 이어,

「주막에 드니깐 먼저 든 객이 육칠 인 됩데다. 주인이 아랫목에 앉았다가 저를 보고 〈너 어떤 아이냐〉 하기로 길 가던 아인데 날이 저물어 하룻밤 자고 가려노라 하였습니다. 그러면 저녁을 먹어야 하겠구나 하기에, 돈이 한푼도 없어서 밥을 사 먹을 수 없으니 자고 가게 하여 달라고 하였습니다. 한즉, 주인이 〈그러걸랑은 저 안동네 뒤 집 사랑에 들어가 자거라, 우리 집에는 손님이 많아서 잘 데가 없다〉고 합데다. 그제 손님 중의 한 분, 머리도 깎고 매우 점잖아 보이는 이가 주인더러, 〈어린것이 이제 어디로 가겠소 내가 밥값을 낼 것이니 저녁과 내일 아침밥을 먹이고 재우시오〉 합데다. 저는그때에 어떻게나 고마운지 마음 같아서는 아저씨, 하고 엎디어 절이라도 하고 싶데다. 그래 저녁을 먹고 나서 여러 손님들이 이야기하는 것을 듣다가 어느 틈에 웃목에 잠이 들었습니다. 자다가 어떤 도적놈에게 잡혀가는 무서운 꿈을 꾸고 잠을 깨어 가만히 들은즉, 방안의 객들이 무슨 의논을 하는 모양입데다. 하나이 〈아니어, 사내애지〉 하면, 〈그럴 수가 있나? 그 얼굴과 목소리가 단정코 계집아이지요〉 하고, 그러면 또 하나이 〈어린 계집아이가 남복을 하고 혼자 갈 이유가 있나?〉 하면서 저를 두고 말함이 분명합데다. 이뿔싸, 이 일을 어쩌나 하고 치를 띨고 누웠는데, 여러 사람들은 한참이나 서로 다투더니 그중의 한 사람이 〈다툴 것이 있는가 보면 그만이지〉 하고 저 있는 데로 옵데다. 저는 기가 막혀 벽에 꼭 붙었습니다. 그러나 힘이 어른을 대적할 수가 있습니까. 마침내 제 본색이 탄로되었습니다. 부끄럽기도 그지없고 분하기도 그지없어 하염없이 소리를 놓아 울었습니다.」

「저런 변이 있나. 그 몹쓸놈들이 밤새도록 잠은 아니 자고 그런 공론만
하였구면.」

하고 노파가 분해 한다.

「그래 한참 우는데 제 몸을 보던 사람이 말하기를,〈자 여러분, 이제는
내기한 대로 내가 이 계집아이를 가지겠소〉하면서 제 등을 툭툭 두드립데다.
그래 저는 평양 계신 아버님을 찾아가는 길이라고 간절히 말하고 빌었습니다.
한즉, 그 사람 대답이,〈아버님은 오는 달에 찾아가고 위선 내 집으로 가자〉
하면서 팔을 제 목 아래로 넣어 저를 일으켜 앉히며, 어서 가자 합데다.
저는 다른 사람들의 얼굴을 보았습니다. 행여나 나를 도와줄 사람이 있는가
하고.」

「아까 밥값 내어 준다던 사람은 어디로 갔던가요?」

하고 형식이가 주먹을 부르쥐고 물었다.

「글쎄 말씀을 들으십시오. 지금 저를 데려가려는 사람이 바로 그 사람
이외다그려. 여러 사람들은 그 사람을 무서워 하는지 아무말도 없이 빙글빙글
웃기만 합데다. 저는 울면서 빌다 못하여 마침내 사람 살리시오 하고 힘껏
소리를 내어 울었습니다. 제 울음소리에 개들이 야단을 쳐 짖는데 그중에
제가 데리고 온 개 소리도 납데다. 그제는 그 사람이 수건으로 제 입을 꼭
동여매더니 억지로 뒤쳐업고 나갑데다. 방에 있던 사람들은 내다보지도
아니하고 문을 닫칩데다.」

하고 잠시 말을 그친다.

형식은 영채의 기구한 운명을 듣고 자기의 어렸을 때에 고생하던 것에
대조하여 한참 망연하였었다. 영채는 그 악한에게 붙들려 장차 어찌 되려는가.
그 악한은 영채의 어여쁜 태도를 탐하여 못된 욕심을 채우려 하는가. 또는
영채의 몸을 팔아 술과 노름의 밑천을 만들려 함인가. 아무려나, 영채의 몸이
그 악한에게 더럽혀지지나 아니하였으면 하였다.

그리고 영채의 얼굴과 몸을 다시 자세히 보았다. 대개 여자가 남자를 보면
얼굴과 체격에 변동이 생기는 줄을 앎이다. 어찌 보면 아직 처녀인 듯도
하고, 어찌 보면 이미 남자에게 몸을 허한 듯도 하다. 더구나 그 곱게 다스린
눈썹과 이마와 몸에서 나는 향수 냄새가 아무리하여도 아직도 순결한 처

녀같이 보이지 아니한다.

형식은 영채에게 대하여 갑자기 싫은 마음이 생긴다. 저 계집이 이때까지 누군지 알 수 없는 남자에게 몸을 허하지 아니하였는가. 지금 자기 신세타령을 하는 저 입으로 별별 더러운 놈의 입술을 빨고, 별별 더러운 놈의 마음을 호리는 말을 하지 않았는가. 지금 여기 와서 이러한 소리를 하고 가장 얌전한 체하고 눈물을 흘리는 것은 육칠년 전의 애정을 이용하여 나를 휘어넘기려는 흉계(凶計)가 아닌가. 이렇게 생각하고 다시 선형을 생각하였다. 저 선형은 참 아름다운 처녀다. 얼굴도 아름답거니와 마음조차 아름다운 처녀다. 저 선형과 이 영채를 비교하면 실로 선녀와 매음녀의 차이가 아닐까. 이렇게 생각하고 한번 영채를 보았다. 그의 눈에는 맑은 눈물이 고이고 얼굴에는 거룩하다고 할 만한 슬픈 빛이 보인다. 더욱이 아무 상관없는 노파가 영채의 손을 잡고 주름잡힌 두 뺨에 거짓없는 눈물을 흘림을 볼 때에 형식의 마음은 또 변하였다. 아니다, 아니다. 내가 죄로다. 영채는 나를 잊지 아니하고 이처럼 찾아와서 제 부모나 형제를 만난 모양으로 반갑게 제 신세를 말하거늘, 내가 이러한 괘씸한 생각을 함은 영채에게 대하여 큰 죄를 범함이로다. 박 선생같이 고결한 어른의 따님이, 그렇게 꽃송아리같이 어여쁘던 영채가 설마 그렇게 몸을 더럽혔을 리가 있으랴. 정녕 온갖 풍상을 다 겪으면서도 송죽의 절개를 지켜 왔으려니 하였다. 그러나 그후부터 지금까지 어떻게 지내어 왔는고.

영채는 다시 말을 이어, 그 악한에게 잡혀가던 일에서부터 지금까지 지내오던 바를 말한다.

영채는 마침내 그 악한에게 붙들려 갔다. 그 악한의 집은 산밑에 있는 조그마한 집이었다. 얼른 보아도 게으른 사람의 집인 줄을 알겠더라. 그 악한은, 지금은 비록 이러한 못된 짓을 하거니와, 일찍은 이 동네에서 부자라는 이름을 듣고 살았었다.

그러나 원래 문벌이 낮아 남의 천대를 받더니, 갑진년에 동학의 세력이 창궐하여 무식한 농사꾼들도 머리를 깎고 탕건을 쓰면 호랑이같이 무섭던 원님도 감히 건드리지를 못하였다. 이 악한도 그 세력이 부러워 곧 동학에 입도하고, 여간 전래의 논밭을 다 팔아 동학에 바치고 그만 의식이 말유한 가난한 사람이 되고 말았다.

그러나 감사도 되고 군수 목사도 되리라는 희망은 물거품으로 돌아가고 이제는 논밭 한 이랑도 없는 거지가 되고 말았다. 마음이 착하고 수양이 많은 사람이면 아무리 가난하여도 절행을 고칠 리가 없건마는, 원래 갑자기 양반이나 되기를 바라고 동학에 들었던 인물이라, 처음에는 양반의 체면과 신사의 체면도 보았건마는 점점 체면을 차리는 데 필요한 두루마기와 탕건과 가죽신이 없어지매 양반의 체면과 신사의 체면도 그와 함께 없어지고 말았다.

그 악한은 아무러한 짓을 하여서라도 돈만 얻으면 그만이요, 술만 먹으면 그만이라 하게 되었다. 그래서 그는 그 동네의 유명한 협잡꾼이 되고 몹쓸놈이 된 것이다.

주막에 앉아서 영채의 밥값을 담당함은 잠시 이전 신사의 체면을 보던 마음이 일어남이요, 영채가 계집아이인 줄을 알매 그를 업어 감은 시방 그의 썩어진 마음을 표함이다.

그는 아들 형제가 있었다. 맏아들은 벌써 스물두 살인데 아직도 장가를 들이지 못하였고, 둘째아들은 지금 십오륙 세 된 더벅머리였다. 그가 처음 영채를 업어갈 때에는 이십이 넘도록 장가를 들지 못한 맏아들에게 주려 하는 마음이었다. 그같이 마음이 악하여져서 거의 짐승이 된 놈에게도 아직까지 자식을 생각하는 마음은 남았음이다.

그러나 영채를 등에 업고 캄캄한 밤에 사람 없는 데로 걸어가니, 등과 손에 감각되는 영채의 따뜻한 살이 금할 수 없이 그의 육욕을 자극하였다. 연계로 말하면 제 손녀나 될 만한 이제 겨우 열세 살 되는 영채에게 대하여 색욕을 품는다 함이 이상히 들리려니와, 원래 몸이 건강한데다가 마음에 도덕과 인륜의 씨가 스러졌으니 이러함도 괴이치 아니한 일이다. 집에 아내가 없지 아니하나 나이도 많고 또 여러 해 가난한 고생에 아주 노파가 되고 말아 조금도 따뜻한 맛이 없었다.

이제 꽃송이 같은 영채가 내 손에 있으니, 짐승 같은 그는 며느리를 삼으려 하던 생각도 없어지고 불길같이 일어나는 육욕을 제어하지 못하여 외딴 산모롱이 길가에 영채를 내려놓았다.

아직 나이 어린 영채는 그가 자기에게 대하여 어떠한 악의를 품은지는 모르거니와, 다만 무섭기만 하여 손을 마주 비비며 또 한번「살려 주오」하고 빌었다. 그러나 그는 듣지 아니하고 미친 듯이 영채를 땅에 눕혔다.

이까지 하는 말을 듣고 형식은 전신이 으쓱하였다. 마침내 영채는 처녀가 아닌 지가 오래구나 하였다. 설혹 영채가 욕을 보지 아니하였노라 하더라도 형식은 믿지 아니하리라 하였다.

형식은 그 악한이 영채를 땅에 엎드리던 광경을 생각하고, 일변 영채를 불쌍히도 여기고, 일변 영채가 더러운 듯이도 생각하였다.

노파는 숨소리도 없이 영채의 기운없이 말하는 입술만 보고 앉아서 이따금「저런 저런」하고는 한숨을 쉰다.

악한이 영채를 땅에 누일 때, 영채는 웬일인지 모르거니와 갑자기 대단한 무서움이 생겨 발길로 그의 가슴을 힘껏 차고 으아 하고 소리를 내어 울었다.

악한은 푹 거꾸러졌다. 영채가 아무리 약하고 어리더라도 죽을 악을 쓰고 달려드는 악한의 가슴을 찼으니, 불의에 가슴을 채인 악한은 그만 숨이 막힘이라. 영채는 악한이 거꾸러지는 것을 보고 벌떡 일어나서 도로 일어나려는 악한의 얼굴에 흙과 모래를 쥐어뿌리고 정신없이 발 가는 대로 달아났다.

얼마를 정신없이 달아나다가 우뚝 서서 귀를 기울였다. 그러나 아무 소리도 들리지 아니하고 새벽바람이 땀 흐르는 얼굴을 스쳐 지나갈 뿐이었다. 그러나 영채의 눈에는 뒤에 얼른얼른 그 악한의 따라오는 그림자가 보이는 듯하고, 또 그 악한의 손에는 피 흐르는 칼날이 번쩍번쩍하는 듯하여 또 한번 으아 하고 뛰기를 시작하였다.

얼마를 뛰어가다가 뒤를 돌아보니, 뒤에 지금껏 잊어버렸던 개가 입에 희끄무레한 무엇을 물고 따라온다.

영채는 반겨 그 개를 안았다. 그러나 그 개의 몸에는 온통 피투성이요, 더구나 영채가 그 개의 머리를 안을 때에 개의 목에서 솟는 피에 손이 젖음을 깨달았다.

영채는 놀래어 한 걸음 물러났다. 개는 쿵쿵하고 두어 번 짖더니 그만 다리를 버둥버둥하고 땅에 거꾸러진다. 영채는 어쩔 줄을 모르고 멍청하니 섰다가 개의 입에 물렸던 희끄무레한 것을 집었다. 아직 희미한 새벽빛이 얼마는 그것이 아까 그 악한의 저고리 앞자락인 줄을 알았다. 개는 그 악한과 오랫동안 싸워 마침내 그 악한을 물어 메뜨리고 주인에게 그 뜻을 알리려고 그 악한의 저고리 앞자락을 물어 온 것이다.

그러나 그 개도 악한에게 발길로 채이고, 주먹으로 맞고, 입으로 물려 여러 군데 살이 떨어지고 피가 흐르고, 그중에도 왼편 갈빗대가 둘이나 꺾어져서 폐와 심장을 찢긴 것이다. 제 목숨이 얼마나 남은지도 모르고 불쌍한 주인을 따라와 제가 그 주인을 위하여 원수갚은 줄을 알리고 그 사랑하던 주인의 발부리에서 죽고자 함이다.

「저는 개의 시체를 붙들고 한참이나 울었습니다.」
하는 영채의 눈에는 새로이 눈물이 흘렀다.

형식은 영채의 말을 듣고 얼마큼 안심이 되었다. 영채의 얼굴을 다시금 보매, 새삼스럽게 정다운 마음과 사랑스러운 생각이 난다. 지금까지 영채의 절행을 의심하던 것이 죄송스럽다 하였다.

영채는 어디까지든지 옥과 같이 깨끗하고 눈과 같이 깨끗하다 하였다. 이전 안주에 있을 때에 보던 어리고 아리따운 영채의 모양이 뚜렷이 형식의 앞에 보이더니, 그 아리따운 모양이 방금 그 앞에 앉아 신세 타령을 하는 영채와 하나이 되고 만다. 형식은 생각하였다. 옳다, 은혜 많은 내 선생님의 뜻을 이어 영채와 부부가 되어 일생을 즐겁게 지내리라 하였다.

그러고는 자기와 영채가 부부 된 뒤에 할 일이 눈앞에 보인다. 우선 영채와 자기가 좋은 옷을 입고 목사 앞에 서서 맹세를 하렸다. 나는 영채의 손을 꼭 쥐고 곁눈으로 영채의 불그레하여진 뺨을 보리라. 그때에 영채는 하도 기쁘고 부끄러워 더욱 고개를 숙이렸다.

그날 저녁에 한자리에 누워 서로 꼭 쓸어안고, 지나간 칠팔 년간의 고생하던 것과 서로 생각하고 그리워하던 말을 하리라. 그때에 영채가 기쁜 눈물로 베개를 적시며 속에 쌓이고 쌓였던 정회를 풀 때에, 나는 감격함을 이기지 못하여 전신을 바르르 떨며 영채를 껴안으리라.

그러면 영채도 내 가슴에 이마를 대고 「에그, 이것이 꿈인가요」 하고 몸을 떨리라. 그러한 후에 나는 일변 교사로, 일변 저술로 돈을 벌어 깨끗한 집을 잡고, 재미있는 가정을 이루리라. 내가 저녁 때에 일을 마치고 집에 돌아오면 영채는 나를 기다리고 기다리다가 내가 오는 것을 보고 뛰어나오며 내게 안기리라. 그때에 우리는 서양 풍속으로 서로 쓸어안고 입을 맞추리라. 그러다가 이윽고 아들이 나렷다. 영채와 같이 눈이 큼직하고 얼굴이 둥그스름하고, 나와 같이 체격이 튼튼한 아들이 나렷다. 그 다음에 딸이 나렷다. 그 다음에는 또 아들이 나렷다. 아아, 즐거운 가정이 되렷다.

그러나 영채가 만일 지금껏 아무것도 배운 것이 없으면 어쩌나. 내 마음과 내 사랑을 알아줄 만한 공부가 없으면 어쩌나. 어려서 글을 좀 읽었건마는 그동안 칠팔 년간이나 공부를 아니하였으면 모두 다 잊어버렸으렷다. 아아, 만일 영채가 이렇게 무식하면 어쩌는가. 그렇게 무식한 영채와 행복된 가정을 이룰 수가 있을까. 아아, 영채가 무식하면 어쩌나.

이렇게 생각하매 지금까지 생각하던 것이 다 쓸데없는 듯하여 불현듯 서어한 마음이 생긴다.

그래서 형식은 영채의 얼굴을 다시금 보았다. 그 몸가짐과 얼굴의 표정이 아무리하여도 교육 없는 여자는 아니로다. 더구나 그 손과 옷을 보매, 지금껏 괴로운 일로 고생은 아니한 듯하다. 아무리 보아도 영채는 고등한 가정에서, 고등한 교육을 받은 사람인 듯하다. 그렇지 아니하면 저렇게 몸가짐에 자리가 잡히고, 말하는 것이 저렇게 얌전하고 익숙치 못하리라 하였다. 더구나 그 말에 문학적 색채가 있는 것을 보니 아무리하여도 고등한 교육을 받았구나 하였다.

혹 내가 남의 도움을 받아 이만큼이라도 출세를 하게 된 모양으로 그도 누구의 도움을 받아 평안히 지내면서 어느 학교를 졸업하지 아니하였는가. 마치 김 장로의 집에 있는 윤 순애 모양으로 어느 귀족의 집이나, 문명한 신사의 집에서 여태까지 공부를 하지나 아니하였는가. 혹 금년쯤 어느 고등여학교를 졸업하지나 아니하였는가. 그렇기만 하면 오죽 좋으랴. 옳다, 그렇다 하고 형식은 혼자 믿고 좋아하였다.

그러고 형식은 어서 영채의 그후에 지낸 내력을 듣고 싶었다. 영채의 하는 말은 꼭 자기의 생각한 바와 같으려니 하였다.

영채는 노파가 정성으로 베어 주는 배를 한 쪽 받아 먹고 지나간 일을 생각하면서 길게 한숨을 쉬었다. 지금까지 말한 것도 고생이 아님이 아니요,

눈물 흘릴 일이 아님이 아니나, 이제부터 말할 것은 그보다 더한 슬픈 일이다.

혼자 이따금 그 일을 생각만 하여도 진저리가 나는데 다른 사람을 대하여 그러한 일을 말하게 되니 더욱 비감도 하고, 또 일변 부끄럽기도 하다.

영채는 이래 사오 년간에 사람도 퍽 많이 대하였고, 잠시나마 형제와 같이 친히 지내던 친구도 꽤 많았었다. 혹 같은 친구들이 모여앉아서 신세 타령을 할 때에 여러 가지 못할 말 없이 다 하면서도 지금 형식에게 말하려는 말은 아직 하여 본 적이 없다.

대개 이런 말을 하더라도 듣는 사람은 다만 그것 불쌍하다고나 할 따름이요, 깊이 자기를 동정하여 주지 아니할 줄을 앎이다. 영채는 극히 절친한 친구에게라도 자기의 신분은 말하지 아니하고, 다만 자기는 어려서 부모를 여의고, 이웃 사람의 손에 길려났노라 할 뿐이었었다. 대개 그는 차마 그 아버지의 말을 할 수 없고 그의 진정한 신세를 말할 수 없음이다.

이리하여 그는 슬픈 경력을 제 가슴속에 깊이깊이 간직하여 두었었다. 아마 그가 일생에 형식을 만나지 아니하였던들 그의 흉중에 쌓이고 쌓인 회포와 맺히고 맺힌 원한은 마침내 세상에 드러나지 아니하고 말았을 것이었다. 세상에 사람이 많건마는 제 가슴속에 깊이깊이 간직한 회포를 들어 줄 사람이 몇이나 되리오.

영채는 그동안 지극히 마음이 괴로울 때에는, 혹 그중에 자기를 가장 동정하는 사람을 구하여 한번 시원히 자기의 신세 타령이나 하여 보리라 한 적도 한두 번이 아니었다. 한번 실컷 신세 타령을 하고 나면 얼마큼 몸이 가든하여지려니 하였다.

그러나 세상에서 만나는 사람들은 백이면 백이 다 자기를 희롱하고 잡아먹으려는 사람뿐이었다. 길가에 본체만체하고 지나가는 사람은 무론이어니와 가장 다정한 듯이 웃는 얼굴과 부드러운 말소리로 가까이 오는 자도 기실은 나를 사랑하고 불쌍히 여겨 그러함이 아니라 나를 속이고 나를 농락하여 자기의 욕심을 채우려 함이었다.

영채는 지금 자기가 일생에 잊히지 아니하고 생각하고 그리던 형식을 만났으니 지금까지 가슴속에 간직하였던 회포를 말하리라 하였다. 세상에 아직도 제 회포를 들어 줄 사람이 있는 것을 생각하고 영채는 더할 수 없이 기뻐하였다.

　그러나 영채는 다시 생각하였다. 형식의 얼굴빛을 보매, 자기를 만난 것을 반가워하는 것과 자기의 신세를 불쌍히 여기는 줄은 알건마는 만일 자기가 몸을 팔아 기생이 되어 오륙 년간 부랑한 남자의 노리개 된 줄을 알면 형식이가 얼마나 낙심하고 슬퍼하랴.

　또 형식은 아주 품행이 단정한 사람이라는데 만일 내가 기생 같은 천한 몸이 되었다 하면 싫은 마음이 아니 생길까. 지금은 형식이가 저렇게 나를 위하여 눈물을 흘리고 나를 대하여 사랑하는 빛을 보이건마는 내가 만일 기생이 되었다는 말을 하면 곧 미운 생각이 나고 불쾌한 생각이 나지 아니할까.

　그래서 「너는 더러운 사람이로다. 나와 가까이할 사람이 아니로다」 하고 얼굴을 찌푸리지 아니할까.

　이러한 생각을 하매, 영채는 더 말할 용기가 없어졌다. 지금까지 죽은 부모와 동생을 만나 본 듯한 반가운 정이 스러지고 새로운 설움과 새로운 부끄러움이 생긴다. 아아, 역시 남이로구나. 형식이도 역시 남이로구나. 마음놓고 제 속에 있는 비밀을 다 말하지 못하겠구나 하였다.

　영채는 새로이 눈물이 흘러 고개를 숙였다. 내가 왜 기생이 되었던고, 왜 남의 종이 되지 않고 기생이 되었던고, 남의 종이 되거나, 아이 보는 계집이 되거나, 바느질품을 팔고 있었다면 형식을 대하여 이렇게 부끄러운 마음이 생기고 이렇게 제 속에 있는 말을 못하지는 아니하려든. 아아, 왜 내가 기생이 되었던고. 물론 영채는 제가 기생이 되고 싶어 된 것은 아니었다. 아버지와 두 오라비를 건져내려고 기생이 된 것이다.

　영채가 평양감옥에 다다라 처음 그 아버지와 면회를 허함이 되었던 날, 영채는 그 아버지를 보고 일변 놀라고 일변 슬펐다. 철없고 어린 생각에도 그 아버지의 변한 모양을 보매 가슴이 찌르는 듯하였다. 조그마한 구녁으로 내어다보는 그 아버지의 몹시 주름잡히고 여윈 얼굴, 움쑥 들어간 눈, 이전에는 그렇게 보기 좋던 백설 같은 수염도 조금도 다스리지를 아니하여 마치 흐트러진 머리카락처럼 되고, 그중에도 가장 영채의 가슴을 아프게 한 것은 황톳물 묻은 흉물스러운 옷이다. 감옥 문밖에 다다랐을 적에 이 흉물스러운 황톳물 옷을 입고 짚으로 결은 이상한 갓을 쓰고 굵은 쇠사슬을 절절 끌며 무슨 둥글한 똥내 나는 통을 메고 다니는 양을 볼 때에, 이러한 모양을 처음 보는 영채는 어렸을 때부터 무서워하던 에비나 귀신을 보는 듯하여 치가 떨렸다. 저것들도 우리와 같은 사람일까. 아마도 저것들은 무슨 몹쓸 큰 죄악을 지은 놈이라 하였다.

그리고 영채가 그 곁으로 지나올 때에 그 흉물스러운 사람들이 이상하게 힐끗힐끗 자기를 보는 양을 보고 몸에 소름이 끼치도록 무서운 마음이 생겼다. 그러나 철없는 영채는 자기 아버지도 저러한 모양을 하였으려니 하고 생각하지는 아니하였다.

영채는 자기 아버지가 이전 자기집 사랑에 앉았을 때 모양으로 깨끗한 두루마기에 깨끗한 버선을 신고, 책상을 앞에 놓고 책을 읽으며 여러 젊은 사람들을 가르치고 있으려니 하였다.

그래서 저는 평양에 올 때까지는 죽을 고생을 다하였거니와 아버지를 만나기만 하면 평생 아버지의 곁에 있어서 아버지의 심부름도 하고 옷도 빨아 다려 드리고, 이전 모양으로 오래간만에 재미있던 소학과 열녀전과 시경도 배우려니 하였었다.

아버지의 얼굴은 늘 웃는 빛이요, 아버지의 눈에는 늘 광명이 있고, 아버지의 말소리는 늘 정이 있고, 힘이 있으려니 하였다. 대합실에서 두 시간이나 넘어 기다리다가, 간수에게 이끌려 들어갈 적에 영채는 너무 기뻐서 눈물이 흐를 뻔하였었다.

이제는 아버지를 뵈오려니 하면서, 숙천 어떤 촌중에서 아이놈들에게 고생받던 생각과 그 이튿날 어느 주막에서 어떤 악한에게 붙들려 하마터면 큰 괴변을 당할 뻔하던 것과 순안 석암리 근방에서 금점꾼에게 붙들려 고생하던 것도 다 잊어버려지고 다만 기쁜 생각만 가슴에 가득히 찼다.

면회소에 들어가면 응당 아버지가, 「네가 오느냐」 하고 뛰어나와 자기를 안아 주려니 하였다. 그러나 면회소에 들어가 본즉, 사방에 두터운 널쪽으로 둘러막고, 긴 칼을 찬 간수들이 무정한 눈으로 자기를 보며 쿵쿵 소리를 내고 지나갈 뿐, 나오리라 하는 아버지는 아니 보이고 어떤 시꺼먼 수염이 많이 난 순검(간수연마는 영채의 생각에는 순검이어니 하였다)이 손에 무슨

줄을 잡고 서서 영채를 보며,

「너 울지 말아라. 울면 네 아버지 안 보일 테야.」

하고 호령을 할 때, 영채는 그만 실망하고 무섭고 슬픈 생각이 났다.

이윽고 그 순검이 손에 잡은 줄을 잡아당기니 덜커덕하는 소리가 나면서 널쪽 벽에 있던 나뭇조각이 그 줄에 달려 올라가고, 네모난 조그마한 구녁이 뚫리며 그렇게도 몹시 변한 아버지의 얼굴이 보인다. 어깨 위에서부터 눈까지가 보이고, 이마 위는 벽에 가려서 아니 보인다. 아버지는 웃지도 아니하고 말도 없이, 가만히 영채를 내다볼 뿐, 그 얼굴에는 전에 보던 화기가 없고 그 눈에는 전에 있던 웃음과 광채가 없어지고 말았다.

전에 영채를 대할 때에는 얼굴이 온통 웃음이 되더니, 지금은 나무로 깎아 놓은 모양으로 아무러한 표정도 없다. 영채는, 「저것이 내 아버진가」 하고 너무 억색하여 한참이나 그 얼굴을 바라보았다.

영채의 몸에는 피가 식고 사지가 굳어지는 듯하였다. 그러나 영채는 그 나무로 깎은 듯한 얼굴, 움쑥한 눈에 눈물이 스르르 도는 것을 보고 그제야 「이것이 내 아버지로구나」 하는 듯이,

「아버지!」

하고 소리를 내어 울었다.

「웬일이오」

하고 영채가 통곡하였다.

이렇게 아버지를 만나 보고 간수에게 붙들려 도로 대합실에 나왔다. 그 간수는 아까 줄을 잡고 있던 간수와 달라 매우 친절하게 영채를 위로하여 주었다. 대합실 걸상 위에 앉히고,

「울지 말아라. 이제 얼마 아녀서 네 아버지께서 나오시느니라.」

하고 간절하게 위로하여 주었다. 그러나 아주 미련치 아니한 영채는 그것이 다만 저를 위로하는 말에 불과하는 줄을 알았다. 그러고는 한참이나 목을 놓아 울었다. 간수는 달래다 못하여,

「울지 말고 어서 집에 가거라.」

하고는 자기 갈 데로 가고 말았다.

그때에 곁에 앉았던 어떤 머리 깎고 모직 두루마기 입은 사람이 영채더러,

「너 왜 우느냐. 여기 누가 와서 갇혔느냐?」

하고 아주 친절하게 묻는다.

영채는 그 아버지와 두 오라비가 이 감옥에 와 있는 말과 또 아버지와 오라비는 기실 아무 죄도 없다는 말과 자기는 아버지를 뵈올 양으로 혼자 이 먼 곳에 찾아왔다는 뜻을 고하였다. 영채 생각에, 이런 말을 하면 혹 자기를 불쌍히 여겨서 아버지도 자주 뵈옵게 하여 주고 또 얼마 동안 밥도 먹여 주려니 하였다.

그 사람이 이 말을 듣더니 아주 정성스럽고 다정한 말로 영채를 위로한다.

「참 가엾고나. 아직 내 집에 있어서 다음번 면회일을 기다려라. 한달에 한 번씩밖에 면회를 아니 시켜 주는 것이니, 내 집에 가서 한달쯤 있다가 또 한번 아버지를 만나 보고 집에 가거라.」

한다. 영채는 한달을 더 있다 가야 또 아버지를 만날 수 있다는 말을 들으매, 마음이 답답하기는 하나 그 사람의 친절히 구는 것이 어떻게 감사한지 몰랐다.

또 영채의 생각에는 평양에 와서 아버지만 만나면 평생 아버지를 모시고 있을 줄로 알고 왔던 것이 정작 와 본즉, 모시고 있기는커녕 한달에 한 번씩밖에 더 뵈올 수가 없고, 또 손에 돈이 없고 평양에 아는 사람이 없으니 오늘 저녁부터라도 먹고 잘 일이 걱정이다.

또 팔월도 이십 일이 지났으니, 아침 저녁에는 찬바람이 솔솔 불어 무명 고의 베 적삼이 으스스하게 되었고, 또 밤에 덮을 것도 없이 자려면 사지가 옹송그려져 잠을 이룰 수가 없었다.

어젯저녁에도 칠성문 밖 어떤 집 윗목에서 밤새도록 추워서 한잠을 이루지 못하고 밤을 새웠더니, 아침부터 배가 아프기 시작하여 아버지를 만나기 전에 세 번이나 설사를 하였다. 여러 날 괴로운 길의 노독과 고생과 또 오늘 아버지를 만날 때의 슬픔과 낙심으로 전신에 기운이 한땀도 없고 촌보를 옮길 생각이 없다.

이때에 마침 어떤 사람이 이렇게 친절하게 자기를 거두어 주니 영채는 슬픈 중에도 얼마큼 안심이 되었다. 그러나 숙천 땅 어느 주막에서 머리 깎은 사람에게 속은 생각을 하매, 이 사람이 또 그러한 사람이나 아닌가 하고 의심이 나서 자세히 그 사람의 언어와 행동을 보았다. 그러나 이 사람은 숙천서 보던 사람과 달라 옷도 잘 입고 얼굴도 점잖고 아무리 보아도 악한 사람은 아니다.

또 만일 그가 나를 속이려거든 나는 입으로 그의 코를 물어뜯고 달아나면 그만이라 하였다. 우선 따뜻한 밥도 먹고 싶고, 불 잘 땐 방에서 이불을 덮고 잠도 잤으면 좋겠다 하였다.

이 사람의 집에 가면 아마 맛나는 밥도 주려니, 덮고 잘 이불도 주려니, 저만큼 옷을 입은 사람이면 집이 그만큼 넉넉하려니 하였다. 그래서 영채는 그 사람의 말대로 그 사람의 뒤를 따라갔다. 가는 길에도 그 사람은 영채의 손을 잡아 끌며 친절하게 여러 가지 말을 묻는다. 영채는 기운없이 그 묻는 말을 대답하였다.

그 사람의 집은 남대문 안이었다. 영채가 아주 피곤하여 걸음을 못 걸으리만한 때에 그 사람의 집에 다다랐다. 집이 그리 크지는 아니하나, 얼른 보기에도 깨끗은 하였다. 문에는 김 운룡(金雲龍)이라는 문패가 붙었다. 영채는 글씨를 잘 썼다 하고 생각하였다. 안에 들어가니 마당과 방안이 극히 정결하고, 어떤 어여쁜 젊은 부인과 처녀 하나이 있었다. 영채는 혼자 생각에, 저 부인은 그 사람의 부인, 저 처녀는 그 사람의 누이라 하였다. 왜 어머니가 없는가. 그 사람의 어머니가 계실 듯한데, 아마 우리 조모님 모양으로 늙어서 죽었나 보다 하였다. 모든 것이 영채의 상상하던 바와 같으므로 영채는 아주 마음을 놓았다. 더구나 그 사람의 누이인 듯한 처녀가 있고 또 다른 남자가 없으니 더욱 좋다 하였다.

그 집 식구들은 다 영채를 사랑하였다. 그날 저녁에 영채는 생각하던 바와 같이 오래간만에 고깃국에 맛나는 밥을 먹었다. 식후에 그 사람은 어디로 나가고, 영채는 그 부인과 처녀와 함께 불을 켜놓고 이야기를 시작하였다. 처녀는 영채를 남자로 알매, 말을 많이 하지 아니하나, 부인은 여러 가지로 영채의 신세를 물었다.

영채는 그 부인이 다정하게 혹 머리도 쓸어 주며 손도 만져 줌을 보고 하도 감격하여 눈물을 흘리면서 자기의 신세를 말하였다. 자기가 부친과 오라비를 찾아 남자의 모양을 하고 외가에서 도망한 일과, 오다가 중로에서 여러 가지로 곤란당하던 일을 자세히 말할 때에, 그 처녀는 눈이 둥그래지고,

부인은 영채의 등을 만지고 목을 쓸어안으면서 울었다.

영채의 말을 다 듣고 나서, 부인은 치맛고름으로 눈물을 씻으며, 「어째 네 얼굴이 여자 같다 하고 이상히 여겼다」 하면서 장을 열고 새로 지어 둔 옷 한 벌을 내어주었다.

영채는 두어 번 사양하다가 마침내 입었다. 그러고는 세 사람이 더욱 정이 들어 웃고 이야기하였다. 그중에도 지금까지 시치미떼고 앉았던 그 처녀가 갑자기 웃고 영채의 손을 잡으며 다정히 말하게 되었다. 영채는 아버지와 오라버니 일도 잠시 잊어버리고 없어진 집에 새로 돌아온 모양으로 기뻐하였다. 밤이 깊은 뒤에 그 사람이 돌아와서 부인에게 영채의 말을 듣고 깜짝 놀래었다. 그러고는 일동이 웃었다.

이렇게 며칠을 지내며 어서 한달이 지나가서 다시 아버지를 뵈옵고 이러한 큰 은인의 말을 하려 하였다.

기다리면 한달의 세월도 퍽 멀다. 영채는 차차 아버지의 생각을 하게 되었다.

아버지의 그 무섭게 여위고 수척한 얼굴과 움쑥 들어간 눈과 황톳물 들인 옷과 그 수염 많이 난 간수와 쇠줄을 허리에 매고 똥통을 나르던 사람들의 생각이 나기 시작한다. 영채는 제가 입은 곱고 따뜻한 의복을 볼 때마다, 아침저녁 먹는 맛나는 음식을 볼 때마다 아버지의 가엾은 모양이 눈에 보인다.

영채는 점점 쾌활한 빛이 없어지고 음식도 잘 먹지 아니하고 가끔 혼자 앉아서 울기도 하였다. 부인과 그 처녀는 여전히 다정하게 위로하여 주건마는 그 위로를 받는 것도 잠시의 일이요, 부인도 처녀도 없는데 혼자 앉았으면 자연히 눈물이 흐른다.

영채는 어찌하여 그 아버지와 두 오라버니를 구원하지 못할까. 옥에서 나오게 할 수가 없을까. 아주 나오게는 하지 못하더라도 옷이라도 좀 깨끗이 입고 음식이나 맛나는 것을 잡수시도록 할 수가 없을까. 들으니, 감옥에서는 콩 절반 쌀 절반 두고 지은 밥을 먹는다는데, 아버지께서 저렇게 수척하심도 나이 많은 이가 음식이 부족하여 그러함이 아닌가. 옛날 책을 보면, 혹 어떤 처녀가 제 몸을 팔아서 죄에 빠진 부모를 구원하였다는데, 나도 그렇게나 하였으면……

이렇게 생각하고 영채가 하루는 그 사람에게 이 뜻을 고하였다. 그 사람은 영채의 뜻을 칭찬하면서,

「돈만 있으면 음식도 드릴 수 있고, 혹 옥에서 나오시게도 할 수 있건마는……」

하고 영채의 얼굴을 보았다. 영채는 옛말을 생각하였다. 그때 아버지께서 제 몸을 팔아 그 돈으로 그 아버지의 죄를 속한 옛날 처녀의 말을 들을 제, 아직 열 살이 넘지 못하였던 영채는 눈물을 흘리며 나도 그리하였으면 한 일이 있음을 생각하였다.

영채는 그 사람이, 「돈만 있으면 음식도 드릴 수도 있고 혹 옥에서 나오시게 할 수 있다」는 말을 듣고, 나도 그렇게 할까 하였다. 그 사람이 다시, 「그러나 돈이 있어야 하지」 하고 영채의 얼굴을 보며 웃을 때에 영채는 생각하기를, 옳지, 이 어른도 내가 옛날 처녀의 하던 일을 하라고 권하는 뜻이라 하였다.

내가 이제 옛날 처녀의 본을 받아 내 몸을 팔아 돈만 얻으면 아버지와 오라버니는 옥에서 나오시렷다. 옥에서 나오시면 나를 칭찬하시렷다. 세상 사람이 나를 효녀라고 칭찬하고 옛날 처녀 모양으로 책에 기록하여 여러 처녀들이 읽고 나와 같이 울며 칭찬하렷다. 그러나 내가 내 몸을 팔아 부모와 형제를 구원하지 아니하면 이 어른과 세상 사람이 다 나를 불효한 계집이라고 비웃으렷다.

또 그동안 이 집에 있어 보니 그 부인도 본래 기생이요, 그 처녀도 지금 기생 공부를 한다 하며, 매일 놀러 오는 기생들도 다 얼굴도 좋고 옷도 잘 입고 마음들도 다 착한데……하였다. 기생이란 다 좋은 처녀들이어니 하였다. 더구나 그 기생들이 다 글씨도 잘 쓰고 글을 잘 아는 것을 보고, 기생들은 다 공부도 잘한 처녀들이라 하였다.

그래서 영채는 결심하였다. 그리고 그 사람에게,

「저는 결심하였습니다. 저도 기생이 되렵니다. 저도 글을 좀 배웠습니다. 그래서 그 돈으로 아버지를 구원하려 합니다.」

하고 영채는 알 수 없는 기쁨과 일종의 자랑을 감각하였다. 그 사람은 영채의 등을 만지며,

「참 기특하다. 효녀로다. 그러면 네 뜻대로 주선하여 주마.」

하였다.

이리하여 영채는 기생이 된 것이다. 영채는 결코 기생이 되고 싶어서 된 것이 아니요, 행여나 늙으신 부친을 구원할까 하고 기생이 된 것이다.

기실 제 몸을 판 돈으로 부친과 형제를 구원하지 못하였을 뿐더러 주선하여 주마 하던 그 사람이 영채의 몸값 이백원을 받아 가지고 집과 아내도 다 내어버리고 어디로 도망을 갔건마는, 또 영채가 그 부친을 구하려고 제 몸을 팔아 기생이 되었단 말을 듣고 그 아버지가 절식 자살을 하였건마는 ─── . 그러나 영채가 기생이 된 것은 제가 되고 싶어 된 것이 아니라, 온전히 늙으신 부친과 형제를 구원하려고 하였음이다.

그렇건마는 이런 줄을 누가 알아주랴. 하늘과 신명은 알건마는 화식 먹는 사람이야 이런 줄은 누가 알아주랴. 내가 이제 이런 말을 한들 형식이가 이 말을 믿어 주랴. 아마도 네가 행실이 부정하여 창기의 몸이 되었거늘, 이제 와서 점점 낫살이 많아 가고 창기생활에 염증이 나므로 네가 나를 속임이로다, 하고 도리어 나를 비웃지 아니할까.

내가 기생이 된 지 이삼 삭 후에 감옥에 아버지를 찾았더니, 아버지께서 내가 기생이 되었다는 말을 듣고 와락 성을 내어,

「이년아! 이 우리 빛난 가문을 더럽히는 년아! 어린 계집이 뉘 꼬임에 들어 벌써 몸을 더럽혔느냐!」

하고, 내가 행실이 부정하여 기생이 된 줄로 알으시고 마침내 자살까지 하셨거든, 부모조차 이러하거든 하물며 형식이야 어찌 내 말을 신용하랴.

오늘 아침 형식을 찾으려고 결심할 때에는 형식에게 그동안 지내온 말을 다 하려 하였더니, 이러한 생각이 나매 그만 그러한 결심도 다 풀어지고, 슬픈 생각과 원망스러운 생각만 가슴에 북받쳐 오를 뿐이다.

아아, 세상에는 다시 내 진정을 들어 줄 곳이 없는가.

이렇게 생각하고 영채는, 후하고 한숨을 쉬며 눈물을 씻고 형식과 노파를 보았다. 형식은 다정한 눈으로 영채의 얼굴을 보며 그후에 지내 온 이야기를 기다리고, 노파는 영채의 등을 어루만지며 코를 푼다.

「그래, 그 악한의 손에서 벗어난 뒤에는 어찌 되었습니까.」

하고 형식은 영채의 이야기를 재촉한다.

영채는 이윽고 형식을 보더니 눈물을 씻고 일어나면서,

「일후에 또 말씀드리겠습니다.」

「왜 그러셔요?」

하는 형식의 만류함도 듣지 아니하고,

「어디 계십니까.」

하는 질문도 대답치 아니하고 계집아이를 데리고 일어나 간다. 형식과 노파는 서로 보며,

「웬일이오?」

하였다.

영채가 하던 말을 그치고 갑자기 일어나 나가는 양을 보고 형식은 한참 망연히 섰다가 모자도 아니 쓰고 문밖에 뛰어나갔다.

그러나 하고많은 행인 중에 영채의 거처를 알 수가 없었다. 형식은 영채가 나올 때에 곧 뒤따라 나오지 아니한 것을 한하였다. 형식은 잠시 동안 행길로 오르락내리락하다가 낙심하여 집에 돌아왔다. 노파는 아직도 눈물을 흘리고 앉았다.

형식은 혼자 책상에 의지하여 영채의 일을 생각하였다. 영채가 어찌하여 중간에 하던 이야기를 끊고 총총히 돌아갔는가. 왜 이야기를 하다가 말고 그렇게 슬피 울었는가. 아무리하여도 그 까닭을 알 수가 없다. 혹 내가 영채에게 대하여 불만한 거동을 보였는가. 아니다, 나는 영채의 말을 들을 때에 지극한 동정과 정성으로써 하였다. 아까 영채가 물끄러미 내 얼굴을 볼 때에 나는 그 눈물 고인 맑은 눈을 보고 더할 수 없이 사랑하는 정이 생겼다.

영채는 내 얼굴에서 그 빛을 보았으려니, 그러면 어찌하여 하던 말을 중도에 끊고 그렇게 총총히 일어나 갔는고. 암만하여도 내게 차마 말하지 못할 무슨 깊은 사정이 있나 보다.

그러면 그것은 무슨 사정일까. 나를 찾아올 때에는 아무러한 사정이라도 다 말하려고 왔겠거늘, 어찌하여 하던 말을 그치고 총총히 돌아갔는고. 옳다, 아까 주인 노파가, 「여학생 모양을 하였으나 암만해도 기생 같습데다」 하더니 참말 그러한가 보다. 홀몸으로 평양에 왔다가 어떤 못된 놈이나 년의 꼬임에

들어 그만 기생이 되었는가 보다. 서울서 기생 노릇을 하다가 어찌어찌 풍편에 내가 여기 있단 말을 듣고 찾아왔던가 보다.

만일 그렇다 하면 그가 무슨 뜻으로 나를 찾았을까. 어려서 같이 놀던 동무가 그리워서 한 번 만나 보기나 하리라 하고 나를 찾았을까. 그리하여 나를 만나매, 옛날 생각이 나고 부모와 형제 생각이 나서 나를 보고 울다가 마침내 신세 타령을 시작한 것일까. 그러다가 제가 기생이 되었다는 말을 하면 내가 제게 대하여 불쾌한 생각을 품을까 저어하여 하던 말을 뚝 끊고 돌아갔음일까.

그러고 보면 그는 실로 기생의 몸이 되었는가. 그 은혜 많은 박 선생의 따님이 그만 기생의 몸이 되었는가. 세상을 위하여 몸과 마음을 다 바치던 열성 있는 박 선생의 따님이 그만 세상의 유혹을 받아 부랑한 남자들의 노리갯감이 되었는가. 혹 어떤 유야랑(遊冶郎)과 오늘 저녁에 만나기를 약속하고 그 약속한 시간이 오기 전에 잠깐 나를 찾은 것이 아닌가, 또는 그 유야랑을 만나러 가는 길에 잠깐 내 집에 들렀던 것이 아닌가.

그렇게 생각하면 그럴듯도 하다. 아까 영채의 뒤를 따라 행길에 나갔을 때에 교동파출소 앞으로 어떤 키 큰 남자와 여자 하나이 어깨를 걸고 내려가는 양을 보았더니, 그러면 그것이 영채던가. 그럴진댄 지금 영채는 어떤 요리점에 앉아서 어떤 부랑한 남자와 손을 마주잡고 안기며 안으며, 한 술잔에 술을 나눠 마시며 음란한 노래와 음란한 말로 더러운 쾌락을 취하렷다.

아까 여기서 눈물을 흘리던 그 눈에 남자를 후리는 추파를 띠고 그 슬픈 신세를 말하던 그 입으로는 차마 입에 담지 못할 더러운 소리를 하렷다. 혹 지금 어떤 남자에게 안기어 더러운 쾌락을 탐하지나 아니하는가.

이러한 생각을 하니 형식의 흉중에 와락 불쾌한 생각이 난다. 아까 내 앞에서 하던 모든 가련한 모양이 말끔 일시의 외식이로다. 제 신세를 듣고 눈물을 흘리는 나와 노파를 보고 속으로는 깔깔 웃었으리로다. 아아, 가증한 계집이로다 하였다. 아아, 영채는 그만 버린 계집이 되었구나. 더럽고 썩어진 창기가 되고 말았구나. 부모를 잊고 형제를 잊고 유혹에 빠져 그만 개똥같이 더러운 몸이 되고 말았구나. 박 선생의 집은 그만 멸망하고 말았구나 하였다.

형식은 머리를 들어 하염없이 방안을 돌아보고, 책상머리에 있는 부채를 들어 혹혹 다는 얼굴을 부치며 툇마루에 나와 앉았다.

어디서 활동사진 음악대 소리가 들리고 교동 거리로 지나가는 인력거의 방울 소리가 들린다. 형식은 흐트러진 생각을 수습치 못하여 좁은 마당으로 얼마 동안 거닐다가 방에 들어와 옷도 입은 채로 자리에 누웠다.

형식은 가만히 눈을 감았다. 그러나 형식의 눈에는 울고 앉았는 영채의 모양이 뚜렷이 보이고, 영채가 말하던 경력담이 환등 모양으로, 활동사진 모양으로 형식의 주위에 얼른얼른 보인다. 안주 박 선생의 집을 떠날 때에 자기가 영채를 안고, 「이제는 다시 못 보겠구나」 하던 양도 보이고, 외가를 뛰어나와 개를 데리고 달밤에 혼자 도망하는 영채의 모양과 숙천 주막에서 어떤 악한에게 붙들려 가던 양이 얼른얼른 보이고, 남복을 입고 영채가 죽어 넘어진 개를 안고 새벽 외따른 길가에 앉아 우는 양도 보인다.

그러나 그다음에는 활동사진이 뚝 끊어지고 한참이나 캄캄하였다가, 장구를 들고 부랑한 난봉들을 모시고 앉아 음탕한 얼굴로 음탕한 노래를 부르고 앉았는 영채가 보이고, 또 어떤 놈과 베개를 같이 하고 누워 자는 양도 눈에 얼른얼른한다.

그러고는 또 아까 자기가 영채를 대하여 앉아서 생각하던 혼인 생활이 보인다. 회당에서 성례하던 일, 즐거운 가정을 이루었던 일, 아들과 딸을 낳았던 일이 마치 지나간 사실을 회상하는 모양으로 뚜렷하게 눈앞에 보인다.

「그만 영채가 기생이 되고 말았구나!」

하고 형식은 돌아누우며 자탄하였다.

형식은 이런 생각을 아니하리라 하고 몸을 흠칫하고 고개를 흔들었다. 그리고 잠이 들리라 하고 일부러 숨소리를 높였다. 그러나 얼마 아니하여 또 생각이 터져 나온다. 슬픈 신세 타령을 하며 눈물 고인 눈으로 자기를 물끄러미 쳐다보는 영채의 모양이 쑥 나선다.

영채의 눈에서는 눈물이 흐른다. 그 무릎 위에 힘없이 놓인 어여쁜 손가락이 바르르 떨린다.

형식은 이렇게 생각하였다. 영채는 자기를 믿고 자기에게 사정을 다 말하고 자기에게 몸을 의탁하려고 왔던 것이 아닐까. 설혹 몸이 기생이 되었다 하더라도 형식이 서울에 있다는 말을 듣고 자기를 그 괴로운 지경에서 건져내어 달라기 위하여 찾아왔던 것이 아닐까. 온 세상에 형식이밖에 말할 곳이 없고 믿을 곳이 없고 의탁할 곳이 없어 부모를 찾아오는 모양으로, 형제를 찾아오는 모양으로 형식을 찾아왔음이 아닐까.

아까, 「제가 이 형식이올시다」 할 때에 영채가 깜짝 놀라 한 걸음 뒤로 물러서며 담박 눈물을 흘리던 것과 자기의 신세를 말하면서도 연해 연방 형식의 얼굴을 쳐다보던 것을 보니, 영채는 정녕 형식을 믿고 형식의 동정을 구하고, 형식에게 안아 주고 건져 주기를 청한 것이다. 옳다, 영채는 과연 나를 믿고 내게 보호를 청하려고 왔던 것이로다. 육칠 년간이나 차디차고, 괴롭고 괴롭던 세상 풍랑에 부대끼고 부대끼다가, 저를 사랑하여 주어야 할 내가 서울에 있음을 알고 반갑고 기뻐서 나를 찾아왔던 것이로다. 옳다, 그렇다. 나는 영채를 구원할 의무가 있다.

영채는 나의 은사의 따님이요, 또 은사가 내 아내로 허락하였던 여자다. 설혹 운수가 기박하여 일시 더러운 곳에 몸이 빠졌다 하더라도 나는 그를 건져낼 책임이 있다. 내가 먼저 그를 찾아다니지 못한 것이 도리어 한이 되고 죄송하거늘, 이제 그가 나를 찾아왔으니 어찌 모르는 체하고 있으리오 나는 그를 구원하리라. 구원하여서 사랑하리라. 처음에 생각하던 대로, 만일 될 수만 있으면 나의 아내를 삼으리라.

설혹 그가 기생이 되었다 하더라도 원래 양반의 집 혈속이요, 또 어려서 가정의 교훈을 많이 받았으니 반드시 여자의 아름다운 점을 구비하였으리라. 또 만일 기생이라 하면 인심과 세상도 많이 알았을지요, 시와 노래도 잘 할지니, 글로 일생을 보내려는 나에게는 가장 적합하다 하고 형식은 가만히 눈을 떴다. 망연히 모기장을 바라보고 모기장 밖에서 잉잉하는 모기의 소리를 듣다가 다시 눈을 감으며 빙긋 혼자 웃었다.

아까 영채의 태도는 과연 아름다웠다. 눈썹을 짓고, 향수내 나는 것이 좀 불쾌하기는 하였으나 그 살빛과 눈찌와 앉은 태도가 참 아름다웠다. 더구나 그 이야기할 때에 하얀 이빨이 반짝반짝하는 것과 탄식할 때에 잠깐 몸을 틀며 보일듯말듯 양미간을 찡그리는 것이 못견디리만큼 어여뻤다. 아까 형식은 너무 감격하여 미처 영채의 얼굴과 태도를 자세히 비평할 여유가 없었거니와 지금 가만히 생각하니 영채의 일언 일동과 옷고름 맨 모양까지도 못견디게 어여뻐 보인다.

형식은 눈을 감고 한 번 더 영채의 모양을 그리면서 싱긋 웃었다. 도리어 저 김 장로의 딸 선형이도 그 얌전한 태도에 이르러서는 영채에게 밎지 못한다 하였다. 선형의 얼굴과 태도도 얌전치 아니함이 아니언마는 영채에 비기면 변화가 적고 생기가 적다 하였다.

선형은 가만히 앉았는 부처와 같다 하면, 영채는 구름 위에서 춤을 추고 노래하는 선녀와 같다 하였다. 선형의 얼굴과 태도는 그린 듯하고, 영채의 얼굴과 태도는 움직이는 듯하다 하였다. 영채의 얼굴은 잠시도 한 모양이 아니요, 마치 엷은 안개가 그 앞으로 휙휙 지나가는 모양으로 얼굴의 빛과 눈찌가 늘 변하였다. 그러면서 그 변하는 모양이 말할 수 없이 아름답고 얌전하였다.

그의 말소리도 정이 자우침을 따라 높았다 낮았다, 굵었다가 가늘었다, 마치 무슨 미묘한 음악을 듣는 듯하였다. 실로 형식과 노파가 그렇게 슬퍼하고 눈물을 흘린 것은 영채의 불쌍한 경력보다도 그 경력을 말하는 아름다운 말솜씨였다.

형식은 아까 품었던 영채에게 대한 불쾌한 감정을 다 잊어버리고, 눈앞에 보이는 영채의 모양을 대하여 한참 황홀하였다.

형식의 눈앞에 보이는 영채가,「형식씨, 저는 세상에 오직 당신을 믿을 뿐이외다. 형식씨, 저를 사랑하여 주십시오. 저는 이 외로운 몸을 당신의 품속에 던집니다」하고 눈물 고인 눈으로 형식을 쳐다보는 듯하다.

형식은 마음속으로,「영채씨, 아름다운 영채씨, 박 선생의 따님인 영채씨, 나는 영채씨를 사랑합니다. 이렇게 사랑합니다」하고 두 팔을 벌리고 안는 시늉을 하였다.

형식의 생각에 영채의 따뜻한 뺨이 자기의 뺨에 와 스치고 입김이 자기의 입에 와 닿는 듯하였다. 형식의 가슴은 자주 뛰고 숨소리는 높아졌다. 옳다, 사랑하는 영채는 내 아내로다. 회당에서 즐겁게 혼인 예식을 행하고 아들 낳고 딸 낳고 즐거운 가정을 이루리라 하였다.

그러나 영채는 어디 있는가. 지금 어디 있는가. 형식은 또 불쾌한 마음이 생긴다.

영채가 어떤 남자에게 안겨 자는 모양이 눈에 보인다. 형식이 영채의 자는 방에 들어가니 영채는 어떤 사나이를 꼭 껴안고 고개를 번쩍 들고 형식을 보며, 히히히 하고 웃는 모양이 보인다. 형식은,「여보, 영채, 이것이 웬일이오」하고 발길로 영채의 머리를 차는 양을 생각하면서 정말 다리를 들어 모기장을 탁 찼다. 모기장을 달았던 끈이 뚝 끊어지며 모기장이 얼굴을 덮는다.

형식은 벌떡 일어나 모기장을 집어 던지고 궐련을 붙였다. 노파는 벌써 잠이 든 듯하고 서늘한 바람이 무슨 냄새를 띄워 솔솔 불어 온다. 형식은 손에 든 궐련이 다 타는 줄도 모르고 멍멍하게 마당을 바라보더니, 무슨 생각이 나는지 마당으로 뛰어나온다. 교동 거리에는 늦게 돌아가는 사람의 구두 소리가 나고 잘 맑은 여름 하늘에는 별이 반짝반짝한다.

형식은 하늘을 바라보다가 휙 돌아서며 혼자말로,

「참 인생이란 우습기도 하다」

하였다.

이튿날 형식은 어젯밤 늦게야 잠이 들었던 탓으로 여덟 시가 지나서야 일어났다. 세수를 하고 영채의 일을 생각하며 조반을 먹을 제, 형식이가 가르치는 경성학교 학생 두 사람이 왔다.

형식은 어느 학생에게나 친절하고 다정하게 하므로 형식을 따르는 학생이 많았었다. 그중에도 형식은 자기의 신세를 생각하여 불쌍한 학생에게 특별히 동정을 표하고, 그러할 뿐더러 그 얼마 아니 되는 수입을 가지고 학비 없는 학생을 이삼 인이나 도와주었다.

그러나 형식에게는 재주 있는 학생 얌전한 학생을 더욱 사랑하는 버릇이 있었다. 무론 아무나 재주 있고 얌전한 사람을 더욱 사랑하건마는, 그네는 용하게 그것을 겉에 드러내지 아니하되, 정이 많은 형식은 이러할 줄을 모르고 자기의 어떤 사람에게 대한 특별한 사랑을 감추지 못하였다.

그래서 어떤 친구가 형식에게,

「자네는 편애하는 버릇이 있느니.」

하는 충고도 받았다.

그때에 형식은 웃으며,

「더 사랑스러운 사람을 더 사랑하는 것이 무엇이 흠이란 말인가.」

66

하였다. 그러면 그 친구가,

「그러나 가르치는 자리에 있는 사람은 배우는 자를 한결같이 사랑할 필요가 있느니.」

하고 이 말에 형식은,

「그러나 장차 자라서 사회에 크게 유익을 줄 만한 자를 특별히 더 사랑하고 가르침이 무엇이 잘못이랴.」

하였다.

이리하여서 형식은 동료간에나 학생간에 편애하는 사람이라는 말을 듣고, 혹 어떤 형식을 미워하는 사람은, 형식이가 얼굴 어여쁜 학생만 사랑한다는 말도 한다. 학생 중에도 삼사년급 심술 사납고 장난 잘하는 학생들은, 형식은 얼굴 어여쁜 학생만 사랑하여 시험점수도 특별히 많이 주고, 질문하는 것도 특별히 잘 가르쳐 준다 하며, 형식이가 특별히 사랑하는 학생을 대하여서는 듣기 싫은 비방도 많이 한다. 그럴 때면 형식의 특별히 사랑하는 학생들이 형식을 위하여 여러 가지로 변명하건마는, 도리어 심술사나운 학생들은 그네를 비웃었다.

지금 형식을 찾아온 두 학생 중에 십칠팔 세 되는 얌전해 보이는 학생은 형식의 특별한 사랑을 받는 자 중의 하나이요, 그와 함께 온 키 크고 얼굴 거무튀튀한 학생은 형식을 미워하는 학생 중의 하나이다.

형식을 사랑하는 학생의 이름은 이 희경이니 지금 경성학교 사년급 첫 자리요, 다른 학생의 이름은 김 종렬이니, 겨우하여 낙제나 아니하고 따라 올라오는, 역시 경성학교 사년생이다.

그러나 이 김 종렬은 낫살이 많고 또 공부에 재주는 없으면서도 무슨 일을 꾸미는 수단이 매우 능란하여 이년급 이래로 그 반의 모든 일은 다 제가 맡아 하게 되고, 그뿐더러 이 김 종렬이가 무슨 의견을 제출하면 열에 아홉은 전반 학생이 찬성한다.

전반 학생이 반드시 그를 존경하거나 사랑함이 아니로되, 도리어 그의 성적이 좋지 못한 방면으로, 그의 행실이 단정하지 못한 방면으로, 그의 성질이 완패(頑悖)하고 심술이 곱지 못한 방면으로, 전반 학생의 미움과 비웃음을 받건마는 무슨 일을 하는데 대하여는 전반 학생이 주저하지 아니하고 그를 신임하며 그에게 복종한다.

그는 무론 정직은 하다. 속에 있는 바를 꺼림없이 말하며 아무러한 어른의 앞에 가서라도 서슴지 아니하고 제 의견을 발표하는 용기가 있다. 아무려나 그는 일종 특수한 능력을 가진 사람이다.

지금은 최상급 학생이므로 다만 사년급에만 세력이 있을 뿐더러, 온 학교 학생간에 위대한 세력을 가져 새로 입학한 일년급 어린 학생들까지도 그의 이름을 알고 그를 보면 경례를 한다. 만일 어린 학생이 자기를 대하여 경례를 아니하면 당장에 위엄 있는 태도와 목소리로,

「여보, 왜 상급생에게 경례를 아니하오」

하고 책망한다.

그러므로 어린 학생들은 경례하고 돌아서서는 혀를 내어밀고 웃으면서도 그와 마주 대하여서는 공순히 경례를 한다. 동급생 중에 김 계도라 하는, 김 종렬과 비슷한 학생이 있다. 김 계도는 김 종렬보다 좀 온화하고 공손하여 사귈 맛은 있으나 그 일하기를 좋아하고 어른스럽게 행동하는 점에는 서로 일치한다. 게다가 연치가 상적하고 의취가 상합하므로 김 종렬과 김 계도 양인은 절친한 지기지우다.

김 종렬의 생각에는, 세상에 족히 마음을 허하고 서로 천하를 의논할 사람은 나폴레옹과 김 계도밖에는 없다 하였다. 그는 무론 나폴레옹의 자세한 전기도 한 권 읽지 아니하였으나, 다만 서양사에서 얻어들은 재료를 가지고 즉각적으로 나폴레옹은 이러한 사람이어니 하여 자기의 유일한 숭배 인물을 삼았다. 친구와 이야기를 할 때에도 나폴레옹이요, 동창회에서 연설을 할 때에도 나폴레옹이라, 모든 것에 나폴레옹을 인용하므로 학생들은 그를 나폴레옹이라고 별호를 짓고, 얼굴이 검다 하여 그의 별호에 「검은」이라는 형용사를 붙여 「검은 나폴레옹」이라고 부르게 되고, 혹 영리한 학생은(이 희경도 그렇다) 발음의 편의상 「검은 나폴레옹」을 줄여 「검나」하고 부르게 되었다.

그러나 그는 나폴레옹이 법국 황제인 줄은 알지마는 원래 지중해 중에 있는 코르시카 섬 사람인 줄은 모른다. 워털루에서 영국 장수 웰링턴에게 패하여 대서양 중 센트헬레나라는 외로운 섬에서 나폴레옹이 죽었단 말을

역사 교사에게 들었으나, 그는 워털루라든가 센트헬레나라든가 하는 외우기 어려운 말은 다 잊어버리고 다만 나폴레옹은 패하여 대서양 중 어떤 섬에서 죽었다고 기억할 뿐이다.

그러면서도 나폴레옹은 자기의 유일한 숭배 인물이다. 말하자면 김 종렬의 이른바 나폴레옹은 코르시카에서 나고 프랑스의 황제가 되었던 나폴레옹이 아니라, 김 종렬이 하느님이 자기 모양으로 아담을 만들었다는 전설과 같이 자기 모양으로 나폴레옹을 만든 것이다.

이 나폴레옹 숭배자는 형식에게 인사한 뒤에 엄연히 끓어앉아,

「저희가 선생님을 뵈오러 온 뜻은……」

하고 말을 시작한다.

형식은 궐련을 피워 물고 김 종렬과 이 희경 두 학생을 웃는 낯으로 대한다. 무슨 일이 있어서 이 두 학생이 찾아왔는지는 모르거니와 김 종렬, 이 희경 양인이 함께 온 것을 보니 학생 전체에 관한 일이거나, 그렇지 아니하면 사년급 전체에 관한 일인 줄은 알았다.

대개 전부터 학생 전체에 관한 일이거나, 사년급 전체에 관한 일에는 이 두 사람이 흔히 총대가 됨을 앎이다. 원 격식으로 말하면 최상급의 반장인 이 희경이가 으레 그 총대가 될 것이로되, 이 희경은 아직 나이 어리고 또 김 종렬과 같이 일을 좋아하는 마음과 일을 잘 처리하는 수단이 없으므로 항상 김 종렬의 절제를 받는다. 혹 이 희경이가 갈 일에도 김 종렬은 마치 어린것을 혼자 보내는 것이 마음이 아니 놓이는 듯이, 반드시 희경의 뒤를 따라가고, 따라가서는 이 희경이가 두어 마디 말도 하기 전에 자기가 가로맡아 말을 하고 이 희경은 도리어 따라온 사람 모양으로 한 걸음 물러서서 방긋방긋 웃고만 있을 뿐이다.

이 희경은 이렇게 김 종렬에게 권리의 침해를 받으면서도 처음은 자기의 인격을 무시하는 듯하여 불쾌한 생각도 있었으나 점점 습관이 되매, 도리어 김 종렬이가 자기의 할 일을 가로맡아 하여 주는 것을 다행으로 여길 뿐더러, 혹 자기가 공부가 분주하거나 일하기가 싫은 때에는 자기가 김 종렬을 찾아가서 자기의 맡은 일을 위탁하기조차 한다. 그리하면 김 종렬은 즉시 승낙하고 저 볼일도 내어놓고 주선한다.

이러한 때마다 이 희경은 혼자 웃었다. 이번에 형식을 찾아온 일도 아마 명의상으로는 이 희경이가 대표요, 김 종렬은 수행원인 줄을 형식은 알았다. 그리고 정작 대표자는 상긋상긋 웃고만 앉았고 수행원인 김 종렬이가 입을 열어,「저희가 오늘 선생을 찾은 것은」함이 하도 우스워서 형식은 속으로 웃었다.

　　그리고 김 종렬 같은 사람도 사회에 쓸 곳이 많다 하였다. 저런 사람은 아무 재능도 없으되, 오직 무슨 일이나 하기 좋아하는 성미가 있으므로 그것을 잘 이용하면 여러 가지 좋은 일을 실행하기에 편리하리라 하였다. 김 종렬 같은 사람은 조그마한 일을 맡길 때에도 그것을 큰일인 듯이 말하고, 조그마한 성공을 하거든 그것이 큰 성공인 듯이, 사회에 큰 이익이 있는 성공인 듯이 말하고,「노형이 아니면 이 일을 할 수가 없소」하여 주기만 하면 그는 물불을 가리지 아니하고 아무러한 일이나 맡으리라 하였다.

　　지금 자기가 자기보다 유치하게 보고 철없게 보는 이 희경이가 얼마가 아니하여 자기를 부리는 사람이 되고, 자기보다 세상에 더 공경받는 사람이 될 것이언마는 김 종렬은 그런 줄을 모르나니 그런 줄을 모르는 것이 김 종렬에게는 행복이라 하였다.

　　또 학생들이 무슨 일을 의논하여 김 종렬을 내어세웠는고 하고 형식은 지극히 은근하게,

　　「그 무슨 일이 있습니까.」

　　「네, 학교에 중대사건이 발생하였습니다.」

　　김 종렬은 이렇게 조그마한 일에도 법률상, 정치상 술어를 쓰기를 좋아하며 또 다른 것을 외우는 재주는 없으되, 자기의 유일한 숭배 인물인 나폴레옹의 이름이 보나파르트인 줄도 외우지 못하되, 법률상 정치상의 술어는 용하게 잘 외운다. 한 번 들으면 반드시 실제에 응용을 하나니, 혹 잘못 응용하는 때도 있거니와 열에 네다섯은 옳게 응용한다.

　　이번 형식에게「중대사건이 일어났습니다」한 것 같은 것은 적당하게 응용한 일례다. 형식은,

　　「네, 무슨 중대사건이오 ?」

　　「저희는 삼사년급이 합하여 동맹 퇴학을 하려 합니다. 학교의 학생에게

70

대한 처분 권리를 불만족히 여겨서 이렇게 동맹을 체결한 것이올시다.」
하고 동맹 퇴학 청원서를 낸다. 김 종렬을 그만 말 두 마디를 잘못 적용하였다.
「처분 권리」의 「권리」는 연문이요, 「동맹을 체결한다」는 「체결」은 너무
굉장하다 하였다.

그러나 한 발이나 되는 퇴학 청원서에 이백여 명이 연명 날인한 것을
보고 형식은 놀랐다. 과연 「중대사건」이요, 굉장하게 「동맹을 체결하였구나」
하였다.

김 종렬은 퇴학 청원서를 내어 형식을 주며 자기도 형식의 곁으로 가까이
자리를 옮겨 그 글을 낭독하려는 모양을 보인다. 형식은 너무 김 종렬의
예절답지 못한 데 불쾌한 생각이 나서 얼른 퇴학 청원서를 책상 위에 올려놓고
자기 혼자만 소리없이 읽었다. 김 종렬이가 또 형식의 책상머리로 따라가려는
것을 이 회경이가 웃으며 팔을 잡아당기어 그대로 앉아 있으라는 뜻을 표
하였다.

그러나 김 종렬은 이 뜻은 못 알아보고,

「왜 버릇없이.」

하고 이 회경을 흘겨보았다. 이 회경은 얼굴이 빨개지며 고개를 돌리고
손수건으로 코를 푸는 듯 웃었다.

김 종렬은 마침내 책상 맞은편에 가서 형식과 마주앉았다. 형식은 또
돌아앉으려다가 차마 그러지도 못하여 청원서를 도로 내어주며,

「종렬군, 그러나 이것은 좋지 못한 일이외다. 무슨 이유를 물론 하고 학생의
학교에 대한 스트라이크는 좋지 못한 일이외다.」

하였다.

김 종렬은, 「스트라이크」라는 말의 뜻은 자세히 모르거니와 「베이스볼」에
「스트라이크」란 말이 있음을 보건댄, 대체 학교를 공격하는 섯이어니 하였다.
그리고 청원서를 접으며 장중한 목소리로,

「아니올시다. 저의 모교 당국(母校當局)은 부패지극(腐敗之極)에 달하
였습니다. 차제(此際)를 당하여 저희 용감한 청년들이 일대 혁명을 아니
일으키면 오히려 모교는 멸망할 것이올시다.」

하고 결심이 굳음이 말에 보인다. 형식은 어찌할 수 없음을 알고 이 회경을

돌아보며,

「회경군도 의견이 그렇소?」

「네, 어저께 하학 후에 삼사년급이 모여서 그렇게 하기로 결정이 되었습니다.」

「그래, 증거는 확실하오?」

김 종렬이가 소리를 높여,

「확실하옵니다. 저희 학생 중에서 몇 사람이 바로 목격을 하였습니다.」 하고 주먹을 내어두르며,

「증거가 확실하올시다. 그대로 간과할 수는 없습니다.」 한다.

그 퇴학 청원의 이유는 대개 이러하였다.

경성학교의 학감 겸 지리 역사를 담임한 교사인 배 명식이 술을 먹고 화류계에 다니매, 청년을 교육하는 학감이나 교사 될 자격이 없을 뿐더러, 또 매양 학생 전체의 의사를 무시하고 학과의 배당과 기타 모든 것을 자기의 임의대로 하며 학생의 상벌과 출석이 항상 공평되지 못하고 자기의 의사로 한다 함이다.

학감 배 명식은 동경고등사범 지리 역사과의 전과를 졸업하고 이삼 년 전에 환국하여 경성학교주 김 남작의 청탁으로 대번에 경성학교의 학감이라는 중요한 지위를 얻었다. 경성학교의 십여 명 교사가 다 중등교원의 법률상 자격이 없는 중에 자기는 당당히 동경고등사범학교를 졸업하였노라 하여 학교 일에 대한 만반 사무는 오직 자기의 임의대로 하였다.

그의 주장하는 바를 듣건댄 동경고등사범학교는 세계에 제일 좋은 학교요, 그 학교를 졸업한 자기는 조선에 제일가는 교육가라, 교육에 관한 모든 것에 모르는 것이 없고 자기가 하려 하는 모든 일은 다 교육학의 원리와 조선의 시세에 맞는 것이라 하였다.

그러나 곁에서 보기에는 고등사범을 졸업하지 아니한 다른 교사들보다 별로 나은 줄을 모르겠다. 그는 취임초에 학과의 변경을 주장하고 지리와 역사는 만학의 집합처라 하여 시간을 배나 늘리고, 수학과 박물은 중등 교육에 그다지 필요한 것이 아니라 하여 시간 수효를 이삼 할이나 줄였다.

그는 역사 지리 중심 교육론자로라 자칭하여 학생을 대하여서는 역사 지리가 모든 학과 중에 가장 필요하고 귀중한 학과이며, 따라서 역사와 지리를 가르치는 교사가 가장 중요하고 힘드는 교사라 하였다. 그때에 다른 교사들은 총독부의 고등보통교육령과 일본 중학교의 제도를 근거로 하여 배 학감의 주장에 반대하였다.

배 학감은 웃으며,

「여러분은 교육의 원리를 모르시니까.」

하고 자기의 학설의 옳음을 주장하였다.

「그러나 일본 각 중학교에서는 이렇게 학과를 배당하는데.」

하고 누가 반대하면,

「허, 일본에 큰 교육가가 있소? 참 일본의 교육은 극히 불완전합니다.」

하고 자기는 청출어람(靑出於藍)이라는 격언과 같이 일본서 배워 왔건마는 일본 모든 일류 교육가보다도 뛰어나는 새 학설과 새 교육의 이상을 가졌노라 한다.

마침 배 학감의 개정한 학과 배당을 학무국에서 불인가하고 마침내 전에 하던 대로 하게 되매, 여러 교사들은 배 학감에 대하여 웃었다. 그리고 자기네의 승리를 기뻐하였다. 그러나 배 학감은 아직 세상이 유치하여 자기의 가장 진보한 학설이 시행되지 아니함이라 하고 매우 분개하였다.

일찍 형식이가 조롱 겸 배 학감에게 물었다.

「선생의 신학설은 뉘 학설을 근거로 한 것이오니까. 페스탈로찌오니까, 엘렌 케이오니까?」

배 학감은 페스탈로찌가 누구며, 엘렌 케이가 누군지 한 번 들은 듯은 하건마는 얼른 생각이 아니 난다. 그러나 조선 일류 교육가가 삼류, 사류의 교육가가 아는 이름을 모른나 함도 수치라, 이에 배 학감은 껄껄 웃으며,

「네, 나도 〈푸스털〉과 〈얼른커〉의 학설은 보았지요. 그러나 그것은 다 시대에 뒤진 것이외다.」

한다. 「페스탈로찌」와 「엘렌 케이」라는 말을 잊어버려 「푸스털」 「얼른커」라 하리만큼 무식하면서도 그네의 학설을 다 보았다 하는 배 학감의 심정을 도리어 불쌍히 여겼다.

그리고 서슴지 않고, 「그러나 그것은 다 시대에 뒤진 것이외다」 하는 용기는 과연 칭찬할 만하다 하고, 형식은 혼자 웃은 일이 있었다. 기실 배 학감은 자칭 신학설 신학설 하면서도 대체 학설이란 무엇인지도 잘 알지 못하는 모양이다.

그가 고등사범에 다닐 때에 얼마나 도저하게 공부를 하였는지는 알 수 없거니와, 남이 사 년에 졸업하는 것을 오 년에 졸업하였다 하니, 그동안에 굉장히 공부를 하여 교육에 관한 제자백가서를 다 통독하였는지 알 수 없거니와, 조선에 돌아온 뒤에는 그날그날 신문의 삼면기사나 읽는지 마는지, 독서하는 양을 보지 못하고 독서한다는 소문을 듣지 못하였다.

일찍 같이 경성학교의 교사로 있는 어떤 사람이 형식을 보고,

「배 학감은 백지(白紙)입데다그려.」

「백지라니, 무슨 뜻이오니까.」

「아무것도 쓴 것이 없단 말이야요 —— 무식하단 말씀이야요」

형식은 껄껄 웃으며,

「노형께서 조금 모르셨습니다. 배 학감은 백지가 아니라, 흑입니다. 검은 종이입니다.」

「어째서요?」

「백지나 같으면 아직은 쓴 것이 없어도 장차야 쓸 수가 있지요. 그렇지마는 흑지는 장차 쓸 수도 없습니다.」

하고 서로 웃은 일이 있었다.

배 학감은 또 규칙을 좋아한다. 「규칙적」이란 말과 「엄하게」라는 말은 배 학감의 가장 잘 쓰는 말이었다. 취임 후 얼마 아니하여 친히 규칙을 개정하였다. 개정이 아니라 이전 있던 규칙은 교육의 원리에 합하지 아니하여 폐지하고 자기의 신학설을 기초로 하여 온통 이백여 조에 달하는 당당한 대규칙을 제정하였다.

어느 날 직원 회의에 교원 일동을 소집하고 친히 신규칙의 각 조목을 낭독하며 일일이 그 규칙의 정신을 설명하였다. 오후 한 시에 시작한 것이 넉 점이 지나도록 끝이 나지 못하였다.

배 학감은 이마와 코에 땀이 흐르고 목이 쉬었다. 교원 일동은 엉덩이가

아프고 허리가 아파 연방 엉덩이를 들먹들먹하였다. 어떤 교원은 고개를 푹 숙이고 코를 골다가 학감의 대갈일성에 깊이 든 꿈을 놀라기도 하고, 어떤 교원은 문을 꽥 닫고 뒷간에 한번 간 후에 그만 다시 돌아오지 아니하였다.

그때에 형식은 참다 못하여,

「그것은 학교 규칙이 아니라 한 나라의 법률이외다그려.」

하고 그 조목이 너무 많음을 공격하였다.

자리에 있던 오륙 인(뒷간에 가고 남은) 교원은 일제히 형식의 말에 찬성을 표하였다. 그러나 학감의 직권으로 이 규칙이 확정이 되었다. 배 학감과 일반 교원 및 학생과의 갈등이 심하여진 것은 이때부터다.

형식은 분해하는 김 종렬을 향하여,

「그러나 그런 온당치 못한 일을 해서야 쓰겠나, 참아야지.」

「아니올시다. 벌써 삼 년 동안이나 참았습니다.」

하고 기어이 배 학감을 배척하고야 말려 한다.

김 종렬은 말을 이어,

「이렇게 이백여 명 용감한 청년들이 동맹을 체결하였는데 이제는 일보도 양보할 수가 없습니다.」

「그러나 교주께서 허락치 아니하시면 할 수 있소?」

김 종렬은 「교주」란 말을 듣고 얼마큼 낙심하였다. 한참 고개를 기웃기웃하고 생각하더니,

「그러니까 퇴학합지요. 경성학교가 아니면 학교가 없어요?」

「그러나 아무리 고식한 일이 있어도 동맹 퇴학은 온당치 아니하오. 또 모교를 떠나기가 어렵지 아니한가.」

「모교가 무슨 모교오니까. 이전 박 선생님께서 교장으로 계시고, 윤 선생님께서 학감으로 계실 때에는 모교였지마는……지금은 학교에 대하여 정이란 조금도 없습니다. 교장이라는 어른은 아무것도 모르시지요……학감이라는 자는 기생집에만 다니지요……」

하고 김 종렬의 눈에는 분한 기운이 오른다. 이 희경은 「학감이란 자」라는 말을 듣고 김의 옆을 찌르며,

「여보, 그게 무슨 말이오?」

「어째! 그따위 학감을 무어라고!」

형식은 근심하는 빛으로,

「그러면 지금 교장 댁으로 가려 하오?」

「네, 교장 어른 가 뵈옵고, 열 점쯤 해서 교주 댁으로 가렵니다. 교주는 열 점이나 되어야 일어난다니까……. 그런데 선생님께서는 저희 일에 동정하십니까?」

「내가 교사의 몸이 되어 동정하고 말고를 말할 수가 없소마는 다시 생각하여서 일이 없도록 하오」

하고 두 청년을 돌려보냈다. 형식도 마음으로는 무론 배 학감의 배척에 찬성하였다. 교실에서 무슨 말하던 끝에 혹 그 비슷한 말을 한두 번 한 적도 있었다.

사백여 명 학생과 십여 명 교원 중에 배를 좋아하는 사람은 오직 하나도 없었다. 교원들도 아무쪼록 배 학감과 말을 아니하려 하고 학생들도 길가에서 만나면 못본 체하고 지나간다.

누군지 모르나 익명으로 배 학감에게 학감 사직의 권고를 한 자도 있고, 혹 배 학감이 맡은 역사나 지리 시간에 칠판에다가 「배 학감을 교장으로 할 사, 배 학감은 천하 제일 역사 지리 교사다」하는 등, 풍자하는 글을 쓰고, 혹 뒷간에다가 「배 학감 요리점이다」하고 연필로 쓴 어린 글씨는 아마 일이년급 학생이 배 학감에게 「너도 사람이냐」하는 책망을 받고 나와 분김에 쓴 것인 듯.

교사치고 별명 없는 이가 없거니와 배 학감은 그중에도 가장 별명이 많은 사람이다. 다른 교사의 별명은 다만 재미로 짓는 것이로되, 배 학감의 별명은 미움과 원망으로 지은 것이다. 얼굴이 빨개지며 「너도 사람이냐」하는 혹독한 책망을 받은 어린 학생들은 당장 감히 대답을 못하되, 문밖에만 나서면 혀를 내어밀고 제가 특별히 새 별명을 짓거나, 그렇지 아니하면 남이 지어 놓은 별명을 이삼차 부르고야 얼마큼 분이 풀린다. 어린 학생들은 이 별명이라는 방법으로 혹독한 배 학감에 대한 분풀이하는 약을 삼았다.

그러므로 여러 학생이 한꺼번에 배 학감에게 「너희도 사람이냐」하는 책망을 받은 때에는 일동이 한곳에 모여 앉아, 마치 큰 절에서 아침에 중들이 모여앉아 염불하듯이 배 학감의 별명을 있는 대로 부른다. 한참이나 열이 나서 별명을 부르다가 저희 속이 시원하게 되면,

「와, 와라, 후레, 라후레.」

하고 모든 별명 중에 가장 그 경우에 적합하다고 생각하는 별명을 부르고는 박장을 한다.

별명 중에 제일 유세력한 것이 셋이니, 즉 암펌, 여우 및 개다. 암펌이라 함은 혹독하다는 뜻이요, 여우라 함은 간특하다는 뜻이어니와, 개라 함은 자못 뜻이 깊다.

첫째, 배 학감이 교주 김 남작의 발을 핥고 똥을 먹으며 독일식 정탐견 노릇을 한다 함이니, 배 학감은 아랫사람에게 대하여 혹독하게 하던 것과 달라, 자기보다 한층 높은 사람을 대하여서는 마치 오래 먹인 개가 그 주인을 보고 꼬리를 두르며 발굽을 핥는 모양으로 국궁돈수(鞠躬頓首)가 무소부지(無所不至)며, 조금 아랫사람에게 대하여서는 일부러 몸을 뒤로 젖히고 혀가 안으로 기어들다가도 한층 윗사람 앞에 나아가면 전신의 근육이 탁 풀어져 고개와 허리가 저절로 굽어지며 혀의 힘줄이 늘어나 말에 「하시옵」, 「하옵시겠삽」 같은 경어란 경어를 있는 대로 주워다가 바친다.

이리하여 용하게도 교주 김 남작의 신용을 얻어 배 명식이라면 김 남작의 유일한 청년 친구다. 이리하여 배 학감은 동료와 학생간에는 지극히 비평이 나쁘되, 김 남작을 머리로 하여 소위 계급에는 지극히 신용이 깊다. 이러므로 아무리 동료와 학생들이 배 학감을 배척하여도 배 학감의 지위는 반석같이 공고한 것이다.

둘째, 동료 중에 자기의 시키는 말을 듣지 아니하거나 또는 자기를 시비하는 자가 있거나, 혹 이유는 없으되 자기의 눈에 밉게 보이는 사가 있으면 곧 교주에게 품하여 이삼 일내로 축출 명령이 내린다.

이리하여 아까 김 종렬이가 사모하던 박 교장과 윤 학감을 내어쫓고 지금 교장과 같이 숙맥불변(菽麥不辨)하는 노인을 교장으로 삼고 자기가 학감의 중임을 맡아 교내의 모든 사무를 온전히 제 마음대로 하게 된 것이다. 이리하여 학교에 있던 교사 중에 적이 마음 있는 자는 다 달아나고 다른 데

갈 데가 없다든가, 배 학감의 절제를 달게 받는 사람만 남게 되어 학교는 점점 말이 못되게 되었다.

그러나 다만 형식은 동경 유학생인 까닭에 배 학감도 과히 괄시를 아니하고, 또 형식도 자기까지 떠나면 학교가 말이 아니리라 하여 아직 남아 있는 것이다.

이렇게 배 학감은 전교내의 배척을 받아 오던데다가 근래에는 무슨 심화가 생겼는지 다동 구리개 근방으로 부지런히 청루(靑樓)를 방문하는 사실이 발각되어 이번 소동이 일어난 것이다.

형식은 「방관할 수 없고나」 하고 곧 학교로 갔다.

형식은 될 수만 있으면 이 일을 무사하게 되도록 하리라 하고 학교에 가는 길에 생각하였다. 이 일의 원인은 온전히 배 학감에게 있으니 우선 배 학감을 보고 이러한 말을 한 후에 이로부터 몸을 삼가도록 권하리라 하였다.

배 학감은 무론 이 형식이가 자기의 휘하에 들지 아니함을 항상 미워하여 겉으로는 친한 체, 존경하는 체하건마는 안으로는 어떻게 하든지 핑계를 얻어 눈 속의 못 같은 이 형식을 경성학교에서 내어쫓으리라 한다.

형식도 아주 이런 줄을 모름이 아니로되 그러나 학교를 사랑하는 마음으로, 또는 사람은 같고 아니 같고, 사오 년 래 친구로 사귀어 온 배 명식을 위하여 불가불 자기가 힘을 쓰지 아니하면 아니 되리라 하였다.

교문에 들어서니 일이년급 아이들이 공을 가지고 놀다가 형식을 보고 모여들어,

「선생님, 오늘 놉니까. 저희도 놀아요?」

하고 삼사년급에서도 노는데 자기네도 놀기를 바란다고 한다.

형식은 사무실에 들어갔다. 배 학감은 매우 성이 났는지, 그렇지 아니해도 뾰족한 얼굴이 더욱 뾰족하게 되어서 형식이가 들어오는 것도 본체만체, 형식도 배 학감에게는 인사도 아니하고 곁에 앉았는 다른 교사들에게만 인사를 하였다.

다른 교사들은 각각 앞에다가 분필통과 교과서를 놓고 벌써 아홉 시에 십여 분이 지났건마는 교실에 들어갈 생각도 아니한다.

형식은 무슨 풍파가 있던 줄을 아나 모르는 체하고,

「어째 시간에들 아니 들어가셔요?」

하였다. 한 교사가,

「웬일인지 삼사년급 학생은 하나도 아니 왔구려.」

하고 일동은 학감을 본다. 형식은 물끄러미 학감을 보다가 그 곁으로 가까이 가서 선 대로,

「학감, 학교에 큰일이 났구려.」

「나는 모르겠소.」

하고 학감은 얼굴을 돌이킨다. 형식은 말을 나직이 하여,

「무슨 선후책을 해야 아니하겠소. 이렇게 앉았으면 어떻게 해요?」

「글쎄, 이게 웬일이오. 이 되지 아니한 자식들이 —— 이 삼사년급 놈들이 왜 오지를 아니하오?」

형식은 네가 아직 모르는구나 하였다. 삼사년급 일동이 동맹 퇴학을 한단 말을 할까말까 주저하다가 먼저 알고 잠자코 있음이 도리어 도리가 아니라 하여,

「모르시는구려, 아직도.」

「무엇을 말씀이오?」

「삼사년급 학생들이 동맹 퇴학을 하기로 결정을 하고 교장과 교주에게 퇴학 청원서를 제출하였다는데…….」

「무엇이 어째요? 동맹 퇴학?」

배 학감도 이 일에는 얼마큼 놀라는 모양이다. 자기의 신학설의 교육도 그만 실패하였다. 곁에 있던 교사들도 모두 놀라서 자리를 떠나 학감의 곁으로 모였다. 학감은 깜짝 놀라며,

「어떻게 알으셨소?」

「아까 어떤 학생들이 퇴학 청원서를 가지고 나한테 왔습데다그려. 교장 댁으로 가는 길이라고.」

이렇게 말하고 형식은 흠칫하고 저 혼자 놀래었다. 이러한 말을 공연히 하였구나 하였다.

배 학감은 독기 있는 눈으로 물끄러미 형식을 보더니 벌떡 일어나며,

「잘하셨소. 노형은 철없는 학생들을 충동하여 학교를 망하게 하시구려!」
하고 형식을 흘겨본다.

배 학감도 평상시에 학생들이 자기보다 도리어 형식을 존경하여 자기는
방문하는 학생이 없으되, 형식을 방문하는 학생이 많은 줄을 알고 늘 시기하는
마음으로 있었다. 그리고 학생들이 형식을 따르는 것은 형식의 인격이 자
기보다 높고 따뜻함이라 하지 아니하고, 형식이 학생을 유혹하는 수단이
있고, 학생들이 형식에게 속아서 따름이라 하였다.

학감은 속으로「형식이가 학생들을 버린다」하여 자기 보는 데서 학생들이
친절하게 형식에게 말하는 것을 보면 매양 불쾌한 마음을 이기지 못하였다.

학생들이 마땅히 존경하여야 할 사람은 자기어늘, 자기를 존경하지 아
니하고 형식을 존경함은 학생들이 미련하여서 그럼이라 하였다. 학생들이
점점 더욱 자기를 배척하게 되는 것을 볼 때에 배 학감은 이는 형식이가
철없는 학생들을 유혹하여 고의로 자기를 배척하려 함이라 하였다.

배 학감이 한번 어떤 사람을 대하여「형식은 학생을 시켜 자기를 배척하고
제가 학감이 되려는 야심을 두었다」한 일이 있었다.

이번에도 형식이가 어떤 학생이 퇴학 청원서를 가지고 자기 집에 왔더란
말을 듣고, 이 일도 형식이가 시킨 것이어니 하였다.

그리고 주먹을 불끈 쥐며,

「이형, 잘하였소!」

한다.

형식은 자기의 호의를 도리어 곡해하는 것이 분하여 성을 내며,

「노형은 당신의 간교한 마음으로 남의 마음을 판단하시는구려. 나는 어
디까지든지 호의로 —— 노형과 학교를 위하여 만사가 순하게 되어가기를
바라고 한 말인데, 노형은 도리어……」

형식의 말이 끝나기도 전에 배 학감은 더욱 얼굴을 붉히고 한 걸음 형식의
곁에 가까이 오며,

「여보, 이 형식씨. 내가 이전부터 노형의 수단을 알았소 —— 알고도 참
았소. 여태껏 사오차나 학생들이 학교에 대하여 반항한 것도 다 노형의 수단인
줄을 내가 아오. 노형은 이 학교를 멸망을 시키고야 말 테란 말이오?」하고

「멸망」이란 말에 힘을 주며 주먹으로 책상을 친다.

형식은 기가 막혀 껄껄 웃으며,

「여보, 배 명식씨. 나는 아직도 노형은 사람인 줄로 알았구려.」

하고는 형식도 와락 성을 내어 말소리를 떨며,

「노형은 친구의 호의도 알아보지 못하는 사람이오. 내가 그동안 학생과 교원 사이에 서서 얼마나 노형을 위하여 힘을 쓴지 아시오? 노형을 변호한지 아시오?」

「흥, 변호! 말은 좋소. 어린 학생들을 시켜 학교에 대하여 반항이나 일으키게 하고, 어디 노형의 힘이 얼마나 큰가 봅시다.」

하고 모자를 벗어 들고 인사도 없이 문밖으로 나간다. 뒤에 남은 사람들은,

「흥, 또 교주 각하께 가는구나.」

하고 픽 웃었다. 형식은 분을 참지 못하여 왔다갔다한다.

교원들은,

「이제는 형식도 경성학교에서 쫓겨나리다.」

하면서 왔다갔다하는 형식을 보고 교원 중의 하나이,

「그런데 이번에는 학생들의 이유가 무엇인가요」

형식은 대답하기 싫은 듯이 한참이나 들은체만체하고 마당을 내다보다가 펄썩 제자리에 걸터앉아 책상 서랍을 뽑아 그 속에 있는 책과 종이 조각을 집어내며,

「무슨 이유야요, 그 이유지요」

다른 교원 하나이,

「불문가지지요. 아마 이번 배 학감과 월향의 사건이겠지요.」

하고 찬성을 구하는 듯이 형식을 보며,

「그렇지요?」

한다. 형식은 책상 서랍에서 집어낸 종이 조각을, 혹 찢기도 하고 혹 읽어 보다가 집어넣기도 한다. 셋째 교원이,

「학감과 월향의 사건?」

「모르시오? 학감과 월향의 사건이라고 유명합니다. 근래에 월향이란 기생이 화류계에 썩 유명합니다. 평양서 두어 달 전에 왔다는데 얼굴은

어여쁘지요, 글을 잘하지요, 말을 잘하지요. 게다가 거문고와 수심가가 일수라는구려. 그래서 아마 장안 풍류 남아가 침을 흘리고 들이덤빈다는데, 한 가지 이상한 것이 있어요. 아직 아무도 그를 손에 넣어 본 사람이 없다는구려.」

정직하여 보이는 교원 하나이 말에 취한 듯이,

「손에 넣다께?」

「하하하하, 참 과연 도덕 군자시로구려. 퍽 여러 사람이 월향이를 손에 넣을 양으로 동치서주(東馳西走)를 하고 야단들을 하나 봅데다마는, 거의 거의 말을 들을 듯 들을 듯해서 이편의 마음을 못견디리만큼 자릿자릿하게 하여 놓고는 이편이 이제는 되었다 할 때에 〈못하겠어요〉하고 똑 끊는다는구려. 그래서 알 수 없는 계집이라고 소문이 낭자하지요.」

그 정직하여 보이는 교사가,

「왜 그럴까요?」

「내니 알겠소? 남들이 그럽데다그려!」

카이제르 수염 있는 교사가,

「노형도 한두 번 거절을 당하였나 보구려……그래 가슴이 따끔합디까. 하하하하.」

「천만, 나 같은 사람이야 그러한 호화로운 화류계와는 절연이니까. 참, 나야 깨끗하지요. 하하하.」

「누가 아나.」

하고 한 교사가 웃으니 여러 사람이 다 웃는다.

그 정직하여 보이는 교사도 웃기는 웃으나 더 알고 싶어하는 듯이 마치 학생이 교사에게 질문하는 모양으로,

「그래서? 그래, 어떻게 되었어요?」

할 제 카이제르 수염 가진 이가 정직하여 보이는 교사의 어깨를 툭 치며,

「노형께서는 미인의 일이라면 노상 범연치는 아니하구려.」

하고 껄껄 웃으니, 정직하여 보이는 교사는 얼굴이 빨개진다.

월향의 말을 하던 교사가 담배를 붙이면서,

「그런데, 이 배 학감께서 그만 월향씨의 포로가 되었지요. 아마 십여차나

졸랐던가 봅데다. 암만 조르니 듣소? 〈아니올시다〉 하고는 거의거의 들을 듯 들을 듯하다가는 그만 발길로 톡 차는구려. 그래서 지금 배 학감은 열이 났지요. 오늘 아침에도 뽀족해서 오지 않았습디까.(하고 머리를 흠칫하며) 그게 어젯저녁에도 월향이한테 발길로 채인 표야요.」

「옳지! 옳지! 어째 근래에는 얼굴이 더 뽀족하여졌다 하였더니, 상푸둥 그런 일이로구려, 응?」

하고 카이제르가 웃는다.

정직하여 보이는 교사는 더 물어 보고 싶으면서도 남들이 웃기를 두려 워하여 잠잠하고 앉았다. 지금껏 가만히 듣기만 하고 빙긋빙긋 웃던 이가,

「그런데 그런 줄을 학생들이 알았는가요? 이번 퇴학 청원한 이유가 그것인가요?」

「그것은 모르겠소」

하고,「형식이 너는 알겠구나」하는 듯이 형식을 본다.

형식은 여전히 종이 조각을 조사하는 체하면서도 다른 교사들의 말을 듣는다. 형식은 그 월향이라는 기생이 혹시 박 영채가 아닌가 하였다. 말하던 교사가 형식이가 잠잠한 것을 보고 말을 이어,

「자세히는 모르지요마는, 아마 그것이 이번 퇴학하는 이유일 테지요」

하고 형식의 너무 잠잠한 데 말하던 흥이 깨어져 말을 그치고 담배 연기로 공중에 글자만 쓴다.

정직하여 보이는 교사가 참다 못한 듯,

「학생들이 어떻게 알았을까요?」

카이제르 수염이,

「학생들이, 학생들이 잘 모르오리다. 그 군들이 교사들 정탐을 어떻게 하는데 그러오? 교사들 뒷간에 가는 것까지 다 알지요. 얼른 보기에 아주 온순한 체, 아무것도 모르는 체하지마는 저희들 중에도 경찰서도 있고 정탐도 있답니다. 이번에도 아마 학감이 월향의 집에 들어가는 것을 어떤 학생이 경찰하였던 게지……」

「하하하, 그만 등시포착(登時捕捉)이 된 심이로구려.」

이렇게 여러 교원이 말하는 것을 듣더니, 담배 연기로 공중에 글자를 쓰던

교사가 암만하여도 하고 싶은 말을 참지 못하는 듯이 궐련을 재떨이에 비벼 불을 끄며,

「이러하구려.」

하고 말을 낸다.

「학감이 암만하여도 견딜 수가 없어서 요새에는 단연히 그 기생을 낙적 (落籍)을 시켜서 아주 자기 손에 집어 넣으려는 생각이 났나 봅데다. 그런데 거기도 경쟁자가 많지요. 갑이 삼백 원 하면, 을은 사백 원 하고, 또 병은 오백 원 하고 이 모양으로 아마 한 천 원 올라갔나 봅데다. 그러나 학감이야 집까지 온통 팔면 삼백 원이나 될는지……도저히 금력으로야 경쟁할 수가 없지 않소? 하니까 명망과 정성으로나 얼러 볼 양으로 매일 밤 월향 아씨께 참배 기도를 하는 모양인데 엊그제 어떤 장난꾼 학생이 뒤를 따랐던가 봅데다.」

하고 웃는다.

일동은 아주 재미있는 듯이 고개를 기웃기웃하며 학감과 월향의 장차 되어갈 관계를 상상한다.

형식은 책상 위에 벌여 놓은 종이 조각을 다 치우지 아니하고 혼자 무슨 생각을 하는 듯하더니 그 종이 조각을 도로 책상 서랍에 부리나케 집어 넣고 일동에게 인사하고 나간다.

일동은 형식을 보내고 시계를 쳐다보며 하품을 한다.

형식은 교문을 나서서 집으로 돌아오며 생각하였다.

그 월향이란 것이 영채가 아닌가. 원래 평양 기생으로 얼굴이 어여쁘고 아직 아무도 그를 손에 넣은 사람이 없다 하니 그가 과연 영채인가. 영채가 월향이란 이름으로 기생이 되어 이삼 삭 전에 서울에 올라와 지금 화류계에 유명하게 되었는가. 그러나 아무도 일찍 그를 손에 넣어 본 자가 없다 하니, 그러면 나를 생각하여 절행을 지킴이 아닌가. 옳다, 그렇다. 그가 나를 위하여 절행을 지킴이로다.

그런데 그가 마음대로 손에 들지 아니하므로 돈 많은 호화객들이 그를 아주 제 소유를 만들려 하여, 저 배 학감 같은 자가 다 영채를 제 손에 넣으려 하여, 만일 영채가 잘못되어 배 명식 같은 짐승 같은 자의 손에 든다 하면

그의 일생이 어떻게 될까. 배 명식 같은 자가 무슨 사람에게 대한 동정이 있을까.

다만 일시 색에 취하여 더러운 욕심을 채울 양으로 영채를 장난감을 삼으려 함이로다. 더구나 배 명식은 삼 년 전에 동경으로서 돌아와 칠팔 년간 홀로 자기를 기다리고 늙어 오던 본처에게 애매한 간음이라는 죄명을 씌워 이혼하고 작년에 어떤 여학생과 새로 혼인을 한 자다.

신혼한 일년이 차지 못하여 벌써 다른 계집에게 손을 대려 하는 그런 무정한 놈의 첩이 되어? 내 은인의 딸이? 못 될 일이로다. 못 될 일이로다 하였다.

사오 인의 경쟁자가 있다 하고 배 명식도 거의 밤마다 영채를 찾아간다 하니 그 육욕밖에 모르는 짐승 같은 사람들의 사이에 끼여 영채는 얼마나 괴로워할는고.

어제 영채가 나를 찾아옴도 이러한 괴로움을 견디지 못하여 마침내 내게 의탁할 양으로 온 것이 아닐까. 와서 내 의복과 거처가 극히 빈한함을 보매, 나에게 구원을 청하여도 무익할 줄을 알고 중도에 말을 그치고 돌아갔음이 아닐까.

이렇게 생각하면 자기의 빈한함이 더욱 슬프기도 하고 부끄럽기도 하다. 과연 형식은 영채를 구원할 자격이 없다. 만일 월향이라는 기생이 진실로 영채라 하면 과연 형식은 영채를 구원할 능력이 없다.

「천 원 이상에 올라갔나 봅데다.」
하는 아까 어느 교사의 하던 말을 생각하고 형식은 한숨을 쉬었다.

「천 원!」
내가 만일 영채를 구원하려 하면 —— 그 짐승 같은 사람들에게서 영채를 구원하여 사람다운 살림을 하게 하려면 「천 원」이 있어야 하리로다. 그러나 내게는 천 원이 있는가 하고 형식은 자기의 재산을 생각하여 보았다.

형식의 재산은 지금 형식의 조끼 호주머니에 있는 반이나 닳아진 돈지갑뿐이다. 그 돈지갑은 십 원짜리 지표(紙票)를 가득하게 넣어도 이삼백 원이 들어갈까말까 한 것이다. 아직 형식의 돈지갑에는 한 번에 백 원을 넣어 본 적도 없다. 일찍 동경서 졸업하고 돌아올 때에 어떠한 친구의 호의로 양복 값, 노비 합하여 팔십 원을 넣어 본 적이 있을 뿐이니, 이것이 형식의 일생 두고 처음으로 많은 돈을 가져 본 경험이다.

동경서 돌아온 지가 벌써 사오 년이니, 매삭에 십 원씩만 저금을 하였더라도 오륙백 원의 저축은 있으련마는 형식은 아직도 이 생활을 자기의 진정한 생활로 여기지 아니하고 임시의 생활, 준비의 생활로 여기므로 몇 푼 아니 되는 월급을 저축할 생각은 없이 제가 쓰고 남는 돈은 가난한 학생에게 나눠 주고 말았다.

그러나 형식은 책을 사는 버릇이 있어 매삭 월급을 타는 날에는 반드시 일한서방에 가거나, 동경 마루젠(丸善) 같은 책사에 사오 원을 없이하여 자기의 책장에 금자 박힌 책이 붙는 것을 유일의 재미로 여겼었다.

남들이 기생집에 가는 동안에, 술을 먹고 바둑을 두는 동안에, 그는 새로 사 온 책을 읽기로 유일한 벗을 삼았다. 그래서 그는 붕배간(朋輩間)에도 독서가라는 칭찬을 듣고 학생들이 그를 존경한 또한 이유는 그의 책장에 자기네가 알지 못하는 영문, 덕문의 금자 박힌 책이 있음이었다.

그는 항상 말하기를, 우리 조선 사람의 살아날 유일의 길은 우리 조선 사람으로 하여금 세계에 가장 문명한 모든 민족 —— 즉, 일본 민족만한 문명 정도에 달함에 있다 하고, 이리함에는 우리나라에 크게 공부하는 사람이 많이 생겨야 한다 하였다.

그러므로 그가 생각하기를, 이런 줄을 자각한 자기의 책임은 아무쪼록 책을 많이 공부하여 완전히 세계의 문명을 이해하고 이를 조선 사람에게 선전함에 있다 하였다. 그가 책에 돈을 아끼지 아니하고 재주 있는 학생을 극히 사랑하며 힘 있는 대로 그네를 도와주려 함도 실로 이를 위함이다.

그러나 「천 원」을 어찌하는고 하고 형식의 마음은 괴로웠다. 전달에 탄 월급 삼십오 원 중에 오 원은 플라톤 전집 값으로 동경 책사에 부치고 십 원은 학생들에게 갈라 주고, 팔 원은 주인 노파에게 밥값으로 주고, 이제 그 돈지갑에 남은 것이 오 원 지표 한 장과 은전이 좀 있을 뿐이다.

아아, 「천 원」를 어찌하는가 하고 형식의 마음은 더욱 괴로워 간다.

「천 원! 천 원! 천 원이 어디서 나는가.」

형식은 손수건으로 땀을 씻으며,

「천 원이 어디서 나는가.」
하고 소리를 내어 탄식하였다.

　이렁저렁 교동 자기 숙소 앞에 다다랐을 때에 어떤 청년 이삼 인이 모두
번쩍하는 양복에 반쯤 취하여 비스듬히 인력거를 타고 기생을 앞세우고
기운차게 방울을 울리며 철물교를 향하여 내어닫는다.

　형식은 성큼 뛰어 인력거를 피하여 주고 우뚝 서서 먼지를 일으키며
달려가는 여섯 채의 인력거를 보고,

「천 원이 있기는 있구나!」
하였다. 과연 지금 기생을 앞세우고 인력거를 몰아가는 청년들에게는 천
원이 아니라 만 원도 있기는 있다.

　형식은 이윽히 그 자리에 섰다가 고개를 푹 숙이고 무슨 생각을 하면서
바람 한 점 아니 들어오는 자기의 숙소로 들어갔다.

　집에 들어가니 노파가 점심을 짓다가 부엌으로서 나오며,

「어째 오늘은 이르셔요? 학교가 없어요?」

　형식은 모자와 두루마기를 방에 홱 집어 던지고 툇마루에 걸터앉아 옷
고름을 끄르고 부채를 부치며 화나는 듯이,

「흥, 삼사년급 학생들이 동맹 퇴학을 하였답니다.」

「또? 또 배 학감인가 한 양반이 어떤 게로구면.」
하고 치마로 땀을 씻으며 형식의 얼굴을 보더니,

「왜? 어디가 불편하시오?」

「아니오.」

「무슨 걱정이 있는 것 같구려. 에그, 그 학교에서 나오시오그려. 밤낮
소동만 일어나고, 소동이 일어날 때마다 늘 심로를 하시면서 무엇하러 거기
계셔요?」
하며 건넌방 그늘진 마루에 앉아 담배를 피운다. 형식은 한참이나 화를 못
이기는 듯이 함부로 부채질을 하더니,

「그까짓 학교 일 같은 것은 심상하외다. 걱정도 아니합니다.」

「그러면 또 무슨 일이 있어요? 무슨 다른 일이?」

　형식은 벌떡 누워 다리를 버둥버둥하면서 혼자말 모양으로,

「암만해도 돈이 있어야겠어요.」

「호호호, 이제야 아시는가 보구려. 이 세상이 돈 세상이랍니다. 나 같은 것도 돈이 있으면 이렇게 고생도 아니하련마는…….」

「그만한 고생은 낙이외다.」

「에그, 남이란 저렇것다. 나도 벌써 육십이 아니어요. 조금만 무엇을 하면 이렇게 허리가 아픈데, 허리가 아프도록 고생을 하니 누가 위로하여 주는 이가 있을까……병신일망정 아들 자식 하나이 있을까. ……목숨이 모질어서 그렇지 나 같은 것이 살면 무엇하겠어요.」

하고 담뱃대를 깨어져라 하고 돌에다 톡톡 떨어 또 한 대를 담아 지금 떨어 놓은 담뱃재에 대고 힘껏 두어 모금 빨더니 와락 화를 내며,

「담뱃불까지 말을 아니 듣는구나.」

하고 담뱃대를 방안에 내어던지고 짓던 점심이나 지을 양으로 다시 부엌으로 들어간다.

형식은 노파의 하는 말과 하는 모양을 보고 혼자 웃었다. 저마다 제 걱정이 있고 또 제 걱정이 세상에 제일 큰 걱정인 줄로 믿는다 하였다. 그러나 세상 사람은 다 아무라도 그만한 걱정은 있는 것이라 하였다.

아들이 없어 걱정, 벼슬을 못해 걱정, 장가를 못 들어 걱정, 혹 시집을 못 가서 걱정, 여러 가지 걱정이 많으되 현대 사람의 걱정의 대부분은 돈이 없어서 하는 걱정이라 하였다. 돈만 있으면 사람의 몸은커녕 영혼까지라도 사게 된 이 세상에 세상 사람이 돈을 귀히 여김이 그럴듯한 일이라 하였다.

「아아, 천 원! 천 원이 어디서 나는가.」

하고 벌떡 일어나 방에 들어와 앉았다. 이 집이 천 원짜리가 될까 하였다. 또 책장에 끼인 백여 권 양장책이 천 원짜리가 될까 하였다. 옳지, 저 한 책의 저작권은 각각 천 원 이상이라 하였다. 나도 저만한 책을 써서 책사에 팔면 천 원을 받으리라 하였다.

그러나 이제부터 영문으로 글짓기를 공부하여 가지고 그렇게 된 뒤에 얼마 동안 저술에 세월을 허비하고, 그 원고를 미국이나 영국에 보내고, 미국이나 영국 책사 주인이 그 원고를 한번 읽어 보고, 그 다음에 그 책사에서 그 원고를 출판하기로 작정하고, 그 다음에 그 책사 주인이 우편국에 사람을

보내어 이 형식의 이름으로 천 원환을 내놓으면 그것이 배편으로 태평양을 건너와 경성우편국에 와 아이구 너무 늦다……그것을 언제……하였다.

형식은 또 생각한다. 저 책들을 사지 말고 학생들에게 돈도 주지 말고, 사 오 년 동안 매삭 이십 원씩만 저금을 하였다면 오십 삭 치고 천 원은 되었으렷다. 아하, 그리하였던들 이러한 근심은 없을 것을. 더구나 학생들에게 돈을 대어 준 것은 참 부질없는 일이었다. 나는 정성껏 넉넉치도 못한 것을 저희에게 주건마는 받는 학생들은 마치 당연히 받을 것을 받는 줄로 여겨 좀 주는 시기가 늦어도 게두덜거리는 모양, 게다가 그것을 은혜로나 아는가.

그것들이 자라서 큰 인물만 되고 보면 자기 도움도 무슨 뜻이 있거니와 지금 같아서는 그놈이 그놈이라 별로 뛰어나는 천재나 위인도 있는 것 같지 아니하고……아아, 부질없는 짓을 하였구나. 저금을 하였다면 이런 걱정이나 없을 것을. 응, 이달부터라도 지금까지 주어 오던 학생에게 일체로 돈 주기를 거절할까 보다.

그러나 그렇게 생각하면 또 그 불쌍한 어린 청년들의 「이 선생님」 하는 모양이 눈에 암암하여 차마 그럴 수도 없고 아아, 어쩌면 천 원을 얻는가.

만일 오늘 저녁에 어떤 사람이 천 원을 가지고 가서 영채를 손에 넣으면 어찌할까. 혹 어젯저녁에 벌써 누가 천 원을 가지고 가서 영채를 자기 집으로 데려가지나 아니하였는가. 그러면 어젯저녁에 벌써 십구 년 동안 지켜 오던 몸을 어떤 짐승 같은 더러운 놈에게 허하지나 아니하였을까.

처음에는 영채가 그 짐승 같은 놈을 떼밀치며, 울며 소리치며 반항하다가 마침내 어찌할 수 없어 몸을 허하지 아니하였는가. 이렇게 생각하면 그 짐승 같은 놈이 육욕에 눈이 벌개서 불쌍하고 어여쁜 영채에게 억지로 달려드는 모양과 영채가 울고 떼밀고 죽기로써 저항하다가 마침내 으아 하고 절망하는 듯이 쓰러지는 모양이 형식의 눈앞에 역력히 보인다.

형식은 분함과 슬픔으로 전신에 힘을 주고 숨을 길게 내어쉬었다. 또 생각하면 영채가 어떤 사람에게 팔린 줄을 알고 밤에 남모르게 도망하지나 아니하였는가. 도망을 한다 하면 장차 어디로나 갈 것인가. 어여쁜 얼굴! 지키는 이 없는 열아홉 살 된 어여쁜 처녀! 도처에 천 원 가진 짐승 같은 사람이 있을 것이다. 영채는 도망이나 아니할까.

옳지! 영채가 그렇게 절조 굳은 영채가! 제 몸이 어떤 사나이에게 팔린 줄을 알면 그 골독한 마음으로 자살이나 아니하였을까.

「자살! 자살!」

하고 형식은 몸을 떨었다.

어찌하면 좋을까. 어찌하면 천 원을 얻어 불쌍한 영채 —— 사랑하는 영채 —— 은인의 따님 영채를 구원할까……이럴까……저럴까 하고 마음을 정치 못하면서 오후 한 시에 안동 김 장로의 집에 선형과 순애의 영어를 가르치러 갔다.

장로는 어디 출입하여 집에 없고 장로의 부인이 나와서 형식을 맞는다. 부인이 선형과 순애를 데리러 안에 들어간 뒤에 형식은 교실로 정한 모퉁이 방에 혼자 앉아 두 제자가 나오기를 기다린다.

방 한편 구석에는 십자가에 달린 예수의 화상이 걸리고, 다른 한편에는 주인 김 장로의 사진이 걸렸다. 아마 그 두 사진을 꽃으로 장식함은 선형, 순애 양인의 솜씨인 듯 십자가에 달린 예수는 머리에 가시관을 쓰고 로마 병정의 창으로 찔린 옆구리로서는 피가 흘러내린다. 그 고개가 왼쪽으로 기울어지고 그 눈은 하늘을 향하였다. 십자가 밑에는 치마 앞자락으로 낯을 가리고 우는 자도 있고 무심하게 구경하는 자도 있고 십자가 저편 옆에서는 병정들이 예수의 옷을 가지려고 제비뽑는 양을 그렸다.

형식은 물끄러미 이것을 보고 생각하였다. 십자가에 달린 자도 사람, 가시관을 씌우고 옆구리를 찌른 자도 사람, 그 밑에서 치맛자락으로 눈물을 씻는 자나 무심하게 우두커니 구경하고 섰는 자도 사람, 저편에서 사람을 죽여 놓고 그 죽임받는 자의 옷을 저마다 가질 양으로 제비를 뽑는 자도 사람 —— 모두 다 같은 사람이로다.

날마다 시마다 인생 세계에 일어나는 모든 희극 비극이 모두 다 같은 사람의 손으로 되는 것이로다.

퇴학 청원을 하는 학생들이나 학생들의 배척을 받는 배 학감이나, 또는 내나 다 같은 사람이 아니며, 저 불쌍한 영채나, 영채를 팔아 먹으려 하는 욕심 사나운 노파나 영채를 사려 하는 짐승 같은 사람들이나, 영채를 위하여 슬퍼하는 내나 다 같은 사람이 아니뇨. 필경은 다 같은 사람끼리 조금씩 조금씩 빛과 모양을 다르게 하여 네로다 내로다 하고, 옳다 그르다 함이 아니뇨.

저 예수가 예수의 옆구리를 찌른 로마 병정도 될 수 있고, 그 로마 병정이 예수도 될 수 있을 것이다.

다만 알 수 없는 것은 무엇이 —— 어떠한 힘이 마치 광대로, 혹은 춘향을 만들고, 혹은 이 도령을 만드는 모양으로, 혹은 예수가 되게 하고, 혹은 예수의 옆구리를 찌르는 로마 병정이 되게 하고, 또 혹은 무심히 그것을 구경하는 사람이 되게 하는가 함이다.

이렇게 생각하매 형식은 모든 인류가 다 나와 비슷비슷한 형제인 듯하고, 또 알 수 없는 어떤 힘에 속박되어 날마다 시마다 저희들의 뜻에도 없는 비극 회극을 일으키지 아니치 못하는 인생을 불쌍히 여겼다.

사람들이 악한 일을 하는 것이 마치 신관 사또 남원 부사된 광대가 제 뜻에는 없건마는 가련한 춘향의 볼기를 때림과 같다 하면 용서하지 아니하고 어찌하리오. 그럴진댄 배 학감도 그리 미워할 것은 아니요, 예수의 얼굴에 침을 뱉고 예수를 죽여 달라 한 간악한 유태인도 그리 미워할 것은 아니로다 하였다.

그러나 영채는 살려야 하겠다. 비록 이것이 연극 중의 일이라 하더라도 영채는 살려야 하겠다는 생각이 어디서 나오는지 불현듯 일어나 형식은 예수의 화상을 보다가 눈을 돌이켜 멀거니 천장을 쳐다보았다.

천장에는 파리 네다섯 놈이 저희도 인생과 같이 무슨 연극을 하노라고, 혹은 따르고 혹은 피하고, 혹은 앉았고 혹은 앞발을 비빈다.

형식은 고개를 숙이며 이 집에는 천 원이 있으련만 하였다.

「선생님!」

하는 소리에 눈을 떠 본즉, 선형과 순애가 책과 연필을 들고 문안에 들이와 섰다가 형식의 눈뜨고 고개듦을 기다려 은근하게 경례한다. 형식은 놀란 듯이 얼른 일어나 두 처녀에게 답례하였다. 그리고 웃으면서 쾌활하게,

「오늘은 어제보다도 덥습니다.」

하고 선형과 순애에게 앉기를 권하고 자기도 양인과 상대하여 책상을 사이에 두고 앉았다. 두 처녀는 고개를 숙이고 책을 편다.

형식은 두 처녀를 보매 얼마큼 뒤숭숭하던 생각이 없어지고 적이 정신이 쇄락한 듯하다. 형식은 고개숙인 두 처녀의 까만 머리와 쪽찐 서양 머리에 꽂은 널따란 옥색 리본을 보았다. 그리고 책상에 짚은 두 처녀의 손가락을 보았다.

부드러운 바람이 슬쩍 불어 지나갈 때에 두 처녀의 몸과 머리에서 나는 듯 마는 듯한 향내가 불려 온다. 선형의 모시 적삼 등에는 땀이 배어 하얀 살에 착 달라붙어 몸을 움직일 때마다 그 붙은 자리가 넓었다 좁았다 한다.

순애는 치마로 발을 가리느라고 두어 번 몸을 들먹들먹하여 밑에 깔린 치마를 뺀다. 선형은 이마에 소스락 소스락하게 구슬땀이 맺히어 이따금 치맛고름으로 가만히 씻고는 손으로 책상 밑에서 부채질을 한다.

형식은 아침부터 괴로움으로 지내오던 마음속에 일점 향기롭고 서늘한 바람이 불어 들어옴을 깨달았다.

여자란 매우 아름답게 생긴 동물이라 하였다. 어깨의 동그스름한 것과 뺨의 불그레한 것과 머리카락의 길고 까만 것과 또 앉은 태도와 옷고름 맨 모양과 —— 그중에도 널쩍한 적삼 고름이 차차 좁아오다가 가운데서 서로 꼭 옭혀 매여 위로 간 코는 비스듬히 왼편 가슴을 향하고 아래로 간 고름의 한 끝이 훌쩍 날아 오른팔굽이를 지나간 양이 더욱 풍정이 있다.

이렇게 두 처녀를 보고 앉았으면 말할 수 없는 향기로운 쾌미가 전신에 미만(瀰滿)하여 피 돌아가는 것도 극히 순하고 쾌창한 듯하다.

인생은 즐거우려면 즐거울 수가 있는 것이라, 아무 목적과 꾀도 없이 가만히 마주보고 앉았기만 하면 인생은 서로서로 사랑스럽고 즐거울 것이다.

여자의 몸이나 남자의 몸이나 내지 천지의 모든 만물이 다 가만히 보기만 하면 그 사이에 친밀한 교통이 생기고 따뜻한 사랑이 생기고 달콤한 쾌미가 생기는 것이다. 쓸데없이 지혜를 놀리고 입을 놀리고 손을 놀림으로 모처럼 일러 놓은 아름다운 쾌락을 말 못 되게 깨뜨리는 것이라 하였다.

형식은 이런 생각을 하면서 두 처녀가 단번에 에이, 비, 씨를 외워 쓰는 양을 보고 앉았다.

두 처녀는 에이, 비, 씨를 잘 외워 썼다. 선형은 어서 미국에 갈 생각으로, 순애는 아무에게나 남에게 지지 않게 많이 배울 생각으로 어제 종일과 오늘 오전에 별로 쉴 틈 없이 에이, 비, 씨를 외우고 썼다. 또 그들은 영어를 처음 배우게 된 것이 자기네가 학식이 매우 높아진 표인 듯하여 일종 유쾌한 자랑을 깨달았다.

선형은 자기가 좋은 양복을 입고 새깃 꽂은 서양 모자를 쓰고 미국에 가서 저와 같은 서양 처녀들과 영어로 자유롭게 이야기하는 모양을 상상하고 혼자 웃었다. 자기가 영어를 잘 하게 되면 자기의 자격도 높아지고 남들도 자기를 지금보다 더 사랑하고 존경하리라 하였다.

자기가 미국에 가서 미국 처녀들과 같이 미국 대학교를 졸업하고 집에 올 때에 —— 그때에는 암만하여도 자기와 동행하는 사람이 있으리라 하였다. 그리고 그 동행하는 사람은 남자요, 키 크고 얼굴 번듯한 남자요, 미국서 대학교를 졸업한 남자리라 하였다.

선형은 무론 일찍 그러한 남자를 본 적도 없고, 그러한 남자가 있단 말도 못 들었거니와, 하여간 자기가 미국서 대학교를 졸업하고 돌아올 때에는 반드시 그러한 남자가 자기의 동행이 되리라 하였다.

그러나 태평양 한복판에서 배 갑판 위에 그 사람과 서로 외면하고 서서 바다 구경을 하다가 배가 흔들려 제 몸이 넘어질 때, 그 사람의 가슴에 넘어지면 어떻게 하나. 그러나 그것이 인연이 되어 본국에 돌아온 후 그 사람과 따뜻한 가정을 짓게 되는지도 모르겠다. 그리하고 벽돌 이층집에 나는 피아노 타고……

이러한 것이 영어를 배우기 시작한 선형의 꿈이었다.

그는 아직 큐우핏의 화살을 맞지 아니하였다. 그의 가슴에는 아직 인생이란 생각도 없고, 여자 남자라는 생각도 없다. 그는 전세계는 다 자기의 가정과 같고 천하 사람은 자기와 같거니 한다. 아니, 차라리 전세계가 자기네 가정과 같은지 아니 같은지, 천하 사람이 자기와 같은지 아니 같은지를 생각하여 본 적도 없다 함이 마땅할 것이다.

그를 봄철, 따뜻한 아침에 핀 꽃에 비길진댄, 그는 아직 바람도 모르고 비도 모르고 늙음도 모르고 시들어 떨어짐도 모르는 바로 핀 꽃이다.

아무도 일찍 그에게 바람이란 것이며, 비란 것이 있단 말과 혹 바람이란 것과 비란 것이 함께 오면 지금 핀 꽃도 떨어지는 수가 있고 다 피어 보지 못한 꽃봉오리조차 떨어지는 수가 있다 하는 것을 일러준 적이 없었다.

그는 성경을 외웠다. 그러나 다만 외웠을 뿐이었다. 그는 하느님이 아담과 에와를 만든 줄을 믿고, 에와가 뱀의 꾀에 넘어 금한 바 지식 열매를 따 먹음으로 늙음과 죽음과 온갖 죄악이 세상에 들어왔단 말과 천당과 지옥과 십자가에 달린 예수와, 예수가 어찌하여 십자가에 달린 것을 성경에 쓴 대로 다 외우고 또 날마다 보는 신문의 삼면에 보이는 강도, 살인, 사기, 간음, 굶어 죽은 자, 목을 매어 자살한 자 등, 여러 가지를 알며 또 그 말을 친구에게 전하기까지도 한다. 그러나 그러할 뿐이다.

그는 그 모든 것 —— 위에 말한 그 모든 것과 자기와는 전혀 관계가 없는 것이어니 한다. 아니, 차라리 그는 그 모든 것이 자기와 관계가 있는지 없는지를 생각하려고도 아니한다.

그는 아직 난 대로 있다. 화학적으로 화합되고 생리학적으로 조직된 대로 있는, 말하자면 아직도 실지에 한 번도 써 보지 아니하고 곳간에 넣어 둔 기계와 같다. 그는 아직 사람이 아니로다.

그는 예수교의 가정에 자라남으로 벌써 천국의 세례는 받았다. 그러나 아직도 인생이라는 불세례를 받지 못하였다. 소위 문명한 나라에 만일 선형이가 났다 하면 그는 어려서부터 —— 칠팔세부터, 혹은 사오세부터 시와 소설과 음악과 미술의 이야기로 벌써 인생의 세례를 받아 십칠팔 세가 된 금일에는 벌써 참말 인생인 한 여자가 되었을 것이다.

그러나 선형은 아직 사람이 되지 못하였다. 선형의 속에 있는 「사람」은 아직 깨지 못하였다. 이 「사람」이 깨어 볼까말까는 하느님밖에 아는 이가 없다.

이러한 것이 「순결하다」 하면 「순결하다」고도 할지요, 「청정하다」 하면 「청정하다」고도 할지나, 그러나 이는 결코 「사람」은 아니요, 다만 장차 「사람」이 되려 하는 재료니, 마치 장차 조각물(彫刻物)이 되려 하는 대리석과 같다.

이 대리석에 정이 맞고 끌이 맞은 뒤에야 비로소 눈 있고 코 있는 조각물이 됨과 같이 선형 같은 자도 인생이란 불세례를 받아 그 속에 있는 「사람」이 깬 뒤에야 비로소 참사람이 될 것이다.

순애는 이와 달라 어려서부터 겪어 오는 자연한 단련에 얼마큼 속에 있는 「사람」이 깨기는 하였으나 아직도 이불 속에서 돌아누운 것이요, 아직 깬 것은 아니로다.

형식은 저 스스로 깬 「사람」으로 자처하거니와 그 역시 아직 인생의 불세례를 받지 못한 사람이다. 지금 이 방에 모여앉은 세 사람, 청년 남녀가 장차 어떠한 길을 지내어 「사람」이 되는고.

이 세 사람의 가슴은 마치 장차 오려는 폭풍을 기다리는 바다와 같다. 지금은 물결도 없고 거품도 없고 흐름도 없는 편편한 바다다.

이제 하늘로서 큰 바람이 내려와 이 바다의 물을 온통 흔들어 거기 물결을 만들고 거품을 만들고 흐름을 만들지니, 그때야말로 비로소 참바다가 되리로다.

모르괘라. 그 바람이 무엇이며 그 바람을 보내는 자가 누구뇨. 지금 형식의 가슴에는 이 바람이 불어 오려는 전조로 이상한 구름장이 하늘가에 배회한다.

형식은 김 장로의 집에서 나왔다. 백운대 가로 이상한 구름장이 떠돌고 서늘한 바람이 후끈후끈하는 낯을 스쳐 지나간다.

형식은 시원하다 하였다. 아마 소나기가 지나가려는가 보다. 소나기가 지나가면 좀 서늘하여지리라 하였다. 그리고는 어서 소낙비가 왔으면 하였다.

형식은 아까 김 장로의 집으로 들어갈 때와는 무엇이 좀 달라졌음을 깨달았다. 천지에는 여태껏 자기가 알지 못하던 무엇이 있는 듯하고, 그것이 구름장 속에서 번개 모양으로 번쩍 눈에 보였는 듯하다. 그리고 그 번개같이 번쩍 보인 것이 매우 자기에게 큰 관계가 있는 듯이 생각된다.

형식은 그 속에 —— 그 번개같이 번쩍하던 속에 알 수 없는 아름다움과 기쁨이 숨은 듯하다고 생각하였다.

형식은 가슴속에 희미한 새 희망과 새 기쁨이 일어남을 깨달았다. 그리고 그 기쁨이 아까 선형과 순애를 대하였을 때에 그네의 살내와 옷고름과 말소리를 듣고 생기던 기쁨과 근사하다 하였다. 형식의 눈앞에는 지금껏 보지 못하던 인생의 일방면이 벌어졌다.

자기가 오늘까지, 「이것이 인생의 전체로구나」하던 외에 인생에는 다른 한 부분이 있고 그리고 그 한 부분이 도리어 지금까지 인생으로 알아 오던 모든 것보다 훨씬 중요하고 의미 있는 것인 듯하다. 명예와 재산과 법률과 도덕과 학문과 —— 이렇게 지금껏 인생의 가장 중요한 내용으로 알아 오던 것 외에 무슨 새로운 내용 하나이 더 생기는 듯하다. 그러나 아직 형식은 그것에 이름지을 줄을 모르고 다만 「이상하다」 하고 놀랄 뿐이었다.

그러고 사오 년 동안을 날마다 다니던 교동으로 내려올 때에 형식은 놀랐다. 길과 집과 그 집에 벌여 놓은 것과 그 길로 다니는 사람들과 전신대와 우뚝 선 우편통이 다 여전하건마는, 형식은 그것들 속에서 전에 보지 못한 빛을 보고 내를 맡았다. 바꾸어 말하면, 모든 그것들이 새로운 빛과 새로운 뜻을 가진 것 같다.

길 가는 사람은 다만 길 가는 사람이 아니요, 그 속에 무슨 알지 못할 것이 품긴 듯하며, 두부 장수의 「두부나 비지드렁 사려」 하고 외우는 소리에는 두부와 비지를 사라는 뜻 밖에 더 깊은 무슨 뜻이 있는 듯하였다.

형식은 자기의 눈에서 무슨 껍질 하나이 벗겨졌거니 하였다.

그러나 이는 눈에서 껍질 하나이 벗겨진 것이 아니요, 기실은 지금껏 감고 오던 눈 하나이 새로 뜬 것이로다. 아까 십자가에 달린 예수의 화상을 볼 때에 다만 그를 십자가에 달린 예수로 보지 아니하고 그 속에 새로운 뜻을 발견하게 된 것이 이 눈이 떠지는 처음이요, 선형과 순애라는 두 젊은 계집을 볼 때에 다만 두 젊은 계집으로만 보지 아니하고 그것이 우주와 인생의 알 수 없는 무슨 힘의 표현으로 본 것이 이 눈이 떠지는 둘째요, 지금 교동 거리에 보이는 모든 것에서 전에 보고 맡지 못하던 새 빛과 새 내를 발견함이 그 셋째다.

그러나 그는 이것이 무엇인지 분명히 이름지을 줄을 모르고 다만 「이상하다」 하는 생각과 희미한 기쁨을 깨달을 뿐이다.

형식은 방에 돌아와 잠시 영채의 일을 잊고 새로 변화하는 마음을 돌아보았다. 가만히 눈을 감고 앉았노라면 전에 보던 시와 소설의 기억이 그때 처음 볼 때와 다른 맛을 가지고 마음속에 떠 나온다. 모든 것에 강한 색채가 있고 강한 향기가 있고 깊은 뜻이 있다.

형식은 「내가 지금까지 인생과 서적을 뜻을 모르고 보았구나」 하였다. 그러고는 모든 기억을 다 끌어내어 지금 새로 뜬 눈에 비치어 보았다. 그리한즉, 모든 기억에 다 전에 보지 못하던 새로운 색채가 보인다.

형식은 눈이 부신 듯이 빙그레 웃었다. 그리하고 책장에 늘어 세운 양장 책들을 보았다. 자기는 다 알고 읽었거니 하였던 것이 기실은 알지 못하고 읽은 것임을 깨달았다.

형식은 모든 서적과 인생과 세계를 온통 다시 읽어 볼 생각이 난다. 첫 페이지 첫 줄부터 온통 다시 읽더라도 「전에 읽은 적이 없구나」 하다시피 글귀마다, 글자마다 새로운 뜻을 가지고 내 눈에 비치리라 하였다.

이렇게 생각하고 그는 책장에서 몇 권 책을 내어 전에 보던 데를 몇 군데 떠들어 보았다. 그러고 그 결과는 형식의 생각하던 바와 같았다.

형식은 이제야 그 속에 있는 「사람」이 눈을 떴다. 그 「속눈」으로 만물의 「속뜻」을 보게 되었다. 형식의 「속 사람」은 이제야 해방되었다.

마치 솔씨 속에 있는 솔의 움이 오랫동안 솔씨 속에 숨어 있다가——또는 갇혀 있다가 봄철 따뜻한 기운을 받아 굳센 힘으로 그가 갇혀 있던 솔씨 껍데기를 깨뜨리고 가이없이 넓은 세상에 쑥 솟아나 장차 줄기가 되고 가지가 나고 잎과 꽃이 피게 됨과 같이 형식이라는 한 「사람」의 씨 되는 「속 사람」은 이제야 그 껍질을 깨뜨리고 넓은 세상에 우뚝 솟아 햇빛을 받고 이슬을 받아 한이 없이 생장하게 되었다.

형식의 「속 사람」은 여물은 지 오래였다. 마치 봄철 곡식의 씨가 땅속에서 불을 대로 불었다가 안개비만 조금 와도 하룻밤에 쑥 움이 나오는 모양으로, 형식의 「속 사람」도 남보다 풍부한 실사회의 경험과 종교와 문학이라는 수분으로 흠뻑 불었다가 선형이라는 처녀와 영채라는 처녀의 봄바람 봄비에 갑자기 껍질을 깨뜨리고 뛰어난 것이다.

누가 「속 사람이란 무엇이뇨」와 「속 사람이 어떻게 깨는가」의 질문을 제출하면 그 내답은 이러하리라.

「생명이란 무엇이뇨」와 「생명이 나다 함은 무엇이뇨」의 질문에 대답할 수 없음과 같이 이도 대답할 수 없다고. 오직 이 「속 사람」이란 것을 알고 「속 사람이 깬다」는 것을 알 이는 오직 이 「속 사람」이 깬 사람뿐이리라.

깬 형식은 장차 어찌 될는고. 이 이야기가 발전되어 나가는 양을 보아야 알 것이로다.

과연 소나기가 지나갔다. 그리고 동대문과 남산 새에 곱다란 무지개의 한 부분이 형식의 방에서 보인다.

형식은 한참이나 무지개를 보고 황홀하여 앉았다가 불현듯 영채를 생각하였다. 벌써 밤이 가까왔다. 영채의 위기는 일각 일각이 가까워 오는 듯하다.

형식은 두루마기를 뒤쳐 입고 집에서 뛰어나왔다. 그러나 어디로 갈 것인지, 무슨 일을 할 것인지 한참 막막하였다. 그러다가 무슨 결심을 한 듯이 안동을 향하고 부리나케 걸어간다.

형식은 어떤「학생 기숙관」이라 하는 문 앞에 섰다. 이윽고 어떤 소년이 신을 끌고 나오더니 형식을 보고 경례한다.

형식은 소년의 손을 잡아 흔들며 묻기 어려운 듯이,

「엊그제께 학감의 뒤를 따라갔던 학생이 누구요?」

소년은 방긋이 웃으며,

「저는 모르겠습니다.」

하고 이상한 듯이 형식의 얼굴을 본다. 황혼에 형식의 얼굴은 하얗게 보인다.

「아니야! 회경군. 무슨 일이 있으니 누가 학감의 뒤를 따라갔는지 좀 알려 주게.」

회경은 형식의 태도가 수상함을 보고 웃음을 그치고 이윽히 생각한다. 형식의 말소리는 떨렸다. 회경은 마침내,

「종렬군과 제가 갔었습니다.」

하고 책망을 기다리는 듯이 우향우를 하며 고개를 돌린다. 형식은 기뻐하는 목소리로,

「회경군이 갔다 왔어? 참 일이 잘 되었소!」

한다. 회경은 더욱 형식의 태도가 이상하다 하였다. 아무리 기생 월향이가 유명하기로 설마 형식이야 월향을 탐내어 할까 함이다. 그래서 회경은 더욱 유심히 형식을 보며,

「왜 그러셔요?」

형식은 이 말에는 대답도 아니하고,

「그러면 그 집 통호를 알겠나? 그 학감께서 가시던 집…….」

「통호수는 모릅니다.」

이 대답에 형식은 한참 낙망하더니 다시 희경의 손을 잡으며,

「미안하나 내게 그 집을 좀 가르쳐 주게.」

하였다. 희경은 마지못하는 듯이 들어가 모자와 두루마기를 입고 나온다. 희경은 「아마 학감의 일에 대하여 조사할 일이 있어 그러는가 보다」 하고 앞서서 종로로 향하여 간다.

　형식은 희경의 뒤를 따라가며 여러 가지로 생각하였다. 가서 어찌할까. 찾아서 설혹 영채를 만난다 하더라도 손에 천 원이 없으니 어찌할까. 만일 누가 방금 천 원을 가지고 와서 영채를 제 손에 넣는 계약을 맺는다 하더라도 천 원이 없는 나는 다만 그 곁에서 이를 갈 뿐이겠구나 하였다.

　밤은 서늘하다. 종로 야시에는 「싸구려」 하는 물건 파는 소리와 길다란 칼을 내어두르며 약 광고하는 소리도 들린다. 여기저기 수십 명 사람이 모여선 것은 아마 무슨 값싸고 쓰기 좋은 물건을 파는 것인 듯, 사람들은 저녁의 서늘한 맛에 취하여 아무 목적 없이 왔다갔다한다.

　그 사이로 어린 학생들은 둘씩 셋씩 떼를 지어 무슨 분주한 일이나 있는 듯이 무어라고 지껄이며 사람들 사이로 뛰어다닌다. 아직도 장옷을 쓴 부인이 계집아이에게 등불을 들리고 다니는 이도 있다.

　우미관(優美館)에서는 무슨 소위 「대활극」을 하는지 서양 음악대의 소요한 소리가 들리고 청년회관 이층에서는 알굴리기를 하는지 쾌활하게 왔다갔다하는 청년들의 그림자가 얼른얼른한다. 앞서 가는 희경은 사람들이 모여선 곳마다 조금씩 엿보다가는 형식의 발자취가 들리면 또 가고 가고 한다. 가물다가 비가 왔으므로 이따금 후끈후끈 흙내가 올라온다.

　형식과 희경은 종각 모퉁이를 돌아 광충교로 향한다. 신용산행 전차가 커다란 눈을 부릅뜨고 두 사람의 앞으로 달아난다. 두 사람은 컴컴한 다방골 천변에 들어섰다.

　천변에는 섬거적을 펴고 사나이며 계집들이 섞여 앉아 무슨 이야기를 하고 웃다가 두 사람이 가까이 오면 이야기를 그치고, 컴컴한 속에서 두 사람을 쳐다본다. 두 사람이 아니 보이리만 하면 또 이야기와 웃기를 시작한다. 혹 뒷창으로 기웃기웃 엿보는 행랑 아씨의 동백기름 번쩍번쩍하는 머리도 보인다.

희경은 가끔 길을 잊은 듯하여 우뚝 서서 사방을 돌아보다가는 그대로 가기도 하고, 혹「잘못 왔습니다」하고 웃으며 오륙 보나 뒤로 물러와 좁은 골목으로 들어가기도 한다.

어떤 집 문밖에는 호로 씌운 인력거가 놓이고 인력거꾼이 그 인력거의 발등상에 걸터앉아 가늘게 무슨 소리를 한다.「계옥」이니「설매」니 하는 고운 이름을 쓴 장명등이 보이고, 혹 어디선지 모르나「반나마 —— 」하는 시조의 첫 구절이 떨려 나오며 그 뒤를 따라 이삼 인 남자가 함께 웃는 듯한 웃음소리가 들린다.

형식은「화류촌이로구나」하였다. 처음 이러한 곳에 오는 형식은 이상하게 가슴이 서늘함을 깨달았다. 그래서 그는 행여 누가 보지나 않는가 하고 얼른 고개를 돌려 뒤를 돌아보기도 하였다. 남치마 입은 기생 두엇이 길 모퉁이에서 양인을 보고 소곤소곤하며 웃고 지나갈 때에 형식은 남모르게 가슴이 뛰고 얼굴이 후끈하였다. 양인은 아무 말도 없이 간다.

양인의 구두 소리가 벽에 울려 이상하게 뚜벅뚜벅한다. 희경은 몇번이나 길을 잃었다가 마침내,

「여기올시다.」

하고 어떤 장명등 단 집을 가리킨다.

형식은 더욱 가슴이 서늘하며 그 대문 앞에 우뚝 서서 장명등을 보았다.

「계 월향! 계 월향!」

하고 형식은 고개를 흔들었다. 그러면 월향은 영채가 아니런가. 기생이 되매 이름은 고칠지언정 성조차 고치랴. 그러면 월향은 영채가 아닌가. 그러면 영채는 기생이 아니 되었는가. 내가 일찍 상상하던 모양으로 우리 영채는 어떤 귀한 가정의 거둠이 되어 학교에 다니며 즐겁게 지내는가.

형식은 크게 의심하였다.

희경은 두어 걸음 비켜서서 장명등 빛에 해쓱해 보이는 형식의 얼굴을 보고「무슨 근심이 있구나」하였다.

영채는 칠 년 만에 형식을 만나 듣고 일변 반갑고 일변 기쁨을 이기지 못하여, 울며 칠 년 동안의 지내 온 이야기를 하려다가 문득 말을 그치고 일어나 울면서 집에 돌아왔다.

형식이 서울에 있다는 말을 듣고 만나고 싶은 마음은 불같이 일어났으나 자연히 찾아보리라는 결심을 정하지 못하고 한달이 지났었다. 그러다가 그날 아침에 「오늘은 기필코 형식을 찾아보리라」 하고 오후에 형식을 찾아왔다가 만나지 못하고, 저녁에 또 찾아왔던 것이다.

　세상에 영채에게 제일 가까운 사람은 형식밖에 없다. 부모도 없고 형제도 없고 일가도 없고, 오직 남은 것이 어려서 같이 자라나던 형식이란 사람 하나뿐이다. 영채의 부친과 형들이 평양감옥에서 죽기 전까지는 영채는 그네를 위하여 살았었다.

　그러나 그네가 죽은 뒤에는 영채는 오직 이 형식이라 하는 사람을 위하여 살았었다. 더구나 낫살이 점점 많아지고 몸이 기생이 되어 여러 십 명, 여러 백 명, 육욕밖에 모르는 짐승 같은 남자에게 갖은 희롱을 다 받은 영채는 세상에 믿을 만하고 의지할 만한 남자는 형식밖에 없다 하였다.

　형식이가 서로 떠난 지 칠팔 년간에 어떻게 변화하여 어떠한 사람이 되었는지는 영채에 대하여는 문제가 아니었다. 영채는 다만 형식이라는 사람은 천 년을 가나 만 년을 가나 이전 안주골 자기 집에 있을 때의 그 형식이거니 하였다.

　영채는 착하던 사람이 변하여 좋지 못하게 되는 줄을 모른다. 좋은 사람은 천생 좋은 사람이요, 평생 좋은 사람이거니 한다. 그와 같이 악한 사람은 천생 악한 사람이요, 평생 악한 사람이거니 한다.

　영채는 어려서는 악한 사람을 보지 못하였었다. 그의 아버지도 착한 사람이요, 오라버니네도 착한 사람이었고, 그 집 사랑에 와 있던, 또는 다니던 사람들도 착한 사람이었다. 형식도 무론 착한 사람이었다. 그리고 그가 소학과 열녀전 같은 것을 배울 때에 그 속에 나오는 사람들도 다 착한 사람이었다.

　영채는 어린 생각에도 그 책에 있는 인물과 자기의 가정과 수위에 있는 인물과는 같은 인물이어니 하였다. 그리고 영채 자신도 착한 사람이었다. 내칙이나 열녀전에 있는 여자들과 자기와는 같은 여자라 하였었다. 그리고 세상은 다 자기의 가정과 같으려니, 세상 사람은 다 자기와 및 자기의 주위에 있는 사람들과 같으려니 하였었다. 저 김 선형이나, 이 박 영채나 이 점에 이르러서는 공통이로다.

그러나 착하던 자기의 아버지며 주위의 사람들이 도리어 죄를 짓고, 세상 사람의 비웃음과 조롱을 받게 됨을 보고 어린 마음에도 한번 놀래었다.

또 외가에 가서 외종형댁의 학대와 조카네의 학대를 당하고, 거기서 도망할 때에 어느 촌중 아이들의 핍박을 당하고, 그날 저녁 숙천 땅 어느 주막에서 그 변을 당하고, 마침내 평양에서 자기의 몸이 기생으로 팔리게 되매, 어린 영채는 세상이 자기의 가정과 다르고 세상 사람들이 자기와 및 자기의 주위에 있던 사람들과 다름을 깨달았다.

다시 말하면, 세상에 악이란 것이 있고 세상에 악인이란 것이 있는 줄을 깨달았다. 그러나 영채는 이 악한 세상과 악한 사람들은 자기와 아무 상관이 없거니 하였다.

영채는 결코 자기의 착하던 가정과, 저 악한 세상과 또 자기가 일찍 보던 착한 사람들과, 자기가 지금 보는 악한 사람들을 혼동하지 못하였다.

그래서 영채는 세상에는 악한 세상과 착한 세상이 있고, 사람에는 악한 사람과 착한 사람이 있어, 각각 종류가 다르고 합할 수 없음이 마치 물과 기름과 같다 하였다.

그러나 영채가 점점 경험을 쌓아 감을 따라 또 이 진리도 깨달았다. —— 「악한 세상은 착한 세상보다 크고, 악한 사람은 착한 사람보다 많다」 함을.

영채는 집을 떠난 지 칠팔 년간에 아직 한 번도 착한 세상을 보지 못하고 착한 사람을 만나지 못하였다. 그는 칠 년 동안을 자기의 고향인 착한 세상을 떠나서 악한 타향의 객이 되고 자기의 동족인 착한 사람들을 떠나서 자기의 원수인 악한 사람들에게 온갖 조롱과 온갖 고초를 당하였다.

그러나 그는 착한 세상과 착한 사람이 없다고 생각하지 아니하였나니, 대개 그가 칠 년 전에 그러한 세상과 그러한 사람들을 목격하였음이다. 그리고 자기는 열녀전 내칙 소학 속에 있는 사람들과 같은 사람이니, 결코 악한 세상에 버물릴 수 없는 사람이라 하였다.

영채의 아버지가 영채의 어렸을 때에 가르친 열녀전과 내칙과 소학은 과연 영채의 일생을 지배한 것이다.

영채는 이렇게 생각하였다. 착한 세상도 있기는 있고 착한 사람도 있기는 있건마는, 자기는 무슨 운수로 일시 그 착한 세상을 떠나고 착한 사람을 떠난 것이니, 일생에 반드시 자기는 그러한 세상과 사람을 찾을 날이 있으리라고.

그러므로 그가 남대문 안에서 동대문까지 늘어선 만호 장안을 볼 때에, 이 중에 어느 집이 칠 년 전에 자기가 있던 집과 같은 집이며, 종로 네거리에 왔다갔다하는 여러 만 명 사람을 대할 때에 이 중에 어떠한 사람이 일찍 자기가 보던 사람과 같은 사람인가 하였다.

그는 좋은 옷을 입고 좋은 시계를 차고 자기에게 가까이하는 사람을 대할 때에 마음에는 항상 「너는 나와는 딴세계 사람!」 하고 일종 경멸하는 모양으로 그네를 대하여 왔다.

영채는 장안에 착한 집과 착한 사람이 있는 줄을 믿는다. 그리고 밤과 낮으로 그 집과 그 사람을 찾으려고 애를 쓴다. 그러나 영채의 기억에 있는 착한 사람은 오직 이 형식이다.

영채가 칠 년 동안 수십 명, 수백 명의 남자를 대하되, 오히려 몸을 허하지 아니하고 주야 일념에 이 형식을 찾으려 함이 실로 이 뜻이었다. 그러다가 마침내 형식이 서울에 있는 줄을 알고 이렇게 찾아왔던 것이다.

영채는 그동안 여러 기생을 보았다. 그리고 그네들 중에 어떠한 사람이 있는가 보았다.

영채가 「형님」 하고 정답게 지내던 자도 수십 인이요, 「애, 네더냐」 하고 동무로 지내던 자도 수십 인이요, 영채더러 「형님」 하고 정답게 따르던 자도 몇 사람이 있었다.

영채가 평양서 기생이 되어 맨 처음 「형님」 하고 정들인 기생은 계 월화라 하는 얼굴 곱고 소리 잘하는 사람이었다. 그때에 평양 화류계에 풍류 남자들의 눈은 실로 이 월화 한 사람에게 모였었다.

월화는 단율도 잘 짓고 묵화도 남 지지 아니하게 쳤다. 그래서 매우 자존하는 마음이 있어서 여간한 남자는 가까이하지도 아니하였다. 그러므로 퇴맞은 남자들에게는 「교만한 년, 괘씸한 년」이라는 책망도 듣고, 그 소위 어미 되는 노파에게는 「손님께 공손하라」는 경계도 들었다.

그러나 월화는 자기의 얼굴과 재주를 높이 믿었다. 그래서 제 눈에 낮게 보이는 손님을 대할 때에는,

「솔이 솔이 하니 무슨 솔이로만 여겼던가
　천인 절벽에 낙락장송 내 기로다
　길 아래 초동의 낫이야 걸어 볼 줄 있으랴」
하는 솔이(松伊)가 지은 시조를 불렀다. 그래서 그의 친구들은 월화를 「솔이」
라고 별명을 지었다. 실로 월화의 이상은 솔이였었다. 영채가 월화를 사랑하게
된 것도 이 때문이다.

영채의 눈에 월화라는 기생은 족히 열녀전에 들어갈 만하다 하였다. 그리고
솔이라는 기생이 어떠한 기생인지도 모르면서 월화가 솔이를 이상으로 하는
것을 보고 자기도 그 모양으로 솔이를 이상으로 하였다.

영채가 일찍 월화에게 안기며,

「형님! 형님과 저와 솔이와 세 사람이 친구가 됩시다.」

한 일이 있었다. 그리고 나도 반드시 월화 형님과 같이 솔이가 되리라 하였다.

월화의 얼굴과 재주를 보고 여러 남자가 침을 흘리며 모여들었다.

그러한 사람들 중에는 부자도 있고 미남자도 있었다. 그 사람들은 다투어
옷을 잘 입고 금시계와 금반지를 끼고 아무리하여서라도 월화의 사랑을
얻으려 하였다. 그러나 월화가 머리속에 그리는 남자는 그러한 경박자는
아니었다.

월화는 이 태백을 생각하고 고 적(高適)과 왕 창령(王昌齡) 같은 성당시대
(盛唐時代)의 시인을 생각하고 양 창곡(楊昌曲)과 이 도령(李道令)을 생
각하였다.

그러나 월화의 주위에 모여드는 남자들 중에는 하나도 그러한 사람이
없고 다만 「돈」과 「육욕」이 있는 사람뿐이었다.

월화는 어느 요리점 같은 데 불려갔다가 밤이 깊어 돌아오는 길에 영채를
찾아와서는 흔히 눈물을 흘리며,

「영채야, 세상이 왜 이렇게 적막하냐. 평양 천지에 사람 같은 사람을 볼
수가 없구나.」

하였다. 영채는 아직 그것이 무슨 뜻인지는 모르거니와 대체 「제 마음에
드는 사람」이 없다는 뜻이어니 하였다. 그러고는 영채는 어린 생각에 「나는
이 형식이가 있는데」 하였다.

104

월화는 점점 세상을 비감하게 되었다. 그가 영채에게 당시(唐詩)를 가르치다가 흔히 영채를 꼭 껴안고 눈물을 흘리며,

「영채야, 네나 내나 왜 이러한 조선에 났겠느냐.」

하였다. 그때에 영채는 무슨 뜻인지 모르고,

「그러면 어디 났으면 좋겠소?」

하였다. 월화는 영채의 어린 것을 불쌍히 여기는 듯이,

「너는 아직 모르는구나.」

하였다. 월화는 한당시대 강남에 나지 못한 것을 한하였다. 탁문군은 자기 언마는 봉황곡으로 자기를 후리는 사마 상여의 없음을 한하였다.

월화의 생각에는 하늘이 대동강을 내시매, 모란봉을 또 내셨으니 계 월화는 대동강이 되려니와 누가 모란봉이 되어 봄에는 꽃으로, 가을에는 단풍으로 그 그림자를 부벽루 앞에 비추리오 하였다.

월화는 조선 사람의 무지하고 야속함을 원망하였다. 더구나 평양 남자에 일개 시인이 없고 일개 문사가 없음을 한하였다.

그가 나이 이십이 되도록 한 번도 자기의 뜻에 맞는 남자를 만나지 못하고 슬픈 마음과 세상을 경멸하는 비웃음으로 옛날 시를 읊고 저도 시와 노래를 짓기로 유일의 벗을 삼았다. 그리고 영채를 사랑하여 친동생같이 귀애하며, 시 읽기와 시 짓기를 가르치고 마음이 슬플 때에는 잘 알아듣지도 못하는 영채에게 자기의 회포를 말하였다. 그러할 때마다 영채는 「형님!」하고 월화의 가슴에 안겨 울었다.

일찍 어느 연회에 평양성내 소위 일류 인사들과 일등 명기가 일제히 모였다. 이른 여름, 바람 잔잔한 모란봉 밑 부벽루가 그 회장이었다.

그때 월화가 영채에게,

「얘 영채야, 너는 보느냐?」

하고 한편 구석에 끌고 가서 귓속말을 하였다.

「무엇이오?」

하고 영채는 좌석을 돌아보았다. 월화는 영채의 귀에 입을 대고,

「저기 모인 저 사람들이 평양의 일류 명사란다. 그런데 저 소위 일류 명사란 것이 모두 다 허수아비에게 옷 입혀 놓은 것이란다.」

하고 다시 기생들을 가리키며,

「저것들은 소리와 몸을 팔아먹고 사는 더러운 계집들이란다.」

하였다. 그때에 영채가 열다섯 살이었다. 그러므로 전보다 분명하게 월화의 말하는 뜻을 알아들었다. 그러고,

「참 그렇소」

하고 조그마한 고개를 까딱까딱 흔들었다.

이러한 말을 할 때에 어떤 양복 입은 신사가 웃으며 월화의 곁에 오더니 목에 손을 얹으며,

「애 월화야, 어쩌 여기 섰느냐.」

하고 끌고 가려 한다.

이 신사는 그때에 한창 월화에게 미쳤던 평양 일부 김 윤수의 맏아들이니, 지금 나이 삼십여 세에 여태껏 하여 온 일이 기생 오입밖에 없었다.

월화는 무론 이 사람을 천히 여겼다. 그래서 이 사람 앞에서도 「솔이 솔이 하니」를 불렀었다.

이때에 월화는 너무 불쾌하여,

「왜 이러시오」

하고 몸을 뿌리쳤다.

뒤에 알아본즉, 이때에 이 좌석에 월화의 마음을 끄는 어떤 신사가 있었다. 그는 어떠한 사람이며 그와 월화의 관계는 장차 어찌 될는고.

그 연회로서 돌아오는 길에 영채는 월화를 따라 청류벽 밑으로 산보하였다.

그때에 마침 평양 대성중학이라는 학교의 학생 사오 인이 청류벽 바위 위에 서서 유쾌하게 노래를 부른다.

그 노래는 이러하다.

「굽이치는 대동강이 능라도를 싸고 도니
둥두렷한 모란봉이 우쭐우쭐 춤을 추네
청류벽에 걸어앉아 가는 물아 말을 들어
청춘의 더운 피를 네게 부쳐 보내고저」

월화가 영채의 소매를 당기며,

「애, 저 노래를 듣느냐.」

「매우 듣기 좋습니다.」

월화는 한숨을 쉬며,

「저 속에 시인이 있기는 있고나.」

하고 감연히 눈물을 흘렸다.

영채는 무슨 뜻인지 모르고 다만 청류벽 위에서 노래 부르던 학생들을 보았다. 학생들은 여전히 노래를 부르는데 두루마기 자락이 바람에 펄펄 날린다. 영채도 어째 자연히 그 학생들이 정다운 듯하고 알 수 없는 설움이 가슴에 떠오르는 듯하여 월화의 어깨에 엎디어 월화와 함께 울었다.

월화는 영채를 안으며,

「영채야, 저 속에 참시인이 있느니라.」

하고 아까 하던 말을 또 한다.

「우리가 날마다 만나는 사람들은 죽은 사람들이다. 그것들은 먹고 입고, 계집 희롱하는 것밖에 아무것도 없는 것들이니라. 그러나 저 학생들 속에 참시인이 있느니라.」

이때에 학생이 또 다른 노래를 부른다.

「새벽빛이 솟는다 해가 오른다

땅 우에 만물이 기뻐 춤을 추노나

천하 사람 꿈꿀 제 나만 일어나

하늘을 우러러 슬픈 노래 부르네」

월화는 못견디어 하는 듯이 발을 동동 굴렀다. 영채더러,

「애, 저기 올라가 보자.」

그러나 이 말이 끝나기 전에 학생들은 모자를 벗어 두르고 저편 고개로 넘어가고 말았다.

월화는 길가 돌 위에 펄썩 주저앉아서 아까 학생들이 부르던 노래를 십여 차나 불러 보았다. 영채도 자연히 그 노래가 마음에 드는 듯하여 월화와 함께 십여차나 불렀다. 그리고 월화는 한참이나 지금 학생들이 섰던 곳을 바라보았다. 그러나 그 학생들은 다시는 보이지 아니하였다.

그로부터 월화는 더욱 우는 날이 많게 되었다. 영채는 월화와 함께 울고, 틈이 있는 대로는 월화와 같이 있었다. 영채는 더욱더욱 월화에게 정이 들고

월화도 더욱더욱 영채를 사랑하였다.

열다섯 살이나 된 영채는 차차 월화의 뜻을 알게 되었다. 뜻을 알게 될수록 월화의 눈물에 동정하게 되었다.

영채도 점점 미인이라는 이름과 노래 잘하고 단율 잘 짓는다는 이름이 나서, 영채라는 오늘 아침에 핀 꽃을 제가 꺾으리라 하는 사람이 많게 되었다. 그리하여 일찍 월화가 부벽루에서 하던 말이 무슨 뜻인지를 알게 되었다.

그러나 부벽루 연회 이래로 월화의 변하고 괴로와하는 모양을 보매, 어린 영채도 월화에게 무슨 일이 생긴 줄을 짐작하였다.

영채도 이제는 남자가 그리운 생각이 나게 되었다. 못 보던 남자를 대할 때에는 얼굴도 후끈후끈하고, 밤에 혼자 자리에 누워 잘 때에는 품어 줄 누가 있었으면 하는 생각이 일어나게 되었다.

한번은 영채와 월화가 연회에서 늦게 돌아와 한자리에서 잘 때에 영채가 자면서 월화를 꼭 껴안으며, 월화의 입을 맞추는 것을 보고 월화는 혼자 웃으며,

「아아, 너도 깨었구나 ── 네 앞에 설움과 고생이 있겠구나.」

하고 영채를 깨워,

「영채야, 네가 지금 나를 꼭 껴안고 입을 맞추더구나.」

하였다. 영채는 부끄러운 듯이 낯을 월화의 가슴에 비비고 월화의 하얀 젖꼭지를 물며,

「형님이니 그렇지.」

하였다. 이만큼 영채도 철이 났으므로 월화의 눈물에는 반드시 무슨 뜻이 있으리라 하였다. 그리고 물어 볼까 물어 볼까 하면서도 자연히 제가 부끄러워 물어 보지 못하고, 다만 영채 혼자 생각에 아마 월화가 그때 청류벽에서 노래 부르던 학생을 생각하는 게로다 하였다.

영채의 눈에도 그 청류벽에서 노래 부르던 학생의 모양이 잊히지를 아니한다. 무론 길에서 청류벽을 바라보면, 그 위에 선 사람의 얼굴의 윤곽이 보일 뿐이요 눈과 코도 잘 분별하지는 못하겠으나, 다만 거룩한 듯한 모양과 깨끗한 목소리와 뜻있고 아름다운 노래가 두 여자의 가슴을 서느렇게 한 것이다.

그 청년들은 아마 무심하게 그 노래를 불렀으련마는 아직「진실한 사람」, 「정성 있는 사람」, 「희망 있는 사람」, 「사람다운 사람」을 만나 보지 못하던 그네에게는 그 학생들의 모양과 노래가 지극히 분명하게 청신하게 인상이 박힌 것이다.

영채는 가만히 그 노래 부르던 학생들과, 지금껏 같이 놀던 소위 신사들을 비교할 때에 아무리하여도 그 학생이 정이 든다 하였다. 영채는 근래에 더욱 가슴속이 서늘하고 몸이 간질간질하고 자연히 마음이 적막함을 깨닫는다.

월화가 물끄러미 자기의 얼굴을 볼 때에는, 혹 자기의 속을 꿰뚫어보지 아니하는가 하여 가만히 고개를 숙였다.

월화도 영채의 마음이 점점 익어 옴을 깨달았다. 그리고 자기의 과거를 생각하매, 영채의 장래에 설움이 많을 것을 생각하였다. 그래서 월화는 영채가 잘못하여 세상에 섞이기를 두려워하는 모양으로 항상,

「영채야, 지금 세상에는 우리의 몸을 의탁할 만한 사람이 없나니라.」
하고 옛날 시로 일생의 벗을 삼기를 권하였다. 영채는 월화의 눈물의 뜻을 알려 하였다. 그러다가 마침내 알 기회가 이르렀다.

하루 저녁에는 월화가 영채를 찾아와서 연설 구경을 가자고 한다. 그때에 평양에는 대성학교라는 새로운 학교가 일어나, 사방으로서 수백 명 청년이 모여들고, 대성학교장 함 상모는 그 수백여 명 청년이 진정으로 앙모하는 선각자이었다.

함 교장은 매주일에 일차씩 대성학교 내에 연설회를 열고, 아무나 와서 방청하기를 청하였다. 평양 사람들이, 혹은 새로운 말을 들으리라는 정성으로, 혹은 다만 구경이나 하리라는 호기심으로 저녁 후면 대성학교 대강당이 터지도록 모여들었다.

함 교장은 열성이 있고 웅변이 있었다. 그가 슬픈 말을 하게 되면 청중은 모두 눈물을 흘리고, 그가 기쁜 말을 하게 되면 청중은 모두 손뼉을 치고 쾌하다 부르짖으며, 그가 만일 무슨 악한 일을 꾸짖게 되면, 청중은 눈꼬리가 찢어지고 입에 거품을 물었다. 그의 말하는 제목은, 조선 사람도 남과 같이 옛날 껍데기를 벗어 버리고 새로운 문명을 실어들여야 할 일과, 지금 조선 사람은 게으르고 기력이 없나니 새롭고 잘 사는 민족이 되려거든 불가불

새 정신을 가지고 새 용기를 내어야 한다는 것과, 이렇게 하려면 교육이 으뜸이니 아들이나 딸이나 반드시 새로운 교육을 받아야 한다 함이다.

영채도 함 교장이란 말도 듣고, 함 교장이 연설을 잘한다는 말도 들었으므로 월화를 따라 대성학교에 갔다. 두 사람은 아무쪼록 검소한 의복을 입었으나 얼굴과 태도를 속일 수가 없으며, 또 양인이 다 지금 평양에 이름난 기생이라 모이는 사람들 중에 손가락질하고 소곤소곤하는 것이 보인다.

월화와 영채는 회중을 헤치고 들어가 저편 구석에 가지런히 앉았다. 어떤 사람은 일부러 등을 밀치기도 하고 발을 밟기도 하고, 혹 제 손으로 두 사람의 손을 스치기도 하고, 혹 어떤 사람은 월화의 겨드랑에 손을 넣는 자도 있다. 월화는,

「너희는 기생이란 것만 알고, 사람이란 것은 모르는구나.」

하고 영채를 안는 듯이 앞세우고 들어간 것이다. 부인계에는 연설을 들을 자도 없고 들으려 하는 자도 없으매, 별로 부인석이란 것이 있지 아니하므로 남자들 앉은 걸상 한편 옆에 앉았다.

함 교장이 이윽고 부인이 있음을 보더니 어떤 학생을 불러 무슨 말을 한다. 그 학생이 의자 둘을 가져다가 맨 앞줄 왼편 끝에 놓더니 두 사람 곁에 와서 은근히 경례를 하면서,

「저편으로 와 앉으십시오」

하고 두 사람을 인도한다. 두 사람은 기생 된 뒤에 첫번 사람다운 대접을 받는다 하였다.

이윽고 학생들이 들어와 앉는다. 월화는 저 학생들이 자기를 보는가 하고, 가만히 학생들의 동정을 보았다. 그러나 학생들은 모두 정면한 대로 까딱도 아니하고 앉았다.

월화는 영채를 보고 가만히,

「얘, 저 학생들은 우리가 보던 사람과는 딴 세상 사람이지?」

하였다.

과연 함 교장은 청년을 잘 교육하였다. 설혹 개성을 무시하고 만인을 한 모형에 집어넣으려는 구식 교육가의 때를 아주 다 벗지는 못하였으나, 그래도 당시 조선에는 유일한 가장 진보하고 열성 있는 교육가였다.

과연 평양성내에 월화를 보고 눈에 음란한 웃음을 아니 띄우는 자는 대성학교 학생밖에 없을 것이다.

학생들도 만일 월화를 본다 하면 「어여쁘다」 하는 생각이 날는지도 모르고, 「한 번 더 보자」 하는 생각이 날는지도 모르거니와, 그네는 결코 다른 사람들과 같이, 「저것을 하룻밤 데리고 잤으면 좋겠다」 하는 생각을 두지 아니한다.

또 설혹 그네가 「저것을 내것을 삼았으면」 하는 생각이 난다 하더라도 결코 다른 사람들과 같이 무릎에 앉히고 희롱하려 함이 아니요, 「나의 아내를 삼아 사랑하고 공경하리라」 함이다. 다른 사람들은 월화를 다만 한 장난감으로 알되, 그네는 비록 기생을 천히 여긴다 하더라도 그 역시 내 동포여니 내 누이여니 하는 생각은 있다.

이윽고 함 교장이 연단에 올라선다. 만장에 박수가 일어나고, 월화도 두어 번 박수했다. 영채는 옳지 부벽루에서 말하던 이로구나 하였다.

함 교장은 위엄 있는 태도로 이윽고 회중을 내려다보더니,

「여러분!」

하고 입을 열어,

「여러분의 조상은 결코 여러분과 같이 마음이 썩어지지 아니하였고, 여러분과 같이 게으르고 기운 없지 아니하였소 평양성을 쌓은 우리 조상의 기상은 웅대하였고, 을밀대와 부벽루를 지은 우리 조상의 뜻은 컸소이다.」

하고 감개무량한 듯이 한참 고개를 숙이더니,

「여러분! 저 대동강의 물은 날로 흘러가니, 평양성을 쌓고 을밀대를 짓던 우리 조상의 그림자를 비추었던 물은 지금 어느 간 곳을 알지 못하되, 오직 뚜렷한 모란봉은 만고에 한 모양으로 우리 조상의 발자국을 지니고 섰소이다. 아아, 여러분! 여러분의 웅장한 조상에게 받은 정신을 흘러가는 대동강에 부쳤는가, 만고에 우뚝 솟은 모란봉에 부쳤는가.」

하고 흐르는 눈물로써 말을 잠깐 그치니, 만장이 숙연히 고개를 숙인다.

함 교장은 여러 가지로 조선 사람의 타락한 것을 개탄한 뒤에 일단 더 소리를 높여,

「여러분! 여러분은 이 무너져 가는 평양성과 을밀대를 다 헐어 내어

흘러가는 대동강수에 부쳐 보내고, 우리의 새로운 정신과 새로운 기운으로 새로운 평양성을 새로운 을밀대를 쌓읍시다.」

하고 유연히 단을 내리니 만장이 박수갈채성에 한참이나 흔들리는 듯하다.

월화는 영채의 손을 꼭 쥐고 몸을 바르르 떤다. 영채는 놀래어 월화를 보니, 무릎 위 치맛자락에 굵은 눈물이 뚝뚝 떨어진다.

영채도 함 교장의 풍채를 보고 연설을 들으매, 돌아가신 아버지의 생각이 나서 울면서 월화를 따라 집에 돌아왔다. 그러나 월화의 눈물은 영채의 눈물과는 달랐다. 월화의 눈물은 어떠한 눈물이던고.

집에 돌아와 월화는 펄썩 주저앉으며 영채더러,

「영채야, 나는 내가 구하던 사람을 찾았다. 나는 부벽루에서 함 교장의 풍채를 보고 말을 들으매, 자연히 정신이 황홀하여짐을 깨달았다. 그러고 오늘 저녁 그의 풍채와 말을 또 들으니, 내 마음은 온통 그이게로 가고 말았다. 조선 천지에서 내가 찾던 사람을 이제야 만났구나.」

하고 빙긋이 웃는다. 영채는 그제야 월화의 눈물 뜻을 깨달았다. 자기는 함 교장을 아버지같이 생각하였는데, 월화는 자기의 정든 임같이 생각하는구나 하였다. 그러고는 다시 월화의 얼굴을 보았다. 월화의 눈썹에는 맑은 눈물이 맺혔다.

월화는 다시,

「영채야, 너는 그때 부벽루에서 부르던 노래 뜻을 아느냐? 〈천하 사람 꿈꿀 제 나만 일어나, 하늘을 우러러 슬픈 노래 부르네.〉 이 노래 뜻을 아느냐?」

영채는 아는 듯도 하면서도 말할 수는 없어 잠자코 앉았다. 월화는 영채를 이윽히 보더니,

「온 조선 사람이 다 자고 꿈을 꾸는데 함 교장 혼자 깨어 일어났구나. 우리를 찾아오는 소위 일류 신사님네는 다 자는 사람들인데, 그 속에 깨어 일어난 것은 함 교장뿐이로구나.」

영채는 과연 그럴듯하다 하고,

「그러면 왜 하늘을 우러러 슬픈 노래를 부르나요?」

「깨어 일어나 본즉 천하 사람은 아직도 꿈을 꾸겠지. 암만 깨어라 하여도

깰 줄은 모르고 잠꼬대만 하니 왜 외롭고 슬프지를 아니하겠니. 그러니까 하늘을 우러러 슬픈 노래를 부르는 것이지.」

하고 영채의 손을 잡아 끌어다가 자기의 무릎 위에 엎디게 하고,

「그런데 나도 역시 하늘을 우러러 슬픈 노래를 부른다.」

영채는 얼마큼 알아들으면서도,

「왜? 왜 슬픈 노래를 불러?」

「평양성내 오륙십 명 기생 중에 나밖에 깬 사람이 누구냐. 모두 다 사람이 무엇인지, 하늘이 무엇인지도 모르는 중에 나밖에 깬 사람이 누구냐. 나는 외롭구나, 슬프구나, 내 정회를 들어 줄 사람이라고는 너 하나밖에 없구나.」

하고 영채의 등에 이마를 비비며, 영채의 허리를 끊어져라 하고 끌어안는다. 영채는 이제는 월화의 하는 말을 다 알아듣는다. 월화는 다시 말을 이어,

「나는 지금 스무 살이다. 나는 이십 년 동안 찾던 친구를 이제야 찾아 만났다. 그러나 만나고 본즉 그는 잠시 만날 친구요, 오래 이야기하지 못할 친군 줄을 알았다. 그러니까 나는 그만 갈란다.」

하고 영채를 일으켜 앉히며 더욱 다정한 말소리로,

「애, 너와 나와 삼 년 동안 동기같이 지내었구나. 이것도 무슨 큰 연분 이로다. 안주 땅에 난 너와 평양 땅에 난 나와 이렇게 만나서 이렇게 정답게 지낼 줄을 사람이야 누가 뜻하였겠니. 이후도 나를 잊지 말고 〈형님〉이라고 불러 다고.」

하면서 그만 울며 쓰러진다. 영채는 월화의 말이 이상하게 들려 몸에 오싹 소름이 끼치면서,

「형님! 왜 오늘 저녁에는 그런 말씀을 하셔요?」

하였다. 월화는 일어나 눈물을 뿌리고 망연히 앉았다가,

「너는 부디 세상 사람에게 속지 말고 일생을 너 혼자 살아라! 옛날 사람으로 벗을 삼아라! 만일 네 마음에 드는 사람을 만나지 못하거든.」

한다. 이런 말을 하고 그날 밤도 둘이서 한자리에서 잤다. 둘은 얼굴을 마주대고 서로 꼭 안았다. 그러나 나 어린 영채는 어느덧 잠이 들었다.

월화는 숨소리 편안하게 잠이 든 영채의 얼굴을 이윽히 보고 있다가 힘껏 영채의 입술을 빨았다. 영채는 잠이 깨지 아니한 채로 고운 팔로 월화의

목을 꼭 쓸어안았다. 월화의 몸은 벌벌 떨린다. 월화는 가만히 일어나 장문을 열고 서랍에서 자기의 옥지환을 내어 자는 영채의 손에 끼우고 또 영채를 꼭 껴안았다.

짧은 여름밤이 새었다. 영채는 어렴풋이 잠을 깨어 팔로 월화를 안으려 하였다. 그러나 월화가 누웠던 자리는 비었다. 영채는 깜짝 놀라 일어나서,

「형님! 형님!」

하고 불렀다. 그러나 대답이 없었다. 영원히 없었다. 영채는 자기 손에 끼인 옥가락지를 보고 울었다.

그날 저녁때에 대동강에서 낚시질하던 배가 시체 하나를 얻었다. 그것은 월화였다. 월화는 유언도 없었으며 아무도 그가 죽은 이유를 아는 자가 없고, 오직 옥가락지를 낀 영채가 홀로 월화의 뜻을 알고 뜨거운 눈물을 흘릴 뿐, 그 소위 어미는 「안된 년」 하고 돈벌이할 밑천이 없어진 것을 원망하고, 평양 일부 김 윤수의 아들은 「미친년」 하고 자기의 희롱거리 없어짐을 한탄하였다.

그의 시체는 굵다란 베에 묶어 물지게꾼 이삼 인이 두루쳐 메어다가 북문 밖 북망산에 묻었다. 묻은 날 저녁때에 옥가락지 낀 손이 꽃 한줌과, 눈물 한줌을 그 무덤 위에 뿌렸다. 비도 아니 세웠으니 지금이야 어느 것이 일대 명기 계 월화의 무덤인 줄을 알리오. 함 교장은 이런 줄이야 알았는지 말았는지.

계 월화는 과연 영채의 「형님」이었다. 벗이었다. 월화는 참 영채를 사랑하였다. 영채는 월화에게 큰 감화를 받았었다. 영채가 형식을 일생의 짝으로 알고 칠 년 동안 굳은 절개를 지켜 온 것도 월화의 힘이 반이나 되었다.

영채도 생각하기를 이 형식을 찾다가 못 찾으면 월화의 뒤를 따라 대동강에 몸을 던지리라 하였었다. 하다가 우연히 이 형식의 거처를 알고, 이제는 내 소원을 이루었구나 하였다. 그러나 만일 형식이가 이미 혼인을 하였으면 어찌할까, 혼인을 아니했더라도 내 몸이 기생인 줄을 알고 나를 돌아보지 않으면 어찌할까 하였다.

형식의 거처를 안 지가 한달이 넘도록 형식을 찾지 아니하고, 어제 형식을 찾아가서 자기의 신세를 이야기하다가 중도에 끊고 돌아옴도 이를 위함이

114

었다.

형식의 집에서 돌아온 영채는 어떻게 되었는가.

영채가 형식을 대하여 자기의 신세를 말하다가 문득 생각한즉 자기는 기생의 몸이라 형식이 아직 혼인 아니하였다는 말을 들으매 잠깐 기뻐하였으나, 자기가 기생인 줄을 알면 형식은 반드시 자기를 돌아보지 아니하리라 하였다.

또 설혹 돌아볼 마음이 있다 하더라도 내 몸은 돈이 있고야 구원할 몸이어늘, 가만히 형식의 살림살이를 보니 자기를 구원할 능력이 없음을 깨달았다.

자기가 기생인 것을 알려 일생에 그리워하던 형식에게 마음으로까지 버림이 되기보다, 또는 나를 버리지 아니하더라도 구원할 힘이 없어 사랑하는 형식으로 하여금 부질없이 마음을 괴롭게 하기보다, 이러하기보다 차라리 대동강수에 풍덩실 몸을 던져 오 년 전에 먼저 간 월화의 뒤를 따라가 저 세상에서 월화로 더불어 같이 노닐려 하였다. 월화의 얼굴이 영채의 앞에 보이며「영채야 나와 같이 가자」하는 듯하였다. 그래서 영채는 손에 있는 옥지환을 보다가 중도에 말을 끊고 집으로 돌아온 것이다.

영채는 곧 평양으로 내려갈 결심을 하였다. 몸을 던져 세상을 버릴진댄 사랑하던「월화 형님」이 몸을 던지던 대동강을 찾아가려 하였다. 평양에 가 우선 북망산에 아버지와 월화의 무덤을 찾아 그동안 지내 오던 정회나 실컷 말하리라 하였다.

부친은 내가 기생 되었다는 말을 듣고 죽었으니 무덤에나마 가서 내가 기생으로 몸을 판 것은 부친과 두 형제를 구원하려 함임과, 기생이 된 지 육칠 년에 부친의 혈육을 받은 이 몸을 다행히 더럽히지 아니하였음과, 부친께서 이 몸을 허하신 이 형식을 위하여 지금까지 아내의 절행을 지켜 온 것을 말하고, 죽은 후에 만일 영혼이 있거든 생전에 섬기지 못하던 한을 사후에나 풀리라 하였다.

만일 부친이 극락에 가셨거든 극락으로 찾아가고, 만일 지옥에 가셨거든 지옥으로 찾아가리라 하였다. 월화의 부탁을 나는 지켰다. 나는 세상에 섞이지 아니하고 내가 생각하는 사람을 위하여 육칠 년간 고절(苦節)을 지켰다. 나는 월화가 하다가 남겨 둔 생각을 하였다. 나는 이제 네게로 돌아간다 하리라.

이러한 생각을 하니 영채의 몸은 바로 그때 그 학생들이 「천하 사람 꿈꾸는데 나만 깨어서, 하늘을 우러러 슬픈 노래 부르도다」 하는 노래를 부르던 학생들이 청류벽 위에 선 듯하다.

영채는 박명한 십구 년의 일생을 생각하였다. 더구나 형식을 대하였을 때에 말하던 과거의 기억이 바로 어저께 지난 일 모양으로 역력히 눈앞에 보이고, 그 모든 광경이 제가끔 영채의 가슴을 찌르고 창자를 박박 긁는 듯하다. 사람으로 세상에 생겨나서 즐거운 재미란 하나도 보지 못하고 꽃다운 청춘이 속절없이 대동강 무심한 물결 속에 스러질 것을 생각하니 원망스럽기도 하고 가이없고 원통하기도 하다.

십구 년 일생의 절반을 무정한 세상과 사람에게 부대끼고 희롱감이 되다가 매양 그리고 바라던 이 형식을 만나기는 만났으나 정작 만나고 보니 이 형식은 나를 건져 줄 것 같지도 아니하고…….아아,이것이 무슨 팔자인고 하고 그날 밤이 새도록 잠을 이루지 못하고 캄캄한 방에서 혼자 울었다.

이 팔은 어찌하여 생각하던 사람을 안아 보지 못하고, 이 젖은 어찌하여 사랑스러운 아들과 딸을 빨려 보지 못하는고, 가슴속에 가득 찬 정과 사랑을 생각하던 이에게 주어 보지 못하고 마는고.

내 몸은 일생에 「기생」이란 이름만 듣고, 어찌하여 「아내」라든가 「부인」 이라든가 「어머니」라든가 「아주머니」라든가 하는 정답고 거룩한 이름을 못 듣고 마는고 「기생!」「기생!」 듣기 싫은 이름이다. 「기생」이라는 말만 하여도 치가 떨린다 하였다.

지금 황금을 가지고 자기의 몸을 사려는 사람이 사오 인이 된다고 한다. 지나간 칠 년 동안에 노래와 춤으로 수만 원 돈을 벌어 주어, 논밭도 사고 큰 집도 사고 비단 옷도 입게 되었으니 그만하면 자유로 놓아주어도 마땅 하건마는 아직도 욕심을 다 채우지 못하여 천 원이니 이천 원이니 하고 이 몸을 팔아먹으려 한다. 파는 놈도 파는 놈이어니와 사는 놈도 사는 놈이다.

지금까지는 이럭저럭 정절을 지켜 왔건마는 이제 몸이 뉘 첩으로 팔린 뒤에야 정절이 다 무슨 정절이냐. 다만 죽을 뿐이다, 다만 죽을 뿐이다 하였다.

바라던 형식을 만나 본 것은 기쁘건마는 바라던 그 형식조차 나를 구원할 능력이 없는 것이 절통하다 하였다.

영채는 그만 절망하였다. 지금까지 자기는 잠시 타향에서 길을 잃었다가 착한 세계, 착한 사람 사는 고향으로 돌아가 칠 년 전 자기의 가정에서 누리던 즐거움을 누릴 수 있을까 하였더니 모두 다 허사로다 하였다.

지금껏 유일한 선인으로 알아 오고 유일한 의지할 사람으로 알아 오던 형식도 정작 얼굴을 대하니 그저 그러한 사람인 듯, 칠 년간 악인들 사이에서 부대껴 오던 영채의 생각에는 형식같이 착한 사람은 얼굴이며 풍채며 말하는 것이 온통 항용 사람과 다르리라 하였다.

그러나 만나고 본즉 그저 그러한 사람이로구나, 옳다 죽는 수밖에 없다. 대동강으로 가는 수밖에 없다. 구태여 더러운 세상에 섞여 구차히 목숨을 늘여 가기는 차마 못하리니 하루바삐 새말간 대동강 물결 밑에서 정다운 월화를 만나 서로 안고 이야기하리라 하였다.

그러나 영채에게는 돈이 없었다. 이튿날 아침에 일어나 몇 친구에게 돈 오원을 취하려 하였다. 그러나 마침내 얻지 못하고 점심 때가 지나도록 방에 앉아서 울었다. 형식이 김 장로의 집에서 선형과 선애를 대하여 즐거운 상상에 취하였을 때는 정히 영채가 자기 방에서 눈물을 흘리고 애통하던 때였다.

이날 저녁에 영채를 찾아온 형식은 영채를 만났는가.

형식은 한참이나 「계 월향」이라고 쓴 장명등을 보고 섰다가 희경을 돌려보내고 결심한 모양으로 문안에 들어섰다. 객이 없는지 적적히 아무 소리도 아니 들린다. 서슴지 아니하고 마당에 들어서니 여러 방에 불을 켰으되 사람 그림자가 없다.

형식은 가슴을 두근거리면서 어떻게 찾을 줄을 몰라 다만 발소리를 내며 「에헴」하고 크게 기침을 하였다. 저편 방으로서 뚱뚱한 노파가 나오는 것을 보고 형식은 한 걸음 방 앞으로 가까이 갔다. 번쩍하는 화류자개 함롱이 보이고, 아랫목에는 분홍빛 그물 모기장이 걸리고, 오른편 구석에는 아롱아롱한 자루에 넣은 가야금이 비스듬히 벽에 기대어 섰다.

형식은 이것이 「영채의 방인가」하였다. 그리고는 알 수 없는 슬픈 생각과 불쾌한 생각이 난다. 이 방에서 여러 남자로 더불어 저 가야금을 타고 소리를 하고 춤을 추었는가. 그러다가 저 모기장 속에서 날마다 다른 남자와……. 형식은 차마 더 생각하기가 싫었다. 그러나 영채는 어디 갔는가. 벌써 누구에게「천 원」에 팔려 갔는가. 어젯저녁에 내 집에서 돌아오는 길로 팔려 가지나 아니하였는가. 또는 만일 영채가 절개가 굳다 하면 벌써 어디 가서 자살이나 아니하였는가.

이때에 형식의 머리속에는 수천 가지 생각이 뒤를 대어 나온다. 형식은 저편 방에서 나오는 뚱뚱한 노파(노파라 하여도 사오십이나 되었을까)를 보고,「저것이 소위 어미로구나」하였다. 노파는 손에 태극선을 들고 담뱃대를 물었다. 지금까지 웃통을 벗고 앉았었는지 명주항라 적삼 고름을 매면서 나온다.「더러운 노파」라는 생각이 형식의 가슴을 불쾌하게 한다. 노파는 형식의 모양이 극히 초라함을 보고 경멸하는 모양으로,

「누구를 찾아요?」

한다. 일찍 형식이와 같이 초라하게 차린 자가 월향을 찾아온 적이 없었음이다. 노파의 생각에 아마 형식은 어떤 부자의 아들의 심부름꾼인가 하였다. 그러므로 기생의 집에 온 사람더러「누구를 찾아요?」하고 냉대함이다.

형식은 노파가 자기를 멸시하는 줄을 알았다. 그리고 더욱 불쾌한 마음이 생겼다.「나도 교육계에는 상당히 이름있는 사람인데」하였다. 그러나 노파의 눈에는 부자가 있고 오입쟁이가 있을 따름이요, 교육계에 상당한 이름있는 사람은 없었다.

형식이가 만일 좋은 세비로 양복에 분홍 넥타이를 매고 술이 취하여 단장을 두르며「여보게」하고 들어왔던들 노파는 분주히 담뱃대를 놓고 마당에 뛰어내리며「에그, 영감께서 오시는구랴」하고 선웃음을 쳤으련마는, 굵은 모시 두루마기에 파리똥 묻은 맥고자를 쓰고, 술도 취하지 아니하고, 단장도 두르지 아니하고「여보게」도 부르지 아니하는 형식과 같은 사람은 노파가 보기에 극히 하등 사람이었다. 형식은 겨우 입을 열어,

「월향씨 어디 갔소?」

하였다.

그리고는 곧 월향에게「씨」자를 달아 부른 것을 뉘우쳤다. 그러나 형식은 아직 남의 이름에「씨」자를 아니 달고 불러 본 적이 없다. 더구나 남의 여자의

이름을 부를 때에는 반드시「씨」라는 존경을 붙이는 것이 마땅하다 하였다. 소위「깨운 사람」들은 여학생을 보고는「씨」를 달고 기생을 보고는「씨」를 달지 아니할 줄을 알되, 형식은 여학생과 기생을 구별할 줄을 모른다.

형식의 생각에는 여학생이나 기생이나 사람은 마찬가지 사람이라 하였다. 그러므로 형식은「월향」에「씨」자를 붙이는 것이 옳으리라 하여 한참 생각한 뒤에 있는 용기를 다하여「월향씨 어디 갔소」한 것이언마는 말을 하고 생각한즉, 미상불 부끄럽기도 하다. 그리고 노파의 얼굴을 보았다.

노파는 웃음을 참는 듯이 입을 우물우물하더니,

「월향씨가 손님 모시고 어디 갔소. 왜 그러시오?」

「어디 갔습니까?」

노파는「이것이 과연 시골뜨기로구나」하면서,

「아까 오후에 청량리 나갔소. 여섯 점에 들어온다더니 아직 아니 오구려.」 하고 성가신 듯이「잘 가오」하는 말도 없이 안으로 들어가고 만다.「누구요?」하는 어떤 남자의 목소리에「모르겠소. 웬 거렁뱅인데 왔구만」하는 그 노파의 평양 사투리가 들린다.

형식은 일변 실망도 하고, 일변 그 노파에게 멸시받은 것이 부끄럽기도 분하기도 하면서 발을 돌렸다.「계 월향! 계월향이가 과연 박 영채의 변명인가」하고 계 월향의 내력을 물어 보고도 싶었으나 노파에게 그러한 멸시를 받고는 다시 물어 볼 용기도 아니 나서 그만 대문 밖에 나섰다.

형식은 고개를 숙이고 아까 오던 길로 나온다. 아까 올 때에「반남아 늙었으니……」하던 목소리로「간다 간다네 나는 간다네」하는 소리가 들리고, 아까 모양으로 여럿이 함께 웃는 웃음소리가 들린다. 어찌할까 하고 형식은 생각하였다.「청량리! 오후에 나가서 여섯 점에 온다던 것이 아직 아니 들어와!」형식은 이 말에 무슨 깊은 뜻이 있는 듯이 생각하고 몸이 오싹하였다.「영채가 혼자 어떤 남자로 더불어 청량리에 가 있어! 더구나 밤이 여덟 시나 지났는데!」하고 형식은 주먹을 불끈 쥐었다.

형식은 전속력으로 다방골 천변으로 내려온다.「옳다 청량리로 가자」하였다. 형식의 귀에 영채가 우는 소리로「형식씨, 나를 건져 주시오, 나는 지금 위급하외다」하는 듯하다.

형식은 지금 광충교로 지나가는 동대문행 전차를 잡아탈 양으로 구보로 종각을 향하여 뛰었다. 그러나 전차는 찌구덩하고 소리를 내며 종각 모퉁이로 돌아 두어 사람을 내려놓고 달아난다. 형식은 그래도 십여 보를 따라갔으나 전차는 본체만체하고 청년회관 앞으로 달아난다.

　　야시에는 아까보다도 사람이 많이 모였다. 종각 모퉁이 컴컴한 데로부터 「에, 아이스꾸림, 아이스꾸림」 하는 늙은 총각의 목소린 듯한 것이 들린다.

　　형식은 다음번 오는 전차를 탔다. 호수가 푸른 기를 두르니, 전차는 또 찌국하는 소리를 내며, 구부러진 데를 돌아간다. 형식은 조민한 생각에, 구리개로서 서대문 가는 전차를 잘못 탔다.

　　형식은 전차에서 뛰어내려서 바로 뒤대어 오는 동대문행을 잡아탔다. 형식은 손수건으로 이마와 목의 땀을 씻었다. 차장은 형식의 찻삯을 받고 딸랑하면서 유심히 형식의 얼굴을 본다. 형식의 얼굴은 과연 몹시 붉게 되었다.

　　형식은 전차 속을 한번 둘러보고, 고개를 숙이고 눈을 감았다. 형식은 전차가 일부러 속력을 뜨게 하는 것같이 생각하였다. 과연 야시에 사람이 많이 내왕하여 운전수는 연해 두 발로 종을 딸랑딸랑 울리면서 천천히 진행하였다.

　　형식의 가슴에는 불이 일어난다. 형식은 활동사진에서 서양 사람들이 자동차를 타고 질풍같이 달아나는 양을 생각하고, 이런 때에 나도 자동차를 탔으면 하였다.

　　형식은 자기가 종로에서 자동차를 타고 철물교를 지나 배오개를 지나 동대문을 지나 친잠(親蠶)하시던 상원 앞 버들 사이를 지나 청량리를 지나 홍릉 솔숲으로 달려가는 것을 상상하였다. 그리고 자기가 어느 집에서 영채가 어떤 사람에게 고생을 당하는가 하고 땀을 흘리며 이집 저집으로 찾아다니는 양과, 여승들이 방글방글 웃으며 「모르겠습니다」 할 때에 자기가 더욱 초조하여 하는 양을 상상하였다.

　　이때 누가 형식의 어깨를 툭 치며,

　　「요오, 어디 가는가?」

한다. 형식은 놀래어 고개를 들었다. 신문기자 신 우선이다. 신 우선은 형식의 곁에 앉아 그 대팻밥 모자로 부채질을 하며,

「그래 어떤가? 김 장로의 따님이 자네를 사랑하던가?」
하고 곁에 앉은 사람이 듣는 것도 상관치 아니하는 듯이 큰소리로 말한다.

형식은 잠깐 아까 자기가 김 장로 집에서 선형과 순애를 대하였던 생각을 하고 곧 우선이가 자기의 지금 가는 일에 도움이 될 것을 생각하였다. 형식은 우선의 귀에 입을 대고,
「여보게 큰일이 났네.」
하였다. 우선은 껄껄 웃으며,
「아따, 자네는 큰일도 많데, 또 무슨 큰일인가?」
한다.

형식은 우선의 팔을 잡아당기어 말소리를 높이지 말라는 뜻을 표하고 다시 말을 이어 자기의 은인의 딸이 지금 기생으로 와 있는데, 그는 자기를 위하여 정절을 지켜 왔는데, 지금 여러 유력한 사람들이 그를 자기네의 손에 넣으려 하는데, 지금 청량리에서 어떤 사람에게 위협을 당하는 중이므로 자기는 그를 구원하러 가는 길이라 하고 마침내,
「여보게, 자네가 좀 도와주어야 되겠네.」
하고 말을 맺었다.

형식은 이러한 말을 할 때에 영채가 방금 어떤 남자에게 위급한 위협을 받는 양이 눈에 보이는 듯하였다. 우선은,
「응, 응, 그래, 응.」
하고 형식의 가늘게 하는 말을 주의하여 듣더니,
「그래, 그 이름은 무엇인가.」
「본명은 박 영채인데 계 월향이라고 한다네.」
하고 「계 월향」이가 과연 「박 영채」인가 하고 의심도 하였다.

우선은 계 월향이란 말을 듣고, 또 계 월향이가, 형식의 은인의 따님이란 월향이가 형식을 위하여 정절을 지킨다는 말을 듣고 깜짝 놀랐다. 우선은 눈이 둥글하여지며,
「여보게, 그게 참말인가?」
하고 형식의 얼굴을 보았다.

형식은 조민한 마음을 이기지 못하여 하는 듯 숨소리가 커지며,

「참말일세, 참말이어！」

하고 영채가 어젯저녁에 자기를 찾아왔던 말과 자기를 찾아와서 신세 타령을 하던 말과, 자기가 방금 다방골 월향의 집으로 다녀온다는 말을 하고 다시,

「그런데 나를 좀 도와주게.」

한다. 「동대문 종점！ 동대문이올시다」 하는 차장의 소리에, 두 사람은 말을 끊고 전차에서 내렸다. 아직도 청량리 가는 전차가 오지 아니하였다.

우선이가 형식의 말을 듣고 놀란 것은 까닭이 있다. 그 까닭은 이러하다. 우선이도 계 월향을 처음 보고 그만 정신을 잃은 여러 사람 중의 하나이다.

우선은 백에 하나도 쉽지 아니한 호남자였다. 풍채는 좋겠다, 구변이 있겠다, 나이는 불과 이십 오륙 세로되, 문여시(文與詩)를 깨끗이 하겠다, 원래 서울의 똑똑한 집 자손으로 부귀한 집 자제들과 친분이 있겠다, 게다가 당시 서슬이 푸른 대신문의 기자였다. 이러므로 그는 계집을 후리는 데는 갖은 능력과 자격을 구비하였었다.

그는 여러 기생을 상종하였고, 또 연극장이 차리는 방(樂室)에 출입하여 삼패며 광대도 희롱하였었다. 이렇게 말하면 신 우선이란 사람은 계집의 궁둥이나 따라다니는 망가자와 같이 들리되, 그에게는 시인의 아량이 있고 신사의 풍채가 있고 의리가 있었다. 그의 친구는 그의 방탕함을 책망하면서도 오히려 그의 재주와 쾌활한 기상을 사랑하였다. 「신 우선은 중국 소설에 뛰어나오는 풍류 남자라」 함은 형식이 그를 평한 말이니, 과연 그에게는 소주, 항주 근방의 당나라 시절 호협한 청년의 풍이 있었다.

신 우선이가 계 월향에게 마음을 둔 것은 한달쯤 전이었다. 우선은 자기의 힘을 믿으매 월향도 으레 자기의 손에 들려니 하였다. 월향이가 여러 부호가(富豪家) 자제의 청을 거절하는 것은 일생을 의탁할 만한 영웅 재자를 구함이라 하고, 자기는 족히 그 후보자가 되리라 하였다.

그래서 우선은 남들이 돈과 육욕으로 월향을 달랠 때에, 자기는 인물과 재주와 기상으로 월향을 달래리라 하였다. 무론 우선은 돈으로 경쟁할 만한 힘은 없었다. 그래서 우선은 밤마다 시를 지어 혹은 우편으로 혹은 직접으로 월향에게 주었다. 이러노라면 월향은 자기의 인격과 천재를 알아보고 「이

제야 내 배필을 만났구나」하면서 두 팔을 벌리고 자기에게 안기려니 하였다.

그러하던 즈음에 형식에게서 이러한 말을 들으니 놀라는 것도 마땅하다.

신 우선은 전차 오기를 기다리면서 괴로워하는 형식의 얼굴을 보았다. 발전소에서는 쿵쿵쿵쿵 하는 발동기 소리가 나고 누런 복장 입은 차장과 운전수들이 전등빛 아래 왔다갔다하였다.

우선은 생각하였다. 「월향이가 나더러 평양 친구를 묻던 것이 그 때문이로구나」하였다. 한번 우선이가 월향을 찾아가서 여러 가지 이야기를 하다가 월향이가 농담으로 웃으며,

「나리께 평양 친구가 계셔요?」

하고 우선에게 물었다. 우선은 월향이가 평양 사람이니까 평양 친구를 만날 줄로 생각하고,

「이삼 인 되지.」

하였다. 월향은,

「그래, 그 어른들은 다 무엇을 하시는가요?」

하였다.

이때에 월향은 첫째에 이 형식의 거처를 알려 함과, 평안도 사람들이 서울에 와서 어떻게 지내는가를 알려 하는 두 가지 목적이 있었다. 월향도 평안도 학생들이 많이 서울에 와 있는 줄은 알건마는 몸이 기생이 되어서는 그 평안도 학생들과 또 평안도 사람 신사들이 어떠한 모양을 하고 있는지 알 길이 없었다.

월향에게도 신사가 삼사 인 놀러 왔었다. 그네들은 다 번쩍하는 양복을 입고 일본말로 회화를 하며 동경에 가서 대학교에 다니던 이야기를 하고 매우 젠체하며 신사인 체하였다.

그러나 월향은 사 년 전 부벽루에서 월화가 「저것들은 허수아비에 옷을 입힌 것이라」하던 말을 생각하고 「저들도 역시 허수아비에 옷을 입힌 것이라」하였다. 그리고는 월향의 생각에 「저것들이 평안도 사람으로 서울에 와 있는 일류 신사인가」하고 자기의 고향을 위하여 슬퍼하였다.

그러하던 차에 우선이가 「평안도 친구가 이삼 인 있지」하는 말을 듣고, 행여나 그 속에 「월화의 이상적 인물」이 됨직한 사람이 있는가 하고, 또

그 사람이 자기가 기다리는 이 형식이나 아닌가 하였다. 월향의 눈에도 우선은 조선에 드문 남자라 하였다. 옛날 시에 있는 듯한 남자라 하였다. 그리고 그 인물의 호탕함을 더욱 사랑하여「월화 형님에게 보였으면」하기도 하였다. 그러므로 우선의 친구라 하면 상당한 사람이려니 하고,

「그래 그 어른들은 다 무엇을 하시는가요?」

하고 물음이다. 우선은,

「혹은 교사도 하고, 글짓기도 하고, 실업도 한다.」

하였다.

월향은 더욱 유심하게,

「그중에 누가 제일 좋은 사람이에요? 누가 제일 이름이 있어요?」

하였다.

우선은 유심히 월향의 얼굴을 보며「옳지, 저 계집이 본고향 사람 중에 배필을 구하는구나」하고 얼마큼 시기하는 생각이 나서,

「그중에 이 형식이란 사람이 제일 유망하지마는.」

하고 이 형식의 가치를 낮추기 위하여「하지마는」에 힘을 주었다.

월향은 가슴이 갑자기 뛰었다. 그러나 그 빛을 감추고 아양을 부리며,

「유망하지마는 어때요?」

하였다.

우선은 자기가 친구의 험담을 한 듯하여 적이 부끄러운 생각이 나면서,

「응, 이 형식이가 좋은 사람이지! 매우 유망하지.」

하고는 그래도 행여나 이 형식에게 월향을 빼앗길까 두려워,

「아직 유치하지. 때를 못 벗어서.」

하고 자기보다 훨씬 낮은 사람 모양으로 말하였다.

무론 이것이 거짓말은 아니다. 우선은 결코 형식을 자기보다 인격으로나 학식으로나 문필로나 승하다고는 생각하지 아니한다. 그뿐더러 자기와 평등이라고도 생각지 아니한다. 그래서「형식은 우선 한문이 부족하니까」하고 형식이가 자기보다 일문과 영문이 넉넉한 것은 생각지 아니한다.

그리고 자기는 어디까지든지 형식의 선배로 자처하며, 형식도 구태여 우선과 평등을 다투려 하지 아니하고, 우선이가 선배로 자처하면 형식도

우선을 선배 모양으로 대접하였다. 그리하다가 일전에 우선이가 형식에게 허교하기를 청할 적에도 형식은 윗사람에게 허락을 받는 모양으로 극히 공순히 하였다. 그러나 우선은 결코 형식을 미워하거나 멸시하지 아니하였다.

우선은 형식의 유망함을 진실로 믿었다. 그러므로 월향에게「유망은 하지마는 아직 때를 못 벗었어」한 것은 결코 형식을 비방함이 아니요, 자기가 형식에게 대한 진정한 비평을 말한 것이다.「아아, 그때에 내가 월향에게 형식을 소개한 것이 이러한 뜻을 가졌던가」하고 다시금 전차를 기다리고 섰는 형식을 보았다.

형식은 조민한 듯이 왔다갔다하며 동쪽만 바라보고,

「어째 전차가 아니 오는가?」

「밤이 깊었으니까 삼십 분에 한 번씩이나 다니는지.」

하고 우선은 형식의 괴로워함을 동정하였다. 형식은 애처로워서 우선의 손을 꼭 쥐며,

「참, 오늘 저녁 힘을 써 주게.」

하였다. 외로운 형식의 지금 경우에는 우선이밖에 믿는 사람이 없었다. 우선이만 자기를 도와주면, 영채는 건져낼 수가 있거니 하였다. 우선은 걱정 말게 하고 돌아서면서 픽 웃었다. 그 웃음에는 까닭이 있었다.

우선은 경성학교 교주 김 남작의 아들 김 현수와 배 명식 양인이 월향을 청량리로 데리고 갔단 말을 월향의 집에서 듣고, 월향은 오늘 저녁에는 김 현수의 손에 들어가는 줄을 짐작하였다. 그래서 우선은 빨리 종로경찰서에 가서 이 형사에게 귓속하여 후원을 청하고, 김 현수의 계교를 깨뜨리려 하였다.

월향을 아주 김 현수의 손에서 뽑아 내지 못한다 하더라도, 그 사실을 신문에 발표하여 실컷 분풀이나 하고, 혹 될 수 있으면 김 현수에게서 맥주값이나 빼앗으리라 하였다.

아까 철물교에서 전차를 탄 것은 바로 종로경찰서로서 나오던 길이었다. 그러한 일이러니 이제 들어 본즉, 월향은 형식에게 마음을 바친 사람이라 한다. 미상불 시기로운 생각도 없지 아니하나 형식의 뜻을 이뤄 줌이 옳은 일이라 하였다.

두 사람은 청량사에 다다랐다. 두 사람의 뒤를 따르는 사람은 종로경찰서의 이 형사였다. 우선은 김 현수의 가는 집을 잘 알았다.

그 집은 우물 북쪽에 있는 조그마한 암자라, 여러 암자 중에 제일 깨끗하고 조용한 암자였다. 우선은 형식에게 손짓을 하여 문밖에 서 있으라 하고 가만히 안에 들어갔다. 형식은 「여기 영채가 있는가」 하고 다리를 떨며 귀를 기울였다. 똑똑치는 아니하나 여자의 괴로워하는 소리가 나는 듯하다.

형식은 손으로 가슴을 만지며 한 걸음 더 들어서서 귀를 기울였다. 과연 여자의 괴로워하는 소리다. 형식은 정신을 차리지 못하고 뛰어들어갔다. 방에는 불이 켜 있고, 문은 닫혔는데 머리를 깎은 사람의 그림자가 얼른얼른한다.

형식의 호흡은 차차 빨라진다. 우선이가 창으로 엿보다가 고양이 모양으로 가만가만히 나오면서 형식의 어깨에 손을 짚고 가늘게 일본말로,

「벌써 틀렸다.」

한다.

형식은 그만 눈에 불이 번뜻하면서 「흑」 하고 툇마루에 뛰어오르며 구두 신은 발로 영창을 들입다 찼다. 영창은 와지끈하고 소리를 내며 방안으로 떨어져 들어간다. 형식은 영창을 떠들고 일어나는 사람을 얼굴도 보지 아니하고 발길로 차 넘겼다. 어떤 사람이 형식의 팔을 잡는다. 형식은 입에 거품을 물고,

「이놈, 배 명식아!」

하고는 기가 막혀 말이 아니 나온다.

형식은 아니 잡힌 팔로 배 학감의 면상을 힘껏 때리고, 아까 형식의 발길에 채여 거꾸러진 사람을 힘껏 이삼차나 발길로 찼다. 그 사람은 저편 문을 열고 뛰어나온다. 형식은,

「이놈, 김 현수야!」

하고 소리를 쳤다. 그리고는 넘어져 깨어진 영창을 들었다. 여자는 두 손으로 낯을 가리고 흑흑 느낀다. 손과 발은 동여매였다. 그리고 치마와 바지는 찢겼다. 머리채는 풀려 등에 깔렸고, 아랫입술에서는 빨간 피가 흐른다. 방 한편 구석에는 맥주병과 얼음 그릇이 넘너른하고 어떤 것은 쓰러졌다.

형식은 얼른 치마로 몸을 가려 주고 손을 동여매인 여자를 안아 일으켰다. 여자는 얽어매인 두 손으로 낯을 가리운 대로 울기만 한다. 우선도 방안에 들어왔다. 얽어매인 손발을 풀면서 형식더러,

　「두 사람은 포박되었네.」

하고 웃는다.

　형식은 이러한 경우에 웃는 우선을 원망스럽게 생각하였다. 그러나 우선은 이러한 사건을 형식이 모양으로 그리 큰 사건이라고는 생각지 아니한다. 우선은 천하 만사를 웃고 지내려는 사람이었다.

　형식은 얼굴에 꼭 대고 있는 여자의 손목을 풀었다. 그러나 여자는 여전히 손을 낯에서 떼지 아니하고 운다. 형식은 얼마큼 분한 마음이 스러지고 냉정하게 생각할 여유가 생겼다. 형식은 우뚝 서서 옷고름이 온통 풀어지고 옷이 흘러내려 하얀 허리가 한 반이나 내어놓인 것을 보고 새로운 슬픔이 생긴다.

　형식은 「이것이 과연 박 영채인가」 하고 「박 영채가 아니면 좋겠다」 하였다. 그리고 그 옷을 보고 머리를 보았다. 무론 그 여자는 모시 치마도 입지 아니하고, 서양 머리도 쪽찌지도 아니하였다.

　형식은 그 치마를 만든 감이 다만 무슨 비단이어니 할 따름이요, 무엇인지를 몰랐다. 머리에 핏빛 같은 왜증 댕기를 들이고 손에는 파란 옥지환을 꼈다. 형식은 그 여자의 얼굴을 보고 싶었다. 그러나 차마 그 얼굴을 보고자 아니하였나니, 대개 그 얼굴이 박 영채일까 보아 두려워함이다.

　우선은 그가 월향인 줄을 알았다. 그러나 월향이가 그 친구 되는 이 형식의 은인의 따님이요, 또 이 형식을 위하여 정절을 지킨다는 말을 듣고는 월향더러 「얘, 월향아」 하고 부르기도 미안하고, 또 월향의 곁에 가까이 가기도 미안하였다. 그래서 한 걸음쯤 형식의 뒤에 서서 형식의 하는 양만 보고 섰다. 그러나 그 여자는 낯에 손을 대고 울 뿐이다. 형식도 무어라고 부를 줄을 몰라 한참이나 우두커니 섰다가 그 여자더러,

　「여보시오! 그 짐승놈들은 포박되었으니 안심하시오.」

하였다. 「안심하시오」 하는 형식도 그 안심하라는 것이 무슨 뜻인지를 몰랐다. 그 짐승놈들이 포박되고, 아니되기에 무슨 안심하고 안심 아니함이 있으리오.

아까 우선이가 형식에게 한 말과 같이 「벌써 틀렸다」가 아니뇨. 우선은 참다못하여,

「여보시오, 박 영채씨!」

하였다.

우선은 그 여자가 월향인 줄을 알며 또 월향은 즉 박 영채인 줄을 알았다. 그러므로 한달 동안이나 「얘, 월향아!」 하던 것을 고쳐 「여보시오, 박 영채씨」 한 것이다. 갑자기 「씨」를 달고 「얘」를 변하여 「여보시오」 하기가 보통 사람에게는 좀 어려운 일이언마는 우선에게는 그처럼 어려운 일이 아니다. 우선은 다시,

「여보시오! 박 영채씨! 여기 이 형식씨가 오셨습니다.」

하였다.

이 말을 듣고 여자는 몸을 흠칫하며 두 손을 갑자기 떼더니 정신없는 듯한 눈으로 형식을 본다. 형식도 그 얼굴을 보았다. 그는 월향이었다. 박 영채였다. 영채도 형식을 보았다. 그는 형식이었다. 이 형식이었다. 형식과 영채는 한참이나 나무로 새긴 사람 모양으로 마주보았다.

우선은 말없이 마주보는 두 사람을 번갈아 보았다. 이렇게 세 사람은 한참이나 마주보았다.

이윽고 우선의 눈에는 눈물이 핑 돌았다. 다음에 형식과 영채의 눈에도 눈물이 돌았다. 영채는 피 흐르는 입술을 한 번 더 꼭 물었다. 옥으로 깎은 듯한 영채의 앞니빨이 빨갛게 물이 든다. 형식은 두 팔로 가슴을 안으며 고개를 돌린다.

우선은 형식과 함께 고개를 돌렸다. 형식은 소리를 내어 운다. 영채는 다시 앞으로 쓰러지며 운다. 우선도 입술을 물고 옷소매로 눈물을 씻었다. 종소리가 서너 번 둥, 둥 울려 온다.

이 형사는 김 현수, 백 명식 양인에게 박승을 지워 마당으로 끌고 들어왔다. 형식은 당장 마주 나가서 그 두 사람의 살을 뜯어먹고 뼈를 갈아먹고 싶었다. 두 사람은 그래도 부끄러운 듯이 고개를 숙였다.

그러나 그네는 결코 후회하는 것은 아니었다. 그네의 생각에 기생 같은 계집은 시키는 말을 아니 들으면 강간을 하여도 관계치 않다 한다. 그네는

128

여염집 부인이 남의 남자와 밀통함이 죄인 줄 알건마는 기생 같은 것은 으레 아무나 희롱하는 것이 마땅하다 한다. 여염집 부녀에게는 정절이 있으되, 기생에게는 정절이 없는 것이라 한다.

과연 그네의 생각하는 바는 옳다. 법률상 기생은 소리와 춤으로 객을 대하는 것이라 하건마는, 기실은 어느 기생치고 밤마다 소위 손을 보지 아니하는 자가 없다. 그러므로 김 현수나 배 명식의 생각에, 기생이라는 계집 사람은 모든 도덕과 모든 인륜을 벗어난 일종 특별한 동물이라 하였다. 그러므로 그가 오늘 저녁에 한 일이 결코 도덕이나 양심에 거슬리는 행위인 줄로는 생각지 아니한다.

다만 귀찮은 법률이라는 것이 있어 「부녀의 의사를 거슬리고 육교를 한 것」을 강간죄라 할 것이 두려울 뿐이었다. 그러므로 그네가 만일 이 자리를 벗어나기만 하면 내일 아침부터는 자기네는 아무 죄도 없는 사람인 줄로 알 것이다.

다만 배 명식은 소위 교육자라는 명목을 띠고서 이러한 허물로 박승을 지게 되면, 경성학교의 학감의 지위가 위태할 것을 근심하였을 뿐이다.

형식은 분한 마음으로 고개를 숙인 두 사람을 보았다. 김 현수로 말하면 마땅히 그러할 사람이라 하더라도, 소위 교육자라 일컫는 배 명식이가 이런 대죄악을 범하였음을 보고 더욱 분하여 하였다.

형식은 배의 곁에 서며 조롱하는 목소리로,

「여보, 배형. 이게 무슨 짓이오? 교육가로 강간이란 말이 웬 말이오?」

하였다.

배 명식은 할 말이 없었다. 그러나 「이 형식이가 왜 이 일에 참견하는가」 하고 그것을 이상히 여겼다. 그리고 이 형식은 상관없는 일에 참견하는 놈이라 괘씸하게도 여겼다. 자기가 강간죄를 범하였으니, 형사의 포박을 당하는 것은 마땅하거니와 상관없는 이 형식에게 책망을 받을 이유야 무엇이랴 하였다.

그리고 이렇게 생각하였다. —— 아마 이 형식도 표면으로는 품행이 단정한 체하면서도 속으로 기생집에를 다녀 월향과 친하였다가, 자기가 월향을 손에 넣으려는 것을 시기하여 형사를 데리고 온 것이라 하였다. 그렇지 아니하면

이 형식이가 상관도 없는 일에 형사를 데리고 오며 저렇게 성낼 까닭이 없으리라 하였다.

배 명식은 직접으로 자기의 이해에 상관되는 일이 아니고는 슬퍼할 줄도 모르고 괴로워할 줄도 모르는 사람이다. 자기의 자식이 칼로 손가락을 조금 벤 것을 보면 명식은 슬퍼할 줄을 알지마는, 남의 집의 아들이 죽는 것을 보더라도 「참 슬프옵니다」 하고 입으로는 남보다 더 간절한 듯이 말하는 대신에 마음으로 슬퍼할 줄을 모르는 사람이다.

만일 영채가 자기의 누이동생이거나 딸이었던들, 남이 영채를 강간하는 것을 보면 반드시 형식보다 더욱 분을 내어 칼을 들고 덤비려니와 영채가 누이도 아니요, 딸도 아니므로 그가 강간을 받아도 관계치 않고 죽더라도 관계치 않다 한다.

형식은 김 현수를 대하여,

「여보, 당신은 귀족이오! 귀족이란 악한 일을 하는 사람이라는 칭호는 아니지요. 당신도 사 오 년간 동경에 유학을 하였소. 당신이 어느 회석에서 말한 것을 기억하시오? 당신은 일생을 교육 사업에 바친다고 한 말을.」 하고 형식은 발을 굴렀다.

현수는 시골 상놈한테 큰 수모를 당한다 하였다. 암만하여도 나는 남작이요, 수십만 원 부자요, 너는 가난한 일서생이 아니냐. 지금은 네가 나를 이렇게 모욕하되, 장차 네가 내 발 앞에 꿇어엎드릴 날이 있으리라 하였다.

나는 이렇게 형사에게 포박을 당하더라도 내일 아침이면 놓여나올 수도 있건마는, 너는 한 번 옥에 들어가기가 바쁘게 일생을 그 속에서 썩으리라 하였다. 네가 아무리 행실이 단정하다 하더라도 일생에는 무슨 허물이나 있으리니 그때에는 내가 오늘 받은 수모를 네게 갚으리라 하였다.

그리고 아까 영채를 안던 쾌미를 생각하매 중도에 방해를 더한 형식의 행위가 괘씸하다 하였다. 그러나 이 자리에서는 말할 바가 아니니 외따른 청량리 솔수풀 속에서는 남작의 권위와 황금의 힘도 부릴 수가 없었다.

우선은 형식이가 두 사람을 크게 책망할 줄 알았더니 교실에서 학생들에게 행실 잘하기를 가르치는 모양으로 말함을 보고 형식은 아직도 세상을 모르는 도련님이라 하였다. 만일 내가 형식이가 되었으면 이러한 때를 당하여 실컷 꾸지람이나 톡톡히 하여 분풀이를 하련마는 하였다.

그러나 형식으로는 이보다 이상 더 심한 책망을 할 줄을 몰랐다. 그래서 형식이가 마침내 다시 한번 발을 구르며,

「여보! 사람들이 되시오!」

하였다. 형식은 생각에 아마 이만하면 저 두 사람이 양심에 부끄러움이 생겨 「다시는 이러한 일을 아니하리라」 하고 아프게 후회할 줄을 믿었다. 두 사람이 고개를 숙이고 앉았는 것은 아마 자기의 말에 부끄러움과 후회가 생겨 그러하는 것이니 하였다. 그러나 두 사람은 기실 부끄럽기는 하였으나 후회하지는 아니하였다. 우선은 참다못하여,

「여보게 자네는 영채씨 모시고 들어가게. 이 일은 내가 맡음세.」

하였다.

열한 시가 넘어서 영채는 집에 돌아왔다. 형식은 영채의 집 문밖까지 왔다가 자기 숙소로 돌아갔다. 청량리로서 다방골까지 오는 동안에 두 사람은 아무 말도 없었고, 서로 얼굴도 보지 아니하였다. 차마 말을 할 수도 없고, 서로 얼굴도 볼 수가 없었음이다.

두 사람은 기쁜 줄도 슬픈 줄도 모르고, 장차 어떻게 될 것인가 생각도 아니하였다. 두 사람은 생각이 많기는 많으면서도 또한 아무 생각이 없음과 같았다. 줄여 말하면 두 사람은 아무 정신도 없이 집에 돌아온 것이다.

영채는 비틀거리는 걸음으로 제 방에 들어갔다. 방안에 들어서자마자 소리를 내어 울며 쓰러졌다. 노파는 저편 방에서 잠이 들었다가 울음소리를 듣고 치마도 아니 입고 뛰어나와 영채의 방문 밖에 와서 영채의 울며 쓰러진 양을 보고,

「왜 늦었느냐, 왜 우느냐?」

하면서 영채의 찢어진 옷을 보았다. 그리고 고개를 끄덕끄덕하며 빙긋이 웃었다. 「영채가 오늘은 서방을 맞았구나」 하였다. 자기도 열오륙 세 적에는 영채와 같이 누구를 위하는지 모르게 정절을 지키던 것을 생각하였다. 그러다가 민 감사의 아들에게 억지로 정절을 깨뜨림이 되던 일을 생각하였다. 자기도 그때에 대어드는 민 감사의 아들을 팔로 떠밀다가 「이년! 괘씸한 년!」 하는 책망을 듣고 울던 일을 생각하였다.

그러나 그로부터는 자기는 기쁘게 남자를 보게 된 것을 생각하였다. 또 같은 남자와 오래 있기보다는 가끔 새로운 남자를 대하는 것이 더 즐겁던 것도 생각하였다. 「나는 열아홉 살 적에 적어도 백 명은 남자를 대하였는데」 하고 영채가 오늘에야 비로소 남자를 대하게 된 것을 불쌍하게 여겼다.

그리고 영채가 지금까지 남자를 대하지 아니함으로 얼마큼 교만한 마음이 있어 항상 자기를 멸시하는 빛이 있더니, 이제는 영채도 자기에게 대하여 큰소리를 못하리라 하고 또 한번 빙긋이 웃었다.

「치마를 왜 찢겨, 치마를 찢기도록 반항할 것이 무엇이어?」

하고 노파는 흑득흑득 느끼는 영채의 등을 보며 생각한다.

못생긴 김 현수가 영채에게 떠밀치우던 양과 더 못생긴 배 명식이가 떠밀치고 악을 부리는 영채의 팔을 잡아 주던 양과, 영채가 이를 빠드득하고 갈던 양을 생각하고 노파는 또 한번 웃었다. 「못생긴 년, 저마다 당하는 일인데」하고 노파는 영채가 아직 철이 나지 못하여 그러함을 속으로 비웃었다. 「남작의 아들!」「그 좋은 자리에!」 하고, 영채가 아직 철이 아니 나서 「좋은 자리」를 몰라보는 것이 가엾기도 하고 가증하기도 하다 하였다.

「내가 젊었더면」 하고 시기스럽기도 하였다. 「지금이야 누가 나를 돌아보아야!」 하고 늙은 것이 분하기도 하였다. 「나는 저 못생긴 영감쟁이도 좋다고 하는데, 젊은 사람 —— 게다가 남작의 아들을 마다고」 하는 영채가 밉기도 하였다.

그리고 지나간 사오 년 동안 영채가 밤에 손님을 치렀다면, 일년에 백 명씩을 치르더라도 한 번에 오 원 치고 오백 명에 이천오백 원쯤은 더 벌었을 것을, 내가 약하여 저년의 미련한 고집을 들어주었구나 하고 영채를 발길로 차고도 싶었다. 그동안 영채를 공연히 먹여 주고 입혀 준 것이 한이라고도 하였다.

「그러나 이제는 손을 치르기 시작하였는데」 하고 여간 「천 원」 돈에 영채를 김 현수에게 파는 것이 아깝다. 이대로 한 이삼 년 더 두고 이전에 밑진 것을 봉창하리라 하였다.

「옳지, 그것이 상책이다」 하고 또 한번 웃었다. 만일 김 현수의 첩으로 팔더라도 이번에는 「이천 원」을 청구하리라. 김 현수가 이제는 이천 원이 아니라 이만 원이라도 아끼지 아니하리라 하였다. 옳다, 그것이 좋다. 영채를

132

오래 두면, 혹 병이 들는지도 모르니, 약값을 없이하고, 혹 송장을 치르는 것보다 한꺼번에 이천 원을 받고 팔아 버리는 것이 좋다 하였다. 내일 아침에는 식전에 김 현수가 오렸다. 오거든 그렇게 계약을 하리라 하고 또 한번 웃었다.

노파는 영채가 점점 더 느끼는 양을 보았다. 그리고는 양미간을 찌푸렸다. 그리고 무서운 마음이 생겼다. 한번 평양에 있을 때에 김 윤수의 아들이 억지로 영채의 몸을 범하려다가 영채가 품에서 칼을 내어 제 목을 찌르려던 것을 생각하였다.

그후부터 김 윤수의 아들이「독한 계집년!」하고 다시 오지 아니하던 것을 생각하였다. 그리고 노파는 얼른 영채의 방안을 둘러 보고 또 영채의 손을 보았다. 혹 칼이나 없는가 하고. 그리고 노파의 머리에는 칼, 아편, 우물, 한강이란 생각이 휙휙휙 돌아간다.

노파는 소름이 쪽 끼쳤다. 그리고 영채를 보았다. 영채는 두 손으로 제 머리채를 감아쥐었다. 영채의 등은 들먹들먹한다.

노파는 눈이 둥그래졌다. 영채가 벌떡 일어나 시퍼런 칼을 뽑아 들고 자기에게 달려들어「이년아! 이 도둑년아!」하고 자기의 가슴을 푹 찌르고 칼을 둘러 자기의 갈빗대가 부걱부걱하고 소리를 내는 듯하였다. 또 영채가 그 칼을 뽑아 자기의 목을 찌르니 선지피가 콸콸 솟아 자기의 얼굴과 팔에 뿌려지는 듯도 하였다. 노파는 또 한번 흠칫하면서 길게 한숨을 쉬었다.

노파는 가만히 영채의 문안에 들어섰다. 영채는 그런 줄도 모르고 혼자말로,

「월화 형님! 월화 형님!」

하며 빠드득 이를 간다.

노파는 흠칫하고 도로 문밖에 나섰다.「영채를 달래자」하였다. 그리고「영채가 불쌍하구나」하였다.「영채를 꼭 안아 주자」하였다.「칠 년 동안이나 길러 온 내 딸이구나」하였다. 그리고 빙그레 웃으며,

「월향아! 애, 월향아!」

하면서 문안에 들어갔다.

「애, 월향아!」

하고 불러도 대답이 없음을 보고 노파는 영채의 곁에 웅크리고 앉아서 영채의 등을 흔들며,

「애, 월향아, 왜 우느냐?」
하였다.

영채는 고개를 들어 노파를 보았다. 그 치마도 아니 입은 두 다리와 뚱뚱한 몸뚱이가 구역이 날 듯이 더럽게 보인다. 더구나 그 음흉하고도 간사하여 보이는 눈이 더욱 불쾌하였다. 저 노파는 내 피를 빨아먹고 저렇게 뚱뚱하여졌구나.

내가 칠 년간 갖은 고락을 다 겪은 것도 노파 때문이요, 내가 십구 년 동안 지켜 오던 정절을 이렇게 더럽히게 됨도 저 노파 때문이로구나. 이년의 할멈쟁이를 아싹아싹 깨물고 씹어 주고 싶구나 하였다.

오늘날 나를 청량리에 보낸 것도 저 노파의 꾀로구나. 저 노파가 내가 이렇게 될 줄을 알면서 나를 청량리에 보내었구나, 하고 원망스럽게 노파를 보았다.

노파는 피가 선 영채의 눈을 보고 무서운 마음이 생기는 것을 억지로 참고 더욱 다정한 목소리로,

「웬일이냐, 네 입에 피가 묻었구나. 입술이 터졌느냐?」

영채는 이것이 다 너 때문이로다 하면서,

「내가 깨물었소! 뜯어먹을 양으로 깨물었소! 남들이 내 살을 다 뜯어먹는데, 나도 내 살을 뜯어먹을 양으로 깨물었소」

이 말을 할 때에 영채는 노파의 두텁게 생긴 입술을 깨물어뜯고 싶었다. 노파는, 곁에 있는 수건을 집어 들고 영채의 목에 팔을 걸며,

「아프겠구나, 자 피를 씻자.」
한다. 노파의 마음에는 진정으로 영채가 불쌍하다는 생각이 난다. 영채는 노파의 눈에 눈물이 그렁그렁한 것을 보고 「그래도 사람의 마음이 조금은 남았구나」 하면서, 노파가 수건으로 자기의 입의 피를 씻는 것을 거절하지도 아니하였다. 그리고 저 노파의 눈에도 눈물이 있는 것을 이상히 여겼다. 영채가 칠 년 동안이나 노파와 함께 있으되 아직 한 번도 눈물을 흘리는 것을 보지 못하였다.

한 번 노파의 어금니에 고름이 들어서 사흘 동안이나 눈물을 흘려 본 일이 있으나, 그 밖에 누구를 불쌍히 여긴다든가, 또는 제 신세를 위하여서 흘리는

눈물을 보지 못하였다. 영채는 노파의 눈물을 보고 저 눈물 맛은 쓰고 차리라 하였다. 영채는 물어뜯긴 입술이 아픈 줄도 모른다.

노파는 입술이 아플까 보아서 부드러운 명주 수건으로 가만가만히 피를 씻는다. 씻으면 또 나오고 씻으면 또 나오고 깊이 박힌 두 앞니빨 자국으로 새빨간 핏방울이 연하여 솟아나온다. 명주 수건은 그만 피로 울긋불긋하게 되고 말았다.

노파는 「휘」 하고 한숨을 쉬며 그 피묻은 수건을 불에 비추어 본다. 영채도 그 수건을 보았다. 「저것이 내 피로구나. 저것이 내 부모께 받은 피로구나」 하였다.

그리고 치마 앞자락이 찢어진 것을 생각하고, 아까 청량리 일을 생각하고 「우후! 이 피가 이제는 더러운 피가 되었구나」 하고 노파에게서 피묻은 수건을 빼앗아 입으로 빡빡 찢으며 또, 「이 피가 더러운 피로구나, 더러운 피로구나! 」 하고 몸을 우둘우둘 떤다.

영채의 눈앞에는 아까 청량리에서 만나던 광경이 더욱 분명하게 보인다. 김 현수의 그 짐승 같은 눈, 그 곁에 서서 땀내 나는 손수건으로 영채의 입을 틀어막던 배 명식의 모양, 배 명식이가 영채의 두 팔을 꽉 붙들 때에 미친 듯한 김 현수가 두 손으로 자기의 두 귀를 꽉 붙들고 술냄새와 구린내 나는 입을 자기의 입에 대던 모양, 「이 계집을 동여맵시다」 하고 김 현수가 자기의 두 발을 붙들고 배 명식이가 눈을 찡긋찡긋하며 자기의 두 팔목을 대님짝으로 동여매던 모양, 그러한 뒤에, 「이년, 이 발길년! 이제도」 하고 김 현수가 껄껄 웃던 모양이 더욱 분명하게 보인다.

영채는 두 주먹으로 가슴을 두드리고 발버둥을 치며,

「칼을 주시오, 칼을 주시오! 이 입술을 베어내 버리렵니다. 칼, 칼을 주시오! 」

하고 운다. 노파는 영채를 껴안으며,

「애, 애, 월향아! 정신을 차려라, 정신을 차려! 」

하고 노파의 눈에 아까 고였던 눈물이 영채의 머리 위에 떨어진다.

「애, 월향아! 참으려무나, 참아.」

영채의 몸은 추위하는 사람 모양으로 떨린다. 영채는 또 아랫입술을 꼭 물었다. 따끈따끈한 핏방울이 영채의 가슴에 있는 노파의 손등에 떨어진다.

노파는 얼른 영채의 어깨 위로 영채의 얼굴을 보았다. 영채의 입술에서는 샘물 모양으로 피가 솟는다. 앞니빨에 빨갛게 핏물이 들고 이빨 사이로 피거품이 나와서는 뚝뚝뚝 떨어진다. 흐트러진 머리카락이 눈과 뺨을 가리어 그 그림자에 영채의 얼굴은 마치 죽은 사람과 같다.

노파는 영채의 가슴을 안았던 팔을 풀어 영채의 목을 안고 영채의 뺨에 자기의 뺨을 비볐다. 영채의 뺨은 불덩어리와 같이 덥다. 노파는 흑흑 느끼며,

「월향아, 내가 잘못하였다, 내가 잘못하였다. 월향아 참아라, 내가 죽일 년이로다.」

하고 엉엉 소리를 내어 울었다.

노파는, 「월향이가 이처럼 마음이 굳은 계집애인 줄은 몰랐구나」 하였다. 「내가 잘못하여 불쌍한 월향이 피를 흘리는구나」 하였다. 「아아 어여쁜 월향이! 내 딸 월향이!」 하고 노파는 마음속으로 합장 재배하였다.

노파는 더욱 울음소리를 내며 영채의 뺨에다 제 뺨을 비비고 영채의 향내 나는 머리카락을 입으로 씹었다. 영채의 찢기고 구겨진 치마 앞자락에는 새빨간 피가 뚝뚝 떨어졌다. 영채가 이빨로 물어뜯은 피묻은 명주 수건 조각이 영채의 발 앞에 넌너른하여 전등빛에 반짝반짝한다. 아롱아롱한 자루에 넣어 비스듬히 벽에 세운 가야금이 웬일인지 두어 번 스르릉 운다.

저편 방에서 노파를 기다리던 영감쟁이가 허리띠도 아니 매고 영채의 문밖에 와서,

「흥, 울기들은 왜?」

한다.

형식은 집에 돌아왔다. 노파는 형식이가 전에 없이 늦게 돌아온 것을 보고 제 방에 누운 대로,

「왜 늦으셨어요?」

한다.

그러나 형식은 대답도 아니하고 자기의 방에 들어가 불을 켜고, 모자도 쓴 대로 두루마기도 입은 대로 책상 앞에 앉았다. 노파는 대문을 잠그고 가만가만히 형식의 방문 앞에 와서 형식의 얼굴을 보았다. 형식은 눈을 감고

앉았다. 노파는 요새에 형식에게 무슨 걱정이 있는고 하였다.

형식은 이 집에 삼 년이나 있었다. 그러므로 노파는 형식을 친자식과 같이 동생과 같이 여겼다. 이제는 형식은 자기 집에 유하는 객이 아니요, 자기의 가족과 같이 여겼다. 그러므로 부엌에서 형식의 밥상을 차릴 때에도, 이것은 내 집에 와서 돈을 주고 밥을 사 먹는 손님의 밥이라 하지 아니하고, 수십 년 전에 자기 남편의 밥상을 차리던 생각과 정성으로 하였다.

노파는 친구도 없고 친척도 없다. 노파의 이 세상에서 유일한 친구는 형식뿐이었다. 형식도 노파를 잘 사랑하고 공경하였다. 형식은 노파에게 극히 경대하는 언어와 행동을 하고 그러면서도 어머니 모양으로 친하게 정답게 하였다.

형식은 노파가 무슨 걱정을 하는 양을 볼 때에는 담배를 들고 노파의 방에 가거나, 노파를 자기의 방에 청하여다가 여러 가지 재미있는 이야기로 노파를 위로하였다. 그러면 노파는 반드시「그렇지요, 세상이란 그렇지요」하고 걱정이 다 스러져 웃고는 형식에게 과실도 사다 주고 떡도 사다 주었다.

노파도 형식의 말을 들으면 무슨 근심이나 다 스러지거니와, 형식도 노파를 위로하고 나면 이상하게 마음에 기쁨을 깨달았다. 혹 형식이가 일부러 불쾌한 일이 있는 체, 성나는 일이 있는 체하면, 노파는 담배를 들고 형식의 방에 와서 열심으로 형식을 위로하였다.

노파가 형식을 위로하는 말은 대개는 형식이가 노파를 위로하던 말과 같았다. 노파는 이 세상에 친구도 없고, 글도 볼 줄 모르는 사람이다. 지식을 얻을 데는 형식밖에 없었다. 그러므로 노파가 지금 가지고 있는 지식은 대개 형식의 위로하는 말에서 얻은 것이다. 형식의 말은 노파에게 대하여는 철학(哲學)이요, 종교(宗敎)였다. 그러나 노파는 이것을 형식에게서 얻은 줄로 생각지 아니하고 이것은 제 속에서 나오는 지식이거니 한다.

이는 결코 남의 은혜를 잊어서 그러는 것이 아니라 형식에게서 얻은 줄을 모르는 까닭이다. 그러므로 노파가 형식을 위로하려 할 때에는 첫마디만 들으면 형식은 노파의 하려는 말을 대강은 짐작하고 혼자 빙긋이 웃었다. 그러나 열 번에 한 번이나 혹은 스무 번에 한 번씩 노파의 특유한 사상도 있었다.

노파는 극히 둔하나마 추리력(推理力)이 있었다. 형식에게서 들은 재료로 곧잘 새로운 명제(命題)를 궁리하여 내는 수도 있었다.

노파의 하는 말은 자기에게 들은 것인 줄은 알면서도 같은 말이라도 노파의 입으로서 나오면 새로운 맛이 있었다. 다같이 「세상이란 다 그렇고 그렇지요」 하는 말이라도 형식의 입에서 나올 때와 노파의 입에서 나올 때와는 뜻과 맛이 달라진다.

이러므로 형식은 노파에게서 제가 하던 말을 도로 들으면서도 큰 위로를 받았다. 그러나 노파가 특별히 발명한 진리인 듯이 형식의 하던 말을 낭독할 때에는 형식은 웃음을 금하지 못하였다.

아무려나 노파도 형식을 좋아하고 형식도 노파를 좋아하였다. 그러나 형식도 노파를 불쌍히 여기고 노파도 형식을 불쌍히 여겼다.

노파는 젊었을 때에 어떤 양반의 집 종이었다. 그러다가 그 양반의 집 대감의 씨를 배에 받아 한참은 서슬이 푸르렀었다.

그 대감의 사랑은 극진하여 동무들도 자기를 우러러보고 자기도 동무들에게 자랑하였었다. 그러나 노파는 그 늙은 대감에게 만족치 못하여 몰래 그 대감 집에 다니는 어떤 젊고 어여쁜 문객과 밀통하다가 마침내 대감에게 발각되어, 그 문객은 간 곳을 모르게 되고 자기는 인두로 하문을 지짐이 되어 그만 사오 삭의 영화가 일조에 한바탕 꿈이 되고 말았다. 그러므로 노파는 벼슬하는 양반의 세력 좋음을 잘 보았다.

그의 생각에는 세상에 벼슬을 못하는 남자는 불쌍한 사람이라 한다. 그래서 노파는 삼 년 전부터 형식에게 벼슬하기를 권하였다. 그러나 형식은 웃으며, 「나와 같은 사람에게 누가 벼슬을 주나요?」 하였다. 노파는 형식의 재주 있음을 알고 사람이 좋음을 안다. 그러므로 형식은 마땅히 벼슬을 하여야 할 사람이라고 생각한다.

노파는 형식을 찾아오는 금줄 두르고 칼 찬 사람들을 볼 때마다 「왜 우리 형식씨는 벼슬을 아니하는고」 하고 혼자 형식을 위하여 괴로워한다. 그래서 그 금줄 두르고 칼 찬 손님이 돌아가면 으레 「왜 나리께서는 벼슬을 아니하셔요?」 한다. 그때마다 형식은 「내게야 누가 벼슬을 주나요?」 하고 웃는다.

138

그러나 아무리 말을 하여도 형식이가 듣지 아니함을 보고 노파는 일년
전부터는 그러한 말을 하지 아니하였다. 다만 형식에게 벼슬하는 친구들이
찾아오는 양과, 여러 사람들이「이 선생」이라고 부르는 양을 보고「대체
형식도 벼슬은 아니할망정 저 사람들만은 하거니」하고 혼자 위로한다.
　그래서 근래에는 형식을 부를 때에「나리」라 하지 아니하고「선생」이라고
부르게 되었다. 그러나「벼슬을 하였으면」하는 생각은 아직도 가슴속에
깊이 박혔다.
　노파는 한참이나 문밖에 서서 형식의 하는 양을 보고 무슨 말을 하려다가
「아마 무슨 생각을 하는 게지」하고 가만가만히 제 방으로 들어간다. 그러나
자리에 누워서도 잠이 못 들고 가끔가끔 담배를 피워 물고는 머리를 내어밀어
형식의 방을 건너다보았다. 그러나 노파가 한잠을 자고 나서 건너다볼 적에도
형식의 방에는 아직 불이 아니 꺼졌다.
　형식은 노파가 문밖에 와 섰는 줄도 모르고 영채를 생각하였다. 청량사에서
보던 광경을 생각하였다.
　김 현수가 영창을 떠들고 일어나던 것과 영채의 입술에 피가 흐르던 것과
영채의 옷이 흘러내려 하얀 허리가 한 뼘이나 드러났던 것을 생각하였다.
그리고 우선이가「벌써 틀렸다」하던 것을 생각하였다. 영채는 과연 김
현수에게 몸을 더럽힘이 되었는가 하고 생각하였다.
　우선이가 창으로 엿보고「벌써 틀렸다」하던 것이 무슨 뜻인가 하였다.
그것이「벌써 영채의 몸은 더러워졌다」하는 뜻일까, 또는 우선이가 다만
더러워질 뻔하던 것을 보고 그러하였음이 아닐까.
　형식은 자기가 발길로 영창을 차기 전에 한 번 창으로 엿보았더면 좋을
것을 하였다. 암만하여도 우선의「벌써 틀렸다」하던 뜻을「영채의 몸은
벌써 더러워졌다」하는 뜻으로 해석하기는 싫다. 마침 더러워지려 할 때에
하늘의 도움으로 나와 우선이가 영채를 구원한 것이 아닐까. 그렇다, 그렇다 !
하고 형식은 안심하는 듯이 한숨을 쉬었다.
　그러나 그 손발을 동여맨 것이 무슨 뜻일까. 그 치마와 바지가 찢어지고
다리가 드러났음이 무슨 뜻일까. 또 영채가 두 손으로 낯을 가리고 입술을
물어뜯은 것이 무슨 뜻일까. 그리고 나에게 대하여 아무러한 말도 아니한

것이 무슨 뜻일까. 아아, 「벌써 틀렸다」하던 우선의 말이 참말이 아닐까. 옳다, 옳다! 영채의 몸은 더러워졌구나. 영채의 몸은 김 현수에게 더러워졌구나 하였다.

그리고 형식은 두 주먹을 불끈 쥐어서 공중에 두어 번 내어둘렀다. 그리고 궐련 한 대를 붙여서 흡연도 아니하고 푹푹 빨았다. 그 담배 연기가 눅눅하고 바람 없는 공기 중에 퍼질 줄을 모르고 형식의 후끈후끈하는 머릿가로 물결을 지어 돌아간다.

형식은 반도 다 타지 못한 궐련을 마당에 홱 집어 내어던지고 두 손으로 머릿가로 뭉게뭉게 돌아가는 담배 연기를 홰홰 젓는다. 담배 연기는 혹은 빠르게 혹은 더디게 길을 잃은 듯이 사방으로 흩어진다. 천장에서 자던 파리가 놀래어 잉잉하더니 도로 소리가 없어진다. 형식은 또 고개를 숙이고 그린 듯이 앉았다.

대체 영채는 지금까지 처녀였을까 하였다. 칠팔 년을 기생으로 지내면서 처녀로 있을 수가 있을까 하였다. 또 매음하지 아니하고 기생 노릇을 할 수가 있을까 하였다. 한두 번은 모르되, 열 번 스무 번 남자가 육욕과 돈으로 후릴 때에 영채라는 계집아이가 족히 정절을 지켰을까 하였다.

설혹 혈통이 좋고 어려서 내칙과 열녀전을 배웠다 하더라도 그것을 가지고 능히 칠팔 년간 수십 번, 수백 번의 힘센 유혹을 이길 수가 있을까 하였다.

형식은 자기가 지금까지 읽어 오던 소설의 계집 주인공과 신문이나 말로 들어 온 계집의 일을 생각하여 보았다.

옛날 중국의 소설이나 우리 나라 이야기책을 보건댄 과연 송죽 같은 절개를 지켜 온 여자도 있었다. 그러나 그것은 소설 중에 있는 일이다. 현실에 그러한 일이 있을 수가 있을까 하였다. 옛날 소설에는 몸이 기생이 되어서도 팔에 앵혈이 지지 아니했다는 여자가 있었다. 그러나 현실에 그러한 사람이 있을 수가 있을까, 십팔구 세나 된 여자가 매양 청구하여 오는 남자를 거절할 수가 있을까.

설혹 영채가 정절이 이 세상에 뛰어나 능히 모든 유혹을 다 이긴다 하더라도 그동안에 김 현수와 같은 사람이 없었을까. 김 현수와 같은 사람은 서울에만 있을 것이 아니요, 또 서울에도 한 사람만 있을 것이 아니다. 그

140

동안 청량사에서 당하던 일과 같은 일을 여러 번 당하지 아니하였을까. 그렇다! 영채는 도저히 처녀 될 리가 만무하다 하고, 형식은 벌떡 일어나 방안으로 왔다갔다하였다.

형식은 다시 앉아서 담배를 피워 물었다. 그리고 자기의 과거를 생각하였다. 형식은 과연 오늘날까지 일찍 계집을 본 적이 없었다. 이십사 세가 되도록 계집을 본 적이 없다 하면 극히 정결한 청년이라 할지라. 그러나 형식은 진실로 뜻이 굳고, 마음이 깨끗하여 이러한 정절을 지켜 온 것일까. 이렇게 생각하고 형식은 고개를 흔들었다.

일찍 동경에 있을 때에 어떤 여자가 주인 노파를 통하여 형식에게 사랑을 구한 적이 있었다. 그때에 형식은 주저함도 없이 그 청구를 거절하였다. 그 후에도 두어 번 청구가 있었으나 여전히 거절하였다.

그러나 형식의 마음이 과연 이처럼 깨끗하였던가. 형식의 양심의 힘이 과연 이렇게 굳세었던가.「그게 말이 되오? 못하지요!」하고 굳세게 거절한 뒤에 형식의 마음은 도리어 이 거절한 것을 후회하였다.「내가 못생겼다. 왜 거절을 하여?」하고 다시 청구를 하거든 슬그머니 못견디는 체하리라 하였다. 실로 청구를 거절한 것은 형식의 마음이 아니요, 형식의 입이었다.

형식은「어떠시오?」하고 빙그레 웃는 그 주인 노파의 말에「좋소」하기가 부끄러워서「아니오!」한 것이나, 그 주인 노파가 만일 형식의「아니오」를「좋소」로 들어 주어, 어느 날 저녁에 그 여자를 데려다가 형식의 방에 넣어 주었더면 형식은 그 노파를「괘씸하다」하고 원망하였을까. 형식은 고개를 흔들었다.

그후에 하루 저녁은 그 여자가 주인 노파의 방에 와서 잤다. 그날 형식이가 자리를 펼 때에도 노파가 슬그머니 눈짓을 하였다. 그러나 형식은 소리를 가다듬어,「아니오!」하였다. 그리고는 그 노파가 이「아니오」를 반대로 들어 주기 위하여 유심하게 웃었다.

노파도 웃었다. 그리고는 자리에 누워서 이제나저제나 하고 그 여자가 올라오기를 기다렸다. 혹 일도 없이 뒷간에 오르내리면서 헛기침도 하였다. 그 이튿날 아침에 형식은 주인 노파가 너무 정직한 것을 한하였다.

이렇게 생각하고 형식은 고개를 흔들며 한 번 더, 「처녀 될 리가 만무하다」 하였다.

형식은 노파가 건넌방에서 담뱃대 떠는 소리를 들었다. 그리고 또 궐련을 피우면서 생각하였다. 그러면 어떡할까. 영채를 어떻게 할까. 은인의 따님인 것을 위하여 내 아내를 삼을까. 그러하는 것이 내 도리에 마땅할까.

형식의 눈앞에는 어젯저녁 바로 이 방에 앉았던 영채의 모양이 보인다. 「아버지는 옥중에서 굶어 돌아가시고……」할 때의 눈물 그렁그렁한 영채의 얼굴은 과연 어여뻤다. 그때에 형식은 영채를 대하여 황홀하였었다. 그리고 영채와 회당에서 혼인할 광경과 영채와 자기와의 사이에 어여쁘고 튼튼한 아들과 딸이 많이 태어날 것도 상상하였었다.

형식은 지금, 어젯저녁에 영채가 앉았던 자리를 보고 그때의 광경과 그때에 상상하던 바를 생각한다. 그리고 형식은 한참이나 황홀하였다.

「그러나!」하고 형식은 눈을 번쩍 떴다. 「그러나 영채는 처녀가 아니다. 설혹 어저께까지는 처녀라 하더라도 오늘 저녁에는 이미 처녀가 아니다」 하고 청량사의 광경을 한 번 다시 그렸다.

어젯저녁에는 행여나 영채가 어떠한 귀한 가정의 거둠이 되어 마치 선형이나 순애 모양으로 번듯하게 여학교를 졸업하고 순결한 처녀로 있으려니 하였다. 만일에 기생이 되었더라도 자기를 위하여 정절을 지켰으려니 하였다. 그러나 이제는 영채는 처녀가 아니다 하고 형식은 고개를 숙였다. 그리고 한참이나 있었다. 또 건넌방에서 노파의 담뱃대 떠는 소리가 들린다.

형식은 또 고개를 들었다. 방안을 돌아보았다. 이때에 형식의 머리에는 아까 김 장로의 집에서 선형과 순애를 대하여 앉았던 생각이 난다. 그 머리로서 나는 향내, 그 책상을 짚고 있던 투명할 듯한 하얀 손가락, 그 조금 구기고 때가 묻은 옥색 모시 치마, 그 넓적한 옥색 리본, 그 적삼 등에 땀이 배어 부드럽고 고운 살이 말갛게 비치던 모양이 말할 수 없는 향기와 쾌미를 가지고 형식의 피곤한 신경을 자극한다.

또 이것을 대할 때에 전신이 스르르 녹는 듯하던 즐거움과, 세상만사와 우주의 만물이 모두 다 기쁨으로 빛나고 즐거움으로 노래하는 듯하던 그 기억이 아주 분명하게 일어난다.

형식은 선형을 선녀 같은 처녀라 한다. 선형에게는 일찍 티끌만한 더러운 행실과 티끌만한 더러운 생각도 없었다. 선형은 오직 맑고 오직 깨끗하니, 마치 눈과 같고 백옥과 같고 수정과 같다 하였다. 이렇게 생각하고 형식은 빙긋이 웃었다. 그리고 또 눈을 감았다.

형식의 앞에는 선형과 영채가 가지런히 떠 나온다. 처음에는 둘이 다 백설 같은 옷을 입고 각각 한 손에 꽃가지를 들고 다른 한 손은 형식의 손을 잡으려는 듯이 손길을 펴서 형식의 앞에 내어밀었다. 그리고 두 처녀는 각각 방글방글 웃으며, 「형식씨! 제 손을 잡아 주셔요, 네」 하고 아양을 부리는 듯이 고개를 살짝 기울인다. 형식은 이 손을 잡을까 저 손을 잡을까 하여 자기의 두 손을 공중에 내어들고 주저한다.

이윽고 영채의 모양이 변하여지며 그 백설 같은 옷이 스러지고 피묻고 찢어진, 이름도 모를 비단 치마를 입고, 그 치마 째어진 데로 피묻은 다리가 보인다. 영채의 얼굴에는 눈물이 흐르고 입술에서는 피가 흐른다. 영채의 손에 들었던 꽃가지는 금시에 간 데가 없고, 손에는 더러운 흙을 쥐었다.

형식은 고개를 흔들고 눈을 떴다. 그러나 여전히 백설같이 차리고 방글 방글 웃는 선형은 형식의 앞에서 손을 내어밀고, 「형식씨! 제 손을 잡으세요, 네」 하고 고개를 잠깐 기울인다. 형식이가 정신이 황홀하여 선형의 손을 잡으려 할 때에 곁에 섰던 영채의 얼굴이 귀신같이 무섭게 변하며 빠드득하고 입술을 깨물어 형식을 향하고 피를 뿌린다. 형식은 흠칫 놀래어 몸을 흔들었다.

형식은 다시 일어나 방안으로 왔다갔다 거닐다가 뒤숭숭한 생각을 없이 하노라고 학생들이 부르는 창가를 읊조리며 마당에 나왔다. 아까 소낙비 지나간 자취도 없이, 하늘은 구름 한 점 없이 맑고 물 먹은 별이 졸리는 듯이 반짝반짝한다. 남쪽이 훤한 것은 진고개의 전등빛이다 하였다.

형식은 물끄러미 하늘을 쳐다보았다. 저 반짝반짝하는 별에서 내려오는 듯한 서늘한 바람이 사람의 입김 모양으로 이따금 이따금 형식의 더운 낯으로 스쳐 지나간다. 형식의 물끓듯 하던 가슴은 얼마큼 서늘하게 된 듯하다.

저 별들은 언제부터나 저렇게 반짝반짝하는가. 또 무엇하러 저렇게 반짝반짝하는가. 누가 이 별은 여기 있게 하고, 저 별은 저기 있게 하여 이 모양으로 있게 하는고. 저 별과 별 사이로 보이는 아무것도 없는 컴컴한 허공으로 바로 날아올라가면 어디로 갈 것인고.

형식은 동경서 유학할 때에 폐병 걸린 선생에게 천문학 배우던 생각을 하였다. 그 선생이 매양,

「여러분에게 천문학자 되기는 권하지 아니하거니와, 밤마다 하늘을 바라보는 사람이 되기는 간절히 권하오」

하고 기침이 나서 타구에 핏덩이를 토하던 생각이 난다.

뒤숭숭한 세상 생각에 마음이 괴로울 적에 한번 끝없는 하늘과 수없는 별을 바라보면 천사만려가 봄눈 스러지듯 하는 것이라고 형식도 말로는 하였었다. 그러나 그는 아직 하늘을 바라보지 아니치 못하도록 마음이 괴로워 본 적이 없었다. 그러나 지금에 그는 그 천문학 선생이 하던 말을 깊이깊이 깨달았다. 형식은 기쁨을 못 이기는 듯,

「무궁한 시간의 일점과 무궁한 공간(空間)의 일점을 점령한 인생에게 큰일이라면 얼마나 크고, 괴로운 일이라면 얼마나 괴로우랴」

하였다. 그리고 한 번 다시 하늘을 우러러보고 고개를 숙여 기도를 올렸다.

형식은 석 점이나 지나서야 잠이 들어 아침 아홉 시가 되도록 잤다.

형식은 몹시 몸과 정신이 피곤하여 반쯤 잠이 깨고도 여러 가지로 뒤숭숭한 꿈을 꾸었다.

노파는 벌써 조반을 차려놓고 사오차나 형식의 방을 엿보았다. 형식이가 두루마기를 입은 채로 자리도 안 펴고 자는 것을 보고 노파는 「웬일인고?」하였다. 그러나 노파는 어젯저녁 형식이가 늦게 잔 줄을 알므로 깨우려고도 아니하고 모처럼 만들어 놓은 장찌개가 식는 것을 근심하였다.

이때에 신 우선이가 대팻밥 모자를 제쳐 쓰고 단장을 두르며 오더니 노파를 보고,

「평안하시오. 이 선생 있소?」

하고 쾌활히 점잖이 묻는다.

노파는 신 우선을 잘 안다. 그리고 「시원한 남자」라고 형식을 대하여 비평한 일이 있었다. 노파는 웃고 마주나오면서,

「어젯저녁에 늦게 돌아오셔서 새벽이 되도록 앉아 무슨 생각을 하시더니

144

아직도 주무십니다그려. 저렇게 조반이 다 식는데.」
하고 장찌개를 생각한다.

　노파가 만드는 장찌개는 그다지 맛있는 것은 아니었다. 그러나 노파는
자기가 된장찌개를 제일 잘 만드는 줄로 자신하고 또 형식에게도 그렇게
자랑을 하였다.

　형식은 그 된장찌개에서 흔히 구더기를 골랐다. 그러나 노파의 명예심과
정성을 깨뜨리기가 미안하여,「참 좋소」하였다. 그러나「참 맛나오」하여
본 적은 없었다. 그러나 노파는 이「참 좋소」로 만족하였다.

　한번 신 우선이가 형식으로 더불어 저녁을 같이 먹을 때에도 노파의
자랑하는 된장찌개가 있었다. 그때에 마침 굵다란 구더기가 신 우선의 눈에
띄어 신 우선은 그 험구로 노파의 된장찌개가 극히 좋지 못함을 비웃었다.
곁에 있던 형식이가 황망하게 우선의 입을 막았으나 우선은 일부러 빙긋빙긋
웃어 가며 소리를 높여 노파의 된장찌개 만드는 솜씨의 졸렬함을 공격하였다.
그때에 노파는 건넌방 툇마루에서 분한 모양으로 담배를 빨다가,
　「나이가 많으니깐 그렇구려.」
하고 젊었을 때에는 잘 만들었었다는 뜻을 표하였다. 그후로부터 노파는
우선을「쾌활한 남자」라고 칭찬하지 아니하게 되었다. 그러나 우선을 보면
여전히 친절하게 하였다. 대개 더 자기의 된장찌개를 공격할까 두려워함
이로다.

　우선은 형식에게 이 말을 들었으므로,
　「요새는 된장찌개에 구더기나 없소?」
하고는 형식의 방에 들어가 큰소리로,
　「여보게, 일어나게 일어나! 이게 무슨 잠이란 말인가.」
하였다.

　형식은 어렴풋이 우선과 노파의 담화를 들으면서도 아주 잠을 깨지 못
하였다가 우선의 큰 목소리에 눈을 비비며 일어나 책상 위에 놓인 둥그런
자명종을 본다. 우선은,
　「시계는 보아 무엇하게. 열 점일세. 열 점이어! 자 어서 세수하고 옷
입게 —— 조반 먹고」

시계는 아홉 점 반이었다. 형식은 우선이가 「어서 옷 입고 —— 」하는 말을 듣고 비로소 어젯저녁 생각을 하고 영채의 생각을 하였다. 그리고 우선의 낯빛을 보고 무슨 일이 생긴 줄을 깨닫고, 또 그 일이 영채의 일인 줄도 짐작하였다. 그리고 어젯저녁 자기 혼자 잠을 못 이루고 생각하던 일을 생각하였다. 형식은,

「왜 무슨 일이 있는가.」

「어서 세수를 하고 조반을 먹어! 제가 할 걱정을 내가 하는데.」

하고 책상 곁에 가서 영문 책을 빼어들고 초이스 독본 삼권 정도의 영어로 한 자 두 자 뜯어본다.

형식은 무슨 일인지는 모르나 우선의 낯빛을 보고 말하는 양을 보매, 대체 영채에게 관한 일이어니 하면서 잇솔을 물고, 수건을 들고 나간다. 우선은 형식의 세수하러 나가는 양을 보고 「너도 걱정이로구나」 하였다.

우선은 형식의 인격이 으레 영채로 아내를 삼으리라 하였다. 그러나 영채로 아내를 삼으면 형식의 머리속에 청량사 일이 늘 남아 있어 형식을 괴롭게 하리라 하였다. 그러나 형식을 괴롭게 하고 아니하게 함은 자기의 손에 있다 하였다. 대개 영채가 처녀요, 아님을 아는 이는 김 현수와 배 명식과 자기의 삼인이 있을 따름이다. 우선은 이 비밀을 가지고 오래 두고 형식의 마음을 괴롭게 하리라. 그도 아니하면 자기가 영채를 어르다가 가만히 떨어진 분풀이를 어디다 하리오 하였다.

그러나 이는 우선의 악의에서 나옴이 아니라 어디까지든지 인생을 장난으로 알려 하는 우선의 한 회롱에 지나지 못하는 것이다. 그러나 형식은 우선과 같이 세상을 장난으로 알지 못하는 사람이다.

형식은 어디까지든지 인생을 엄숙하게 보려 한다. 그러므로 우선은 이럭저럭 한 세상을 유쾌하게 웃고 지나면 그만이로되, 형식은 인생에서 무슨 뜻을 캐어내려 하고 세상을 위하여 힘 있는 데까지는 무슨 공헌을 하고야 말려 한다.

그러므로 형식에게는 인생의 어떠한 작은 현상(現像)이나 세상의 어떠한 작은 사건이라도 모두 엄숙하게 연구할 제목이요, 결코 우선과 같이 웃고 지내어 보내지 못한다.

우선은 이러한 형식을 일컬어 아직도 「탈속을 못하였다」 하고, 형식은 우선을 일컬어 「세상에 무해무익한 사람」이라 한다. 그렇다고 우선은 세상의 문명과 행복을 증진하는 데 대하여 전혀 무관언(無關焉)하냐 하면 그는 그런 것이 아니다.

우선도 아무쪼록 세상에 유익한 일을 하려고는 한다. 다만 그는 형식과 같이 열렬하게 세상을 위하여 일생을 바치려는 열성이 없음이니, 형식의 말을 빌건댄 우선은 「개인 중심의 중국식 교육을 받은 자」요, 형식 자기는 「사회 중심의 희랍식 교육을 받은 자」다. 바꾸어 말하면, 우선은 한문의 교육을 받은 자요, 형식은 영문이나 독문의 교육을 받은 자다.

형식은 두어 번 잇솔을 왔다갔다하고 얼른 세수를 하고 들어와 거울을 보고 머리를 가른다. 우선은 까닭도 없이 이 머리 가르는 것을 미워하여 형식을 보면 매양 머리를 깎으라 하고, 이따금 무슨 전제(前提)로 그러한 결론(結論)을 하는지 「머리를 가르는 자는 무기력한 자」라 한다. 우선은,

「무슨 일이어? 응, 무슨 일이어?」

하고 된장찌개의 구더기를 골라 가며 간절히 듣고 싶어하는 형식의 묻는 말에는 대답도 아니하고, 방안에서 벙글벙글 웃으면서 왔다갔다 거닐다가 형식이가 분주히 밥상을 물리기를 기다려 형식을 끌고 나간다.

노파는 밥상을 들어내어 가면서 같이 나가는 두 사람의 얼굴을 유심히 보더니 밥상을 마루에 갖다 놓고 허리를 펴며 「무슨 일이 있는고」 한다.

우선은 형식의 기뻐할 것을 상상하고 마치 누구를 전에 못 보던 좋은 구경터에 데리고 가는 모양으로 형식을 데리고 다방골 계 월향의 집을 찾았다.

형식도 종각 모퉁이를 돌아설 때부터 우선이가 자기를 영채의 집으로 끌고 가는 줄을 알았다. 그리고 우선이가 자기를 이리로 끌고 올 때에는, 또 우선이가 기뻐하는 양을 보건댄 무슨 좋은 일이 있는 줄도 생각하였고, 또 그 좋은 일이라 함은 아마 영채의 몸을 구원하는 일인 줄도 생각하였다.

그러나 「벌써 늦었다」 하였다. 벌써 영채는 처녀가 아니라 하였다. 그리고 어젯저녁에 영채와 선형이가 하얀 옷을 입고 웃으면서 각각 한편 손을 내어밀며 「제 손을 잡아 줍시오, 네」 하다가 영채의 몸이 문득 변하던 것도 생각하였다. 더구나 영채의 얼굴이 귀신같이 무섭게 되고, 입술에서 흐르는

피를 자기의 몸에 뿌리던 것을 생각하였다.

　두 사람은 문밖에 다다랐다. 우선은 형식을 보고 씩 웃으며,

　「이 계 월향이라는 장명등도 오늘까질세그려.」

하였다. 그리고 단장으로 그 장명등을 서너 번 때리며,

　「흥 오늘 저녁에도 누가 계 월향을 찾아서 놀러 올 테지. 왔다가 계 월향을 만나지 못하고 돌아가는 꼴이 장관이겠네.」

하고 한번 더 단장으로 깨어져라 하고 장명등 지붕을 때리고 껄껄 웃는다. 장명등은 아픈 듯이 찌국찌국 소리를 내며 우쭐우쭐 춤을 춘다.

　형식은 「깨어지면 어쩌나」 하고 속으로 생각할 뿐이요, 아무 말도 아니 하고 웃지도 아니하였다. 우선은 형식의 얼굴에 기쁜 모양이 없는 것을 보고 얼마큼 낙심한 듯이 시치미떼고 크게,

　「이리 오너라!」

하고 부른다. 행랑에서 어멈이 어린애에게 젖을 먹였든지 옷을 치키며 나와,

　「나리, 오십시오? 이리 오너라는 무엇이야요, 그냥 들어가시지.」

한다. 형식은 「많이 다녔구나」 하였다. 그리고 우선이도 영채의 정절을 깨뜨린 한 사람인가 하였으나 곧 작소(繳銷)하였다. 우선은 단장으로 어멈을 때리는 모양을 하면서,

　「아직도 영감이라고 아니 부르고, 나리라고 불러!」

하고 넓적한 앞니를 보이며 껄껄 웃으면서,

　「아씨 계시냐?」

하고 묻는다.

　「아씨께서 오늘 아침 차로 평양을 내려가셨어요!」

　우선은 놀랐다. 형식도 놀랐다. 더구나 우선은 아주 낙담한 듯이 고개를 흔들며,

　「왜? 무슨 일로?」

　「모르겠어요, 제가 압니까? 어젯저녁 열한 점이 친 다음에야 들어오시더니만…… 한참이나 울음소리가 나더니…… 그다음에는 잠이 들어서 어찌 되었는지 모르겠는데요…… 오늘 식전에 마님께서 구루마를 불러오라 하셔요. 그래 아씨께서 어느 연회에를 가시는가. 연회라면 픽도 이르다. 아마

148

노들 뱃놀이가 있는 게다 했지요. 했더니 아홉 점 반 차로 아씨께서 평양엘
가신다구요」

하고 어멈은 아주 유창하게 말한다.

형식은 「숙맥은 아니로다」 하고 놀라면서도 그 어멈의 얼굴을 자세히
보았다. 어멈의 얼굴에는 의심하는 빛이 있다. 형식은 「평양! 평양은 무
엇하러 갔는가」 하였다. 방에서 어린애가 울어 방으로 들어가려는 어멈에게
우선이가 말소리를 낮추어,

「아침에 누가 오든 않았던가?」

「아무도 아니 왔어요, 저……」

하고 두어 집 건넛집을 가리키며,

「저댁 아씨가 목욕 같이 가자고 오셨더군요」

하고 방으로 들어가 「울지 마라」 하고 어린애의 엉덩이를 때리는 소리가
난다.

형식은 저렇게 우리를 대하여서는 얌전하게 말하던 사람이 방에 들어가
어린애를 대하여서는 저렇게 함부로 한다 하였다.

우선은 단장으로 땅에 무슨 글자를 쓰더니 형식더러,

「아무려나 들어가 보세그려. 노파에게 물어 보면 알 터이지.」

하고 대팻밥 모자를 벗어 들고 앞서서 들어간다. 그러나 우선의 말 소리에는
아까 쾌활하던 빛이 없다. 형식도 뒤를 따랐다.

형식은 어젯저녁 이 마당에 서서 그 노파에게 멸시당하던 일을 생각하였다.
그리고 빙긋 웃었다. 형식은 이만큼 오늘은 냉정(冷靜)하였다. 도리어 우
선이가 지금은 형식보다 더 애가 탄다.

방에는 사람이 없고 마루에 노파의 이른바 「못생긴 영감쟁이」가 무슨
이야기책을 보다 말고 목침을 베고 코를 곤다.

우선은 이 영감쟁이를 잘 알았다. 이 영감쟁이는 평양 외성의 어떤 부자의
자제로 시 잘 짓고 소리 잘하고 삼사십 년 전에는 평양 성내에 모르는 이
없는 오입쟁이였다.

그러나 십유여 년 방탕한 생활에 여간 재산은 다 떨어 없이하고, 속담에

상말로 남은 것이 「뭣」 하나밖에 없게 되었다. 그래서 하릴없이 일찍 자기의 무릎에 앉히고 「어허 둥둥」 하던 이 노파의 집에 식객인지 남편인지 모르는 손이 된 지가 벌써 십여 년이 되었다.

처음에는 노파와 가끔가끔 다투기도 하고, 혹 심히 성이 나면 「괘씸한 년」 하고 호령도 하더니, 이삼 년 래로는 그도 못하고 사흘에 한 번씩 노파에게 「나가 뒈져라」 하는 소리를 들으면서도 다만 껄껄 웃으며 「죄 되나니라」 할 따름이요, 반항할 생각도 못하게 되었다.

그러나 노파는 대개는 영감쟁이를 친절하게 대접을 하였다. 그리고 더욱 기특한 것은, 밤에 잘 때에는 반드시 노파가 자기의 손으로 자리를 깔고, 이 영감쟁이를 아랫목에 누이었다.

우선은 서슴지 않고 구두를 신은 대로 마루에 올라서서 단장으로 마루를 울리며 누구를 부르는지 모르게,

「여보, 여보」

하였다.

형식은 어젯저녁에 섰던 모양으로 서서 어젯저녁에 보던 모양으로 영채의 방을 보았다. 방안의 모든 것은 그대로 있구나 하였다. 그러나 어젯저녁 모양으로 마음이 번민하지는 아니하였다.

우선은 대답이 없는 것을 보고 이번에는 구두와 단장으로 한꺼번에 마루를 쾅쾅 울리며 성난 듯이 더욱 소리를 높여,

「여보, 노파!」

하였다. 「노파!」 하고 우선의 부르는 소리가 우스워 형식은 씩 웃었다. 이윽고 마당 한 모퉁이로서 노파가,

「아따, 신 주사시구랴! 남 뒷간에 가 있는데 웬 야단을 하시오?」

하고 치맛고름을 고쳐 매면서 들어온다. 오다가 형식을 이윽히 본다. 어젯저녁에 와서 「월향씨 있소」 하던 사람이구나 하고, 그러면 그가 신 주사의 심부름꾼이던가 하였다. 형식도 「네가 나를 멸시하였구나」 하였다. 노파는 형식은 별로 중요한 인물이 아닌 듯이 마루에 올라서며 아주 친근한 모양으로 우선에게,

「어떻게 일찍 오셨구려.」

하고는 발로 영감쟁이를 툭툭 차며 부르짖는 목소리로,

　「여보, 일어나소! 손님 오셨소」

하고,

　「그렇게 눕고 싶거든 땅속에나 들어가지.」

하고 발로 영감쟁이의 목침을 탁 찬다.

　목침은 곁에 놓인 소설책을 던지고 저편으로 떽데그루 굴러가서 벽을 때리고 우뚝 선다. 영감쟁이는 센 터럭이 몇 올 아니 되는 맹숭맹숭한 머리를 마루에 부딪고 벌떡 일어나며,

　「응, 그게 무슨 버르장이란 말인고」

하고 우선은 본 체도 아니하고 일어나 자기의 방으로 들어간다.

　형식은 그 영감쟁이를 보고, 자기의 죽은 조부를 생각하였다. 원래 부자던 자기의 조부도 전래하던 세간을 다 팔아 없애고, 아들 형제는 먼저 죽고 손자인 자기는 일본에 가 있고 조그마한 오막살이에 일찍 기생이던 형식의 서조모에게 천대받던 생각을 하였다. 그러나 형식은 자기의 조부는 저 영감쟁이보다는 고상(高尙)하던 사람이라 하였다. 우선이가 급한 듯이,

　「그런데 아씨가 평양을 가셨어요?」

하는 것은 대답도 아니하고 노파는 먼저 영채의 방에 들어가 우선을 보고,

　「이리 들어오시구려, 집 무너지겠소」

한다. 우선은,

　「이리 들어오게그려.」

하고 유심한 웃음으로 형식을 부르고 자기도 구두를 벗고 방으로 들어간다.

　형식은 한 걸음 방을 향하여 나가다가 그 자개 함롱과 아롱아롱한 자루에 넣은 가야금과, 아랫목에 걸린 분홍 모기장을 보고 갑자기 불쾌한 마음이 생겼다. 그래서 구두를 벗으려다 말고 웃으며,

　「나는 여기 앉겠네.」

하고 마루에 걸어앉는다. 우선은,

　「들어오게그려. 오늘부터는 자네가 이 방의 주인이니.」

하고 일어나 형식의 팔을 당긴다.

　형식은 갑자기 얼굴이 발갛게 된다. 우선은「아직도 어린애로다」하고

형식의 팔을 끈다. 노파는 우선이가 형식을 친구로 대우하는 양을 보고 한 번 놀라고 또 「오늘부터는 자네가 주인일세」 하는 것을 보고 두 번 놀래어 눈이 둥글해졌다가 워낙 능란한 솜씨라 선웃음을 치며 일어나,

「나리 들어오십시오. 나는 누구신 줄도 모르고……어젯저녁에는 실례하였습니다……너무 검소하게 차리셨으니깐.」

한다.

형식은 부끄럽고 가슴이 설레는 중에도 「흥, 지금은 내가 누구인지 아느냐」 하면서 권하는 대로 방에 들어갔다. 들어가 앉으며 노파의 시선을 피하는 듯이 방안을 한 번 더 돌아보았다. 모기장의 주름이 어제와 같으니, 영채가 어젯저녁에는 모기장을 아니 치고 잤구나 하였다. 그리고 영채가 저 벽에 기대어 잠을 못 이루고 괴로워하였는가 하매 자연히 마음에 슬픔이 생겼다. 형식의 눈은 모기장으로서 문 달린 벽으로 돌았다.

형식은 멈칫하였다. 그 벽에는 찢어진 치마가 걸렸다. 형식의 머릿속에는 청량리 광경이 빙그르 돈다. 그 치마 앞자락에는 피가 묻었다. 형식은 남 모르게 떨리는 숨소리를 죽이고 입술을 꼭 물었다. 그리고 「나도 영채 모양으로 입술을 무는구나!」 하고 차마 더 보지 못하여 찢어진 치마에서 눈을 돌렸다.

동대문 오는 전차 속에서 영채가 치마의 찢어진 것을 감추는 양을 보고, 계집이란 이러한 때에도 인사를 차린다 하던 생각이 난다. 바로 치마 밑에 피묻은 명주 수건 조각이 형식의 눈에 들었으나 형식은 그것이 무엇인지 몰랐다. 지금껏 형식의 냉정하던 가슴에는 차차 뜨거운 풍랑이 일어나기 시작한다.

「왜 평양엘 갔을까」 하는 생각이 무슨 무서운 뜻을 품은 듯이 형식의 마음을 괴롭게 한다. 형식은 어서 우선이가 노파에게 영채가 평양에 간 이유를 물었으면 하였다.

우선은 담배를 피워 물더니,

「대관절 아씨는 어디 갔소?」

한다.

월향이라고 부르기가 어렵고 그렇다고 영채씨라고 부르면 노파가 못 알

아들을 듯하여 둥그스름하게 「아씨」라 함이다.

노파는 우선이가 장난으로 그러는 줄을 알므로 웃지도 아니한다.

「평양에 잠깐 다녀온다고 오늘 식전에 벼락같이 떠났어요. 오랫동안 성묘를 못하였으니 잠깐 아버님 산소에나 다녀온다고요.」

한다.

노파는 이 두 사람이 어젯저녁 사건을 모르거니 하였다. 그리고 아마 우선이가 저 친구를 데리고 놀러 온 것이어니 한다. 저 새로온 친구도 아마 월향의 이름을 듣고 한번 만나 볼 양으로 어젯저녁에 왔다가 헛길이 되고, 아마 자기의 초라한 모양을 보고 월향을 내어놓지 아니하는가 보아서 오늘은 월향과 친한 우선을 데리고 온 것이어니 하였다. 그리고 저러한 주제에 기생 오입은 다 무엇인고 하였다.

영채가 평양에 성묘하러 갔단 말을 듣고 형식은 감옥에서 죽었다는 박 선생을 생각하였다. 그러나 박 선생의 얼굴을 다 상상하기도 전에, 영채가 성묘하러 갔다는 말의, 「성묘!」란 말이 말할 수 없는 무서움을 가지고 형식의 가슴을 누른다. 형식은 불의에,

「성묘!」

하고 소리를 내었다.

그 소리에 우선과 노파는 형식의 얼굴을 보았다. 형식의 눈에는 분명히 놀람과 무서움의 빛이 보이었다. 노파는 무슨 생각이 나는지 일어나 저편 방으로 간다.

우선도 영채가 갑자기 평양에 갔단 말에 무슨 뜻이 있는 듯하게 생각하였다. 그리고 일어나 제 방으로 가는 노파에게 눈을 주었다. 이 「성묘」라는 알 수 없는 비밀을 설명할 자는 그 노파여니 하였다. 그리고 그 노파가 갑자기 일어나 제 방으로 가는 것이 이 비밀을 설명하는 데 가장 중대한 사건이라 하였다.

형식과 우선 두 사람의 눈은 노파가 없어지던 문으로 몰렸다. 두 사람은 무슨 큰 사건이 발생하기를 기다리는 듯이 숨소리를 죽였다.

여름 볕이 모닥불을 퍼붓는 모양으로 마당을 내리쬐어, 마치 흙에서 금시에 불길이 피어오를 듯하다. 기왓장에 볕이 비치어 천장으로서 단김이 확확

내려온다. 형식의 오늘 아침에 새로 입은 모시 두루마기 등에는 땀이 두어 군데 내어비친다. 우선도 이마에 땀방울이 있었건마는 씻으려 하지도 아니하고 대팻밥 모자로 부치려 하지도 아니한다.

함롱 밑의 유리로 만든 파리 통에는 네다섯 놈 파리가 빠져서 벽으로 헤어오르려다가 빠지고, 오르려다가는 빠지고 한다. 어디로서 얼룩고양이 하나가 낮잠을 자다가 뛰어나오는지 영채의 방 앞에 와서 하품을 하고 기지개를 하면서 형식과 우선을 본다.

이윽고 노파가 봉투에 넣은 편지를 하나 들고 나오며 우선을 향하여,

「월향이가 정거장에서 바로 차가 떠나려는데 이것을 주면서 이 형식씨가 누군지 이 형식씨라는 이가 오시거든 드리랍데다.」

하고 그 편지를 우선에게 내어주며 얼른 형식의 얼굴을 본다.

아까 정거장에서 노파가 이 편지를 받을 때에는 이 형식이라는 이가 아마 월향에게 놀러 다니는 사람이어니 하고, 월향이가 특별히 편지를 할 만큼 친한 사람이면 자기가 모를 리가 없겠는데 하고 의심하였었다. 그러나 차가 빨리 떠나므로 자세히 물어 보지도 못하고, 아마 어떤 사람에게 물어 보면 알려니 하고 있었다.

그러다가 우선과 형식의 행동이 영채의 일을 근심하는 듯하는 양을 보고, 더구나 형식이가 이상히 고민하는 낯빛을 보일 뿐더러 「성묘」 하고 놀라는 양을 보고, 혹 그가 「이 형식」이라는 사람이나 아닌가 하여 이 편지를 내어 온 것이요, 또 우선에게 그 편지를 주면서도 얼른 형식의 낯빛을 엿보았다.

형식은 우선이가 받아든 편지 피봉에 매우 익숙한 글씨로 「李亨植氏座下」 (이 형식씨 좌하)라 한 것을 보고,

「에!」

하고 놀라는 소리를 발하면서 우선의 손에서 그 편지를 빼앗아 봉투의 뒤 옆을 보았다. 그러나 뒤 옆에는 「六月二十九日朝」(유월 이십구일 조)라고 쓴 밖에는 아무것도 쓰지 아니하였다. 형식의 그 편지를 든 손은 떨린다.

우선도 무슨 까닭이 있구나 하고 숨소리를 죽였다. 노파는 두 사람의 놀라는 얼굴을 보고 「웬일인가」 하여 역시 놀래었다. 그리고 월향이가 이번에 평양에 간 것에 무슨 큰 뜻이 있는 듯하다 하였다.

오늘 아침 월향은, 어젯저녁에 슬퍼하던 빛이 없어지고 일찍 일어나 세수하고, 분을 바르고, 향수를 뿌리고, 모시 치마 저고리에 여학생 모양으로 차리고 아직 자리에서 일어나지도 아니한 노파의 방에 와서 아주 유쾌한 듯이 방글방글 웃으며,

「어머니, 어젯저녁에는 제가 잘못하였습니다. 자고 나서 생각하니 그런 우스운 일이 없어요」

하기에, 걱정을 품고 자던 노파는 너무도 기뻐서 월향의 손을 잡으며,

「그러니라. 잘 생각하였다. 내가 기쁘다.」

하였다. 그리고 이제는 안심이로다, 이제부터는 밤에 손님도 치르게 되려니 하고 두 겹으로 기뻤었다. 그때에 영채는 말하기 미안한 듯이 한참이나 주저하더니,

「어머니, 저는 평양이나 한번 갔다가 오렵니다. 가서 오래간만에 아버지 성묘도 하고 좀 바람도 쏘이게……」

하였다.

노파는 그 슬퍼하고 고집하던 마음을 고친 것이 반갑고, 어젯저녁에 월향을 안고 울 때에 얼마큼 애정도 생겼고(자고 나서는 사분의 삼이나 식었건마는), 또 조그만 일이면 제 소원대로 하여 주는 것이 좋으리라 하여,

「그래라. 석 달이나 넘었는데 한번 가고 싶진들 않겠느냐. 가서 동무들이나 실컷 찾아보고 한 삼사 일 놀다가 오너라.」

하고 몸소 정거장에 나가서 이등 차표와 점심 먹을 것과, 칼표 궐련까지 넉넉히 사 주고,

「가거든 아무아무에게 문안이나 하여라. 분주해서 편지도 못한다고.」

하는 부탁까지 하였다.

그러므로 대체 월향은 이삼 일 후면 방글방글 웃으면서 돌아오려니만 믿고 있었더니, 지금 우선과 형식 양인이 이 편지를 보고 대단히 놀라는 양을 보매, 월향이가 이번 평양에 간 것에 무슨 깊고 무서운 사정이 있는 듯하여 가슴이 뜨끔하였다.

노파는 불현듯 오 년 전 월화의 생각을 하고, 월향이가 항상 월화가 준 누런 옥지환을 끼고 있던 것을 생각하고, 어젯저녁 청량리 일을 생각하고

눈이 둥그래지며,

「월향이가 왜 평양에 갔을까요」

하고 두 사람이 노파에게 물으려던 말을 노파가 도리어 두 사람에게 묻는다.

형식이가 그 편지를 들고 멍멍하니 앉았는 양을 보고 우선도 조민한 마음을 이기지 못하여,

「여보게, 그 편지를 뜯게.」

한다.

형식은 떨리는 손으로 봉투의 한편 끝을 잡았다. 그러나 형식은 차마 떼지 못한다. 그 손은 점점 더 떨리고 그 얼굴의 근육은 점점 더욱 긴장하여진다. 우선은,

「어서, 어서!」

하고 봉투를 떼기를 재촉한다.

노파는 저 속에서 무슨 말이 나오겠는고 하고, 봉투의 한편 끝을 잡은 형식의 손만 본다. 세 사람의 가슴은 엷은 여름 옷 안에서 들먹들먹하고, 세 사람의 등에는 땀이 내어배었다.

문 앞에 서서 방안을 들여다보던 고양이가 지붕의 참새를 보고 「냥」 하면서 뛰어간다.

형식의 떨리는 손은 마침내 그 봉투의 한편 끝을 찢었다. 찢는 소리가 대포소리와 같이 세 사람의 가슴에 울렸다.

떨리는 형식의 손에는 편지가 들렸다. 그리고 한편 끝이 떨어진 봉투는 형식의 무릎 위에 떨어졌다. 노파는 앉은 대로 한 걸음 몸을 움직여 형식의 곁에 가까이 오고, 우선은 몸과 고개를 형식의 어깨 곁으로 굽혔다.

형식의 가슴은 팔떡팔떡 뛰고, 우선과 노파의 눈은 유리로 만든 것 모양으로 가만히 형식의 손이 한 간씩 한 간씩 펴는 편지 글자 위에 박혔다.

형식은 슬픔을 억제하는 듯이 어깨를 두어 번 추더니 편지를 읽는다. 편지는 흐르는 듯한 궁녀체 언문으로 썼다. 우선과 노파의 전신의 신경은 온통 귀와 눈으로 모였다. 형식은 「李亨植氏前上書」(이 형식씨 전상서)라 한 것은 빼어놓고 본문부터,

「어젯저녁에 칠 년 동안이나 그리고 그리던 선생을 뵈오매, 마치 이미

156

세상을 버리신 어버이를 대한 듯하여 기쁘기 그지없었나이다.

칠 년 전 선생께옵서 안주를 떠나실 때에 집 앞 버드나무 밑에서 이 몸을 껴안으시고, 〈잘 있거라 다시는 볼 날이 없겠다〉 하시고 눈물을 흘리시던 것과, 그때에 아직도 열두 살 된 철없는 이 몸이 선생의 가슴에 매어달리며 가지 마오, 어디로 가오, 나와 같이 갑시다, 하던 것을 생각하오매 자연히 비감한 마음을 이기지 못하여 소리를 내어 울었나이다.

이렇게 이별하온 후 칠년 동안 의지할 데 없는 외롭고 어린 이 몸이 부평과 같이 바람 가는 대로, 물결 가는 대로 갖은 고초를 다 겪으며 동서로 표류하올 때에 눈물인들 얼마나 흘렸으며 한숨인들 얼마나 쉬었사오리이까.

오직 한 가지 바라는 것은, 평양감옥에서 철창의 신음을 당하시는 부친을 뵈옴이라, 열세 살 된 계집의 몸이 바람에 불리는 나뭇잎 모양으로 이리 굴고 저리 굴며, 이리 부딪고 저리 부딪쳐 평양 감옥에 흙물 옷을 입으신 부친의 얼굴을 대하기는 하였사오나, 무섭게 여윈 그 얼굴을 대할 때에 어린 이 몸의 가슴은 바늘로 쑥쑥 찌르는 듯하였나이다.

이에 철없는 이 몸은 감히 옛날 어진 여자의 본을 받아 몸으로써 부친을 구하려는 마음을 품고, 어떤 사람의 소개로 기생에 판 것은 이 몸이 열세 살 되던 해 가을이로소이다.

그러하오나 이 몸을 팔아 얻은 이백 원은 이 몸을 팔아 준 사람이 가지고 도망하였으니 부모의 혈육을 팔아 얻은 돈으로 부친의 몸을 구원하지도 못하고 철장에서 신음하시는 늙으신 부친에게 맛난 음식 한 때도 받들어 드리지 못한 것이 골수에 사무치는 원한이어든, 하물며 이 몸이 기생으로 팔림을 위하여 부친과 두 형이 사오 일 내에 세상을 버리시니 슬프다, 이 무슨 변이오리이까.

이 몸이 전생에 무슨 죄가 중하여 어려서 부친과 두 형을 옥에 가시게 하고, 다시 이 몸으로 말미암아 부친과 두 형으로 하여금 원망의 피를 뿜고 세상을 버리게 하나이까. 오호라! 이를 생각하오매 가슴이 터지고 골수가 저리로소이다.

이 몸이 만일 적이 어짐이 있었던들 마땅히 그때에 부친의 뒤를 따랐을 것이언마는 차홉다! 완악한 이 목숨은 그래도 끊어지지 아니하고 부지하였나이다.

부친과 두 형을 여읜 후, 이 몸이 세상에 믿을 이가 누구오리이까. 선생께서도 알으시려니와 이 몸이 의지할 곳이 어디오리이까.. 아아, 하늘뿐이로소이다. 땅이 있을 뿐이로소이다. 그리하고 세상에 있어서는 선생뿐이로소이다.

이 몸은 그로부터 선생을 위하여 살았나이다. 행여나 부평같이 사방으로 표류하는 동안에 그리고 그리던 선생을 만날 수나 있을까 하고 그것을 바라고 이슬 같은 목숨이 오늘까지 이어 왔나이다.

이 몸은 옛날 성인과 선친의 가르침을 지키어 선친께서 세상에 계실 때에 이 몸을 허하신 바 선생을 위하여 구태여 이 몸의 정절을 지키어 왔나이다. 이 몸이 이 몸의 정절을 위하여 몸에 지니던 것을 여기 동봉하였나이다.

그러나 이 몸은 이미 더러웠나이다. 아아, 선생이시여, 이 몸은 이미 더러웠나이다. 약하고 외로운 몸이 애써 지켜 오던 정절은 작야에 수포(水泡)에 귀(歸)하고 말았나이다. 이제는 이 몸은 천지가 허하지 못하고 신명이 허하지 못할 극흉 극악한 죄인이로소이다. 이 몸이 자식이 되어는 어버이를 해하고, 자매가 되어는 형제를 해하고 아내가 되어는 정절을 깨뜨린 대죄인이로소이다.

선생님이시여! 이 몸은 가나이다. 십구 년의 짧은 인생을 슬픈 눈물과, 더러운 죄로 지내다가 이 몸은 가나이다. 그러나 차마 이 더럽고 죄 많은 몸을 하루라도 세상에 두기 하늘이 두렵고 금수와 초목이 부끄러워, 원도 많고 한도 많은 대동강의 푸른 물결에 더러운 이 몸을 던져 양양한 물결로 하여금 더러운 이 몸을 씻게 하고, 무정한 어별로 하여금 죄 많은 이 살을 뜯게 하려 하나이다.

선생이시여! 이 세상에서 다시 선생의 인자하신 얼굴을 대하였으니 그만하여도 하늘에 사무친 원한은 푼 것이라 하나이다. 후일 대동강 상에서 선생의 옷에 뿌리는 궂은 비를 보시거든 박명한 죄인 박 영채의 눈물인가 하소서. 이 편지를 마치고 붓을 떼려 할 제 뜨거운 눈물이 앞을 가리나이다.

오호라! 선생이시여! 부디 내내 안녕하시고 국가의 동량(棟樑)이 되셔지이다.」

하고는 떨리는 붓으로,

「歲次丙辰六月二十九日午前二時에 罪人 朴英采 泣血百拜」(세차병진 유월 이십구 일 오전 두 시에 죄인 박 영채 읍혈백배)라 하였다.

차차 더 떨린 형식의 손은 그만 편지를 무릎 위에 떨어뜨렸다. 그리고 흑흑 느끼며 굵은 눈물을 무릎 위에 펴 놓인 편지 위에 떨어뜨린다. 떨어진 눈물은 편지에 씌인 글자를 더욱 뚜렷하게 만든다.

우선도 소매로 눈물을 씻고, 노파는 치마로 낯을 가리고 방바닥에 엎드린다. 한참이나 말이 없다. 마당에서는 점점 더 단김이 오른다.

형식은 소매로 눈물을 씻고, 무릎 위에 놓인 눈물에 젖은 영채의 편지를 눈이 가는 대로 여기저기 다시 보았다. 그러나 형식의 눈에는 그 편지의 글자가 자세히 보이지 않는 듯하였다. 형식은 편지를 둘둘 말아 방바닥에 내려놓고 그 편지와 동봉하였던 조그마한 봉투를 뗴었다.

우선과 노파의 눈물 흐르는 눈은 다시 형식의 손에 있는 조그만 봉투로 모였다. 형식은 그 봉투 속에 무슨 무거운 것이 있음을 보고, 봉투를 거꾸로 들어 자기 무릎 위에 쏟았다. 빨간 명주 헝겊으로 싼 길쭉한 것이 나온다.

형식은 실로 묶은 것을 끊고 그 명주 헝겊을 풀었다. 명주 헝겊 속에서 여러 해 묵은 듯한 장지 뭉텅이가 나온다.

형식은 그 뭉텅이를 들고 무엇을 잠깐 생각하는 듯하더니, 다시 그 장지 뭉텅이를 폈다. 형식은「응!」하고 놀라는 소리를 발한다. 우선과 노파의 눈은 그 뭉텅이로부터 형식의 얼굴로 옮았다. 그리고 형식의 뚝 부릅뜬 눈에는 새 눈물이 고임을 보았다.

우선과 노파의 눈은 다시 형식의 떨리는 손에 든 장지 조각으로 옮았다. 그 장지 조각에는 ㄱ, ㄴ, ㄷ과 가, 나, 다를 썼다. 아이들이 처음 언문을 배울 때에 써 가지는 것이었다. 그 글씨는 어리었다. 형식은 체면도 보지 아니하고 그 장지 조각에 이마를 비비며 소리를 내어 운다.

우선과 노파는 웬일인지 모르고 형식의 들먹들먹하는 등만 본다. 형식은 안타까운 듯이 그 종이에다 얼굴을 비비며 더욱 우는 소리를 높인다. 우선도 눈에 새로 눈물이 돌면서도「형식은 어린애로다」하였다.

형식은 십여년 전 생각을 한다. 형식이 처음 박 진사의 집에 갔을 때에는 영채의 나이 여덟 살이었었다. 그때에 영채는 천자문과 동몽선습(童蒙先習)과 계몽편(啓蒙篇)과 무제시(無題詩)를 읽었었다. 그러나 아직도 국문을 배우지 못하였었다. 한번은 박 진사가「국문을 배워야지」하면서 좋은 장지에 가나다를 써 주었다.

그러나 어린 영채는 밖에 가지고 나가 놀다가 어디서 그 종이를 잃어버렸다. 이에 영채는 아버지의 꾸중이 두려워 눈에 눈물이 그렁그렁하여서 그때 열세 살 된 형식에게 몰래 청하였다.

그때에는 아직 형식과 영채가 말을 하지 아니하던 때라, 영채는 부끄러운 듯이 반쯤 외면하고 주먹으로 눈물을 씻으면서,

「저, 언문 써 주셔요」

하였다.

이 말을 할 때에 영채의 얼굴과 태도는 형식의 눈에 더할 수 없이 아름다웠다.「참 어여쁜 계집애로다」하고 형식도 부끄러운 생각이 나면서,

「네, 내일 아침에 써 드리지요」

하고 오리나 되는 종이 장수 집에 몸소 가서 장지를 사다가(이 종이가 그 종이다) 있는 정성을 다 들이고, 있는 힘을 다하여 넉 장이나 써 버리고야 이것을 썼다.

그것을 써서 책 사이에 끼워 두고「어서 아침이 왔으면」하고 잠을 이루지 못하였다.「저, 언문 써 주셔요」하고 모로 서서 주먹으로 눈물을 씻는 영채의 모양이 열세 살 되던 형식의 가슴속에 깊이깊이 박혔었다.

그 이튿날 아침에 형식은 더욱 양치와 세수를 잘하고 두루마기를 바르게 입고 그 종이(이 종이로다)를 접어 품에 품고 대문에 서서 영채가 나오기를 기다리던 생각은 마치 사랑하는 남자가 사람 없는 곳에서 그 사랑하는 처녀를 기다리는 생각과 같았다.

이윽고 영채도 누가 보기를 꺼리는 듯이 사방을 돌아보며 가만가만 나오다가 형식의 곁에 와서는 너무 기쁜 듯이 얼굴이 발개지며 형식의 허리를 꼭 끌어안았다. 형식은 자기의 가슴에 치는 영채의 머리를 살짝 만졌다. 지금 세수를 하였는지 머리에는 물이 묻었었다. 그리고는 품속에서 그 종이(이 종이로다)를 내어 영채에게 주었다. 그 종이는 형식의 가슴의 체온으로

160

따뜻하였다. 영채도 그 종이의 따뜻함을 깨달았는지 한 걸음 물러서서 가만히 형식의 눈을 보더니 낯이 발개지며 뛰어들어갔다.

「이것이 그 종이로다!」 하고 형식은 고개를 들어 다시금 그 종이와 글자를 보았다. 그 글자가 제가끔 지나간 이야기를 하는 듯이 안주에서 지내던 일과, 자기의 그후에 지내던 일과, 영채의 이야기와 편지와 자기의 상상으로 본 영채의 일생이 번개 모양으로 형식의 머리로 지나간다.

형식은 한 번 더 입술을 물며——이것은 부지불식간에 영채에게 배운 것—— 그 종이를 끝까지 폈다. 그 끝에는 새로 쓴 글씨로,

「이것이 이 몸이 평생에 지니고 있던 선생의 기념이로소이다.」

하였다.

우선과 노파도 이 글을 보고 형식의 우는 뜻을 대강 짐작하였다. 그리고 우선은 그 종이를 형식의 손에서 당기어 한 번 더 보았다. 노파도 우선과 함께 그 종이를 보았다. 형식은 다시 무릎 위에 있는 종이 뭉텅이를 풀었다. 그 속에서는 황옥지환(黃玉指環) 한 짝과, 조그마한 칼 하나이 나온다. 그 칼날이 번쩍할 때에 세 사람의 가슴은 뜨끔하였다.

노파는 속으로 「저것이 이태 전에 김 윤수의 아들 앞에서 뽑던 칼이로구나」 하였다. 형식은 그 칼을 집어 안과 밖을 보았다. 안 옆에 행서(行書)로, 일편심(一片心)이라고 새겼다.

형식과 우선도 대개는 그 칼의 뜻을 짐작하였다.

형식은 다시 그 지환을 집었다. 노파는 「어째 한 짝만 있는고」 하였다. 형식은 그 지환에 아무것도 쓰지 아니하였음을 보고 지환을 쌌던 종이를 집었다. 그 종이에는 잘게 쓴 글씨로,

「이것은 평양 기생 계 월화의 지환이로소이다. 계 월화가 어떤 사람인가를 알으시려거든 아무러한 평양 사람에게나 물으소서. 월화가 이 몸에게 이 지환을 준 뜻은 썩어진 세상에 물들지 말라는 뜻이로소이다. 이 몸은 이제 힘껏 지환을 대동강에서 원혼이 된 월화에게 돌려보내려니와 이 한 짝을 선생께 드림이 또한 무슨 뜻이 있는가 하나이다.」

하고 아까 편지의 모양으로 연월일시 죄인 박 영채 읍혈백배(年月日時 罪人 朴英采 泣血百拜)라 하였다.

세 사람은 말이 없이 고개를 숙였다. 그리고 제각금 제 생각을 하였다. 한참이나 이러하다가 노파가 숨이 차서,

「여봅시오, 이 일을 어찌해요?」

하고 형식과 우선의 눈을 번갈아 본다.

노파의 일생에 남의 일을 위하여 이처럼 진정으로 슬퍼하고 걱정하고 마음이 괴로워하기는 처음이다. 노파는 어젯저녁에 진정으로 영채를 안고 울던 생각을 하였다. 그때에 영채가 생각하던 바와 같이 노파가 진정으로 남을 위하여 눈물을 흘린 것은 그때가 처음이었었다.

영채의 입술에서 흐르는 피가 따끈따끈하게 노파의 손등에 떨어질 때에, 또 영채가 「남들이 다 내 살을 뜯어먹으니 나도 내 살을 뜯어먹으렵니다」 하고 피 나는 입술을 더욱 꼭꼭 물어뜯을 때에 노파의 마음은 진실로 거북하였었다.

그때에 노파가 영채의 뺨에다 자기의 뺨을 대고 엉엉 소리를 내어 울 때에는 노파의 마음은 진실로 참사람의 마음이었다. 그때에 노파가 마음속으로 영채를 향하여 합장 재배할 때에 노파의 영혼은 더러운 죄 껍질을 벗어 버리고 하느님이나 부처의 맑은 모양을 분명히 보았다.

그리고 자기가 이백 원에 사서 돈벌이하는 기계로 부리던 월향이라는 기생의 속에는 자기가 절하고 우러러볼 만한 무엇이 있음을 보았다. 그리고 명일부터는 영채를 자유의 몸을 만들고 자기도 새로운 사람이 되어서 영채와 자기와 정다운 모녀가 되어 서로 안고 서로 위로하며 즐겁게 깨끗하게 세상을 보내리라 하였다.

그리고 자리에 돌아와 벌써 코를 고는 영감쟁이를 볼 때에 「에그 더러운 짐승」 하고 옷을 입은 대로 윗목에서 혼자 누워 잤다. 그때에 「에그, 더러운 짐승」이라 함은 다만 영감쟁이의 몸뚱이가 더럽다는 뜻은 아니었다. 지금 영채의 영혼과 자기의 영혼과 하느님과 부처를 본 눈으로 영감쟁이의 때문은 사람을 볼 때에 자연히 구역이 난 것이다.

마치 더러운 집에서 생장한 사람이, 자기의 집이 더러운 줄을 모르다가도 한번 깨끗한 집을 본 뒤에는 자기의 집이 더러운 줄을 깨닫는 모양으로, 노파는 일생에 깨끗한 영혼과 참사람을 보지 못하다가 따끈따끈한 영채의

피에 오십여 년 죄악에 묻혀 자던 깨끗한 영혼이 깜짝 놀라 눈을 떠서, 백설과 같고 수정과 같은 영채의 영혼을 보고, 그를 보던 눈으로 자기의 영혼을 본 것이다.

그러다가 영감쟁이의 사람을 보니 비로소 더러운 줄을 깨달은 것이다. 그러나 아침에 영채가 분을 바르고 향수를 뿌리고 방글방글 웃으며 들어오는 양을 보매 노파의 영혼의 눈은 다시 감기어, 어젯저녁에 보던 영채의「속사람」을 보지 못하고 다만 영채의 육체만 보았을 뿐이다. 그때에 어젯저녁의 기억은 마치 수십 년 전에 지나간 일과 같았다.

그러므로 영채가「생각하여 보니까 우스운 일이야요」할 때에 노파는 옳다구나 하고「잘 생각하였다. 과연 그러하니라」하고 다시 영채를 돈벌이하는 기계로 삼으려 하는 욕심이 났다.

그래서 영채를 평양에 보낸 후로부터 지금 영채의 편지를 볼 때까지 노파는 영채로 하여금 밤에 손을 보게 할 생각과, 김 현수에게 이천 원에 팔아먹을 생각만 하였었다.

그러나 영채의 편지를 보매 갑자기 그러한 생각이 스러지고 칼과, 지환과, 형식의 눈물을 볼 때에 어젯저녁에 떴던 노파의 영혼의 눈이 뜨였다.

노파는 오늘 아침 영채에게「잘 생각하였다. 과연 그러하니라」하던 것을 생각하매, 일변 부끄럽기도 하고 일변 영채의 속사람에 대하여 죄송하기도 하였다. 마치 눈앞에 영채가 보이며「흥, 잘 생각하였다!」하고 노파의 하던 말을 조롱하는 듯도 하다.

노파의 눈에는 늠실늠실하는 대동강이 보인다. 영채가 어떤 조그마한 바윗등에 서서 눈물을 흘리며 두 손에 치맛자락을 들고 물속에 뛰어들려 한다. 그 뒤에 자기가「월향아, 월향아, 내가 잘못하였다. 내가 죽일 년이다」하고 뒤로 뛰어들어가 월향을 붙들려 한다. 그러나 월향은 고개를 돌려 씩 웃고「흥, 틀렸소. 내 몸은 더러웠소!」하면서 그만 물 속에 들어가고 만다. 자기는 그 바윗등에서 발을 동동 구르며「월향아, 내가 잘못하였구나! 네 몸을 더럽히게 한 것이 내로구나. 월향아, 용서하여라」하는 듯하다.

그리고 어저께「할 수 없소. 죽으려니까」하고 실망하는 김 현수더러 「여봅시오, 남자가 그렇게 기운이 없소? 한 번 이러면 그만이지!」하고 눈을 찡긋하여 김 현수에게 월향을 강간하기를 권하던 생각이 난다.

옳다, 그렇다, 월향의 정절을 깨뜨린 것은 내로구나, 월향을 죽인 것은 내로구나, 하고 가슴이 타는 듯하여 입으로 숨을 쉬면서 또 한번,

「아이구, 이 일을 어쩌면 좋아요?」

하고 안타까운 듯이 두 무릎으로 방바닥을 탁탁 친다.

형식은 지금껏 이 비극을 일으킨 것이 다 저 뚱뚱한 더러운 노파라 하여 가슴이 아프고 원망이 깊을수록, 지극히 미워하는 눈으로 노파를 흘겨보더니, 노파가 심하게 고민하는 양을 보고 「네 속에 졸던 영혼이 깨었구나」 하면서 예수와 함께 십자가에 달리던 도적을 생각하였다.

그리고 저 노파도 역시 사람이라, 나와 같은 영채와 같은 사람이라 하는 생각이 나서 노파의 괴로워하는 모양이 불쌍히 보인다. 그러나 형식은, 노파가 아까 자기더러 「나는 누구신 줄도 모르고」 하던 것을 생각하니 금시에 동정하는 마음이 스러지고 아까보다 더 한층 싫고 미운 생각이 난다. 그래서 형식은 한번 더 노파를 흘겨보았다. 노파는 형식의 흘겨보는 눈을 보고 또,

「아이구, 이 일을 어째요」

하고 무릎으로 방바닥을 친다. 우선은 묵묵히 앉았더니 형식더러,

「여보, 얼른 평양경찰서에 전보를 놓고 밤차로 노형이 평양으로 가시오!」

한다.

우선은 속으로 영채의 이번 행위는 마땅하다 하였다. 정조가 여자의 생명이니 정조가 깨어지면 몸을 죽이는 것이 마땅하다. 그러므로 여자 된 영채가 어젯저녁 청량사 사건에 대하여 잡을 길은 이 길밖에는 없다 하였다. 그리고 영채는 과연 옳은 여자로다 하고 존경하는 마음이 생기고 자기가 여태껏 영채를 유혹하던 것이 부끄럽다고 생각하였다. 그러나 자기의 사상에는 모순이 있는 줄을 우선은 모른다.

영채가 기생 월향일 때에는 기생이니까 정절을 깨뜨려도 상관이 없고, 월향이가 영채가 된 뒤에는 기생이 아니니까 정절을 지킴이 마땅하다— — 이것이 분명한 모순이언마는 우선은 그런 줄을 모른다.

우선의 생각을 넓히면 「열녀는 열녀니까 정절을 깨뜨림이 죄어니와, 열녀 아닌 여자는 열녀가 아니니까 정절을 깨뜨려도 죄가 아니다」 함과 같다.

그러면 이는 선후를 전도(顚倒)함이니, 열녀이니까 정절을 지키는 것이 아니라 정절을 지키니까 열녀어늘, 우선의 생각에는 열녀면 정절을 지킬 것이로되, 열녀가 아니면 정절을 지키지 아니하여도 좋다 함이다.

그러므로 우선은 영채가 열녀인 줄을 모를 때에는 정절을 깨뜨려 주려 하다가 열녀인 줄을 안 뒤에는 영채의 정절을 깨뜨리려 한 것을 후회하고 부끄러워함이다. 아무러나 우선은 영채의 이번 행위가 가장 좋은 행위라 한다. 그러나 형식은 이 일에 대하여 우선의 생각하는 바와는 다르게 생각한다. 형식도 영채가 그처럼 정절이 굳은 것을 감탄은 한다. 죽으려고까지 하는 깨끗하고 거룩한 정신을 보고 존경도 한다.

그러나 형식의 생각에는 우선과 같이 「영채의 이번 행위가 가장 옳은 일」이라고는 생각하지 아니한다. 사람의 생명은 우주의 생명과 같다. 우주가 만물을 포용(包容)하는 모양으로 인생도 만물을 포용한다. 우주는 결코 태양이나 북극만으로 그 내용을 삼지 아니하고, 만천(滿天)의 모든 성신(星辰)과 만지(萬地)의 모든 만물로 다 그 내용을 삼는다.

그러므로 창궁(蒼穹)의 극히 조그마한 별도 우주의 전생명의 일부분이요, 내지(乃至) 지상의 극히 미세한 풀잎 하나, 티끌 하나도 모두 우주의 전생명의 일부분이다.

태양이 지구보다 위대하니, 태양이 우주의 생명에 대한 관계가 지구의 그것보다 크다고는 할지나, 그렇다고 태양만이 우주의 생명이요, 지구는 우주의 생명에 관계가 전무하다고는 못할 것이다.

또 태양계에 있어서는 태양이 중심이로되, 무궁대(無窮大)한 전우주에 대하여는 태양 그 물건도 한 티끌에 지나지 못하는 것이다.

이와 같이 사람의 생명도 결코 일의무(一義務)나 일도덕률(一道德律)을 위하여 존재(存在)하는 것이 아니요, 인생의 만반(萬般) 의무와 우주에 대한 만반 의무를 위하여 존재하는 것이다. 그러므로 충이나, 효나, 정절이나, 명예가 사람의 생명의 중심은 아니니, 대개 사람의 생명에서 생명이 충이나 효에 있음이 아니요, 충이나 효가 사람의 생명에서 나옴이다.

사람의 생명은 결코 충이나 효의 하나에 붙인 것이 아니요, 실로 사람의 생이 북극성이나 백랑성(白狼星)이나 태양에 있음이 아니요, 실로 대우주의

생명이 북극성과 백랑성과 태양과 기타 큰 별, 잔 별과 지상의 모든 미물
까지도 포용함과 같다.

　사람의 생명의 발현(發現)은 다종다양(多種多樣)하니, 혹 충도 되고 효도
되고 정절도 되고, 기타 무수무한(無數無限)한 인사현상(人事現象)이 되는
것이다. 그중에 무론 민족을 따라, 혹은 국정(國情)을 따르고, 혹은 시대를
따라 필요성이 무수무궁한 인사현상 중에서 특종한 것 한 개나 또는 수
개를 취하여 만반 인사 행위의 중심을 삼으니 차(此) 소위(所謂) 도(道)요,
덕(德)이요, 법(法)이요, 율(律)이다.

　무릇 사회적 생활을 완성하려면 그 사회의 각원(各員)이 그 사회의 도덕
법률을 권권복응(卷卷服膺)함이 마땅하되 그러나 결코 이는 생명의 전체는
아니니, 생명은 하여(何如)한 도덕 법률보다도 위대한 것이다.

　그러므로 생명은 절대요, 도덕 법률은 상대니, 생명은 무수히 현시(現時)의
그것과 상이한 도덕과 법률을 조출(造出)할 수 있는 것이다. 이것이 형식이가
배워 얻은 인생관이다.

　그러므로 영채가 정절이 깨어짐에 의하여 목숨을 버리려 함은 효와 정
절이라는 일도덕률을 인생인 여자의 생명(life)의 전체로 오인(誤認)한
것이라 하였다. 효와 정절이 현시에 있어서는 여자의 중심되는 덕이다. 그렇다
하더라도 그는 여자인 인생의 생명의 소산이요, 일부분이라 하였다.

　영채는 과연 부모에게 대하여 효하지 못하였다. 지아비에게 대하여 정(貞)
하지 못하였다. 그러나 그도 자기의 의지로 그러한 것이 아니요, 무정한
사회가 연약한 그로 하여금 그리하지 아니하지 못하게 한 것이다.

　설혹 영채가 자기의 의지로 효와 정에 대하여 생명의 의무를 다하지
못하였다 하자. 그렇다 가정하더라도 영채는 생명을 끊을 이유가 없다.

　효와 정은 영채의 생명의 의무 중의 둘이니, 설혹 중요하다 하더라도
부분은 전체보다 작으니, 이 두 의무는 실패하였다 하더라도 아직도 영채의
생명에는 백천무수(百千無數)의 의무가 있다.

　그의 생명에는 아직도 충도 있고, 세계에 대한 의무도 있고, 동물에 대한
의무도 있고, 산천이나 성신에 대한 의무도 있고, 하느님이나 부처에 대한
의무도 있다.

166

이렇게 무수한 의무를 가진 귀중한 생명을 다만 두 가지(비록 중하다 하더라도, 또 부득이한 것인데)를 위하여 끊으려 하는 영채의 행위는 결코 「옳다」고는 할 수가 없다. 그러나 순결하고 열렬한 사람이 자기의 중심적 의무를 생명으로 삼음은 또한 인생의 자랑이라 하였다.

형식은 이론으로는 영채의 행위를 그르다 하면서도 정으로는 영채를 위하여 울지 아니하지 못하였다. 그러나 형식은 영채를 「낡은 여자」라 하고, 다시 형용사를 붙여서 「순결, 열렬한 구식 여자」라 하였다. 그러나 우선은 이번 영채의 행위는 절대적으로 선(善)하다 한다. 하나는 영문식(英文式)이요, 하나는 한문식(漢文式)이다.

형식은 노파와 함께 남대문역에서 기차를 탔다. 형식은 어느덧 잠깐 잠이 들었다가 번쩍 눈을 뜨니, 승객들은 혹은 창에 기대어, 혹은 팔을 베고, 혹은 고개를 잦히고 곤하게 잠이 들었다. 서넛쯤 저편 걸상에 어떤 인부 패장 같은 사람이 혼자 깨어서 눈을 번뜻번뜻하면서 담배를 피운다. 어느덧 차창에는 새벽빛이 비치었다.

형식은 맞은편 걸상에서 입으로 침을 흘리며 자는 노파를 보았다. 그리고 「더러운 계집」 하고 얼굴을 찡그렸다.

형식은 노파의 일생을 생각하여 보았다. 본래 천한 집에 생장하여 좋은 일이나 좋은 말은 구경도 못하다가 몸이 팔려 기생이 되매, 평생에 만나는 사람이 짐승 같은 오입쟁이가 아니면 짐승 같은 기생들뿐이요, 평생에 듣는 말과 하는 말은 전혀 음란한 소리와 더러운 소리뿐이다.

만일 글을 알아서 옛사람의 어진 말이나 들었더면 조금은 「사람」이라는 생각이 났으련마는, 노파의 얼굴을 보니, 원래 천질이 둔탁한데다가 심술과 욕심과 변덕이 많을 듯하고 또 까만 눈썹이 길게 눈을 덮은 것을 보니 천생 음란한 계집이다.

이러한 계집은 어려서부터 가르치고 가르치더라도 악인이 되기 쉬우려든, 하물며 평생을 더러운 죄악 세상에서 지냈으므로 「짐승 같은 마음」은 자랄 대로 자라고 「사람스러운 마음」은 눈을 뜰 기회가 없었다. 그는 일찍 선이란 말이나 덕이란 말을 들어 본 적이 없었고, 선한 사람이나 덕 있는 사람을 접하여 본 적이 없었다.

그러므로 노파의 생각에, 세상은 다 자기네 사회와 같고 사람은 다 자기와 같다 하였다. 그러므로 자기는 결코 남보다 더 악한 사람이라고도 생각지 아니하였고, 하물며 남보다 더 못생긴 사람이라고도 생각하지 아니하였다. 차라리 그도 이따금 남의 일을 보고 「저런 악한 사람이 있는가」 하기도 하였다. 아니……하기도 하였을 뿐더러 항용 선하노라 자신하는 세상 사람과 다름이 없었다.

그러므로 저 노파는 「참사람」이라는 것을 볼 기회가 없었고, 또 보려 하는 생각도 없었고, 따라서 참사람이 되려는 생각을 하여 본 적도 없었다. 자기는 자기가 참사람이어니 하였다. 그러므로 칠 년 동안이나 아침저녁 참사람인 영채를 보면서도, 다만 월향이라는 살과 뼈로 생긴 기생을 보았을 뿐이요, 그 속에 있는 영채라는 참사람을 보지 못하였었다.

그러므로 영채가 정절을 지키려 할 때에 노파는 도리어 영채를 미련하다 하고 철이 없다 하고 고집불통이라 하였다.

노파가 보기에 기생이란 마땅히 아무러한 남자에게나 몸을 허하는 것이 선한 일이었다. 그러므로 이 선을 깨뜨리고 정절을 지키려 하는 영채는 노파가 보기에는 악이었다.

이렇게 생각하고 형식은 다시 노파의 얼굴을 보았다. 이때에는 노파에게 대한 밉고 더러운 생각이 스러지고 도리어 불쌍한 생각이 난다.

형식은 생각하였다. 자기도 그 노파와 같은 경우에 있었더면 그 노파와 같이 되었을 것이요, 그 노파도 자기와 같이 십오륙 년간 교육을 받았으면 자기와 같이 되리라 하였다. 그리고 차 실내에 곤하게 잠든 여러 사람을 보았다. 그중에는 노동자도 있고 신사도 있고, 욕심꾸러기 같은 사람도 있고, 흉악한 듯한 사람도 있다.

또 그중에는 조선 사람도 있고 일본 사람도 중국 사람도 있다. 그들이 만일 깨어 앉아 서로 마주본다 하면 혹 남을 멸시할 자도 있을지요, 혹 남을 부러워할 자도 있을지요, 혹 저놈은 악한 놈이요, 저놈은 무식한 놈이요, 저놈은 무례한 놈이라 하기도 할지나, 만일 그네를 어려서부터 같은 경우에 두어 같은 교육과 같은 감화와 같은 행복을 누리게 하면, 혹 선천적인 유전의 차이는 있다 할지라도 대개는 비슷비슷한 선량한 사람이 되리라 하였다.

그리고 또 한번 자는 노파의 얼굴을 보았다. 이때에는 노파가 정다운 듯한 생각이 난다. 저도 역시 사람이리라. 나와 같은, 영채와 같은 사람이로다 하였다.

그리고 엊그제 김 장로의 집에서, 십자가에 달린 예수의 화상을 보고 상상하던 생각이 난다.

다 같은 사람으로서 혹은 춘향이 되고, 혹은 이 도령이 되고, 혹은 춘향모도 되고, 혹은 남원 부사도 되어 혹은 사랑하고, 혹은 미워하고, 혹은 때리고, 혹은 맞고, 혹은 양반이 되고, 선인이 되고, 혹은 상놈이 되고, 악인이 된다 하더라도 원래는 다 같은 「사람」이라 하였다.

그리고 노파의 얼굴을 보니 마치 어머니나 누이를 대하는 듯 사랑스러운 생각이 난다. 노파가 영채의 죽으려는 결심을 보고 일생에 처음 「참사람」을 발견하고, 영혼이 깨어 일생에 처음 진정한 눈물을 흘리면서 영채를 구원할 양으로 멀리 평양에까지 내려오는 것이 기쁘기도 하고 고맙기도 하였다.

형식은 노파에게 대하여 정다운 마음을 이기지 못하여 담요 끝으로 노파의 배를 가리어 주었다. 형식은 여기가 어딘가 하고 차창으로 내다보았다. 이윽고 고동 소리가 들리자, 차가 어떤 다리를 건너는 소리가 난다.

형식의 머리속에는 「대동강」 하는 생각이 번개같이 지나간다. 아아, 영채는 어찌 되었는가. 이미 대동강의 푸른 물결에 몸을 잠갔는가. 또는 경찰의 손에 붙들려 지금 어느 경찰서 구류간에서 눈물을 흘리고 지내는가.

형식은 가만히 노파의 어깨를 흔들면서,

「여봅시오, 여봅시오! 대동강이외다.」

하였다.

형식이가 이렇게 노파에게 정답게 말한 것은 이번이 처음이었다.

어제 노파의 집에서 「괘씸한 계집」 하고 생각한 이래로 칠팔 시간이나 마주앉아 오면서도 밉고 더러운 생각에 아무 말도 아니하였었다.

노파는 번쩍 눈을 뜨고 일어나며,

「에! 대동강!」

하고 차창을 내다본다.

어스름한 새벽빛에 대동강 물은 소리없이 흐르고 기차는 평양역을 향하여 길게 고동을 튼다.

형식과 노파의 머리에는 영채의 생각이 있다.

형식은 차창을 열고 멀리 능라도 편을 바라보았다. 새벽 어스름에 아무것도 똑똑히 보이지는 아니하나, 평양 경치를 여러 번 본 형식의 눈에는 「저것이 능라도, 저것이 모란봉, 저기가 청류벽」 하고 어렴풋하게 마음으로 지정하였다.

형식은 어저께 보던 영채의 편지를 생각하였다. 「이 몸을 대동강의 푸른 물에 던져……」 하고 형식은 한숨을 쉬었다. 그리고 저 컴컴한 능라도 근방에 영채의 모양이 눈에 번쩍 보이는 듯하다. 「양양한 물결로 하여금 이 몸의 더러움을 씻게 하고, 무정한 어별로 하여금 이 죄 많은 살을 뜯게 하려 하나이다」

형식은 영채의 시체가 바로 철교 밑으로 흘러내려오는 듯하여 얼른 창밖에 머리를 내어밀어 물을 내려다보았다. 철교의 기둥에 마주쳐 둥그스름하게 물결이 지는 것이 보인다.

형식은 목에 무엇이 떨어짐을 깨달았다. 형식은 고개를 들어 하늘을 보았다. 하늘에는 컴컴한 구름이 움쩍도 아니하고 무겁게 덮여 있고 가는 안개비가 내리며 이따금 조금 굵은 빗방울이 떨어진다.

서늘한 바람이 지나가며, 형식의 길게 가른 머리카락을 펄펄 날린다.

형식은 무슨 무서운 것을 본 듯이 고개를 흠칫하고 차창에서 끌어들였다. 「만일 대동강 상에서 선생의 소매를 적시는 궂은비를 보시거든 죄 많은 박 영채의 눈물인 줄 알으소서……」 하던 영채의 편지의 일절이 번쩍 눈에 보인다.

형식은 곁에 놓인 가방에서 그 편지와 국문 쓴 종이와 칼과 지환을 싼 뭉텅이를 내었다. 내어서 보려 하다가 다시 가방에 집어넣었다. 차는 철교를 지났다. 좌우편에는 길게 늘어선 빈 화차와 조그만 파수막들이 보인다.

노파는 멍하니 차창으로 내다보던 눈으로 형식을 보며,

「어떻게 되었을까요?」

한다. 그 눈과 얼굴에는 아직도 진정으로 걱정하는 빛이 보인다. 형식은 노파의 눈 뜬 영혼이 아직도 깨어 있구나 하였다.

노파는 아까 무서운 꿈을 꾸었다. 꿈에 자기가 차를 타고 평양으로 내려오는데, 차가 대동강 철교 위에 다다랐을 때에 철교가 뚝 부러져 자기의 탔던 차가 대동강 물 속에 푹 잠겼다. 노파는「사람 살려요!」하고 울면서 겨우 하여 물 위에 떠올랐다. 그러나 장마 때가 되어 흙물 같은 커다란 물결이 노파의 머리를 여러 번 덮었다. 노파는「아이구, 죽겠구나」하고 엉엉 울면서 물에 떴다 잠겼다 하였다. 이때에 노파의 눈앞에는 하얀 옷을 입은 영채가 우뚝 나섰다.

영채는 어제 아침에 자기의 방에 와서 하던 모양으로 방글방글 웃으며「생각하여 보니깐 우스운 일이야요」한다. 노파는 팔을 내밀고「내가 잘못하였다. 용서하여라. 내 팔을 잡아당겨 다고」하였다. 그러나 영채는 노파의 팔을 잡으려 아니하고 갑자기 얼굴이 새파랗게 변하며 하얀 이빨로 입술을 꼭 깨물어 새빨간 피를 노파의 얼굴에 뿌렸다.

노파는 이마와 뺨에 마치 끓는 물과 같이 뜨거운 핏방울이 뛰어옴을 깨달았다. 노파는「영채야, 나를 살려 다고」하면서 물속에서 허우적거리다가 잠을 깨었다. 노파는 잠이 깨자 곧 대동강을 내려다보았다.

그러나 일기가 오랫동안 가물었으므로 대동강 물은 꿈에 보던 것과 같지는 아니하였다.

그러나 꿈과 같이 이 철교가 떨어지지나 아니할까 하고 열차가 철교를 다 지나도록 무서운 마음에 치를 떨다가 열차가 아주 육지에 나설 때에 비로소 마음을 놓고 한숨을 후우 쉬며 형식에게,

「어떻게 되었을까요?」

하고 영채의 일을 물었다. 형식은 웃으며,

「어저께 전보를 놓았으니까 아마 경찰서에 가 있겠지요」

하고 말소리와 태도로「걱정 없지요」하는 뜻을 표하였다.

노파는 형식의 말에 얼마큼 안심하였다. 그러나 아직 전보의 힘과 경찰서의 힘을 이용하여 본 일이 없는 노파에게는 형식의 말에 아주 안심하기는 어려웠다. 노파도 전보가 기차보다 빨리 가는 줄을 알건마는 하고많은 사람에 어느 것이 영채인 줄을 어떻게 알리요 한다.

더구나 노파는 일생을 기생계에서 지냄으로 경찰이란 자기를 미워하는

데요, 성가스럽게 구는 데로만 생각한다. 그리고 영채가 아마 경찰서에 있으리라는 형식의 말을 듣고, 자기가 일찍 평양서 밀매음 사건에 관하여 이삼일 경찰서 구류간에서 떨던 생각을 하였다. 「그러나 지금은 여름이니까」하고, 영채는 경찰서에서 지난밤을 지냈더라도 자기와 같이 떨지는 아니하였으리라 하고 얼마큼 안심을 하였다.

두 사람이 탄 열차는 평양역에 도착하였다. 「헤이죠오(평양)」하는 역부의 외치는 소리와 딸각딸각하는 나막신 소리가 차가 다 서기도 전부터 들린다.

아까부터 짐을 묶고 옷을 입던 사람들은, 혹은 제가 먼저 내릴 양으로 남을 떠밀치고 나가기도 하고, 혹은 가장 점잖은 듯이 빙그레 웃으며 일부러 남들이 먼저 나가기를 기다리기도 한다.

형식과 뚱뚱한 노파도 플랫폼에 내렸다. 어느 군대의 어른이 가는지 젊은 사관들이 일등실 곁에 서서 여러 번 모자에 손을 대며 허리를 굽힌다. 뚱뚱한 서양 사람 두엇이 바지에 두 손을 찌르고 주위의 사람들은 눈도 떠보지 아니하면서 뚜벅뚜벅 왔다갔다한다.

어떤 일본 부인이 차를 아니 놓칠 양으로 커다란 보퉁이를 들고 통통통 뛰어들어온다.

북으로 더 갈 승객들은 세수도 아니한 얼굴에 맨 머릿바람으로 우두커니 나와 서서 아는 사람이나 찾는 듯이 입구를 바라보고 섰다.

개찰인은 빈 가위를 떼걱떼걱하고 섰다.

형식과 노파는 출구를 나섰다. 지켜 섰던 순사가 힐끗 두 사람의 뒤를 본다. 형식과 노파는 인력거에 올랐다. 두 인력거는 여러 인력거와 앞서거니 뒤서거니 뾰족한 비를 지나서 아직 전등이 반짝반짝하는 평양 시가로 들어간다. 안개비는 여전히 부슬부슬 온다.

형식은 인력거 위에서 자기가 첫번에 평양에 오던 생각을 하였다. 머리는 아직 깎지 아니하여 부모상으로 흰 댕기를 들이고, 감발을 하고, 어느 봄날 아침에 칠성문으로 들어왔다. 칠성문 안에서 평양 시가를 내려다보고 「크기는 크구나」하였다.

그때에 형식은 열한 살이었다. 그러나 평양이란 이름과 평양이 좋다는 말을 들었을 뿐이요, 평양이 어떠한 도회인지, 평양에 모란봉 청류벽이 있는지

172

없는지도 몰랐다. 형식은 그때에 사서와 사략과 소학을 읽었었다. 그러나 그때에는 학교라는 것도 없었으므로 조선 지리나 조선 역사를 읽어 본 적이 없었다.

형식은 생각하였다. 문명한 나라 아이들 같으면 평양의 역사와 명소와 인구와 산물도 알았으리라.

그때에 형식은 대동문 거리에서 처음 일본 상점을 보았다. 그리고 그 유리창이 큰 것과 그 사람들의 옷이 이상한 것을 보고 재미있다 하였다. 형식은 갑진년에 들어오던 일본 병정을 보고 일본 사람들은 다 저렇게 검은 옷을 입고, 빨간 줄 두른 모자를 쓰고 칼을 찼거니 하였었다.

그래서 대동문 거리로 오르내리며 기웃기웃 일본 상점을 보았다. 어떤 상점에는 성냥과 석유 상자가 놓였다. 형식은 아직도 그렇게 많은 성냥을 보지 못하였었다. 그래서 「옳지, 성냥은 다 여기서 만드는구나」 하고 고개를 까딱까딱하였다. 또 일본 사람들이 마주앉아서 이야기하고 웃는 것을 보고 「어떻게 서로 말을 알아듣는가」 하고 이상히 여겼다. 형식의 귀에는 모든 말이 다 같은 소리와 같이 들렸다.

더욱 형식의 눈에 재미있게 보이는 것은 일본 부인의 머리와 등에 매어달린 허리띠였었다. 형식은 저기다가 무엇을 넣고 다니는고 하였다. 이 의문은 오래도록 풀지 못하였다.

또 형식은 대동문 밖에 나서서 대동강을 보았다. 청천강보다 좀 클까 하였다. 그리고 화륜선을 보았다. 시꺼먼 굴뚝으로 시꺼먼 연기를 피우고 삥하고 이상한 소리를 내면서 돛도 아니 달고 다니는 화륜선은 참 이상도 하다 하였다. 그 화륜선 위에 사람들이 왔다갔다하는 것을 보고 「나도 한번 저기 타 보았으면」 하였다.

형식은 「물지게가 많기도 많나」 하였다. 형식의 생상한 촌중에는 그 앞에 술도 하고, 겨울에 국수도 누르는 주막에 물지게가 있었을 뿐이었다. 그래서 물지게란 주막에 있는 것이어니 하였다. 그러므로 형식은 대동문으로 수없이 많이 들었다나갔다하는 물지게를 보고 「평양에는 주막도 많다」 하였다. 그리고 평양감사라는데 평양감사가 어디 있는고 하고 한참이나 평양감사의 집을 찾다가 말았다.

이런 생각을 하고 형식은 호로 구멍으로 거리를 내다보며 혼자 씽긋 웃었다. 전차가 사람을 가득히 싣고 요란한 소리를 내며 형식의 인력거 곁으로 지나간다.

형식은 또 생각을 잇는다. 그날 종일 평양 구경을 하다가 관 앞 어떤 객주에 들었다. 탕건 쓴 주인이,

「너 돈 있니?」

할 때에 형식은「스무 냥이나 있는데」하고 자기의 주머니를 생각하면서,

「돈 없겠소!」

하고「나도 손님인데」하면서 서슴지 아니하고 아랫목에 내려가 앉던 것을 생각하였다. 그 이튿날이 평양장이라 하여 감발한 황화(荒貨)장사들이 십여 인이나 형식의 주막에 들었다.

형식은 얼마큼 무서운 생각이 있으면서도 아주 태연한 듯이 벽에 바른 종이의 글을 읽었다. 그러나 밤에 자려 할 때에 같이 있던 이삼 인이 서로 다투어 형식의 곁에서 자려 하였다. 형식은 무서운 마음이 생겨서 방 한편 구석에 말없이 앉아서 그 사람들의 하는 양을 보았다. 그러나 형식의 손에는 목침이 들렸다.

세 사람은 한참이나 다투더니 그중에 제일 거무튀튀하고 무섭게 생긴 사람이 웃고 형식을 안으며,

「얘 나하고 자자. 돈 주께.」

하고 형식의 목을 쓸어안으며 입을 맞추려 한다.

형식은 울면서 방안에 둘러앉은 십여 명을 보았다. 그러나 모두 벙글벙글 웃을 뿐이요 그중에 한 사람이,

「얘, 나하고 자자.」

하며 자기의 주머니에서 엽전을 한줌 집어낸다.

형식은 반항하였다. 그러나 그 거무튀튀한 사람의 구린내 나는 입이 형식의 입에 닿았다. 형식은 머리로 그 사람의 면상을 깨어져라 하도록 들입다 받고 그 사람이 번쩍 고개를 잦기는 틈을 타서 손에 들었던 목침으로 그 사람의 가슴을 때렸다. 그 사람은 얼른 목침을 피하고 일어나면서 형식의 머리채를 잡아 흔들며 형식의 머리를 벽에 부딪친다.

형식은 이를 갈며 울었다. 이때에 저편 구석에 말없이 앉았던 키 큰 사람이 벌떡 일어나 달려오더니 형식의 머리채를 잡은 사람의 상투를 잡아당기며 주먹으로 귀쌈을 서너 번 때리더니 방바닥에 그 사람을 엎드려 놓고,

「이놈! 이 짐승놈!」

하고 발길로 찬다.

여러 사람은 다 놀래어 일어났다. 그러나 감히 대어드는 자가 없었다.

이러한 생각을 하다가 형식은 문득 영채를 생각하였다. 영채와 자기와는 이상하게 같은 운명을 지내어 오는 듯하다 하였다. 그리고 영채가 더욱 정다워지는 듯함을 깨달았다. 영채는 자기의 아내를 삼아 일생을 서로 사랑하고 지내야 하리라 하였다.

그러나 영채는 살았는가. 살아서 경찰서에 있는가. 또 영채의 편지가 생각나고 아까 대동강을 건너올 때에 생각하던 바를 생각하였다. 그리고 그 편지와 국문 쓴 종이를 넣은 가방이 자기의 무릎 위에 놓인 것을 보았다. 그리고 평양경찰서의 집과 문과 그 속에 앉아서 사무를 보는 사람들을 상상하고 영채가 울면서 혼자 앉았는 방과 자기와 노파가 영채의 방에 들어가는 모양을 상상하였다.

인력거가 우뚝 서고 인력거꾼이 호로를 벗긴다. 형식의 앞에는 회칠한 서양제 집이 있다. 문 위에는 「平壤警察署」(평양경찰서)라고 대자로 새겼다.

형식은 가슴이 설렁거리면서 경찰서 문안에 들어섰다. 사무 보는 책상과 의자가 다 보이고, 저편 유리창 밑에 어떤 흰 정복에 칼도 아니 차고 어깨에 수건을 걸은 순사가 앉아서 신문을 본다.

형식은 아직도 조선 땅에서 경찰서에 와 본 적이 없었다. 일찍 동경에서 어떤 경찰서에 불려가 차를 마시고 담배를 피우면서 서장과 말하여 본 적은 있었으나 인민이 관청에 오는 자격으로 경찰서에 와 본 적은 없었다. 그는 톨스토이의 《부활》을 읽어 아라사 경찰서의 모양을 상상할 뿐이었다. 형식은 얼마큼 불쾌한 생각을 품으면서 모자를 벗고,

「여쭈어 볼 말씀이 있습니다.」

하고 얼굴을 붉혔다.

노파는 형식의 곁에 서서 무서움과 괴로움으로 치를 떤다. 그러나 순사는

그 말을 못 들은 모양. 형식은 좀더 소리를 높여,

「여쭈어 볼 말씀이 있습니다.」

하였다. 그제야 순사가 신문을 든 채로 고개를 돌려 형식과 노파의 얼굴과 모양을 유심히 보더니,

「무슨 일이오?」

한다. 형식은 서장이 오기 전에는 자세히 알 수 없으리라 하면서,

「어저께, 서울서 평양경찰서로 어떤 부인 하나를 보호하여 달라는 전보를 놓았는데요…….」

형식의 말이 끝나기 전에 순사가,

「부인?」

한다. 형식과 노파의 생각에는 옳지, 영채가 여기 있는 게로다 하였다.

「네, 부인 하나를 보호하여 달라고 전보를 놓았는데요…….그래서 지금 어제 밤차로 내려왔는데요. 혹 그 부인이 지금 이 경찰서에 있습니까?」

하면서 형식은 그 순사의 얼굴을 보았다.

순사는 말없이 신문을 두어 줄 더 읽더니 의자에서 일어나 두 사람의 곁으로 오면서,

「어떤 부인을 보호하여 달라고 평양경찰서로 전보를 놓았어요?」

하고 형식의 말을 잘 알아듣지 못한 듯이 소리를 높여 묻는다.

형식은 얼마큼 실망하였다. 만일 평양경찰서에서 영채를 붙들었으면 저 순사가 모를 리가 없으리라 하였다. 노파도 눈이 둥그래지며 순사에게,

「어떤 모시 치마 적삼 입고 서양 머리로 쪽찐 열팔구 세나 된 여자가 오지 아니하였어요?」

하고 눈에서 눈물이 흐른다.

순사는 무엇을 생각하는 듯이 한참이나 고개를 기웃기웃하고, 바지에 한 손을 꽂고 책상과 의자 사이를 지나 저편으로 들어가고 만다. 두 사람은 실망하였다.

영채는 평양경찰서에 없구나 하였다. 만일 영채가 여기 없다 하면 어디 있을까. 어저께 넉 점에 평양에 내려서 자기의 부친과 월화의 무덤을 보고 그 길로 청류벽으로 나와 연광정 밑에서 물에 뛰어든 것이 아닐까. 그렇다.

영채는 죽었구나 하였다.

노파가 형식의 팔을 잡으며 우는 소리로,

「웬일이야요?」

한다.

형식은 울음을 참느라고 입술을 물었다.

「설마 죽기야 하였겠어요. 이제 서장이 오면 알 터이지요」

하고 노파를 위로는 하면서도 영채가 살았으리라고는 생각지 아니한다.

그래서 속으로 「왜 죽어?」 하였다. 소학과 열녀전이 영채를 죽였구나 하였다. 만일 자기가 한 시간만 영채에게 이야기를 할 기회가 있었더라도 영채는 죽지는 아니하였으리라 하였다. 형식은 이번에는 소리를 내어,

「왜 죽어?」

하였다.

노파는 설마 「죽었을라고요」 하는 형식의 말에 얼마큼 마음을 놓았다가 「왜 죽어?」 하는 형식의 탄식에 다시 절망이 되었다. 노파는 형식의 손을 꽉 쥐며,

「에그, 이 일을 어찌해요?」

하고 운다.

그리고 「나 때문에 영채가 죽었구나」 하는 생각이 더욱 노파의 가슴을 찌른다. 「아까, 꿈자리가 좋지 못하더니」 하고 꿈꾸던 생각을 한다. 하얀 옷을 입고 물위에 서서 「홍, 생각하니깐 우스워요」 하다가, 갑자기 얼굴이 무섭게 변하며 입술을 깨물어 자기의 얼굴에 뜨거운 피를 뿜던 것이 생각이 난다.

그리고 그것이 영채의 혼령이 아니던가 하였다. 어저께 해지게 대동강에 빠져 죽은 영채의 혼령이 자기의 꿈에 들어온 것이 아닌가 하였다. 그리고 두 손으로 얼굴을 가리었다. 아아, 영채의 원혼(怨魂)이 밤낮 내 몸에 붙어서 낮에는 병이 되고 밤에는 꿈이 되어 나를 괴롭게 하지 아니하겠는가 하였다.

자기가 오늘부터 병이 들어 얼마를 신고하다가 마침내 영채에게 붙들려 가지나 아니할까, 또는 장차 서울에 올라가는 길에 영채의 원혼이 대동강 철교를 그 입술로 물어뜯던 모양으로 물어뜯어 자기 탄 기차가 대동강에

빠지지나 아니할까 하였다. 무섭게 변한 영채의 모양이 방금 노파의 앞에 섰는 듯도 하였다.

　노파는 마침내 울며 형식의 어깨에 얼굴을 비빈다. 형식도 울음을 참으면서 흑흑 느끼는 노파의 등을 만지며,

　「울지 마시오. 이제 서장이 나오면 알지요」

한다. 이윽고 아까 그 순사가 들어가던 곳으로 다른 순사 하나이 나온다. 그 순사도 두 사람의 모양을 유심히 보더니 책상 서랍에서 어떤 전보는 내어보며,

　「노형이 이 형식이오?」

하고 형식을 본다. 형식은 순사의 손에 있는 전보를 슬쩍 보면서,

　「네, 내가 이 형식이오」

　노파가 우는 소리로,

　「나리께서 그런 여자를 보셨습니까.」

한다. 순사는 그 말에는 대답도 아니하고,

　「이 전보를 받았지요. 그래서 정거장에 나가 보았지마는 어떤 사람인지, 어떤 옷을 입은 사람인지 알 수가 있어야지요!」

하고 그 전보를 책상 위에 놓으며,

　「왜, 도망하는 계집이오?」

　형식은 그만 실망하였다.

　영채는 정녕 죽었구나 하면서,

　「아니오, 자살할 염려가 있어요」

하고 자기가 전보를 놓을 때에 그 인상을 자세히 말하지 못하였던 것을 한하였다. 먼저 나왔던 순사가 나와서 책상 위에 놓인 전보를 보면서,

　「평양에 몇 사람이나 내리는지 아시오? 하고많은 사람에 누가 누군지 어떻게 안단 말이오?」

한다.

　형식과 노파는 아주 절망하여 경찰서에서 나왔다. 안개비에 길이 눅눅하게 젖었다. 아까보다 사람도 많이 다니고 구루마도 많이 다닌다.

　상점에서는 널쪽 덧문을 열고, 어떤 사람은 길가에 나와 앉아서 세수를

하며 어떤 사람은 방안에 앉아서 소리를 내어 신문을 본다. 찌국찌국하고 오던 물지게들은 모로 서서 좁은 골목으로 들어간다. 우편 집배인(集配人)이 검은 가죽가방을 메고 손에 열쇠 뭉치를 들고 껑충껑충 뛰어온다.

노파는 형식의 손에 매어달려 걸음을 잘 걷지 못한다. 형식은 시장증이 난다. 노파더러,

「어디 들어가서 조반을 사 먹고 찾아봅시다. 설마 죽었겠어요」

한다. 노파는 형식을 보며,

「아이구, 나도 대동강에나 가서 빠져 죽었으면 좋겠소」

하고 눈물을 씻는다.

형식은 어저께 우선이로 더불어 노파의 집에 갔을 때에 「뒷간에 있는데 야단을 하시구려」하며 치맛고름을 고쳐 매던 노파를 생각하였다. 형식은,

「그리 너무 슬퍼 마시오. 아직 아니 죽고 세상에 있는지 알겠어요? 자, 어디 가서 조반이나 먹읍시다.」

하고 혼자말 모양으로,

「장국밥이 있을까?」

하며 사방을 둘러보았다. 노파는 「아니 죽고 세상에 있는지…….」

하는 말에 얼마큼 위로를 얻으며,

「장국밥 집에를 어떻게 들어갑니까. 나 아는 집으로 가시지요」

한다.

노파가 나 아는 집이리라면 기생집이라 하였다. 그리고 어리고 고운 기생들의 모양이 눈에 얼른 보인다. 그리고 노파의 말대로 따라 가고 싶은 생각이 난다. 「어여쁜 여자를 보기만 하는 것이야 상관이 있으랴. 아름다운 경치를 보는 모양으로, 아름다운 꽃을 대하는 모양으로」 이렇게 생각하고, 다시 「그러나 이것이 한 빙계가 되기 쉽다」 하면서 자기의 마음을 놀아보았다. 그리고 내 마음은 깨끗하다 하면서,

「어디오니까. 그러면 그리로 가시지요」

하고는 그래도 노파의 뒤를 따라 기생집으로 들어가는 것이 모양이 흉하다 하여 노파를 거기 데려다 두고 자기는 어디든지 다른 데로 가리라 하였다.

형식은 노파의 뒤를 따라 어떤 깨끗한 기생집 대문 밖에 섰다. 아직 국

태민안(國泰民安)이라고 쓴 대문은 열리지 아니하였다. 노파는 마치 자기집 사람을 부르는 모양으로,

「애들아, 자느냐. 문 열어라!」

하면서 문을 서너 번 두드리더니 형식을 돌아보며,

「영채가 여기나 있으면 아니 좋겠어요」

하고 뜻없이 웃는다.

형식은 속으로 「영채는 벌써 죽었는데」 하고 말이 없었다. 이윽고 방문 열리는 소리가 나더니 누가 신을 짤짤 끌며 나와서,

「누구셔요?」

하고 문을 연다.

형식은 한 걸음 비켜 섰다. 어떤 얼굴에 분 흔적 보이는 십삼사 세 되는 계집아이가 노파에게 매어달리며 반가운 듯이,

「아이구, 어머니께서 오셨네.」

하고 「네」자를 길게 뽑는다.

머리와 옷이 자다가 뛰어나온 사람이로구나 하고 형식은 두 사람이 반가워하는 양을 보았다. 어여쁜 처녀로다. 재주도 있을 듯하고 다정도 할 듯하다 하였다. 그러나 저도 기생이로구나 하고 형식은 불쌍히 여기는 마음이 생겼다. 아직 처녀의 모양으로 차렸건마는 벌써 처녀는 아니리라. 혹 어젯 저녁에 어떤 사나이의 희롱을 받지나 아니하였는가 하였다.

노파는 대문 안에 한 걸음 들어서면서 목을 내어밀어,

「들어오시지요. 내 집이나 다름없습니다.」

한다.

그 어린 기생은 그제야 문밖에 어떤 사람이 있는 줄을 알고 고개를 기울여 형식을 본다.

형식은 그 좀 두터운 듯한 눈시울이 곱다 하면서,

「나는 어떤 친구에게로 갈랍니다. 조반을 먹거든 이리로 오지요」

하고 모자를 벗는다. 노파는 문밖으로 도로 나오며,

「그러실 것이 없어요. 들어오시지. 내 동생의 집인데요」

하고 형식의 소매를 잡아당긴다.

180

그래도 형식은 굳이 간다 하는 것을 이번에는 그 어린 기생이 나와 그 고운 손으로 형식의 등을 밀고 아양을 부리며,

「들어오셔요」

한다. 형식의 생각에 아무리 보아도 그 어린 기생의 마음에는 티끌만한 더러움도 없다 하였다. 저 영채나 선형이나 다름없는 아주 깨끗한 처녀라 하였다. 그러고 그 등을 살짝 미는 고운 손으로 따뜻한 무엇이 흘러들어오는 듯하다 하였다.

형식은 남의 처녀를 볼 때마다 늘 생각하는 버릇으로 「내 누이」라고 생각하였다. 그래서 얼마를 더 사양하다가 마침내 마지못하여 그 집에 들어갔다. 그러나 한 팔을 노파에게 잡히고, 다른 팔을 그 어여쁜 기생에게 잡히고 들어가는 맛은 꽤 유쾌하다 하였다. 인도함을 받아 들어간 방은 영채의 방과 크게 틀림이 없었다. 그 어린 기생은 얼른 먼저 뛰어들어가 자리를 갠다.

형식은 문밖에서 그 빨간 깃들인 비단 이불이 그 어린 기생의 손에서 번쩍번쩍하는 양을 보았다. 노파와 형식은 들어앉았다. 기생은 저편 방에 가서 기쁜 소리로,

「어머니, 서울 어머니께서 오셨어요!」

하는 소리가 들린다.

형식은 그 방에서 무슨 향내가 나는 듯이 생각하였다. 그리고 방바닥을 짚은 형식의 손은 따뜻한 맛을 깨달았다. 이는 그 기생의 몸에서 흘러나온 따뜻함이라 하였다. 이윽고 기생이 어린아이 모양으로 뛰어들어오며,

「지금 어머니 건너오십니다. 그런데 아침차에 오셨어요?」

하고 말과 얼굴에 기쁨을 감추지 못하는 빛이 보인다.

형식은 「다 같은 사람이로구나」 하였다. 따뜻한 인정은 사람 있는 곳에 아무데나 있다 하였다. 그리고 담배를 내어들고 조끼에서 성냥을 찾으려 할 제 그 기생이 얼른 성냥을 집어 불을 켜들고 한 손으로 형식의 무릎을 짚으면서,

「자, 붙이셔요!」

한다. 형식은 그를 깨끗한 어린아이같이 하였다.

형식은 그 여자의 손에 담뱃불을 붙이기가 미안한 듯도 하고 수줍은 듯도 하여,

「이리 줍시오」

하였다. 「줍시오」 하는 것을 보고 그 기생은 썩 웃는다. 웃을 때에 윗 앞니에 커다란 금니가 반짝 보인다. 그 기생은 형식의 무릎을 짚은 손을 한 번 꼭 누르고 어리광하는 듯이 몸짓을 하면서,

「자, 이대로 붙이셔요」

하고 「요」 자에 힘을 준다.

노파는 형식이가 그저께 「월향씨」 하던 것을 듣고 우습게 여기던 것을 생각하고 빙그레 웃는다. 형식이가 사양하는 동안에 기생의 손에 있던 성냥이 다 탔다. 기생은,

「에그, 뜨거워라.」

하고 그것을 방바닥에 떨어뜨리고는 살짝 엎디어 입으로 혹 불고 성냥을 잡았던 손가락으로 제 귀를 잡는다. 형식은 미안한 생각에 얼굴이 붉어진다. 그 귀를 잡는 손가락을 자기의 입에 대고 「호」 하고 불어 주고 싶다 하면서,

「아차, 뜨겁겠구려.」

하였다.

기생은 손가락을 귀에 대고 잠깐 형식의 얼굴을 보더니 또 다른 성냥개비를 그어 아까 모양으로 한 손을 형식의 무릎 위에 놓으면서 숨이 찬 듯이,

「자, 이번에는 얼른 붙입시오」

하고 성냥개비가 반쯤 타는 것을 보고는 제 몸을 춤을 추이며 급한 듯이,

「자, 얼른, 얼른.」

한다.

형식은 고개를 숙여 궐련에 불을 붙이고 첫번 입에 빤 연기를 그 기생의 얼굴에 가지 않도록 「후」 하고 옆으로 뿜었다. 기생은 형식이가 담뱃불을 다 붙인 뒤에도 여전히 형식의 얼굴을 쳐다본다. 형식은 눈이 부신 듯이 고개를 들어 마당을 내다보면서 「그 눈이 마치 꿈을 꾸는 듯하구나」 하였다.

기생은 성냥개비가 다 타기를 기다리는 듯이 두 손가락으로 그 성냥개비를 돌린다. 형식은 그 기생의 머리와 등을 본다. 새까만 머리를 느즛느즛 땋고

끝에다 새빨간 왜증 댕기를 들였다. 그 머리채가 휘임하여 내려가다가 삼각형으로 접은 댕기 끝이 치마 허리쯤 하여 가로누웠다.

형식은 그 댕기 빛이 핏빛과 같다 하였다. 기생은 성냥개비를 뱅뱅 돌리다가 잘못하여 형식의 다리 위에 떨어뜨렸다. 기생은,

「아이구머니!」

하면서 두 손으로 형식의 다리를 때린다.

그러나 그 불티가 형식의 무명 고의 주름에 끼어 고의에 구멍이 뚫어지고 넓적다리가 따끔한다.

형식은 그 기생이 미안하여 할까 두려워하여 두루마기로 얼른 거기를 가리고,

「불이 꺼졌소」

하였다. 기생은 형식의 무릎에서 손을 떼고 민망한 듯이 몸을 추이면서,

「에그, 고의가 탔지요? 뜨거우셨겠네!」

하며 고개를 돌려 노파를 본다. 노파는 빙그레 웃으면서,

「계향아, 너는 그저 어린애로구나.」

하였다.

노파는 확실히 이 기생의 속에서 눈에 보이지 아니하는 깨끗한 영혼을 보았다. 그리고 형식이가 그 어린 기생을 보는 눈에는 조금도 더러운 욕심이 없다 하였다. 그리고 형식은 자기가 흔히 보지 못하던 종류의 사람이라 하였다. 그래서 형식이가 이 어린 기생에 대하여 「하시오」 하고 존경하는 말을 쓰던 것이 처음에는 시골뜨기와 같고 무식한 듯하더니 도리어 점잖고 거룩하다 하였다.

형식은 그 어린 기생의 말과 모양을 보고 무슨 맛나는 좋은 술에 반쯤 취한 듯한 쾌미를 깨달았다. 마치 몸이 간질간질한 듯하다. 더구나 그 기생이 자기의 무릎에 손을 짚을 때에 불을 떨어뜨리고 그 조그마한 손으로 자기의 넓적다리를 가만가만히 때릴 때에는 마치 몸에 전류를 통할 때와 같이 전신이 자릿자릿함을 깨달았다.

형식은 생각하기를 자기의 일생에 그렇게 미묘하고 자릿자릿한 쾌미를 깨닫기는 처음이라 하였다. 그 어린 기생의 눈으로서는 알 수 없는 광선을

발하여 사람의 정신을 황홀하게 하고, 그 살에서는 알 수 없는 미묘한 분자가 뛰어나와 사람의 근육을 자릿자릿하게 하는 것이라 하였다.

형식은 선형을 생각하고, 일전 선형과 마주앉았을 때에 깨닫던 즐거움을 생각하고, 또 자기가 희경을 대할 때마다 맛보던 달콤한 맛과 기타 정다운 친구를 대할 때에 맛보던 즐거움을 생각하고, 또 차 속이나 배 속이나 길가에서 처음 보는 사람 중에도 말할 수 없는 즐거움을 주는 자가 있음을 생각하였다. 그러나 모든 그러한 즐거움 중에 지금 그 어린 기생이 주는 듯한 즐거움은 처음 본다 하였다.

그리고 그 이유는 그 어린 기생의 얼굴과 태도와 마음의 아름다움과 피차에 아무 욕심도 없고 아무 수단도 없고 아무 의심도 없고 서로서로의 영(靈)과 영이 모든 인위적(人爲的) 껍데기를 벗어 버리고 적나라하게 융합함에 있다 하며, 또 이렇게 맛보는 즐거움은 하늘이 사람에게 주신 가장 거룩한 즐거움이라 하였다.

각 사람의 속에는 대개는 서로 보고 즐거워할 무엇이 있는 것이어늘, 사람들은 여러 가지 껍데기로 그것을 싸고 싸서 흘러나오지 못하게 하므로 즐거워야 할 세상이 그만 냉랭하고 적막한 세상이 되고 만다 하였다. 그중에도 얼굴과 마음이 아름답게 생기거나, 혹 아름다운 그림을 그리고 조각을 하며, 시를 짓는 사람은 이 인생을 즐겁게 하는 거룩한 천명을 가진 자라 하였다.

이윽고 어머니가 나오더니,

「에그, 형님께서 오셨네!」

하고 기쁨을 이기지 못하는 듯하다.

형식은 생각하였다. 저들도 사람이로다. 저들의 속에도 참사람이 있기는 있다. 사람의 붉은 피와 사람의 따뜻한 정이 있기는 있다 하였다. 어머니는 얼른 형식에게 초면 인사를 하고 노파의 곁에 앉으며,

「그런데, 월향이 잘 있소?」

「에그 저런, 나는 형님의 안부도 묻기를 잊었네.」

하고 그 두터운 듯한 눈시울을 잠깐 움직이며 형식을 본다.

형식은 「잊은 것이 아니라, 잊은 것보다 더욱 정답다」 하였다.

노파는 새로이 눈물을 흘리면서 영채의 말을 하였다. 영채가 청량사에서

어떤 사람에게 강간을 당할 뻔하던 일과, 그날 저녁에 집에 돌아와 입술을 물어뜯고 울던 일과, 그 이튿날 아침에 자기가 자는데 들어와서 평양에 갈 말을 하던 것과, 차를 탈 때에 자기에게 편지 한 장을 주었고 그 편지에는 이러이러한 말을 썼던 것과, 오늘 아침에 평양경찰서에 와서 물어 보던 일을 말하고 나중에,

「그런데 그 이 형식이라는 이가 이 어른이구나!」

하고 손으로 형식을 가리키며 어머니의 어깨에 쓰러져 운다. 어머니와 계향이도 이야기를 들을 때에 고이기 시작한 눈물이 이야기가 끝나매 촬촬 흐르기 시작하며, 눈물에 가리워 잘 보이지 아니하는 눈으로 물끄러미 형식을 본다.

형식은 의외로 생각하였다. 형식의 생각에 계향은 몰라도 어머니는 영채의 말을 들으면 와락 성을 내며 「미친년, 죽기는 왜 죽어」 할 줄로 생각하였었다. 그랬더니 영채의 죽었단 말을 듣고 슬피 우는 양을 보매 그 따뜻한 인정은 자기와 다름이 없다 하였다. 그리고 지금껏 기생이라면 자기와는 전혀 정신 상태가 다른 한 짐승과 같은 하등 인종으로 알던 것이 부끄럽게 생각되었다.

어머니는 한참이나 울더니 코를 풀며,

「원래 월향이가 마음이 꽁하였습니다. 게다가 처음부터 월화와 친해서 밤낮 월화의 말만 들었으니까, 꼭 마음이 월화와 같이 되었습니다. 그런데 형님은 그런 줄을 못 알아보고 월향이더러 손을 보라 한 것이 잘못이지.」

하고,

「지나간 일을 어찌하겠소. 울지 마오」

하며 형식을 본다. 형식은 눈물 흐르는 양을 아니 보이려 하여 고개를 돌리고 담배를 피운다. 노파도 코를 풀면서,

「내니 십 년이나 친딸과 같이 기른 것을 미워서 그랬겠나. 저도 차차 낫살이 많아 가고……평생 기생 노릇만 할 수도 없을 터이니까 어디 좋은 자리를 구하여 일생 편히 살 만한 곳에 보낼 양으로 그랬지. 그런데 김 현수라는 이는 부자요, 남작의 아들이요, 하기로 그리로 보내면 저도 상팔자겠다 하고 그랬지.」

하며 눈물을 씻는다.

형식은 혼자 놀랐다. 노파의 「평생 기생 노릇만 할 수도 없으니까」 하는 말을 듣고, 그러면 김 현수에게 억지로 붙이려 한 것이 영채의 일생을 위하는 뜻이던가 하였다. 노파가 영채를 죽인 것이 다만 천 원 돈을 위하여 한 악의가 아니요, 영채의 일생을 위하여 한 호의인가 하였다.

그러면 영채를 죽인 노파의 마음이나 영채를 구원하려 하는 자기의 마음이나 필경은 같은 마음인가 하였다. 그러면 필경은 세상과 인생에 대한 표준과 사상이 다르므로 이러한 일이 생긴 것인가 하였다.

이때에 어머니가 형식에게 극히 은근하게,

「이 주사께선들 얼마나 슬프시겠소. 그러나 그것 도다 전생의 연분이지. 사람의 힘으로 어찌하나요. 세상이란 그렇지요.」

하고 고개를 돌려 노파에게,

「자 울지 마오. 다 전생의 연분이오. 사람의 힘으로 어찌하나? 시장하시겠소. 조반이나 먹읍시다.」

하고 벌떡 일어나면서 혼자말로,

「어쩌나, 장국밥을 시켜 올까, 집에서 밥을 지으랄까.」

하고 머뭇머뭇하더니 획 문밖으로 나간다.

형식은 생각하였다. 이것이 그네의 인생관이로구나. 인생 사회에 일어나는 모든 슬픈 일은 다 전생의 인연이라, 사람의 힘으로 어찌 할 수 없는 일이라 하여 한참 눈물을 흘리고는 곧 눈물을 씻고 단념한다. 그네의 생각에 오랫동안 눈물을 흘리는 것은 미련한 자의 하는 일이니 잠깐 눈물을 흘리다가 얼른 눈물을 씻고 마는 것이 좋은 일이라 한다.

그러므로 그네는 모든 일의 책임을 다 「전생의 인연」과 「팔자」에 돌리지, 결코 사람에게 돌리지 아니한다. 영채가 기생이 된 것이나 김 현수에게 강간을 받은 것이나, 또는 대동강에 빠져 죽은 것이나 다 그 책임은 전생의 인연에 있는 것이요, 결코 노파에게나 영채에게나 또는 김 현수에게 있는 것이 아니라 한다.

따라서 영채가 정절을 지키는 것도 영채라는 사람이 특별히 좋아 그런 것이 아니요, 영채라는 사람이 전생에 연분이 그러하여 자연히 또는 아니하지 못하게 정절을 지킴이라 한다. 그러므로 그네가 보기에 특별히 좋은 사람도 없고 특별히 좋지 못한 사람도 없고, 다 전생의 인연과 팔자를 따라 살아가는 것이라 한다.

이렇게 말하면 그네의 인생관과 형식의 인생관이 얼마큼 일치하는 듯하다. 그러나 두 인생관의 근본적 차이점은 이러하다.

형식은, 사람은 다 같은 사람이라 하더라도 개인 또는 사회의 노력으로 개인이나 사회가 개선될 수 있고 향상될 수 있다 하고, 그네는 모든 일의 책임이 전혀 사람에게 있지 아니하니 다만 되는 대로 살아갈 따름이요, 사람의 의지로 개선함도 없고 개악(改惡)함도 없다 한다.

형식은 이렇게 생각하다가 혼자말로「옳지! 이것이 조선 사람의 인생관이로구나」하였다. 그러나 노파는 어머니 모양으로 잠깐 눈물을 흘리다가 얼른 눈물을 그치지 아니한다. 노파는「세상」을 보는 외에 사람을 보았다. 영채의 따끈따끈한 입술의 피가 자기의 손등에 떨어질 때에 노파는 사람을 보았다.

노파는 이번 일의 책임을 전혀 인연과 팔자에 돌리지 못한다. 노파는 영채를 죽인 책임이 자기와 김 현수에게 있는 줄을 알고 영채가 정절을 굳게 지킨 것이 영채의 속에 있는 참사람의 힘인 줄을 알았다. 노파는 이제는 모든 일의 책임이 사람에게 있는 줄을 깨달았다.

그러므로 노파는 잠깐 울다가 얼른 눈물을 그치지는 못한다. 노파의 이 눈물은 일생에 흐를 눈물이로다. 계향이가 형식의 무릎에 몸을 기대고 눈물에 빨개진 눈으로 형식을 물끄러미 보며,

「형님이 죽었을까요?」

한다.

형식은 그 집에서 조반을 먹고 대문 밖에 나섰다.

노파와 어머니와 계향과 세 사람이 번갈아 형식을 권하므로 형식은 전보다 더 많이 먹었다. 더구나 그 밥이며 국이며 전골이며 모든 것이 평생 객주집 밥만 먹던 형식에게는 지극히 맛이 좋았다. 그럴 뿐더러 형식은 아직도 이렇게 여러 사람에게 정성스럽게 권함을 받으며 밥상을 대하여 본 적이 없었다. 더구나 계향과 같은 아름다운 처녀에게「어서 더 잡수셔요」하고 정성스럽게 권함을 받은 적은 없었다.

계향은 형식의 밥상에 붙어서 손수 구운 조기를 뜯었다. 아까 성냥개비에 덴 손가락에 누렇게 탄 자리가 보인다. 그리고 계향은 형식의 숟가락을 빼앗아 제 손으로 대접에 밥을 말았다. 형식은,

「그렇게 많이 못 먹는데.」

하면서 그 밥을 다 먹었다.

계향은 형식이가 밥을 다 먹는 것을 보고 기쁜 듯이 빙그레 웃었다. 그 웃는 계향의 눈썹에는 아직도 눈물이 묻었다.

세 사람은 실로 진정으로 형식을 권하였다. 형식을 자기네의 아들 모양으로, 또는 오라비 모양으로 따뜻한 밥과 맛있는 반찬을 한 술이라도 많이 먹도록 진정으로 권하였다. 그리고 형식도 그 권하는 사람들을 어머니와 같이 또는 누이와 같이 정답게 생각하였다.

「아무것도 잡수실 것이 없어서…….」

하는 인사도 항용 말하는 형식적 인사와 같이 들리지 아니하고 진정으로 맛난 반찬이 부족함을 한탄하는 말로 들었다.

형식은 대문을 나설 때에 말할 수 없는 기쁨을 깨달았다. 오랫동안 영채의 일로 근심하고 슬퍼하고 답답하여 하던 마음을 거의 다 잊어버리고 새로운 기쁨을 깨달았다. 아까 오던 안개비가 걷히고 안개 낀 듯한 하늘에는 보기만 하여도 땀이 흐를 듯한 햇빛이 가득히 찼다.

형식이가 서너 걸음 걸어나갈 때에 뒤에서,

「저와 같이 가셔요」

하는 소리가 들린다. 형식은 계향의 소리로구나 하면서 우뚝 서며 고개를 돌렸다.

계향은 형식의 곁에 뛰어와 살짝 형식의 손을 잡으려다 말고 형식을 보면서,

「저와 같이 가셔요」

한다. 형식은 칠성문 밖 죄인의 무덤 있는 데와 기자묘 저편 북망산과 모란봉을 넘어 청류벽으로 걸어갈 것을 생각하면서,

「나를 따라오려면 다리가 아플 걸요」

하고 계향의 눈을 내려다보며 「같이 갔으면 좋겠다」 하면서도 계향을 만

류하였다. 그러나 계향은 몸을 한 번 틀면서,

「아니야요. 다리 아니 아파요」

하고 기어이 따라갈 뜻을 보인다.

「또 날이 더운데.」

하며 형식은 계향을 뒤세우고 종로를 향하여 나온다.

길가 초가 지붕에서는 가만가만히 김이 오른다. 벌써 사람들은 부채로 볕을 가리우고 다닌다. 손님도 없는 빙수 가게에 아롱아롱한 주렴이 무거운 듯이 가만히 있다. 바람이 불면 살랑살랑 소리가 나려니 하고 형식은 쓸데없는 생각을 한다.

계향은 길가 가게를 갸웃갸웃 엿보면서 한 손으로 치맛자락을 걷어들고 형식의 뒤로 따라온다. 형식의 누렇게 된 맥고자를 보고 저 사람은 무엇을 하는 사람인가, 어떠한 사람인가 생각한다. 그리고 자기가 날마다 만나는 여러 사람들을 생각하고 그 사람들과 형식과를 속으로 비교하여 본다.

그러나 계향은 아직도 자기가 만나는 사람이 어떠한 사람인 줄은 알 줄을 모른다. 다만 이 사람은 옷을 잘 못 입은 것을 보니 가난한 사람인가 보다 한다. 그리고 형식의 구겨진 두루마기를 본다. 계향은 「어젯밤 차에서 구겨졌고나. 왜 벗어서 걸지를 아니하였던고」 한다. 그리고 형식의 발을 본다. 「새 구두로구나」 한다.

아까 담뱃불 붙여 주던 생각을 하고 그는 손가락을 보면서 「아직도 아픈 듯하다」 한다. 그리고 형식이가 불 붙은 성냥을 보고 「이리 주시오」 하던 것을 생각하고 자기더러 「하시오」 하는 사람은 처음 본다 한다. 소가 끄는 구루마를 피하여 섰다가 얼른 형식의 뒤를 따라가서 형식의 손을 잡는다.

형식은 잠깐 고개를 돌려 계향을 보고 웃으면서 계향의 잡은 손은 활개를 아니 친다. 두 사람은 팔각 국수집 모퉁이를 돌아 비스듬한 고개로 올라간다. 계향의 이마에는 땀방울이 솟는다.

형식은 그것을 보고 잠깐 걸음을 그치며,

「이마에 땀이 흐르는구려.」

한다. 계향은 형식의 손을 잡았던 손으로 이마의 땀을 씻으며,

「덥지 않습니다.」

하고 또 형식의 손을 잡는다.

형식은 일부러 걸음을 늦추었다. 벌거벗은 때문은 아이들이 머리를 긁적긁적 긁으며 두 사람을 보고 섰다. 치마 아니 입은 웃통 벗은 부인이 연기나는 부엌으로부터 눈물을 흘리면서 뛰어나오더니, 연기가 펄펄 오르는 부지깽이로 머리를 긁고 섰던 사내아이의 머리를 때린다. 맞은 아이는 「으아」하고 울면서 길바닥에 흙을 집어 그 부인의 면상에 뿌린다.

형식은 영채가 숙천 어느 주막에서 어떤 사람에게 업혀 가다가 그 사람의 얼굴에 흙을 뿌리던 생각을 한다. 계향은 우뚝 서며 우는 아이를 돌아보더니 두 손으로 형식의 손을 꼭 쥔다. 두 사람은 또 걷는다. 계향은 매맞던 아이를 생각하다가 버리고 형식과 월향의 관계를 생각한다.

언제 「형님」이 이 사람을 알았던가. 평양서 서로 알았으면 내가 모를 리가 없는데 한다. 그런데 이 사람이 왜 형님을 버려서 형님을 죽게 하였는고, 하고 형식이가 원망스럽다 하여 가만히 형식의 얼굴을 쳐다보기도 한다. 그러다가 형식의 걱정 있는 듯한 낯빛을 보고 이 사람이 형님을 생각하고 슬퍼하는구나 한다.

이때에 어떤 젊은 사람이 자행거(自行車)를 타고 두 사람의 앞으로 지나다가 번쩍 고개를 돌리더니 그만 자행거를 내려 형식의 앞으로 온다. 계향은 형식의 손을 놓고 한 걸음 물러서서 지금 온 사람의 모양을 본다.

그 사람은 자행거에 비스듬히 몸을 기대어 쾌활하게,

「그런데 웬일인가? 언제 왔는가?」

하고 담배를 내어 형식에게도 권하고 자기도 붙인다. 형식은 담배 연기를 코와 입으로 내어보내면서,

「오늘 아침차에 왔네.」

하고 말하기 싫은 듯이 자행거의 말긋말긋한 방울을 본다. 그 사람은 형식의 곁에 한 걸음 비켜 섰는 계향을 유심히 보고 형식이가 어떤 기생을 데리고 가는가 하고 의심하면서,

「그런데 주인은 어딘가. 왜 바로 내 집으로 오지 아니하고.」

하면서도 형식의 얼굴을 보며 「무슨 까닭이 있구나」 한다. 형식은,

「무슨 일이 있어서, 잠깐 다녀갈 양으로 온 것이니까.」

하고 고개를 들어 멀리 하얗게 보이는 대동강을 본다. 그 사람은 한 번 더 계향을 보더니,

「그런데 저 여자는 누군가?」

형식은 잠깐 얼굴이 붉어지며 어떻게 대답할 줄을 모른다. 계향도 민망한 듯이 고개를 숙인다. 그 사람은 형식이 얼른 대답하지 못하는 것을 보고 의심스럽다 하는 듯이 고개를 기울인다. 형식은 빙긋이 웃으며,

「내 누이일세.」

하였다. 그리고 내가 잘 대답을 하였구나, 하고 마음에 만족하였다. 그리고는 새로운 용기를 얻어 정면으로 그 사람을 본다. 그 사람은 「내 누이일세」하는 형식의 대답의 뜻을 몰라 담배를 문 채로 멍하니 섰다. 그 사람은 형식에게 오직 한 누이가 있는 줄을 알고 또 그 누이는 이미 남의 아내가 된 줄을 안다.

한참이나 우두커니 섰더니 담배 꽁댕이를 발로 비비면서,

「그런데 어디로 가는가?」

한다. 형식은 다만,

「기자묘를 보러 가네.」

한다. 그 사람은 형식의 행색이 수상하다 하면서,

「그러면 저녁에는 내 집으로 오게. 하룻밤 이야기나 하세.」

하고 자행거를 타고 달아난다.

얼마를 가다가 자행거에서 고개를 돌려 천천히 걸어오는 두 사람의 모양을 보더니 그만 어떤 길굽이를 돌아간다. 그 흰 껍데기 씌운 나파륜 모자 꼭대기가 번뜻번뜻 보이더니 아주 아니 보이고 만다. 계향은 안심한 듯이 형식의 손을 잡으며,

「그 어른이 누구시야요?」

한다.

「내 친구외다. 동경 가 있을 때에 같은 학교에 있던 친구요」

계향은 이 말을 듣고 「그러면 이 사람은 동경 유학생인가」 하였다. 그리고 자기의 집에 동경 유학생이 여러 사람 오는 것을 생각하고 그중에 그림

잘 그리는 사람이 오는 것도 생각하였다.

그 그림 잘 그리는 사람이 늘 술이 취하여 자기를 껴안을 때에 그 입에서 구역나는 술냄새가 나던 것과, 또 한 번은 자기의 화상을 그려 줄 터이니 벌거벗고 앉으라 할 때에 「그러면 싫소!」 하고 건넌방으로 뛰어가던 것을 생각한다.

두 사람은 칠성문에 다다라 잠깐 걸음을 멈춘다. 칠성문통으로 시원한 바람이 들어온다. 형식은 두루마기 고름을 늦추고 땀에 젖은 자기의 적삼 앞을 보면서 바람을 맞아들이려는 듯이 두루마기를 벌린다. 계향은 「후후」 하고 입김을 내어불면서 두 손으로 두 귀밑을 부친다.

형식은 계향의 얼굴을 보았다. 그 얼굴은 둥그스름하다. 그리고 더위에 술이 취한 모양으로 두 뺨이 불그레하게 되었다. 오늘 아침에는 분도 바르지 아니하였건마는, 귀밑에는 어저께 발랐던 분이 조금 남았다. 계향의 적삼 등에도 땀이 내어배었다. 형식은 선형의 적삼에 땀이 배어 그 젖은 자리가 작았다컸다하던 것을 생각하고 빙긋이 웃었다. 계향은,

「녜, 왜 웃으세요?」

하고 웃는다. 형식은 계향의 어깨를 만지며,

「적삼 등에 땀이 배었구려.」

한다. 계향은 얼른 돌아서며 형식의 등을 만져 보더니 머뭇머뭇하다가,

「여기도 땀이 배었습니다.」

한다.

계향은 형식을 무엇이라고 부를지 모른다. 자기의 집에 놀러오는 동경 유학생들을 그 어머니는, 혹 「무슨 주사」라고도 하고 그저 「나리」라고도 하고 또 관 앞에 있는 키 큰 사람은 「김 학사」라고도 부르건마는, 계향은 형식을 무엇이라고 부를지 모른다. 그래서 형식의 등에 땀이 밴 것을 보고 「나리라 할까, 이 학사라 할까」 하고 잠깐 주저하다가 「여기도 땀이 배었습니다」 한 것이다.

형식은 그것을 알고 어디 계향이가 자기를 무엇이라고 부르는가 보리라 하여 또 웃으며,

「계향씨의 얼굴을 술이 취한 것같이 붉구려?」

192

하였다. 계향도 형식이가 자기를 무엇이라고 부를지 몰라 주저하던 것을 알았는가 하여 더욱 얼굴을 붉히더니,

「오빠의 얼굴도……」

하고 부끄러운 듯이 고개를 더 숙이고 말을 다하지 못한다.

계향은 아까 형식이가 자기를 「내 누이일세」 하던 것을 생각한다. 형식이가 계향에게서 들으려던 말은 이 「오빠」란 말이었다. 그러나 계향이가 「오빠의 얼굴도……」 하는 것을 듣고는 미상불 부끄러운 생각이 났다.

형식은 친누이 하나와 종매가 이삼 인 있다. 그러나 친누이는 그 시가를 따라 함경도 가 살므로, 이래 사오 년간에 만나 본 적이 없고, 방학 때를 타서 고향에 돌아가면 누구보다도 먼저 종매 세 사람을 찾았다. 그 종매들은 오래간만에 만나는 종형을 잘 사랑하였다.

그중에도 형식보다 나이 어린 두 종매는 형식을 만날 때와 떠날 때에 늘 울었다. 시부모의 앞이라 마음대로 반가운 정을 표하지는 못하나, 처음 만나서 「오빠」 하는 소리와 밥상에 놓은 국에 닭고기를 많이 넣는 것으로 넉넉히 그네의 애정을 알았다. 형식이 방학에 고향에 돌아가는 것은 실로 이 두 종매에게 「오빠」 하고 부르는 소리를 듣기 위함이었었다.

계향의 「오빠의 얼굴도……」 하는 간단한 말은 형식에게 무한한 기쁨을 주었다. 형식과 계향은 또 걷는다. 그러나 계향은 형식의 손을 잡지 아니하였다.

두 사람은 칠성문을 나섰다. 길가에는 쓰러져 가는 집들이 있었다. 철도가 생기기 전에는 지나가는 손님도 있어서 술도 팔고 떡도 팔더니 지금은 장날이 아니면 사람 그림자도 보기가 어렵다.

문밖에는 문짝 모양으로 만든 소위 「평상」이란 것을 놓고, 그 위에는 다 떨어진 볏짚 거적을 폈다. 낡디낡은 탕건을 쓴 노인이, 이 더운 때에 때묻은 무명옷을 입고 할 일이 없는 듯이 평상에 앉아서 몸을 앞뒤로 흔들흔들하면서 두 사람의 지나가는 양을 본다. 그 노인의 얼굴은 붉고 눈에 빛이 있으며 매우 풍채가 늠름하다.

형식은 그가 수십 년 전 조선이 아직 옛날 조선으로 있을 때에 선화당 (宣化堂) 안에서 즐겁게 노닐던 사람인 줄을 알았다. 그리고 형식의 고향에도

일찍 그 골에서 제노라 하고 번쩍하게 행세하던 사람들이 갑오 이래로 세상이 돌변하매 모두 시세를 잃고 적막하게 지내는 노인이 있음을 생각하였다. 그리고 우뚝 서며 그 노인을 다시 보았다. 그 노인도 두 사람을 본다.

저 노인도 갑오 전 한창 서슬이 푸르렀을 적에는 평양 강산이 다 나를 위하여 있고, 천하 미인이 다 나를 위하여 있다고 생각하였으리라. 그러나 갑오년 을밀대 대포 한 방에 그가 꿈꾸던 태평 시대는 어느덧 깨어지고 마치 캄캄한 밤에 번개가 번쩍하는 모양으로 새 시대가 돌아왔다.

그래서 그는 세상에서 버린 사람이 되고 세상은 그가 알지도 못하던, 또는 보지도 못하던 젊은 사람의 손으로 돌아가고 말았다. 그는 철도를 모르고 전신과 전화를 모르고 더구나 잠행정이나 수뢰정을 알 리가 없다.

그는 대동문 거리에서 오 리가 못 되는 칠성문 밖에 있으면서 평양성내에 날마다 밤마다 어떠한 일이 일어나는지도 모른다. 그의 머리에는 선화당이 있을 뿐이요, 도청(道廳)이라는 것을 알지 못한다. 그는 영구히 이 세상이 무엇인지를 깨닫지 못하리니, 그는 이 세상에 살아 있으면서 이 세상 밖에 있음과 같다.

형식과 그 노인은 전혀 말도 통하지 못하고 글도 통하지 못하는 딴나라 사람이다. 「낙오자(落伍者), 과거의 사람」이라 하는 생각과 함께 자기가 아무리 새 세상 이야기를 하여도 못 알아듣다가 세상을 버린 자기의 증조부를 생각하였다. 그리고 형식은 그 노인에게 대하여 일종 말할 수 없는 설움을 깨달았다.

계향은 형식이가 오래 서서 무슨 생각을 하는 양을 보다가 형식의 소매를 끌며,

「어서 가셔요!」

한다. 형식은 다시 그 노인을 돌아보고 「돌로 만든 사람이다」 하다가 「아니다, 화석(化石)한 사람이다」 하였다. 노인은 한참이나 형식을 보더니 무슨 생각이 나는지 눈을 감고 여전히 몸을 앞뒤로 흔든다. 계향은 가늘게,

「아시는 노인이야요?」

한다. 형식은 계향의 어깨에 손을 놓고 걷기를 시작하면서,

「녜, 이전에는 알던 노인이더니 지금은 모르는 노인이 되고 말았어

요」

하고 웃으며 계향을 본다.

형식은 생각에 「계향이 너는 영원히 저 노인을 알지 못하리라」 하였다. 그리고 형식은 자기가 처음 평양에 올 때에 이리로 지나가던 생각을 하였다.

머리에 흰 댕기를 들이고 감발을 하고 아장아장 이 길로 지나가던 소년을 생각하였다. 그리고 그 소년은 저 노인은 알았다 하였다. 대동문 거리에서 커다란 유리창을 보고 놀라고, 대동강 위에서 뼁하고 달아나는 화륜선을 보고 놀라던 소년은 그 노인을 알았다. 그러나 그러하던 소년은 이미 죽었다. 뼁하는 화륜선을 볼 때에 이미 죽었다.

그리고 그 소년의 껍데기에 전혀 다른 「이 형식」이라는 사람이 들어앉았다. 마치 선화당이던 것이 도청이 되고, 감사이던 것이 도장관(道長官)이 된 모양으로.

그리고 곁에 오는 계향을 보았다. 계향과 그 노인과의 거리를 생각하였다. 그 거리는 무궁대(無窮大)라 하였다. 형식은 어느 집 모퉁이로 돌아서려 할 때에 다시 그 노인을 보았다. 그러나 그 노인은 여전히 몸을 앞뒤로 흔들흔들한다. 계향도 그 노인을 보더니,

「네? 어떤 노인이야요?」

한다.

「계향씨는 모를 노인이오」

하고 웃을 때에 계향은 의심나는 듯이 형식의 얼굴을 본다. 가만히 형식의 손을 잡는다.

두 사람은 성 밑 비탈길로 남쪽을 향하고 나아간다. 그리 길지 아니한 풀잎사귀가 내려쪼이는 볕에 조금 시들어서 가만히 고개를 숙이고 있다.

형식은 무너져 가는 성을 바라보고, 저 성을 쌓은 조상의 일과 저 성이 지금까지 구경한 조상의 성하던 것 쇠하던 것과, 저 성이 그 동안에 몇 번이나 총알을 맞고 대포알을 맞았는고 하는 생각을 한다. 비탈 위에 우뚝 섰는 오랜 성이 마치 사람과 같이 정도 있고 눈물도 있는 것같이 생각되고, 할 말이 많으면서도 들어 줄 자가 없어서 못하는 듯한 괴로워하는 빛이 보이는 듯하다.

계향은 땀을 뻘뻘 흘리고 형식의 뒤로 따라가면서 아까 자기가 형식에게 「오빠」하고 부르던 생각이 난다. 계향은 아직도 「오빠」라고 불러 본 사람이 없었다. 계향은 그 어머니의 외딸이요, 또 그 아버지가 누구인지도 자세히 모르므로 아는 친척도 없었다. 그러므로 계향이가 「형님」하고 부르는 사람은 이삼 인 되건마는 「오빠」하고 부를 사람은 없었다.

계향뿐 아니다. 계향의 주위에는 「오빠」, 「누나」하고 지내는 사람이 별로 없다. 계향이 있는 사회는 대개 여자의 사회요, 대하는 남자는 대개 기생 집이라고 놀러 오는 손님뿐이었다. 계향은 처음 「오빠」하고 불러 본 것이 매우 기뻤다. 아까 담뱃불을 붙여 줄 때보다 형식이가 더 정답게 보인다 하였다. 그리고 한번 더 「오빠」라고 불러 보고 싶었다.

두 사람은 죄인들의 무덤 있는 곳에 다다랐다.

계향은 앞서서 가지런히 있는 세 무덤을 찾았다. 여러 해 동안에 비에 씻겨 내려 원래 작던 무덤이 거의 평지와 같이 되었다. 처음에는 나무패를 써 박았던 듯하여 썩어진 조각이 무덤 앞에 떨어졌다. 그 곁에는 그와 같은 무덤이 수십 개나 된다. 어떠한 무덤에는 서너 치 넓이 되는 나무패가 아직도 새로운 대로 있다.

계향은 그 셋이 가지런히 있는 무덤을 가리키면서,

「이것이 월향 형님의 아버지의 무덤이요, 이것이 두 오라버니의 무덤이야요.」

하며 이전에 월향과 같이 왔던 생각을 한다.

계월은 월향을 따라 서너 번이나 이 무덤에 왔었다. 그중에도 지난 봄 월향이가 서울로 가려 할 때에, 월향은 술을 한 병 가지고 계향을 데리고 왔었다. 그때는 따뜻한 늦은 봄날, 이 불쌍한 자들의 무덤 곁에는 이름 모를 조그마한 꽃이 피고, 보통 벌에는 새로 난 수수와 조가 부드러운 바람에 가볍게 물결이 졌었다.

월향은 그 아버지의 무덤 앞에 술을 따라 놓고 말없이 한참이나 울다가 곁에서 우는 계향의 등을 만지며 자기가 서울을 가거든 네가 한 해에 두 번씩 이 무덤을 찾아보아 달라 하였다. 그때에 계향은 「형님의 아버지면 내 아버지요, 형님의 오빠면 내 오빠지요」하였다. 계향은 이러한 생각을 하고 형식을 보며 눈물을 흘린다.

형식은 가만히 세 무덤을 보고 말없이 섰다. 그 눈이 크고 콧마루가 높고 키가 크고, 평생 몸을 꼿꼿이 하고 앉았던 박 진사를 생각하였다.

그가 사랑에 젊은 사람들은 모아 데리고, 상해서 사 가지고 온 석판으로 박은 책들을 가르치던 것을 생각하고, 그가 포박을 당할 때에 「내가 잡혀가는 것은 조금도 슬프지 아니하거니와 저 학교가 없어지는 것이 슬프다」 하고 눈물을 흘리던 것을 생각하였다.

그리고 영채의 말에, 영채가 기생이 되었다는 말을 듣고 옥중에서 절식 자살하였다는 말을 생각하였다. 그리고 시대의 선구의 비참한 운명을 생각하였다.

박 선생은 너무 일찍 깨었었다. 아니, 박 선생이 너무 일찍 깬 것이 아니라, 박 선생의 동족이 너무 깨기가 늦었었다. 박 선생이 세우려던 학교는 지금 도처에 섰고, 박 선생이 깎으려던 머리는 지금 사람마다 깎는다. 박 선생이 만일 그 문명 운동(文明運動)을 오늘날 시작하였던들 그는 사회의 핍박은 커녕 도리어 사회의 칭찬과 존경을 받을 것이다. 시대가 옮아갈 때마다 이러한 희생이 있는 것이어니와 박 선생처럼 참혹한 희생은 없다.

지금 그 며느리 두 사람은 어떻게 있는지 모르거니와 이제 영채까지 죽었다 하면 아주 박 진사의 집은 멸망한 것이다. 형식의 집도 거의 멸망하다가 형식이 한 사람만 남고, 박 진사의 집도 거의 멸망하다가 영채 하나만 남았었다.

그러나 이제 영채마저 죽으니 영채의 집은 아주 이 세상에 씨도 없이 되고 말았다. 수십여 호 되던 박씨 문중이 신미 혁명(辛未革命)에 다 쓰러지고, 오직 하나 남았던 박 진사의 집이 신문명 운동에 희생이 되어 아주 없어지고 말았다. 일문(一門)의 운명도 알 수 없고 일가(一家)의 운명도 알 수 없다 하였다.

그러나 형식은 그렇게 이 무덤을 보고 슬퍼하지는 아니하였다. 형식은 무슨 일을 보고 슬퍼하기에는 너무 마음이 즐거웠다. 형식은 죽은 자를 생각하고 슬퍼하기보다 산 자를 보고 즐거워함이 옳다 하였다. 형식은 그 무덤 밑에 있는 불쌍한 은인의 썩다가 남은 뼈를 생각하고 슬퍼하기보다 그 썩어지는 살을 먹고 자란 무덤 위의 꽃을 보고 즐거워하리라 하였다.

그는 영채를 생각하였다. 영채의 시체가 대동강으로 둥둥 떠나가는 모양을 생각하였다. 그러나 형식은 슬픈 생각이 없었고, 곁에 섰던 계향을 보매 한량없는 기쁨을 깨달을 뿐이다.

이렇게 생각하고 형식은 혼자 놀랐다. 내가 어느덧 이대도록 변하였는가 하였다. 형식은 너무 놀라서 눈을 부릅뜨고 두 주먹을 쥐었다. 형식은 어저께 영채의 편지를 보고 울었다. 가슴이 터질 듯이 슬퍼하였다. 그리고 밤에 차를 타고 올 때에도 남모르게 가슴을 태우고 남모르게 눈물을 씻었다.

더구나 아까 경찰서에서 영채가 아주 죽은 줄을 알 때에 형식의 몸은 마치 끓는 물에 들어간 듯하였다. 그리고 계향의 집을 떠나 박 선생의 무덤을 찾아올 때에도, 무덤에 가거든 그 앞에 엎드려 실컷 통곡이라도 하리라 하였었다. 그리하였더니 이것이 웬일인가. 은사의 무덤 앞에서 억지로 눈물을 흘리려 하였으나 조금도 슬픈 생각이 아니 난다. 사람이 이렇게도 갑자기 변하는가 하고 혼자 빙그레 웃었다. 계향은 형식의 모양이 수상하다 하였으나 알아보려고도 하지 아니한다.

형식은 이렇게 살풍경한 곳에 오래 섰는 것보다 계향의 손을 잡고 재미있는 이야기를 하면서 걸음을 걷는 것이 좋으리라 하여,

「자, 갑시다.」

하였다. 계향은 이상하다 하는 듯이,

「어디로 가셔요?」

「집으로 갑시다.」

「북망산에 아니 가시고요?」

「거기는 가서 무엇하오? 가면서 이야기나 합시다. 영채씨가 여기 왔던 형적이 없으니까 아마 아무데도 아니 왔던 게지요」

하고 계향의 손을 잡는다.

형식은, 영채는 죽은 사람으로 작정하고 계향의 집에 돌아와, 노파는 이삼 일 평양에 있겠다 하므로 자기 혼자 그날 저녁차로 서울에 올라왔다. 평양을 떠날 때에 노파는 문밖에 나와 형식의 손을 잡고 울면서,

「아무리 하여서도 영채를 찾아 주시오」

198

하였다. 그러나 형식은 다만 계향을 떠나는 것이 서운할 뿐이요, 영채를 위하여서는 별로 생각도 아니하였다. 형식은 차 속에서「꿈이 깬 듯하다」하면서 여러 번 웃었다.

평양서 올라올 때에 형식은 무한한 기쁨을 얻었다. 차에 같이 탄 사람들이 모두 다 자기의 사랑을 끌고, 모두 다 자기에게 말할 수 없는 기쁨을 주는 듯하였다. 찻바퀴가 궤도에 깔리는 소리조차 무슨 유쾌한 음악을 듣는 듯하고, 차가 철교를 건너갈 때와 굴을 지나갈 때에 나는 소요한 소리도 형식의 귀에는 웅장한 군악과 같이 들린다.

형식은 너무 신경이 흥분하여, 거의 잠을 이루지 못하고 차창을 열어 놓고 시원한 바람을 쐬면서 어스름한 달빛을 어렴풋하게 보이는 황해도 연산(蓮山)을 보았다.

산들은 수묵(水墨)으로 그린 묵화 모양으로, 골짜기도 없고 나무나 돌도 없고, 모두 한 빛으로 보인다. 달빛과 밤빛과 구름빛을 합하여 커다란 붓으로 종이 위에 형세 좋게 그린 그림과 같다 하였다. 이렇게 생각하는 형식의 정신도 실로 이와 같았다.

형식의 정신에는 슬픔과 괴로움과 욕망과 기쁨과 사랑과 미워함과, 모든 정신 작용이 온통 한데 모이고 한데 녹고 한데 뭉치어, 무엇이 무엇인지 구별할 수가 없었다. 비겨 말하면 이 모든 정신 작용을 한 솥에 집어넣고 거기다가 맑은 물을 두고 장작불을 때어 가며 그 솥에 있는 것을 홰홰 뒤저어서 온통 녹고 풀어지고 섞여서, 엿과 같이 죽과 같이 된 것과 같았다.

그러므로 이때에 형식의 정신 작용은 좋게 말하면 가장 잘 조화한 것이요, 좋지 않게 말하면 가장 혼돈한 상태였었다. 엷은 구름 속에 가리워진 달빛이 산과 들을 변하여 꿈과 같이 몽롱하게 만들 모양으로, 그 달빛이 형식의 마음에 비치어 그 마음을 녹이고 물들여 꿈과 같이 몽롱하게 만들어 놓았다.

형식의 눈은 무엇을 보는지도 모르게 반짝반짝하고 형식의 머리는 무엇을 생각하는지도 모르게 흐물흐물한다.

형식의 몸은 차가 흔들리는 대로 흔들리고 형식의 귀는 무슨 소리가 들리는 대로 듣는다.

형식은 특별히 무엇을 생각하려고도 아니하고, 눈과 귀는 특별히 무엇을 보고 들으려고도 아니한다. 형식의 귀에는 차의 가는 소리도 들리거니와 지구의 돌아가는 소리도 들리고 무한히 먼 공중에서 별과 별이 마주치는 소리와 무한히 작은 「에틸」의 분자의 흐르는 소리도 듣는다.

메와 들에 풀과 나무가 밤 동안에 자라느라고 바삭바삭하는 소리와, 자기의 몸에 피 돌아가는 것과, 그 피를 받아 즐거워하는 세포들의 소곤거리는 소리도 들린다. 그의 정신은 지금 천지가 창조되던 혼돈된 상태에 있고 또 천지가 노쇠하여서 없어지는 혼돈한 상태에 있다.

그는 하느님이 장차 빛을 만들고 별을 만들고 하늘과 땅을 만들려고 고개를 기울이고, 이럴까 저럴까 생각하는 양을 본다. 그리고 하느님이 모든 결심을 다 하고 나서 팔을 부르걷고 천지에 만물을 만들기 시작하는 양을 본다. 하느님이 빛을 만들고 어두움을 만들고 풀과 나무와 새와 짐승을 만들고 기뻐서 빙그레 웃는 양을 본다.

또 하느님이 흙을 파고 묽을 길어다가 두 발로 잘 반죽하여 사람의 모양을 만들어 놓고 마지막에 그 사람의 코에다 김을 불어넣으매, 그 흙으로 만든 사람이 목숨이 생기고 피가 돌고 소리를 내어 노래하는 양이 보인다. 그리고 처음에는 움직이지 못하는 한 흙덩이더니 그것이 숨을 쉬고 소리를 하고 또 그 몸에 피가 돌게 되는 것을 보니 그것이 곧 자기인 듯하다.

이에 형식은 빙긋이 웃는다. 옳다, 자기는 목숨 없는 흙덩이였었다. 자기는 숨도 쉬지 못하고 움직이지도 못하고 노래도 못하던 흙덩어리였다. 자기는 자기의 주위에 있는 만물을 보지도 못하였었고 거기서 나는 소리를 듣지도 못하였었다.

설혹, 만물의 빛이 자기의 눈에 들어오는 소리가 자기의 귀에 들어온다 하더라도, 그는 오직 「에틸」의 물결에 지나지 못하였었다. 자기는 그 빛과 그 소리에서 아무 기쁨이나 슬픔이나 아무 뜻도 찾아낼 줄을 몰랐었다. 지금까지 혹 자기가 웃기도 하고 울기도 하였다 하더라도, 그는 마치 고무로 만든 인형의 배를 꼭 누르면 웃기도 하고 울기도 하는 것과 같았었다.

그러므로 그 웃음과 울음은 결코 자기의 마음에서 스스로 흘러나온 것이 아니요, 전혀 타동적이었다. 자기가 지금껏 옳다, 그르다, 슬프다, 기쁘다 하여 온 것은 결코 자기의 지(知)의 판단과 정(情)의 감동으로 된 것이 아니요, 온전히 전습(傳襲)을 따라, 사회의 관습을 따라 하여 온 것이었다.

예로부터 옳다 하니 자기도 옳다 하였고, 남들이 좋다 하니 자기도 좋다 하였다. 다만 그뿐이다. 그러나 예로부터 옳다 한 것이 자기에게 무슨 힘이 있으며, 남들이 좋다 하는 것이 자기에게 무슨 상관이 있으랴. 내게는 내 지가 있고 내 의지가 있다. 내 지와 내 의지에 비추어 보아 옳다든가, 좋다든가, 기쁘고 슬프다든다 하는 것이 아니면 내게 대하여 무슨 상관이 있으랴.

나는 내가 옳다 하던 것도 예로부터 그르다 하므로, 또는 남들이 옳지 않다 하므로 더 생각하지도 아니하여 보고 그것을 내어버렸다. 이것이 잘못이다. 나는 나를 죽이고 나를 버린 것이로다. 자기는 이제야 자기의 생명을 깨달았다. 자기가 있는 줄을 깨달았다.

마치 북극성(北極星)이 있고 또 북극성은 결코 백랑성도 아니요 노인성(老人星)도 아니요, 오직 북극성인 듯이, 따라서 북극성은 크기로나 빛으로나 위치로나 성분으로나, 역사로나 우주에 대한 사명으로나, 결코 백랑성이나 노인성과 같지 아니하고, 북극성에 자신의 특징이 있음과 같이, 자기도 있고 또 자기는 다른 아무러한 사람과도 꼭 같지 아니한 지와 의지와 위치와 사명과 색채(色彩)가 있음을 깨달았다.

그리고 형식은 더할 수 없는 기쁨을 깨달았다. 형식은 웃으며 차창으로 내어다본다.

차는 지금 신막 남천역을 지나 경의철도 중의 제일 산이 많은 옛날 금천 큰고개 근방으로 달아난다. 초생달은 벌써 넘어가고 창밖은 캄캄하다. 달빛이 없는 것이 도리어 산들의 모양을 보기에는 편하다.

하늘과 산과의 경계는 굵은 붓으로 되는 대로 구불구불하게 그린 곡선 모양으로 아주 분명하게 보인다. 왈칵왈칵하는 찻바퀴 소리 사이로 산 강물이 조약돌 많은 여울로 굴러내려 가는 소리가 들린다. 이따금 기관차 굴뚝으로 나오는 불빛에 조그마한 산골짜기에 초가집 두어 개가 번쩍 보이고 혹 오랜 가물에 얼마 아니 되는 물이 가기 싫은 듯이 흘러가는 시내의 한 토막도 보인다.

차가 산모퉁이를 돌아설 때에 저편 컴컴한 속에 조그마한 불빛이 반짝반짝한다. 그 불빛이 차가 달아남을 따라 깜박깜박 있다가 없다가 함은 아마 잎이 무성한 나무에 가리워짐인 듯, 그 불은 꽤 오랫동안 형식의 차창에서 보였다.

형식은 물끄러미 그 불을 본다. 저 불 밑에는 누가 앉아서 무엇을 하는고. 가난한 어머니가 아이들을 잠들여 놓고 혼자 일어나 지아비와 아이들의 누더기를 깁는가. 잘 보이지 아니하는 눈으로 바늘구멍을 찾지 못하여 연방 불을 돋우고 눈을 비비는가. 그러다가 「아아 늙었구나!」 하고 깁던 누더기에 굵은 눈물을 떨구는가. 그때에 아랫목에서 자던 앓는 어린아이가 꿈에 놀래어 우는 것을 껴안고 먹은 것이 없어서 나지도 아니하는 젖을 물리고 있는 것이나 아닌가.

또는 앓는 외아들을 가운데 놓고 늙은 내외가 자리 위에 서서 번갈아 아들의 몸을 만지고 번갈아 울고 위로하면서 마음속으로 「하느님 내려다 봅소서」 하는 것이 아닌가.

이에 형식은 십여 년 전에 세상을 떠난 자기의 부모를 생각하였다. 어머니는 아직 젊었으나 아버지는 오십이 넘었으므로, 자기가 조금이라도 병이 나면 그 병이 낫기까지 목욕 재계하고 자기의 곁에서 밤을 새우던 것과, 자기가 혹 눈을 뜨면 아버지는 자기의 눈을 보고 그 아들이 눈을 뜨는 것이 무한히 기쁜 듯이 빙긋이 웃으며 자기의 손을 잡던 것, 아직 삼십이 다 못 된 자기의 어머니는 곤함을 이기지 못하여 앉은 대로 졸던 것이 생각이 난다.

형식은 잠깐 추연하다가 다시 그 불을 본다. 천지가 온통 캄캄한 중에 오직 불 하나이 반짝반짝하는 것과, 세상이 다 잠을 다 깊이 들었을 때에 그 불 밑에 혼자 깨어 있는 사람을 생각하매 형식은 그것이 마치 자기의 신세인 듯하였다.

차가 또 어떤 산모퉁이를 돌아서매 그 불은 그만 아니 보이게 되고 말았다. 형식은 서운한 듯이 머리를 창으로서 끌어들였다. 차실에 같이 탄 사람들은 다 깊이 잠이 들었다. 바로 자기의 맞은편에 누운 어떤 노동자 같은 소년이 추운 듯이 허리를 구부린다.

형식은 얼른 차창을 닫고 자기가 깔고 앉았던 담요로 그 소년을 덮어 주었다. 이 소년은 아마 어느 금광으로 가는지 흙물 묻은 무명 고의를 입고

202

수건을 말아서 머리를 동였다. 머리는 언제 빗었는지 머리카락이 여기저기 뭉쳐지고 귀밑과 목에는 오래 묵은 때가 있다. 역시 조그마한 흙물 묻은 보퉁이로 베개를 삼았는데 그 보퉁이를 묶은 종이로 꼰 노끈이 걸상 밑으로 늘어졌다.

형식은 그 노끈을 집어 보퉁이 밑에 끼웠다. 소년의 굵은 베로 만든 조끼 호주머니에는 국수표 궐련갑(菊水票卷煙匣)이 조금 보이고 그 속에는 물부리와 넓적하게 된 궐련이 서너 개나 보인다. 「아끼는 궐련이로구나」 하고 형식은 빙그레 웃으면서 자기의 「조일」(朝日)을 만져 보았다. 그리고 담배를 붙일 생각이 나서 한 개를 내었다. 형식은 그 궐련에 불을 붙여 길게 빨았다. 그때에 담배 맛은 특별하였다.

형식은 다시 차실을 돌아보았다. 어떤 일본 부인이 잠을 깨어 정신없이 사방을 둘러보고 두어 번 머리와 목을 만지며 무엇을 찾는 듯이 기웃기웃하더니 도로 보퉁이에 엎디어 잠이 든다. 형식도 내일에 곤할 것을 생각하고 한잠 자리라 하여 수건을 창문턱에 접어 놓고 눈을 감았다.

그러나 형식의 정신은 더욱 쇄락할 뿐이요, 암만하여도 잠이 들지 아니하였다,. 형식은 그래도 잠이 들까 하고 눈을 감은 대로 찻바퀴 소리를 세었다. 형식의 정신은 마치 풍랑이 침식한 바다 모양으로 아주 잔잔하게 되었다.

형식의 머리에는 영채와 선형과 노파와 배 학감과 이 희경과 또 칠성문 밖에서 보던 노인과 박 선생의 무덤과 계향과…… 이러한 것들이 순서도 없이 번쩍번쩍 떠나온다. 형식은 눈을 감은 채로 그 모든 사람들의 얼굴을 보았다. 그 사람들은 혹 웃기도 하고, 울기도 하고, 혹 성난 듯이 입을 내어밀고, 눈을 힐끗힐끗하기도 하고, 혹 나무로 새겨 놓은 듯이 시치미떼고 나서기도 한다. 더구나 영채의 모양이 오래 보이고 또 자주 보인다.

형식은 곁에 놓인 가방을 생각하였다. 그 속에 있는 영채의 편지와 지환과 칼이 눈에 보인다. 형식은 오싹 소름이 끼치며 번쩍 눈을 떴다. 아아, 내가 잘못함이 아닌가. 내가 너무 무정함이 아닌가. 내가 좀더 오래 영채의 거처를 찾아야 옳은 것이 아닌가.

설사, 영채가 죽었다 하더라도 그 시체라도 찾아보아야 할 것이 아니던가. 그리고 대동강에 서서 뜨거운 눈물이라도 오래 흘려야 할 것이 아니던가.

영채는 나를 생각하고 몸을 죽였다. 그런데 나는 영채를 위하여 눈물도 흘리지 않아. 아아, 내가 무정하구나, 내가 사람이 아니로구나 하였다. 남대문을 향하고 달아나는 차를 거꾸로 세워 도로 평양으로 내려가고 싶다 하였다.

그러나 형식은 마음은 평양으로 끌리면서 몸은 남대문에 와 내렸다.

형식은 숙소에 돌아와 조반을 먹고는 곧 학교에 갔다. 노파가,

「얼굴에 몹시 곤한 모양이 보이는데, 오늘은 하루 쉬시지요.」

하는 말도 듣지 아니하였다.

형식은 지나간 사흘 동안에 너무 정신을 쓰고 또 잠을 잘 자지 못하여 얼굴에 졸리는 빛이 보이도록 몸이 피곤하였다. 그러나 오늘 아침 첫시간에는 사년급 영어가 있다. 어저께도 쉬고 오늘도 쉬면 연하여 이틀을 쉬게 된다. 형식은 이것이 괴로웠다.

형식은 병이 있기 전에는 아직도 학교 시간을 쉬어 본 적이 없었다. 감기가 들어 여간 두통이 나고 열이 있더라도 억지로 학교에 출석하였다. 그리고 돌아와서 병이 더치더라도 형식은 「내 의무를 위함」이라 하여 스스로 만족하였다.

형식은 자기가 한 시간을 편안히 쉬기 위하여 백여 명 청년으로 하여금 각각 한 시간을 허송하게 하는 것을 큰 죄악으로 안다. 그러나 형식이 이처럼 열심으로 학교에 가는 데는 의무라는 생각 밖에 더 큰 무엇이 있었다. 그것은 이렇다.

형식은 외롭게 자라났다. 형식은 부모의 사랑이라든가, 형제 자매의 사랑도 모르고 자라났다. 그뿐더러 형식에게는 사랑하는 동무도 없었다. 나이 같고 성미가 서로 맞는 동무의 사랑은 여간 형제 자매의 사랑에 지지 않는 것이다.

그러나 형식은 일정한 처소에 있지 아니하여 그러한 동무를 사귈 기회가 없었고 또 불쌍하게 돌아다닐 때에는 동무 될 만한 아이들이 형식을 천대하여 동무로 여겨 주지를 아니하였다.

형식이 열두 살 적에 그 족제 하나를 심히 사랑한 일이 있었다. 족제는 형식과 동갑이요, 이전에는 글도 같이 읽었었다. 한번은 형식이 그 족제의 집에서 놀다가 밤이 깊었다. 그때에 형식은 그 족제와 한자리에서 자게 된 것을 더할 수 없이 기뻐하였다. 그래서 자기의 숙소 되는 당숙의 집에 갈

수도 있건마는 「어두워서 못 가겠다」고 떼를 쓰고 같이 자기를 청하였다. 그러나 족제는 「네 옷에는 이가 많더라」 하고 크게 소리를 쳐 온 집안 사람이 다 소리를 듣게 하였다.

그때에 형식은 섧기도 하고 분하기도 하나 어찌할 수 없어서 눈물을 흘리면서 그 집에서 뛰어나온 일이 있었다. 과연 형식의 옷과 머리에는 이가 많이 끓었었다. 이러함으로 어린 형식은 동무의 사랑조차 맛보지 못하였다.

그후 박 진사의 집에 와서는 자기보다 십여 세 위 되는 사람과만 같이 있었고, 경성에 올라와서도 역시 그러하였다. 형식이가 동무의 재미를 보려면 볼 수 있던 때는 동경 유학하는 동안이었다. 동경에는 자기와 연갑되는 소년이 많았었다.

그래서 동무에 목마른 형식은 될 수 있는 대로 그네와 친하려 하였다. 그러나 형식은 어려서부터 세상에 부대껴 왔으므로 어느덧 소년의 어여쁜 빛이 스러지고 얼굴에나 마음에나 노성한 어른의 빛이 있었다. 그러므로 아무리 자기와 연갑되는 소년들과 친하려 하여도 그 소년들이 마음을 허하지 아니하였다.

더구나 그 소년들에게 비하여 학문의 정도에 차이가 많았으므로 그 소년들을 형식을 선배 모양으로 공경하는 생각은 가지되, 어깨를 걷고 손을 잡고 동무가 되려고는 하지 아니하였다. 그 소년들은 형식을 대하면 가댁질하던 것도 그치고 고개를 숙이고,

「안녕합시오.」

하였다. 형식도 하릴없이,

「안녕합시오.」

하고 대답하였다. 한번은 형식이가 자기보다 두어 살 아래 되는 소년을 붙들고,

「여보, 나하고 동무가 됩시다. 너, 나하고 지냅시다.」

하였다. 그 소년은 농담인 줄 알고,

「네.」

하면서 모자를 벗고 경례를 하고 달아났다.

그후에도 기회 있는대로 소년들의 동무가 되려 하였으나 소년들은 해해

웃고는 경례를 하고 달아났다. 마침내 형식은 소년의 동무가 되어 보지 못하고 말았다. 그리고 지금까지 평생 자기보다 십여 년이나 어른되는 이와 친구가 되어 왔다.

형식은 일찍 이렇게 자탄하였다.「나는 소년시대를 건너뛰었어!」 소년 시대를 보지 못한 형식의 마음은 과연 적막하였다. 그는 항상 말하기를 「나는 인생의 한 권리를 빼았겼다」하였고, 또 「그리고 그 권리는 인생에게 가장 크고 즐거운 권리라」 한다.

이러한 말을 할 때 마다 형식은 적막한 생각을 이기지 못하여 길게 한숨을 쉰다. 그러다가 스물한 살에 경성학교의 교사가 되어 여러 소년들과 가까이 접할 기회를 얻었다. 그러나 소년들이「선생님」하고 슬슬 피할 때에는 형식은 여전히 적막한 생각이 있었다. 그래서 나도 이제 어느 중학교에 입학을 하여 저 소년들과 같이 놀아 보았으면 하는 생각까지도 하였다.

형식은 학생들을 지극히 사랑하였다. 그가 학생들에게 대한 일언일동은 어느 것이나 뜨거운 사랑에서 아니 나옴이 없었다. 형식은 어린 학생들의 코도 씻어 주고 구두끈도 옷고름도 매어 주었다. 어떤 교사들은 형식이 이렇게 함을 비웃기도 하고, 심지어 형식이가 학생들을 끔찍이 사랑하는 것을 좋지 못한 뜻으로까지 해석하였다. 더구나 형식이가 이 희경을 특별히 사랑하는 것은 필연 희경의 얼굴을 탐내어 그러하는 것이라 하며, 어떤 자는 형식과 희경의 더러운 관계를 확실히 아노라고 장담하는 자도 있었다.

그래서 형식도 어떤 친구에게 충고를 받은 일도 있었고, 희경도 동창들 사이에 좋지 못한 조롱을 받은 일도 있으며, 희경이가 우등을 하는 것은 형식의 작간이라고 험구를 하는 자도 있었다. 그러나 형식은 여전히 학생들을 사랑하였다.

만일 학생들 중에 사람의 피를 마셔야 살아나리라 하는 병인이 있다 하면 형식은 달게 자기의 동맥을 끊으리라고까지 생각하였다. 그중에도 이 희경 같은 몇 사람에 대하여서는 남자가 여자에 대하여 가지는 듯한 굉장히 뜨거운 사랑을 깨달았다.

말이 좀 곁가지로 들어가지마는, 이 기회를 타서 형식의 지나간 동안 교사 생활을 좀 말할 필요가 있다. 사 년간의 형식의 경성학교 교사 생활은 일

206

언이폐지하면 사랑과 고민의 생활이었다.

형식의 이십 년간 갇히고 주렸던 사랑은 교사가 되어 여러 소년을 접하게 되매, 마치 눈에 가리워졌던 풀의 움이 봄바람을 타고 쑥 나오는 모양으로 나오기를 시작하였다. 부모의 사랑이나 형제의 사랑이나 동무의 사랑도 맛보지 못하고, 하물며 여자에게 대한 사랑은 꿈도 꾸어 보지 못한 형식의 사랑은 사리에 밀려들어 오는 밀물 모양으로 경성학교의 사백 명 어린 학생을 덮었다.

그가 일찍 일기에,

「너희는 나의 부모요, 형제요, 자매요, 아내요, 동무요, 아들이로다. 나의 사랑을 —— 나의 전정신을 점령한 것은 너희로다. 나는 너희를 위하여 이 피가 다 마르도록, 이 살이 다 깎이도록, 이 뼈가 다 휘도록 일하고 사랑하마.」

한 구절은 형식의 거짓없는 정을 말한 것이다.

형식은 아침마다 학교 문을 들어서서 학생들이 노니는 모양을 보면 기쁘고, 시간마다 강단에 서서 학생들이 자기를 보고 자기의 말을 듣는 양을 보면 기쁘고, 밤에 혼자 자리에 누워 학생들의 놀던 모양과 배우던 모양을 생각하면 기뻤다. 그래서 어찌하면 하나라도 학생들을 더 가르쳐 줄까, 어찌하면 그네의 행실을 아름답게 만들고, 어찌하면 그네의 정신을 깨우쳐 줄까 하여 자기가 아는 바 모든 것을 말하고, 할 수 있는 바 모든 방법을 다하였다. 그래서 학생들이 토론회를 할 때에 자기가 가르친 말을 끌어 쓴다든가 무슨 일을 할 때에 자기가 시켜 준 어느 방법을 쓰는 것을 보면 형식은 더할 수 없이 기뻐하였다.

이렇게 지나간 사 년간에 형식의 경력과 시간의 대부분은 전혀 학생들을 위하여 소비되었다. 그 때문에 형식은 얼마큼 신경도 쇠약되고 몸도 약하게 되었다. 자기도 그런 줄을 안다.

그러나 순전히 자기의 손으로 만들어 놓은 사년급 학생들을 대할 때에는 마치 봄부터 여름내 땀을 흘리고 고생하던 농부가 가을에 누렇게 익어 고개 숙인 논과 밭을 보고 깨닫는 듯하는 기쁨과 만족을 깨닫는다.

형식의 생각에 사년급 학생의 지식의 대부분과 아름다운 생각과 말과 행실의 대부분은 다 자기의 정성으로 힘쓴 결과려니 한다.

과연 형식은 조그마한 기회라도 놓치지 아니하고 자기의 가진 지식과 경험과 감상과 재미있는 이야기까지도 들려주었다. 그래서 이제는 사년급 학생을 대하여도 별로 할 말이 없으리만큼 자기가 가진 바를 온통 떨어주었다.

형식은 교과서를 가르치고 남은 시간은 반드시 새롭고 유익하다고 생각하는 이야기로 채웠다. 형식이 독서를 하는 이유의 하나는 이 학생들에게 알려 주려는 욕심이었다. 그리고 학생들도 형식의 말을 재미있게 들었다.

「또 더해 주셔요.」

하고 형식에게 청하기까지도 하였다. 이렇게 학생들이 청하는 것을 보고는 형식은 더욱 만족하였다. 무론 여러 학생 중에는 형식의 하는 이야기를 귀찮게 여기는 자도 있고, 형식이 한창 정성으로 이야기할 때에 일부러 한눈도 팔며 공책에 붓장난을 하는 자도 있었으나 형식이 보기에 대부분은 자기의 말을 흥미있게 듣는 듯하였다.

그러므로 학생들이 형식에게서 받은 감화와 얻은 지식과 쾌락도 적지 아니하였다. 여러 교사들 중에 학생들에게 영향을 많이 주기로는 남들도 형식이라고 허하고 형식 자신도 그렇게 확신하였다.

그러나 교사들은 형식의 학생에게 미치는 영향을 그다지 좋은 줄로도 생각지 아니하고 어떤 교사는 학생들에게 교만한 마음을 생기게 하느니, 학생들에게 좋지 못한 소설을 읽어 주어 학생들의 마음을 어지럽게 하느니 하고 비방도 한다. 이러한 비방도 아주 까닭이 없음은 아니다.

형식은 항상 학생들에게 될 수 있는 대로 자유를 주는 것이 옳다고 주장하며 학교 당국도 될 수 있는 대로는 학생의 의사를 존중하기를 주장한다.

더구나 처음 형식이가 이 학교에 교사로 왔을 때에는 교장과 학감이 극히 전제를 숭상하는 인물이 되어서 학생들은 선생에게 대하여 감히 한마디도 자기네의 의사를 표하지 못하였고, 혹 다만 한마디라도 학교의 명령이나 교사의 말에 대하여 비평을 한다든가 반대를 하는 자가 있으면 학생 일동의 앞에서 엄혹하게 책망을 한 후에 혹은 정학도 시키고 심하면 출학까지도 하였었다.

그래서 자유사상을 품은 형식은 여러 번 의견도 충돌하였었다. 형식은

208

학생들 앞에서, 「학교에 대하여 불만한 일이 있으며 당당하게 말하는 것이 옳소. 정당한 일을 학교가 부정하게 여길 때에는 반항을 하여도 옳소」 이러한 위험한 말도 할 때가 있다. 그러므로 배 학감이, 이번 학생의 소동도 형식의 충동이라 함이 아주 근거가 없는 말은 아니다. 또 형식은 삼사년급 학생들에게 은연중 문학을 장려하였다.

그래서 학생 중에는 혹 소설도 보며, 철학에 관한 서적도 보며, 잡지도 보는 자가 생기고, 그중에는 가장 문학자인 체, 사상가인 체, 철인(哲人)인 체하여 무슨 큰 생각이나 하는지 고개를 숙이고 다니는 학생도 몇 사람이 생기고, 또 그러한 학생들은 다른 교사들을 아주 정신 생활이라는 것을 알지 못하는 유치한 사람들이라고 비웃기도 한다.

형식이 보기에 이는 학생들의 진보함이라 기쁜 일이언마는 다른 교사들 보기에 이는 학생들이 타락함이요 주제넘게 됨이었다. 교사들뿐 아니라 학생 중에도 이 희경 일파가 글자 작은 어려운 책을 들고 다니는 것과 그 달에 발행한 잡지를 들고 다니는 것을 비웃었다.

무론 이 희경 일파가 그 어려운 책을 알아보지는 못하였다. 열 페이지나 스무 페이지를 읽은 뒤에 그 속에 있는 뜻을 계통적으로 깨닫지는 못하였다. 다만 여기저기 한 구절씩 혹은 두어 줄씩 자기네가 깨달을 만한 것이 있으면 그것으로써 만족하여 하였다.

그네는 하루에 알지는 못하면서도 여러 페이지 읽기를 자랑으로 알고 형식에게 들은 대로 서양 문학자, 철학자, 종교가 같은 사람들의 이름과 그네의 저서의 이름을 외우기로 유일한 영광을 삼았다.

그리고 그네가 보는 책에서 「인생이란 무엇이뇨」라든가 「우주란 무엇이뇨」 하는 구절을 외워 토론회나 친구간에 하는 회화에 인용하였다.

혹 톨스토이나 셰익스피어의 격언을 인용하기도 하고 혹 그것을 영어대로 통으로 암기하여 인용하기도 하였다. 인용하는 자기도 그 뜻을 잘 모르면서도 그것을 인용하면 자기의 말하려는 바와 잘 발표된 듯하였고, 그것을 듣는 다른 학생들도 「흥」 하고 코웃음은 하면서도 그네의 지식이 많음을 속으로는 부러워하였다.

그래서 자기네도 몰래 낡은 잡지를 사다가 보기도 하고, 또는 이 희경 일파에게 들은 말을 가만히 기억하였다가 다른 데 가서 자랑 삼아 써 보기도 하였다.

이 희경은 꽤 이해력이 있었다. 형식의 생각에 희경은 가장 사상이 익었는 듯하고 희경 자신도 자기는 제법 형식의 하는 말을 깨닫는 줄로 믿었다. 그래서 형식과 희경이 같이 앉았을 때에는 마치 뜻맞는 사상가들이 오래 간만에 만난 모양으로 인생 문제와 우주 문제가 뒤를 대어 흘러나왔다.

그러나 형식은 아직도 희경에게 말할 수 없는 고상한 사상을 많이 가진 듯이 생각하였다. 그는 사실이었다. 형식이가 한참이나 자기의 사상을 말하다가 희경의 멍하니 앉았는 것을 보고는「너는 아직 모르는구나」하는 듯이 빙그레 웃으며 말을 끊었다. 그러할 때에는 희경은 형식에게 모욕을 당한 듯하여 얼굴이 붉어졌다. 무론 희경은 형식이가 자기보다 지식이 많고 사상이 깊은 줄을 인정한다.

그러나 자기보다 여러 십 리 앞섰으리라고는 생각하지 아니한다. 그래서 형식이가 자기를「네야 알겠니」하는 듯이 대접할 때에 형식에게 불쾌하고 반항하는 생각이 났다. 희경이가 이년급까지는 형식은 자기보다 수천 리나 앞선 사람인 듯이 보였다. 형식의 머리속에는 없는 것이 없고 형식의 입으로서 나오는 말은 모두 다 깊은 뜻이 있는 것같이 생각하였다.

형식은 조선에 제일가는 지식도 많고 생각도 깊은 사람으로 여겼다. 그러나 삼년급이 반쯤 지나간 뒤로부터는 형식도 자기와 얼마 다르지 아니한 사람과 같이 보았다. 형식의 지식은 그렇게 많지 못하고 형식의 생각하는 바는 자기도 생각하는 것같이 생각하였다. 그리고 형식이가 강단에서 하는 말도 별로 감복할 만한 말이 아니요, 자기도 강단에 올라서면 그만한 말을 넉넉히 할 수 있으리라 하였다.

그러나 정작 토론회에서 말을 하여 보면 암만하여도 형식만 못한 것 같았다. 그러나 이는 결코 자기가 형식만 못하여 그러한 것이 아니라 형식은 여러 해 교사로 있어 말하는 법이 익은 것이지 자기가 그만큼 말을 연습하면 형식보다 나으리라 하였다.

희경의 생각에 삼 년만 지나면 자기는 생각으로나 지식으로나 말로나 모든 것으로 형식보다 나으리라 한다. 사년급이 되어 독본 사권을 배우게 되매 형식도 혹 모른다는 글자가 있고 문법 관계도 분명히 설명하지 못하는 것이 있게 되매 희경은 영어로도 형식을 그렇게 우러러보지 아니하게 되었다.

지금은 희경이 보기에 형식은 자기보다 두어 걸음밖에 더 앞서지 못한 사람같이 보이고 장래에는 자기가 형식보다 열 배 스무 배나 높아질 것같이 보였다.

희경은 중학교 교사를 우습게 보게 되었다. 다른 교사들을 아무것도 모르는 껍데기로 본 지는 벌써 오래거니와 그중에 가장 무엇을 아는 듯하던 형식도 자세히 알고 보면 아무것도 아닌 것을 깨달았다. 자기는 중학교의 교사 같은 직업을 가질 사람이 아니요, 장차는 큰 학자가 되거나 박사가 되거나 중학교에 온다 하더라도 교장이나 주면 하리라 한다.

교사들은 대개 될 대로 다 된 작은 인물같이 보고 자기는 무한히 크게 될 가능성이 있는 듯이 생각한다. 그러나 희경은 형식도 육칠 년 전에는 자기와 같은 생각을 가졌던 줄을 모른다. 희경이 보기에 형식은 본래 그릇이 작아서 높이 뛸 줄을 모르고, 사 년이 넘도록 중학교 교사로 있고, 또 일생을 중학교 교사로 지내는 것같이 보여서 일변 형식을 경멸하는 생각도 나고 일변 불쌍히도 여긴다.

이러한 생각을 하는 것은 희경뿐이 아니라 희경과 같이 어려운 책을 읽으려 하는 자는 다 이러한 생각을 가지게 되었다. 다른 학생들은 애초부터 형식을 존경하지도 아니하였고 다만 끔찍이 친절하게 굴려 하는 젊은 교사라 할 뿐이었다. 그뿐더러 그들은 형식이가 이 희경 일파를 편애하는 것과 특별히 희경을 사랑하는 것을 비웃고 얼마만큼 형식을 싫어하는 생각까지 있었다.

학생들은 아이로부터 어른이 되었다. 일년급부터 사년급이 되었다. 아무 지식도 없던 것들이 보통 지식을 얻게 되었다. 학생들 생각에 자기네는 지나간 사 년간에 진보도 하였다. 자라기도 하였다. 그러나 형식은 일년급 적이나 사년급 되는 지금이나 학생들이 보기에는 변함이 없는 듯하였다. 형식은 그 가진 바 자식을 온통은 아니라도 거의 다 자기네에게 빼앗기고 이제는 자기네보다 높다고 할 자격이 없는 것같이 생각한다.

그러므로 그네가 형식에게 대한 표면의 행동은 전이나 다름이 없어도 마음으로는 형식을 자기네와 동등 또는 자기네 이하로 보게 되었다.

형식은 항상 입버릇 모양으로 자기의 지식과 수양이 부족함을 한탄하였다. 자기는 진실로 자기의 지식과 수양이 부족함을 한탄한 것이언마는, 학생들은 이전에는 그것이 다만 형식의 겸사에 지나지 못하거니 하였다.

그러나 근래에 와서는 학생들은 그 한탄이 참인 줄로 안다.

그래서 형식의 하는 말에도 전과 같이 신용을 주지 아니하게 되었다. 「나는 지식과 수양이 부족하외다」 하는 말은 형식이가 자기네를 두려워하여 사죄하는 말로 알게 되었다. 그러나 형식은 그러한 뜻으로 한 말은 아니었다. 설혹 자기의 지식과 수양이 부족하더라도 아직도 희경 일파에게 떨어지기를 무서워할 지경은 아니었다. 형식의 보기에 희경 일파는 아직 어린아이들이었다.

그네가 자기를 따라오려면 두 주먹을 불끈 쥐고 달음질을 하더라도 여간 육칠 년내에 따라잡힐 것 같지는 아니하였다. 형식은 자기가 조선에 있어서는 가장 진보한 사상을 가진 선각자로 자신한다. 그래서 겸손한 듯한 그의 속에는 조선 사회에 대한 자랑과 교만이 있다. 그는 서양 철학도 보았고 서양 문학도 보았다.

그는 루소의 《참회록(懺悔錄)》과 《에밀》을 보았고, 셰익스피어의 《햄릿》과 괴테의 《파우스트》와 크로포트킨의 《면포(麵麭)의 약탈(掠奪)》을 보았다. 그는 신간 잡지에 나는 정치론과 문학론을 보았고 일본 잡지의 현상 소설에 상도 한 번 탔다.

그는 타고르의 이름을 알고 엘렌 케이 여사의 전기(傳記)를 보았다. 그러고 우주도 생각하여 보았고 인생도 생각하여 보았다. 자기에게는 자기의 인생관이 있고, 우주관, 종교관, 예술관이 있고 교육에 대하여서도 일가견 (一家見)이 있는 줄로 자신한다.

그가 만원 된 차를 타고 눈앞에 욱적욱적하는 사람을 볼 때에 나는 저들의 모르는 말을 많이 알고, 모르는 사상을 많이 가졌다고 생각하고는 일종 자랑의 기쁨을 깨닫는 동시에 「언제나 저들을 나만큼이나마 가르치는가」 하는 선각자의 책임을 깨닫고 또 이천만이나 되는 사람 중에 내 말을 알아듣고 내 뜻을 이해하는 자가 몇 사람이 없구나 하는 선각자의 적막과 비애를 깨닫는다.

그리고 자기의 하는 말을 알아들을 만한 친구를 생각하여 본다. 그러나 형식은 열 손가락을 다 꼽지 못한다. 그리고 이 열도 못 되는 사람이 조선 사람 중에 신문명을 이해하는 선각자요, 따라서 온 조선 사람을 가르치고 이끌어낼 자라 한다. 그리고 지나간 사 년간에 자기가 희경 등 사오 인을 자기와 같은 계급에 끌어낸 것을 더할 수 없는 만족으로 여긴다.

무론 자기보다는 어린아이로되 다른 사람들에게 비기면 어른이요 선각자라 한다. 조선 안에 학교도 많고 학생도 많되 희경 일파만한 학생은 없다 하며, 따라서 교육자 중에 자기가 홀로 신문명을 이해하고 조선의 전도를 통견(洞見)하는 능력이 있는 줄로 생각한다. 서울 안에 수백 명 되는 교사는 모두 다 조선인 교육의 의의를 모르고 기계 모양으로 산술을 가르치고, 일어를 가르치는 것이라고 생각한다.

그러므로 그는 조선인 교육계에 대하여 항상 불만한 생각을 품는다.

그가 경성교육회라는 것을 설립할 양으로 두어 달을 두고 분주한 것도 이러한 기회를 이용하여 자기의 교육에 대한 이상을 선전하려 함이었다.

그러나 다른 교사들은 형식을 그처럼 지식과 사상이 높은 자라고 인정하지 아니하였고, 어떤 사람은 형식을 자기네와 평등이라고도 생각하지 아니하였다. 과연 형식이 하는 말에나 일에는 별로 뛰어난 것이 없었다. 형식이가 큰 진리인 듯이 열심으로 하는 말도 듣는 사람에게는 별로 감동을 주는 바가 없었다. 다만 형식의 특색은 영어를 많이 섞고 서양 유명한 사람의 이름과 말을 많이 인용하여 무슨 뜻인지 잘 알지도 못할 말을 길게 함이었다. 형식의 연설이나 글은 서양 것을 직역한 것 같았다.

형식의 말을 듣건댄 이러한 말이나 글이 아니고는 깊고 자세한 사상을 발표할 수가 없다고 한다. 그래서 여러 사람들이 자기의 의견을 좇지 아니함은 그네가 자기의 사상을 깨달을 힘이 없음이라 하여 혼자 분개하여 한다. 공평히 말하면 형식은 다른 교사들보다 좀더 진보한 점이 있고, 또 자기가 믿는 바를 어디까지든지 실행하는 정성은 있다.

그러나 그는 사람의 마음을 보는 법이 어두웠다. 그의 생각에 세상 사람의 마음은 다 자기의 마음과 같아서 자기가 좋게 생각하는 바는 깨닫기만 하면 다른 사람에게도 좋게 보이려니 한다.

일언이폐지하면 그는 주관적이요, 이상의 인(人)이요, 실제의 인은 아니다.

그의 지나간 사 년의 교사 생활은 실패의 생활이었다. 그는 학교에서 여러 가지 의견을 제출하였으나 별로 채용된 것이 없었고, 학생들에게도 여러 가지로 가르치고 시키는 바가 있었으나 별로 환영되지도 아니하였고, 무론 실행된 것은 별로 없었다. 형식은 이것을 보고 분개한 적도 있고 비관한 적도 있었다. 그러나 그는 이것을 자기가 부족함이라고 생각하지 아니하고 세상 사람이 아직 자기의 높은 사상을 깨닫지 못함이라 하여 스스로 선각자의 설움이라 일컫고 혼자 안심하였다.

그러나 남들이 형식의 의견을 채용치 아니함은 자기네가 그것을 깨닫지 못함이라고는 하지 아니하였다. 그네의 보기에 형식의 의견은 도저히 실행할 수 없는 것이요, 또 설사 실행한다 하더라도 효력이 없을 듯한 것이었다.

그러나 여러 사람들도 차차 형식의 지식이 꽤 많음과 어려운 책을 많이 보고 생각이 꽤 깊은 줄을 인정하였다. 그래서 농담삼아, 칭찬삼아 형식을 「사상가」라고도 하고, 「철학자」라고도 하였다.

그러나 이러한 별명에는 「너는 생각이나 하여라. 실지에는 아무것도 못하겠다」 하는 조롱의 뜻이 대부분이었다. 그러나 이 별명을 듣는 형식은 「너희는 사상가가 무엇이며 철학자가 무엇인지를 아느냐」 하고 비웃으면서도 그러한 별명이 아주 듣기 싫지는 아니하였다.

형식은 사무실에 들어갔다. 벌써 상학종을 쳐서 교사들은 다 교실에 들어가고 배 학감이 혼자 궐련을 피우고 앉았다가 형식을 슬쩍 보고 고개를 돌린다. 형식은 문득 불쾌한 생각이 났으나 잠자코 분필통과 책을 들고 이층 사년급 교실에 들어갔다. 형식은,

「시간이 늦어 미안하외다.」

하고 반가운 듯이 교실을 둘러보았다. 희경이가 형식을 슬쩍 보더니 웃으며 고개를 숙인다. 다른 학생들도 빙글빙글 웃으며 형식을 쳐다보기도 하고 서로 돌아보기도 한다.

김 종렬이가 혼자 웃지도 아니하고 점잖게 앉았다.

형식은 책을 펴서 책상 위에 놓고 교의에 걸어앉아서 수상한 듯이 일동을 본다. 형식의 가슴에는 말할 수 없이 불쾌한 생각이 난다. 학생들의 태도가 암만해도 수상하다 하였다. 전에는 이러한 일이 없었다. 오늘은 학생들의

태도에 자기를 비웃는 빛이 보인다. 그러나 형식은 웃으며,

「왜들 나를 보고 웃으시오……. 자 시작합시다. 제 십팔과…… 김군 읽어 보시오」

학생들은 참다못한 듯이 한꺼번에,

「와!」

하고 웃는다. 책상 위에 이마를 대고 끽끽하며 웃는다. 학생들의 등이 들먹들먹한다. 형식은 얼굴이 발갛게 되었다. 부끄럽기도 하고 분하기도 하고 슬프기도 하였다. 그래서 발을 구르며 책망도 하고 싶고 소리를 내어 울고도 싶었다. 형식은 벌떡 일어나서 엄한 목소리로,

「이게 무슨 일들이오? 무슨 버르장머리들이란 말이오?」

하고 눈을 부릅떴다. 그러나 그 말소리는 떨렸다. 일동은 웃음을 그치고 모두 바로 앉았다. 희경은 고개를 푹 수그리고 연필로 책상에 무엇을 그적그적한다. 김 종렬은 여전히 시치미떼고 앉았다. 형식은 차마 가르칠 생각이 없다. 가슴이 울렁울렁하고 숨이 차다. 자기가 사 오 년간 전심력을 다 바쳐서 가르치던 자들에게 모욕을 받은 것 같아서 참 분하였다.

저편 교실에서는 수학을 강의하는 모양이더니 학생의 웃음 소리와 형식의 큰소리가 나자 갑자기 말이 끊어진다. 아마 이편 교실 모양을 엿듣는 듯하다. 형식은,

「무슨 일이오, 누구든지 말을 하시오. 학생들이 그게 무슨 행위란 말이오? 말을 하시오!」

일동의 시선은 김종렬에게로 몰린다. 희경은 더욱 고개를 숙이고 다리를 흔들흔들하면서 연필로 무슨 글자를 쓴다.

김 종렬은 우뚝 일어선다. 학생들은 형식과 종렬의 얼굴을 번갈아 보며 빙긋빙긋 웃기도 하고 서로 쿡쿡 찌르기도 한다. 어떤 자는 소근소근 이야기까지 한다.

형식의 머리터럭은 온통 하늘로 올라가는 듯하였다. 종렬은 연설하는 사람 모양으로 한 번 기침을 하더니,

「선생님, 한마디 질문할 말씀이 있습니다.」

하고 형식을 노려본다. 형식은 「질문」이라는 말에 몸이 으쓱하였다. 그러나

아무런 일이라도 상관없다 하는 용기도 난다. 그래서 종렬을 마주보며,

「무슨 질문이오?」

「선생님 그동안 어디 갔다 오셨습니까…… 제가 질문이라 함은 그것을 가리킴이외다.」

하고 자리에 앉는다. 일동의 시선은 형식의 입으로 모인다. 형식은,

「그래, 평양 갔다 왔소. 그래서? 그러니 어떻단 말이오?」

「무엇하러?」

한다. 학생이 혼자말 모양으로 묻자 다른 어떤 학생이,

「누구하고?」

한다. 학생들은 또 한번 낄낄 웃는다.

또 어떤 학생이,

「누구를 따라서?」

한다. 형식은 다 알았다. 종렬이가 다시 일어나며,

「평양은 무슨 일로 가셨습니까? 학교를 쉬고 가시는 것을 보매 무슨 중대한 사건이 발생한 줄을 추측하기 비난합니다마는…….」

형식은 말이 막혔다. 고개를 숙이고 눈을 감았다. 그러고 자기도 무엇을 생각하는지 모르게 한참이나 가만히 섰다. 학생들은 또 웃는다. 누가,

「계 월향이 따라서 후후.」

한다. 이때에 배 학감이 쑥 들어오며,

「이 선생, 왜 이렇게 교실이 소요하오? 다른 교실에서 상학할 수가 없구려.」

하고 학생들을 돌아보며,

「왜들 이렇게 떠드오?」

하고 돌아서서 나가려 적에 학생 중에서,

「계 월향!」

하고 소리를 지른다. 배 학감은 형식을 한번 흘겨보고 문을 닫고 나간다.

형식은 고개를 들어 학생들을 둘러보더니 떨리는 목소리로,

「사 년간 교정이 이에 다 끊어졌소. 나는 가오.」

하고 교실에서 나왔다. 교실에서는 웃는 소리, 지껄이는 소리가 들린다.

형식의 눈에는 눈물이 고였다. 사무실로 들어가 모자를 집어 들고 어디로 달아나리라 하였다. 그러나 배 학감이,

「그동안 어디 가셨어요?」

「네, 평양 좀 갔다 왔어요」

「아마 재미 많으셨겠습니다. 평양 경치가 좋지요!」

「노형은 나를 조롱하시오?」

하고 형식은 배 학감을 흘겨보았다. 배 학감은 웃으면서,

「아, 그렇게 성내실 것은 없지요. 남자가 기생을 좀 데리고 논다고 그렇게 흠할 것은 아니니까……다만 이 선생님께서는 너무 고결하시니까 그런 일이 없을 줄 알았던 말이지요. 나는 계 월향이가 이 선생의 사랑하는 계집인 줄은 몰랐구려. 벌써 알았더면 그러한 실례는 아니하였을 것인데. 그런데 그렇게 계 월향을 감추실 게야 있어요? 우리 같은 사람도 그 얼굴이나 보고 소리나 듣게 해 주시지요. 허허 참 복 좋으시오」

「이기지심으로 탁인지심(以己之心度人之心)이로구려! 이 형식이가 노형같이……」

「흥, 무론 노형은 고결하시지요. 성인이지요. 백이숙제(伯夷叔齊)시지요」

형식은 주먹으로 책상을 탁 치고 교문을 나섰다.

형식은 운동장에 나섰다. 일년급 어린 학생들이 체조를 하다가 형식을 쳐다본다. 뚱뚱한 체조 교사가 수건으로 이마에 땀을 씻으면서 형식에게 인사를 한다. 형식의 생각에는 모두 자기를 보고 웃는 것 같았다.

더구나 평생 배 학감에게 아첨을 하여 가며 자기에게 대하여 반대의 태도를 가지던 체조 교사의 눈에는 확실히 자기를 조롱하는 빛이 있다 하였다.

그래서 형식은 「다시는 이놈의 학교에 발길을 아니하겠다」 하면서 교문을 나섰다. 그러나 교문을 나서서는 한참 주저하였다. 자기가 사오 년 동안 집으로 알아 오던 학교와, 형제로 자녀로 아내로 사랑하는 자로 알아 오던 학생들을 영원히 떠나는가 하면 미상불 슬프기도 하였다. 그 운동장에 풀한 포기, 나무 한 가지가 어느 것이나 정들지 아니한 것이 없다.

저편 철봉 뒤에 선 십여 길이나 되는 포플라는 형식이가 처음 부임한 해에 자기의 손으로 심고 자기가 날마다 물을 주고 벌레를 잡아 가며 기른

것이다. 그 포플라는 벌써 가지가 퍼지고 잎이 성하여 훌륭한 정자나무가 되었다. 어여쁜 학생들이 낮에 그 나무 그늘에 앉아서 즐겁게 이야기하는 것을 볼 때에 형식은 매양 기쁨을 깨달았다.

마치 자기의 마음이 그 포플라가 되어서 어린 학생들을 가리워 주는 것같이 생각하였다. 그리고 자기도 쉬는 시간에는 그 나무 그늘에서 거닐기도 하고 반가운 듯이 그 나무를 어루만지기도 하였다.

그러나 이제는 형식은 간다. 그 나무는 점점 더 퍼져서 수없는 어린 학생들이 그 나무 그늘에서 여전히 즐겁게 노리련만, 다시 자기를 생각할 자는 없을 것이다. 형식은 고개를 들어 한참 그 나무를 쳐다보며 창연히 눈물을 흘렸다. 그러나 차마 이 학교 문밖에 오래 섰지 못하여 고개를 푹 숙이고 안동 네거리를 향하고 내려온다.

일기는 날로 더워 가고 하늘에는 구름장이 떠돌건마는 언제 비가 올 것 같지도 아니하다. 길 가는 사람들은 화를 내어 부채질을 하고, 구루마꾼들은 흐르는 땀에 눈도 잘 뜨지 못한다. 파출소에 흰 복장 입은 순사가 추녀 끝 그늘에 들어서서 입으로 후후 바람을 내고 섰다. 그러나 형식은 더운 줄도 모르고 이따금 마주 오는 구루마를 비키면서 안동 골목으로 내려온다.

형식의 정신은 극히 혼란하다. 경성학교에 사직표를 제출할 것은 생각하나, 그 밖에는 어찌하여야 좋을는지 생각이 없다. 형식의 머리는 마치 물끓는 모양으로 부걱부걱 끓는다. 여러 날 정신과 몸이 피곤한데다가 지금 학교에서 극렬한 자극을 받았으므로 형식은 마치 열병 환자와 같이 되었다. 다만 말할 수 없는 슬픔이 천근만근의 무게로 머리를 내려누를 뿐이다.

아까 교실에서 일어난 사건은 형식에게는 가장 중대하고 가장 불행한 사건이다. 형식의 전희망은 그 사년급에 있었고 형식의 전행복도 그 사년급에 있었다. 그 사년급이 있는지라 형식은 적막함이 없었고 그 단순하고 무미한 생활 중에서도 큰 즐거움을 얻어 왔던 것이다.

그 사년급은 어떤 의미로 보아 지나간 사오 년간에 그의 재산이었고 생명이었었다. 또 그의 전심력을 다하는 사업이었었다. 그러고 그의 생각에 사년급 삼십여 명 학생은 영원히 자기의 정신적 아우와 아들이 되어, 마치 자기가 오매에 그네를 잊지 못하는 모양으로 그네도 자기를 잊지 아니하리라 하였다. 자기가 그네를 사랑하는 모양으로 그네도 자기를 사랑하리라 하였다.

그러나 그것은 한바탕 꿈이었다. 형식은 부모도 없고 형제도 없고 별로 친한 친구도 없으매, 그네를 그처럼 사랑하였거니와, 그네에게는 형식 외에 부모도 있고 사랑스러운 동무도 있었다.

사오 년 래 혹 형식을 따르는 학생도 없지는 아니하였으나, 가장 따르는 듯하던 이 희경에게도 형식은 결코 중요한 사랑하는 자가 아니었었다. 형식은 이런 줄을 모르고 있다가 오늘에야 비로소 깨달은 것이다. 오늘에야 비로소 사년급 학생들의 눈에 비치인 자기를 분명히 깨달은 것이다. 자기가 전심력을 다하여 사랑하여 오던 자가, 또는 자기를 전심력을 다하여 사랑하거니 하던 자가 일조에 자기를 사랑하지 아니하는 줄을 깨달을 때에 그 슬픔이 얼마나 할까. 아마도 인생의 모든 슬픔 중에 「사랑의 실망」에서 더한 슬픔은 없을 것이다.

형식은 정히 이러한 상태에 있다. 지금 형식에게는 남은 것이 하나도 없다. 이번 평양 갔던 일은 변명도 할 수 있으려니와, 그것을 변명하는 것은 형식에게는 그다지 필요한 일이 아니다. 그것을 변명한다 하더라도 사년급 학생들이 자기를 사랑하지 아니한다는 진리는 변할 수 없는 것이다.

형식은 자기의 명예를 위하여 슬퍼하는 것이 아니다. 명예는 사람에게 셋째나 넷째로 귀중한 것이다.

형식은 지금은 목숨의 뿌리를 잃어버린 것이다. 인생에 발 디딜 데를 잃고 공중에 둥둥 뜬 모양이다. 형식이가 아주 말라 죽고 말는지, 다시 어디다가 뿌리를 박고 살는지 이것은 장래를 보아야 알 것이다.

형식은 정신없이 집에 돌아왔다. 노파가 웃통을 벗고 마루에 앉아서 담배를 먹는다.

어깨와 팔굽이에 뼈가 울퉁불퉁 나오고 주름잡힌 두 젖이 말라붙은 듯이 가슴에 착 달라붙었다. 귀밑으로 흘러내리는 두어 줄기 땀이 마치 그의 살이 썩어서 흐르는 송장물 같은 감각을 준다. 반이나 세고 몇 올이 아니 남은 머리터럭과, 주름잡히고 움쑥 들어간 두 뺨과, 뜨거운 볕에 시들은 풀잎과 같은 그 살과 허리를 구부리고 담배를 먹는 그 모양은 사람에게 말할 수 없는 슬픔을 준다. 그도 일찍 여러 남자의 정신을 황홀케 하던 젊은 미인이었었다.

그의 생각에 천하 남자는 다 자기를 보고 정신을 잃은 줄 알았었다. 자기의 얼굴과 몸의 아름다움은 영원하리라 하였었다. 그렇게 생각한 지가 불과 이삼십 년 전이었다. 그러나 그의 얼굴과 몸에 있던 아름다움은 다 어디로 날아가고 말았다. 그가 흘리는 땀이, 곧 그 아름다움이 녹아내리는 물인 것 같다.

그는 무엇하러 세상에 났으며, 세상에 나서 무슨 일을 하였고, 무슨 낙을 보았는고, 그렇지마는 그 노파는 아직도 살아간다. 병이 나면 약을 먹고, 겨울이 되면 솜옷을 입어 가면서 아직도 죽을 생각은 아니하는 것 같다. 내일이나 내년에 무슨 새로운 낙이 오기를 기다리는지도 모르지마는 그는 밤이 새고 아침이 되면, 또 자리에서 일어나서 밥을 짓고 빨래를 한다.

일찍 형식이가 노파의 빨래하다가 허리를 툭툭 치며 담배를 피우는 것을 보고,

「담배 먹는 재미로 살으십니다그려.」

한 적이 있다.

그때에 노파는 빙끗 웃었다. 형식은 그 웃음의 뜻을 모른다. 「그렇소」 하는 뜻인지 「아니오」 하는 뜻인지 몰랐다. 이 뜻을 아는 사람은 없다. 노파 자기도 모른다.

그러나 누가 보든지 노파의 살아가는 목적은 담배 먹기 위함이다. 그 담배 연기 속에 노파의 모든 행복과 사업이 있다. 노파는 하루 스물네 시간에 거의 절반은 담배 연기를 바라보고 살아간다. 눈도 끔뻑하지 아니하고 독한 담배 연기를 물끄러미 쳐다보고 앉았는 것이 노파의 생활의 중심이다.

노파에게는 만일 담배를 빼앗으면 이는 생명을 빼앗음이나 다름없다. 평생 아랫목에 우두커니 섰는, 댓진 배고 헝겊으로 세 군데나 감은 담뱃대가 곧 노파의 생명이다. 노파의 입에서 담배 연기가 아니 나오게 되면 이는 노파의 몸에 피가 아니 돌아가게 된 표다.

노파 자기는 이렇게 생각하는지 아니하는지 모르지마는 곁에서 보기에는 암만해도 그렇게밖에 더 생각할 수가 없다. 담배 먹기 밖에 노파에게 무슨 인생의 목적이 있는 것 같지 아니하다. 형식이가 정신없이 들어올 때에

220

노파가 무슨 생각을 하였는지 모른다. 아마 아무 생각도 없이 다만 무럭무럭 피어오르는 담배 연기만 쳐다보았을 것 같다. 만일 무슨 생각이 있었다 하면 그는 아마 희미한 안개 속으로 보는 듯한 젊었을 적 기억일 것이다.

어떤 대감 집에서 세력을 잡던 기억, 젊고 고운 문객의 품에 안기던 기억, 그렇지 아니하면 토실토실한 아기의 손에 자기의 부드럽고 살진 젖꼭지를 잡히던 기억, 또는 다 자란 아들이 턱춤을 추며 죽던 기억, 또는 아무 때 어디서 어떠한 고운 옷을 입고 어떠한 맛나는 음식을 먹던 기억일 것이다.

아마 하루에 몇 번씩 담배 연기 속에 이러한 기억이 떠 나오는 것을 볼 것이다. 지금은 어떠한 기억이 떠 나왔던지 모르거니와 노파는 형식을 보고 얼른 곁에 벗어 놓았던 땀 밴 적삼을 입으며,

「어째 벌써 오셔요?」

한다. 형식은 두루마기와 모자를 벗어 홱 방안에 집어던지면서,

「흥, 학교에도 다 갔소」

「왜, 이제는 학교에 아니 가셔요」

「이제는 교사도 그만둡니다.」

하고 툇마루에 쿵하고 몸을 던지는 듯이 걸어앉으며,

「냉수나 한 그릇 주시오 속에서 불길이 피어올라 못 견디겠소」

노파는 부엌에 들어가 사기 대접에 냉수를 떠다가 형식을 준다.

형식은 냉수를 한 모금에 다 들이키더니,

「에 시언하다. 냉수가 제일 좋다.」

하고 밀수 먹은 사람 모양으로 맛나는 듯이 입을 다시며 혀를 내밀어 아래위 입술에 묻은 물을 빨아들인다. 노파는 이상한 듯이 물끄러미 보더니 자기 방에 건너가 초갑과 담뱃대를 들고 형식의 곁으로 온다.

형식은, 「또 나를 위로할 작정으로 오는구나」 하고 괴로운 중에도 속으로 웃었다. 그러나 노파의 위로를 듣는 것이 더욱 괴로울 듯하여 먼저 말끝을 돌려,

「어저께 신 주사 안 왔어요」

「아니요」

「왜 근래에는 신 주사를 싫어하셔요. 한동안은 퍽 신 주사를 좋아하셨지요.」

「누가 신 주사를 싫어하나요. 너무 함부로 말씀을 하시니 그렇지.」

하고 픽 웃는다.

「장찌개에 구더기 있다고.」

하고 형식도 웃었다.

노파는 이 기회를 아니 놓치리라 하는 듯이,

「그런데 왜 학교를 그만두셔요? 그 배 학감인가 하는 사람과 다투셨어요?」

「다툰 것도 아니야요. 교사 노릇도 너무 오래 했으니 이제는 다른 것을 좀 해 보지요.」

「다른 것? 무엇이오? 옳지, 이제는 벼슬을 하시오. 그런 배 학감 같은 사람과 같이 있으니깐 살이 내리지. 벼슬을 하면 작히나 좋아요. 저 건너편 집 아들도 일전에 무슨 주사를 해서…….」

「나는 벼슬보다 중 노릇을 하고 싶어요. 저 깊은 산속에 들어가서 조그만 암자에다가……옳지, 칡베 장삼에 나무아미타불, 나무아미타불 하는 것이 제일 좋아요.」

하고 웃으며 노파를 본다. 노파는 눈이 둥그래지며,

「저런! 무엇을 못해서 중이 되어요?」

「중이 안 되면 무엇을 해요?」

한참 잠잠하였다.

형식은 무심중「중 노릇을 하고 싶어요」하였다. 그러나 말을 하고 본즉 과연 중 되는 것이 제일 좋은 듯하다. 또 중 될 것밖에 더 길이 없는 것도 같다.

조선의 문명을 위하여, 자기의 명예를 위하여 힘쓰겠다는 마음이 일시에 다 스러지는 것 같다. 마치 어떤 사람의 아내도 죽고, 아들 딸도 다 죽고 재산도 다 없어진 때에 느끼는 듯하는 슬픔과 절망이 가득 찼다.

영채의 죽은 것과 영채의 집의 멸망한 것과 자기가 지금 사년급 학생에게 욕을 당한 것과 모든 것이 힘을 합하여 형식의 정신을 깊고 어두운 땅 속으로

222

끌고 들어가는 것 같다. 지금껏 자기가 하여 온 생활이 마치 아무 뜻도 없고 맛도 없는 것 같고, 길고 불쾌한 꿈을 꾸다가 우연히 번쩍 눈을 뜬 것같이 불쾌한 생각이 난다.

학교에서 사오 년간 분필을 들고 가르치던 것이며, 늦도록 책을 보고 외국 말의 단자를 외우던 것이며, 선형과 순애에게 가르치던 것이며, 영채를 만났던 것과 청량리에서 한 일과, 평양에 갔던 일이 모두 다 무슨 부끄럽고 싱거운 일같이 보인다.

지금껏 정답게 생각하여 오던 노파까지도 마치 무슨 더럽고 냄새 나는 물건같이 보인다. 모든 것이 다 부끄럽고 불쾌하고 성이 난다.「응, 내가 무엇하러 이 모양으로 살아왔는고」하여 본다. 내가 지금까지 살아온 값이 무엇이며 뜻이 무엇인고 한다. 당장 이 생활을 온통 내어던지고 어디 사람 없는 외딴 곳에 들어가서 숨고 싶은 생각이 난다. 한 시간이라도 이 서울 안에, 이 노파의 집에 있기 싫은 생각이 난다. 그래서 노파에게,

「중이 제일 좋아요. 세상에 있으면 무슨 재미가 있나요」

「선생 같은 이야 왜 재미가 없어요. 나이가 젊으시것다, 재주가 있것 다……. 왜 세상이 재미가 없겠소」

「아주머니께서는 젊었을 때에 재미가 많았어요?」

노파는 빙그레 웃으며,

「아, 젊었을 적에야 날마다 기쁘기만 했지요. 이따금 울기도 했지마는, 젊었을 때에 우는 것은 늙어서 웃는 것보다도 낙이라오」

형식은「노파가 참 말을 잘한다」하고 노파의 얼굴을 보았다. 노파는 젊었을 때를 생각만 해도 기쁜 듯이 얼굴에 화기가 돌며,

「나는 이 선생께서는 무슨 재미에 살으시는지 모르겠습니다. 좋은 벼슬도 아니하고, 고운 색시도……하하, 이런 말씀을 하면 선생님은 늘 이마를 찌푸리시겠다……그러나 내 말이 옳지요. 꽃 같은 청춘에 왜 혼자 우두커니 방에만 들어앉았겠어요. 그러니까 세상이 재미가 없어서 중이 되느니 무엇이 되느니 하지요. 나는 젊었을 적에는……말을 다해 무엇하겠소. 늙으면 허 사입니다.」

이 말은 거의 한달에 한 번씩이나 형식을 대하여 하는 말이었다. 그러나

형식은 다만 웃고 들었을 뿐이었다. 그러나 오늘은 그 노파의 말에 새로운 뜻과 힘이 있는 것같이 들린다. 그리고 선형과 영채를 대하였을 때의 즐겁던 생각이 난다.

그리고 외국 서적에 사랑의 즐거움을 찬미한 것을 보던 생각이 난다. 과연 남녀의 사랑이 인생의 제일 큰 행복이라 할까. 적어도 이 노파는 일생에 기쁜 일이라고는 남녀의 사랑밖에 없는 것같이 말한다. 내가 평생 적막하고, 세상에 따뜻한 재미를 못 붙임은 이 사랑이란 맛을 못 보는 때문인가 하여 본다. 그래서 웃으며,

「그러면 나도 즐거운 재미를 볼 수가 있을까요?」

하였다. 그러고는 미련한 질문을 다 하였다 하고 속으로 부끄러웠다. 노파는,

「아, 재미를 볼 수가 있고말고. 선생 같은 이면 장안 미인들이 저마다 따르지요. 얼굴이 좋것다, 마음씨가 곱것다……지금은 세상이 말세가 되어서 그렇지마는, 전세월 같으면 대과 급제에, 선생 같으신 이는 미인에 걸려 다니시지를 못하겠소」

「흥, 그러니까 지금은 쓸데없단 말씀이구려. 대과 급제가 없으니까.」

「전세월만 못하단 말이지, 지금인들 장안에 일등 기생이 여러 백 명 될 텐데……」

하더니 문득 목소리를 낮추며,

「그런데……」

하고 잊어버렸던 것을 생각하는 듯이 고개를 기울이더니,

「영채? 그 색시 말이야요. 어떻게 되었나요. 그후에 한번 만나 보셨어요?」

형식은 이 말에 가슴이 뜨끔하였다. 손에 들었던 궐련을 땅에 떨어뜨렸다. 그렇게 형식은 놀랐다.

「그만 물에 빠져 죽었답니다.」

「물에 빠져? 언제?」

「아마, 그저께 빠져 죽었겠지요.」

「에그머니. 웬일이야요? 왜 빠져 죽어요? 저런!」

형식은 말없이 두 팔로 제 목을 안고 고개를 수그렸다. 지나간 삼사 일의

광경이 눈앞으로 휙휙 지나간다. 노파의 눈에는 눈물이 핑 고인다.

「아, 글쎄 무슨 일이야요?」

「나처럼 세상이 재미없던 게지요.」

「에그머니, 저런……꽃 같은 청춘에 왜 죽는담. 명이 다해서 죽는 것도 설운데 물에를 왜 **빠져** 죽어?」

하고 한참 묵묵히 앉았더니 손등으로 눈물을 씻으며,

「이 선생이 잘못해 죽었구려!」

「어째서요?」

「그렇게 십여 년을 그립게 지내다가 찾아왔는데 그렇게 무정하게 구시니까.」

「무정하게」라는 말에 형식은 놀랐다. 그래서,

「무정하게? 내가 무슨 무정하게 했어요?」

「무정하지 않구. 손이라도 따뜻이 잡아 주는 것이 아니라…….」

「손을 어떻게 잡아요?」

「손을 왜 못 잡아요? 내가 보니까, 명채…….」

「명채가 아니라 영채예요」

「옳지, 내가 보니깐 영채씨는 선생께 마음을 바친 모양이던데. 그렇게 무정하게 어떻게 하시오. 또 간다고 할 적에도 붙들어 만류를 하든가 따라가는 것이 아니라…….」

하고 형식을 원망한다.

　노파의 말에 형식은 더욱 놀랐다. 과연 자기가 영채에게 대하여 무정하였던가. 과연 그때에 영채의 손을 잡으며 나도 지금껏 자기를 그리워하던 말을 할 것이 아니었던가.

　그러고 일어나 나가려 할 때에 그를 붙들고 그의 장래에 대한 결심을 물어 보아야 할 것이 아니었던가. 그러고 그 자리에서 내가 너를 거두겠다 하고 같이 영채의 집에 가서 그 어미와 의논할 것이 아니었던가. 그리 하였더면 영채는 그 이튿날 청량리에도 아니 갔을 것이요, 그 변도 당하지 아니하였을 것이 아니었던가.

　또 청량리에서 같이 다방골로 오는 동안에도 내가 너를 거두마 할 것이 아니었던가. 다방골로 가지 말고 다른 객점이나 내 집에 데리고 올 것이 아니었던가. 그리 하였더면 평양으로 갈 생각도 아니하고 물에 빠져 죽지도 아니할 것이 아니었던가.

옳다, 노파의 말과 같이 영채를 죽인 것은 나다. 영채가 내 집에 온 것은, 「나도 너를 기다리고 있었다. 이제야 만났구나」 하는 내 말을 들으려 함이다. 그러고 「이제부터 너는 내 아내다」 하는 말을 들으려 함이다.

그런데 나는 그때에 무슨 생각을 하였나. 영채가 기생이나 아니되었으면 좋겠다, 어떤 상류 가정에 거둠이 되어 여학교에나 다녔으면 좋겠다……. 이러한 생각을 하였다. 그러고 마음속으로는 선형이가 있는데 왜 영채가 뛰어나왔나, 영채가 기생이거나 뉘 첩이 되었으면 좋겠다 하기도 하였다. 아아, 상류 가정은 무엇이며 기생은 무엇인고.

또 나는 왜 그 이튿날 아침에 일찍이 영채를 찾지 아니하였던고. 학교를 위해서? 교육가라는 명예를 위해서? 옳다, 영채를 죽인 것은 내다. 그러고 평양까지 따라 내려갔다가 영채의 시체도 찾아보지 아니하고 왔다.

칠성문 밖에서 도리어 기쁜 마음을 가지고 왔다. 밤새도록 차 속에서도 영채는 생각도 아니하고 왔다. 영채가 죽은 것이 도리어 무거운 짐이 덜리는 것 같았다.

형식은 고개를 흔들며,

「옳아요. 내가 영채를 죽였어요, 내가 죽였어요! 나를 위하여 살아오던 영채를 내 손으로 죽였어요!」

하고 몹시 괴로운 듯이 숨이 차다.

노파는 도리어 미안한 생각이 나서,

「다 제 팔자지요.」

「아니야요. 내가 죽였어요.」

이때에 우선이가 대팻밥 벙거지를 두르며 들어와 인사도 없이,

「언제 왔나, 그래 찾았나.」

형식은 우선은 보지 아니하고,

「내가 죽였네, 영채를 내가 죽였네.」

「응, 죽었어? ——그 전보가 아니 갔던가.」

「내가 죽였어! 그리고서는 나는 그의 시체도 찾지 아니하고 왔네그려. 흥, 학생들 쉴까 봐서.」

「김 장로의 따님이 보고 싶던 게지.」

하고 이러한 경우에 있어서도 우선은 골계(滑稽)를 잊지 아니한다.

「대관절 어찌 되었나?」

「죽었어!」

하고 벌떡 일어나며,

「자네 돈 있나. 있거든 한 오 원 꾸게.」

하고 생각하니, 이제는 돈 나올 곳도 없다. 학교에서 유월 월급은 주겠지마는 찾으러 갈 수도 없고, 칠월부터는 형식에게는 아무 수입도 없다.

「돈은 해서?」

「가서 영채의 시체나 찾아야겠네. 찾아서 내가 업어다라도 장례나 지내 주어야겠네.」

하고 형식은 괴로움을 못 견디어 하는 듯이 마당으로 왔다갔다한다. 형식은 적삼 등에는 땀이 배었다.

우선은 지팡이로 엉덩이를 버티고 서서 형식을 보더니,

「벌써 다 떠내려갔네. 황해바다로 둥둥 떠나갔겠네.」

「왜 그래요? 물에 빠져 죽은 송장은 사흘 전에는 그 자리에 아니 떠난답니다.」

하고 노파가 우선을 보며 말한다.

「떠내려갔거든 어디까지든지 따라 내려가지. 있는 데까지 따라 내려가지.」

하고 잠깐 눈을 감고 우두커니 섰더니, 결심한 듯이 고개를 번쩍 들고 우선의 곁으로 와서 손을 내어밀며,

「자 어서 오 원만 내게.」

「지금 곧 떠날 텐가?」

「응, 정거장에 나가서 차 있는 대로 떠날라네.」

우선은 마지못하여 하는 듯이 오 원짜리 지표를 내어준다. 영채가 죽었단 말을 듣고 우선도 미상불 슬펐다. 귀중히 여기던 무엇이 없어진 것 같았다.

형식은 돈을 받아 넣고, 방에 들어가 두루마기를 입고 책 한 권을 뽑아

들고 신을 신으려고 나섰다.

　이때에 어떤 파나마를 쓴 신사가 형식을 찾는다. 형식은 이마를 찌푸리더니 마지못하여 문을 나갔다. 그는 김 장로와 한 교회에 있는 목사다. 넓은 얼굴에 수염은 한 개도 없고 두 뺨에는 굵은 주름이 서너 줄 깔렸다. 정직한 듯한 중늙은이다. 우선과 노파는 노파의 방 툇마루에 가서 우두커니 두 사람을 본다. 형식은 책을 놓고 목사를 청해 올려 앉혔다.

　「어디 가시는 길이오?」

　「네, 산보 나가던 길이올시다. 더운데 어떻게 이렇게…….」

　「뵈온 지도 오래고……또 무슨 할 말씀도 좀 있어서.」

　「제게요?」

하고 형식은 목사를 본다.

　목사는 까닭 있는 듯이 빙그레 웃으며,

　「과히 바쁘시지는 않으셔요?」

　「아니올시다. 말씀하시지요.」

　「허허, 이 선생께서 기뻐하실 말씀이외다.」

하고 또 한번 웃으며 형식의 방안을 둘러본다.

　노파와 우선은 서로 돌아보며 무엇을 수군수군한다. 오늘은 노파가 우선을 그다지 싫어하지 않는 모양이로다. 목사는 한참 부채질을 하더니 유심히 형식을 보며,

　「다른 말씀이 아니라.」

하고 말을 내기가 어려운 듯이 말을 시작한다.

　듣는 형식도 무슨 일인지는 모르나, 목사의 태도가 수상하다 하였다. 그리고 어서 말을 다 하면 정거장으로 뛰어나가리라 하였다.

　「다른 말이 아니라, 김 장로의 말씀이…….」

하고 목사가 말을 시작한다.

　노파와 우선은 안 듣는 체하면서도 들으려 한다.

　「김 장로의 말씀이 선형이를 이 가을에 미국에 보낼 텐데…….」

　「네.」

하고 형식이 조자(調子)를 맞춘다.

「그런데 미국 가기 전에 어, 약혼을 하여야 하겠고, 또 미국을 보낸다 하더라도 딸 혼자만 보내기도 어려운즉(이 목사는 「어」와 「즉」을 잘 쓴다) 약혼을 하고 신랑까지 함께 미국을 보냈으면 좋겠다는데……」

하고 말을 그치고, 또 웃으며 형식을 본다. 형식은 부끄러운 듯이 고개를 돌리며,

「네, 그런데요」

하였다. 이밖에 어떻게 대답을 해야 좋을지 몰랐다. 목사는,

「그런데, 김 장로께서는 어, 이 선생께서 어, 허락만 하시면……어, 이 선생도 미국 유학을 갔으면 좋겠고……그것은 어쨌든지 김 장로 양주께서는 매우 이 선생을 사랑하시는 모양인데. 그래서 날더러 한번 이 선생의 뜻을 물어 달라고 해요. 어, 그래서……」

「제 뜻을?」

「네, 이 선생의 뜻을……」

「무슨 뜻 말씀이야요?」

우선은 고개를 돌리며 노파를 보고 픽 웃는다. 노파도 웃는다. 목사는 형식의 둥그래진 눈을 보더니 비웃는 듯이,

「그만하면 알으시겠구려.」

「…….」

「그러면 어, 다시 말하지요. 이 선생이 선형과 약혼을 하여 주시기를 바란단 말이외다. 무론 청혼하는 데도 여러 곳 있지마는, 김 장로 양주는 이 선생이 꼭 마음에 드는 모양이로구려.」

형식은 이제야 분명히 목사의 말뜻을 알아들었다. 그리고 가슴이 뜨끔했다. 목사는,

「어떻게 생각하시오?」

형식은 어떻게 생각할지를 몰랐다. 가만히 앉았다.

「그동안 이 선생께서 선형에게 영어를 가르치셨지요?」

「네, 며칠 전부터.」

「그 뜻을 알으셔요?」

「무슨 뜻이오?」

「하하, 영어를 가르쳐 줍소사고 청한 뜻 말씀이오」

「……」

「지금은 전과 달라 부모의 뜻대로만 혼인을 할 수가 없으니까 서로 잠깐 교제를 해 보란 뜻이지요. 그래 어떠시오?」

「제가 감당치를 못하겠습니다. 저 혼잣몸도 살아가기가 어려운 처지에, 혼인을 어떻게 합니까.」

「그것은 문제가 아니야요」

「그것이 제일 큰 문제지요. 경제적 기초 없이 혼인을 어떻게 합니까. 그게 제일 큰 문제지요」

「큰 문제지마는 우선 한 삼사 년간 미국에 유학하시고 그러고 나서는, 그 다음에야 무슨 걱정이 있어요. 또 선형으로 보더라도 그만한 처녀가 쉽지 아니하지요. 이 선생께서도 복 많이 받으셨소. 자, 말씀하시오」

그래도 형식은 고개를 숙이고 가만히 앉았다. 목사는 웃으며 부채질만 한다. 노파는 형식이가 왜 「네」 하지 않는가 하고 공연히 애를 쓴다. 우선은 일전 안동서 형식과 말하던 것을 생각하고 혼자 빙그레 웃는다. 모두 다 기뻐하는 속에 형식 혼자 남모르게 괴로와한다. 목사는,

「자, 생각하실 것도 없겠구려, 어서 대답을 하시오」

「일후에 다시 말씀드리지요. 아무러나 저 같은 것을 그처럼 생각하여 주시는 것은 어떻게 황송한지 모르겠습니다.」

「일후를 기다릴 것이 있어요. 그리고 오늘 오후에 나하고 김 장로 댁에 가시지요. 같이 저녁을 먹자고 그러시던데.」

형식은 어찌할 줄을 몰랐다. 평양도 가야 하겠지마는, 김 장로의 집 만찬에 참예하는 것이 더 중한 것 같기도 하였다. 그러나 지금까지 영채의 시체를 찾기로 결심하였던 것을 버리고 금시에 선형에게 취하여 「네」 하기는 제 마음이 부끄러웠다.

선형과 나와 약혼한다는 말은 말만 들어도 기뻤다. 영채가 마침 죽은 것이 다행이다 하는 생각까지 난다. 게다가 「미국 유학!」 형식의 마음이 아니 끌리고 어찌하랴. 사랑하던 애인과 일생에 원하던 서양 유학! 이중에 하나만이라도 형식의 마음을 끌 만하거든, 하물며 둘을 다! 형식의 마음속에는 「내게

큰 복이 돌아왔구나」 하는 소리가 아니 발할 수가 없다.

형식이가 괴로운 듯이 숙이고 앉았는 그 얼굴에는 자세히 보면 단정코 참을 수 없는 기쁨의 빛이 있을 것이다.

처음에 목사를 대할 때에는 형식의 얼굴에는 과연 괴로운 빛이 있었다. 그러나 한 마디 두 마디 흘러나오는 목사의 말은 어느덧에 그 괴로운 빛을 다 없이하고 어느덧에 기쁜 빛을 폈다. 마치 봄철 따뜻한 볕에 눈이 일시에 다 녹아 없어지고, 산과 들이 갑자기 봄빛을 띠는 것과 같다. 그래서 형식은 고개를 들지 못한다. 남에게 기쁜 빛을 보이기가 부끄러움이다.

형식은 힘써 얼굴에 괴로운 빛을 나타내려 한다. 그뿐더러 일부러 마음이 괴로워지려 한다. 형식은 이러한 때에는 머리속이 착란하여 어찌할 줄을 모른다. 그는 욱하고 무엇을 작정할 때는 전후도 돌아보지 아니하고 작정하건마는, 또 어떤 때에는 이럴까저럴까하여 어떻게 결단할 줄을 모른다.

길을 가다가도 갈까말까 갈까말까하고 수십 분이나 주저하는 수가 있다. 이것은 마음 약한 사람의 특징이다. 그가 얼른 결단하는 것도 약한 까닭이요, 얼른 결단하지 못하는 것도 약한 까닭이다. 지금 형식은 이럴까저럴까 어떻게 대답하여야 좋을 줄을 모른다. 누가 곁에서 자기를 대신하여 대답해 주는 이가 있었으면 좋겠다 한다.

형식은 고개를 들어 건넌방을 건너다보았다. 형식은 우선이가 이러한 경우에 과단 있게 결단할 줄을 앎이다. 우선도 웃으면서 형식을 건너다본다.

우선은 형식을 보고 눈을 끔쩍한다. 형식은 일부러 안 보는 체한다. 우선은 또 한번 눈을 끔쩍한다. 형식은 안 보는 체하면서도 그것을 다 보았다. 그러고 다시 고개를 숙였다. 더 부끄럽고 더 머리가 혼란하다.

우선의 눈 끔쩍하는 뜻을 해석해 본다. 「얼른 허락을 해라」 하는 뜻인지, 「어서 평양을 가지 아니하고 왜 가만히 앉았느냐」 하는 뜻인지 알 수가 없다.

노파는 참다못한 듯이 우선을 꾹 찌르며,

「왜 이 선생이 허락을 아니하오 그 처녀가 마음에 아니 드나요.」

「흥, 그 처녀가 서울에 유명한 미인이랍니다.」

「또 부자고요 ?」

「부자기에 사위까지 미국을 보낸다지요」

노파는 미국에 보내는 것과 부자인 것과 무슨 상관이 있는지 모르지마는,

「그런데 왜 저러고 앉았어요？」

하고 입을 쩍 다시며 담배를 담는다. 목사가,

「그렇게 하시지요」

하고 다시 재촉할 때에 형식은 겨우,

「그러면 갑지요！ 그러나 약혼은 일후에 말씀드리기로 하고……」

하였다. 목사는,

「내 교회에 갔다가 오는 길에 들르리다.」

하고 웃으며 나간다. 형식은 대문 밖까지 목사를 보내고 들어왔다. 형식의 얼굴은 마치 선잠을 깬 사람의 얼굴 같다.

우선이가 뛰어오며,

「자네 땡잡았네그려. 미인 얻고 미국 유학 가고.」

하고 형식의 손을 잡아 흔든다. 형식은 우선의 눈을 피하여 고개를 돌렸다. 그러나 형식의 눈에도 웃음이 있었다. 우선은 다시,

「허, 자네도 수단이 용한걸. 불과 이삼 일에 그렇게 쉽게 선형씨를 손에 넣어！」

노파도 웃으며,

「내 그런 줄 알았지. 어쩐지 영채씨가 오셨는데도 만류도 아니하고…… 그저 영채씨가 불쌍하지……이 선생은 벌써 정들여 둔 데가 있는데 공연히…….」

말이 끝나기 전에 우선은 노파를 돌아보고 눈을 끔쩍하며,

「쉬！」

하였다. 형식은 짐짓 노파의 말을 못 들은 체하고 우선더러,

「나는 경성학교 사직했네.」

「어느새에 사직을 하여. 약혼이나 되거든 하지. 허허허.」

「아니 그런 것이 아니라, 나는 교사 노릇을 그만둘라네.」

「암, 미국 유학하고 돌아오셔서 대학 교수가 되실 터이니까.」

형식은 성난 듯이 획 돌아서며,

「자네는 남의 말을 조롱만 하려고 들데그려, 남은 마음이 괴로워서 그러는데……」

「응, 동정하네, 퍽 괴로우실 테지.」

노파도 우선의 곁으로 오며,

「내가 어떻게 기쁜지 모르겠소이 선생이 장가를 드신다니까 내 아들이……」

하다가, 그런 생각을 하는 것이 슬프기도 하고 또 형식을 자기의 아들에 비기는 것이 버릇없는 듯도 하여,

「오늘 저녁에 가시거든 확실하게 허락을 합시오. 아까는 왜 그렇게 우두커니 앉았담……호호, 아직 도련님이니깐 수줍어서 그러시는가 보에.」

형식은 어쩔 줄을 모르고 공연히 고개를 들었다 숙였다 하며 왼편 주먹을 쥐었다 폈다 하기도 하고 손가락 마디를 딱딱 소리를 내기도 하더니,

「여보게 나는 지금 평양으로 떠나겠네. 암만해도……」

우선은 위협하는 듯이 형식을 노려보며,

「에그, 못생긴 것, 딸이 썩어져 가기로 저런 것을 준담!」

형식도 이 말에는 웃었다. 그리고 과연 못생긴 소리를 했구나 하였다. 우선은,

「이제부터는 좀 굳센 사람이 되게. 그게 무엇이람. 계집애도 아니요……딴소리 말고 오늘 저녁 김 장로 집에 가게. 가면 또 혼인말이 날 터이니까, 아까 모양으로 못난 짓 부리지 말고 허락하게. 그리고 미국 가게. 나도 경성학교 말을 들었네. 아마 자네는 사직을 아니하더라도 쫓겨나나 보데.」

「쫓겨나? 왜?」

「자네가 기생을 따라서 평양 갔다고. 청량리 원수 갚는 게지. 하니까, 약혼하고 미국 가게.」

「그러면 영채는 어떻게 하고?」

「죽은 영채를 어쩐단 말인가. 자네도 따라 죽을 텐가. 열녀가 아니라 열남이 될 양으로 그런 미련한 소리 말고 어서 꼭 내 말대로만 하게.」

우선의 말을 들으매 형식도 얼마큼 안심이 된다. 자기도 그만한 생각을

못함이 아니지마는 자기 생각만으로는 안심이 아니 되다가 우선의 활발한 말을 듣고야 비로소 안심이 된다. 형식은 우선의 말대로 하리라 하였다. 제 생각대로 한다는 것보다 우선의 말대로 한다는 것이 더 마음에 흡족한 듯 하였다. 형식은 빙그레 웃으며,

「글쎄.」

하였다. 노파도 공연히 기뻐한다.

「점심을 차릴까요. 신 주사도 한술 잡수시고.」

「또 장찌개 주실 테요.」

하고 우선이가 형식의 조끼에서 제 것같이 궐련을 뽑아 손바닥에 턱턱 그루를 박는다.

「그만둡시오. 웬 장찌개.」

「가서 냉면이나 시켜 오오.」

하고 형식이가 일어난다.

「오, 한턱하시려네그려. 한턱하려거든 맥주나 사 주게.」

「돈이 있나.」

「부잣집 사위가 무슨 걱정이야.」

「부잣집 사위는 이따 되더라도.」

「그 오 원 안 있나.」

「평양 가야지.」

「또 평양을 가?」

「가서 시체나 찾아야지.」

「벌써 황해바다에 떠나갔어! 자네 같은 무정한 사람 기다리고 아직까지 청류벽 밑에 있을 듯싶은가. 자 청요리집에나 가세.」

「벌써 황해바다에 갔을까!」

하고 형식은 하늘을 바라보았다. 오정 태양이 바로 서울 한복판에 떠서 다 데어 죽어라 하는 듯이 그 불 같은 볕을 담아 붓는다.

형식은 새삼스럽게 더운 줄을 깨달았다.

해가 인왕산 마루턱에 걸렸다. 종로 전선대 그림자가 길게 가로 누웠다. 종현 천주교당 뾰족탑의 유리창이 석양을 반사하여 불길 같이 번적거린다.

234

두부장수의 「두부나 비지드렁」 하는 소리도 이제는 아니 들리게 되고 집집에는 앞뒷문을 활짝 열어 놓고 한 손으로 땀을 씻어 가며 저녁밥을 먹는다.

북악의 황토가 햇빛을 받아 빨간 빛을 발하고 경복궁 어원(御苑) 늙은 나무 수풀에서는 저녁 까치 소리가 시끄럽게 들린다. 종일 빨갛게 달았던 기왓장이 한강으로 불어오는 부드러운 바람을 받아 뜨거운 입김을 후끈후끈하게 토한다.

길 가는 사람들의 얼굴을 모두 벌겋게 되었다. 가게에 앉았던 사람들은 「이제는 서늘한 밤이 온다」 하는 듯이 피곤한 얼굴에 땀을 씻으면서 행길에 나서 거닌다. 남산 솔수풀 위에 살짝 덮였던 석양도 무엇으로 지우는 듯이 점점 스러지고, 그 무성한 가지와 잎사귀 속으로 자줏빛 띤 황혼이 거미줄 모양으로 아슬랑아슬랑 기어나온다. 해 바퀴는 인왕산 머리에서 뚝 떨어졌다.

북악산에 아직도 고깔 모양으로 석양이 남았다. 장안 만호에는 파르족족한 장막이 덮인다. 그 한 끝이 늘어나서 북악산으로 덮여 올라간다. 마침내 그 고깔까지도 파랗게 물을 들이고 말았다.

강원도 바로 구름산이 떠올랐다. 그것이 처음에는 불길과 같다가 점점 식어서 거뭇거뭇하여진다. 그것이 거뭇거뭇하여짐을 따라서 장안을 덮은 장막도 점점 짙어져서 자줏빛이 되었다가 마침내 회색이 된다. 그러다가 그 속에서 조그만 전등들이 반딧불 모양으로 반짝반짝 눈을 뜬다.

연극장과 활동사진관의 소요한 악대 소리가 들리기 시작한다. 종로와 개천가에는 담배 붙여 물고 부채 든 산보객이 점점 많아진다. 야시를 펴 놓으려고 조그마한 구루마도 끌고 오고 말뚝도 박으며 휘장도 친다.

사람들은 배가 불룩하고 몸이 서늘하여 마음이 상쾌하여진다. 낮에는 잠자고 있던 사람들도 차차 기운을 내어 말도 하고 웃기도 하게 된다.

안동 김 장로의 집에는 방방에 전등이 켜 있다. 마당에는 물을 뿌려 흙냄새와 화단의 꽃향기가 섞여 들어와 즐겁게 먹고 마시는 여러 사람의 신경을 흥분케 한다. 김 장로는 여덟팔자 수염을 손수건으로 문대고, 한 목사는 두 팔로 몸을 버티고 뒤로 기대었으며, 형식도 숭늉을 한입 물어 소리 안 나게 양치를 한다. 세 사람은 맛나게 또 유쾌하게 저녁을 먹었다.

다른 방에서는 부인과 선형과 순애와 계집 하인이 이 역시 맛나게 유쾌하게 저녁을 마치고 말없이 서로 보고 웃는다. 선형의 두 뺨에는 보는 사람의 신경인지 모르거니와 불그레한 빛이 도는 듯하다. 부인은 어여쁜 자기 딸에게 황홀한 듯이 정신없이 선형을 마주본다. 선형은 부인을 슬쩍 보고는 순애에게로 고개를 돌리며,

「얘 순애야, 가서 풍금이나 타자. 아까 배운 것 잊어버리지나 않았는지.」

「가서 풍금이나 타거라.」

하고 부인이 먼저 일어선다.

선형과 순애는 풍금 놓인 방으로 간다. 선형은 등자에 올라앉으며 손으로 치맛자락을 모으고 풍금 뚜껑을 열고 두어 번 건반(鍵盤)을 내려 훑는다. 높은 소리로부터 낮은 소리까지, 또는 낮은 소리로부터 높은 소리까지 맑은 소리가 황혼의 공기를 가볍게 떤다.

순애는 한 팔로 풍금 머리를 짚고 우두커니 서서 오르내리는 선형의 하얀 손을 본다. 선형은 커다란 보표(譜表)를 펴고 고개를 까딱까딱하며 한 번 입으로 라라라를 불러 보더니 첫번 누를 건(鍵)을 찾아 타기를 시작한다. 눈은 보표의 음부(音符)를 따르고, 손은 하얀 건을 따른다. 보표의 빠르고 느림을 따라 선형의 몸짓도 빨랐다 늦었다 한다.

방안에는 아름다운 소리가 가득 찼다. 그것이 방에서 넘쳐서 황혼의 바람에 풍겨 마당을 건너 담을 넘어 마치 물결 모양으로 사방으로 퍼진다. 몇 사람이나 가만히 이 소리에 귀를 기울이며, 몇 사람이나 길을 가다가 걸음을 멈추는고 선형의 손은 곡조를 따라 스스로 오르내리고 그 몸은 손을 따라 스스로 움직여진다.

마침내 맑은 노랫소리가 그의 부드러운 입술을 뚫고 흘러나왔다.

「하늘에 둥실 뜬 저 구름아,

비를 싣고서 어데로 가느냐.」

순애도 가는 목소리로 화하여 불렀다. 형식도 이 노래를 들었다. 형식의 정신은 노랫소리로 더불어 공중에 솟아올랐다. 마치 정신에 날개가 돋아서 훨훨 구름 사이로 날아가는 듯하여 말할 수없이 서늘한 듯도 하고 따뜻한 듯도 한 기쁨이 형식의 가슴에 가득 찼다.

김 장로는 목사를 향하여,

「자, 이제는 내 방으로 가서 이야기나 합시다.」

세 사람은 일어났다.

김 장로의 서재는 양식으로 되었다. 그가 일찍 미국 공사로 갔다 와서부터는 될 수 있는 대로 서양식 생활을 하려 한다.

방바닥에는 붉은 모란 무늬 있는 모전을 깔고 사벽에는 화액(畵額)에 넣은 그림을 걸었다. 그림은 대개 종교화다. 북편 벽으로 제일 큰 화액에는 「겟세마네」에서 기도하는 예수의 화상이 있고 두어 자 동쪽에는 그보다 조금 작은 화액에 구유에 누인 예수를 그린 것이요, 서편 벽에는 자기의 반신상이 걸렸다.

다른 나라 신사 같으면, 종교화 밖에도 한두 장 세계 명화를 걸었으련마는, 김 장로는 아직 미술의 취미가 없고 또 가치도 모른다.

그는 그림이라 하면 종교에 관한 것이라야 가치가 있는 것으로 알고, 기타에는 옛날 산수 풍경이며 매란국죽 같은 그림은 얼마큼 귀하게 여기되, 이러한 그림은 서양식으로 차려놓은 방에는 부적당한 줄로 안다. 그러고 서양식 인물화라든지 그중에도 미인화, 나체화 같은 것은 별로 보지도 못하였거니와 보려고 아니하고 본다 하더라도 아무 가치를 인정하지 아니할 것이다.

그는 미술이라는 말도 잘 알지 못하거니와, 대체 그림 같은 것이 무슨 필요가 있는가 한다. 더구나 조각(彫刻) 같은 것은 아마도 그의 오십 년 생활에 생각해 본 적도 없을 것이다. 그러므로 서양 사람들이 종교와 같이 귀중히 여기는 예술도 그의 눈에는 거의 한푼어치 가치도 아니 보일 것이다.

서양 사람의 생각으로 그를 비평할진대 「예술을 모르고 어떻게 문명 인사(文明人士)가 되나」 하고 의심할 것이다. 실로 문명 인사치고 예술을 모르는 사람은 없다.

김 장로는 방을 서양식으로 꾸밀 뿐더러 옷도 양복을 많이 입고, 잘 때에는 서양식 침상에서 잔다. 그는 서양, 그중에도 미국을 존경한다. 그래서 모든 것에 서양을 본받으려 한다. 그는 과연 이십여 년 서양을 본받았다.

그가 예수를 믿는 것도 처음에는 아마 서양을 본받기 위함인지 모른다. 그리하고 그는 자기는 서양을 잘 알고 잘 본받은 줄로 생각한다. 더구나 자기가 외교관이 되어 미국 서울, 워싱턴에 주재하였으므로 서양 사정은 자기보다 더 자세히 아는 이가 없거니 한다. 그러므로 서양에 관하여서는 더 들을 필요도 없고 더 배울 필요는 무론 없는 줄로 생각한다.

그는 조선에 있어서는 가장 진보한 문명 인사로 자임한다. 교회 안에서와 세상에서도 그렇게 인정한다. 그러나 다만 그렇게 인정하지 아니하는 한 방면이 있다. 그것은 서양 선교사들이다. 선교사들은 김 장로가 서양 문명의 내용이 무엇인지 모르는 줄을 안다. 김 장로는 과학을 모르고, 철학과 예술과 경제와 산업을 모르는 줄을 안다.

그가 종교를 아노라 하건마는 그는 조선식 예수교의 신앙을 알 따름이요, 예수교의 진수(眞髓)가 무엇이며, 예수교와 인류와의 관계 또는 예수교와 조선 사람과의 관계는 무론 생각도 하여 본 적이 없다.

문명이라 하면 과학, 철학, 종교, 예술, 정치, 경제, 산업, 사회 제도 등을 총칭하는 것이다. 서양의 문명을 이해한다 함은, 즉 위에 말한 내용을 이해한다는 뜻이니, 김 장로는 무엇으로 서양을 알았노라 하는고.

서양 선교사들은 이러함을 안다. 그러므로 그네는 김 장로를 서양을 흉내내는 사람이라 한다. 이는 결코 김 장로를 비방하여서 하는 말이 아니라, 김 장로의 참상태를 말하는 것이다. 서양 사람의 문명의 내용은 모르면서 서양 옷을 입고, 서양식 집을 짓고, 서양식 풍속을 따름을 흉내가 아니라면 무엇이라 하리오.

다만 용서할 점은 김 장로는 결코 경박하여, 또는 일정한 주견이 없어서, 또 다만 허영심으로 서양을 흉내내는 것이 아니라, 진정으로 서양이 우리보다 우승함과, 따라서 우리도 불가불 서양을 본받아야 할 줄을 믿음(깨달음이 아니요)이니 무식하여 그러는 것을 우리는 책망할 수가 없는 것이다.

그는 과연 무식하다. 그가 들으면 성도 내려니와 그는 무식하다.

그는 눈으로 슬쩍 보아 가지고 서양 문명을 깨달은 줄로 안다. 하기는 그에게는 서양 문명을 알 수가 있을까. 십 년 이십 년 책을 보고, 선생께 듣고, 제가 생각하여도 특별히 재주가 있고, 부지런하고, 눈이 밝은 사람이라야 처음 보는 남의 문명을 깨달을둥말둥하거든, 김 장로가 아무리 천질이 명민하다 한들 책 한 권 아니 보고 무슨 재주에 복잡한 신문명의 참뜻을

238

깨달으리오.

그러나저러나 김 장로는 그 자녀를 학교에 보낸다. 학교에서 어떤 것을 배우는지 자기는 잘 모르면서도 서양 사람들이 다 그 자녀를 학교에 보내므로 자녀는 학교에 보내는 것이 옳은 일인 줄을 안다. 안다는 것보다 믿는다 함이 적당하겠다. 그러므로 그의 자녀는 마침내 문명을 알게 될 것이다.

이리하여 조선도 점점 신문명을 완전히 소화하게 될 것이다.

오직 한 가지 위험한 것이 있다. 그것은 김 장로 같은 이가 자기의 지식을 너무 믿어 학교에서 배워 신문명을 깨달아 알게 되는 자녀의 사상을 간섭함이다. 자녀들은 잘 알고 하는 것이언마는 자기가 일찍 생각하지 않던 바를 자녀들이 생각하면 이는 무슨 이단(異端)같이 여겨서 기어이 박멸하려고 애를 쓴다.

이리하여 소위 신구 사상의 충동이라는 신문명 들어올 때에 으레 있는 비극이 일어나는 것이다. 자기가 생각하지 못하던 바를 생각함은 낡은 사람이 보기에 이단 같지마는 기실은 낡은 사람들이 모르던 새 진리를 안 것이다.

아들은 매양 아버지보다 나아야 하나니 그렇지 아니하면 진보라는 것이 있을 수 없을 것이다. 그러나 낡은 사람은 새 사람이 자기 아는 이상 알기를 싫어하는 법이니 신구 사상 충돌의 비극은 그 책임이 흔히 낡은 사람에게 있는 것이다.

그러나 김 장로가 미술을 위하여서 그 그림들을 붙인 것은 아니로되 그 그림을 보는 자녀들에게는 간접으로 미술을 사랑하는 생각이 나게 한다.

자기는 그림을 위함이 아니요, 거기 그린 예수의 화상을 위함이언마는 그것을 보는 자녀들은 그와 반대로 거기 그린 예수보다 그림 그 물건을 재미있게 본다. 어떻게 저렇게 정묘하게 그렸는고, 기뻐하는 사람들의 얼굴에는 기쁜 빛이 드러나고 괴로워하는 사람의 얼굴에는 괴로워하는 빛이 드러나도록, 풀은 꼭 풀과 같고, 꽃은 꼭 꽃과 같게 어떻게 저렇게 정묘하게 그렸는고 하는 것이 그의 자녀들에게는 더욱 재미가 있었다.

이것은 김 장로는 모르는 재미요, 그의 자녀들만 꼭 아는 재미다. 김 장로는 자기의 방이 신식이요, 화려한 것을 자랑하고 만족하는 듯이 한번 방안을 둘러보더니, 목사와 형식에게 의자를 권한다. 가운데 둥근 테이블을 놓고 세 사람은 솥발같이 둘러앉았다.

형식은 담배가 먹고 싶건마는 참았다. 그리고 한번 방안을 둘러보았다. 저녁 서늘한 바람이 하얀 레이스 문장을 가만가만히 흔들고 그러할 때마다 바로 창 밑에 놓인 화분의 월계의 연한 잎새가 흔들린다.

형식은 장차 나올 담화를 생각하매 자연히 가슴이 자주 뛴다. 그러나 무슨 말이 나오든지 서슴지 아니하고 대답할 것 같다. 아까 우선이가 말하던 대로 하리라 하였다. 아직도 풍금 소리와 노랫소리가 들린다. 형식은 기뻤다. 어서 말을 시작하였으면 좋겠다 하고 목사와 장로의 입을 보았다. 목사가,

「아까 형식씨를 보고 그 말씀을 하였지요. 하니깐 대강 승낙을 하시는 모양인데, 이제는 직접으로 말씀을 하시지요.」

하고 형식을 본다. 장로는,

「네, 감사하외다. 내 딸자식이 변변치 못하지마는 만일 버리지 아니하시면…….」

「허허.」

하고 목사가,

「그것은 장로께서 과히 겸사시오. 마는 두 분이 실로 합당하지요.」

하고 혼자 기뻐한다. 장로는,

「만일 마음에 없으시면 억지로 권하는 것은 아니외다마는 형식씨를 사랑하니까 하는 말이외다.」

형식은 아까 모양으로 못난 짓을 부리지 아니하리라 하여 얼른,

「감히 무어라고 말씀하오리까마는 제가 감당할 수가 있습니까.」

하고 대답하였다. 그러나 얼굴은 붉어졌다. 장로는 만족하여 하는 듯이 몸을 젖혀 의자에 기대며,

「그야말로 너무 겸사외다. 그러면 승낙을 하시는구려?」

하고 한 번 힘을 주어 형식을 훑어본다.

형식은 문득 고개를 수그렸다가 아까 우선의「못생겼다」는 말을 생각하여 번쩍 고개를 들고 가슴을 펴며 낯빛을 엄숙히 하였다. 그러나 암만해도「네」하는 대답이 나오지를 아니하여 속으로 괴로워한다. 목사가,

「자 얼른 말씀을 하시오.」

하는 뒤를 대어 장로가,

「그렇지요. 주저할 것이 있어요.」

형식은 있는 힘을 다하여,

「네.」

하였다. 그러고는 혼자 우습기도 하고 부끄럽기도 하여 고개를 돌렸다.

「승낙하셔요?」

하고 장로가 다짐을 받는 듯이 몸을 앞으로 숙인다. 형식은 우선의 쾌활한 것을 흉내내어,

「네, 명대로 하겠습니다.」

하고 힘드는 일을 마친 듯이 휘하고 숨을 내어쉬었다.

과연 무거운 짐을 벗어 놓은 듯하여 마음이 가뜬하였다. 그리고 새로운 기쁨이 가슴에 차고 김 장로의 단정해 보이는 얼굴이 새로 정답게 되는 듯하였다. 형식은 꿈속 같았다.

「어, 참 기쁜 일이오.」

하고 목사가 마음이 놓이는 것같이 몸을 한 번 흔든다.

「참 어떻게 기쁜지 모르겠소. 그러면 내 아내를 오래서 아주 말을 맺읍시다.」

하고 목사의 뜻을 묻는 듯,

「그러시지요. 또 지금 혼인은 당자의 허락도 들어야 하니까 선형도 오라고.」

하고 목사도 자기 딴은 구습을 버리고 신사상을 좇거니 한다.

장로는 테이블 위에 놓인 초인종을 두어 번 친다. 그 계집아이가 나온다.

「얘, 가서 마님께 작은 아씨 데리고 오십소사고……」

계집 하인도 이 일의 눈치를 아는지 슬쩍 형식을 보더니 생끗 웃고 나간다. 세 사람은 말없이 앉았다. 그러나 그네의 눈에 나뜨는 웃음은 그네의 마음의 즐거움을 말하였다. 형식은 이제 선형을 만날 것을 생각하였다. 그리고 첫번 선형을 만날 적과 일전 영어를 가르치던 때에 하던 생각을 생각하였다. 형식의 머리는 마치 술취한 것 같았다. 전신이 아프도록 기쁨을 깨달았다.

부인이 선형을 뒤세우고 들어온다. 형식은 의자에서 일어나 부인께 인사를

하였다. 부인도 웃으며 답례하였다. 선형은 부인의 뒤에 숨어 선 대로 목사에게 예하고 다음에 형식에게 예하였다.

선형의 얼굴도 붉거니와 형식의 얼굴도 붉었다. 형식은 손수건으로 이마에 땀을 씻었다. 부인이 장로의 곁에 앉고 선형은 부인과 목사의 새에 앉았다. 형식은 바로 부인과 정면하여 앉았다.

선형은 고개를 숙이고 앉았다. 지금껏 형식이가 자기의 남편이 되리라고는 생각도 아니하였었다.

오늘 아침에야 비로소 장로가 웃는 말 모양으로,

「이 선생께서 잘 가르쳐 주시더냐?」

하고 유심히 자기를 보았다. 그때에도 선형은 무심히,

「녜, 퍽 친철하게 가르쳐 주셔요」

하였다.

「네 마음에 좋은 사람이라고 생각했니?」

그제야 선형은 부친의 말에 무슨 뜻이 있는 줄을 알아듣고 잠깐 주저하였으나 대답 아니할 수도 없어서,

「녜.」

하고 고개를 돌렸다.

그러고 나서는 종일 형식의 일을 생각하였다. 형식이가 과연 자기의 마음에 드는가, 과연 자기는 형식의 아내가 되고 싶은 생각이 있는가를 생각하여 보았다. 그러나 어떤지를 몰랐다. 형식이가 정다운 듯도 하고 그렇지 아니한 듯도 하였다.

그래서 순애더러,

「애, 순애야. 집에서 내 혼인을 할라나 보다. 어쩌면 좋으냐?」

하고 물었다. 순애는 별로 놀라는 양도 보이지 아니하고,

「누구와?」

「자세히 알 수는 없는데, 아마 이 선생과 혼인을 할 생각이 있는지…….」

「이 선생과?」

하고 순애는 놀라는 빛을 보이며,

「무슨 말씀이 계셔요?」

「아까 아버지께서 이 선생을 좋은 사람으로 생각하느냐 하고 이상하게 내 얼굴을 가끔 보시던데……」

순애는 잠깐 생각하더니,

「그래, 형님 생각에 어떻소?」

선형은 고개를 기울이더니,

「글쎄 모르겠어. 어쩐지를 모르겠구나. 장차 어쩌면 좋으냐?」

「형님 생각에 달렸지요. 좋거든 혼인하고 싫거든 말고 그럴 게지.」

「아버지께서 하라고 하시면 그만이지.」

「왜 그래요. 내 마음에 없으면 아니하는 게지. 부모가 억지로 혼인을 하겠소 지금 세상에……」

「그럴까?」

하고 결단치 못한 듯이 가만히 앉아서 고개를 기웃기웃하다가,

「애, 순애야. 그런데 네 생각엔 어떠냐?」

「무엇이?」

「내가 혼인하는 것이 —— 이 선생과.」

「내가 어떻게 알겠소」

「그러지 말고 말을 해라. 너밖에 뉘게 의논을 하겠니. 아까 어머님께 말을 하려다가 어째 부끄러워서……」

「글쎄, 형님도 모르는 것을 내가 어떻게 알아요. 이런 일이야 자기 마음에 달렸지 누가 말을 하겠소」

선형은 답답한 모양으로,

「그러면 네 생각에 이 선생이 사람이 어떠냐……. 좋을까.」

「좋겠지요」

「그렇게 말하지 말고」

「이삼 일 동안 한 시간씩 글이나 배워 보고야 어떻게 그 사람의 마음을 알겠어요. 형님 생각에는 어때요?」

「나도 모르겠으니 말이다……에그, 어쩌나……어쩌면 좋아.」

이러한 담화가 있었다.

이 담화를 보아도 알것 같이 선형은 형식에게 대하여 어떻게 할지를

몰랐다. 그러나 십칠팔 세 되는 처녀의 마음이라, 아주 악이거나, 천한 사람이거나, 얼굴이 아주 못생긴 사람만 아니면 아무러한 남자라도 미운 생각은 없는 것이다.

게다가 형식은 세상에서 다소간 칭찬도 받는 사람이므로 선형도 형식이가 싫지는 아니하였다. 차라리 어찌 생각하면 정다운 듯한 생각도 있었고, 더구나 아침에 부친의 말을 듣고는 전보다 좀더 정다운 생각도 나게 되었다.

그러나 무론 선형이가 형식을 사랑하는 것은 아니다. 그렇게 이삼 일 내로 사랑이 생길 까닭이 없을 것이다.

장차 어떤 정도까지 사랑이 생길는지 모르거니와 적어도 아직까지는 사랑이 생긴 것이 아니다. 형식이나 선형이가 피차의 성질을 모를 것은 물론이다. 형식이가 선형을 사랑하는 것도 다만 아름다운 꽃을 사랑함과 같은 사랑이다. 보기에 사랑스러우니 사랑하는 것이다. 극히 껍데기 사랑이다. 눈과 눈의 사랑이요, 얼굴과 얼굴의 사랑이다. 피차의 정신은 아직 한 번도 조금도 마주 접하여 본 적이 없었다.

형식은 선형을 바라보며, 선형은 형식을 바라보며 속으로「저 사람의 속이 어떠한가」할 터이다. 그리고「저 사람의 속이야 지내 보아야 알지」할 터이다. 다만 김 장로 양주와 한 목사만 이 두 사람의 속을 잘 알거니 한다. 무론 이 두 사람이 피차에 아는 것 만큼도 모르건마는 그래도 자기네는 이 두 사람의 속을 잘 알거니 한다.

그러고 두 사람이 부부된 뒤에 행복될 것은 확실하거니 한다. 그래서 두 사람을 마주 붙인다. 다만 자기네 생각에 —— 그 미련하게 옅은 생각에 좋을 듯하게 보이므로 마주 붙인다.

그러다가 만일 이 부부가 불행하게 되면 그네는 자기네 책임이라 하지 아니하고 두 사람의 책임이라 하거나 또는 팔자라, 하느님의 뜻이라 할 것이다.

이 모양으로 하루에도 몇 천 켤레 부부가 생기는 것이다.

장로는 형식과 선형을 번갈아 돌아보더니 목사를 향하여,

「어찌하면 좋을까요」

한다. 아직 신식으로 혼인을 하여 본 경험이 없는 장로는 실로 어찌하면

244

좋을지를 모른다. 무론 목사도 알 까닭이 없다. 그러나 이러한 경우에 모른다할 수도 없다. 그래서,

「우리가 지금 인류의 대사를 의논하는 터인데 우선 하느님께 기도를올립시다.」

하고 고개를 숙인다.

다른 사람들도 다 고개를 숙이고 손을 무릎 위에 얹었다. 목사는 정신을모으려는지 한참 잠잠하더니 극히 정성스럽게 경건한 목소리로, 처음에는들릴락말락하다가 차차 크게,

「전지 전능하시고 무소부지하시며, 사랑이 많으사 저희 죄인 무리를 항상사랑하시는, 하늘 위에 계신 우리 주 여호와 하느님 아버지시여.」

하고 우선 하느님을 찾은 뒤에,

「이제 저희 철 없고, 지각 없고, 죄 많고, 무지 몽매하고, 어리석은 죄인무리가 우리 주 하느님 아버지께서 만세 전부터 정해 주신 뜻대로 하느님의사랑하시는 이 형식과 김 선형과 약혼을 하려 하오니 비둘기 같은 하느님의거룩하신 성신께옵서 우리 무지 우매한 죄인 무리들의 마음에 계시사 모든일을 주관하게 하여 주시옵소서. 저희들 무지 몽매한 죄인 무리가 무슨 공로있어 감히 거룩하신 하느님, 우리 여호와께 비오리까마는 다만 우리를 위하여십자가에 보혈을 흘리시고 하느님 보좌 우편에 앉아 계신 우리 구주 예수그리스도의 거룩하신 공로를 의지하여 비옵나이다. 아멘.」

하고도 한참이나 그대로 있다가 남들이 다 고개를 든 뒤에야 가만가만히고개를 든다.

목사는 두 사람을 위하여 정성껏 기도한 것이다. 다른 사람들도 정성껏아멘을 불렀다.

목사는 엄숙하게,

「그러면 정식으로 서로……어……말씀을 하시지요.」

하고 장로 양주를 보고 다음에 선형을 본다.

장로는 어떻게 말을 해야 좋을는지 모르는 모양으로 오른손으로 테이블을툭툭 치더니 부인에게 먼저 말하는 것이 옳으리라 하여 양반스럽게 느럭느럭한 목소리로,

「여보, 내가 형식씨에게 약혼을 청하였더니 형식씨가 승낙을 하셨소. 부인의 생각에는 어떠시오?」

하고는 자기가 경위 있게, 신식답게 말한 것을 스스로 만족하여 하며 부인을 본다.

부인은 아까 둘이 서로 의논한 것을 새삼스럽게 또 묻는 것이 우습다 하면서도 무엇이나 신식은 다 이러하거니 하여, 부끄러운 듯이 잠깐 몸을 움직이고는 고개를 숙이며,

「감사합니다.」

하였다. 장로는,

「그러면 부인께서도 좋단 말씀이로구려.」

「네.」

하고 부인은 고개를 들어 맞은편 벽에 걸린 그림을 본다.

「그러면 약혼이 되었지요」

하고 목사를 본다. 목사는 기도나 하는 듯이 하늘을 우러러보는 눈으로,

「네. 그러나 지금은 당자의 의사도 들어 보아야 하지요.」

하고 자기가 장로보다 더 신식을 잘 아는 듯하여 만족해 하며,

「무론 당자도 응낙은 했겠지마는 그래도 그렇습니까 ── 자기네 의사도 물어 보아야지요.」

하고 형식을 본다.「그래 내 말이 옳지?」 하는 것 같다. 형식은 다만 목사를 힐끗 보고 또 고개를 숙인다. 장로가,

「그러면 당자의 뜻을 물어 보지요」

하고 재판관이 심문하는 태도와 같이 위의를 갖추더니 남자 되는 형식의 뜻을 먼저 물은 뒤에 여자 되는 선형의 뜻을 묻는 것이 마땅하리라 하여,

「그러면 형식씨도 동의하시오?」

목사는 장로의 질문이 좀 부족한 듯하여 얼른 형식을 보며,

「지금은 당자의 뜻을 듣고야 혼인을 하는 것이니까 밝히 말씀을 하시오…….선형과 혼인하실 뜻이 있소?」

하고 주를 낸다.

형식은 어째 우스운 생각이 나는 것을 힘껏 참았다. 그러나 대답하기가

부끄럽기도 하였다. 그러다가 우선을 생각하고 얼른 고개를 들고 위엄을
갖추며,

「네.」

하였다. 제 대답도 어째 우스웠다.

「이제는 선형의 뜻을 물어야 되겠소」

하고 목사가 선형의 수그린 얼굴을 옆으로 보며,

「너도 부끄러워할 것 없이 뜻을 말해라.」

선형은 우습기도 하고 부끄럽기도 하였다. 그래서 장로가 「네 뜻은 어떠냐」
하는 말에는 대답도 아니하였다. 장로는 목사에게로 고개를 돌리며 빙그레
웃는다. 부인도 웃는다. 그러나 목사는 여전히 엄숙하게,

「그러면 부인께서 물어 보십시오」

「애, 대답을 하려무나.」

「신식은 그렇단다. 대답을 해라.」

하고 목사가 또 주를 낸다. 부인이 또 한번,

「애, 대답을 하려무나.」

이번에는 목소리가 좀 날카롭다. 선형은 마지못하여 가만히,

「네.」

하였다. 그러나 그 소리는 들은 사람이 없었다. 장로가,

「어서 대답을 해라.」

하고 한번 더 재촉을 받고 또 한번,

「네.」

하였다.

그러나 이번에도 장로와 목사는 듣지 못하였다. 그러나 부인은 들었다.
또 한 사람 형식도 들었다. 이번에는 목사가,

「어서 대답을 해라!」

「지금 대답을 했어요.」

하고 부인이 대신 말한다.

선형의 얼굴은 거의 무릎에 닿으리만큼 수그러졌다.

「옳지, 이제는 되었소. 이제는 부모의 허락도 있고 당자도 승낙을 하였

으니까, 이제는 정식으로 된 모양이외다.」

하고 목사가 비로소 만족하여 웃는다. 목사의 생각에 이만하면 신식 혼인이 되었거니 한 것이다. 장로는 이제는 정식으로 약혼을 선언하는 것이 마땅하리라 하여,

「그러면 혼약이 성립되었소」

하고 형식을 보며,

「변변치 아니한 딸자식이오마는 일생을 부탁하오.」

하고 다음에 선형을 보고도 무슨 말을 하려다가 그친다.

형식은 꿈같이 기뻤다. 마치 전신의 피가 모두 머리로 모여 오르는 듯하여 눈이 다 안 보이는 것 같았다. 형식은 자기의 숨소리가 남에게 들릴까 보아서 억지로 숨을 죽인다.

목사와 장로는 새삼스럽게 형식의 벌겋게 된 얼굴을 보고 웃는다. 선형도 웬일인지 모르게 기뻤다. 자기가 「네」 하고 대답하던 것이 기쁘기도 하고 우습기도 하였다. 일전 글 배울 때에 하던 모양으로 치맛고름으로 이마와 콧마루에 땀을 씻었다.

얼마 동안 서로 마주보고 앉았더니 장로가,

「그런데.」

하고 목사를 향하여,

「성례를 하고 미국을 보낼까요, 공부하고 나서 성례를 하는 것이 좋으까요?」

「글쎄요」

하고 목사가,

「몇 해나 되면 졸업을 하겠나요?」

「선형이야 적어도 오 년은 있어야겠지.」

하고 선형더러,

「오 년이면 졸업을 한다고 했지?」

「네, 명년 봄에 칼리지(大學)에 입학을 하면……」

하고 이번에는 곧 대답을 하고 고개를 든다. 형식의 시선과 선형의 시선이 잠깐 마주치고 서로 갈라졌다. 마치 번개와 같이 빨랐다. 그리고 번개와 같이

힘이 있었다.

　「그리고 형식씨는.」

하고 목사가,

　「몇 해면 졸업을 하시겠소?」

　형식은 어떻게 대답할 줄을 몰랐다. 목사에게 자기도 미국에 보내어 준다는 말을 들었건마는 벌써 작정이 된 듯이 말하기는 좀 부끄러웠다. 그래서,

　「네?」

하고 말았다. 목사는 얼른,

　「아니, 금년 가을에 미국을 가시면 언제 졸업을 하겠나 말이오」

　「금년에 입학을 하면 만 사 년 후에 졸업을 할 것입니다.」

　「그러면 박사가 되나요?」

　「아니지!」

하고 장로는 여기야말로 자기의 유식함을 보일 곳이라 하여,

　「박사가 되려면 그후에도 얼마를 있어야 하지.」

하였다. 그러나 몇 해를 있어야 하는지는 몰랐다.

　형식은 그런 줄을 알고 속으로 웃었다. 그러나 이제는 김 장로는 자기의 사랑하는 자의 아버지다 —— 장인이다. 그래서 속으로도 웃기를 그치고,

　「칼리지를 졸업하고 이태 이상 포스트 그래듀에이트 코스(大學院)를 공부하면 마스터라는 학위를 얻고 그후에 또 삼사 년을 공부하여야 박사 시험을 치를 자격이 생긴답니다.」

하였다. 이 말을 하고 나매 얼마큼 수줍은 생각이 없어졌다.

　「그러면 형식씨는 박사가 되어 가지고 오시오. 여자도 박사가 있나요?」

　「네, 서양은 무론 여자도 있습니다. 일본 여자도 한 사람 미국서 박사가 되었다가 연전에 죽었습니다.」

하고 얼른 선형을 보았다. 부인은,

　「아니, 여자 박사가 다 있어요?」

하고 놀라며 웃는다.

　장로도 여자 박사가 있는 줄은 몰랐다. 그래서 자기도 놀랐건마는 아니 놀란 체하였다. 그러고,

「여자가 임금도 되는데.」

하고 자기의 유식함을 증거하였다. 목사가,

「그러면 선형이도 박사가 되어 가지고 오지. 허허, 희한한 일이로다. 내외가 다 박사가 되는구나.」

하고 벌써 박사가 되기나 한 듯이 기쁘게 웃는다. 형식과 선형도 웃었다. 다 웃었다. 형식도 박사가 되는 듯하였고 선형도 박사가 되는 듯하였다. 부인도 그렇게 생각하고 기뻤다.

목사가 다시 말을 꺼낸다.

「그러면 성례를 하고 가는 것이 좋겠구려. 오 년 동안이나…….」

「그래도 공부를 마치고 성례를 해야지.」

하고 장로가 말한다.

「그렇게 어떻게.」

하고 부인이 딸에게 동정한다.

「그렇고말고요. 성례를 해야지.」

「그러면 공부가 되나. 공부를 마치고 해야지요.」

「이것도 당자에게 물어 봅시다.」

하고 목사가 또 신식을 끄집어내어,

「형식씨 생각에는 어떻소?」

「제가 알겠습니까.」

「그러면 누가 아오?」

형식은 웃고 말았다. 목사는 선형에게,

「네 생각엔 어떠냐?」

선형도 속으로 웃었다. 그러고 말이 없다. 목사는 좀 무안하게 되었다. 성례하여야 한다는 편에도 아무 이유가 없고, 아니해야 한다는 편에도 아무 이유가 없다.

혼인을 하는 것도 무슨 이유나 자신이 없이 하였거든 성례를 하고 아니함에 무슨 이유나 자신이 있을 리가 없다. 장난 모양으로 혼인이 결정되고 장난 모양으로 공부를 마치고 성례하기로 결정하였다. 그러고 일동은 가장 합리하게 만사를 행하였거니 하였다. 하느님의 성신의 지도를 받았거니 하였다.

위험한 일이다.

　형식은 김 장로 집 대문을 나섰다. 수증기 많은 여름 밤 공기가 땀난 형식의 몸에 불같이 지나간다. 그것이 형식에게 지극히 시원하고 유쾌하였다.

　형식은 반작반작하는 하늘의 별과 집집의 전등과 지나가는 사람의 얼굴을 슬쩍슬쩍 보면서 더할 수 없이 즐거운 마음으로 집으로 돌아온다. 자기의 운수에 봄이 돌아온 것 같다.

　선형은 아내가 되었다. 마음껏 사랑할 수 있는 내 것이 되었다. 그러고 미국에 가서 공부할 수가 있다. 아아, 얼마나 즐거울는지. 그러고 공부를 마치고 나서는 선형과 팔을 걸고 한 배에 한차로 본국에 돌아와서 만인의 부러워함과 치하함을 받을 수가 있다. 아아, 얼마나 즐거울는지. 그러고 경치도 좋고 깨끗한 집에 피아노 놓고 바이올린 걸고 선형과 같이 살 것이다. 늘 사랑하면서 늘 즐겁게……아아, 얼마나 기쁠는지.

　형식은 마치 어린아이 모양으로 기뻐하였다. 장래도 장래려니와 지금 이러한 생각을 하는 것이 더할 수 없이 기쁘다. 그래서 이 생각하는 동안을 더 늘일 양으로 일부러 광화문 앞으로 돌아서 종로를 지나서 탑골공원을 거쳐서……그래도 집에 돌아오는 것이 아까운듯이 집에 돌아왔다.

　마음속에는 눈앞에서 고개를 수그리고 앉았는 선형의 모양이 새겨져 있다. 그러고 그 모양을 보면 볼수록 더욱 사랑스러워지고 더욱 어여뻐진다.

　형식은 대문 밖에서 한참 주저하였다. 이제는 내가 이러한 대문으로 출입할 사람이 아니로구나 하였다. 자기는 갑자기 귀해지고 높아진 듯하였다. 그래서 주먹으로 대문을 한 번 치고 혼자 웃으며 마당에 들어섰다.

　노파와 우선이가 툇마루에 앉아서 이야기를 하다가 형식을 보고 벌떡 일어난다. 우선이나 형식의 어깨를 힘껏 치고 웃으며,

　「요, 어찌되었나?」

　형식은 시치미 뚝 떼고,

　「무엇 말이야?」

　「아따, 왜 이렇게…….」

　「아, 어떻게 하셨어요?」

하고 노파가,

「일이 되었어요?」

하고 웃는다.

「무슨 일 말이야요?」

하고 형식도 웃는다.

「어디 자초지종을 내게 아뢰게. 가서 저녁 먹고……그담에는?」

「물 마시고…….」

「그담에는?」

「이야기하고…….」

「그다음에는?」

「왔지.」

「에끼, 바로 아뢰지 못할 테야!」

하고 우선이가 두 팔로 형식의 팔을 비틀며,

「인제도, 인제도 말을 아니할 테야?」

「아이구구, 응, 응, 말해, 말해.」

우선이가 팔을 놓으매 형식은,

「글쎄 무슨 말을 하란 말이어?」

「주릿대를 안고야 말을 하겠니.」

하고 또 한번 힘껏 비튼다.

「오야, 오야, 인제는, 인제는 말한다.」

「그래 말을 해!」」

하고 팔을 놓지 아니하고 다짐을 받는다.

「가만 있게. 불이나 켜 놓고 앉아서 이야기를 하지.」

하고 자기의 방 램프에 불을 켜고 모자와 두루마기를 벗어 방안으로 집어 던진다. 그러나 오늘 아침에 던지던 것과는 뜻이 다르다.

노파는 쌈지와 담뱃대를 들고 형식의 방으로 건너온다. 우선도 담배를 피워 물고 벙거지로 가슴과 다리와 등을 부치며 형식의 말 나오기를 기다린다. 형식은 웃으며,

「약혼했네.」

하였다.

「그러면 성례는 언제 하고?」

「졸업 후에 한다대.」

「졸업 후에? 미국 가서 말인가.」

「응, 오 년 후에.」

「오 년 후에?」

하고 노파가 놀래어 담뱃대를 입에서 빼며,

「오 년 후에, 다 늙은 담에요? 그게 무슨 일이람!」

「오 년 후에 누가 늙어요?」

하고 형식이가 노파를 보며 웃는다.

「한창 재미있을 시절은 서로 물끄러미 마주보기만 하고 있어요? 에그 참, 어서 성례하시오! 오 년 후라니.」

하고 노파는 자기에게 큰 상관이나 있는 듯이 크게 반대한다. 형식은 노파의 말이 옳다 하였다. 그러나,

「서로 마주보는 동안이 좋지요.」

하고 우선더러,

「그런데 칠월 그믐 안으로 떠나게 되었네. 오는 구월 학기에 입학을 할 양으로.」

「칠월 그믐께?」

하고 우선은 놀라며,

「그렇게 급히?」

한다.

「구월에 입학을 못 하면 일년을 잃게 되겠으니까.」

「그러면 무엇을 배울 텐가.」

「가 봐야 알겠지마는 교육을 연구하려네. 내가 지금껏 경험한 것도 교육이요, 또 지금 조선에 제일 중요한 것도 교육인 듯하고……하니까 힘껏 신교육을 연구해서 일생 교육에 종사하려 하네.」

「교육이라 하면?」

「무론 교육이라 하면 소학 교육과 중학 교육을 의미하는 것이지. 지금 조선은 정히 페스탈로찌를 가리는 때인 줄 아네. 조선 사람을 전혀 새

조선 사람을 만들려면 교육밖에 무엇으로 하겠나. 어느 시대 어느 나라가 아니 그렇겠냐마는, 더구나 시급히 낡은 조선을 버리고 신문명화한 신조선을 만들어야 할 조선에서는 만인이 다 교육을 위하여 힘써야 할 줄 아네. 자네도 문필에 종사하는 터니 아무쪼록 교육열을 고취해 주게. 지금 교육은 참 보잘것이 없으니……」

「그러면 사 년 동안 교육만 연구할 텐가.」

「사 년이 길어 보이나. 충분히 연구하려면 십 년도 부족일 것일세.」

「그런 줄은 나도 아네마는 교육 한 가지만 연구하겠나 말일세.」

「무론 거기 관련하여 다른 공부도 하지마는 교육을 중심으로 하고 공부한단 말일세. 특별히 사회제도와 윤리학에 힘을 쓸라네.」

하고 「너는 이 뜻을 잘 모르겠다」 하는 듯이 우선을 본다. 우선은 실로 그 뜻을 잘 몰랐다. 그러나 자기의 어림으로 「대체 이러이러한 것이어니」 하였다. 그리고 웃으며,

「그러면 자네의 아내……무엇이랄까, 스위트 하트는?」

형식은 웃고 얼굴을 좀 붉히며,

「내가 알겠나.」

「누가 알고……남편이 모르면.」

「제가 알지……지금 세상에야 지아비라도 아내의 자유를 꺾지 못하니까.」

「그러면 아무것을 배우든지 자네는 상관하지 않는단 말일세그려?」

「물론이지. 〈저〉라는 것이 있으니까……누구든지 제가 하고 싶은 것을 할 권리가 있으니까. 남의 힘으로 어떻게 다른 사람의 〈저〉를 좌우하겠나. 남더러 〈이렇게 하는 것이 좋을 듯하오〉 하고 충고하거나 알려 주는 것은 좋지마는, 내가 이렇게 생각하니 너는 이렇게 해라 하는 것은 참람한 일이지.」

우선은 미상불 놀랐다. 그러나 그럴듯하다 하였다. 그러면서도 설마 그러하랴 하였다. 그러나 더 토론할 생각도 없었다. 다만 형식의 사상은 자기와는 다름을 깨닫고 혼자 고개를 끄덕끄덕하였을 뿐이다.

형식은 우선의 벙벙한 입을 보고 빙그레 웃는다. 이기었다 하는 기쁜 빛이 보인다. 노파는 두 사람의 하는 말이 무슨 뜻인지를 몰랐다. 다만 형식이가 어디로 간다는 줄만 알았을 뿐이다. 세 사람은 각각 딴세상 사람이다.

우선과 형식은, 혹 같은 세상 사람이 될는지도 모르되 노파는 결코 형식과 한세상 사람이 될 수가 없다. 한방안에, 같은 시간에 각각 딴세상에 속한 세 사람이 모여 앉았다. 그리고 서로 알아들을 만한 이야기만 한다. 그러므로 그네는 같은 세상에 속하였거니 한다. 그러다가 우연히 딴세상 이야기가 나오면 문득 눈이 둥글해진다. 노파는,

　「이 선생께서 어데를 가세요?」

하고 가장 놀란 듯하다. 두 사람은 웃었다.

　「네, 어찌되면 내월 그믐께.」

하고 노파는 음력밖에 모르는 것을 생각하고 형식은,

　「내달 보름께 미국으로 갑니다.」

　「미국? 저 양국 말씀이야요?」

　「네, 양국이오」

하는 형식의 대답을 이어 우선이가 껄껄 웃으며,

　「저, 코가 이렇게 크고 눈이 움쑥 들어간 사람들 사는 나라예요.」

한다. 두 사람은 웃고 한 사람은 놀란다.

　「아, 양국이 얼마나 멀게요?」

　「한 삼만 리 되지요」

는 형식의 말.

　「바다로 한 십만 리 가요.」

하고 우선이가 웃는다.

　그러나 노파는 삼만 리와 십만 리가 얼마나 틀리는지 알지 못한다. 그것은커녕 삼만 리가 얼마나 먼지도 모른다. 그래서 다만 입을 헤 벌릴 뿐이다.

　「여기서 동네를 열댓 번 왔다갔다하기 만큼 멀어요. 그런데 커다란 쇠로 만든 배를 타고 쿵쿵쿵쿵하면서 가요.」

하는 우선의 말에 노파는,

　「화륜선 타고 갑니다그려. 몇 달이나 가나요?」

하고 담배를 빨기도 잊었다.

　「한 서른 남은 날 가지요」

하고 우선이가 고개를 돌리며 입을 쭈물거리고 웃는다.

「에그머니…….」

하는 것을 형식이가,

「그것은 거짓말이야요. 한 보름이면 가요.」

한다. 노파는 원망하는 듯이 슬쩍 우선을 쳐다보더니,

「무엇하러 그렇게 먼 데를 가요. 또 부인은 어떻게 하시고…… 에
그머니…….」

하고 노파는 몸을 떤다. 우선이가,

「부인도 같이 가지요. 이제 이 선생이 부인과 함께 양국으로 가는데,
마님은 안 가 보시려요? 쿵쿵쿵쿵하는 쇠 배를 타고 저 하늘 붙은 양국으로
가 보지요.」

노파는 그런 소리는 들은 체도 아니하고,

「그러면 언제나 돌아오시나요?」

「모르겠습니다. 한 사오 년 있다가 오지요. 오면 곧 찾아오지요.」

하고 형식도 웃는다. 노파는 한숨을 쉬며,

「내가 사오 년을 사나요.」

하고 눈에 눈물이 고인다.

두 사람은 웃음을 그치고 노파를 물끄러미 보았다.

이제는 영채의 말을 좀 하자. 영채는 과연 대동강의 푸른 물결을 헤치고
용궁의 객이 되었는가.

독자 여러분 중에는 아마 영채의 죽은 것을 슬퍼하여 눈물을 흘리신 이도
있을지요. 고래로 무슨 이야기책에나 나오듯, 늦도록 일점 혈육이 없던 사람이
아들 아니 낳은 자 없고, 아들을 낳으면 귀남자 아니 되는 법 없고, 물에
빠지면 살아나지 않는 법 없는 모양으로, 영채도 아마 대동강에 빠지려 할
때에 어떤 귀인에게 건짐이 되어 어느 암자의 승이 되어 있다가 장차 형식과
서로 만나 즐겁게 백년가약을 맺어, 수부귀다남자하려니 하고, 소설 짓는
사람의 좀된 솜씨를 넘겨보고 혼자 웃으신 이도 있으리라.

혹 영채가 빠져 죽는 것이 마땅하다 하여 영채가 평양으로 간 것을 칭찬
하신 이도 있을지요, 빠져 죽을 까닭이 없다 하여 영채의 행동을 아깝게
여기실 이도 있으리라. 이렇게 여러 가지로 독자 여러분의 생각하시는 바와

내가 쓰려 하는 영채의 소식이 어떻게 합하며 어떻게 틀릴지는 모르지마는, 여러분의 하신 생각과 내가 한 생각이 다른 것을 비교해 보는 것도 매우 흥미있는 일일 듯하다.

부산서부터 오는 이등 차실은 손님의 대부분을 남대문에 내리우고 영채의 탄 방에는 남녀 합하여 오륙 인밖에 없었다. 영채는 한편 구석에 자리잡고 차가 떠나자, 얼굴을 남에게 아니 보이려는 듯이 차창으로 머리를 내밀어 시원한 바람을 쏘이며 남산 바깥을 바라보았다. 그러나 별로 그의 주의를 끄는 것도 없었다.

그는 다만 같이 탄 사람에게 얼굴을 보이기가 싫어서 멀거니 획획 지나가는 메와 들을 보고 있었을 뿐이다. 별로 슬프지도 아니하고 괴롭지도 아니하였다. 곤한 잠을 반쯤 깬 모양으로 정신이 희미하였다. 꿈속 같기도 하였다.

노파와 두어 동무의 작별을 받을 때에는 슬프기도 하였다. 자기의 신세가 애닯기도 하였다. 자기는 십여 년 살아 오던 세상을 버리고 죽으러 간다는 생각이 푹푹 가슴을 쑤셔 내는 듯도 하였다. 그러다가 마음에 맞지 아니하는 괴로운 세상을 버리고마는 것이 시원한 듯도 하였다. 그래서 영채의 머리속은 마치 물끓는 듯하였다.

그러나 한두 시간을 지나매 영채의 정신은 아주 침착하게 되었다. 남대문 정거장에를 어떻게 나왔는지, 어떻게 차를 탔는지 잊어버린 듯도 하였다. 남대문을 떠난 지가 여러 십 년 된 것 같기도 하고 노파와 동무의 얼굴이 마치 십 년 전에 보던 얼굴같이 희미하여진다.

영채의 눈에는 여름 낮 볕을 받은 푸른 산이 보이고 밀과 보리의 누른 물결과, 조와 피의 푸른 물결도 보인다. 풀의 향기를 품긴 바람이 얼굴을 스쳐 지나가고 모시 적삼의 틈으로 불어들어와 땀나는 살을 서늘하게 한다. 이 모든 것이 도리어 영채에게 일종의 쾌감을 주었다.

그래서 영채는 꿈꾸는 사람 모양으로 안 보이는 것을 보려고도, 보이는 것을 안 보려고도 아니하고 눈에 들어오는 대로 보고, 귀에 들어오는 대로 들었다.

그러고 자기가 어디로 가는 것이며, 무엇하러 가는지도 몰랐다.

그러나 이따금 나는 죽으러 간다는 생각이 난다. 그러면 영채는 죽었다 살아나는 듯이 한 번 눈을 깜박하고 진저리를 친다. 그러고는 집 생각과 평양 생각, 형식의 생각이 쑥 나온다.

그러나 조금씩조금씩 나오다가는 얼른 스러지고 또 여전히 꿈꾸는 사람과 같이 된다. 그러다가는 혹 청량리의 광경이 눈에 보인다. 그 짐승 같은 사람들이 자기의 손목을 잡아끌던 생각이 나고는 혀로 입술을 빨아 본다. 조금 힘을 들여 빨면 짭짤한 피가 입에 들어온다. 그러면 그 피맛을 보는 듯이 가만히 입을 다물고 한참 있다가는 만사를 다 잊어버리려는 듯이 한 번 고개를 흔들고 침을 뱉고는 아까 모양으로 메와 들을 바라본다. 바람이 영채의 머리카락을 펄펄 날린다.

차가 개성 터널을 지나서 황해도 산 많은 데로 달아난다. 푸푸 소리를 내며 고개를 올라가다가는 스르르하고 고개를 내려가며 또 푸푸하고 비스듬한 산모퉁이를 돌아가서는 수십 길이나 될 듯한 길로 미끄러지는 듯이 내려간다. 좌우에 풀 깊은 산골짝으로 푸푸하고 올라갈 때에는 그 풀숲에서 단김이 후끈후끈 올라오다가 스르르 내려갈 때에는 서늘한 바람이 지켜 섰던 모양으로 획 지나간다.

길가 산 옆에 이물스럽게 생긴 바윗돌들이 내리쪼이는 햇빛에 빠작빠작하는 소리가 나는 것 같고 여기저기 외롭게 선 나무들도 졸린 듯이 잎새 하나 움직이지 아니하고 가만히 섰다. 이따금 평평하게 뚫린 곳이 있어 거기는 냇가에 누워 자는 소도 보이고 한 뼘이나 넘어 자란 조밭에 김을 매다가 지나가는 차를 쳐다보는 어린애 데린 촌계집도 있다.

그러나 영채는 여전히 꿈을 꾸는 듯이 차창에 턱을 걸고 앉았다. 차가 길게 고동을 울리며 어떤 산굽이를 돌아설 때에 기관차의 석탄 연기가 영채의 앞으로 획 지나가며 영채의 오른편 눈에 석탄 가루를 집어넣었다.

영채는 눈을 감고 얼른 머리를 차안으로 끌어들였다. 그리고 손에 들었던 명주 수건으로 눈을 씻었다. 그러나 석탄 가루는 나오지 아니하고 눈물만 흐른다.

영채는 수건으로 눈을 씻으며 얼굴을 찌푸리고 속으로 「에구 아파」 하였다.

석탄 가루가 처음에는 눈 윗시울 속에 들어간 듯하더니 한참 비비고 난 뒤에는 어디 간지를 알 수 없고 다만 아프기만 하였다. 그래도 수건을 눈

속으로 넣어서 씻어내려 하다가 마침내 나오지 아니함을 보고 영채는 화를 내어 차창에 손을 대고 손 위에 얼굴을 대고 엎디어 울었다.

지금껏 졸던 슬픔이 갑자기 깨어난 모양으로 눈물이 쏟아진다. 무슨 까닭인지도 모르게 그저 슬프기만 하여 소리를 참고 울었다. 지금껏 꿈속 같던 정신이 갑자기 쇄락하여지는 듯하였다. 지나간 모든 생각이 온통 슬픔을 띠고 분명하게 마음속에 일어난다.

영채는 눈에 석탄 가루 들어간 것도 잊어버리고 혼자 슬퍼서 울었다. 오늘 저녁이면 나는 죽는다. 나는 대동강에 빠진다. 이 눈물도 없어지고 몸에 따뜻한 기운도 없어진다. 오늘 본 산과 들과 사람은 다 마지막 본 것이다. 나는 몇 시간 아니하여서 죽는다 하는 생각이 바늘 끝 모양으로 전신을 폭폭 찌른다. 내가 왜 났던고, 무엇하러 살아왔는고, 하는 후회도 난다.

이때에 누가 영채를 가볍게 흔들며,

「여봅시오. 고개를 들으셔요」

한다. 영채는 깜작 놀라 고개를 들어 겨우 한편 눈을 떠서 그 사람을 보았다. 어떤 일복 입은 젊은 부인이 수건을 들고,

「이리 돌아앉으세요. 눈에 석탄 가루가 들어갔어요? 제가 씻어내 드리지요.」

하고 방그레 웃더니 영채의 얼굴에 슬픈 빛이 있는 것을 보고 한 번 눈을 치떠서 영채의 얼굴을 본다.

영채는 감사한 듯도 부끄러운 듯도 하면서 그 부인의 말대로 돌아앉으며,

「관계치 않습니다.」

하고 고개를 숙였다. 부인은 영채를 안을 듯이 마주앉으며,

「아니야요. 석탄 가루가 눈에 들어가면 잘 나오지를 아니해요」

하고 수건을 손가락 끝에 감아 들고 한편 손으로 영채의 눈을 만지며,

「이 눈이야요? 이 눈이야요?」

하다가 영채의 오른 눈 윗시울을 들고 가만히 들여다보다가 수건으로 살짝 씻어낸다.

그 하는 모양이 극히 익숙하고 침착하다. 영채는 하는 대로 가만히 앉았다. 그 부인의 피곤한 듯한 따뜻한 입김이 무슨 냄새가 있는 듯하면서도 향기롭게

자기의 입과 코에 닿는 것을 깨달았다. 부인은 좀더 바싹 영채에게 다가앉으며, 눈을 비집고 연해 고개를 기울여 가며 씻어낸다. 부인은 화가 나는 것같이,

「에그, 남들이 없었으면 혓바닥으로 핥았으면 좋으련만.」

하더니,

「에라! 나왔어요. 이것 보셔요. 이렇게 큰 게 들어갔으니까.」

하고 수건에 묻은 석탄 가루를 영채에게 보인다. 그러나 영채는 눈이 부시고 눈물이 흘러서 그것이 보이지를 아니한다. 부인은 걸상에서 일어나 영채의 겨드랑에 손을 넣어 일으키며,

「자, 세면소에 가서 세수를 하셔요.」

하고 앞서 간다.

차가 흔들리건마는 그 부인은 까딱없이 평지를 가는 모양으로 영채를 끌고 차실 저편 끝 세면소로 간다. 가다가 차실 중간쯤해서 자기와 같이 앉았던 양복 입은 소년에게서 비누와 수건을 받아 들고 간다. 그 맞은편에서 책을 보고 앉았던 어떤 양복 입은 사람이 두 사람의 모양을 우두커니 보고 앉았더니 다시 책을 본다.

영채는 비틀비틀하면서 그 부인의 뒤를 따라 세면소에 갔다. 부인은 대리석 판에 백설 같은 자기로 만든 세면기에 물을 따라 손으로 휘휘 저어 한 번 부셔내고 맑은 물을 가득이 부어 놓은 후에 비눗갑을 열어 놓고 붉은 줄 있는 큰 타월로 영채의 어깨와 옷깃을 가리어 주고 한 손으로 영채의 허리를 안는 듯이 영채의 몸을 자기의 몸에 기대게 하고,

「자, 비누로 왁왁 씻읍시오.」

하고 물끄러미 영채의 반질반질한 머리와 꽃비녀와 하얀 목과 등을 보며, 어떤 사람인가 하여 보다가 이따금 영채의 어깨를 가리운 수건도 바로잡아 주고 귀밑으로 흘러내린 머리카락도 걷어올려 준다.

남이 보면 마치 형이 동생을 도와주는 것같이 생각하겠다. 사실상 그 부인은 영채를 동생같이 생각하였다. 얌전한 처녀다, 재주도 있겠다, 교육이 있는 듯하다 하였다. 그러고 석탄 가루가 눈에 들어가서 울던 것을 생각하고 「어리다, 사랑스럽다」 하였다.

영채는 슬프던 중에도 그 부인의 다정한 것을 감사하게, 기쁘게 여기면서 잘 세수를 하였다. 자기의 등에 그 부인의 손이 얹힌 것을 감각할 때에 월화에게 안기던 것을 생각하였다. 그리고 그 부인의 얼굴이 어딘지 모르나 월화와 비슷하다 하였다.

그러고 그러나 나는 죽는다 하였다. 영채는 세수를 다 하고 일어섰다. 부인은 수건을 준다. 영채는 얼굴과 손을 씻었다. 부인은 수건을 달래서 영채의 목과 귀 뒤를 가만가만히 씻어 주었다. 영채는 눈을 떠서 정면으로 부인을 보았다. 영채의 눈은 벌겋다. 그리고 눈썹에는 아직 물이 묻어서 마치 눈물이 묻은 것 같다.

부인은 어머니가 딸을 보는 듯한 눈으로 빙그레 웃으면서 영채를 보더니 팔로 영채의 허리를 안으며,

「자 갑시다. 가서 점심이나 먹읍시다.」

아까 오던 모양으로 영채의 자리에 돌아왔다.

영채는 그제야 겨우,

「감사합니다.」

하였다.

부인은 앉으려 하다가 다시 자기의 자리로 가서 그 소년과 무슨 말을 하더니 가방 속에서 네모진 종이갑을 내어들고 와서 영채의 맞은편 걸상에 앉으며,

「자, 이것 좀 잡수셔요.」

하고 그 종이갑의 뚜껑을 연다.

영채는 그것이 무엇인지를 몰랐다. 구멍이 숭숭한 떡 두 조각 사이에 엷은 날고기를 낀 것이다. 영채는 무엇이냐고 묻기도 어려워서 가만히 앉았다.

부인은 슬쩍 영채의 눈을 보더니, 속으로 「네가 이것을 모르는구나」 하면서 영채에게 먹기를 권하며,

「어데로 가십니까?」

하고, 자기가 먼저 하나를 집어먹으며,

「자, 잡수셔요」

한다.

「평양 갑니다.」

하고 영채도 한 개를 집어서 그 부인이 먹는 모양으로 먹었다. 처음에는 어떻게 먹는 것인지 몰랐었다.

「댁이 평양이시야요?」

하고 부인은 또 하나를 집는다.

영채는 어떻게 대답할지를 몰랐다. 나도 집이 있나 하였다. 그러나 집이 있다 하면 노파의 집이다 하여 고개를 돌리며,

「네, 평양 있다가 지금 서울 와 있어요.」

하고 영채는 집었던 것을 다 먹고 가만히 앉았다.

「자, 어서 잡수셔요.」

하고 부인이 집어 줄 때에야 또 하나를 받아 먹었다.

별로 맛은 없으나 그 새에 낀 짭짤한 고기맛이 관계치 않고 전체가 특별한 맛은 없으면서 무엇인지 알 수 없는 운치 있는 맛이 있다 하였다.

부인은 또 한쪽을 집어 안팎 옆을 한 번 뒤쳐 보며,

「그런데 방학이 되었어요?」

나를 여학생으로 아는구나 하고 한껏 부끄러웠다. 그리고 이 일본 부인이 어떻게 이렇게 조선말을 잘하나 하다가 너무도 조선말을 잘함을 보고 옳지 일본 가 있는 조선 여학생이로구나 하면서,

「아니야요. 잠깐 다니러 갑니다. 저는 학교에 아니 다녀요.」

「그러면 벌써 졸업하셨어요. 어느 학교에 다니셨어요……숙명이요, 진명이요?」

「아무 학교에도 아니 다녔어요.」

이 말에 그 부인은 입에 떡을 문 채로 씹으려고도 아니하고 우두커니 앉아서 영채를 본다.

그러면 이 여자는 무엇일까 하였다. 남의 첩이라는 생각도 난다. 학교에 아니 다녔단 말에 다소 경멸하는 생각도 나나 또 그것이 어떤 계집인지 알아보고 싶은 호기심도 난다.

그러나 어떻게 물어 보아야 할지를 몰라 한참 생각하다가,

「그러면 평양에는 친척이 계셔요?」

영채도 어떻게 대답을 할 것인지 모른다. 오늘 저녁이면 죽어 버리는 몸이요, 또 이 부인이 이처럼 친절하게 하여 주니 자초지종을 있는 대로 이야기하고 싶기도 하나 그래도 말을 내기가 부끄럽기도, 또 어디서부터 어떻게 시작할 것인지를 몰라 떡을 든 채로 고개를 숙이고 잠자코 앉았다. 부인도 가만히 앉았다.「이 여자에게 무슨 비밀이 있다구」하매 더욱 호기심이 일어난다.

그러나 영채의 불편하여 하는 것을 보고 말끝을 돌려,

「제 집은 황주야요. 동경 가서 공부하다가 방학이 되어서 돌아옵니다. 쟤는 제 동생이구요.」

영채는 다만,

「녜.」

하고 그 소년을 보았다.

소년도 기대어 앉아서 눈을 끔벅거리며 이편을 쳐다보다가 영채의 눈과 마주치매 눈을 돌려 창밖을 내다본다. 둥그스름하고 살이 풍후한 얼굴에 눈이 큰 것과 눈썹이 긴 것이 얼른 눈에 뜨인다.

영채는, 사랑스러운 얼굴이다, 남매가 잘 닮았다 하였다. 그러나 두 사람 사이에는 다시 말이 없고 서로 이따금 마주보기만 한다. 영채는「내게도 저런 동생이 있었으면」하였다. 그러고 동경 유학하는 그의 신세를 부럽게도 여겼다. 또 나는 죽는다 하였다. 나는 왜 이렇게 박명한고, 나는 어찌하여 일생을 눈물로 보내다가 죽게 태어났는고 하였다.

차는 간다. 해도 간다. 내가 죽을 시간은 가까워 온다 하고 자기의 손과 몸을 보았다. 그러고 나오는 줄 모르게 눈물이 흘렀다. 영채는 눈물을 감추려 하였으나 참으려면 참을수록 흑득흑득 느껴 가며 눈물이 나온다.

영채는 마침내 자기의 무릎 위에 이마를 대고 울었다. 그 여학생은 영채의 곁으로 돌아앉아 영채를 안아 일으키면서,

「여봅시오, 왜 그러서요?」

영채는 자기의 가슴 밑으로 들어온 그 여학생의 손을 꼭 쥐어다가 자기의 입에 대며 엎딘 채로,

「형님, 감사합니다. 저는 죽으러 가는 몸이야요. 아아, 감사합니다.」

하고 더 느낀다.

「에?」

하고 여학생은 놀래어,

「그게 무슨 말씀이야요? 왜, 무슨 일이야요. 말씀을 하시지요. 힘있는
대로는 위로하여 드리지요. 왜 죽으려고 하셔요. 자 울지 말고 말씀합시오.
살아야지요. 꽃 같은 청춘에 즐겁게 살아야 하지요. 왜 죽으려 하셔요?」

하고 수건으로 영채의 눈물을 씻는다.

영채는 번히 눈을 떠서 여학생을 본다. 여학생의 눈에도 눈물이 고였다.
그렇게 활발한, 남자 같은 사람에게도 눈물이 있는 것이 이상하다 하였다.
그리고 영채에게는 그 여학생이 정다운 생각이 간절하게 된다. 영채의 눈물을
씻은 수건에는 영채의 입술에서 흐른 피가 묻었다. 여학생은 가만히 그 피와
영채의 얼굴을 비교하여 본다. 불쌍한 생각이 간절하여진다.

여학생은 영채의 신세 타령을 듣고,

「그러면 지금도 그(형식)를 사랑하시오?」

사랑하느냐 하는 말에 영채는 가슴이 뜨끔하였다. 과연 자기가 형식을
사랑하였는가……, 알 수가 없다.

자기는 다만, 형식이란 사람은 자기가 찾아야 할 사람, 섬겨야 할 사람으로
알았을 뿐이요, 칠팔 년 래로 일찍 형식을 사랑하는지 생각해 본 적도 없었다.
다만 어서 형식을 찾고 싶다. 어서 만나면 자기의 소원을 이루겠다, 만나면
기쁘겠다 하였을 뿐이다.

그러므로 영채는 멀거니 여학생을 보다가,

「그런 생각은 해 본 적도 없어요. 어려서 서로 떠났으니까 얼굴도 잘
기억하지 못하셨는데……」

「그러면 부친께서, 너는 아무의 아내가 되어라 하신 말씀이 있으시니까
지금껏 찾으셨습니다그려……별로 사모하는 생각도 없었는데……」

「네, 그리고 어렸을 때에 정들었던 것이 아직도 기억이 되어요. 그때 일을
생각하면 어째 그리운 생각이 나요」

「그것이야 그렇겠지요. 누구든지 아이 적 생각은 안 잊히는 것이니깐.
그이뿐 아니라 다른 아이들 생각도 나시지요?」

264

영채는 가만히 생각해 보더니,

「네, 여러 동무들의 생각도 나요. 그러나 그의 생각이 제일 정답게 나요. 그랬더니 일전에 정작 얼굴을 대하니깐 생각던 바완 다릅데다. 어쩐지 이전에 정답던 것까지도 다 깨어지는 것 같애요. 왜 그런지 모르겠어요. 그래서 그날 저녁에 집에 돌아와서는 어떻게 마음이 섭섭한지 울었습니다.」

잘 알아들은 듯이 고개를 끄덕끄덕하더니 말하기 어려운 듯이,

「그러면 지금은 그에게 대해서는 별로 사랑이 없습니다그려.」

영채는 저도 제 생각을 모르는 모양으로 한참이나 생각하더니,

「글쎄요, 만나니깐 반갑기는 반가운데 어쩐지 기다리고 바라던 그 사람이 아닌 것 같애요. 내가 마음속에 그려 오던 사람과는 딴사람 같애요. 저도 웬일인가 했어요. 또 그이도 그다지 저를 반가워하는 것 같지도 아니하고……」

「알았습니다.」

하고 여학생은 눈을 감는다. 무엇을 알았단 말인고 하고 영채도 눈을 감는다. 여학생이,

「그런데 왜 죽을 결심을 하셨어요?」

「아니 죽고 어떡합니까. 그 사람 하나를 바라고 지금껏 살아 오던 것인데 일조에 정절을 더럽히고……」

괴로운 빛이 얼굴에 나타나며,

「다시 그 사람을 섬기지도 못하겠고……이제야 무엇을 바라고 사나요.」

하고 절망하는 듯이 고개를 푹 숙인다.

「나는 그것이 죽을 이유라고는 생각하지 아니합니다.」

「그러면 어찌하고요?」

「살지요! 왜 죽어요?」

영채는 깜짝 놀라 여학생을 본다. 여학생은 힘있는 목소리로,

「첫째, 영채씨는 속아 살아 왔어요. 이 형식이란 사람을 사랑하지도 아니하면서 공연히 정절을 지켜 왔어요. 부친께서 일시 농담 삼아 하신 말씀 한마디 때문에 영채씨는 칠팔 년 헛된 절을 지킨 것이외다. 사랑하지 않는 사람을 위해서, 피차에 허락도 아니한 사람을 위해서 절을 지키는 것이 헛된

일이 아니야요? 마치 죽은 사람, 세상에 없는 사람을 위해서 절을 지키는 것이나 다름이 있어요? 영채씨의 마음은 아름답지요, 절은 굳지요 그러나 그뿐이외다. 그 아름다운 마음과 그 굳은 절을 바칠 사람이 따로 있지 아니할까요. 하니깐 지금 영채씨가 그이를 사랑하시거든 지금부터 그에게 몸과 마음을 바치실 것이요, 만일 그렇지 않거든 다른 남자 중에 구하실 것이오. 그런데……」

「그러나 지금토록 마음을 허하여 오던 것을 어떡합니까. 고성(古聖)의 교훈도 있는데.」
한다.

「아니오. 영채씨는 지금까지 꿈을 꾸고 지나셨지요. 허깨비를 보고 지나셨지요. 얼굴도 잘 모르고 마음도 모르는 사람에게 어떻게 마음을 허합니까. 그것은 다만 그릇된 낡은 사상의 속박이지요. 사람은 제 목숨으로 삽니다. 제가 사랑하지 않는 지아비가 어데 있겠어요. 하니깐 영채씨의 과거사는 꿈입니다. 이제부터 참생활이 열리지요」

영채는 이 말을 듣고 놀랐다. 열녀라는 생각과 틀리는 것 같다. 그러나 그 말이 옳은 것 같다.

과연 지금토록 일찍 형식을 사랑한 적은 없었고, 다만 허깨비로 제 마음에 드는 사람을 만들어 놓고, 그 사람의 이름을 형식이라고 짓고, 그러고는 그 사람과 진정 형식과 같은 사람으로 생각하고 그 사람을 찾는 대신 이 형식을 찾다가, 이 형식을 보매 그 사람이 아닌 줄을 깨닫고 실망하고 나서는, 아아, 이제는 영원히 형식을 보지 못하겠구나 하고 실망한 것이다.

이렇게 생각하매 영채는 잘못 생각하였던 것을 깨닫는 생각과 또 아주 절망하였던 중에 새로운 광명이 발하는 듯하였다. 그래서 영채는,

「참생활이 열릴까요? 다시 살 수가 있을까요?」
하고 여학생을 보았다.

「참생활이 열리지요. 지금까지는 스스로 속아 왔으니깐 인제부터 참생활이 열리지요. 영채씨 앞에는 행복이 기다립니다. 앞에 기다리고 있는 행복을 버리고 왜 귀한 목숨을 끊어요」
하고 이만하면 영채의 죽으려는 결심을 돌릴 수 있다 하는 생각으로,

「그러니까 울기를 그치고 웃읍시오. 자, 웃읍시다.」

하고 자기가 먼저 웃는다. 영채도 따라서 빙그레 웃더니,

「행복이 기다릴까요? 그러나 의리는 어찌합니까. 의리는 어기고 행복을 찾을까요. 그것이 옳은가요?」

하며 마음을 정치 못하여 한다.

「의리? 영채씨께서 죽으시는 것이 의리 같습니까?」

「의리가 아닐까요?」

「어찌해서 의릴까요?」

「어떤 사람에게 마음을 허하였다가 그 사람에게 몸을 바치기 전에 몸을 더럽혔으니 죽어 버리는 것이 의리가 아닐까요?」

옳다, 되었다 하는 듯이 여학생이,

「그러면 몇 가지를 물어 보겠습니다. 첫째, 이씨에게 마음을 허하신 것이 영채씨오니까. 다시 말하면 영채씨가 당신의 생각으로 마음을 허한 것입니까, 또는 부친의 말씀 한마디가 허한 것입니까?」

「그게야 무론 아버지께서 허하신 게지요.」

「그러면, 부친의 말씀 한마디로 영채씨의 일생을 작정한 것이오그려.」

「그렇지요. 그것이 삼종지도(三從之道)가 아닙니까.」

「흥, 그 삼종지도라는 것이 여러 천 년간, 여러 천만 여자를 죽이고, 또 여러 천만 남자를 불행하게 하였어요. 그 원수의 글자 몇 자가, 흥.」

영채는 놀래며,

「그러면 삼종지도가 그르단 말씀이야요.」

「부모의 말에 순종하는 것이 자식의 도리겠지요. 지아비의 말에 순종하는 것이 아내의 도리겠지요. 그러나 부모의 말보다도 자식의 일생이, 지아비의 말보다도 아내의 일생이 더 중하지 아니할까요? 다른 사람의 뜻을 위하여 제 일생을 결정하는 것은 저를 죽임이외다. 그야말로 인도(人道)의 죄라 합니다. 더구나 부사종자(夫死從子)라는 말은 참남자의 포학(暴虐)을 표함이외다. 여자의 인격을 무시하는 말이외다. 어머니는 아들을 가르치고 단속함이 마땅하외다. 어머니가 자식에게 복종하는 그런 비리가 어데 있어요.」

하고 여학생은 얼굴이 붉게 되며 기운을 내어 구도덕(舊道德)을 공격하더니,

「영채씨도 이러한 낡은 사상의 종이 되어서 지금껏 속절없는 괴로움을 맛보셨습니다. 그 속박을 끊읍시오, 그 꿈을 깹시오, 저를 위하여 사는 사람이 되시오, 자유를 얻읍시오」

하는 여학생의 얼굴에는 아주 엄숙한 빛이 보인다.

「그러면 저는 어떻게 해요?」

하는 영채의 사상은 자못 혼란하게 되었다.

영채는 자연히 그 여학생의 손에 자기의 운명을 맡기게 된 것 같다. 여학생의 입으로서 나오는 말대로 자기의 일생이 결정될 것 같다. 그래서 영채는 여학생의 눈과 입을 바라본다. 여학생은,

「여자도 사람이지요. 사람일진댄 사람의 직분이 많겠지요. 딸이 되고, 아내가 되고, 어머니가 되는 것도 여자의 직분이지요. 또 혹은 종교로, 혹은 과학으로, 혹은 예술로, 혹은 사회나 국가에 대한 일로 인생의 직분을 다할 길이 많겠지요. 그런데 고래로 우리 나라에서는 남의 아내 되는 것만으로 여자의 직분을 삼았고 남의 아내가 되는 것도 남의 뜻대로, 남의 말대로 되어 왔어요. 지금까지 여자는 남자의 한 부속품, 한 소유물에 지나지 못하였어요. 영채씨는 부친의 소유물이다가 이씨의 소유물이 되려 하였어요. 마치 어떤 물품이 이 사람의 손에서 저 사람의 손으로 옮겨가는 모양으로……. 우리도 사람이 되어야 합니다. 여자도 되려니와 우선 사람이 되어야 합니다. 영채씨께서 할 일이 많지요. 영채씨는 결코 부친과 이씨만을 위하여 난 사람이 아니외다. 과거 천만대 조선과, 현대 십육억 동포와, 미래 천만대 자손을 위하여 나신 것이야요. 그러니깐 부친께 대한 의무 외에, 이씨께 대한 의무 외에도 조상께, 동포에게, 자손에게 대한 의무가 있어요. 그런데 영채씨가 그 의무를 다하지 아니하고 죽으려 하는 것은 죄외다.」

「그러면 어떻게 해요?」

여학생은 웃고,

「오늘부터 새로운 생활을 시작하시지요」

「어떻게 시작해요?」

「모든 것을 다 새로 시작하지요. 지나간 일을랑 왼통 잊어버리고 새로

모든 것을 시작하지요. 이전에는 남의 뜻대로 살아 왔거니와, 이제부터
는……」

하고 여학생은 잠깐 말을 멈추고 영채를 바라본다.

영채는 얼굴이 붉게 되고 숨이 차며 여학생의 눈과 입에 매어달릴 것
같다가,

「이제부터는 어떻게 해요?」

한다.

「이제부터는 제……뜻……대……로 살아간단 말이야요」

열차는 산속을 벗어나서 서흥 벌판으로 달아난다. 맑은 냇물이 왼편에
있다가 오른편에 가다가 한다. 두 사람은 잠자코 바깥을 내다본다.

영채는 여학생에게 끌려 황주서 내렸다. 여학생은 영채를 자기의 친구라
하여 집에 소개하고 자기와 한 방에 있기로 하였다. 그 집에는 사십여 세
되는 부모와, 여학생보다 삼사 세 위 되는 오라비와, 허리 구부러진 조모가
있었다.

그 조모는 손녀를 보고 아무 말도 없이 너무 반가워서 눈물을 흘렸다.

여학생의 자친은 다정하고 현숙한 부인이다. 부친은 딸이 절하는 것을
보고도 별로 기쁜 빛도 표하지 아니하고 도리어 고개를 돌렸다. 여학생은
그것을 보고 혼자 빙끗 웃었다. 오라비는 웃으며 누이를 맞았다. 그러고
누이의 어깨를 만지며,

「왜 오는 날을 알리지 아니했니?」

하였다. 그러고 동경에 관한 말을 물었다. 오라범댁은 부모 앞에서는 가만히
웃기만 하다가 여학생과 마주앉았을 때에는 손을 잡고 등을 만지고 하며
반기는 빛이 넘친다.

영채는 이러한 모든 광경을 보고 재미있는 가정이다 하였다. 그러고 없어진
집 생각이 났다.

그날 저녁에는 부친을 빼어놓고 온 가족이 모여 앉아서 밀국수를 먹으며
즐겁게 이야기하였다. 영채는 여학생의 곁에 잠자코 가만히 앉았다. 오라비는
영채에게 대하여 어려운 생각이 나는지 한참 이야기하다가 밖으로 나가고
여자들만 모여 앉았다. 여학생은 쾌활하게 조모와 모친과 오라범댁을 번갈아

보아 가며, 동경서 일년 동안 지내던 이야기를 한다.

조모는 이따금 웃으며 고개를 끄덕끄덕한다. 그중에도 오라범댁이 제일 재미있게 듣는다. 모친은 딸의 이야기는 듣는지 마는지 먹을 것만 주선하며 이따금 딸의 하는 이야기에는 상관도 없는 질문을 한다. 딸이,

「어머닌 남의 말은 아니 듣고.」

하면,

「왜 안 들어. 어서 해라.」

하기는 하면서도 또 딴소리를 하여서 젊은 사람들을 웃긴다. 영채도 남을 따라서 웃었다. 실상 모친은 딸의 말을 잘 알아듣지 못한다. 조모는 더구나 알아듣지 못한다. 조모는 웃기도 그치고 하품을 시작한다. 오라범댁과 영채만이 턱을 받치고 재미나게 듣는다.

얼마 있다가 모친도 졸린지 눈이 거슴푸레하며 눈물이 흐른다. 모친이 일어나 베개를 내려 조모께 드리며,

「어머님께서는 주무십시오. 그 애들 지껄이는 것은 무슨 말인지를 모르겠다.」

하고 자기도 팔을 베고 눕는다.

두 노인은 잠이 들고 세 청년만 늦도록 이야기를 하였다. 셋은 즐거웠다. 영채도 그 오라범댁과 친하게 되었다. 그날 저녁에는 셋이 한자리에서 가지런히 누워 잤다. 영채는 늦도록 잠이 아니 들었으나 마침내 잠이 들어서 꿈에 월화를 보았다.

아침에 일어나서는 혼자 웃었다. 죽으러 가던 몸이 어젯저녁에 죽었을 몸이, 아직도 살아 있는 것을 생각하니 우습다. 그러나 자기의 전도는 어찌 될는지 걱정이었다.

여학생의 이름은 병욱이다. 자기 말을 듣건댄 처음 이름은 병옥이었으나 너무 부드럽고 너무 여성적이므로 병목이라고 고쳤다가, 그것은 또 너무 억세고 남성적이므로 그 중간을 잡아 병욱이라고 지은 것이라 하며 영채더러 하루는,

「병욱이라면 쓸쓸하지요. 나는 옛날 생각과 같이 여자는 그저 얌전하고 부드러워야 한다는 것은 싫어요. 그러나 남자와 같이 억세고 뻑뻑한 것도

싫어요. 그 중간이 정말 여자에게 합당한 줄 압니다.」
하고 웃으며,

「영채, 영채……어여쁜 이름이외다. 그러나 과히 여성적은 아니외다.」
한 일이 있다.

그러나 집에서는 병욱이라고 부르지 아니하고 병옥이라고 부른다. 「병
옥아」해도 대답은 한다.

병욱은 영채를 매우 재주있고, 깨닫기 잘하고, 공부 잘한 여자로 알았다.
처음에는 자기의 말을 못 알아들을 듯하여 아무쪼록 알아 듣기 쉬운 말을
골라 하였으나, 이제는 거의 평등으로 대답한다.

영채는 무론 병욱을 헤아릴 수 없이 이상한 지식과 생각을 많이 가진
사람으로 안다. 그러므로 병욱의 입으로 나오는 말이면 무엇이든지 주의하여
듣고 힘써 해석해 본다. 그래서 이삼 일 내에 병욱의 생각을 대강 짐작하게
되었고, 또 병욱의 생각이 자기가 지금토록 하여 오던 생각과는 거의 정
반대됨을 깨달았다. 그리고 그 생각이 도리어 합리하는 것같이 생각하였다.
지금은 차 속에서 병욱이가 하던 말을 잘 깨달아 알게 되었다.

병욱과 영채는 깊이 정이 들었다. 둘이 마주앉으면 시간 가는 줄을 모르고
이야기에 취하게 되었다. 영채는 병욱에게 새로운 지식과 서양식 감정을
맛보고, 병욱은 영채에게 옛날 지식과 동양식 감정을 맛보았다.

병욱은 낡은 것을 모두 싫어하였다. 그러나 영채의 잘 이해한 사상을
접하매 옛날 사상에도 여러 가지 맛있는 점이 있음을 깨달았다. 그래서
새삼스럽게 소학이며 열녀전이며, 한시 한문을 배우고 싶은 생각까지도 나게
되었다. 집에서 먼지 묻은 고문진보 같은 것을 내어서 이것저것 영채에게
배우기도 하고, 배운 것을 외우기도 하였다. 「참 재미있다」하고 어린애같이
기뻐하면서 소리를 내어 읊기도 하였다.

부친은 병욱이가 시 읊는 소리를 듣고 칭찬을 하는지 조롱을 하는지 모르게
「흥, 흥」하였다.

병욱은 음악을 배운다. 한번은 사현금을 타다가 영채더러,

「집에서는 음악 배운다고 야단이야요. 그것은 배워서 광대 노릇을 하겠
니? 하시고 학비도 아니 준다고 하지요. 내가 울고불고 떼를 쓰며 이것을

배우게 했어요. 집에서는 난봉났다 그러시지요. 오빠께서는 좀 나시지마는.」
하고 웃었다.

　한참 재미롭게 사현금을 타다가도 밖에서 부친의 기침 소리가 나면 얼른
어리광하는 듯이 진저리를 치며 웃는다. 영채도 사현금 소리가 좋다 하였다.
서양 악곡을 많이 들어 보지 못하였으므로 탑골 공원의 음악도 별로 재미있게
아니 여겼더니, 이제는 서양 악곡의 묘미도 차차 알아 오는 듯하다.

　병욱은 사현금과 한시와, 영채와 이야기하는 것으로 재미를 삼게 되었다.
더구나 새로 맛보는 한시 맛에 사현금을 잊어버리는 일까지 있다. 그러면서도
병욱은 분주히 돌아다니며 오라범댁을 도와 집일을 보살핀다.

　하루는 크게 주름잡은 조모의 낡은 치마를 입고, 팔을 부르걷고, 호미를
들고 땀을 죽죽 흘리며 마당 구석과 담 밑과 울안의 잡초를 다 매고 이웃에
가서 화초를 얻어다가 심었다. 흙묻은 손으로 땀을 씻어서 얼굴에는 누런
흙물이 여기저기 묻었다. 한참 호미로 굳은 땅을 팔 적에 부친이 들어오다가
물끄러미 보고 섰더니 빙그레 웃으면서,

　「병욱이는 농사하는 집에 시집을 보내야겠군.」
하였다. 또 모친은 보고,

　「애, 그만두어라. 더운데 널더러 김매라더냐.」
하면서 웃었다. 병욱도,

　「이제 봅쇼 온 집안이 꽃밭이 될 테니.」
하고 웃었다.
그러나 부친이나 모친이 병욱의 꽃 심는 것을 그렇게 중요하게 알지 않는
모양인 것을 보고 곁에 섰는 영채를 돌아보며,

　「꽃을 중하게 아니 여기는 터에 음악 배우는 것을 왜 좋아하겠소」
하고 웃으며,

　「이제 아무렇게 해서라도 꾀꼬리를 한 쌍 잡아다가 아버지 방문 밖에
걸어 드릴랍니다. 설마 꾀꼬리 소리를 싫다고야 아니하시겠지. 어때요, 묘
하지요?」
하고 웃는다. 영채도,

　「네, 묘합니다.」

272

하고 웃었다.

「꽃이 고운 줄도 모르고, 꾀꼬리 소리가 고운 줄도 모르고 사는 인종은 불쌍하지요?」

하고 찬성을 구하는 듯이 영채를 본다.

영채는 그 뜻을 잘 알았다. 영채는 예술이라는 말을 일전에 배웠더니 그 뜻을 지금에야 깨달았다. 기생도 일종 예술가다. 다만 그 예술을 천하게 쓰는 것이다 하였다. 옛날 명기들은 다 예술가로다. 그네는 음악을 하고 무도를 하고, 시와 노래를 짓고 그림을 그렸다.

그러므로 그네는 오늘날에 이르는 바 예술가로구나 하였다. 그러니까 자기도 예술가다. 예술가 되는 것이 내 천직인가 하였다. 자기도 병욱과 같이 음악을 배울까 하였다. 자기가 지금껏 원수로 알아오던 춤추기와 노래부르기도 이제 와서는 뜻이 있구나 하였다.

이럭저럭 영채는 죽을 생각을 그치고 병욱과 같이 즐겁게 살아가도록 힘쓰리라 하게 되었다. 영채의 마음에는 기쁨이 생겼다.

병욱도 영채가 이렇게 변하여 가는 줄을 안다. 그래서 기뻐한다. 무도와 성악을 배우기를 권하고, 동경을 가면 그것을 전문으로 가르치는 음악학교가 있는 것과, 성악과 무도를 잘 배우면 세계적 공명을 이룰 수 있는 것도 말하였다.

병욱은 영채의 목소리에 혹하다시피 취하였다. 서투른 창가를 불러도 저렇게 아름답거든 자기가 익숙한 노래를 부르면 얼마나 아름다울까 하였다.

병욱의 집은 황주성 서문 밖에 있다. 한적하고 깨끗한 집터이다. 이웃에 집도 많지 아니하므로 둘이서 손을 마주잡고 석양에 산보도 한다. 산보할 때에는 두 처녀가 꿈 같은 장래를 이야기한다. 우거진 풀잎 밑으로 흘러내려오는 시내에 두 발을 잠그고 소리를 맞추어 노래도 부른다. 둘은 이런 말을 한다.

「집에서 자꾸 시집을 가라는구려.」

「어떤 데로?」

「누가 아나요. 당신네 생각에 합당하면 좋다고 그러지요. 이번에는 기어이 시집을 가야 된다고 아주 야단이야요.」

「그러면 어찌하셔요」

「아무때나 내가 가고 싶어야 가지요」

하고 말하기 어려운 듯이 한참 생각하더니 빙그레 웃으며,

「나도 사랑하는 사람이 있어요」

하고 얼굴을 붉힌다. 영채도 웃으며,

「어디요? 동경?」

「네. 그런데 집에서는 큰 반대지요. 서자(庶子)예요. 또 가난하고……
호호호호. 그러나 사람은 참 좋아요. 얼굴도 잘 생기고, 풍채도 좋고, 재주도
있고, 마음도 크고 곱고…… 아아, 너무 자랑을 했다. 그러나 자랑이 아니야요.
아마 영채씨가 보셔도 사랑하리라. 언제 한번 보여 드리지요. 그러나 빼앗
아서는 안 되어요」

하고 영채를 보며 웃는다. 영채는 고개를 숙인 대로 웃는다.

이 모양으로 사오 일이 지났다. 영채는 서울 노파와 형식에게 자기가 살아
있단 말을 알려 주지 아니하였다. 후일에 서로 알 날이 있기를 바랐다. 영채는
이제부터 어떻게 살아갈는지.

영채는 차차 이 집 내용을 알게 되었다. 오랫동안 가정이란 맛을 보지
못한 영채에게는 부모 있고, 형제 있고, 자매 있는 이 가정은 마치 선경같이
즐겁고 행복되어 보이더니 점점 알아본즉 그 속에도 슬픔이 있고 괴로움이
있다.

첫째는 부자간에 뜻이 맞지 아니함이니, 아들은 동경에 가서 경제학을
배워 왔으므로 자기가 중심이 되어 자본을 내어 무슨 회사 같은 것을 조직하려
하나, 부친은 위태한 일이라 하여 극력 반대한다.

또 딸을 동경에 유학시키는 데 대하여서도 아들은 찬성하되 부친은
「계집애가 그렇게 공부는 해서 무엇하느냐, 어서 시집이나 가는 것이 좋다.」
하여 반대한다. 방학하고 집에 올 때마다 부친은 반드시 한두 번 반대하지마는
마침내 아들에게 진다.

작년 여름에는 반대가 우심하여 동경 갈 노비를 아니 준다 하므로 딸은
이틀이나 울고, 아들과 어머니는 부친 모르게 돈을 변통하여 노비를 당하였다.
그래서 딸은 부친께는 간다는 하직도 못하고 동경으로 떠났다.

그후에 며칠 동안 부친은 성을 내어 식구들과 말도 잘하지 아니하였으나 얼마 아니하여,

「애, 이달 학비는 보냈니? 옷 값이나 주어라.」

하게 되었다. 이번에도 부친은 기어이 딸을 시집보내어야 한다 하고, 아들은 졸업하기를 기다려야 한다 하여 두어 번 부자끼리 다투었다.

부친은 자기 친구의 아들에 경성전수학교를 졸업하고 지금 어느 재판소 서기로 있는 사람이 마음에 들어, 그가 작년에 상처한 것을 좋은 기회로 삼아 기어이 사위를 삼으려 하나 아들은 반대한다.

그 사람은 원래 부유한 집 자제로 십육칠 세부터 좀 방탕하게 놀다가 벼슬이 하고 싶다는 마음으로 전수학교에 입학하였다.

근래에 흔히 있는 청년과 같이 별로 높은 이상이라든지 큰 목적이 있는 것이 아니라, 다만 금줄을 두르고 칼 차는 것을 유일한 자랑으로 알며, 한 달에 몇 번씩 기생을 희롱하여 월급 외에도 매삭 몇십원 씩 집에서 돈을 가져간다. 좀 교만하고 경박하고 허영심 있는 청년이다.

그러나 부친은 무엇에 혹하였는지 모르되, 이 사람 밖에는 좋은 사람이 없는 듯이 생각하였다. 그러나 아들은 이 사람을 싫어할 뿐더러 도리어 천하게 여긴다.

이리하여 부자간에는 만사에 별로 의견이 일치하는 일이 없다. 부친은 아들을 고집쟁이요, 철이 없고 부모의 말을 아니 듣는다 하고, 아들은 부친을 완고하고 무식하고 세상이 어떻게 변천하는지를 모른다 한다.

그러면서도 부친은 아들의 진실함과 친구간에 존경받는 줄을 알고, 아들은 그 부친의 진실함과 부드러운 애정이 있는 줄을 안다. 이러므로 부자간에는 무엇이나 반대하면서도 어딘지 모르게 서로 일치하는 점이 있다.

모친은 특별한 의견은 없으되 흔히 아들에게 찬성한다. 그러할 때마다 부친은 모친을 한 번 흘겨보고, 모친도 부친을 한 번 흘겨본다. 그러나 이것은 어린애들이 서로 흘겨보는 것과 같아서 얼른 풀어지고 만다.

그 다음의 걱정은 아들 내외의 사이에 정이 없음이다. 영채가 이 집에 온 지가 십여 일이 되도록 그 내외간에 서로 이야기하는 것을 보지 못하였다. 지나가는 사람 모양으로 서로 슬쩍 보고는 고개를 돌리든지 나가든지 한다.

그래도 아내는 밤낮 남편의 옷을 빨고 다리고 한다.

영채가 여기 온 후로는 밤마다 며느리와 딸과 자기가 한방에서 잤다. 그리고 아들은 사랑에서 혼자 자는 모양이었다. 영채는 얼마큼 미안한 생각이 있어서 병욱더러 다른 방에 가기를 청하였더니 병욱이 웃으며,

「걱정 마시오. 우리 오빠는 아니 들어오셔요.」

「왜 그러시나요.」

「모르지요. 이전에는 아니 그러더니 일본 갔다 와서부터 차차 차차 멀어갑데다.」

하고 입을 영채의 귀에 대며,

「그래서 우리 형님이 나를 보고 울어요.」

하고 동정하는 듯이 한숨을 쉰다. 영채도 얼마큼 불쌍하다 하였다. 그렇게 얼굴도 얌전하고 마음도 고운 부인을 왜 싫어하는고 하여,

「무엇이 부족해서 그러나요?」

「모르지요. 부족할 것이 없을 듯하건마는 애정이 아니 가는 게지요. 내가 오빠한테 물어 보니까, 나도 모르겠다, 왜 그런지 모르지마는 그저 보기가 싫구나 합데다. 아마 형님이 오빠보다 나이 많아서 그런지? 참 걱정이야요.」

하고 고개를 흔든다. 영채는 놀라며,

「형님께서 나이가 많으셔요?」

영채도 그를 형님이라고 부른다. 달리 적당한 칭호도 없었거니와 또 형님이라고 부르고 싶었다.

「오 년장이랍니다.」

하고 웃으며,

「형님이 처음 시집 올 때에는 우리 오빠는 겨우 열두 살이더라지요…… 형님은 열일곱 살이고. 그러니 무슨 정이 있겠어요. 말하자면 형님이 오빠를 길러냈지요. 한 것이 다 자라나서는 도리어…….」

하고 호호 웃는다.

「오빠도 퍽 다정하고 마음씨 고운 사람이언마는, 애정이란 마음대로 안 되나 봐요.」

하고 두 처녀는 두 내외에게 무한한 동정을 준다. 영채는,

「그러면 어쩌면 좋아요. 늘 그래서야 어떻게 사나요」

「요새 젊은 부부는 대개 다 그렇대요. 큰 문제지요. 어서 그 문제를 해결해야 할 터인데……」

하고 두 처녀가 마주본다.

부자간에 의견이 합하지 않는 것은 견디기도 하려니와, 내외간에 애정이 합하지 않는 것은 참 견디기 어려울 것이다. 상관없는 남의 일이언마는 다만 십여 일이라도 같이 있는 정리라, 영채에게는 이것도 걱정이 된다.

영채의 생각에는 될 수만 있으면 이 내외를 정답게 하여 주고 싶다. 영채에게는 그 부인이나 남편이 다 같이 정답게 보인다. 오래 교제를 하여 볼수록 그 부인이 마음에 들어 이제는 진정으로 형님이라 부르고 싶다. 이전 월화에게 대한 정과 비슷한 애정이 솟아오른다.

무론 월화에게 대한 것과 같이 존경하고 의탁하는 생각은 없으나 한껏 사랑스럽고 한껏 불쌍한 생각이 난다. 그래서 될 수 있는 대로 부인의 곁에 있어서 이야기 동무도 하여 주고, 기회만 있으면 위로도 하여 준다.

부인도 이제는 영채와 친하여서 여러 가지로 속에 있는 생각을 말한다. 병욱은 다정하면서도 얼마큼 뻑뻑한 맛이 있거니와 영채는 다정하고도 부드러운 맛이 있었다. 그래서 부인은 영채와 말하기를 유일의 낙으로 알았다. 차라리 어떤 점으로는 시누이보다도 영채가 더 정답고 사랑스럽다. 그래서 영채의 손을 꼭 쥐며,

「아이구, 어쩌면 좋소」

하기까지 한다.

그보다 더 괴로운 것은 영채의 생각이다. 영채는 웬일인지 모르게 그 부인의 남편 되는 이에게 대하여 일종 정다운 생각이 난다. 처음에는 친구의 오빠인 까닭이라 하였으나 차차 더 격렬하게 그의 모양이 생각이 나고, 그의 모양이 번뜻 보일 때마다 문득 가슴이 울렁울렁하고 얼굴이 벌개진다.

영채가 보기에 그도 자기를 다정한 눈으로 보는 듯하다. 영채는 암만 그것을 억제하려 하건마는 제 마음을 제 마음대로 할 수가 없다. 그래서 자리에 누워도 그의 좀 넓적한 얼굴이 눈에 보여서 도무지 잘 수가 없다.

그러할 때마다 곁에 누운 부인을 안으면 부인도 영채를 안아 준다. 영채는

부인에게 대하여 미안하기도 하고, 죄송하기도 하다. 어서 이 집을 떠나야 하겠다 하면서, 또한 차마 떠나기가 싫기도 하다. 그래서 영채에게는 또 한 가지 새 괴로움이 생겼다.

요사이 영채는 흔히 멀거니 무슨 생각을 하다가,

「왜 그렇게 멀거니 앉았어요?」

하는 말을 듣고는 깜짝 놀라게 된다.

이로부터 영채는 차차 남자가 그리워진다. 전부터 외롭게 적막하게 지내왔거니와, 지금은 그 외로움과 그 적막과는 유다른 적막이 더 굳세게 영채의 가슴을 누른다. 이전에는 넓은 천지에 저 혼자만 있는 듯한 적막이더니 지금은 제 몸이 반편인 듯한 적막이었다.

다른 반편이 있어야 제 몸은 온전하여질 것 같다. 공연히 가슴이 울렁울렁하고 얼굴이 훗훗하여진다. 피곤한 듯도 하고, 술 취한 듯도 하다. 무엇에 기대고 싶고 누구에게 안기고 싶다.

영채는 가만히 앉아서 이때껏 접하여 오던 여러 남자를 생각하여 본다. 자기의 손목을 잡아 끌던 사람, 겨드랑으로 손을 넣어 끌어 안던 사람, 억지로 뺨을 대던 사람, 음란한 눈으로 자기를 유혹하며 교만한 말로 자기를 위협도 하던 사람……. 그때에는 그렇게 원수스럽고 미워 보이던 남자들조차 무어라고 말할 수 없는 따뜻한 감각을 준다.

남자의 살이 자기의 살에 와 닿던 감각이 자릿자릿하게 새로워진다. 지금 내 곁에 남자가 하나 있었으면 작히 좋으랴. 누구든지 손을 달라면 손을 주고 안아 준다면 안기고 싶다.

영채는 신 우선을 생각하고 이 형식을 생각한다. 여러 해 동안 접하여 오던 남자 중에 신 우선은 가장 영채의 마음을 끌던 사람이다. 그는 풍채가 좋고, 기상이 쾌활하여 어딘지 모르게 사람을 끄는 힘이 있었다.

어떤 날 저녁에 둘이 마주앉아서 우선이가 영채를 달랠 때에 영채의 마음도 아니 움직임이 아니었다. 당장 그의 가슴에 이마를 대고 「저를 거두어 주십시오」 하고도 싶었다. 그러나 그때에 영채는 온전히 몸과 마음을 형식에게 바친 줄로 자신하였으므로 이를 갈고 억제하였다.

실로 그동안 영채는 다른 남자의 모양이 생각에만 떠 나와도 큰 죄로 여겨서 제 살을 꼬집어 억제하였다. 이러므로 지금껏 영채는 독립한 사람이 아니요, 어떤 도덕률(道德律)의 한 모형에 지나지 못하였다. 누에가 고치를 짓고 그 속에 들어 엎딘 모양으로, 영채도 알 수 없는 정절이라는 집을 짓고 그 속을 자기 세상으로 알고 있었다.

그러다가 이번 사건에 그 집이 다 깨어지고 영채는 비로소 넓은 세상에 뛰어나왔다.

더구나 기차 속에서 병욱을 만나매 자기가 지금껏 유일한 세상으로 알아 오던 세상이 기실 보잘것없는 허깨비에 지나지 못하는 것과, 인생에는 자유롭고 즐거운 넓은 세상이 있는 것을 깨닫고, 이에 비로소 영채는 자유로운 사람이 되고, 젊은 사람이 되고, 젊고 어여쁜 여자가 된 것이다.

영채의 가슴에는 이제야 비로소 사람의 피가 끓기 시작하고 사람의 정이 타기를 시작한다. 영채는 자기가 마음이 전혀 변하여진 것을 생각한다.

마치 애초부터 어둡고 좁은 옥 속에서 지내다가 처음 햇빛 있고, 바람 불고, 꽃 피고, 새 우는 세상에 나온 것 같다. 영채는 거문고를 타고 바이올린을 울린다. 그러나 그 소리가 모두 다 새로운 빛을 띤다. 그리고 영채의 눈에는 기쁨과 슬픔이 섞인 듯한 눈물이 핑그르 돈다.

형식은 꿈같이 기쁘게 지낸다. 날마다 선형에게 영어를 가르치고 다 가르치고 나서는 여러 가지 이야기를 한다. 선형은 이제는 낯이 익어서 부끄러워하면서도 조금씩 농담도 한다. 그러나 순애는 여전히 웃지도 아니하고 말도 많이 하지 아니한다.

형식은 선형으로 더불어 재미있게 이야기하다가는 우두커니 앉았는 순애를 보고는 문득 말을 그치고 미안한 듯이 슬쩍 순애를 본다.

순애는 형식의 눈을 피하려고도 아니하고 형식이야 자기를 보거나 말거나 전에 보던 데를 보고 앉았다. 이렇게 되면 형식도 말하던 흥이 깨어져서 잠자코 앉았고, 선형도 책장만 뒤적뒤적한다. 어떤 때에는 순애가 먼저 일어나서 밖으로 나가고 형식과 선형은 가만히 순애의 뒷모양을 본다. 순애는 등이 좀 굽은 듯하고 어딘지 모르나 슬픈 빛이 보인다. 그리고 두 사람은 마주보고 웃는다. 웃으면서도 서로 무슨 뜻인지 모른다.

형식은 아주 세상과 인연을 끊은 모양이 되었다. 학교는 사직하고, 학생들도 이제는 놀러오지 아니하고, 원래 많지 않던 친구들도 근래에는 오지 아니한다. 우선도 무슨 분주한 일이 있는지 보이지 아니한다. 형식은 깨어서부터 잘 때까지 선형과 미국만 생각한다. 그래도 조금도 적막하지 아니하고 도리어 더할 수 없이 기뻤다.

형식의 모든 희망은 선형과 미국에 있다. 기생집에 갔다고 남들이 시비를 하고, 돈에 팔려서 장가를 든다고 남들이 비방을 하더라도 형식에게는 모두 우스웠다. 천하 사람이 다 자기를 미워하고 조롱하더라도 선형 한 사람이 자기를 사랑하고 칭찬하면 그만이다. 또 자기가 미국에 갔다가 돌아오는 날이면 만인이 다 자기를 우러러보고 공경할 것이다.

장래의 희망이 없는 사람은 자기의 현재를 가장 가치 있는 듯이 보려 하되, 장래에 큰 희망을 가진 형식에게는 현재는 아주 가치 없는 것이다.

자기가 경성학교에서 교사 노릇하던 것과, 그 학생들을 사랑하던 것과, 자기의 생활과 사업에 의미가 있는 듯이 생각하던 것이 우스워 보이고 지나간 자기는 아주 가치 없는 못생긴 사람같이 보인다. 지나간 생활은 임시의 생활이요, 이제부터가 참말 자기의 생활인 것 같다.

그래서 형식의 생각에, 자기의 전도에는 오직 행복뿐이요, 아무 불행도 있을 것 같지 아니하다. 자기의 몸은 괴롭고 혼란한 티끌 세상을 떠나서 수천 길 높은 곳에 올라선 것 같다. 길에서 만나는 여러 사람들도 이제는 자기와는 종류가 다른 불쌍한 사람같이 보인다.

더구나 이전에는 자기의 동무로 알아 오던 주인 노파가 지극히 불쌍해 보이고, 갑자기 더 늙고 쪼그라진 것같이 보인다.

그러나 박복한 형식에게는 또 한 가지 걱정이 생겼다. 어떤 사람이 김 장로에게 형식의 품행이 방정치 못하다는 말을 하였다.

하루는 장로가 불쾌한 낯빛으로 부인에게,

「세상에 어디 믿을 사람 있소」

하여 이러한 말이 있었다.

「왜요?」

「형식이가 기생집에를 다닌다는구려.」

부인은 자기가 기생이매 이러한 말을 듣기가 좀 고통이 되었으나 이제는

귀부인이라, 그것을 고통으로 여길 체면이 아니라 하여 깜짝 놀라며,

「그게 무슨 말씀이야요?」

「뉘 말을 들으니까 형식이가 다방골 계 월향이라든가 하는 기생에게 반해서 밤마다 거기 가서 파묻혀 있었다는구려. 그러다가 탑골승방이라든가 어디서 누구누구와 그 계집 때문에 다툼이 나서 발길로 차고 때리고 야단이 났더라오. 그뿐만 아니라, 계 월향이가 형식에게 싫증이 나서 평양으로 도망하는 것을 형식이가 따라갔더라오. 내가 그럴 리가 있느냐고 하니까 날짜까지 분명히 알고 확실한 증거까지 있다는구려.」

하고 한숨을 쉬며,

「당초에 내가 일을 경솔하게 하였어.」

부인은 깜짝깜짝 놀라며 이 말을 듣더니,

「아, 누가 그래요?」

한다. 애지중지하는 딸을 그러한 사람에게 준단 말가, 하는 생각이 나서 가슴이 아프다. 그러나 형식의 외모와 말하는 양을 보매 그러한 것 같지는 아니하여서,

「누가 형식을 험담하느라고 그러는 게지요」

「허, 나도 처음에는 그런 줄만 알았구려 했더니 차차 들어 본즉, 그 말이 확실한 모양이외다. 우선 형식이가 평양 갔다는 날짜가 꼭 이틀 동안 우리집에 아니 오던 날이오그려. 그래서 경성학교에서도 말하자면 내어쫓은 모양이라는구려.」

「에그, 저런!」

이러한 말을 하다가 마침 선형이가 들어오므로 말을 끊었다. 그러나 선형은 대강 그 말을 들었다.

그후에 장로 부부는 다시 그런 말을 하지는 않았으나 마음속에는 말할 수 없는 근심이 있었다. 선형도 왜그런지 모르게 그 말을 듣고는 좀 불쾌하였다. 형식을 보아도 웃고 싶지를 아니하고 도리어 미운 듯한 생각이 난다. 여전히 정다운 생각이 있으면서도 동시에 미운 생각과 의심이 난다.

선형의 가슴에는 괴로움이 생겼다. 형식은 이런 줄을 모르고 여전히 쾌활하게 지나건마는, 장로 집 식구들은 자연히 말이 적어지고 웃음이 적어지고

형식을 대할 때에 일종 불쾌하고 경멸하고 괘씸하여 하는 생각으로써 한다.

형식도 차차 이 변천을 깨닫게 되었다. 순애의 슬픈 듯한 눈은 가만히 여러 사람의 눈치만 본다.

선형이 보기에 형식은 처음부터 자기의 짝이 되기에는 너무 자격이 부족하였다. 자기의 이상의 지아비는 이러하였다.

첫째, 얼굴 모양이 둥그스름하고 살빛이 희되 불그레한 빛이 돌고, 그러고 말긋말긋하고 말소리가 유창하고 또 쾌활하고, 뒤로 보나 앞으로 보나 미끈하고 날씬하고, 손이 희고 부드럽고 재주가 있고 대학교를 졸업하고…… 이러한 사람이었다.

이러한 사람은 원칙상 부귀한 집이 아니면 구하기 어렵다. 처음에는 어떤 목사나 장로의 아들이기를 바랐으나, 점점 목사나 장로는 그다지 귀한 벼슬이 아닌 줄을 알게 되었다. 그러므로 자기의 이상의 지아비는 미국에 유학하는 중이어니 하였었다.

그러다가 처음 형식을 보매 미상불 처녀가 처음 남자를 접하는 기쁨이 없음은 아니었으나 결코 자기의 짝이라고는 생각지 아니하였다. 형식은 자기보다 여러 층 떨어지는 딴 계급에 속한 사람이어니 하였다.

첫째, 형식의 얼굴은 자기의 이상에 맞지 아니하였다. 얼굴이 길쭉하고 광대뼈가 나오고 볼이 좀 들어가고 눈꼬리가 처지고, 게다가 이마에는 오랫동안 빈궁하게 지낸 자취로 서너 줄 주름이 깔렸다.

그리고 손이 너무 크고 손가락이 모양이 없고……아주 못생긴 사람은 아니나 자기의 이상에 그리던 남자와는 어림없이 틀린다.

형식의 태도에는 숨길 수 없이 빈궁한 빛이 보이고 마음을 쑥 펴지 못하는 듯한 침울한 기상이 드러난다. 게다가 그의 이력과 경성학교 교사라는 그의 지위는 선형의 마음에는 너무 초라하게 생각되었다.

그러므로 일찍 그를 정답다고 생각한 일도 없고 하물며 사랑스럽다고 생각한 일도 없었다. 만일 선형이가 형식에게 조금이라도 호의를 가진 일이 있다 하면 그것은 불쌍하게 생각하였음이리라.

선형의 눈에 형식은 과연 불쌍하게 보였다. 몇 시간 영어를 배우고 이야기를 들으매 얼마큼 형식에게 숨은 위엄과 힘이 있는 줄도 깨달았으나 십칠팔 세 되는 처녀에게는 그것은 그리 중요한 것이 아니었다. 그래서 선형은 「형식과 순애가 배필이 되었으면」 한 일이 있었다.

그러다가 자기가 형식과 약혼을 하게 된다는 말을 듣고 일변 놀라며 일변 실망하였다. 형식 같은 사람으로 자기의 배필을 삼으려 하는 부친이 원망스럽기도 하고 불쾌하게도 생각이 되었다. 자기의 이상이 온통 깨어지고 자기의 지위가 갑자기 떨어지는 듯하였다. 그러나 선형은 부모의 말을 거역하지 못할 줄을 안다. 부친의 말 한마디에 자기의 일생은 결정되거니 한다.

그래서 선형은 형식의 좋은 점만 골라 보려 하였다. 형식의 얼굴을 여러 가지로 교정하여 본다. 눈꼬리를 좀 끌어올리고, 광대뼈를 좀 들여밀고, 손을 좀 작게 하고 기름한 아래턱을 좀 들여밀어서 얼굴을 둥그스름하게 만들고 또 뺨과 이마에는 적당하게 살을 붙이고 분홍 물감칠을 하고……. 이렇게 교정을 하노라면 형식의 얼굴이 차차 자기의 마음에 맞게 된다.

그러나 이따금 들여밀려는 광대뼈가 더 쑥 나오기도 하고, 내밀려는 뺨이 더 쑥 들어가기도 하며, 눈이 몹시 가늘어지기도 하고, 혹은 쇠눈깔 모양으로 커지기도 한다. 그렇게 되면 화를 내어서 형식의 얼굴을 발로 쓱쓱 비벼 부시고 가만히 눈을 감고 앉았다가 그래도 안심이 아니 되어서 다시 형식의 얼굴을 만들기를 시작한다.

어떤 때에는 곧잘 마음대로 되어서 혼자 쳐다보고 즐거할 때에, 정말 형식이가 즐거운 얼굴을 가지고 들어와서 모처럼 애써 만든 얼굴을 말 못되게 깨뜨리고 만다. 글을 배우다가 이따금 형식을 쳐다보고는 형식의 얼굴에다가 자기 손으로 만들어 놓은 탈을 씌워 본다. 그러나 그 탈이 씌워지지를 아니한다.

형식은 있는 정성을 다하여 가장 사랑하는 장래의 아내에게 영어를 가르칠 때에 선형은 열심으로 형식의 얼굴을 교정한다. 순애는 그 곁에 앉아서 형식과 선형을 번갈아 보며 두 사람의 생각을 알아보려 한다.

선형은 형식의 얼굴 교정하기를 그쳤다. 그 사업이 도저히 성공하지 못할 줄을 깨달았다. 그리고는 형식의 얼굴에 아무쪼록 정이 들기를 힘썼다. 지금까지는 형식의 얼굴로 하여금 자기의 마음에 맞도록 변화하려 하였으나 지금은 자기의 마음으로 하여금 형식의 얼굴에 맞도록 변화하게 하려 한다.

억지로 「형식의 얼굴이 곱다」하여 본다. 「광대뼈 내민 것과 눈꼬리 처진 것이 도리어 정답다」하여도 본다. 그의 손이 크고 손가락이 긴 것이 도리어 남자답다 하여도 본다. 그러면 과연 그렇다 하여지기도 하고 더 보기 흉하다 하여지기도 한다.

그러나 점점 더 오래 상종을 하고, 말도 많이 듣고, 서로 생각도 통하여짐을 따라 선형은 차차 형식에게 정이 들어 온다. 형식의 입술이 곱다 하게도 되고 형식은 썩 다정하고 마음씨가 고운 사람이다 하게도 된다. 자리에 들어가서는 으레 형식의 모양을 한 번씩 그려 보고 얼굴을 교정도 하여 본다.

그중에 제일 마음에 드는 형식의 입술을 그려 놓고는 가만히 쳐다보다가 혼자 웃으며 「이것만 해도 좋지」한다.

선형은 형식의 입술을 사랑한다. 그래서 형식의 얼굴이 온통 입술이 되고 말기도 한다.

형식도 자기의 외모가 선형의 마음을 끌리라고는 생각지 아니한다. 약혼한 뒤로부터 형식은 혼자 거울을 대하여 제 얼굴을 검사하여 보고, 여기는 선형이가 좋아하려니, 여기는 싫어하렷다 하여 보며, 선형이가 하던 모양으로 자기의 얼굴을 교정하여 본다.

그러나 그 얼굴이 선형이가 발로 비비던 얼굴인 줄은 모른다. 그러나 형식은 자기의 인격을 믿고 지식을 믿는다. 자기의 인격의 힘이 족히 선형의 마음을 후리리라 한다. 선형은 아직 어린애다. 자기의 말동무가 되지 못한다. 선형은 아직 자기의 인격을 알아줄 만한 정도가 되지 못한다. 이것이 고통이다.

왜 내게는 여자가 취할 만한 용모와 풍채가 없으며, 세상이 부러워하는 재산과 지위와 명예가 없는고 하여 본다. 평생에는 우습게 말도 하고 조롱도 하던 용모, 재산, 지위도 이러한 때를 당하여서는 몹시 부러워진다. 그래서 자기를 부귀한 집 도련님을 만들어 보고 호화로운 미소년을 만들어 보고 그러한 뒤에 선형을 자기의 앞에 놓아 본다.

그렇게 하여 보고 나면 현재의 자기의 처지가 퍽 보잘것없게 초라해 보여서 혼자 등골에서 땀이 흐른다. 선형이가 자기를 사랑할까, 도리어 밉게 여기든지 불쌍하게 여기지 아니할까. 이렇게 생각하면 다시 선형을 대하기가 싫다. 내가 선형과 혼인한 것이 앙혼(仰婚)이 아닐까. 그는 돈이 있고 지위가 있고 용모가 있는데 나는 무엇이 있나. 이렇게 생각하면 부끄러워진다. 게다가 「처갓집 돈으로 미국 유학을 하여」 하면 더 부끄러운 생각이 나고 세상이 다 자기의 못생긴 것을 비웃는 것 같다.

조선에 나만큼 열성 있는 사람이 없고 인격과 학식과 재주도 나만한 사람이 없다. 조선 문명의 주춧돌은 내 손으로 놓는다 하던 형식의 자부심은 다 없어지고 말았다. 없어진 것은 아니지마는 그것이 형식에게는 그렇게 중요한 것은 아니었다.

선형의 사랑을 얻어야 한다. 이것이 형식의 유일한 목적이다. 선형의 사랑을 못 얻을는지 모르겠다. 이것이 형식의 유일한 슬픔이다. 미국 유학을 하는 것도 조선의 문명을 위한다는 것보다 선형 한 사람의 사랑을 위한다는 것이 마땅하게 되었다. 사랑의 앞에서는 모든 교만과 자부심이 다 없어지고 만다.

그러나 형식은 선형이 없이는 못 산다. 만일 선형이가 자기를 떼어 버린다 하면 자기는 세상에서 아무것도 바랄 것이 없다. 만일 선형이가 자기를 버린다 하면 자기는 칼로 선형과 자기를 죽일 것이라 한다.

다행히 선형은 부친의 명령을 거역할 자가 아니요, 또 사랑이 없다고 자기를 버릴 자가 아니다. 그러나 도덕의 힘을 빌어 법률의 힘을 빌어서야 겨우 선형을 자기의 사랑에 복종케 한다 하면 부끄러운 일이다. 그래서 아니, 선형은 나를 사랑한다 하고 억지로 확신하여 본다.

형식은 그래도 안심이 되지 아니하여 선형의 사랑을 시험하여 보리라 하는 생각이 난다. 우선 악수를 청하여 보고 다음에 키스를 청하여 보리라. 그래서 저편이 응하면 사랑이 있는 표요, 응치 아니하면 사랑이 없는 표로 알리라 한다.

우선이가 일찍 「사내답게, 기운있게」 하던 말을 생각하여 오늘은 기어이 실행하여 보리라 하면서도 이내 실행치 못하였다.

근일에 장로 부처의 태도가 얼마큼 변하여진 듯하다. 선형의 태도는 여전하지마는 그 눈에는 무슨 근심이 있는 듯하다.

형식도 대개 그 눈치를 짐작하였으나 자기가 먼저 말을 내기도 어려워서 혼자 걱정만 하였다. 그러나 자기는 조금도 잘못한 일이 없으니까 언제든지 여러 사람의 오해가 풀릴 날이 있으리라 하였다. 그래서 일간에는 영어만 가르치고는 곧 집에 돌아와서 책을 보았다.

하루는 형식에게 편지 한 장이 왔다. 황주 김 병국의 편지다.

그 편지에는 이러한 말이 있다.

「내가 내외간에 애정이 없는 것은 형도 아는 일이어니와 근래에 와서 더욱 심하게 되었다. 내 아내에게 결점이 있는 것도 아니요, 내 마음이 방탕해서 그런 것도 아니다. 나는 근래에 극렬한 적막의 비애를 느끼게 되었고, 이 비애는 결코 내 아내의 능히 위로하여 줄 바가 아니다.

나는 무엇을 구한다. 무엇을 구한다는 것보다 어떤 사람을 구한다. 그리고 그 사람은 이성(異性)인 것 같다. 나는 그 사람을 못 구하면 죽을 것같이 적막하다. 그래서 억지로 내 아내를 사랑하려 한다. 그러나 힘쓰면 힘쓸수록 더욱 멀어져 간다.

내 누이가 돌아왔다. 누이를 대하면 매우 유쾌하다. 또 누이도 내 마음을 알아주어서 여러 가지로 위로도 하여 준다.

그래서 나는 아내에게 못 얻는 정신적 위안을 누이에게서 얻으려 하였다. 그래서 과연 얻었다. 그러나 나는 새로운 사실을 발견하였다. 그것은 〈누이의 사랑에는 한정이 있다〉 함이다. 나는 이제는 누이의 사랑만으로 만족하지 못하게 되었다.

내가 구하던 것은 오직 정신적 위안뿐인 줄 알았더니 이제 와서 비로소 그렇지 아니한 줄을 깨달았다.

즉 나의 요구하는 것은 정신적이라든가 육적(肉的)이라든가 하는 부분적 사랑이 아니요, 영육(靈肉)을 합한 전인격(全人格)의 사랑인 줄을 깨달았다.

그런데 한 이성이 내 앞에 나섰다. 나는 견딜 수 없이 그에게 끌려진다. 나는 지금 의리와 사랑의 두 사이에 끼어서 더할 수 없는 고통을 받는다.」

이러한 긴 편지였다.

형식은 병국의 편지를 보고 놀랐다. 병국은 유학생 중에도 극히 도덕적 인물이었다. 술도 아니 먹고 계집은 무론 곁에도 가지 아니했다. 그중에도 부부의 관계에 대하여는 극히 굳건한 사상을 가졌었다. 누가 아내에게 애정이 없다든지 이혼 문제를 말하면 병국은 극력하여 반대하였다.

한번 부부가 된 이상에는 죽을 때까지 서로 사랑할 의무가 있다 하여 예수교적 혼인관을 가졌었다. 당시 유학생에게 연애론과 이혼론이 성하였을 때에 병국은 유력한 부부 신성론자였다. 그러하던 병국이가 이제는 이러한 말을 하게 되었다.

「아내를 사랑하려고 있는 힘을 다하건마는 힘을 쓰면 쓸수록 더욱 멀어 가오」

하는 병국의 편지 구절을 형식은 한 번 더 읽어 보았다.

그리고 「나는 무엇을 구하오. 그것은 이성인가 보오. 이것을 못 얻으면 죽을 것 같소」 하는 구절과, 「내가 구하는 것은 정신적이라든지 육적이라든지 하는 부분적 사랑이 아니요, 영육(靈肉)을 합한 전인격적 사랑이외다」한 구절을 생각하매, 병국의 괴로워하는 모양이 역력히 눈에 보이는 듯하여 무한한 동정이 갔다.

그러나 형식은 또 자기의 처지를 생각한다. 선형은 과연 자기를 사랑하여 주는가. 자기는 선형에게 부분적이 아니요 전인격적인 사랑을 받는가. 아무리 좋게 생각하려 하여도 선형의 자기에게 대한 태도는 냉담한 것 같다. 이 약혼은 과연 사랑을 기초로 한 것일까.

그날 저녁에 선형은 「네」 하고 대답은 하였다. 그러나 그 「네」가 무슨 뜻일까. 형식은 사랑합니다 하는 뜻일까. 또는 부모께서 그렇게 하라 하시니 명령대로 합니다 하는 뜻일까. 선형의 자기에게 대한 처지가, 병국의 그 아내에게 대한 처지와 같음이 아닐까.

이렇게 생각하매 형식은 문득 불쾌한 생각이 난다. 만일 선형이가 진실로 자기를 사랑하는 마음이 없이 부모의 말을 거역할 수가 없어서 그렇게 대답한 것이라 하면, 이는 불쌍한 선형을 희생함이다. 선형은 속절없이 사랑 없는 지아비 밑에서 괴로운 일생을 보낼 것이요, 또 형식 자기로 말해도 결코 행복되지 아니할 것이다. 남의 일생을 희생하여서까지 자기의 욕심을 채움이 인도에 어그러짐이 아닐까.

이에 형식은 선형의 뜻을 물어 보기로 결심하였다.

그 이튿날은 마침 순애가 두통이 나서 눕고 선형과 단둘이 마주 앉을 기회를 얻었다. 영어를 다 가르치고 난 뒤에 형식은 있는 힘을 다하여,

「선형씨, 한마디 물어 볼 말이 있습니다.」

하고 형식은 고개를 숙였으나 선형은 고개를 들어 형식의 갈라진 머리를 보고 의심나는 듯이 한참 생각하더니,

「무슨 말씀이야요?」

하고 살짝 얼굴을 붉힌다.

「제가 묻는 말에 똑바로 대답을 해 주셔야 합니다. 이러하는 것이 마땅합니다. 사랑하는 사람 사이에 꺼리는 것이 무엇이 있겠습니까.」

하는 형식의 가슴은 자못 울렁울렁한다. 사생이 달린 큰 판결이 몇 초 안에 내리는 듯하다. 선형도 아직 이렇게 책임 중한 질문을 받아 본 적이 없으므로 형식의 말에 무서운 생각이 난다. 그래서 어떻게 대답할 줄을 모르면서 간단히,

「네.」

하였다. 약혼하던 날 대답하던 「네」와 다름이 없는 「네」로다. 형식도 더 말하기가 참 어려웠다. 또 그 대답이 무섭기도 하였다. 그러나 선형의 참뜻을 모르고 의심 속으로 지내기는 더 무서웠다. 그래서 우선의 사내답게 하던 말을 생각하고 기운을 내어, 그러나 떨리는 목소리로,

「선형씨는 나를 사랑합니까?」

하고는 힘있게 선형의 눈을 보았다. 선형도 하도 뜻밖의 질문이라 눈이 동그래진다. 더욱 무서운 생각이 난다.

실로 아직 선형은 자기가 형식을 사랑하는가 않는가를 생각하여 본 적이 없다. 자기에게는 그런 것을 생각할 권리가 있는 줄도 몰랐다. 자기는 이미 형식의 아내다. 그러면 형식을 섬기는 것이 자기의 의무일 것이다. 아무쪼록 형식이가 정답게 되도록 힘은 썼으나, 정답게 아니 되면 어찌하겠다 하는 생각은 꿈에도 한 일이 없었다. 형식의 이 질문은 선형에게는 청천벽력이었다. 그래서 물끄러미 형식을 보다가,

「그런 말씀은 왜 물으셔요?」

「그런 말을 물어야지요. 약혼하기 전에 서로 물어 보았어야 할 것인데

순서가 바뀌었습니다. 그러나 이제라도 물어야지요.」

선형은 잠자코 앉았다.

「분명히 말씀을 하십시오. 오냐라든지 아니라든지…….」

선형의 생각에는 그런 말은 물을 필요도 없고 대답할 필요도 없는 것 같다. 이미 부부가 아니냐. 그것은 물어서 무엇하랴 한다. 그래서 웃으며,

「왜 그런 말씀을 물으셔요?」

「하루라도 바삐 아는 것이 피차에 좋지요. 일이 아주 확정되기 전에…….」

「에! 확정이 무슨 확정입니까?」

「아직 약혼뿐이지 혼인을 한 것은 아니니까요. 그러니까 지금은 아직 잘못된 것을 교정할 여지가 있지요.」

선형은 더욱 무서워서 몸에 소름이 끼친다. 형식의 말하는 뜻을 알 수가 없다.

「그러면 약혼했던 것을 깨뜨린단 말씀입니까?」

하는 선형의 눈에는 까닭 모르는 눈물이 고인다. 형식은 그것을 보매 이러한 말을 낸 것을 후회하였으나,

「네, 그 말씀이야요.」

「왜요?」

「만일 선형씨가 나를 사랑하시지 아니하면…….」

「벌써 약혼을 했는데두?」

「약혼이 중한 것이 아니지요.」

「그러면 무엇이 중합니까?」

「사랑이지요.」

「만일 사랑이 없다 하면?」

「약혼은 무효지요.」

선형은 한참 생각하더니,

「그러면 선생께서는?」

「제야 선형씨를 사랑하지요. 생명보다 더 사랑하지요.」

「그러면 그만 아닙니까.」

「아니오. 선형씨도 저를 사랑하셔야지요.」

「아내가 지아비를 아니 사랑하겠습니까.」

형식은 물끄러미 선형을 본다. 선형은 고개를 숙인다.

「그것은 뉘 말입니까?」

「성경에 안 있습니까?」

「그렇지마는 선형씨는 어떻게 생각합니까……. 선형씨의 진정으로는?」

「저도 그렇게 생각하지요.」

「아내가 되었으니까 지아비를 사랑합니까, 또는 사랑하니까 아내가 됩니까?」

이것도 선형에게는 처음 듣는 말이다. 그래서 자기도 무슨 뜻인지 모르면서,

「마찬가지 아닙니까?」

「마찬가지」라는 말에 형식은 놀랐다. 그것이 어찌하여 마찬가질까. 이 계집애는 아직 그런 것을 생각할 줄을 모르는구나 하였다. 그래서 일연이 폐지하고,

「한마디로 대답해 줍시오……. 저를 사랑하십니까?」

하는 소리는 얼마큼 애원하는 듯하다. 「아니요」 하는 대답이 나오면 형식은 곧 죽을 것 같다. 꼭 다문 선형의 입술은 형식의 생명을 맡은 재판장의 입술과 같다. 선형은 이제는 머리가 혼란하여 더 생각할 수가 없다. 형식의 비창한 얼굴을 보매 다만 무서운 생각이 날 따름이다. 그래서 다만,

「네…….」

하였다.

형식은 한 번 더 물어 보려 하다가 「네」가 변하여 「아니요」가 될 것이 무서워서 꾹 참고 갑자기 선형의 손을 쥐었다. 그 손은 따뜻하고 부드러워서 마치 형식의 손에 녹아 버리고 마는 듯하였다. 선형은 가만히 있다. 형식은 한 번 더 힘을 주어서 선형의 손을 쥐었다. 그리하고 선형이가 마주 꼭 쥐어 주기를 바랐으나 선형은 고개를 숙이고 가만히 있다.

형식은 얼른 손을 놓고 집으로 돌아왔다. 왜 그렇게 갑작스럽게 나왔는지 형식도 모른다. 선형은 인사도 아니하고 형식의 나가는 양을 보았다.

선형은 책상에 기대어서 눈을 감고 혼자 생각하였다. 형식이가 하던 말이

분명하게 생각이 난다. 그러나 무슨 뜻인지 모르겠다. 「나를 사랑하느냐」 하는 말을 어떻게 했을까. 부끄럽지도 아니한가. 이러한 말을 부끄럼 없이 하는 형식은 암만해도 단정한 남자는 아닌 것 같다.

그것이 기생집에 가서 기생과 하던 본이 아닐까. 이렇게 생각하면 자기가 형식에게 욕을 당한 것 같다. 하느님을 사랑한다든지 동포를 사랑한다든지 부부는 서로 사랑할 것이라든지 하면, 그 사랑이란 말이 극히 신성하게 들리되, 남자가 여자에게 대하여, 또는 여자가 남자에게 대하여 사랑해 주시오 한다든지, 나는 사랑하오 한다든지 하면 어찌해 추해 보이고 점잖지 아니해 보인다.

선형이가 지금껏 가정과 교회에서 들은 바로 보건댄, 다른 모든 사랑은 다 거룩하고 깨끗하되 청년 남녀의 사랑만은 아주 불결하고 죄악같이 보인다. 선형은 사랑이란 생각과 말이 원래 남녀의 사랑에서 나온 것인 줄을 모른다.

이러므로 형식의 사랑에 관한 말은 적지 않게 선형을 불쾌하게 하였다. 선형의 생각에 자기의 지아비는 극히 깨끗하고 점잖은 사람이라야 할 텐데 그러한 소리를 염치없이 하는 형식은 죄인인 듯하다. 더러운 기생에게 하던 버릇을 내게다가 했구나 하고 선형은 한 번 얼굴을 찌푸렸다.

그리고 형식이가 잡았던 손을 보았다. 그 큰 손 속에 자기의 손이 푹 파묻혔던 것과 자기의 손을 아프도록 힘껏 쥐어 주던 것을 생각하고 선형은 무엇이 묻은 것을 털어 버리는 듯이 손을 서너 번 내어두르고 치마로 문대었다. 그러나 또 생각하여 본즉, 사랑하여 준다는 말과 손을 잡아 주던 맛이 아주 싫지도 아니하였다. 그뿐더러 형식이가 힘껏 손을 꼭 쥘 때에는 전신이 찌르르 떨리는 듯이 기쁘기까지 하였다. 그래서 다시 그 손을 내어들고 보다가 방그레 웃으며 가만히 입에 대어 보았다.

또 선형은 생각하였다. 자기는 과연 형식을 사랑하는가. 아내가 되었으니까 지아비를 사랑하느냐, 사랑하니까 그 지아비의 아내가 되느냐, 하던 말과, 만일 사랑이 없다 하면 약혼은 무효지요, 하던 형식의 말을 생각하였다.

만일 그렇다 하면 부모의 명령은 어찌하는가. 내가 형식에게 사랑이 없다 하면 「나는 형식에게 사랑이 없어요. 그러니까 부모께서 정해 주신 이 혼인은 거절합니다」 할 수 있을까. 그렇게 하는 것이 옳은 일일까. 아니다. 그럴

리가 없다. 혼인은 하느님께서 주장하신 신성한 것이니까 사람의 마음대로 할 수 없는 것이다. 그러니까 형식의 말은 잘못이다. 형식의 말은 깨끗지 못한 말이다. 그러나 자기는 형식의 아내다. 결코 사람의 손으로 어찌할 수 없는 형식의 아내다.

선형은 일어나서 방안으로 왔다갔다하다가 암만해도 마음이 정치 못하여 다시 책상에 기대어 기도를 올렸다 —— .

「하느님이시어, 죄 많은 딸의 죄를 용서하시고 갈 길을 밝히 가르쳐 주시옵소서. 시험에 들지 말게 하옵시고…….」

하고 잠깐 주저하다가,

「제 지아비를 정성으로 사랑하게 하여 주시옵소서.」

하루는 병욱이가 혼자 앉아서 한 손으로 곁에 뉘어 놓은 바이올린을 되는 대로 울리며 영채에게 배운 고문진보를 읽을 적에 어디 갔다 오는 병국은 한 손에 파나마를 들고 부채를 부치며 들어와서 병욱의 방 문지방에 걸어 앉으며,

「요새에는 또 한시에 미쳤구나. 이제는 음악은 내어버리고 한시 공부나 하지.」

하며 웃는다.

「왜요? 이렇게 손으로는 음악하고 입으로는 시를 읽지요」

하고 자주 바이올린 줄을 울리며 아이들 모양으로 몸을 흔들고 소리를 내어서 시를 읽는다.

병국은 병욱의 몸 흔드는 양을 보고 웃고 앉았더니,

「손님은 어디 가셨니?」

병국은 영채를 손님이라고 부른다. 병욱은 고개를 번쩍 들고 웃으면서,

「손님 어디 오셨어요. 어디서 왔나요?」

병국은 누이가 자기를 조롱하는 줄을 알면서도 정직하게,

「아, 그이 말이다.」

「아, 그이가 누구야요?」

병욱은 병국이가 영채를 위하여 괴로워하는 줄을 알므로 이렇게 말하는 것이다. 병국은,

292

「그만두어라.」

하고 휙 돌아앉는다. 병국은 견디지 못하여 일어서서 나가련다.

　병욱은 뛰어나와 병국의 소매를 당기며,

　「오빠, 들어오십시오. 내가 잘못했으니.」

　「싫다, 어디 가야겠다.」

하고 팔을 잡아챈다. 병욱은 깔깔 웃으며,

　「글쎄 여쭐 말씀이 있으니 여기 좀 앉으셔요」

하는 말에 병국은 또 앉았다.

　병욱은 손으로 병국의 등에 붙은 파리를 날리며,

　「오빠, 무슨 근심이 있어요?」

하고 웃기를 그치고 병국의 얼굴을 모으로 본다. 병국은 놀라는 듯이 고개를
돌려 병욱을 보며,

　「아니, 왜? 무슨 근심 빛이 보이니?」

　「네, 어째 무슨 근심이 있는 것 같애요」

하고 「나는 그 근심을 알지」 하는 듯이 쌩긋 웃는다. 병국은 머리를 벅벅
긁더니 웃으면서,

　「양잠회사를 꼭 세워야 하겠는데 아버지께서 허락을 아니 하시는구나.
그래서 지금도 그 일로 갔다가 오는 길이다. 너는 바이올린이나 뿡뿡 울리고,
나는 돈을 벌어야지…….」

　병욱은 한 걸음 물러서서 다른 데를 보며 비웃는 듯이,

　「홍, 그것이 근심입니다그려. 내가 돈을 너무 써서. 그렇거든 그만둡시오
나는 내 손으로 돈을 벌어서 공부하지요. 여자는 저 먹을 것도 못 번답디까.」

　병국은 껄껄 웃으며,

　「잘못했소, 누님. 그렇게 성내실 게야 있소? 제가 남을 조롱하니까, 나도
당신을 조롱하지요」

　병욱은 다시 병국의 곁에 와 서며,

　「그것은 농담이구요」

하고 앉아서 몸을 우쭐우쭐하며 소리를 낮추어,

　「오빠, 나 영채 데리고 동경 가요. 좋지요?」

「네 마음대로 하려무나.」

하고 극히 냉정한 체하나 벌써 가슴이 설레기 시작한다.

「그런데 그 말은 왜 하니?」

「일간 가게 해 주셔요. 집에 있기도 싫고 또 영채를 데리고 가면 입학 준비도 해야지요. 그러니까 곧 떠나게 해 주셔요.」

하고 유심하게 병국을 본다.

병국은 누이의 뜻을 대강 짐작하였다. 그리고 누이의 정을 더욱 고맙게 여겼다. 그러나 자기의 생각만으론 확실치 못하므로,

「글쎄, 개학이 아직도 한달이 남았는데, 왜 그렇게 빨리 간다고 그러느냐.」

병욱은 오라비의 눈을 이윽히 보더니 힘없는 목소리로,

「어서 가야 해요. 그렇지 않아요?」

「그렇지 않아요」 하는 말에 병국은 가슴이 뜨끔하였다.

과연 그렇다. 영채가 오래 가까이 있으면 있을수록 자기는 괴로울 것이요, 또 미상불 위험도 없지 않을 것이라. 자기도 그러한 생각이 있기는 있었다. 자기가 어디로 여행을 가든지 영채를 어디로 보내든지 하는 것이 좋을 줄을 알기는 알았다. 그러나 한편으로 끄는 힘이 있어서 실행을 못하였다. 병국은 고개를 숙이고 한참 동안 생각하더니,

「옳다. 네 말이 옳다. 어서 가야 한다.」

하고는 휘 한숨을 쉰다. 병욱은 병국의 어깨를 만지며,

「영채도 오빠를 사랑하니 동생으로 알고 늘 사랑해 주시오. 저도 제 동생으로 알고 늘 같이 지내겠습니다. 동경 가면 둘이 한집에 있어서 밥 지어 먹고 공부하지요. 불쌍한 사람을 건져 주는 것이 안 좋습니까. 또 영채는 좀더 공부를 하면 훌륭한 일꾼이 되겠는데요.」

병국은 고개를 숙인 대로 누이의 말을 듣더니 손으로 무릎을 치고 몸을 쭉 펴면서,

「잘 생각하였다. 네게야 무엇을 숨기겠니……. 미상불 그동안 퍽 괴로웠다.」

하고 또 잠깐 생각하다가 한 번 더 결심한 듯이,

「그러면 언제 떠나겠니?」

「글쎄요, 오빠께서 가라시는 날 가지요.」

「그러면 모레 낮차에 가거라. 내일 노자를 얻어 줄 것이니.」

이때에 영채가 대문 밖으로서 뛰어 들어오다가 병국을 보고 고개를 숙여 인사를 한다. 병국도 얼른 일어나서 답례한다. 영채는 뒷산에서 뜯어온 붓꽃 (水菖蒲) 한줌을 병욱에게 준다. 병욱은 그 꽃을 받아 들고 이리뒤적저리 뒤적하더니 절반을 갈라 들며,

「이것은 오빠 책상 위에 꽂아 드려요. 이것은 우리 둘이 가지고.」

모래 떠난다고 하였으나 병욱의 자친의 반대로 일주일 후에 떠나게 되었다. 만류하는 그 자친의 말은 이러하였다.

「일년 동안이나 그립게 지내다가 만났는데 한달이 못 되어서 간다고 그러느냐. 너는 내가 보고 싶지도 아니한 게로구나. 저 무명밭에 너 줄 양으로 심은 참외와 수박 다 따먹고 가거라.」

이 말에는 반대할 수가 없었다.

그래서 한번은 병욱이가 영채더러,

「어떻소? 어머님의 정이.」

하고 눈에 눈물이 고였다. 영채도 부친의 생각이 나서 소매로 눈을 씻었다.

날마다 점심때가 지나면 병욱과 영채는 집에서 한 삼 마장 되는 양지편 무명밭에 가서 참외와 수박을 따 가지고 밭모퉁이에 가지런히 앉아서 여러 가지로 꿈 같은 장래를 말하면서 맛나게 먹었다.

어떤 때에는 병국의 부인도 같이 나와서 삼인이 정좌(鼎坐)하여 해 가는 줄을 모르고 이야기를 하는 일도 있다. 마침 그 무명밭이 길치에 있으므로 그 곁으로 다니는 사람도 없이 아주 고요하다.

하루는 병국의 부인이,

「아버님께서는 목화에 해롭다고 참외나 수박은 일절 넣지 말라는 것을 어머님께서 기어이 넣어야 된다고 하셔서 나와 둘이서 이 참외와 수박을 심었지요.」

하였다. 병욱은 밭고랑으로 거닐면서 아름답게 매어달린 참외와 수박을 한바탕 시찰하더니, 그중에서 얼룩얼룩한 참외를 하나 따 가지고 나오면서,

「이놈은 어째서 이렇게 얼룩얼룩해요? 어째서 어떤 놈은 꺼멓고, 어떤

놈은 희고, 어떤 놈은 이렇게 얼룩얼룩할까? 암만 다니면서 보아도 꼭 같은 놈은 하나도 없으니……」

「다 같으면 재미가 있겠어요? 사람도 그렇지.」

하고 영채가 웃는다.

「아무려나 자연이란 참 재미있어요. 같은 흙 속에서 별별 형형색색의 풀이 나고 나무가 나고 꽃이 피고……」

하고 지금 따 온 참외를 코에 대고 킁킁 맡아 보며,

「이것도 흙이 변해서 이렇게 되었지.」

「사람도 처음에는 흙으로 빚었다고 하지 아니해요.」

하는 병국의 부인.

「참 그 말이 옳아. 만물이 다 흙에서 나왔으니까……과연 땅이 만물의 어머니여. 만물을 낳아 주고 안아 주고……쌀이라든지 물이라든지 이 참외라든지. 이것은 말하자면 젖이지, 어머니의 젖이지.」

하고 사랑스러운 듯이 그 참외를 어루만지다가 사방을 휘 돌아보며,

「어때요, 즐겁지 않아요. 하늘은 말갛지, 햇빛은 따뜻하지, 산은 퍼렇지, 저렇게 시냇물은 흐르지, 그리고 저 풀들은 아주 기운 있게 자라지. 그런데 우리들은 그 속에 앉았구려. 에구 좋아.」

하고 춤을 추면서 웃는다.

영채가 동그란 돌을 들어서 던졌다 받았다 하면서,

「시골서 자라나서 그런지 모르지마는 암만해도 이렇게 풀 있고 나무 있는 시골이 좋아요. 서울이나 평양 같은 도회에 있으려면 어째 옥 속에 있는 것 같애.」

「그렇고 말고. 이렇게 넓은 자연 속에 있으면 몸과 마음이 온통 자유롭고 한가하고 하지마는 도회에 있으면……에구, 그 먼지, 그 구린내 나는 공기, 게다가 사람들의 마음까지 구린내가 나게 되지.」

하고 방금 구린내가 나는 듯이 얼굴을 찡기더니,

「그런데 여긴 이렇게 넓고 깨끗하지 않아요.」

하고 후우후우 깊이 숨을 들이쉰다.

과연 공기는 맑다. 풀 향기가 사람을 취하게 할 듯이 이따금 후끈후끈

들어온다.

　이렇게 즐겁게 이야기하고 놀다가 수박을 하나씩 들고 돌아온다. 그것은 집에 있는 부모와 다른 가족에게 드리기 위함이다.

　병욱은 수박의 뚜껑을 떼고 거기다가 꿀을 넣어 두었다가 아랫목에 누운 조모께 드린다. 조모는 어린애 모양으로 쪼그라진 볼에 웃음을 띠며 맛있는 듯이 그것을 먹는다.

　병욱은 기쁘게 보고 앉았다가 이따금 숟가락으로 수박 속을 파 드린다. 거의 다 먹고 나서는 유심히 병욱을 보고 웃으며,

　「에그, 자라기도 자랐다. 저렇게 큰 것이 왜 시집가기를 싫어하는고.」

하고는 앉은 대로 몸을 한 걸음 끌어다가 병욱의 등을 두드리고,

　「이제 네가 가면 다시는 보지 못할까 보다.」

하고 한숨을 쉰다. 그때마다 병욱은,

　「왜 그래요. 할머니께서는 아흔까지는 걱정 없어요.」

하고 크게 소리를 치면, 겨우 들리는 듯이 흥흥하며,

　「아흔까지?」

하고 만다. 지금 일흔셋이니까 아흔까지면 아직도 십칠 년이 있다. 「내가 그렇게 살까?」 하는 듯하면서, 「그렇게 살았으면」 하는 듯도 하다. 이따금 손녀더러 바이올린을 해 보라고 한다. 병욱은 시키는 대로 바이올린을 타면서 곁에 앉은 영채더러,

　「듣기는 네가 해라. 할머니는 눈으로 들으시니까.」

하고 둘이서 웃으면 조모는 무슨 일인지는 모르면서 자기도 웃는다. 그러고는 병욱이가 고개를 기울이고 활을 당기는 것을 물끄러미 보고 앉았다가는 오 분이 못 하여서 대개는 끔벅끔벅 존다. 그러면 젊은 두 처녀는 마주보고 웃으며 자기네끼리만 즐거워한다.

　모친은 멀리로 가려는 딸을 위하여서 여러 가지로 맛있는 것을 해 준다. 손수 쌀을 담가서 떡도 만들고 닭도 잡아 주고…… 그리고는 딸들이 맛있게 먹는 것을 우두커니 보고 앉았다.

　부친도 딸을 위해서 쇠갈비 한 짝을 사 오고 병국도 성내에 들어가서 과자와 귤과 사이다 같은 것을 사 온다. 그리고 병욱과 영채는 무명밭에

가서 참외와 수박을 따다가 혹은 꿀을 넣고, 혹은 사탕을 두어서, 혹은 하룻밤을 재우기도 하고, 혹은 우물에 넣어 식히기도 하여 내어놓는다.

한번은 영채가 손수 꿀 버무린 수박을 부친께 드렸다. 부친은 좀 의외인 듯이 그것을 받아서 숟가락으로 맛나게 떠 넣으며,

「응, 고맙다.」

하였다. 영채는 또 돌아가신 아버지를 생각하였다.

한번은 병욱이가 병국에게 수박을 주며 농담같이,

「이것은 영채가 오빠 드린다고 특별히 만든 것이야요.」

하였다. 곁에 섰던 영채는 얼굴을 붉혔다.

병국의 부인은 두 누이가 떠나는 것을 진정으로 섭섭하여 한다. 또 새로 정들인 영채를 한달이 못 하여서 작별하게 되는 것도 슬펐다. 자기도 누이들과 같이 훨훨 서울이나 동경으로 가 보고도 싶었으나 불가능한 줄을 안다. 그래서 미상불 부러운 생각도 있지마는, 또 그는 자기의 분정에 만족할 줄 아는 수양이 있으므로 누이들은 저러할 사람이요, 나는 이러할 사람이라고 곧 단념을 하므로 그렇게 괴로워하지도 아니한다.

이렇게 매우 분주한 연락 속에 긴 듯하던 일주일도 꿈같이 지나고 말았다. 오늘은 떠난다 하여 짐을 묶으며, 옷을 갈아입으며 할 때에는 보내는 사람은 보내기가 싫고 가는 사람은 가기가 싫다.

아랫목에 누워 있는 조모라든지, 나는 모른다 하는 듯이 담배만 피우는 부친이라든지, 고추장이며 암치 같은 반찬을 싸 주는 모친이라든지, 시어머니를 도우며 말없이 있는 오라범댁이라든지, 두루마기를 입고 파나마를 제껴 쓴 대로 대소 짐을 묶고 분주하는 병국이라든지, 이리 왔다 저리 갔다하며 활발하게 웃고 다니는 병욱이라든지, 또 이 모든 것을 구경하는 듯이 우두커니 섰는 영채라든지, 누구누구를 물론하고 가슴 저 구석에는 말할 수 없는 적막과 슬픔이 있다.

병욱과 영채는 조모, 부친, 모친의 순서로 하직하는 절을 하였다. 조모는 또 한번,

「이제는 다시 못 볼 것 같다.」

하고 희미한 눈에 눈물이 고이며 병국에게 붙들려 대문까지 나왔다. 부친은

절을 받고 응, 할 뿐이요, 다른 말이 없고 모친은,

「가서 공부를 잘해 가지고 오너라. 겨울 방학에도 오려무나. 영채도 내년에 오너라.」

하고 영채의 적삼 등을 펴 주었다.

동네 사람들에게 「잘 가거라」 「잘 있으오」 하는 인사를 마치고 일행이 동구를 나설 때는, 정히 오후 한 시경, 내리쬐는 팔월 볕이 모닥불을 퍼붓는 듯하다.

일행은 앞서거니 뒤서거니 미진한 정담을 말하면서 간다. 혹 한데 모여 서기도 하고, 혹 두 사람씩 한떼가 되어 십여 보를 떨어지기도 하고, 혹 한 사람이 앞서 가다가 길가의 풀잎을 뜯으면서 뒤를 돌아보기도 한다.

흔히 모친과 병욱이가 한떼가 되고, 병국의 부인과 영채가 한떼가 되고, 부친과 병국은 대개 말없이 따로 떨어져서 간다. 짐 진 총각은 이따금 작심대로 지게를 버티고 서서 뒤에 오는 일행을 기다리더니 얼른 정거장에 가서 지게를 벗어 놓고 쉬고 싶은 생각이 나서 먼저 달아난다.

사람 아니 탄 마차와 인력거가 떨거덕떨거덕 소리를 내며 마주 오기도 하고 앞서 지나가기도 한다. 일행의 얼굴은 더위로 벌겋게 되고 이마에서는 구슬땀이 떨어진다. 남자들은 부채를 부치고 여자들은 수건으로 땀을 씻는다.

언제까지 가도 끝이 없을 듯하던 이야기도 거의 다 없어지고 이제는 말없이 탄탄한 신작로로 태양을 마주보며 걸어나간다.

길가 원두막에서 수심가, 난봉가가 졸린 듯이 울려 나오더니, 일행이 지나가는 것을 보고 고요하게 되며, 원두막 문으로 중대가리며, 감투 쓴 대가리, 수건 쓴 대가리, 커다란 총각의 대가리가 쑥쑥 나오며 무어라고 쑤군쑤군하다가 일생이 수십 보를 지나가자, 하하하고 웃는 소리가 들린다. 일행은 그저 말없이 정거장을 향하고 간다.

영채는 좌우에 새로 이삭 나온 조밭을 보며 지나간 일 삭간의 일을 생각한다. 몸은 비록 가만히 있었으나 정신상으로는 실로 큰 변동이 있었다. 전과는 다른 아주 새로운 사람이 되었다 하리만한 큰 변동이 있었다.

죽으러 가노라고 가던 길에 우연히 병욱을 만난 일과, 병욱의 집에서 칠팔 년 만에 비로소 가정의 즐거운 맛을 다시 본 것과, 자기가 지금껏 괴로워하던 옥 같은 세상 밖에도 넓고 자유롭고 즐거운 세상이 있음을 깨달은 것과, 또 병국에게 대하여 불타는 듯하는 사랑을 느낀 것을 두루 생각하다가 마침내 자기가 이제는 일본 동경으로 유학하러 감을 생각하매, 일신의 운명이 뜻밖에 변하여 가는 것이 하도 신기하여 혼자 빙그레 웃었다.

이러한 생각을 하는 동안에 일행은 정거장에 다다라 대합실의 걸상 하나를 점령하고 남은 시간 이십 분에 다하지 못한 말을 한다.

병욱과 영채는 차에 올라서 차창으로 전송하는 일행을 내다본다. 병국도 사리원까지 갈 일이 있다 하여 같이 올랐으나, 자기는 오늘 저녁에 돌아올 길인고로 걸상에 앉은 대로 바깥을 내다보지도 아니한다. 모친은 차창에 붙어서,

「얘, 조심해 가거라.」

를 두어 번이나 하고,

「얘, 한달에 두 번씩은 꼭꼭 편지를 해라.」

를 서너 번이나 하였다.

병국의 부인은 바로 시어머니의 곁에 붙어 서서 병욱과 영채를 번갈아 본다. 더위에 붉게 된 그 조그마하고 말끔한 얼굴이 아름답게 보인다. 떨렁떨렁하는 종소리가 나고 차장의 호각소리가 날 적에 병국의 부인은 차창을 짚은 영채의 손을 꼭 누르며,

「가거든 편지 주셔요」

한다. 그 눈에는 눈물이 있다. 그것을 마주보는 영채의 눈에도 눈물이 있다. 헌병들이 힐끗힐끗 이 광경을 보고 도시락 파는 아이의 외치는 소리가 없어지자, 고동소리와 함께 차가 움직이기를 시작한다. 모친은 또 한번,

「부디 조심해 가거라.」

를 부르며 눈을 한 번 끔벅한다.

병욱과 영채는 차창으로 머리를 내밀고 손수건을 두른다. 모친도 수건을 두르건마는 병국의 부인은 가만히 서서 보기만 한다. 부친도 한 번 팔을 들어 두르더니 돌아서 나간다. 덜컥 소리가 나고, 차가 휘돌더니 정거장에 선 사람 그림자가 아주 아니 보이게 된다.

두 사람은 그래도 두어 번 더 수건을 내어두르고는 도로 제자리에 앉는다.

앉아서 한참은 멍멍하니 피차에 말이 없다. 차의 속력이 점점 빨라지매 시원한 바람이 불어 들어온다. 병국은 맞은편 줄 걸상에 모으로 앉아서 두 사람을 건너다보며 부채질을 한다.

차 속에는 선교사인 듯한 늙은 서양 사람 하나와 금줄 두 줄 두른 뚱뚱한 관리 하나와, 그 밖에 일복 입은 사람 이삼 인뿐이다. 그네들은 모두 다 흰옷 입은 이등객을 이상히 여기는 듯이 시선을 이리로 돌린다.

병국은 건너편에 앉은 누이에게 말이 들리게 하기 위하여 몸을 앞으로 숙이며,

「나는 네 덕분에 이등을, 이등을 처음 탄다.」

하고 웃는다.

「그렇게 이등이 부러우시거든 더러 타십시오그려.」

하고 병욱도 웃는다.

「우리와 같은 아무것도 아니하는 사람들이 삼등도 아까운데 이등을 어떻게 타니? 죄송스러워서…….」

「그러면 왜 이등표를 사 주셨어요. 저 짐차에나 처실어 주시지.」

하고 병욱은 성을 내는 듯이 시침을 뗀다. 영채는 우스워서 고개를 숙인다. 이렇게 남매간에 어린애 싸움같이 농담을 하다가 병국이가,

「영채씨도 명년에 귀국하시겠소」

「네, 제야 알겠습니까.」

「왜, 나와 같이 오지. 그럼 나 혼자 올까. 형제가 같이 다녀야지.」

하고 병욱이가 영채를 보다가 병국을 본다. 영채는,

「그럼 언니께서 데려다 주신다면 오지요」

하고 웃는다. 병욱은 어리광하는 듯이 병국을 보고 몸을 흔들며,

「오빠, 명년에 우리 둘이 같이 와요」

하고 묻는 말인지 대답하는 말인지 분명치 아니한 말을 한다. 병국은,

「그러면 얘하고 같이 오시지요. 댁이 없으시다니 내 집을 집으로 알으시고…….」

「네, 감사합니다.」

하고 영채가 고개를 숙인다.

이러한 말을 하는 동안에 차가 벌써 걸음을 멈추며,

「샤리잉(沙里院), 샤리잉!」

하는 역부의 소리가 들린다. 병국은 모자를 벗고,

「그러면 잘들 가거라.」

하고 뛰어서 차를 내린다. 내려서 두 사람이 앉은 창 밑에 와서 선다. 두 사람도 내다본다. 몇 사람이 뛰어내리고 뛰어오르기가 바쁘게 또 차장의 호각소리가 난다. 차가 움직인다.

병국은 모자를 높이 든다. 두 사람도 손을 내어두르며 고개를 숙인다. 병국은 차차 작아 가는 두 팔과 머리를 보고, 두 사람은 차차 작아 가는 모자를 두르는 병국을 보았다.

영채는 왜 그런지 모르게 가슴이 답답하여진다. 그래서 정신이 황홀하여지는 듯하였다.

병욱은 슬쩍슬쩍 영채의 낯빛을 살피더니 영채를 웃기려고,

「애, 너 그때에 눈에 석탄 재가 들어가서 울던 생각 나니?」

하고 자기가 먼저 웃는다. 영채도 웃는다. 병욱은,

「석탄 가루 들어간 것이 그렇게 아프더냐?」

「누가 그것이 아파서 울었나. 자연히 화가 나서 울었지.」

하고 그때 생각을 하여서 눈을 한 번 감았다 뜨고 웃는다.

「아무려나 그때에 네가 우는 얼굴이 어찌 어여뻐 보이든지……내가 남자면 당장에 홀리겠더라.」

「에그, 그런 소리만 하시지.」

하고 영채가 손으로 병욱의 무릎을 때린다.

「애, 잠깐 서울 들러가자.」

「에그, 싫여요. 누가 보면 어쩌나.」

「서울서는 지금 네가 죽은 줄 알겠구나. 그 이 형식씬가 한 이도」

「아마 그럴 테지요. 실상 죽었으니까.」

「누가? 네가? 왜?」

「그때, 나는 벌써 죽지 않았어요? 언니께서 얼굴 씻어 주실 때에.」

「그러고 부활을 했구나.」

302

「암, 부활이지. 참, 언니 아니더면 꼭 죽었어요. 벌써 다 썩어졌겠네.」

「썩도록 붙어 있나.」

「그러면 어쩌고?」

「고기가 다 뜯어먹고 말지.」

「그렇게 큰 것을 고기가 다 먹어요?」

하고 손으로 입을 가리고 웃는다. 병욱은,

「얘, 네가 처음 나를 볼 때에 어떻게 생각했니?」

「웬 일본 여자가 이렇게 조선말을 잘하고 친절하게 하는고, 했지요.」

「그 다음에는?」

「그 다음에는 퍽 활발한 여자다 했지요.」

「그러고 너 그때에 먹은 것이 그게 무엇인지 아니?」

「나 몰라. 어떻게 먹는 겐지 몰라서 언니 잡수시는 것을 가만히 봤지요.」

「내 아예 그런 줄 알았다. 그것은 서양 음식인데 샌드위치라는 것이 어……. 꽤 맛나지?」

「응.」

하고 고개를 까딱하며 「샌드위치」하고 발음이 분명하게 외운다.

　차가 남대문에 닿았다. 아직 다 어둡지는 아니하였으나 사방에 반짝반짝 전기등이 켜졌다. 전차 소리, 인력거 소리, 이 모든 소리를 합한 도회의 소리와 넓은 플랫폼에 울리는 나막신 소리가 합하여 지금까지 고요한 자연 속에 있던 사람의 귀에는 퍽 소요하게 들린다.

　「도회의 소리!」그러나 그것이 「문명의 소리」다. 그 소리가 요란할수록에 그 나라이 잘 된다. 수레바퀴 소리, 증기와 전기기관 소리, 쇠마차 소리……. 이러한 모든 소리가 합하여서 비로소 찬란한 문명을 낳는다.

　실로 현대의 문명은 소리의 문명이다. 서울도 아직 소리가 부족하다. 종로나 남대문통에 서서 서로 말소리가 아니 들리리만큼 문명의 소리가 요란하여야 할 것이다. 그러나 불쌍하다. 서울 장안에 사는 삼십여만 흰옷 입은 사람들은 이 소리의 뜻을 모른다. 또 이 소리와는 상관이 없다. 그네는 이 소리를 들을 줄 알고, 듣고 기뻐할 줄 알고, 마침내 제 손으로 이 소리를 내도록 되어야 한다.

저 플랫폼에 분주히 왔다갔다하는 사람들 중에 몇 사람이나 이 분주한 뜻을 아는지. 왜 저 전등이 저렇게 많이 켜지며, 왜 저 전보 기계와 전화 기계가 저렇게 불분주야하고 때각거리며, 왜 저 흉물스러운 기차와 전차가 주야로 달아나는지……이 뜻을 아는 사람이 몇몇이나 되는가.

이렇게 북적북적하는 속에 영채는 행여나 누가 자기의 얼굴을 볼까 하여 가만히 고개를 숙이고 앉았다. 병욱은 혹 자기의 동창 친구나 만날까 하고 플랫폼에 내려서 이리저리 거닐다가 아무도 만나지 못하고 도로 차실로 들어오려 할 적에 누가 어깨를 치며,

「병욱 언니 아니야요?」

한다. 병욱은 놀래어 돌아서며 자기보다 이태를 떨어졌던 동창생을 보았다.

「에그, 얼마만이어?」

「그런데 어디로 가오?」

「지금 동경으로 가는 길인데…….」

「왜, 어느새에……. 여보, 그런데 좀 만나보고나 가는 것이 아니라…… 그렇게 무정하오」

하고 싹 돌아서더니,

「아무려나 내립시오. 우리 집으로 갑시다.」

한다.

「아니오 동행이 있어서……그런데 누구 작별 나왔소?」

「응, 아니, 언니 모르셔요?」

「무엇을?」

「에그, 저런! 저 선형이 알지요? 선형이가 오늘 미국 떠난다오」

「선형이가 미국?」

하고 놀란다. 그 여학생은 저편 이등실 앞에 사람들이 모여 선 것을 가리키며,

「저기 탔는데……. 이번에 혼인해 가지고 양주가 미국 공부하러 간다오. 잘들 한다. 다 미국을 가느니 일본을 가느니 하는데 나 혼자 이렇게 썩는 구먼!」

병욱은 여학생을 따라 선형이가 탔다는 차 앞에까지 갔으나 너무 사람이 많아서 곁에 갈 수가 없다.

선형은 하얀 양복에 맨 머리로 창 밑에 서서 전송 나온 사람들의 인사를 대답하고, 그 곁 창에는 어떤 양복 입은 젊은 신사가 그 역시 연해 고개를 숙여 가며 무슨 인사를 한다. 전송인은 대개 두 패로 갈려서 한 편에는 여자만 모이고, 한 편에는 남자만 모여 섰다. 그 남자들은 모두 다 서울 장안의 문명하였다는 계급이다.

병욱은 한참이나 그것을 보고 섰다가 중로에서 선형을 찾아볼 양으로 그 차실 바로 뒤에 달린 자기의 차실에 올라왔다. 영채는 여전히 고개를 숙이고 앉았다. 아까 탔던 사람은 거의 다 내리고 새로 온 승객이 거의 만원이라 하리만큼 많이 올랐다.

어떤 사람은 윗옷을 벗어 걸고, 어떤 사람은 창에 붙어서 작별을 하며, 또 어떤 사람은 벌써 신문을 들고 앉았다. 그러나 흰옷 입은 사람은 병욱과 영채 둘뿐이다.

병욱은 자리에 앉아서 방안을 한번 둘러보고 영채더러,

「왜 그렇게 고개를 숙이고 앉았니?」

「어째 남대문이라는 소리에 마음이 이상하게 혼란하여집니다그려. 어서 차가 떠났으면 좋겠다.」

할 때에 벌써 종 흔드는 소리가 나고, 「사요나라, 고끼겐요우」하는 소리가 소낙비같이 들리더니 차가 움직이기를 시작한다. 어디서,

「만세, 이 형식군 만세!」

하고 소리가 들린다. 두 사람은 깜짝 놀래어 귀를 기울인다.

또 한번,

「이 형식군 만세!」

하는 소리가 들린다.

지금 만세를 부르던 사람이 두 사람의 창밖으로 얼른한다. 그것은 모시 두루마기에 파나마 쓴 패였다. 병욱은 아까 선형의 곁에 있던 사람이 형식인 것과, 형식이가 선형의 지아빈 줄을 짐작하였다. 그러나 아무 말도 아니하였다.

영채는 형식이란 소리를 듣고 문득 가슴이 덜컥함을 깨달았다. 지금까지 아무쪼록 형식을 잊어버리려 하였으나 방금 같은 기차에 형식이가 탄 것을

생각하매 알 수 없는 눈물이 자연히 떨어진다. 병욱은 영채의 손을 쥐며,

「애, 울지 말아라. 울기는 왜 우느냐.」

「모르겠어요.」

하고 눈물을 씻으며 지어서 웃는다.

용산을 지난 뒤에 병욱은 선형을 찾아갔다. 선형은 병욱의 손을 잡으며,

「이게 웬일이오?」

「동경으로 가는 길이외다. 그런데 미국으로 가신다고요.」

「네, 편지를 하여 드릴 것인데 동경 계신지, 어디 계신지 계신 데를 알아야지요.」

「나는 아까 남대문에서 우연히 경애씨를 만나서 그래서 이 차에 타시는 줄을 알았지.」

하고 마주앉은 신사에게 인사를 한다.

신사가 답례하면서 앉기를 권한다. 십여 년 영채로 하여금 고절을 지키게 한 형식이란 대체 어떠한 사람인가 하고 기회 있는 대로 형식을 관찰한다.

영채는 혼자 앉아서 생각한다. 첫째, 형식이가 어디로 가는가 하는 것이 의문이다. 만세를 부르는 것을 보건대, 어디 멀리로 가는 것인 듯하다.

나는 그가 이 차에 탄 줄을 알건마는 그는 내가 여기 있는 줄을 모르렷다. 그리고 또 한번 칠팔 년 지나온 생각이 활동사진 모양으로 한 번 쑥 나온다. 팔자 좋은 사람은 과거를 회상하는 일이 적되, 슬픈 과거를 가진 사람에게는 조그마한 기회만 있으면 그 슬픈 과거가 회상이 되는 것이다.

영채는 지금까지에 몇 십 번 몇 백 번이나 이 슬픈 과거를 회상하였으리오 하도 여러 번 회상을 하므로 이제는 그 과거가 마치 일편의 소설과 같이 순서와 맥락이 바로 잡히어 어느 끝이나 한 끝을 당기면 전체가 실 풀리는 듯이 술술 풀려나오게 되었다.

칠팔 년간을 하루같이 일념에 형식을 그리고 사모하다가 마침내 형식을 위하여 목숨까지 버리려 한 것을 생각하매 형식의 생각이 더욱 새로워지고 정다워진다.

영채는 속으로 「한 번 더 보고 싶다」 하였다. 그렇게 생각할수록에 보고

싶은 생각이 더욱 간절하여진다. 죽은 줄 알았던 나를 보면, 형식도 응당 반가워하렷다. 만나서 속에 품었던 말이나 실컷 하여야 속이 시원하여질 것 같다.

내가 왜 그때에 형식을 찾아가서 나는 지금토록 당신을 사모하고 있었소, 하고 분명하게 말을 못하였던고, 나를 사랑해 줄 테요, 아니할 테요, 하고 저편의 뜻을 아니 물어 보았던고, 이제 만나면 서슴지 않고 물어 보리라.

영채는 당장이라도 형식의 탄 차실에 뛰어 건너가고 싶다. 영채의 가슴에는 정히 불길이 일어난다. 그러나 언니께 의논해 보고, 하고 꿀꺽 참는다.

이때에 차가 수원역에 다다랐다. 바깥은 캄캄하게 어두웠다. 병욱이가 선형을 데리고 돌아와서는 자기의 곁에 앉히며,

「영채야, 이이는 김 선형씨라는 인데 내 동창이다. 지금 미국 가시는 길이구.」

하고 그 다음에는 선형을 향하여,

「이애는 박 영챈데 내 동생이오.」

하고 소개를 한다.

소개를 받은 두 사람은 서로 고개를 숙인다. 선형은 박 영채가 어떻게 동생인가 한다. 병욱은 박 영채와 선형을 번갈아 보며 두 사람의 얼굴과 운명을 비교해 본다.

영채도 선형이가 형식과 무슨 관계가 있는지를 모르고, 선형도 무론 영채가 형식을 위하여 칠팔 년간 고절을 지키다가 마침내 목숨까지 버리려 한 사람인 줄은 알 이치가 없다.

선형은 다만 형식이가 일찍 계 월향이라는 계집과 추한 관계가 있었다는 말을 들었을 뿐이니, 이 박 영채가 그 계 월향인 줄은 무론 알 리가 없다.

세 처녀 사이에는 이러한 말이 있었다. 서로 잘 공부를 하여 가지고 돌아와서 장차 힘을 합하여 조선 여자계를 계발할 것과, 공부를 잘하려면 미국을 가거나 일본에 유학을 하여야 한다는 것과, 또 영어와 독일어를 잘 배워야 할 것과, 그 다음에는 병욱과 영채는 음악을 배울 터인데 선형은 아직 확실한 작정은 없으나 사범학교에 입학하려 한다는 뜻을 말하고 서로 각각 크게 성공하기를 빌었다.

차실내의 모든 사람의 눈은 이 즐겁게 이야기하는 세 조선 여자에게로 모였다.

선형이 자기의 자리로 돌아오매, 형식은 선형의 자리에 편 담요를 바로잡아 주며,

「그래 그 동행이 누굽디까?」

「박 영채라는 인데 퍽 얌전한 사람이야요. 병욱씨가 자기 동생이라고 그럽디다.」

형식은 숨이 막히고 몸이 떨리도록 놀랐다. 그래서 눈이 둥그래지며,

「에! 누, 누구요?」

하고 말이 다 굳어진다.

선형은 웬 셈을 모르고 이상한 듯이 형식의 얼굴을 보면서,

「박 영채라고 그래요」

「박 영채, 박 영채?」

하고 한참은 말을 못한다. 그 뒤에 앉았던 우선도 벌떡 일어나며,

「응, 누구? 박 영채?」

세 사람은 한참이나 벙어리와 같이 되었다. 우선이가 형식의 곁에 와 앉으며,

「이게 무슨 일이어. 그러면 살아 있네그려? 동성동명이란 말인가?」

형식은 두 손으로 낯을 가리더니,

「아무려나, 이런 기쁜 일이 없네.」

하기는 하면서도 속에는 여러 가지로 고통이 일어난다.

영채를 따라 평양까지 갔다가 죽고 산 것도 알아보지 아니하고 뛰어와서, 그 이튿날 새로 약혼을 하고, 그 뒤로는 영채는 잊어버리고 지내온 자기는 마치 큰 죄를 범한 것 같다. 형식은 과연 무정하였다. 형식은 마땅히 그때 우선에게서 꾼 돈 오 원을 가지고 평양으로 내려갔어야 할 것이다. 가서 시체를 찾아 힘 믿는 데까지는 후하게 장례를 지내었어야 할 것이다.

그리고 새로 혼인을 하더라도 인정상 다만 일년이라도 지내었어야 할 것이다. 자기를 위하여 칠팔 년 고절을 지키다가 마침내 자기를 위하여 몸을 버리고 목숨을 버린 영채를 위하여 마땅히 아프게 울어서 조상하였어야 할

것이다.

그런데 어찌하였는가.

영채가 세상에 없으매 잊어버리려 하던 자기의 죄악은 영채가 살아 있단 말을 들으매 칼날같이 날카롭게 형식의 가슴을 쑤신다. 형식은 이를 악물고 흑흑한다. 곁에 선형이 앉은 것도 잊어버린 듯하다.

우선은 벌떡 일어나더니 저편으로 간다. 영채의 진부(眞否)를 알고자 함이다.

우선이가 일어선 뒤에 선형은,

「웬일입니까. 박 영채가 어떤 사람이야요?」

한다. 그러나 대답이 없으므로,

「왜 박 영채씨가 죽었다는 소문이 있었나요」

그래도 형식은 고개를 숙이고 대답이 없다. 선형은 형식의 숙인 머리를 보고 앉았더니 혼자말 모양으로,

「대체 무슨 일인가.」

하고 잠잠하다. 얼마 있다가 형식은 고개를 들더니,

「내가 잘못하였어요. 내가 죄인이외다. 큰 죄인이외다.」

하다가 말이 막힌다. 선형은 더욱 의아하여 눈알이 자주 돌아간다. 형식은 말을 이어,

「벌써 말씀을 드려야 할 것인데 인해 기회가 없어서……기회가 없다는 것보다 내 마음이 약해서 지금껏 잠자코 있었어요. 박 영채는 내 은인의 딸이외다. 어려서 그 부친과 오라비, 두 사람이 애매한 죄로 옥중에서 죽고, 영채는 그 부친을 구할 양으로 남에게 속아서 몸을 팔아 기생이 되었다 가……」

할 적에 선형은,

「에! 기생이 되어요?」

하고 놀랜다. 계 월향이란 생각이 번개같이 지나간다.

「네, 기생이 되었어요. 그로부터 칠 년간.」

하고 말하기 어려운 듯이 한참 주저하다가,

「나를 위하여서 정절을 지켜 왔어요. 무론 나도 그가 어디 있는지를 모르고,

그도 내가 어디 있는지를 몰랐지요. 그러다가 우연히 나 있는 데를 알고 찾아왔습데다.」

하고는 그후에는 어떻게 말을 하여야 좋을는지 생각이 아니 난다.

선형은 아까 본 영채를 생각하고, 그러면 그가 기생이 되어 칠 년간 형식을 위하여 정절을 지킨 사람인가 한다. 자기 생각에 계 월향이라 하면 아주 요염(妖艶)하고 음탕한 계집으로 알았더니 이제 본즉 영채는 자기와 다름 없는 얌전한 처녀다. 그러면 어찌하여 형식이가 영채를 버렸는가 하여,

「그래 어떻게 되었습니까?」

형식은 길게 한숨을 쉬더니,

「자살을 한다고 유서를 써 놓고 평양으로 내려갔어요. 그래서 나도 곧 따라 내려갔지요. 했더니 부지거처지요. 그래서 자기 말과 같이 대동강에 빠져 죽은 줄만 알았구려. 했더니, 그가 지금 살아서 우리와 같은 차에 있소그려.」

하고 슬픔을 표하는 듯이 머리를 두어 번 흔든다.

「그러면 접때 평양 가셨던 일이 그 일이야요?」

하고 선형은 정면으로 형식을 본다.

형식은 그 눈이 자기를 위협하는 듯하여 눈을 피하면서,

「네.」

하였다. 그러고 보면 영채가 죽었다 하는 날은 바로 형식과 자기가 혼인을 맺던 날이다.

선형은 지금까지 가슴속에 오던 의심……, 즉 형식은 계 월향이라는 기생에게 미쳤더라는 의심은 풀렸으나 무엇이라고 말할 수 없는 새로운 괴로움이 가슴을 내려누름을 깨달았다. 자기 몸도 무슨 죄에 빠진 것 같고 자기의 앞에는 알 수 없는 어려운 일과 괴로운 일이 가로막힌 것 같다.

이때에 우선이가 엄숙한 얼굴을 가지고 돌아오며 일본말로,

「확실해.」

하고 형식의 곁에 앉으며,

「참 희한한 일일세.」

「그래, 가서 말해 보았나?」

「아니, 문에서 앉은 것이 보이데. 아까 여기 왔던 이하고 무슨 말을 하는데……」

하다가 선형이가 곁에 앉은 것을 보고 말 아니하는 것이 좋으리라 하는 듯이 말을 뚝 그쳤다가,

「아무려나 잘 되었네. 지금 그 여학생과 같이 동경으로 가는 모양이니까, 아마 공부하러 가는 게지.」

형식은 걸상에 몸을 기대고 하염없이 눈을 감는다.

영채는 선형이 돌아간 뒤에,

「언니, 웬일인지 나는 가슴이 몹시 설렙니다.」

「왜, 이 형식씨란 말을 듣고?」

「응, 여태껏 잊고 있는 줄 알았더니 역시 잊은 것이 아니야요. 가슴속에 깊이깊이 숨어 있는 모양이야요. 그러다가 이 형식군 만세, 라는 소리에 갑자기 터져나온 것 같습니다. 아이구, 마음이 진정치 아니해서 못 견디겠소.」

「아니 그렇겠니. 어쨌든 칠팔 년 동안이나 밤낮 생각하던 사람을 그렇게 어떻게 쉽게 잊겠니? 이제 얼마 지나면 잊을 테지마는.」

「잊어야 할까요?」

「그럼 어찌하고?」

「안 잊으면 아니 될까요?」

병욱은 물끄러미 영채를 보더니 영채의 곁에 가 앉아서 한 팔로 영채의 허리를 안으며,

「형식씨가 벌써 혼인을 하였다. 지금 동부인하고 미국 가는 길이란다.」

「에! 혼인?」

하고 영채는 병욱의 팔을 잡는다. 병욱은 위로하는 소리로,

「아까 여기 왔던 선형이라는 이가 그의 부인이란다.」

「그러면 그때에 벌써 약혼을 하였던가.」

하고 지나간 일에 실망을 한다.

자기의 지나간 생활이 더욱 슬퍼지고 원통하여진다. 자기는 세상에 속아서 사나마나한 생활을 해 온 것 같고 지금껏 전력을 다하여 오던 것이 아무 뜻이 없는 것 같아서 실망과 슬픔이 한꺼번에 터져 나온다. 더구나 자기는

몸과 마음을 다 바쳐서 형식을 생각하여 왔거늘 형식은 자기를 초개같이밖에 아니 여기는 것 같다.

「언니, 왜 그런지 원통한 생각이 나요.」

「그러나 장래가 있지 않으냐.」

하고 힘껏 영채를 안아 준다.

형식은 즉시 영채의 얼굴을 보고 싶었다. 이전에 보았던 영채의 얼굴은 다 잊어버린 듯하여 꼭 한 번 새로이 보아야만 할 것 같다. 꼭 죽은 줄 알았던 영채의 얼굴이 한 번 보고 싶었다. 그러나 앞에 앉은 선형을 보매 차마 영채를 보러 갈 용기가 아니 난다.

형식은 선형의 얼굴을 보았다. 선형은 무슨 실망한 일이나 있는 듯이 반쯤 눈을 감고 가만히 앉았다. 그러다가 이따금 형식을 슬쩍 보고는 불쾌한 듯이 도로 눈을 감기도 하고 고개를 돌려 창에 비친 제 얼굴을 보기도 한다. 선형의 눈과 형식의 눈이 마주칠 때마다 형식의 몸에는 후끈후끈하는 기운이 돈다.

같은 차실에 있는 승객들은 대개 잠이 들었다.

형식도 뒤에 기대어 눈을 감았다. 그리고 아무 생각도 아니하리라 하는 듯이 한 번 몸을 흔들고 두 손을 마주잡아 배 위에 놓았다. 그러나 형식의 마음은 형식의 뜻을 좇지 아니하고 폭풍에 물결치는 바다와 같았다.

영채는 꼭 죽었어야 할 것이다. 살아 있더라도 자기가 몰랐어야 할 것이다. 그렇지 아니하면 선형과 약혼이 되기 전에 만났어야 할 것이다. 약혼이 성립되고 미국을 향하고 떠나는 길에 만나게 한 것은 진실로 조물(造物)의 희롱이다.

형식은 결코 영채를 버리려 한 것이 아니다. 차라리 오랫동안 영채를 잊지 아니하였으며, 겸하여 다시 영채를 만날 때에는 영채에게 대한 애정이 유연히 솟아나서 속으로 영채와 혼인할 일과 혼인한 후에 즐거운 생활을 할 것과 아름다운 자녀를 낳아 이상적으로 기를 것까지 생각하였고, 또 영채가 기생인 줄을 안 뒤에는 돈 천 원을 얻지 못하여 종일 번민한 일도 있었다.

만일 영채가 평양에만 가지 아니하였던들 —— 죽으러 가노라는 유언만 없었던들 자기는 마땅히 영채와 일생을 같이하게 되었을 것이다. 그러하면

은사에게 대한 의리도 다하고 칠팔 년간 자기를 위하여 정절을 지켜 온 영채에게 대한 의리도 다하였을 것이다.

형식은 또 영채와 선형을 비교하여 보았다. 선형은 형식이가 일생에 처음 접한 젊은 여자요, 또 선형의 자태는 누가 보아도 황홀할 만하므로 형식에게 극히 깊고 강한 인상을 주었다.

그래서 처음 젊은 여자를 접하여 보는 젊은 남자가 흔히 그러한 모양으로 형식은 선형을 세상에 다시 없는 여자로 여겼다. 다만 그 외모가 아름다울 뿐더러 그 정신까지도 외모와 같이 아름다우리라 하였다.

형식이 선형을 대하여 본 첫날에 선형에게 여자에 관한 모든 아름다운 덕을 붙였다. 선형은 형식의 눈에는 더할 수 없이 완전하고 더할 수 없이 아름다운 여자였다.

이렇게 강한 인상을 얻은 그날 저녁에 다시 영채를 보았다. 영채의 외모도 물론 아름다웠다. 공평한 눈으로 보건대 영채의 얼굴이 차라리 선형보다 나았을 것이다. 그러나 선형을 천하 제일로 확신한 형식은 영채를 제이로 생각할 수밖에 없었다. 게다가 선형은 부귀한 집 딸로서 완전한 교육을 받은 자요, 영채는 그동안 어떻게 굴러다녔는지 모르는 계집이다.

이 모든 것이 합하여 형식에게는, 영채는 암만해도 선형과 평등으로 보이지를 아니하였다. 다만 선형은 자기의 힘이 밎지 못할 달 속의 계수나무 가지요, 영채는 자기가 꺾으려면 꺾을 수 있는 길가의 행화 가지였다.

그러므로 형식이가 제일로 생각한 선형을 버리고 제이로 생각하는 영채를 취하려 하였던 것이다. 그러다가 영채가 대동강에 빠지고, 게다가 김 장로가 혼인을 청하매 형식은 별로 주저함도 없이 약혼을 허하였고 또 슬퍼함도 없이 영채를 잊어버리려 하였던 것이다.

형식은 선형에게 대하여서나 영채에게 대하여서나 아직 참된 사랑을 가져 보지 못하였다. 대개 형식의 사랑은 아직도 외모의 사랑이었다. 형식은 선형을 자기의 생명과 같이 사랑하노라 하면서도 선형의 성격은 한 땀도 몰랐다.

선형이가 냉정한 이지적 인물인지 또는 열렬한 정적(情的) 인물인지, 그의 성벽이 어떠하며 기호(嗜好)가 어떠한지, 그의 장처가 무엇이며 단처가 무엇인지, 또는 그와 자기와 어떤 점에서 서로 일치하며 어떤 점에서 서로 모순하는지, 따라서 그의 성격과 재능이 장차 어떠한 방향으로 발전될는지도 모르고 그저 맹목적으로 사랑한 것이다.

그의 사랑은 아직 진화(進化)를 지나지 못한 원시적 사랑이었다. 마치 어린애끼리 서로 정이 들어서 떨어지기 싫어하는 것과 같은 사랑이요, 또는 아직 문명하지 못한 민족들이 다만 고운 얼굴만 보고 곧 사랑이 생기는 것과 같은 사랑이었다.

다만 한 가지 다름이 있다 하면 문명하지 못한 민족의 사랑은 곧 육욕(肉慾)을 의미하되 형식의 사랑에는 정신적 분자(精神的分子)가 많았을 뿐이다.

그러니 형식은 다만 정신적 사랑이라는 이름만 알고 그 내용을 알지 못하였었다. 진정한 사랑은 피차에 정신적으로 서로 이해하는 데서 나오는 줄을 몰랐다.

형식의 사랑은 실로 낡은 시대, 자각(自覺) 없는 시대에서 새 시대, 자각 있는 시대로 옮아가려는 과도기의 청년(조선 청년)이 흔히 가지는 사랑이다. 자기의 사랑이 이러한 사랑인 줄을 깨닫는다 하면 형식의 전도에는 대변동이 일어나지 아니치 못할 것이다.

눈을 감고 가만히 앉았는 형식에게는 지나간 한달 동안에 행하여 온 일이 현미경으로 보는 것같이 분명히 떠 나온다.

김 장로 부처는 자기와 영채의 관계에 대하여 암만해도 신용하지 못하는 모양이었다. 한번 자기와 영채와의 관계를 이야기한 끝에 김 장로가 웃으며,

「남자가 한두 번 그러기도 예사지.」

하였다.

형식은 더 발명하려고도 아니하였으나, 자기의 인격을 신용하여 주지 않는 것을 얼마큼 불쾌하게 여겼다. 그후부터 형식은 장로 부처를 대하면 한껏 분하기도 하고 부끄럽기도 하였다.

형식의 생각에, 장로 부처는 자기가 선형의 배필이 될 자격이 없는 것같이 생각하는 듯하였다. 처음에는 자기를 지극히 품행이 방정하고 장래성이 많은 줄로 알았다가 기생과 가까이하며 기생을 따라 평양까지 갔단 말을 물으매

형식은 갑자기 신용할 수 없는 사람으로 생각하는 듯하였다. 그 사건 하나로 자기의 가치를 정하려 하는 것이 불쾌하였다.

될 수만 있으면 형식과의 약혼을 파하겠으나 한번 약속한 것을 체면상 깨뜨릴 수가 없다. 만일 형식이 믿을 수 없는 사람이라 하더라도 그것은 선형의 팔자로다 —— 형식의 보기에 장로는 이렇게 생각하는 듯하였다.

더구나 미국으로서 돌아온 하이칼라 청년 하나이 선형에게 마음을 두어 백방으로 운동한 것과, 교회의 어떤 유력한 사람이 사이에 나서서, 일변 형식을 헐어 그 약혼을 깨뜨리게 하고, 일변 그 청년의 재산 있는 것과, 영어 잘하는 것과, 미국 유학한 것을 칭찬하여 선형과 혼인을 이루게 하려고 운동하던 줄을 안다.

그때에 장로 부처가 열에 여섯이나 그 편으로 마음이 기울어졌던 것과, 그 일이 있은 후로부터 선형의 태도가 더욱 냉담하여지고 이따금 근심하는 빛까지도 있던 것을 안다.

그중에도 장로의 부인은 웬일인지 형식에게 대하여 불쾌한 생각이 나서 가장 미국서 온 청년과 혼인하기를 주창한 것과, 그러나 장로의 양반인 것과 장로인 체면이 마침내 이 일을 반대한 것을 안다.

거의 십여 일 동안이나 형식은 김 장로의 집에서 미움받는 사람이 되었던 것을 안다. 그때에 형식도 분한 마음을 이기지 못하여 연해 삼사 일간 일절 장로의 집에 가지를 아니하였다. 그러고 집에 꽉 들어박혀서 분노함과 부끄러움으로 혼자 괴로워하였다.

하루는 형식이가, 「오늘은 내가 먼저 약혼을 거절하고 말리다」 하고 옷을 입고 나가려 할 적에 선형이가 처음 찾아와서 은근하게,

「어디가 편치 아니하셔요?」

하고 그 뒤에는 순애가 과실 광주리를 들고 들어왔다. 아마 병이 있는 줄로 생각하고 위문을 온 모양이었다.

그러고 선형은,

「어저께 여행권이 나왔어요」

하고 기뻐하는 빛조차 보였다. 형식은 그만 모든 분노가 다 풀리고,

「아니올시다. 몸은 아무렇지도 않습니다.」

그때에 선형과 순애는 물끄러미 형식을 보았다. 선형도 물론 자기 집에 일어난 문제를 안다. 부모가 형식에게 대하여 좋지 못한 감정을 가진 것도 안다. 자기도 기실 형식에게 대하여 좋은 감정을 아니 가졌다.

그러나 부모간에 형식을 미워하는 빛이 보이고, 형식도 그 눈치를 아는지 삼사 일 동안이나 꿈쩍하지 않는 것을 보매, 형식에게 대하여 일종 동정이 생기고 정다운 듯한 생각이 났다. 그래서 순애를 데리고 형식을 찾아온 것이다. 그때에는 선형의 마음에는 형식이가 극히 사랑스러웠다. 형식도 선형의 눈에서 그러한 빛을 보고 더할 수 없이 기뻤다.

그러나 이것은 물에 빠진 사람을 보고 뛰어들어 건져 주겠다는 생각이 나는 것과 같은 동정이다. 잠시는 효력이 있으되 오래는 가지 못하는 감정이다. 부부간의 사랑은 이래서는 아니 된다. 저 사람이 살아야 나도 산다. 저 사람이 행복되어야 나도 행복된다. 저 사람과 나와는 한 몸이다……이러한 사랑이라야 한다.

선형의 형식에게 대한 사랑은 물에 빠진 사람에게 대한 동정과 비슷한 것이었다. 형식은 이렇게 분명하게는 알지 못하여도 어떤 정도까지는 선형의 마음속을 짐작하였다.

그러나 형식에게는, 선형은 없지 못할 사람이었다. 형식의 생각에 자기의 전일생은 오직 선형의 몸에 달린 듯하였다. 선형이가 설혹 자기더러 「보기 싫다, 가거라」 하더라도, 또는 얼굴에 침을 뱉고 발길로 차더라도 불가불 선형의 치맛자락에 매어달려야 하겠다.

김 장로의 집에 가기도 불쾌하고 선형을 대하기가 불쾌하다 하더라도 그 불쾌한 것이 오히려 아주 사랑하는 자를 잃어버리고 실망하여 슬퍼하는 것보다 나았다. 전신이 불구덩이에 들어가는 것보다 한 팔이나 한 다리를 베어내는 것이 나았다.

이렇게 형식은 그동안 괴로운 생활을 보냈다. 그러나 떠나기 한 이삼 일 전부터 장로 부처의 형식에게 대한 태도는 극히 친절하게 변하였고, 선형도 더욱 은근하고 가깝게 굴었다. 형식은 인심의 반복의 믿을 수 없음을 의심하면서도 하늘에 오를 듯이 기뻤다.

더구나 떠나기 전날 장로 부처가 자기와 선형을 불러 놓고 자기네 두 사람을 위하여 간절한 기도를 올린 뒤에 연해 「너희 둘이」라 하여 가며 여러 가지로 훈계를 할 때에는 형식은 세상에 나와서 처음 보는 기쁨을 깨달았다. 「너희 둘이」라는 말이 자기와 사랑하는 선형과를 한 몸을 만드는 듯하였다.

그때에는 선형도 형식을 슬쩍 보고 생긋 웃었다. 네 사람은 이 순간이 영원히 있기를 기도하였다.

형식은 이제부터는 자기 앞에는 오직 행복이 있는 줄로만 생각하였다. 아까 남대문에서 떠날 때에도 여러 친구가 작별을 아껴 할 때에 자기는 오직 기쁘기만 하였다.

희경 일파가 여러 송별객 뒤에 서서 물끄러미 자기를 보고 있는 것을 볼 때에는 미상불 가슴이 뿌듯함을 깨달았으나, 그래도 자기의 곁에 선 선형을 볼 때에 모든 슬픔이 다 스러졌다. 이제부터 자기는 선형으로 더불어, 이만여 리나 되는 지구 저편쪽에 가서 사오 년 동안 즐겁게 공부를 마치고 그때야말로 만인 환호 중에 선형과 팔을 걸고 남대문으로 돌아오리라.

그때에는 지금 여기 섰는 여러 사람들이 오늘보다 감정으로 —— 더 축하하고 더 공경하는 감정으로 자기를 맞으리라. 이렇게 생각할 때에 비로소 서울이 그립고 남대문이 정답게 생각되었다. 남대문은 오직 행복된 자기를 보내고 맞아주기 위하여서만 존재하는 듯하였다. 이내 차장의 호각이 울고 만세 소리가 들릴 때의 형식의 감정은 말할 필요도 없을 것이다.

선형은 여자라, 비록 신식 여자로 아무리 공명심과 허영심이 많아서 미국으로 유학가는 것을 기쁘게 생각한다 하더라도 사랑하는 아버지와 어머니와 동생들, 동무들이 차차 차창에서 멀어지는 것을 볼 때에는 가슴에 고였던 눈물이 일시에 폭 쏟아져서 저도 모르게 소리를 내어 울며 걸상에 쓰러졌다.

형식은 처음에는 가만가만히 선형의 어깨를 두드리며,

「자, 일어나시오. 눈물 씻고.」

하다가, 이제는 이렇게만 할 처지가 아니라 하여 한참 주저하다가 한 팔을 선형의 가슴 밑으로 넣어 안아 일으켰다.

형식의 팔에 닿는 선형의 살은 부드럽고 따뜻하였다. 선형도 형식의 하는

대로 일어나면서 잠깐 형식의 손을 쥐었다. 그리고 수건으로 눈물을 씻으면서,

「아이구, 이게 무슨 꼴이야요. 외국 사람들이 웃었겠습니다.」

하고 웃는다.

그 눈물로 붉게 된 눈과 뺨이 더 곱게 보였다. 외국 사람들은 과연 웃었다.

우선은 형식의 뒷자리에 앉아서 빙그레 웃으며 자기 곁에서 일어나는 형식과 선형의 말을 들어 가며 신문을 보고 앉았더니 고개를 돌리며,

「여보게, 큰일났네그려.」

한다. 형식은 선형만 바라보고 우선은 잊어버리고 앉았다가 깜짝 놀라 고개를 돌리며,

「응, 왜?」

「하하하, 그렇게 놀랄 것은 없지마는……오늘 아침부터 경상남북도, 전라남북도 일경에 비가 오기 시작하여 금강 낙동강은 십여 척의 증수가 되었다고.」

「어디.」

하고 우선의 들었던 신문을 받아 보더니,

「그러면 철로가 불통하지나 않을까?」

선형도 눈이 둥그래진다. 우선은,

「글쎄, 비를 아끼구 아끼구 하더니……」

하면서 창밖으로 고개를 내밀어 휘휘 둘러본다.

황혼이라 자세히 알 수는 없으되, 하늘은 온통 검은 구름으로 덮이고 선뜩선뜩한 바람에 이따금 굵은 빗방울이 섞여 떨어진다. 다른 승객들도 신문을 보고는 철로길이 상할 것을 근심하는 말을 한다. 그러나 이것은 형식이나 선형에게 별로 중대한 일은 아니었다. 철로길이 상하면 여관에 들어 기다리면 그만이었다.

이러한 때에 병욱이가 선형을 찾아오고, 그후에 선형이가 병욱을 따라가고, 그 다음에 선형이가 돌아오고 형식이가 선형에게 병욱의 동행이 어떠한 사람이던가를 묻고, 선형은「박 영채라는데 퍽 얌전한 사람이에요」하는 대답을 하고, 마침내 우선이가 알려고 갔다가「확실해」하는 보고를 한 것이다.

318

이렇게 지나간 일을 생각하다가 형식은 마침내 선형더러,

「가서 박 영채씨를 좀 보고 와야겠소」

「가 보시지요.」

하는 선형의 대답은 형식에게는 무슨 특별한 뜻이 품긴 것같이 들렸다.

　실로 선형은 지금까지 마음이 불쾌하였다. 그러면 그것이 월향이라는 기생인가. 죽었다더니, 그것은 거짓말인가. 속에는 별별 흉악한 꾀를 품으면서도 겉으로는 저렇게 얌전을 빼하는가. 사람 좋은 병욱이가 고것의 꾀에 넘지나 아니하였는가. 오늘 형식과 자기가 떠난다는 말을 듣고 일부러 이 차를 골라 탄 것이나 아닌가. 혹 형식이가 아직도 영채를 잊지 못하여 남 모르게 영채에게 떠나는 날을 알려 미국 가기 전에 한 번 더 만나 보려는 꾀는 아닌가.

　이렇게 생각하매 선형은 일종 투기가 일어나서 홱 고개를 돌린다. 형식은 선형의 불쾌한 낯빛을 이윽히 보고 섰더니 변명하는 듯이,

「그래도 한 차에 탄 줄을 알고야 어떻게 모르는 체하겠어요.」

하고 다시 앉아서 선형의 대답을 기다린다. 선형은 말없이 앉았다가 웃으며,

「글쎄 가 보세요. 누가 가시지를 말랍니까.」

　끝의 말은 없어도 좋을 말이다. 형식은 고개를 숙이고 우두커니 앉았더니 벌떡 일어서며,

「그러면 갔다 오겠소」

하고 우선더러,

「가서 영채씨 좀 보고 오겠네.」

「응, 가 보게. 그리고 내가 문안하더라고 그러게.」

하고 슬쩍 선형을 본다.

　우선은 이 세 사람의 관계가 장차 어찌 될는고 하여 본다. 영채를 보고 와서는 우선의 속도 아주 편치는 못하였다. 더구나 영채가 죽으려던 뜻을 변한 동기와 일본으로 가게 된 이유가 알고 싶었다.

　그전에는 한 미인으로 우선이가 영채를 사랑하였지마는, 영채가 형식을 위하여 지금토록 정절을 지켜 온 것과 청량리 사건으로 인하여 죽을 결심을 한 것을 보고는 영채를 색과 재와 덕이 겸비한 이상적 여자로 사랑하게

되었다.

만일 형식을 위한 우정이 아니었던들 어떤 정도까지나 열광하였을는지도 모를 것이다.

자기가 미치게 사랑하던 계 월향이가 형식을 위하여 정절을 지키는 박영채인 줄을 알 때에 우선은 미상불 창자를 끊는 듯하는 생각이 있었다. 그러나 우정을 중히 여기고 협기 있기로 자임하는 우선은 힘껏 자기의 정을 누르고 형식과 영채를 위하여 힘을 다하여 주기로 하였다.

만일 영채가 형식의 아내가 되면 자기는 친구의 부인으로 일생을 접할지니, 그것만 하여도 자기에게는 행복이리라 하였다. 그러다가 영채가 그 슬픈 유서를 써 두고 평양으로 내려감을 볼 때에 우선은 깊은 슬픔과 실망을 깨달았다. 비록 아녀자에게 마음을 아니 움직이기로 이상을 삼는 우선도 그후부터 지금까지 일시도 영채를 잊어 본 일이 없었다.

우선의 일기를 뒤져 보면 취침 전에 반드시 영채를 생각하는 단율 한 수씩을 지은 것이 있는 것을 보아도 알 것이다.

그러다가 죽은 줄 알았던 영채가 살아서 같은 기차에 타고 있는 줄을 알고 보니, 우선의 가슴이 울렁거리는 것도 자연한 일이다.

게다가 형식이가 아름다운 선형으로 더불어 아름다운 약속을 맺어 가지고 아름다운 공부를 하러 가는 것을 보매, 더욱 부러운 생각이 난다.

우선은 벌써 아들을 형제나 넘어 낳고 삼십이 다 된 자기의 아내가 행주치마를 두르고 어린애의 기저귀를 빠는 모양을 생각해 본다. 그는 아무것도 모른다. 밥 짓고, 옷 짓고, 아이 낳을 줄밖에 모른다. 자기는 그와 혼인한 지 십여 년간에 일찍 한자리에 앉아서 정답게 이야기를 하여 본 일도 없고 물론 자기의 뜻을 말하여 본 적도 없다. 잘 때에만 내외는 한자리에 있었다. 마치 아내는 자기를 위하여서만 있는 것 같았다. 홀아비가 육욕을 참지 못하여 갈보 집에 가는 셈치고 아내의 방에 들어갔다.

이러하는 동안에 아들도 낳고 딸도 낳고 지아비라 부르고 아내라 불렀다. 십년 동안을 사귀어 오면서도 서로 저편의 속을 모르고 알아보려고도 아니하는 사람의 관계는 실로 신기하다 하겠다.

그러나 우선은, 이는 면할 수 없는 천명으로 알 뿐이요, 일찍이 관계를

320

벗어나려고도 하여 본 적이 없었다.

그는 아내라는 것은 대체 이러한 것이니 집에다 먹여 두어 아이나 낳게 하고 이따금 가 보아 주기나 하면 그만이라 한다. 그리고 아내에게서 못 얻는 재미는 기생에서 얻으면 그만이라 한다. 세상에 기생이라는 제도가 있는 것이 실로 이 때문이라고 생각한다. 형식과 서로 대하면 이 문제로 흔히 다투었다.

형식은 엄정한 일부일부주의(一夫一婦主義)를 고집하고, 우선은 첩을 얻든지 기생 오입을 하는 것은 결코 남자의 잘못하는 일이 아니라 한다.

과연 우선으로 보면 첩이나 기생이 아니고는 오랜 일생을 지낼 것 같지 아니하다.

우선의 일부다처주의나 형식의 일부일부주의가 반면은 각각 이전 조선 도덕과 서양 예수교 도덕에서 나왔다 하더라도 반면은 확실히 각각 자기네의 경우에서 나온 것이다.

우선에게 만일 영채를 주고, 영채가 우선을 사랑해 준다 하면 우선은 그날부터라도 기생집에 가기를 그칠 것이다.

이러한 처지에 있는 우선은 형식의 경우가 지극히 부럽고, 자기의 처지가 지극히 불쌍해 보였다. 자기도 사랑하는 아내와 함께 기차를 타고 여행도 하고 싶고 외국에 유람도 하고 싶었다.

기생을 데리고 노는 것도 좋지마는 기생에게는 무엇인지 모르되 부족한 것이 있는 것 같다. 아무리 기생이 자기에게 친절한 모양을 보이고 또 그 기생이 비록 자기의 마음에 든다 하더라도 그래도 어느 구석에 조금 부족한 점이 있었다. 그 부족한 점은 결코 작은 점이 아니요, 큰 점이었다.

그것은 아마 첫째, 정신상으로 서로 합하고 엉기는 맛이 없는 것과 또 사랑의 제일 힘있는 요소인「내 것」이라는 자신이 없는 까닭이다. 돈을 많이 내어서 기생을 빼어내면「내 것」이 되기는 되지마는, 암만해도 정신적 융합은 인력으로는 할 수 없는 것이다.

외모의 사랑은 옅다. 그러므로 얼른 식는다. 정신적 사랑은 깊다. 그러므로 오래 간다. 그러나 외모만 사랑하는 사랑은 동물의 사랑이요, 정신만 사랑하는 사랑은 귀신의 사랑이다. 육체와 정신이 한데 합한 사랑이라야 마치 우주와 같이 넓고, 바다와 같이 깊고, 봄날과 같이 조화가 무궁한 사랑이 된다.

세상 사람들이 입으로 말은 아니하지마는 속으로 밤낮 구하는 것은 이러한 사랑이다. 그러나 이러한 사랑은 마치 금과 같고 옥과 같아서 천에 한 사람, 십 년 백 년에 한 사람도 있을 듯 말 듯하다.

그래서 여자는 춘향을 부러워하고 남자는 이 도령을 부러워한다. 자기네가 실지로 그러한 사랑을 맛보지 못하매, 소설이나 연극이나 시에서 그것을 보고 좋아서 웃고 울고 한다.

조선서는 천지 개벽 이래로 오직 춘향, 이 도령의 사랑이 있었을 뿐이다. 저마다 춘향이 되려 하고, 이 도령이 되려 하건마는 다 그 곁에도 가 보지 못하고 말았다. 조선의 흉악한 혼인제도는 수백 년 래 사랑의 가슴속에 하늘에서 받아 가지고 온 사랑의 씨를 다 말려 죽이고 말았다. 우선도 그 희생자의 하나이다.

이러한 우선이가 형식과 선형을 눈앞에 보고, 또 그립던 영채가 같은 차를 타고, 같은 기관차에 끌려가는 것을 생각하니 마음이 괴로울 것도 자연한 일이다. 또 영채는 이미 기생도 아니요, 겸하여 형식의 아내도 아니다. 오직 한 처녀다, 하고 우선의 가슴에는 알 수 없는 생각이 번개같이 일어난다.

그래서 우선은 형식의 간 뒤를 따라, 다음 차실 문밖에 가서 바람을 쏘여 가며 가만히 엿본다. 형식은 영채의 곁에 앉아서 무슨 이야기를 하고 병욱도 이따금 말참예를 한다. 세 사람의 얼굴은 아주 엄숙하다.

우선은 들어갈까말까하다가 형식의 돌아오기를 기다리기로 하고 뒷짐을 지고 기대어서 쿵쿵 찻바퀴 굴러가는 소리를 들으며 무슨 생각을 한다.

선형을 보내고 병욱의 돌아오는 것을 보고 영채는 병욱의 손을 잡아 앉히며,

「그래 어때요?」

하고 자기도 무슨 말인지 모르는 질문을 한다. 병욱은,

「무엇이 어찌해 형식씨라는 이가 잘 차리구서 시치미 따고 앉았더구나. 우리 오빠를 안다구……동경 가서 같이 있었노라구.」

영채는 부지불각에 한숨을 짓는다.

「왜, 형식씨가 그리우냐. 아직도 단념이 아니 되는 게로구나.」

「아니, 그런 것은 아니지마는…….」
「그러면 왜 휘하고 한숨을 쉬어?」
「나도 왜 그런지 모르겠어.」
하고 병욱의 무릎을 치며 웃는다.
「그래도 아주 마음이 편치는 않을걸.」
하고 병욱도 웃는다. 영채는 한참 생각하더니 병욱의 손을 꼭 쥐며,
「참 그래요」
하고 부끄러운 듯이 웃으며,
「어째 마음이 좀 불쾌한 듯해요」
하고 얼굴이 빨개진다.
　병욱은 근 십년 기생으로 있던 계집애가 어떻게 이처럼 규문 속에서 자라난 처녀와 같은가, 하고 속으로 감탄하였다. 그리고 지금 영채의 감상이 어떠한지 그것이 알고 싶어서,
「그래 불쾌하다니 어떻게 불쾌하냐?」
「모르겠어요」
「그렇게 어리광을 부리지 말고 바로 대답을 해라. 그러면 내 맛난 것 사주께.」
하고 둘이 다 웃는다. 영채가,
「이 형식씨가 퍽 무정한 사람같이 생각이 되어요. 그래도 내가 죽으러 갔다면 좀 찾아라도 볼 것인데……어느새에 혼인을 해가지고…….」
하다가 병욱의 무릎에 자기의 이마를 대고 비비며,
「아이구, 언니, 내가 왜 이런 소리를 해요」
　병욱은 영채의 머리와 목과 등을 만져 주며 어린애게 하는 듯이,
「말하면 어떠냐……자, 그래서.」
「아마, 내가 여기 있는 줄을 알겠지요?」
「알 테지……지금 선형이가 왔다 가서 네 말을 했을 테니깐……알면 어떠냐.」
「어떻기야 어떻겠소마는 죽었던 사람이 살아왔다면 아마 놀랄 테지?」
「실컷 놀라 싸지. 아마 가슴이 뜨끔하리라……그렇게 박정할 데가 왜

있겠니.」

「만일 저편에서 나를 찾아오면 어찌해요? 만나서 이야기를 할까.」

「그럼. 왜 무슨 원수가 있담.」

「원수는 아니지마는, 어째……」

「어째 분이 난단 말이냐?」

두 사람은 한참 잠자코 마주보더니,

「언니, 언니가 나를 살려 준 것이 잘못이야요. 나는 그때에 꼭 죽었어야 할 터인데. 그때에 죽었으면 벌써 다 썩어졌겠지. 뼈만 하나씩 여기저기 흩어졌겠지. 그때에 죽었어야 해.」

하고 후회하는 듯이 고개를 간들간들한다.

병욱은 영채의 낯빛이 갑자기 변하는 것을 보고 놀라서 영채의 두 팔을 잡으며,

「얘 영채야, 왜 그런 소리를 하느냐. 이제 나하고 둘이 가서 음악 잘 배워 가지구, 둘이서 아메리카로, 구라파로 돌아다니면서 실컷 구경하고, 그리고 우리 나라에 돌아와서 새로 음악을 세우고 재미있게 살 터인데 왜 그런 소리를 하니?」

하고 영채를 잡아 흔든다.

영채는 멀거니 병욱의 눈을 보고 앉았더니 눈에서 눈물이 쑥 나오며,

「아니야요. 나는 살 사람이 아니야요. 죽어야 할 사람이야요. 가만히 지나간 일생을 생각해 보니까 암만해도 나는 살려고 난 것 같지를 아니해요. 아버지와 두 오라버니는 옥중에서 죽고, 그리고 칠팔년 고생이 모두 속절없이……」

하고 흑흑 느낀다.

「얘, 글쎄 웬일이냐. 곧잘 모든 것을 다 잊어버리고 기뻐하다가 왜 갑자기 야단이냐. 네가 그렇게 그러면 이 언니는 어쩌게. 자 울지 마라.」

「암만 생각하여 보아도 이 세상에 살아 있을 생각이 없어요.」

「왜? 그러면 너는 아직도 이 형식씨를 못 잊는 게로구나. 네가 그때에 날더러 실상은 이 형식씨를 사랑한 것이 아니라고 말하지 않았니?」

「아니요. 다만 그 일만 아니야요. 이 세상이 내 원수가 아니야요? 내 부모를 빼앗고, 내 형제를 빼앗고, 내 어린 몸을 실컷 희롱하고……그러

다가……그러다가 마침내 정절을……내 정절을 빼앗고……그러고는 일생
에 생각하던 사람은 아랑곳도 아니하고……이렇게 구태 나를 없애고 말려는
세상에 내가 구태 붙어 있으면 무엇해요. 세상이 나를 미워하면 나도 세상을
미워하지요. 세상이 나를 싫다 하면 나도 세상을 버리고 달아나지요. 하늘로
올라가지요.」

하는 울음 섞인 말에 병욱도 부지불각에 눈물이 흘렀다.

「그러니깐 말이다……그만치 세상한테 빼앗겼으니깐 또 세상에게 좀
찾아가져야지. 내 것을 주기만 하고 말아! 네가 이십 년이나 고생을 했
으니까 그 값을 받아야 아니하겠니?」

「값이 무슨 값이오. 하루라도 더 살아 있으면 더 빼앗길 뿐이지.」

「아니다. 왜 그래……이제부터는 찾는다. 아직도 전정이 구만린데 왜
어느새 실망한단 말이냐. 살 수 있는 대로 힘껏 살면서 찾을 수 있는 대로
찾아야지……사업으로 찾고 행복으로 찾고……왜 찾을 것을 찾지도 않고
죽어?」

「행복? 행복? 내게 행복이 올까요? 이 세상이 내게다 행복을 줄까
요?」

하고 병욱의 눈물 흐르는 눈을 본다. 병욱은 수건으로 영채의 눈물을 씻어
주면서,

「얘, 다른 손님들이 이상하게 여기겠다. 울지 말아라. 이 세상이 왜 행복을
아니 주어……. 아니 주거든 내라지. 내라도 아니 주거든 억지로 빼앗지.
빼앗아도 아니 주거든 원수라도 갚지……. 또 생각을 해 봐라. 이 세상에
너와 같이 설움을 당하는 사람이 너뿐이겠니? 더구나 우리 나라에는 그런
불쌍한 사람이 수두룩할 것이다. 그러면 우리들이 이 안 된 사회제도를 고쳐서
우리 자손들이야 행복을 얻고 살게 해야지……우리가 아니면 누가 하느냐.
그런데 만일 네가 제 고생을 못 이겨서 죽고 만다 하면 이것은 네가 우리
자손에게 대한 책임을 저버리는 것이다. 하니까 될 수 있는 대로 오래 살면서
될 수 있는 대로 일을 많이 하자. 자, 울지 말고 딸기나 내 먹자.」

하고 일어서서 등으로 결은 하얀 종다래끼를 내린다.

「내가 무엇을 할까요?」

「하지, 왜 못해? 하느님이 큰 일꾼을 만들 양으로 네게 초년 고생을 주었구나……자, 우리 둘이 아니 있니? 그까진 이 형식 같은 사람은 잊어버리고 우리 둘이 서로 의지하고 살자……자, 옛다 먹자.」
하고 빨갛게 익은 딸기를 내어놓고 먼저 자기가 하나를 먹는다.

입에 넣고 씹으니 하얀 이빨에 핏빛 같은 물이 든다. 이것은 어저께 아침때에 병국의 부인과 셋이 그 목화밭에 가서 송별연삼아 수박을 따 먹으면서 따 모은 것이다. 두 사람의 눈앞에는 황주 병욱의 집 광경이 얼른 지나간다.

영채도 울어야 쓸데없음을 알고 눈물을 거둔다. 또 병욱의 말에는 정이 있고, 힘이 있고, 이치가 있어서 반가우면서도 자기를 내려누르는 듯한 힘이 있다. 가슴이 터져 오게 아프다가도 병욱의 말을 한마디 들으면 그만 스르르 풀리고 만다.

영채는 병욱이가 남자같이 활발한 듯하면서도 속에는 뜨겁고 예민한 정이 있음과, 또 자기를 위로할 때에는 진정으로 자기의 몸과 마음이 되어서 하는 줄을 잘 안다. 만일 영채가 자살을 하려고 물가에 섰거나 칼을 들고 섰다가라도 병욱의 말소리만 들리면 얼른「언니」하고 따라갈 것이다. 영채가 보기에 병욱은 언니라기보다 어머니라 함이 적당할 듯하였다.

그러나 이십 년 생활이 한데 뭉쳐 된 영채의 슬픔이 다만 병욱의 그 말만으로는 아주 다 스러지기를 바랄 수는 없다. 그러나 이 자리에서 더 자기의 고집을 부리는 것은 친절한 병욱에게 대해서 미안한 듯하여 영채도 딸기를 먹는다.

빨간 딸기가 두 처녀의 고운 입술로 들어가서는 하얀 이빨을 빨갛게 물들이는 듯하다.

차창에는 비가 뿌려서 눈물 같은 물방울이 떼구루루 굴러내리다가는 다른 물방울과 한데 합하여 흘러내린다. 차가 흔들리는 대로 떨리는 전등 가에는 하루살이 등속이 떼를 지어 모여 들어간다.

두 처녀의 입술과 손가락 끝이 딸깃물에 불그레하여졌을 때에 형식이가,
「영채씨!」
하고 두 사람 앞에 와 섰다.

형식은 얼마 전에 이 차실에 들어와서 바로 영채의 곁으로 오려다가 영채가

우는 듯한 모양을 보고 영채 앉은 걸상에서 서넛 건너 있는 빈 걸상에 앉아서 가만히 두 사람의 말을 엿들었다. 찻바퀴소리에 자세히 들리지는 아니하나 이따금 이따금 한 마디씩 두 마디씩 들리는 말을 주워 모으면 대강 뜻은 짐작할 수가 있었다. 그러고 형식은 영채에게 대하여 죄송한 마음과 자기에게 대하여 부끄러운 마음을 금치 못하여 영채에게 정성껏 사죄를 하리라 하였다.

영채와 병욱은 놀래어 일어선다. 두 사람은 일시에 고개를 숙였다. 그러나 영채는 얼른 고개를 돌렸다. 형식은 고개를 숙였다.

병욱이가 오직 고개를 들고 형식에게,

「앉으시지요」

한다. 형식은 앉는다.

「얘, 앉으려무나.」

하는 병욱의 말에 영채도 앉는다. 그러나 고개는 여전히 돌렸다. 형식은 마치 무슨 무서운 것이나 대한 듯이 몸에 소름이 쭉 끼친다. 영채의 뒷모양이 자기를 내려누르고 위협하는 듯하다.

대동강에 빠져 죽은 영채의 넋이 지금 자기 앞에 나서서 자기를 괴롭게 하는 것이 아닌가 한다. 금시에 영채가 휙 돌아서며 무서운 얼굴로 자기를 흘겨보고 입게 가득한 뜨거운 피를 자기에게다가 내뿌리며 「이 무정한 놈아, 영원히 저주를 받아라!」 하고 달겨들 것 같다.

왜 그때에 평양 갔던 길에 더 수탐을 하여 보지 아니하였던가. 왜 그때 우선에게서 돈 오 원을 꾸어 가지고 즉시 평양으로 내려가지를 아니하였던가 하여도 본다. 이제 영채가 고개를 돌리면 어찌하나. 아니 왔더면 좋겠다 하여도 본다. 이때에,

「자, 딸기 잡수십시오」

하고 병욱이가 딸기 그릇을 내어놓으며,

「얘, 영채야.」

하고 자기의 발로 영채의 발을 꼭 누른다. 영채는 가만히 고개를 돌린다. 그러나 형식은 보지 아니한다.

「영채씨, 용서해 줍시오 무에라고 할 말씀이 없습니다…… 저는 선생 님께 대하여서나 영채씨께 대하여서나 큰 죄인이외다. 무슨 책망을 하시든

지…….」

「천만의 말씀이올시다. 제가 철없이 찾아가서 공연한 걱정을 끼쳤습니다. 또 죽지도 못하는 것을 죽는다고 해서 얼마나 노심을 하셨습니까.」

하고 고개를 숙인다.

병욱은 「이래서는 안 되겠다」 하고 속으로 생각한다. 형식은 차마 더 영채에게 말이 나오지 아니하므로 병욱더러,

「그런데 대관절 어찌 된 일이오니까. 이전부터 영채씨를 아셨어요?」

병욱은 형식을 보고 웃는다. 그 웃음이 형식에게 말할 수 없는 부끄러움을 준다. 자기를 비웃는 것같이 생각되었다.

「아니올시다. 제가 방학에 집으로 오는 길에 차 속에서 만났어요.」

형식은 눈이 둥그레지며 영채를 한 번 보고 다시 병욱을 향하여,

「그러면 영채씨가 평양 가시는 길에?」

「네.」

하고 만다.

형식은 더 알고 싶었다. 영채가 어찌하여 죽을 결심을 풀었으며, 어찌하여 동경으로 가게 된 것을 자세히 알고 싶었다. 그래서,

「그래 어떻게 되었어요?」

병욱은 고개를 기울여서 영채의 돌아앉은 얼굴을 물끄러미 보더니,

「그래서 죽기는 왜 죽는단 말이냐? 즐거운 인생을 하루라도 오래 살지 못하여 걱정인데, 왜 구태 지레 죽으려느냐고 그랬지요. 그리고 지금까지는 네가 천하 사람의 조롱을 받고, 학대를 받고.」

하고는 주저하는 듯이 형식을 바라보다가 또 웃으면서,

「또 일생에 생각하고 사모하던 사람에게도 버림을 받았지마는.」

이 말이 끝나기 전에 형식의 가슴은 마치 바늘로 찌르는 것 같았다. 병욱은 형식의 낯빛이 변하여짐을 보고 말을 끊었다가,

「그렇게 지금토록 네 일생은 눈물과 원망의 일생이지마는 이제부터 네 앞에는 넓고 즐거운 장래가 있지 아니하냐, 하고 억지로 차에서 끌어내렸지요.」

「참 감사합니다. 아가씨 덕에 나도 죄가 얼마큼 가벼워진 듯합니다. 저는

꼭 영채씨께서 돌아가신 줄만 알았어요. (이때에 병욱과 영채는 속으로 흥한다.) 그래 즉시 평양경찰서에 전보를 놓고 다음번 차로 평양으로 내려갔지요. 〈여기 와서 형식은 자기의 변명을 할 기회가 생긴 것을 기쁘다 하는 생각이 난다〉 했더니, 경찰서에서 하는 말이 정거장에 나가서 수탐을 하여 보았지마는 알 수 없다고 하지요. 그래서 알 만한 집에도 가 물어 보고, 또 박 선생 묘소에도…….」

하다가, 중간에 돌아온 생각을 하매 문득 말을 그치고 고개를 숙인다. 그때에 북망산까지 가 보고 대동강 가으로 다만 한두 시간이라도 시체를 찾아보았더면 좋을 뻔하였다 하는 생각이 난다.

병욱은 한참 듣더니,

「네, 아마 그리하셨겠지요. 그러면 시체를 찾으시느라고 퍽 애를 쓰셨겠네.」

형식은 「이 계집애가 꽤 사람을 골린다」 하였다. 과연 형식의 등에는 땀이 흘렀다.

영채도 형식의 하는 말을 다 들었다. 그리고 형식에게 대한 원통한 듯하던 마음이 얼마큼 풀린다. 그러나 형식이가 즉시 자기의 뒤를 따라 평양으로 내려온 것과, 열심으로 자기의 시체를 찾아 준 고마움도 자기가 죽은 지 한달이 못하여 선형과 혼인을 하여 가지고 미국으로 간다는 생각에 눌려 버리고 만다.

영채의 생각에도 형식 한 사람이 정다운 애인도 되고 박정한 낭군도 되어 보인다. 그러나 만사가 이미 다 지나갔으니 이제 와서 한탄하면 무엇하고 분풀이를 하면 무엇하랴. 차라리 웃는 낯으로 형식을 대하여 저편의 마음이나 기쁘게 하여 줌이 좋으리라 하는 생각도 난다. 그래서 마음을 좀 돌리기는 돌렸으나, 그래도 아주 웃는 얼굴을 보여 형식에게 안심을 주고 싶지는 아니하여,

「참, 죄송합니다. 황주 가서 곧 편지를 드리려다가 언제 죽을지 모르는 몸이 잠깐 살아 있는 것을 알려 드리면 무엇하랴. 차라리 죽은 줄로 믿고 계시는 것이 도리어 안심이 되실 듯하기로 그만두었습니다. 이제 보면 아니 알려 드린 것이 어떻게 잘 되었는지요.」

하고 영채도 과히 말하였다는 생각이 나서 웃는다.

「그러면 어찌해서 엽서 한 장도 아니 주신단 말씀이오」

하고 형식은 분개한 구조로,

「그렇게 사람을 괴롭게 하십니까?」

형식은 진실로 이 말을 듣고 영채를 원망하였다. 만일 영채가 엽서 한 장만 하였으면 자기는 마땅히 당장 영채를 찾아가서 영채의 손을 잡았을 것 같다.

병욱과 영채는 형식의 분개하여 하는 얼굴을 본다. 더구나 영채는 형식에게 대하여 불안한 생각이 나서,

「그러나 저는 제가 살아 있는 줄을 알게 하는 것이 도리어 선생께 부질없는 근심을 끼칠 줄로 알았어요. 만일 제가 선생의 몸에 누가 되어서 명예를 상한다든지 하면 도리어, (주저하다가) 선생을 위하는 도리도 아니겠고…… 그래서 억지로 참고 가만히 있었습니다.」

하고 또 영채의 눈에서는 눈물이 흐른다.

형식이 영채의 하는 말을 듣다가 눈물 떨어지는 것을 보고 저편으로 고개를 돌린다. 어디까지든지 자기를 위하여 주는 영채의 심정이 더욱 감사하게 생각된다.

죽으려 한 것도 자기를 위하여, 살아 있으면서 살아 있는 줄을 알리지 아니한 것도 자기를 위하여 한 것임을 생각하매 자기의 영채에게 대한 태도가 너무 무정함이 후회된다.

마주앉은 눈물 흘리는 영채를 보고, 또 저편 차실에 앉은 선형을 생각하매 형식의 마음은 자못 산란하다.

세 사람 사이에는 한참 말이 없고 기차는 어느 철교를 건너가느라고 요란한 소리를 낸다. 창에 뿌리는 빗발과 흘러가는 물소리는 큰 비가 아직 계속하는 줄을 알게 한다. 홍수나 아니 내려는지.

형식은 부글부글 끓는 머리를 가지고 영채의 차실에서 나왔다. 우선이가 지켜 섰다가 형식의 어깨를 툭 치며,

「영채씨가 울데그려.」

형식은 우선의 손을 잡으며,

330

「아, 이 일을 어쩌면 좋은가.」

「왜, 무슨 일이 났나? 영채씨가 바가지를 긁던가 보에그려……요오, 호남자.」

「아니어, 그렇게 농담으로 들을 것이 아닐세. 참, 어쩌면 좋아?」

「압다, 걱정도 많기도 많아. 부산 가서 배 타고, 마관 가서 차 타고, 횡빈 (橫賓) 가서 배 타고, 상항(桑港) 가서 내리고 하면 그만이지 걱정이 무슨 걱정이어!」

형식은 원망스러이 우선의 얼굴을 보고 서서 무슨 생각을 하더니,

「나는 미국 가기를 중지할라네.」

「응?」

하고 우선도 놀라며,

「어째?」

「미국 가기를 중지할 테여……그것이 옳은 일이지……응, 그리할라네.」

하면서 우선의 손을 놓고 차실로 들어가려 한다. 우선은 손을 잡아 형식을 끌어당기며,

「자네 미쳤단 말인가. 이리 좀 오게.」

형식은 멀거니 섰다.

「자네 지금 정신이 산란하였네. 미국 가기를 중지한다는 것이 무슨 소리여.」

「아니! 저편은 나를 위해서 목숨까지 버리려고 하는데 나는 이게 무슨 일인가.나는 선형씨한테 이 뜻을 말하고 약혼을 파하겠네. 그것이 옳은 일이지.」

「그러면 영채하고 혼인한단 말이지?」

「응, 그렇지. 그것이 옳지.」

「영채는 자네와 혼인을 한다던가.」

「그런 말은 없어.」

「만일 영채가 자네와 혼인하기를 싫다 하면 어쩔 텐가.」

형식은 한참 생각하더니,

「그러면 일생 혼인 말고 지내지……절에 가서 중이 되든지.」

우선은 마침내 껄껄 웃으며,

「지금 자네가 좀 노보세(上氣)했네. 참 자네는 어린아일세. 세상이 무엇인지를 모르네그려. 행여 꿈에라도 그런 생각 내지 말고 어서 미국이나 가게.」

「그러면 저 사람을 버리고?」

「버리는 것이 아니지. 일이 이미 그렇게 되었으니까. 이제 그런 생각을 하면 무엇하나. 또 영채씨도 동경에 유학도 하게 되었고, 하니까 피차에 공부나 잘하고 장래에 서로 남매삼아 지내게그려. 그런 어림없는 미친 소리는 다 집어치고……..」

하면서 형식의 등을 툭 친다.

팔에 붉은 헝겊 두른 차장이 지나가다가 두 사람을 슬쩍 본다. 형식은 자리에 돌아와 뒤에 몸을 기대고 가만히 눈을 감았다. 선형은 조는지, 무슨 생각을 하는지 그린 듯이 기대어 앉았다.

형식의 가슴속에는 새로운 의문 하나가 일어난다.

대체 자기는 누구를 사랑하는가. 선형인가, 영채인가. 영채를 대하면 영채를 사랑하는 것 같고, 선형을 대하면 선형을 사랑하는 것 같다. 아까 남대문에서 차를 탈 때까지는 자기는 오직 선형에게 몸과 마음을 다 바친 듯하더니, 지금 또 영채를 보매, 선형은 둘째가 되고 영채가 자기의 사랑의 대상인 듯도 하다. 그러다가 또 앞에 앉은 선형을 보매 「이야말로 내 아내, 내 사랑하는 아내」라는 생각도 난다.

자기는 선형과 영채를 둘 다 사랑하는가. 그렇다 하면 동시에 두 사람을 다 같이 사랑할 수가 있을까. 남들이 하는 말을 듣거나, 자기가 지금껏 생각하여 온 바로 보건대, 참된 사랑은 결코 동시에 두 사람 이상에 향할 수 없는 것이어늘, 지금 자기의 마음은 어떠한 상태에 있나.

아무렇게 해서라도, 어떠한 표준을 세워서라도 형식은 선형과 영채 양인 중에 한 사람을 골라야 하겠다. 오래 생각한 후에 형식은 이러한 결론에 달하였다.

자기가 선형을 사랑하는 것도 결코 뿌리 깊은 사랑이 아니다. 자기는 선형의 얼굴이 어여쁜 것과 태도가 얌전한 것과 학교에서 우등한 것과 부자요 양반의 집 딸인 것밖에 아무것도 선형에 관하여 아는 것이 없다. 나는 아직도 —— 약혼한 지금까지도 선형의 성격을 알지 못한다.

몰론 선형도 자기의 성격을 알지 못한다. 서로 이해함이 없이 참사랑이 성립될 수 있을까. 내 영혼은 과연 선형을 요구하고, 선형의 영혼은 과연 나를 요구하는가? 서로 만날 때에 영혼과 영혼이 마주 합하고, 마음과 마음이 마주 합하였는가? 일언이폐지하면 자기와 선형 사이에는 과연 칼로도 끊지 못하고 불로도 끊지 못할 사랑의 사실이 있는가?

이렇게 생각하매 형식은 실망함을 금치 못한다. 자기는 비록 선형에게 이 모든 것을 구하였다 하더라도 선형은 결코 자기에게 영혼도 보이지 아니하고 마음도 주지 아니하였다. 어찌 생각하면 선형에게는 자기에게 줄 영혼과 마음이 없는지도 모르겠다.

다만 부모의 명령과 세상의 도덕에 눌려 하릴없이 자기를 따라오는지도 모르겠다. 물론 일찍 선형이가 자기 입으로「네」하고 대답은 하였다. 그러나 그 대답이 과연 자각(自覺) 있게 나온 대답일까. 그러면 자기가 선형에게 대한 사랑은, 즉 항용 사나이들이 고운 기생 같은 여성의 색에 취하여 하는 사랑과 다름이 있을까. 자기의 사랑은 과연 문명의 세례를 받은 전인격적 사랑이라고 할 수 있을까.

형식은 결코 지금까지 장난으로 선형을 사랑한 것도 아니요, 육욕으로 사랑한 것도 아니었다.

그는 그의 동포가 사랑을 장난으로 여기고 희롱으로 여기는 태도에 대하여 큰 불만을 품는다. 자기의 일시 정욕을 만족하기 위하여 이성을 사랑한다 함을 큰 죄악으로 여긴다. 그는 사랑이란 것을 인류의 모든 정신 작용 중에 가장 중하고 거룩한 것의 하나인 줄을 믿는다.

그러므로 자기가 선형을 사랑하는 것은 자기에게 대하여서는 극히 뜻이 깊고 거룩한 일이요, 자기의 동포에게 대하여서는 큰 정신적 혁명으로 생각한다. 그러므로 형식의 사랑에 대한 태도는 종교적으로 진실하고 경건한 것이었다. 사랑을 인생의 전체라고까지는 생각하지 않는다 하더라도 사랑에 대한 태도로 족히 인생에 대한 태도를 결정할 수 있다고 믿는다. 그러나 이제 생각하여 보건대 자기의 선형에게 대한 사랑은 너무 유치한 것이었다.

너무 근거가 박약하고 내용이 빈약한 것이었다.

형식은 오늘 저녁에 이것을 깨달았다. 깨달으매 슬펐다. 마치 자기가 인생 경력을 다 들여서 하여 오던 사업이 일조에 헛된 것인 줄을 깨달은 듯한 실망을 맛보았다. 그와 함께 자기의 정신의 발달한 정도가 아직도 극히 유치함을 깨달았다. 자기는 아직 인생을 깨달을 때도 아니요, 따라서 사랑을 의논할 때도 아님을 깨달았다.

그러므로 자기가 오늘날까지 여러 학생에게 문명을 가르치고, 인생을 가르친 것이 극히 외람된 일인 줄도 깨달았다. 자기는 아직도 어린아이다. 마침 어른 없는 사회에 처하였으므로 스스로 어른인 체하던 것인 줄을 깨달으매 스스로 부끄러운 생각도 난다.

형식은 생각에 이어 생각을 한다.

나는 조선의 나갈 길을 분명히 알았거니 하였다. 조선 사람의 품을 이상과, 따라서 교육자의 가질 이상을 확실히 잡았거니 하였다. 그러나 이것도 필경은 어린애의 생각에 지나지 못하는 것이다.

나는 아직 조선의 과거를 모르고 현재를 모른다. 조선의 과거를 알려면 우선 역사 보는 안식(眼識)을 길러 가지고 조선의 역사를 자세히 연구해 볼 필요가 있다. 조선의 현재를 알려면 우선 현대의 문명을 이해하고 세계의 대세를 살펴서 사회와 문명을 이해할 만한 안식을 기른 뒤에 조선의 모든 현재 상태를 주밀히 연구하여야 할 것이다.

조선의 나갈 방향을 알려면 그 과거와 현재를 충분히 이해한 뒤에야 할 것이다. 옳다, 내가 지금껏 생각하여 오던 바, 주장하여 오던 바는 모두 다 어린애의 어린 수작이다.

더구나 나는 인생을 모른다. 내게 모든 인생의 지식이 있는가. 나는 아직 나를 모른다. 근본적으로 내가 무엇인지는 설혹 알지 못한다 하여도, 적더라도 현재에 내가 세상에 처하여 갈 인생관은 있어야 할 것이다. 옳은 것을 옳다 하고, 좋은 것을 좋다고 할 만한 무슨 표준은 있어야 할 것이다. 그런데 내게는 그것이 있는가. 나는 과연 자각한 사람인가.

이렇게 생각하매 형식은 자기의 어리석고 무식한 것이 눈앞에 분명히 보이는 듯하다. 형식은 눈을 떠서 선형을 본다. 선형은 여전히 가만히 앉았다. 형식은 또 생각한다 ──.

나는 선형을 어리고 자각 없는 어린애라 하였다. 그러나 이제 보니 선형이나 자기나 다 같은 어린애다. 조상 적부터 전하여 오는 사상의 계통은 다 잃어버리고 혼돈한 외국 사상 속에서 아직 자기네에게 적당하다고 생각하는 바를 택할 줄 몰라서 어쩔 줄을 모르고 방황하는 오라비와 누이 ── ── 생활의 표준도 서지 못하고 민족의 이상도 서지 못한, 세상에 인도하는 자도 없이 내어던짐이 된 오라비와 누이 ── 이것이 자기와 선형의 모양인 듯하였다.

그리고 형식은 다시 눈을 떠서 선형을 보매 선형은 잠이 들었는지 입을 반쯤 열고 가슴이 들먹들먹한다. 형식은 참지 못하여 무릎 위에 힘없이 놓인 선형의 손에 입을 대었다. 형식의 생각에 선형은 자기의 아내라기보다 같이 손을 끌고 길을 찾아가는 부모 잃은 누이라는 생각이 난다.

옳다, 그러므로 우리들은 배우러 간다. 네나 내나 다 어린애이므로 멀리멀리 문명한 나라로 배우러 간다. 형식은 저편 차에 있는 영채와 병욱을 생각한다. 「불쌍한 처녀들!」한다. 이렇게 생각하니 세 처녀가 다 같이 사랑스러워지고 정다워진다.

형식의 상상은 더욱 날개를 펴서 이 회경 일파를 생각하고, 경성학교 학생 전체를 생각하고, 또 서울 장안 길에서 보던 누군지 얼굴도 모르는 성명도 모르고 남녀 학생들과 무수한 어린아이들을 생각한다.

그네들이 모두 다 자기와 같이 장차 나갈 길을 부르짖어 구하는 듯하며, 그네들이 다 자기의 형이요, 누이들인 것같이 정답게 생각된다. 형식은 마음속으로 커다란 팔을 벌려 그 어린 동생들을 한 팔에 안아 본다.

형식의 생각에 자기와 선형과, 또 병욱과 영채와 그 밖에 누군지 모르나 잘 배우려 하는 사람 몇십 명 몇백 명이 조선에 돌아오면 조선은 하루이틀 동안에 갑자기 새 조선이 될 듯 생각한다. 그리고 아까 슬픔을 잊어버리고 혼자 빙그레 웃으며 잠이 들었다.

그러나 선형의 가슴은 그렇게 평안하지 아니하였다. 형식이가 영채를 찾아가고 없는 동안에 더욱 마음이 산란하게 되었다.

영채가 이 차에 탔단 말을 듣고 몹시 괴로워하는 형식의 모양을 보매 암만해도 형식의 마음에는 자기보다도 영채가 더 사랑스러운 것같이 보인다. 설혹 형식의 말과 같이 영채가 죽은 줄로 믿고 자기와 약혼을 하였다 하더라도 형식의 가슴속에는 영채의 기억이 깊이깊이 들어박혀서 자기는 용납할 곳이 없는 것 같다.

영채가 없으므로 부득이 자기를 사랑하려 하다가 이제 영채가 살아난 줄 알매 다시 영채에게 대한 애정이 일어나는 것 같다. 자기는 형식에게 대하여 임시로 영채의 대신을 하여 준 듯하다. 이렇게 생각하매 더욱 불쾌하여진다.

「옳지, 영채가 없으니까 나를 사랑하였지」 하고 선형은 얼굴을 찌푸린다. 「그러면 나는 이 형식의 노리개가 되었던가」 하고 한참 몸을 흔든다. 「옳지, 아마 형식이가 미국 유학에 탐을 내어서 나와 약혼을 한 게다」 하고 벌떡 일어선다.

「아아, 나는 남의 첩이 된 셈이로구나!」 하고 주먹을 불끈 쥔다. 형식을 정직한 사람으로 믿었던 것이 후회도 난다. 「나를 사랑하시오?」 할 때에 「아니오, 나는 당신을 조금도 사랑하지 아니하오」 하고 슬쩍 돌아서지 못한 것도 분하고, 형식이가 손을 잡을 때에 순순히 잡힌 것도 분하고 모든 것이 다 분하여진다.

선형은 다시 펄썩 주저앉으며, 「아아, 내가 그러한 사람을 따라 미국을 가느냐」 하고, 방금 울음이 터질 듯이 코를 실룩실룩하기도 한다.

형식이가 속으로 자기와 영채를 비교할 것을 생각해 본다. 영채는 참 곱다. 그리고 영리하고 다정하게 생겼다. 선형도 자기가 친히 거울을 대하거나 남의 칭찬하는 말을 들어 자기의 얼굴이 어여쁘고 태도가 얌전한 줄을 안다. 그중에도 자기의 맑은 눈이 여러 사람의 칭찬을 받는 줄을 안다.

그러므로 선형은 자기와 연치가 비슷한 여자를 볼 때에는 반드시 그 얼굴을 자세히 보고, 또 속으로 자기의 얼굴과 비교해 보는 버릇이 있다.

아까도 영채를 보고 곧 자기의 얼굴과 비교해 보았다. 그때에 선형은 매우 영채를 곱게 보았다. 「친해 두고 싶은 사람이로군」 하였다. 그러나 알고 본즉, 그는 다방골 기생이다.

형식이가 자기의 얼굴과 더러운 기생의 얼굴을 비교할 것을 생각하매 더할 수 없이 괘씸하다. 영채의 얼굴이 비록 곱다 하더라도 그것은 기생의 얼굴이다. 내 얼굴이 비록 영채의 것만 못하다 하더라도 그것은 양반집 처녀의 얼굴이다. 어찌 감히 비기랴 한다.

형식의 끈끈한 것을 보건대 당당한 여학생인 자기보다도 아양을 떨고 간사를 부리는 영채를 곱게 볼 것 같다. 영채가 무엇이냐, 다방골 기생이 아니냐, 하여 본다.

형식이가 계 월향이라는 기생과 좋아하다가 평양까지 따라갔다는 말을 들을 제 형식을 조금 의심하게 되고, 그후 형식이가 자기더러 「나를 사랑하시오?」 하고 염치 없는 소리를 물으며, 나중에 자기의 손을 잡을 때에 「과연 기생집에나 다니던 버릇이로다」 하였고, 지금 와서 선형은 더욱 형식을 더럽게 본다.

한참 악감정이 일어난 이 순간에는 선형의 보기에 형식은 모든 더러운 것, 악한 것을 다 갖춘 사람 같다. 「아이 어찌해」 하고 화가 나는 듯이 선형은 고개를 짤래짤래 흔든다. 자기의 앞에, 형식의 빈 자리에 허깨비 형식이를 그려 놓고, 「엑, 나를 속였구나」 하고 두어 번 눈을 흘겨본다. 그리고는 또 한번 속에 불이 일어서 몸을 흔든다.

선형은 아직 사람을 미워하여 본 적이 없었다. 팔자 좋은 선형은 미워하려도 미워할 사람이 없었다. 자기를 대하는 사람은 다 자기를 귀여워해 주고 칭찬해 주었다.

학교에서 몇 번 선생을 미워하여 본 적은 있었으나 「아이구 미워」 하고 얼굴을 찡그리도록 누구를 미워할 기회는 없었다. 형식은 선형에게 첫번 미움을 받는 사람이다.

형식의 얼굴이 눈앞에 보인다. 그 얼굴이 어찌해 뻔질뻔질해 보이고 천해 보인다. 선형은 그 얼굴을 아니 보려고 눈을 두어 번 감았다떴다하며 손으로 땀에 축축하게 젖은 머리를 박박 긁었다.

형식은 지금 무엇을 하는가, 영채와 무슨 재미있는 이야기를 하는가, 하여 본다. 쌩긋쌩긋 웃는 영채가 보인다. 그 하얗고 동그스름한 얼굴이 요물스럽게 보인다. 「무엇이 고와, 그 얼굴이 고와?」 하고 발을 한 번 들었다 놓는다. 그리고 그 요물스러운 영채가 고개를 갸웃갸웃하여 가며 형식을 호리는 것이 보인다. 그러면 형식은 그 넓적한 입을 헤벌리고, 흥흥하면서 징글징글한 웃음을 웃는다. 「아이구, 꼴보기 싫어」하며 선형은 두 손길을 펴서 이마에 댄다. 「왜 이 사람이 아직 아니 오누」하며 자리를 한번 옮아앉는다. 「무슨 이야기가 이렇게 많아」하며, 차마 견딜 수 없어서 한번 일어났다가 앉는다.

형식이가 돌아오거든 실컷 분풀이를 하고 싶었다. 「너희들끼리 더럽게 잘 놀아라」하고 침을 탁 뱉고 달아나고도 싶다. 「아이구, 내 팔자야」하고 함부로 몸을 흔든다. 한 번 더 「어쩌면 좋아」하고 푹 쓰러져 운다.

선형도 계집애다. 질투와 울기를 이리하여 배웠다.

형식이가 영채한테 간 지가 두 시간이나 세 시간이나 된 듯하다. 퍽도 오래 있는 것 같다. 오래 있는 것 같을수록 선형의 마음이 더욱 산란하였다.

선형은 지금까지 형식에게 사랑을 받고 싶다 하는 생각은 별로 없었다. 형식이가 퍽 자기를 사랑하여 주니 자기도 힘껏 형식을 사랑하여 주어야 되겠다 하는 생각은 있었다. 아내 되어서는 지아비를 사랑하라 하였고, 부모께서는 자기더러 이 형식의 아내가 되어라 하였으니 자기는 불가불 형식을 사랑하여야 한다는 생각은 있었다.

그러나 형식이가 자기더러 요구하는 그러한 사랑, 손을 잡고 허리를 안고 입을 맞추려 하는 사랑은 없었다. 그러므로 만일 어떤 다른 여자가 형식을 안아 준다 하면 자기의 생각이 어떠할까 하는 것은 생각하여 본 적도 없었다.

그러므로 선형은 지금 자기가 가진 생각이 무엇인지를 잘 모른다. 선형도 시기라든지 질투라는 말은 안다. 그러나 시기나 질투는 큰 죄악이라, 자기와 같은 예수도 잘 믿고, 교육도 잘 받은 얌전한 아가씨의 가질 것은 아니라 한다.

조물은 각 사람에게 사람으로 배워야만 할 모든 것을 다 가르친다. 그리하되 사람들이 학교에서 하는 것과 같이 책이나 말로써 하지 아니하고 반드시 실험으로써 한다. 조물은 말할 줄을 모르고 오직 실행할 줄만 아니까 그러한가 보다.

선형은 인생의 학과는 이제부터 차차 중등과에 들려 한다. 사랑을 배우고 질투를 배우고 분노하기와 미워하기와 슬퍼하기를 배우기 시작한다.

사람이란 죽는 날까지 이것을 배우는 것이니까 선형이가 졸업하려면 아직

멀었다. 이 점으로 보면 영채나 형식은 선형보다 훨씬 상급생이다. 그리고 병욱은 사람들이 조물을 흉내내어, 또는 조물의 생각을 도둑질하여 만들어 놓은 문학이라든지 예술이라든지에서 인생이라는 것을 퍽 많이 배웠다.

사람이란 이러한 과정을 많이 배우면 많이 배울수록 어른이 되어간다. 즉 천진난만한 어린애의 아리따운 태도가 스러지고 꾀도 있고, 힘도 있고, 고집도 있고, 뜻도 있고 거짓말도 곧잘 하거니와 옳은 말도 힘있게 하는 소위 어른이 되어간다.

정신의 내용이 더욱 풍부하여지고 더욱 복잡하여진다. 일언이폐지하고 사람이 되는 것이다.

전에 말한 바와 같이 선형은 아직 천진난만한, 엊그제 하늘에서 뚝 떨어진 어린애다. 오늘에야 처음 사람의 맛을 보았다. 사랑의 불길에, 질투의 물결에 비로소 쓴 것도 같고 단 것도 같은 인생의 맛을 보았다.

옛말에 마마는 백골이라도 한 번은 한다는 셈으로 사람 되고는 한 번은 반드시 이 세례를 받는다. 아니 받고 지났으면 게서 더한 행복도 없을 듯 하건마는, 그렇거든 사람으로 아니 나는 것이 좋다. 다나 쓰나 면할 수 없는 운명이다.

우두를 놓으면 천연두를 벗어난다. 아주 벗어나지는 못하더라도, 앓더라도 경하게 앓는다. 그러므로 근년에 와서는 누구든지 우두를 놓으며 그래서 별로 곰보를 보지 못하게 되었다.

정신에도 마마가 있으니까 정신에도 천연두가 있을 것이다. 사랑이라든지 질투라든지 실망, 낙담, 슬픔, 궤휼, 간사, 흉악, 음란, 행복, 기쁨, 성공 등 인생의 만반 현상은 다 일종 정신적 마마다.

소위 약은 부모들은 사랑하는 자녀의 괴로워하는 양을 차마 보지 못하여 아무쪼록 그네로 하여금 일생에 이 마마를 겪지 않도록 하려하나 그것은 사람의 힘으로는 막지 못할 것이다. 야매한 사람들이 마마에 귀신이 있는 줄로 믿는 것은 잘못이어니와 이 정신적 마마야말로 귀신이 있어서, 지키는 부모 몰래 그네의 사랑하는 자녀의 정신 속에 숨어 들어가는 것이다. 그러므로 자녀에게 인생의 모든 무섭고 더러운 방면을 감추려 함은 마치 공기 중에 는 여러 가지 독균이 있다 하여 자녀들을 방안에 가두어 두는 것과 같다. 그리하여 바깥 독균 많은 공기에 익지 못한 자녀의 내장은 독균이 들어가자마자 곧 열이 나고 설사가 나서 죽어 버린다.

그러나 평생에 바깥 공기에 익어서, 내장에 독균을 대항할 만한 힘을 기르면 여간한 독균이 들어오더라도 무섭지를 아니한다. 한번 우두로 앓은 사람은 천연두균을 저항하는 힘이 있는 것과 같다.

선형은 지금껏 방안에 갇혀 있었다. 그는 공기 중에 독균이 있는 줄도 몰랐다. 그리고 그는 우두도 놓지 아니하였다. 그런데 지금 질투라는 독균이 들어갔다. 사랑이라는 독균이 들어갔다. 그는 지금 어찌할 줄을 모른다. 그가 만일 종교나 문학에서 인생이라는 것을 대강 배워 사랑이 무엇이며 질투가 무엇인지를 알았던들 이 경우에 있어서 어떻게 하여야 할 것을 분명히 알았을 것이언마는 선형은 처음 이렇게 무서운 병을 당하였다.

선형은 얼마 울다가 고개를 번쩍 들었다. 그리고 지금 지나간 자기의 심리를 돌아보고 깜짝 놀라며 진저리를 쳤다. 선형의 눈은 둥그래진다. 「내가 어찌 되었는가」 하고 한참 숨을 멈춘다. 첫번 지내보는 그 아픈 경험이 마치 캄캄한 밤과 같은 무서움을 준다. 「이게 무엇인가」 하고 오싹오싹한 소름이 두어 번 전신으로 쪽쪽 지나간다. 그러다가 멀거니 차실을 돌아보면서 「퍽도 오래 있네」 한다.

선형은 몹시 무서운 생각이 난다. 자기의 내장이 온통 빠지직빠지직 타는 듯하고 코로는 시꺼먼 불길이 활활 나오는 듯하다.

씨근씨근하는 자기의 숨소리가 마치 자기의 곁에 어떤 커다란 마귀가 와 서서 후후 찬 입김을 불어 주는 것 같다. 자기의 몸이 마치 성경을 배울 때에 상상하던 컴컴한 지옥으로 둥둥 떠 들어가는 것 같다.

선형은 흑하고 진저리를 치며 차실내에 여기저기 앉아 조는 사람들을 돌아본다. 그 사람들도 모두 다 무서운 마귀가 된 것 같다. 그 사람의 얼굴들이 금시에 눈을 뚝 부릅뜨고 자기를 향하고 달려들 것 같다.

「아이구 무서워!」 하고, 선형은 두 손으로 얼굴을 가린다. 얼굴을 가리면 영채와 형식의 모양이 또 보인다. 둘이 꼭 쓸어안고 뺨을 마주대고 비웃는 얼굴로 자기를 보는 것 같기도 하고 자기가 그 곁에 섰다가 퇴, 하고 침을 뱉으면 영채와 형식이가 갑자기 무서운 마귀가 되어서 「응!」 하고 자기를 물어뜯는 것 같기도 하다.

선형은 「아이구 어머니!」 하고 푹 쓰러졌다. 선형의 몸은 알 수 없는 무서움으로 덜덜 떨린다. 선형은 얼른 하느님 생각을 하고 기도를 하려 하였다. 그러나 「하느님, 하느님」 할 따름이요, 다른 말이 나오지를 아니 하였다. 그래서 몇 번 하느님을 찾다가 무슨 뜻인지도 모르고 「이 죄인의 죄를 용서하여 주시옵소서」 하고 말았다. 그만해도 얼마큼 무서운 생각이 없어지고 숨소리가 순하게 되었다. 그래서 선형은 곁에 그리스도가 와서 선 것을 상상하고 가만히 눈을 감고 있었다

이때 형식이가 우선으로 더불어 돌아왔고, 또 선형의 손등에 입을 댄 것이다. 선형은 그때 결코 잠이 든 것은 아니었다. 형식이가 돌아오는 줄을 알면서도 일부러 눈을 뜨지 아니하였다. 그러다가 형식의 입술이 자기의 손등에 닿을 때에는 손등으로 형식의 면상을 딱 붙이고 싶도록 미웠다. 이것이 다 기생과 하던 버릇이구나 하였다. 그리고는 선형도 잠이 들었다.

휘황한 전등은 밤새도록 이 두 괴로워하는 사람의 얼굴을 비추었고 커다란 눈을 부릅뜬 시꺼먼 기관차는 캄캄한 밤과 내려쏟는 비를 뚫고 별로 태우고 내리우는 사람도 없이 산굽이를 돌고 굴을 통하여 여러 가지 꿈을 꾸는 갖가지 사람을 싣고 남으로 남으로 향하였다.

두 사람이 잠을 깬 것은 차가 삼랑진역에 닿을 적이었다. 시계의 짧은 침은 벌써 다섯 시를 가리켰으나 하늘이 흐려 아직도 정거장의 등불이 반 짝반짝한다.

차장이 모자를 옆에 끼고 은근히 고개를 숙이더니,

「두 군데 선로가 파손되어 네 시간 후가 아니면 발차할 수가 없습니다.」 한다. 자다가 깬 손님들은 모두 눈을 비비며 「응, 응」 하고 불평한 소리를 하다가 모두 짐을 뭉쳐 가지고 내린다.

어떤 사람은 차창으로 내다보다가,

「저 물 보게, 물 보게.」 하며 기쁜지 슬픈지 알 수 없는 감탄을 발한다.

비 외투를 입은 역부들은 나는 상관없다, 하는 듯이 시치미떼고 슬근슬 근 열차 곁으로 왔다갔다한다. 정거장은 무슨 큰 일이나 난 듯이 공연히 수

선수선한다. 형식은,

「우리도 내리지요. 네 시간을 어떻게 찻속에 있겠어요」

하고 선형을 본다. 선형은 형식의 입을 보고 어젯저녁 자기의 손등에 대던 생각을 하고 속으로 우스워하면서,

「내리지요!」

하고 먼저 일어선다. 형식은 가방과 담요들을 한데 들고 앞서 내리고 선형은 형식의 보던 책과 자기의 손가방을 들고 형식의 뒤를 따라 내렸다.

개찰구 곁에 갔을 적에 병욱이가 뛰어오며 뉘게 하는 말인지 모르게,

「내리셔요?」

하고 아침 인사를 잊어버린 것을 생각하고 웃는다.

「네, 네 시간이나 어떻게 기다리겠습니까. 여관에 들어 좀 쉬지요…… 물구경이나 하고요」

「그러면 저희도 내리겠습니다. 잠깐 기다려 주셔요!」

하더니 저편으로 뛰어간다.

형식과 선형의 눈도 그리로 향하였다. 영채가 이편으로 향한 차창에 서서 물끄러미 바깥을 내다보는 것이 보인다. 그러나 두 사람은 보지 못한 것 같다. 형식은 「어찌하나」 하고, 선형은 「조 요물이」 하였다. 병욱이가 뛰어가서,

「얘, 우리도 내리자. 저이들도 내리시는데.」

하고 뒤를 돌아보는 것을 보고야 비로소 영채도 형식과 선형을 보았다. 그리고 얼른 고개를 움츠렸다.

병욱이가 앞서고 영채는 병욱의 뒤에 서서 병욱의 그늘에 자기의 몸을 감추려는 듯이 비슬비슬 형식의 곁으로 온다. 병욱이가 슬쩍 비켜 서매 영채와 형식은 정면으로 마주서게 되었다. 영채는 형식에게 가볍게 고개를 숙이고 다음에 선형을 향하고 방그레 웃으며 은근하게 인사를 하였다. 선형도 웃으며 답례하였다. 그러나 둘이 다 일시에 얼굴을 붉혔다.

네 사람은 열을 지어서 개찰구를 나섰다. 일 없는 손님들은 네 사람의 행색을 유심히 보며 혹 웃기도 하고 수군수군하기도 한다. 마치 형식이가 세 누이를 데리고 가는 것 같다. 대합실에서 여관 하인에게 짐을 맡기고

네 사람은 그 하인의 뒤를 따라 나가다가 정거장 모퉁이에 서서 붉은 물이 굼실굼실하는 낙동강을 본다.

「아이, 저 물 보셔요!」

하고 병욱이가 가시 돋은 철사에 배를 대고 허리를 굽히며 소리를 친다. 다른 세 사람도 속으로는 「저 물 보게」 하면서도 아무도 입밖에 말을 내지는 아니한다.

「저것 보게. 저기 저 집들이 반이나 잠겼습니다그려!」

하고 마산선으로 갈려 나가는 길가에 있는 초가집들을 가리킨다.

과연 대단한 물이로다. 좌우편 산을 남겨 놓고는 온통 시뻘건 흙물이로다. 강 한가운데로 굼실굼실 소용돌이를 쳐 가며 흘러내려가는 물소리가 들리는 듯하고 그 물들이 좌우편에 늘어선 산굽이를 파서 얼마 아니 되면 그 산들의 밑이 빠져나갈 것 같다.

길이 좁아서 미처 빠지지를 못하여 우묵우묵한 웅덩이라는 웅덩이는 하나도 남겨 놓지 않고 쓸어들여서 진을 치고 앞선 물들이 다 내려가기를 기다리는 것 같다. 길을 잃은 물은 사람 사는 촌중에까지 침입하여 사람들을 다 내어몰고 방안, 부엌, 벽장 할 것 없이 온통 점령을 하고 말았다. 그리고 집을 잃은 사람들은 모두 아이를 업고 늙은이를 이끌고 높고 높은 데를 찾아 산으로 기어오른다. 사람들이 중히 여기고 중히 여기어 남을 주기는커녕 잠깐 만져만 보자고 하여도 눈이 벌개지며 「못한다」 하던 모든 세간을 그 벌건 물들이 이리 둥실 저리 둥실 띄워 가지고 왔다갔다하다가 물결에 강 한복판으로 집어던져 빙글빙글 곤두박질을 하며 한정없는 바다로 흘려내려 보낸다.

사람들이 여름에 애써서 길러 놓은 곡식들도 그 붉은 물결 속에서 부대끼고 또 부대끼어 그 약한 허리가 부러지는 것도 있을 것이요, 그 부드러운 뿌리가 끊어지는 것도 있을 것이다. 장차 누렇게 열매를 맺어 가을밤 골안개에 무거운 고개를 숙이려 하던 벼의 꽃도 다 말이 못 되고 말았을 것이다. 온 땅은 전혀 붉은 물의 세력하에 들어가고 말았다.

비는 그쳤건마는 하늘에는 언제 쏟아질지 모르는 검은 구름장이 뭉글뭉글 떠돈다. 부리나케 동편을 향하고 달아나다가는 무슨 생각이 나는지 또 서편을

항하고 몰려간다. 이따금 참다 못한 듯이 굵은 빗방울이 우수수 떨어진다.
벌거벗은 높은 산에는 갑자기 된 폭포와 시내가 거꾸로 매어달린 듯이, 마치
검은 바탕에다가 여기저기 되는 대로 흰 줄을 그어 놓은 것 같다. 그 개천들이
벌거벗은 산들의 살을 깎고, 뼈를 우비어 가지고 내려오는 소리가 무섭게
흘러가는 강물 소리와 합하여 웅대한 합주를 듣는 것 같다.

　땅은 목말랐던 판에 먹을 수 있는 대로 실컷 물을 먹어서 물렁물렁하게
되었다. 마치 지심(地心)까지 들여져 젖을 것 같다.

　하늘 위이며 땅밑이 온통 물 세상이로다. 이 물 세상에 서서 사람들은
「어찌 되려는고」하고 하늘만 우러러본다. 병욱은 다시,

　「이렇게 물이 많이 나서 흉년이나 아니 들까요?」
하고 형식을 본다. 형식도 우적우적 높은 땅으로 기어오르는 사람들을 보고
섰다가 고개를 병욱에게로 돌리며,

　「글쎄올시다. 이제라도 곧 비가 그쳤으면 좋으련마는 이제 하루만 더 오면
연사는 말이 아니 될 것 같습니다.」

　이 말을 하는 동안에 세 처녀는 일제히 형식의 입을 바라본다.

　그네의 속에는 개인을 뛰어난 일종의 근심과 두려움이 찬다. 「큰 물」,
「흉물」하는 생각과, 물소리와 뭉글뭉글 하는 구름과, 집을 잃고 높은 땅으로
기어오르는 사람은 그네로 하여금 개인이라는 생각을 잊어버리고 공통한
생각 ―― 즉 사람으로 저마다 가지는 생각을 가지게 되었다. 선형도,

　「이제 비가 그치면 오늘 안으로 이 물이 다 뺄까요?」
하고 형식을 본다.

　「아마, 내일 아침까지는 갈 걸요」
한다.

　「상류에 비가 아니 오면 곧 삐지마는 상류에 비가 오면……」
하고 영채가 연전 평양은 비도 아니 오는데 대동강이 범람하던 생각을 한다.

　「평양 시가에도 물이 들어올 때가 있나요?」
하고 선형이가 영채를 보며 묻는다.

　「들어오구말구요. 성내에는 별로 들어오는 일이 없지마는 외성에는 흔히
들어옵니다. 그저께도 외성 신시가로 배를 타고 다녔는데요」

하고 선형의 눈을 슬쩍 본다. 선형은 얼른 눈을 피하였다.

병욱은 한참 듣다가 빙긋 웃으며 속으로,「너희들이 잘 이야기를 한다」
하였다. 영채는 병욱의 웃는 것을 보고 한 걸음 병욱에게 가까이 가며 남에게
아니 보이게 가만히 병욱의 손을 잡는다. 병욱은 영채의 손을 꼭 쥐어 주었다.
네 사람은 한참이나 말없이 저 보고 싶은 데를 멀거니 보고 있었다. 그러나
네 사람은 공통한 생각을 버리고 각각 제가 되었다.

그러고 본즉 여기 서서 구경할 재미도 없어졌다. 그래도 그냥 우두커니
섰다가 의논한 듯이 네 사람은 슬몃슬몃 발을 돌려 거기서 십여 보가 다
못 되는 여관으로 향하였다.

하녀들과 반또(지배인에 해당하는 일본말)가「이랏샤이」를 부르고 네
사람을 이층 북편 끝 팔첩간(八疊間)으로 인도한다. 지나가면서 보건대 각
방에는 손님이 다 찬 모양이요, 모두 무슨 이야기를 한다. 여관은 물난 덕에
매우 흥성흥성하게 되었다.

네 사람이 각각 방석을 당기어 깔고 앉자마자, 소나기가 솨 하고 여관의
함석 지붕을 때린다.

「아이구, 저 집 잃은 사람들을 어찌해.」
하고 세 처녀가 일시에 얼굴을 찌푸린다. 비는 좍좍 퍼붓는다. 방안은 적
적하다.

집을 잃은 무리들은 산기슭에 선 대로 비를 함빡 맞아서 전신에서 물이
쪽 흐르게 되었다. 어린아이를 안은 부인들은 허리를 굽혀서 팔과 몸으로
아이들을 가리운다. 그러나 갑자기 퍼붓는 빗발에 숨이 막혀서 으아하고
우는 아이도 있다. 그러면 어미 되는 이는 머리에서 흐르는 빗물에 섞인
눈물을 흘리면서 몸을 흔들거린다.

어떤 노파는 되는 대로 되어라 하는 듯이 우두커니 쭈그리고 앉아서 비에
가리운 먼 산을 바라보고, 어떤 중늙은이는 머리 덥수룩한 총각을 데리고
그늘을 찾아서 뛰어간다.

여름내 김매기에 얼굴이 볕에 글은 젊은 남녀들은 어찌할 줄을 모르고
멀거니 서서 자기네가 애써 지어 놓은 논 있던 곳을 바라본다. 뻘건 물결은
조금 남았던 논까지도 차차 덮고야 말려 한다.

우르릉 하는 우뢰 소리가 한 번 산천을 흔들 때마다 주렴 같은 비가 앞산으로 고함을 치고 들이달아서는 숨쉬듯 불어오는 동남풍에 비스듬히 휘면서 뒷산으로 달아 들어간다. 그러할 때마다 풀숲 사이로 흙물이 모래를 밀고 콸콸 쏠려 내려온다. 또 한번 우뢰 소리가 나고는 또 한바탕 앞산 너머로서 모진 비가 쏠려 넘어온다.

그 속에 백여 명 사람들은 어찌할 줄을 모르고 가만히 섰다. 처음에는 무서운 마음도 나고 슬픈 마음도 났건마는 한참 지나서는 아무러한 생각도 없이 되었다. 굵은 빗발이 깨어져라 하고 얼굴을 때릴 때마다 흑흑 느끼며 몸을 움츠릴 뿐이다.

여러 사람의 살은 싸늘하게 식었다. 입술은 파랗게 되고 몸이 덜덜덜 떨린다. 눈앞에 늘어 있는 집들에서는 조반 짓는 연기가 나온다. 그 연기도 굴뚝 밖에 나서자마자 짓쳐 들어오는 빗발에 기운을 못 쓰고 도로 쫓겨 들어가고 마는 것 같다. 비는 언제 그칠 것 같지도 아니하다. 하늘이 온통 녹아서 비가 되고 말 듯이 쏟아져 내려온다.

그중에 저편 언덕 밑에 지게를 기둥삼아 낡은 거적 하나를 덮어 놓은 것이 있고, 그 밑에는 어떤 행주치마 입고 얼굴에 주름잡힌 노파가 입술을 물고 괴로워하는 젊은 부인을 안고 앉았다. 풀물 묻은 잠방이 입은 젊은 남자는 상투 바람으로 우뚝 서서 바람에 날리려는 섬거적을 붙들고 있다.

이편 귀가 들먹하면 이것을 누르고 저편 귀가 들먹하면 저것을 누른다. 노파에게 안긴 젊은 부인은 괴로움을 견디지 못하는 듯이 몸을 비틀고 이따금 아이쿠, 아이쿠 하고 소리를 친다.

그러할 때마다 노파는 더 힘껏 그 부인을 껴안아 주고 젊은 남자는 고개를 기울여 들여다본다. 산에서 흘러내려오는 물이 흙을 밀어다가 노파의 몸을 섬삼아 좌우로 흘러내려간다. 노파와 젊은 부인의 치맛자락이 흙에 묻었다나왔다한다.

이윽고 우뢰 소리가 저 멀리 서편으로 달아나며 비가 차차 그치고, 어둡던 천지가 좀 밝아진다. 산들이 모두 제 모양이 될 때에는 사방으로 흘러내리는 물소리만 쏴쏴하게 들린다.

이때에 젊은 남자는 섬거적을 벗겨 내어버리고 허리를 굽혀 젊은 부인의

346

얼굴을 들여다보면서,

「어떤고?」

한다. 그러나 부인은 몸을 비틀 뿐이요, 아무 대답도 없다. 노파가 부인의
손을 만지며,

「이것 보려무나. 이렇게 전신이 얼음장같이 차구나. 어떻게 하면 좋으냐?」

하고 화증을 내며 눈물을 흘린다.

「어떻게 하나.」

하고 젊은 사람도 얼굴을 찌푸린다. 부인은 또 한번 몸을 비틀며,

「아이쿠, 창자가 끊어지는 것 같소」

하고 말끝에 울음이 나온다. 전신은 흙투성이가 되었다.

「얘, 그래도 어느 집에 가서 말을 해 봐라. 그래도 인정이 있지, 그렇겠니?」

「어느 집에를 가요. 누가 앓는 사람을 들인답디까?」

이때에 저편으로서 지금 바로 조반을 먹은 형식의 일행이 나와서 차차
이편을 향하고 온다. 몸에서 물이 흐르는 사람들은 땅바닥에 그냥 주저앉아서
말없이 일행이 지나가는 것을 본다. 다른 객들도 둘씩 셋씩 담배를 피워
물고 물구경을 나온다. 급한 비에 흙이 다 씻겨 나가서 길은 반반하다. 다만
여기저기 도랑이 져서 물이 흘러갈 뿐이다.

앞서서 오던 병욱은 앓는 부인 앞에 서며,

「어디가 편치 않아요?」

할 때에 남자는 한번 슬쩍 병욱을 보고는 부끄러운 듯이 고개를 숙인다.
형식과 선형과 영채도 그 앞에 와 선다. 흙투성이가 된 부인은 또 한번 몸을
비틀며,

「아이쿠!」

한다. 노파는 그 바람에 뒤로 쓰러졌다가 손에 묻은 흙을 자기의 팔과 허리에
되는'대로 문대면서,

「만삭 된 태모야요. 그런데 새벽부터 이렇게 배가 아프다고……」

하며 말끝을 못 맺는다.

「댁은 어디인데요?」

하고 형식이가 묻자,

「저 물 속에 들어갔답니다. 그 원수의 물이……후후, 사람을 살려 줍시오!」

부인은 또 한번,

「아이쿠.」

하며 숨이 막힐 것 같다. 병욱은 부인의 손을 만져 보더니 형식을 돌아보며,

「여봅시오, 가서 방을 하나 빌어 가지고 병인을 들여다 누입시다. 아마 산기가 있나 봅니다.」

한다. 영채와 선형은 얼굴을 찡그린다. 그중에도 선형은 무서운 것이나 본 듯이 진저리를 치며 한 걸음 물러선다. 형식은 집 있는 데로 달음질을 하여 간다. 일동은 형식의 가는 양을 보고 섰다.

병욱이가 적삼 소매와 치마를 걷고 앉아서 부인의 손을 주무르며,

「애 영채야, 자 우선 좀 주무르자.」

영채도 병욱과 같이 소매와 치마를 걷고 노파의 뒤로 가며,

「자 노인은 좀 일어납시오.」

하고 자기가 대신 병인을 안으려 한다.

「웬걸요. 이렇게 전신이 흙투성이야요. 고운 옷에 흙 묻으리다.」

하고 좀처럼 듣지 아니한다. 하릴없이 영채는 그 곁에 앉아서 흐트러진 부인의 머리를 거두어 준다. 선형도 앉아서 발과 다리를 주무른다. 구경꾼들이 죽 둘러선다. 세 처녀의 하얀 손에는 누런 흙이 묻는다.

얼마 안 돼서 형식이가 땀을 흘리며 뛰어오더니,

「자, 저리로 갑시다. 방에 불을 때라고 이르고 왔으니…….」

노파는 눈물을 흘리며,

「생아자 부모라니, 이런 고마운 일이 없쇠다. 아이고, 은혜를 어떻게 갚나.」

하고 젊은 사람더러,

「애, 재 업고 가자.」

하며 병인을 일으켜 앉힌다.

젊은 사람은 아무 말도 없이 형식의 일행을 슬쩍 보며 병인을 업고 일어난다. 병인은 두 팔로 업은 사람의 목을 쓸어안고 얼굴을 어깨에 비빈다. 형식이가 앞서고 흙 묻은 노파가 한 손으로 병인의 등을 누르고 세 처녀가

뒤로 따라온다. 구경꾼들도 수군수군하면서 한참 따라오더니 하나씩 둘씩 다 떨어지고 말았다.

객주에 들여다가 옷을 갈아입혀 누이고, 일변 형식이가 의원을 불러오며, 일변 세 처녀가 전신을 주물렀다.

노파는 병인의 머리맡에 앉아서 울기만 하더니 가슴이 아프다고 하며 눕는다. 젊어서 가슴앓이가 있었는데 종일 찬비에 몸이 식어서 또 일어난 것이다. 영채와 선형은 태모를 맡고, 병욱은 노파를 맡아서 간호한다. 노파는 한참씩 정신을 못 차리다가도 조금 정신이 들면,

「이런 은혜가 없어요. 백골난망이외다. 부대 수부귀다남자하구 아들딸 많이 낳고 잘 살다가 극락세계에 가시오」

한다. 세 처녀는 고개를 숙이고 씩 웃었다. 영채와 선형은 땀을 흘리며 태모의 사지를 주무르고 배도 쓸어 준다. 영채의 손과 선형의 손이 가끔 마주닿는다. 그러할 때마다 두 처녀는 슬쩍 마주본다. 영채가 선형더러,

「제가 부엌에 가서 물을 끓여 올께요」

하고 일어선다. 선형은,

「아니요, 제가 끓이지요……」

하는 것을 영채가 선형의 손을 잡아 앉히며,

「어서 주무르셔요. 제가 끓여 올게.」

하고 일어나 나간다.

선형은 물끄러미 영채의 나가는 양을 본다. 그리고 가만히 눈을 감는다. 선형은 지금 어쩐 영문을 모른다. 병욱은 영채와 선형의 말하는 양을 보고 혼자 빙긋 웃는다.

영채가 물을 끓여 가지고 들어와서 선형으로 더불어 태모의 손발을 씻을 적에 형식이가 의사를 데리고 왔다.

의사의 진찰하는 동안에 일동은 삥 둘러서서 의사의 입과 눈만 바라보고 지금껏 말없이 문밖에 앉았던 젊은 사람도 고개를 디밀어 물끄러미 진찰하는 양을 본다.

「염려할 것은 없소」

하고 의사는 약을 보낸다고 젊은 사람을 데리고 갔다.

태모와 노파도 이제는 적이 정신을 차리고 이따금 괴로워하기는 하면서도 얼마큼 낯빛이 순하게 되었다. 노파는 연방 「이런 은혜가 없어요. 부대 수부귀다남자하라」는 축원을 한다.

　　노파의 말을 듣건댄, 노파는 젊어서 과부가 되어 아들 하나를 데리고 갖은 고생을 다 하다가 아들이 점점 자라서 며느리도 얻게 되고 남의 땅일망정 농사를 지어 이럭저럭 재미롭게 살만치 되어 자기 손으로 조그마한 집도 짓고 밭도 한 뙈기 사게 되었다.

　　또 며느리가 태중이므로 어서 손자를 안아 보았으면 남부러울 것이 없으리라 하였다. 그랬더니 어저께 물에 농사 지은 것은 말끔 물 속으로 들어가고 오늘 새벽에는 집까지 물에 들어가고 말았다.

　　여기까지 말하고는 노파는 흑흑 느끼며,

　　「집이 떠나가지 아니했으면 좋겠어요」

한다.

　　육십 년 근고로 얻은 집이 만일 한번 떠나가고 말면 노파는 생전에 다시 제 집이란 구경을 못하고 말 것이다. 손자를 안아 보고 제 집 아랫목에서 죽는 것이 노파의 유일한 소원일 것이다.

　　그 집이란 것이야 팔아도 십 원을 받기가 어렵지마는 이 가족에게는 대궐보다도 더 중한 것이다. 노파의 눈에는 그 돌담 두른 조그마한 집만 보인다. 물결이 그 집을 헐 것을 생각할 때마다 노파는 마치 자기의 살점을 베어내는 듯하였다. 그래서,

　　「조금 낙을 볼까 하면 이렇게 됩니다그려. 전생에 내가 무슨 죄를 지어서 이렇게 자식까지 앙화를 받는지요」

한다.

　　「그렇게 생각하지 맙시오! 이제 또 잘 살게 되지요. 하느님이 아니 계십니까.」

하고 영채가 위로를 한다. 그리고는 어젯저녁에 자기가 병욱에게 위로를 받던 생각이 나서 속으로 우스워진다.

　　「아이구, 이제는 저승에나 가서 잘 살는지…….」

하다가 중등에 말을 그치고 고개를 번쩍 들어 며느리를 보며,

350

「애, 배 아픈 게 좀 나으냐. 이 어른들 아니더면 꼭 죽을 뻔했다.」

하고 또 수부귀다남자를 부른다.

　병욱은 경찰서에 들어가서 서장에게 면회하기를 청하였다. 서장은 이상한 듯이 병욱을 보더니,

「무슨 일이오?」

한다.

「다른 일이 아니라.」

하고, 저 수재를 당한 사람들 중에는 병인도 있고, 잉부도 있고, 젖먹이 가진 부인도 있는데, 조반도 못 먹고 비를 맞고 떠는 정경이 가련하며, 더구나 어머니가 무엇을 먹지 못하였으므로 젖이 아니 나서 어린아이들의 우는 양은 차마 못 보겠다는 말을 한 뒤에, 그래서 마침 부산 가는 기차가 비에 걸려서 오후까지 머물게 되었으니, 음악회를 열어 거기서 수입된 돈으로 불쌍한 사람들에게 따뜻한 국밥이라도 만들어 먹이고 싶다는 뜻을 말하고 허가와 원조하여 주기를 청하였다.

　서장은 점점 놀래어하는 빛을 보이더니,

「그러면 음악할 줄 아는 이가 있나요?」

하고 감격한 목소리로 대답한다.

「잘하기야 어떻게 바라겠습니까마는 제가 음악학교에 다닙니다. 그리고 동행하는 여자가 두어 사람 되는데 여학교에서 배운 창가마다나 하고요…….」

　서장은 이 말에 지극히 감복하여,

「참 당국에서도 구제 방침을 연구하던 중이외다. 그러나 갑자기 일어난 일이니까.」

하고 잠시 생각하더니,

「참 감사하외다. 허가야 물론이지요」

하고 벌떡 일어나서 모자를 쓰고 나온다.

　서장은 일변 정거장에 나가서 역장과 교섭하여 대합실을 회장으로 쓰기로 하고, 일변 순사를 파송하여 각 여관과 시가에 이 뜻을 말하게 하였다. 중간에서 사오 시간이나 기다리기에 답답증이 났던 승객들은 일제히 대합

실에 모여들었다.

 그 속에는 간혹 흰옷 입은 삼등객도 섞였다. 걸상을 있는 대로 내다놓고, 근처 여관에서도 걸상을 모아다가 둘러놓았다. 좁은 대합실은 가득 찼다. 출찰구 곁에 큰 테이블을 놓아서 무대를 만들었다. 「자선 음악회」라는 말을 들었으나 어떠한 사람이 나오는지 모르는 군중은 눈이 둥글하여 무대만 바라본다.

 이윽고 서장이 무대 곁으로 가더니 일동을 둘러보며,

 「이렇게 모이심을 청한 것은 다름이 아니외다. 여러분! 저 산기슭을 보시오. 저기는 수재를 당하여 집을 잃은 불쌍한 동포가 밥도 못 먹고 비에 젖어서 방황합니다. 그런데 아까 어떤 아름다운 처녀가 경찰서에 와서 저 불쌍한 동포들에게 한 끼라도 따뜻한 밥을 먹이기 위하여 음악회를 열게 하여 달라 합디다. 우리는 그 처녀가 얼마나 음악을 잘하는지를 모르거니와 그의 아름다운 정성이 족히 피 있고 눈물 있는 신사 숙녀 제씨를 감동시킬 줄을 확신합니다.」

하며, 서장은 눈물이 흐르고 말이 막힌다.

 일동의 얼굴에는 찌르르하는 감동이 휙 지나간다. 여기저기서 코를 푸는 부인의 소리도 난다. 서장은 말을 이어,

 「여러분! 우리는 그 처녀의 정성에 대답함이 있어야 할 것이외다. 이제 그 처녀를 소개합니다.」

하고, 저편 구석에 가지런히 섰던 세 처녀를 부른다.

 바이올린을 든 병욱을 선두로 하여 세 처녀는 은근히 일동에게 경례를 한다. 대합실이 터져라 하고 박수하는 소리가 들린다. 어떤 사람은 감격함이 극하여 소리를 치는 이도 있다. 병욱은 세 사람을 대표하여,

 「저희는 음악을 알아서 하려 함이 아니올시다. 다만 여러 어른께서 동정을 줍시사 함이외다. 더구나 행리 중에 보표(譜表)가 없으니 따로 외워 하는 것이라 잘못되는 것도 많을 것이올시다.」

하고 고개를 기울여 바이올린 줄을 고른 뒤에 〈아이다의 비곡(悲曲)〉을 시작하였다. 일동은 잠잠하다. 끊이는 듯 잇는 듯한 네 줄의 슬픈 소리만 여러 사람의 가슴속을 살살 울린다.

그 곡조는 이러한 경우에 가장 적당한 곡조였다. 그렇지 아니하여도 슬픔에 가슴이 눌렸던 일동은 그만 울고 싶도록 되고 말았다. 병욱의 손이 바이올린의 활을 따라 혹은 자주, 혹은 더디게 오르고 내릴 때마다 일동의 숨소리도 그것을 맞추어서 끊이었다 이었다 하는 듯하였다.

그 슬픈 곡조를 듣는 맛을 내가 길게 말하는 것보다 천고의 시인 강주사마 (江州司馬)의 비파행(琵琶行)을 생각하는 것이 제일 편할 것이다. 애원한 가는 소리가 영원히 끊기지 아니할 듯이 길게 울더니 병욱은 바이올린을 안고 고개를 숙였다.

아까보다 더한 박수성이 일어나고 한 곡조 더 하라는 소리가 일어난다. 병욱의 얼굴에는 복숭아꽃 빛이 비치었다.

다음에는 영채가 병욱에게 배운 찬미가 〈지난 일 생각하니 부끄럽도다〉의 독창이 있었다. 병욱의 바이올린에 맞춰서 영채는 얼굴에 표정을 하여 가며 부른다. 십여 년 연단한 목소리는 과연 자유 자재로다. 바이올린의 고상한 곡조를 들 줄 모르던 사람들도 영채의 고운 목소리에는 취하였다.

「흐르는 두 줄 눈물 뿌릴 곳 없어」
할 때에는 일동의 눈에는 눈물이 돌았다.

다음에 시방 영채가 한문으로 짓고 형식이 번역한 노래를 셋이 합창하였다.

그것은 집을 잃고 비에 젖은 불쌍한 사람들을 두고 지은 것인데, 이 노래는 듣는 사람에게 더욱 깊은 감동을 주었다. 그 노래는 이러하다.

어린 아기 보챕니다
젖 달라고 보챕니다
짜도 젖이 아니 나니
무엇 먹여 살리리까
봄에나 여름에나
애써 벌어 놓았던 걸
사정없는 붉은 물결
하로밤에 쓸어나가

비가 오고 바람 치고
날새조차 저뭅니다
늙은 부모 어린 처자
집 없으니 어디서 자
따뜻한 밥 한 그릇
국에 말아 드립시다
따뜻한 밥 한 그릇
국에 말아 드립시다

　순박한 이 노래와 다정한 그 곡조는 마침내 일동의 눈물을 받고야 말았다. 정성되고 엄숙한 박수 소리에 세 처녀는 은근히 경례하고 물러났다. 박수 소리가 끝나기를 기다려 서장이 다시 일어나,
　「여러분의 눈에는 감격의 눈물이 있습니다. 본직은 감히 여러분을 대표하여 세 처녀에게 감사한 뜻을 표합니다.」
하고 세 사람을 향하여 고개를 숙인다. 세 사람은 답례한다. 일동은 박수한다.
　이리하여 한 시간이 못 되는 짧은 음악회가 끝났다. 여러 사람은 즉석에 돈 팔십여 원을 모두었다. 서장은 그 돈을 병욱에게 주며,
　「어떻게 쓰든지 당신의 뜻대로 하시오」
한다. 이는 병욱에게 경의를 표하는 뜻이다. 그러나 병욱은 사양하며,
　「그것은 서장께서 맡아하시기를 바랍니다.」
하였다.
　서장은 병욱에게서 그 돈을 받는 듯이 또 한번 고개를 숙이고 일동을 향하여 그 돈으로 될 수 있는 대로 좋은 방법을 취하여 수재 만난 사람을 구제하겠노라 하였다. 일동은 병욱과 다른 두 사람의 성명을 듣고자 하였으나 그네는 다만 고개를 숙일 뿐이요, 말이 없었다.
　이러하는 동안에 집 잃은 사람들은 여전히 어찌할 줄을 모르고 땅바닥에 앉아 있었다. 차차 시장증이 나고 몸이 떨리기 시작하였으나 그네에게는 아무 방책도 없었다. 그네는 다만 되어가는 대로 되기를 바랄 뿐이다.
　그네는 과연 아무 힘이 없다. 자연의 폭력에 대하여서야 누구라서 능히

저항하리오마는 그네는 너무도 힘이 없다. 일생에 뼈가 휘도록 애써서 쌓아놓은 생활의 근거를 하룻밤 비에 다 씻겨 내려보내고 말이만큼 그네는 힘이 없다. 그네의 생활의 근거는 마치 모래로 쌓아 놓은 것과 같다. 이제 비가 그치고 물이 나가면 그네는 흩어진 모래를 긁어모아서 새 생활의 근거를 쌓는다. 마치 개미가 그 가늘고 연약한 발로 땅을 파서 둥지를 만드는 것과 같다.

하룻밤 비에 모든 것을 잃어버리고 발발 떠는 그네들이 어찌 보면 가련하기도 하지마는 또 어찌 보면 너무 약하고 어리석어 보인다. 그네의 얼굴을 보건댄 무슨 지혜가 있을 것 같지 아니하다. 모두 다 미련해 보이고 무감각해 보인다. 그네는 몇푼어치 아니 되는 농사하는 지식을 가지고 그저 땅을 팔 뿐이다. 이리하여서 몇 해 동안 하느님이 가만히 두면 썩은 볏섬이나 모아 두었다가는 한번 물이 나면 다 씻겨보내고 만다. 그래서 그네는 영원히 더 부(富)하여짐 없이 점점 더 가난하여진다. 그래서 몸은 점점 더 약하여지고 머리는 점점 더 미련하여진다. 저대로 내어버려 두면 마침내 북해도의 「아이누」나 다름없는 종자가 되고 말 것 같다.

저들에게 힘을 주어야 하겠다. 지식을 주어야 하겠다. 그리하여서 생활의 근거를 완전하게 하여 주어야 하겠다. 「과학! 과학!」 하고 형식은 여관에 돌아와 앉아서 혼자 부르짖었다. 세 처녀는 형식을 본다.

「조선 사람에게 무엇보다 먼저 과학을 주어야 하겠어요. 지식을 주어야 하겠어요.」

하고 주먹을 불끈 쥐며 자리에서 일어나 방안으로 거닌다.

「여러분은 오늘 그 광경을 보고 어떻게 생각하십니까.」

이 말에 세 사람은 어떻게 대답할 줄을 몰랐다. 한참 있다가 병욱이가,

「불쌍하게 생각했지요.」

하고 웃으며,

「그렇지 않아요?」

한다. 오늘 같이 활동하는 동안에 훨씬 친하여졌다.

「그렇지요, 불쌍하지요. 그러면 그 원인이 어디 있을까요?」

「물론 문명이 없는 데 있겠지요. 생활하여 갈 힘이 없는 데 있겠지요.」

「그러면 어떻게 해야 저들을……, 저들이 아니라 우리들이외다. 저들을 구제할까요?」

하고 형식은 병욱을 본다. 영채와 선형은 형식과 병욱의 얼굴을 번갈아 본다. 병욱은 자신이 있는 듯이,

「힘을 주어야지요! 문명을 주어야지요!」

「그리하려면!」

「가르쳐야지요! 인도해야지요!」

「교육으로, 실행으로」

영채와 선형은 이 문답의 뜻을 자세히는 모른다. 무론 자기네가 아는 줄 믿지마는 형식이와 병욱이가 아는 만큼 절실하게, 깊게, 단단하게 알지는 못한다. 그러나 방금 눈에 보는 사실이 그네에게 산 교육을 주었다. 그것은 학교에서도 배우지 못할 것이요, 큰 웅변에서도 배우지 못할 것이었다.

일동의 정신은 긴장하였다. 더구나 영채는 아직도 이러한 큰 문제를 논란하는 것을 듣지 못하였다. 「어떻게 하면 저들을 구제하나」 함은 참 큰 문제였다.

이러한 큰 문제를 논란하는 형식과 병욱은 매우 큰 사람같이 보였다. 영채는 두 자미(杜子美)며, 소 동파(蘇東坡)의 세상을 근심하는 시구를 생각하고, 또 오 년 전 월화와 함께 대성학교장의 연설을 듣던 것을 생각하였다. 그때에는 아직 나이 어려서 분명히 알아 듣지는 못하였거니와 「여러분의 조상은 결코 여러분과 같이 못생기지는 아니하였습니다」 할 때에 과연 지금 날마다 만나는 사람은 못생긴 사람들이다 하던 생각이 난다.

영채는 그 말과 형식의 말에 공통한 점이 있는 듯이 생각하였다. 그리고 한 번 더 형식을 보았다. 형식은,

「옳습니다. 교육으로, 실행으로 저들을 가르쳐야지요, 인도해야지요. 그러나 그것은 누가 하나요?」

하고 형식은 입을 꼭 다문다. 세 처녀는 몸에 소름이 끼친다. 형식은 한 번 더 힘있게,

「그것을 누가 하나요?」

하고 세 처녀를 골고루 본다.

세 처녀는 아직도 경험하여 보지 못한 듯 말할 수 없는 정신의 감동을 깨달았다. 그리고 일시에 소름이 쪽 끼쳤다. 형식은 한 번 더,

　「그것을 누가 하나요?」

하였다.

　「우리가 하지요!」

하는 기약지 아니한 대답이 세 처녀의 입에서 떨어진다.

　네 사람의 눈앞에는 불길이 번쩍하는 듯하였다. 마치 큰 지진이 있어서 온 땅이 떨리는 듯하였다. 형식은 한참 고개를 숙이고 앉았더니,

　「옳습니다. 우리가 해야지요! 우리가 공부하러 가는 뜻이 여기 있습니다. 우리가 지금 차를 타고 가는 돈이며 가서 공부할 학비를 누가 주나요? 조선이 주는 것입니다. 왜? 가서 힘을 얻어오라고, 지식을 얻어오라고, 문명을 얻어오라고, 그리해서 새로운 문명 위에 튼튼한 생활의 기초를 세워 달라고, 이러한 뜻이 아닙니까.」

하고 조끼 호주머니에서 돈지갑을 내어 푸른 차표를 내어들면서,

　「이 차표 속에는 저기서 덜덜 떠는 저 사람들……, 아까 그 젊은 사람의 땀도 몇 방울 들었어요……, 부대 다시는 이러한 불쌍한 경우를 당하지 말게 하여 달라고……」

하고 형식은 새로 결심하는 듯이 한 번 몸과 고개를 흔든다. 세 처녀도 그와 같이 몸을 흔들었다. 이때에 네 사람의 가슴속에는 꼭같은 「나 할 일」이 번개같이 지나간다. 너와 나라는 차별이 없이 온통 한몸, 한마음이 된 듯하였다.

　선형도 아까 영채가 「제가 물 끓여 올께요」 하고 자기의 손목을 잡아앉힐 때부터 차차 영채가 정다운 생각이 나고 또 영채가 지은 노래를 셋이 합창할 때에는 영채의 손을 잡아 주도록 정다운 생각이 나고, 또 지금 세 사람이 일제히 「우리지요!」 할 때에 더욱 영채가 정답게 되었다.

　그리고 형식이가 지금 병욱과 문답할 때에는 그 얼굴에 일종 거룩하고 엄숙한 기운이 보여 지금껏 자기가 그에게 대하여 하여 오던 생각이 죄송한 듯하다. 자기는 언제까지 형식과 영채를 같이 사랑하고 싶었다. 그래서 새로이 형식과 영채의 얼굴을 보았다.

형식은 숙였던 고개를 들어,

「우리가 늙어 죽게 될 때에는 기어이 이보다 훨씬 좋은 조선을 보도록 합시다. 우리가 게으르고 힘없던 우리 조상을 원통히 여기는 것을 생각하여 우리는 우리 자손에게 고마운 조상이라는 말을 듣게 합시다.」

하고 웃으며,

「그런데, 이 자리에서 우리가 장래 나갈 길이나 서로 말합시다.」

하고 세 사람을 본다. 세 사람도 그제야 엄숙하던 얼굴이 풀리고 방그레 웃는다.

「선생께서 먼저 말씀하셔요.」

하고 병욱이가 권할 때에 문밖에서,

「들어가도 관계치 않습니까?」

하고 우선의 목소리가 들린다. 형식은 벌떡 일어나 문을 열고 우선의 손을 잡으면서,

「어떻게 지금 오나?」

우선은 세 사람을 향하여 고개를 숙이고 인사한 뒤에 형식의 곁에 앉으며,

「사(社)에서 삼랑진 근방에 물구경을 하고 오라고 전보를 했데그려.」

하고 손으로 턱을 한 번 쓴다. 영채는 고개를 숙였다.

「그런데 우리가 여기 있는 줄은 어떻게 알았나?」

「정거장에 와서 다 들었네.」

하고 여자들에게 절을 하며,

「참 감사합니다. 지금 정거장에서는 칭찬이 비오듯합니다. 어! 과연 상쾌하외다.」

하고 정거장에서 들은 말을 대강 한 뒤에 형식더러,

「오늘 일을 신문에 내도 좋겠지?」

형식은 대답 없이 병욱을 보다가,

「무론 관계치 않겠지요?」

한다.

「아이구, 그것은 내서 무엇합니까.」

「그럴 수가 있습니까. 저 같은 놈도 큰 감동을 받았는데 …… 참 말만 들

고도 눈물이 흐를 뻔하였습니다.」

한다. 과연 정거장에서 어떤 승객에게 그 말을 들을 때에 우선은 지극히 감동한 바 되었다. 원래 호활한 우선이가 그처럼 눈물이 흐르도록 감동되기는 영채가 죽으러 간 때와 이번뿐이다.

우선은 정거장에서부터 병욱 일행을 만나면 기어이 하려던 말이 있었다. 그래서 하인이 가져온 차를 마시며,

「지금 무슨 하시던 말씀이 있어요?」

하고 자기의 말할 기회를 얻으려 한다.

「응, 지금 우리는 장차 무엇으로 조선 사람을 구제할까 하고 각각 제 목적을 말하려던 중일세.」

「네, 그러면 저도 좀 듣지요!」

처녀들은 그의 대팻밥 모자와 말하는 모양이 우스워서 터져나오려는 웃음을 꿀꺽 참는다. 영채 하나만 어찌할 줄을 몰라서 얼굴을 잠깐 붉히나 우선은 영채를 보면서 모르는 체한다.

「어느 분 차례입니까?」

하고 우선의 말에,

「내 차례인가 보에.」

「응, 그러면 말하게.」

하고 눈을 감고 고개를 숙이며 들을 준비를 한다. 병욱은 영채의 옆구리를 꾹 찔렀다. 선형도 웃음을 참느라고 살짝 고개를 돌린다.

「나는 교육가가 되렵니다. 그리고 전문으로는 생물학(生物學)을 연구할 랍니다.」

그러나 듣는 사람 중에는 생물학의 뜻을 아는 자가 없었다. 이렇게 말하는 형식도 물론 생물학이란 참뜻은 알지 못하였다.

다만 자연과학(自然科學)을 중히 여기는 사상과 생물학이 가장 자기의 성미에 맞을 듯하여 그렇게 작정한 것이다. 생물학이 무엇인지도 모르면서 새 문명을 건설하겠다고 자담하는 그네의 신세도 불쌍하고 그네를 믿는 시대도 불쌍하다.

형식은 병욱을 향하여,

「무론 음악이시겠지요?」

「네, 저는 음악입니다.」

「또 영채씨는?」

영채는 말없이 병욱을 본다.

병욱은 어서 말해라 하고 눈짓을 한다.

「저도 음악입니다.」

「선형씨는?」하는 말이 나오지 아니하여서 형식은 가만히 앉았다. 여러 사람은 웃었다. 선형은 얼굴을 붉혔다.

「선형씨는 무엇이오……무론 교육이겠지.」

하고 병욱이가 웃는다. 모두 웃는다. 형식도 고개를 수그렸다. 선형도 병욱이가 첫마디에「네, 저는 음악이외다」하고 활발히 대답하는 것이 부러웠다. 그래서,

「저는 수학을 배울랍니다.」

하고 있는 힘을 다하여서 말하였다. 학교에서 수학을 잘한다고 선생에게 칭찬받던 생각이 난 것이다. 다른 사람들도 수학이 좋은 것인 줄은 알았으나 수학과 인생에 어떠한 관계가 있는지를 모른다.

「그담에는 자네 차례일세.」

「나는 붓이나 들지.」

한참 말이 없었다. 제가끔 제 장래를 그려 본다. 그리고 그 장래의 귀착점은 다 같았다. 우선이가 고개를 숙이고 우두커니 무슨 생각을 하는 것을 보고 형식이가,

「왜, 오늘은 그렇게 점잖아졌나?」

하고 웃는다. 우선이가 고개를 들더니,

「언젠가 자네가 날더러 인생은 장난이 아니라고, 나는 인생을 희롱으로 본다고 그랬지. 진지하게 생각지를 않는다고?」

「글쎄, 그런 일이 있던가.」

「과연 그게 옳은 말일세. 나는 지금까지 인생을 장난으로 보아 왔네. 내가 술을 많이 먹는 것이라든지……, 또 되는 대로 노는 것이 확실히 인생을 장난으로 여기던 증거지. 나는 도리어 자네가 너무 진지한 것을 속이 좁다고

비웃어 왔지마는 요컨대, 내가 잘못 생각했던 것이어…….」

여기까지 와서는 형식이가 우선의 말이 오늘은 농담이 아닌 것을 깨닫고 정색하고 우선의 얼굴을 본다. 세 처녀도 정색하고 듣는다. 과연 우선의 얼굴에는 무슨 결심의 빛이 보인다.

우선은 말을 이어,

「오늘 와서 깨달았네. 오늘 정거장에서 음악회 했다는 말을 듣고 비로소 깨달았네. 나는 차 타고 지나오면서 산기슭에 선 사람들을 보고 불쌍하다는 생각도 나기는 났지마는 그 꾀죄하고 섰는 양이 우스워서 웃기부터 하였네. 나는 어떻게 하면 저들을 건지나 하는 생각도 아니하고, 그들을 위해서 눈물도 아니 흘렸네. 그리고 차를 내리면 얼른 구경을 가리라, 가서 시나 한 수 지으리라, 하고 울기는커녕 웃으면서 내려 가지고, 그 말을 들을 때에 나는 가슴이 뜨끔하였네. 더구나 젊은 여자가…….」

하고 감격한 듯이 말을 맺지 못한다. 듣던 사람들도 묵묵하다. 우선은 말을 이어,

「나도 오늘 이때, 이 땅 사람이 되었네. 힘껏, 정성껏 붓대를 둘러서 조금이라도 사회에 공헌함이 있으려 하네. 이제 한 시간이 못하여 자네와 작별을 하면 아마 사오 년 되어야 만나게 되겠네그려. 멀리 간 뒤에라도 내가 이전 신 우선이가 아닌 줄로 알고 있게. 나는 자네가 떠나기 전에 이 말을 하게 된 것을 큰 기쁨으로 아네.」

하고 손을 내어밀어 형식의 손을 잡는다. 형식도 꼭 우선의 손을 잡아 흔들며,

「참 기쁜 말일세. 물론 자네가 언젠들 잘못한 일이 있었겠나마는 그처럼 새 결심한 것이 무한히 기쁘이…….」

우선은 한참 주저하다가,

「영채씨, 이전 버릇없던 것은 다 용서합시오! 저도 이제부터 새 사람이 되렵니다. 부대 공부 잘하셔서 큰 일 하십시오」

하고 길게 한숨을 쉰다.

영채의 눈에서는 눈물이 뚝뚝 떨어진다. 선형은 이제야 형식에게 영채의 말이 모두 참인 줄을 깨달았다. 그리고 가만히 영채의 손을 잡고 속으로 「형님, 잘못했습니다」 하였다. 영채도 선형의 손을 마주쥐며 더욱 눈물이

쏟아진다. 형식도 울었다. 병욱도 울었다. 마침내 모두 울었다.

비 개인 뒤 맑은 바람이 창밖에 늘어진 수양버들 가지를 스쳐 방안에 불어들어와 다섯 사람의 화끈거리는 얼굴을 식힌다. 잠잠하다.

형식과 선형은 지금 미국 시카고대학 사년생인데 내내 몸이 건강하였으며 금년 구월에 졸업하고는 전후의 구라파를 한 번 돌아, 본국에 돌아올 예정이며, 김 장로 부부는 날마다 사랑하는 딸이 돌아오기를 기다려 벌써부터 돌아온 후에 할 일과 하여 먹일 것을 궁리하는 중.

병욱은 음악학교를 졸업하고 자기의 힘으로 돈을 벌어서 독일 백림(베를린)에 이태 동안 유학을 하고, 금년 겨울에 형식의 일행을 기다려 시베리아 철도로 같이 돌아올 예정이며, 영채도 금년 봄에 동경 상야(上野) 음악학교 피아노과와 성악과를 우등으로 졸업하고, 아직 동경에 있는 중인데 그 역시 구월경에 서울로 돌아오겠다.

더욱 기쁜 것은, 병욱은 백림 음악계에 일종 이채(異彩)를 발하여 명성이 책책(嘖嘖)하다는 말이, 근일에 도착한 백림 어느 잡지에 유력한 비평가의 비평과 함께 기록된 것, 영채가 동경 어느 큰 음악회에서 피아노와 독창과 조선춤으로 대갈채를 받았다는 말이 영채의 사진과 함께 동경 각 신문에 게재된 것이다.

듣건대 형식과 선형도 해마다 우량한 성적을 얻었다 한다.

삼랑진 정거장 대합실에서 자선 음악회를 열던 세 처녀가 이제는 훌륭한 레이디가 되어 경성 한복판에 떨치고 나설 날이 멀지 아니할 것이다.

신 우선은 그로부터 일절 화류계에 발을 끊고 예의전심(銳意專心), 일변 수양을 힘쓰며 일변 저술에 노력하여 문명(文名)이 전토에 떨쳤으며 더욱이 근일 발행한 〈조선의 장래〉는 발행한 이 주일이 못하여 사판(四版)에 달하였으며 그의 사상은 더욱 깊고 넓게 되며, 붓은 더욱 날카롭게 되어간다.

한 가지 걱정은 아직 술이 너무 과함이나, 고래로 동양 문장에 술 못 먹는 사람이 없으니, 그리 책망할 것도 없을 것이다. 지금은 유명한 대팻밥 모자를 벗어 버리고 백설 같은 파나마 모자를 쓰며 코 아래는 고운 카이제르 수염까지 났다.

황주 김 병국은 십만여 주의 대상원(大桑園)을 지었다. 작년에 봄 서리로 적지 아니한 손해를 보았으나 금년에는 상엽이 매우 충실하다 하니 다행이며, 병국의 조모는 불행히 사랑하는 손녀를 보지 못하고 작년 여름에 세상을 떠나셨다. 병국의 부인도 이제는 아들 하나, 딸 하나를 낳고 내외의 금슬도 전 같지는 아니하다든가.

형식의 주인하고 있던 노파의 집에는 의학 전문학교 학생들이 있는데, 구더기 있는 장찌개와 담뱃대는 지금도 전같이 유명하나 다만 차차 몸이 쇠약하여져서 지금은 약물터에도 다니지 못한다. 그러나 보는 사람마다 형식의 말을 늘 한다.

영채의 어머니는 집을 팔아 가지고, 평양 어느 촌으로 내려가서 양자를 들여 데리고 농사를 지으며 진실한 예수교 신자가 되어서 평안히 천당 길을 닦는다.

우선에게서 영채가 죽지 않고 동경에 갔다는 말을 듣고 너무 기뻐서 울었다 함은 우선의 말이다. 그후에 영채는 한달에 한 번씩 편지를 하였으며 어머니도 자기가 진실히 예수를 믿는다는 말과 영채도 예수를 잘 믿으라는 말과 졸업하고 오거든 곧 자기의 집으로 오라는 말을 편지마다 하고 혹 옷값으로 돈도 보내 주며 가끔 고추장, 암치 같은 것도 보내어 준다.

한 가지 불쌍한 것은 형식이가 평양에 갔을 적에 데리고 칠성문으로 나가던 계향이가 어떤 부잣집 방탕한 자식의 첩이 되어 갔다가 매독을 올리고, 게다가 남편한테 쫓겨나기까지 하여 아주 적막하게 신고함이니, 아마 형식이가 돌아와서 이 말을 들으면 퍽 슬퍼할 것이다. 그 어여쁘던 얼굴이 말 못 되게 초췌하여 이제는 누구 돌아보아 주는 이도 없게 되었다.

혹 독자 여러분이 기억하시는지 모르거니와 형식이가 사랑하던 이 희경 군은 아까운 재주를 품고 조세하였고, 얼굴 거무튀튀하던 김 종렬군은 북간도 등지로 갔다는데 이내 소식을 모르며, 배 학감은 그후에 교주와 충돌이 생겨 지금은 황해도 어느 금광에 가 있다는데 아직도 철이 나지 못한 모양이라 하니 가엾은 일이다.

또 한 가지 말할 것은, 칠성문 밖 형식이가 돌부처라 하던 그 노인은 아직도 건강하여 십여 일 전부터 툇마루에 나와 앉아서 몸을 흔들거리고 있다. 다만 달라진 것은 그 감투가 전보다 더 낡아졌을 뿐.

나중에 말할 것은 형식 일행이 부산서 배를 탄 뒤로 조선 전체가 많이 변한 것이다.

교육으로 보든지 경제로 보든지, 문학 언론으로 보든지, 모든 문명 사상의 보급으로 보든지 다 장족의 진보를 하였으며 더욱 하례(賀禮)할 것은 상공업의 발달이니, 경성을 머리로 하여 각 대도회에 석탄 연기와 쇠망치 소리가 아니 나는 데가 없으며 연래에 극도에 쇠하였던 우리의 상업도 점차 진흥하게 됨이다.

아아, 우리 땅은 날로 아름다워 간다. 우리의 연약하던 팔뚝에는 날로 힘이 오르고 우리의 어둡던 정신에는 날로 빛이 난다. 우리는 마침내 남과 같이 번쩍하게 될 것이로다.

그러할수록에 우리는 더욱 힘을 써야 하겠고, 더욱 큰 인물 —— 큰 학자, 큰 교육가, 큰 실업가, 큰 예술가, 큰 발명가, 큰 종교가가 나야 할 터인데, 더욱더욱 나야 할 터인데 마침 금년 가을에는 사방으로 돌아오는 유학생과 함께 형식, 병욱, 영채, 선형 같은 훌륭한 인물을 맞아들일 것이니 어찌 아니 기쁠까.

해마다 각 전문학교에서는 튼튼한 일꾼이 쏟아져 나오고 해마다 보통학교 문으로는 어여쁘고 기운찬 도련님, 작은아씨들이 들어가는구나! 아니 기쁘고 어찌하랴.

어둡던 세상이 평생 어두울 것이 아니요, 무정하던 세상이 평생 무정할 것이 아니다. 우리는 우리 힘으로 밝게 하고, 유정하게 하고, 즐겁게 하고, 가멸게 하고, 굳세게 할 것이로다.

기쁜 웃음과 만세의 부르짖음으로 지나간 세상을 조상하는 《무정》을 마치자.

꿈

첫 째 권

끝없는 동해 바다. 맑고 푸른 동해 바다. 낙산사(洛山寺) 앞바다.

늦은 봄의 고요한 새벽 어두움이 문득 깨어지고 오늘은 구름도 없이 붉은 해가 푸른 물 속에서 쑥 솟아오르자, 끝없는 동해 바다는 황금빛으로 변한다. 늠실늠실하는 끝없는 황금 바다.

깎아 세운 듯한 절벽이 불그스레하게 물이 든다. 움직이지도 않는 바위 틈의 철쭉꽃 포기들과 관세음보살을 모신 낙산사 법당 기와도 황금빛으로 변한다.

「나무관세음보살 나무대자대비관세음보살.」

하는 염불 소리, 목탁 소리도 해가 돋자 끊어진다. 아침 예불이 끝난 것이다.

조신(調信)은 평목(平木)과 함께 싸리비를 들고 문밖으로 나와 문전 길을 쓸기 시작한다. 길의 흙은 밤이슬에 촉촉히 젖었다. 싸악싸악, 쓰윽 쓰윽하는 비질 소리가 들린다.

조신과 평목이 앞 동구까지 쓸어나갈 때에 노장 용선화상(龍船和尚)이 구부러진 길다란 지팡이를 끌고 대문으로 나온다.

「저, 앞동구까지 잘 쓸어라. 한눈 팔지 말고 깨끗이 쓸어. 너의 마음에 묻은 티끌을 닦아 버리듯이.」

하고 용선노장이 큰소리로 외친다.

「네.」

하고 조신과 평목은 뒤도 돌아보지 아니하고 더 재게 비를 놀린다.

「오늘은 태수 행차가 오신다고 하였으니, 각별히 잘 쓸렷다.」

하고 노장은 산문 안으로 들어간다.

태수 행차라는 말에 조신은 비를 땅바닥에 떨어뜨리고 허리를 편다.

「왜 이래? 벌이 쏘았어? 못난 짓도 픽도 하네.」

하고 평목이가 비로 조신의 엉덩이를 갈긴다.

조신은 말없이 떨어진 비를 다시 집어든다.

「태수가 온다는데 왜 그렇게 놀라? 무슨 죄를 지었어?」

하고 평목은 그 가느스름한 여자다운 눈에 눈웃음을 치면서 조신을 바라본다. 평목은 미남자였다.

「죄는 내가 무슨 죄를 지었어?」

하고 조신은 비질을 하면서 툭 쏜다. 평목과는 정반대로 조신은 못생긴 사내였다. 낯빛은 검푸르고, 게다가 상판이니 눈이니 코는 모두 찌그러지고 고개도 비뚜름하고 어깨도 바른편은 올라가고 왼편은 축 처져서 걸음을 걸을 때면 모으로 가는 듯하게 보였다.

「네 마음이 비뚤어졌으니까 몸뚱이가 저렇게 비뚤어진 것이다. 마음을 바로잡아야 내생에 똑바른 몸을 타고 나는 것이다.」

용선화상은 조신에게 이렇게 훈계하였다.

「죄를 안 지었으면 원님 나온다는데 왜 질겁을 해? 세달사 농장(世達寺農莊)에 있을 적에 네가 아마 협잡을 많이 하여 먹었거나, 뉘 유부녀래도 겁간을 한 모양이야. 어때, 내님이 꼭 알아맞혔지? 그렇지 않고야 김태수 불공 온다는데 왜 빗자루를 땅에 떨어뜨리느냐 말야? 내 어찌 수상쩍게 생각했다니. 세달사 농장을 맡아 보면 큰 수가 나는 자린데, 왜 그것을 내버리고 낙산사에 들어와서 이 고생을 하느냐 말야? 어때, 내 말이 맞았지? 똑바로 참회를 해요.」

하고 평목은 비질하기도 잊고 조신의 앞을 질러 걸으며 잔소리를 한다.

「어서 길이나 쓸어요, 패니시리 노스님 보시면 경치지 말고.」

조신은 이렇게 한마디, 평목에게 핀잔을 주고는 여전히 길을 쓴다. 평목의 말이 듣기 싫다는 듯이 쓰윽싸악하는 소리를 더 높이 낸다.

평목은 그래도 비를 든 채로 조신보다 한 걸음 앞서서 뒷걸음을 치면서 말을 건다.

「이봐 조신이, 오늘 보란 말야.」

「무얼 보아?」

「원님의 따님이 아주 어여쁘단 말야? 관세음보살님같이 어여쁘단 말야. 작년에도 춘추로 두 번 불공드리러 왔는데 말야, 그 아가씨가 참 꽃송이란 말야, 꽃송이. 아유우, 넨정.」

하고, 평목은 음탕한 몸짓을 한다.

평목의 말에 조신은 더욱 견딜 수 없는 듯이 빨리빨리 비질을 한다. 그러나 조신의 비는 쓴 자리를 또 쓸기도 하고 껑충껑충 뛰어넘기도 하고 허둥허둥하였다.

그럴밖에 없었다. 조신이가 세달사의 중으로 명주 날리군(溟州 捺李郡)에 있는 세달사 농장에 와 있은 지 삼 년에 그 편하고 좋은 자리를 버리고 낙산사에 들어온 것이 바로 이 김 태수 흔공(金泰守 昕公)의 딸 달례(月禮) 때문이었다.

조신이 달례를 처음 본 것은 바로 작년 이맘때였다. 철쭉꽃 활짝 핀 어느 날 조신이 고을 뒤 거북재라는 산에 올랐을 때에 마침 태수 김 흔공이 가솔을 데리고 꽃놀이를 나와 있었다. 때는 석양인데 달례가 시녀 하나를 데리고 단둘이서 맑은 시내를 따라서 골짜기를 더듬어 오르는 길에 석벽 위에 매어달린 듯이 탐스럽게 핀 철쭉 한 포기를 바라보고,

「저것을 꺾어다가 병석에 누우셔서 오늘 꽃구경도 못 나오신 어머님께 드렸으면.」

하고 차마 그곳을 그대로 지나가지 못하고 방황할 때에 만난 것이 조신이었다.

무심코 골짜기로 내려오던 조신도 하늘에서 내려온 듯한 달례를 보고는

황홀하게 우뚝 섰다. 제가 불도를 닦는 중인 것도 잊어버렸다. 제가 어떻게나 못생긴 사내인 것도 잊어버렸다. 그리고는 염치도 없이 달례를 물끄러미 바라보고는 언제까지나 한자리에 서 있었다. 마치 그의 눈과 몸이 다 굳어진 것과 같았다.

갑자기 조신을 만난 달례도 놀랐다. 한 걸음 뒤로 멈칫 물러서지 아니할 수 없었으나, 다시 보매 중인지라 안심한 듯이 조신을 향하여 합장하였다. 그의 얼굴에는 역시 처녀다운 부끄러움이 있었다.

「그렇기로 저렇게 아름다운 여자가 어떻게 세상에 있을까?」

조신은 속으로 중얼거리면서, 이 자리에 오래 있는 것 —— 젊고 아름다운 처녀의 곁에서 그 고운 얼굴을 바라보고, 그 그윽한 향기를 맡는 것이 옳지 아니한 줄을 생각하고는 다시 합장하고 허리를 굽히고 달례의 뒤를 지나서 내려가는 걸음을 빨리 걸었다. 그러나 조신의 다리에는 힘이 없어서 어디를 어떻게 디디는지 몰랐다.

달례는 조신의 이러하는 모양을 보다가 방그레 웃으며 시녀더러,

「얘, 저 시님 잠깐만 여쭈어라.」

하였다.

「시님! 시님!」

하고 수십 보나 내려간 조신의 뒤를 시녀가 부르면서 따랐다.

「네.」

하고 조신은 걸음을 멈추고 돌아섰다.

시녀는 조신의 앞에 가까이 가서 눈으로 달례를 가리키며,

「작은아씨께서 시님 잠깐만 오십시사고 여쭈옵니다.」

하였다.

「작은 아씨께서? 소승을?」

하고 조신은 시녀가 가리키는 편을 바라보았다. 거기는 분홍 긴 옷을 입은 한 분 선녀가 서 있었다. 좀 새뜨게 바라보는 모양이 더욱 아름다워서 인간 사람 같지는 아니하였다.

조신은 시녀의 뒤를 따랐다.

「어느 댁 아가씨시오?」

370

하고 조신은 부질없는 말인 줄 알면서 묻고는 혼자 부끄러웠다.

「이 고을 사또님 따님이시오」

시녀는 이렇게 대답하였다.

「그러나 하길래.」

하고 조신은 속으로 중얼거렸다. 이 고을 사또 김 흔공은 신라의 진골(왕족)이었다.

「아가씨께서 소승을 불러 겨시오?」

하고 조신은 달례의 앞에서 합장하였다.

「시님을 여쭈워서 죄송합니다.」

하고 달례는 방긋 웃었다.

조신은 숨이 막힐 듯함을 느꼈다. 석벽 밑 맑은 시냇가에 바위를 등지고 선 달례의 자태는 비길 데가 없이 아름다웠다. 부드러운 바람이 그 가벼운 분홍 옷자락을 펄렁거릴 때마다 사람을 어리게 하는 향기가 풍기는 것 같았다. 그 검은 머리는 봄날 볕에 칠같이 빛났다.

「미안하오나 저 석벽에 핀 철쭉을 꺾어 줍시오」

달례의 붉은 입술이 움직일 때에 옥같이 흰 이빨이 빛났다.

조신은 달례가 가리키는 석벽을 바라보았다. 네 길은 될 듯한 곳에 한 포기 철쭉이 참으로 탐스럽게 피어 있었다.

그러나 거기를 올라가기는 여간 힘드는 일이 아닐 것 같았다. 산을 타는 자신이 있는 사람이 아니면 엄두도 내기 어려울 듯하였다.

「그 꽃은 꺾어서 무엇하시려오?」

조신은 이렇게 물어 보았다. 물론 조신은 그 석벽에 기어오르다가 뼈가 부서져 죽더라도 올라갈 결심을 하였다.

「어머니께서 병환으로 꽃구경을 못하시와서 꼭 저 꽃을 꺾어다가 어머니께 드렸으면 좋을 것 같아서.」

달례는 수줍은 듯이 그러나 낭랑한 음성으로 이렇게 말하였다. 조신은,

「효성이 지극하시오. 그러면 소승이 꺾어 보오리다.」

하고 조신은 갓과 장삼을 벗어서 바위에 놓으려는 것을 달례가 받아서 한 팔에 걸었다.

조신은 어떻게 그 험한 석벽에를 올라가서 어떻게 철쭉꽃을 꺾었는지 모른다. 그것은 꿈속과 같았다. 한아름 꽃을 안고 달례의 앞에 섰을 때에 비로소 정신을 차릴 수가 있었다.

「황송도 하여라.」

하고 달례는 한 팔을 내밀어 조신의 손에서 꽃을 안고 한 팔에 걸었던 장삼을 조신에게 주었다.

이 일이 있는 뒤로부터 조신의 눈앞에서는 달례 모양이 떠나지를 아니하였다. 깨어서는 달례를 생각하고, 잠들어서는 달례를 꿈꾸었다.

그러나 그것은 이루지 못할 일이었다. 달례와 백년해로를 하기는커녕, 다시 한 번 달례를 대하여서 말 한마디를 붙여 보기도 하늘에 별따기와 같은 일이었다.

조신은 멀리 달례가 들어 있는 태수의 내아 쪽을 바라보았다. 깊이깊이 수림과 담 속에 있어서 그 지붕까지 잘 보이지 아니하였다. 나는 제비밖에는 통할 수 없는 저 깊은 속에 달례가 있는 것이다. 그러다가 언제나 벼슬이 갈리면 달례는 그 아버지를 따라갈 수는 있지마는, 서울에 간 뒤에는 여기서보다도 더 깊이 김랑은 숨어서 영영 대할 길이 없을 것이다.

이런 일을 생각하면 조신은 몸둘 곳이 없도록 괴로웠다. 조신은 밥맛을 잃었다. 잠을 잃었다. 그의 기름은 바짝바짝 말랐다. 그는 마침내 병이 될 지경이었다.

「나는 중이다. 불도를 닦는 사람이다.」

이러한 생각으로 조신은 눈앞에 아른거리는 달례의 그림자를 물리쳐 보려고도 애를 썼다. 그러나 그것은 안 될 일이었다. 물리치려면 가까이 오고, 잊으려면 더 또렷이 김랑의 모양이 나타났다.

마음으로 싸우다 싸우다 못한 끝에 조신은 마침내 낙산사에 용선대사를 찾았다.

조신은 대사에게 모든 것을 참회한 뒤에,

「시님, 소승은 어찌하면 좋습니까?」

하고 물었다.

이에 대하여 용선화상은 조신을 바라보고 그 깊은 눈썹 속에 빛나는

눈으로 빙그레 웃으면서,

「네 그 찌그러진 얼굴을 보고 달례가 너를 따르겠느냐? 」

하고는 턱춤을 추이면서 소리를 내어서 웃었다.

조신은 욕과 부끄러움과 슬픔과 절망을 한데 느끼면서,

「그러기에 말씀입니다. 그러니 소승이 어떻게 하면 좋습니까? 」

하고 애원하였다.

「네 상판대기부터 고쳐라.」

「어떡하면 이 업보로 타고난 상판대기를 고칠 수가 있습니까? 」

「관세음보살을 염하여라.」

「관세음보살을 염하면 이 상판대기가 고쳐지겠습니까? 이 검은 빛이 희어지고 이 찌그러진 것이 바로 잡히겠습니까? 」

「그렇고말고, 그보다 더한 것도 된다. 달례보다 더한 미인도 너를 사모하고 따라올 것이다.」

용선화상의 이 말에 힘을 얻어서 조신은

「시님, 소승은 관세음보살을 모시겠습니다. 소승이 힘이 없사오니 시님께서 도력으로 소승을 가지(加持)해 줍시오」

하고는, 지금까지 관세음보살을 염하여 온 것이었다.

그런데 이제 달례가 온다. 그 부모를 모시고 불공을 드리러 오는 것이다. 조신의 가슴은 정신을 진정할 수가 없이 울렁거렸다.

길을 다 쓸고 나서 조신은 용선화상께 갔다.

「시님, 소승은 어찌하면 좋습니까? 」

하고 조신은 정성스럽게 용선께 물었다.

「무엇을? 무엇을 어찌한단 말이냐? 」

하고 노장은 시치미를 떼었다.

「아뢰옵기 황송하오나, 김 태수가 오신다면 그 따님도 오실 모양이니──.」

「오, 그 말이야? 그저 관세음보살을 염하려무나.」

하고 용선대사는 뚫어지게 조신을 바라보았다.

「소승은 지금도 이렇게 가슴이 울렁거립니다.」

「응, 이따가는 더 울렁거릴 터이지.」

「그러면 소승은 어찌하면 좋습니까?」

「관세음보살을 염하려무나.」

「나무대자대비 관세음보살마하살.」

하고 조신은 당장 합장하고 큰소리로 관세음보살을 부른다.

용선은 물끄러미 조신이 하는 양을 향하여서 한 번 합장한다. 대사는 관세음보살을 일심으로 염하는 조신의 속에 관세음보살을 뵈온 것이었다.

절 경내는 먼지 하나 없이 정결히 쓸리고 물까지 뿌려졌다. 동해 바다의 물결이 석벽에 부딪치는 소리가 철석철석 들려왔다. 그 소리와 어울려서,

「나무대자대비 관세음보살마하살.」

하는 조신의 염불 소리가 끊임없이 법당에서 울려나왔다.

문마다 「淨齋所」라는 종이가 붙었다. 노랑 종이 다홍 종이에 범서(梵書)로 쓰여진 진언들이 깃발 모양으로 법당에서부터 사방으로 늘인 줄에 걸렸다.

법당 남쪽 모퉁이 별당이 원님네 일행의 사처로 정결하게 치워졌다. 태수 김 흔공은 이 절에 백여 석 추수하는 땅을 붙인 큰 시주였다. 그러므로 무슨 특별한 큰 재가 아니라도 이처럼 정성을 드리는 것이었다.

해가 낮이 기울어서 승시 때가 될 때쯤 하여서 전배가 달려와서 원님 일행이 온다는 선문을 놓았다.

노장은 칠팔 인 젊은 중을 데리고 동구로 나갔다. 모두 가사 장삼을 입고 목에 염주를 걸고 팔목에는 단주를 들었다. 노장은 육환장을 짚었다. 꾀꼬리 소리가 들려 오고 이따금 멀리서 우는 종달새 소리가 들렸다. 봄철 저녁 날이라 바람은 좀 있었으나 날은 화창하였다. 검으리만큼 푸른 바다에는 눈 같은 물꽃이 피었다. 중들의 장삼 자락이 펄펄 날렸다.

이윽고 노루목이 고개로 검은 바탕에 홍 끝동 단 사령들이 너풀거리는 것이 보였다. 그리고는 가마세 틀이 보기 좋게 들먹들먹 흔들리면서 이리로 향하고 넘어오는 것이 보였다. 짐을 진 행인들이 벽제 소리에 길 아래로 피하는 것도 보였다.

원의 일행은 산모퉁이를 돌았다. 용선대사 일행이 마중을 나서 섰는 모

양을 보았음인지 가마는 내려놓아졌다. 맨 앞 가마에서 자포를 입고 흑건을 쓴 관인이 나선다. 그리고 둘째 가마에서도 역시 자포를 입은 부인이 나서고, 맨 나중에 분홍 긴 옷을 입은 달례가 나선다.

세 사람은 천천히 걷기를 시작한다. 뒤에는 통인 한 쌍과 시녀 한 쌍이 따르고, 사령 네 쌍은 전배까지도 다 뒤로 물러서 따른다. 절 동구에 들어오는 예의다.

서로서로의 얼굴이 바라보일 만한 거리에 왔을 때에 김 태수는 합장하고 고개를 숙인다. 부인과 달례도 그 모양으로 하고, 따르는 자들도 그렇게 한다. 그것은 절에 대하여서와 마중나온 중들에게 대하여 하는 첫 인사였다. 이에 대하여선 용선법사도 합장하였다.

이러하는 동안에 맨 뒤에 선 조신은 반 정신은 나간 사람 모양으로 분홍옷만 바라보고 있었다. 그리고 울렁거리는 가슴과 떨리는 몸을 가까스로 억제하면서 입 속으로 관세음보살을 염하였다.

마침내 태수의 일행은 용선대사 앞에 왔다. 태수는 이마가 거의 땅에 닿으리만큼 대사에게 절을 하고, 부인과 달례는 오체투지(五體投地)의 예로 대사에게 절하였다.

조신은 달례가 무릎을 꿇는 것을 보고 부지 불각에 무릎을 꿇어 버렸다. 출가인은 부모나 임금의 앞에도 절을 아니하는 법이다.

「쩟!」

하고 곁에 섰던 평목이 발길로 조신의 엉덩이를 쳤다.

용선대사가 앞을 서고 그 다음에 태수 일행이 따르고 그 뒤에 중들이 따라서 절에 들어왔다.

조신은 평목에게 여러 가지 핀잔을 받으면서 정신없이 다른 사람들의 뒤를 따라 들어왔다.

「지나간 일년 동안에 더욱 아름다워졌다.」

조신은 이렇게 속으로 중얼대었다. 열다섯, 열여섯 살의 처녀가 피어나는 것은 하루가 새로운 것이다. 조신의 그리운 눈에는 달례는 아무리 하여도 인간 사람이 아닌 듯하였다. 그의 속에는 피고름이나 오줌똥도 있을 수 없고, 오직 우담바라꽃 향기만이 찼을 것 같았다.

「그 눈, 그 눈!」

하고 생각하면 조신은 정신이 땅 속으로 잦아드는 것 같았다.

「나무관세음보살마하살.」

하고 조신은 곁에 사람들이 있는 것도 잊고 소리 높이 불렀다.

이 소리에 달례의 눈이 조신에게로 돌아왔다. 달례는 조신을 알아보는 듯 눈이 잠깐 움직인 것같이 조신에게는 보였다.

유시부터 재가 시작된다.

중들은 바빴다.

부처님 앞에는 새로 잡은 황촉과 새로 담은 향불과 새로 깎은 향이 준비되고, 커다란 옥등잔도 말짱하게 닦아서 꼭꼭 봉하여 두었던 참기름을 그뜩그뜩 붓고 깨끗한 종이로 심지를 꼬아서 열십자로 놓았다. 한 등잔에 넷이 켜지게 하는 것이다.

중들이 이렇게 바쁘게 준비하는 동안에 태수의 일행은 사처에 들러서 쉬기도 하고 동해의 경치를 바라보기도 하였다.

퇴 밑에 벗어 놓은 분홍신은 달례의 신이 분명하거니와, 달례는 몸이 곤함인지 재계를 위함인지 방안에 가만히 앉아서 얼마 아니 있으면 피어날 섬돌밑 모란 봉오리를 바라보고 있었다.

모란 봉오리들은 금시에 향기를 토할 듯이, 그러나 아직 때를 기다리는 듯이 붉은 입술을 꼭 다물고 있었다.

저녁 까치들이 짖을 때에 종이 울었다. 뎅 뎅, 큰 쇠가 울고 있었다.

불공 시간이 된 것이다.

젊은 중들은 가사 장삼의 위의를 갖추고 둘러서고, 김 태수네 가족이 들어와서 재자(齋者)의 자리인 불탑 앞에 가지런히 서고, 나중에 용선대사가 회색 장삼에 금실로 수를 놓은 붉은 가사를 입고 사미의 인도를 받아서 법석에 들어와 인도하는 법사의 자리에 섰다.

정구업 진언에서 시작하여 몇 가지 진언을 염한 뒤에 관세음보살, 비로자나불, 로사나불, 석가모니불, 아미타불을 불러,

「원컨대 재자의 정성을 보시와, 도량에 강림하시와 공덕을 증명하시옵소서.」

하고 한 분을 부를 때마다 법사를 따라서 일동이 절하였다. 김 태수의 가족도 절하였다. 정성스럽게 두 손을 높이 들어서 합장하여 이마가 땅에 닿도록 오체투지의 예를 하였다.

향로에서는 시방 세계의 부정한 것을 다 제하고 향기로운 구름이 되어서 덮게 한다는 향연이 피어오르고, 굵은 초에는 맑은 불길이 춤을 추고 있었다.

이 모든 부처님네와 관세음보살이 이 자리에서 임하시와서 재자의 정성을 보옵시라는 뜻이다.

「옴 바아라 미나야 사바하.」

하는 것은 불보살님네가 자리에 앉으시라는 진언이다.

그러한 뒤에 사미가 쟁반에 차 네 그릇을 가져 다섯 위 앞에 올리자 법사는,

「今將甘露茶 奉獻證明前 鑑察虔懇心 願垂哀納受(차를 받들어 증명하시는 이께 올리오니 정성을 보시와서 어여삐 여겨 받으시옵소서).」

하는 뜻이다.

차를 올리고는 또 절이 있었다.

그리고 법사는 다시,

「대자대비하옵시와 흰옷을 입으신 관세음보살마하살님 자비심을 베푸시와 도량에 강림하시와 이 공양을 받으시옵소서.」

하고 또 쇠를 치고 절하였다.

달례는 법사의 소리에 맞추어 옥같이 흰 두 손을 머리 위에 높이 들어 관음상을 주목하면서 나부시 절을 하였다.

그러고는 관음참회례문이 시작되었다.

「옴 아로륵계 사바하.」

하는 멸업장진언(滅業障眞言)은 법사의 소리를 따라서 일동도 화하였다. 달례의 맑고 고운 음성이 중들의 굵고 낮은 음성 사이에 울렸다. 조신도 전생 금생의 모든 업장을 소멸하여 줍소서, 하는 이 진언을 정성으로 염하였다.

「백겁에 쌓은 죄를(百劫積集罪)

일념에 씻어지다(一念頓蕩除)

마른 풀 사르듯이(如火焚枯草)

모조리 사라지다(滅盡無有餘)」

하는 참회계를 이어,

「옴 살바 못댜모리바라야 사바하. 원컨댄 사생육도(四生六途)에 두루
도는 법계유정(法界有情 ── 목숨 있는 무리)이 여러 겁에 죽고 나며
지은 모든 업장을 멸하여지이다. 내 이제 참회하옵고 머리를 조려 절하
오니, 모든 죄상을 다 소멸하여 주옵시고 세세 생생에 보살도를 행하게
하여 주시옵소서.」

하는 참회 진언과 축원이 법사의 입으로 외워질 때에는 일동은 한참 동안
이나 엎드려 일어나지 아니하였다.

이 모양으로 몸으로 지은 업과 입으로 지은 업과 마음으로 지은 업을
다 참회한 뒤에 다시 죄를 짓지 아니하고 불, 법, 승, 삼보(佛法僧三寶)를
공경하여 빨리 삼계 인연을 떠나서 청정법신을 이루어지이다 하는 원을
발하고는 삼보에 귀명례한 후에,

「삼보에 귀의하와

얻잡는 모든 공덕

일체 유정에 돌려

함께 불도 이뤄지다.」

하고는 나중으로,

「이몸 한 몸 속에(我今一身中)

무진신을 나토와서(即現無盡身)

모든 부처 앞에(遍在諸佛前)

무수례를 하여지다(一一無數禮)

옴 바아라 믹, 옴 바아라 믹, 옴 바아라 믹.」

하는 보례게(普禮偈)와 보례진언(普禮眞言)을 부르고는 용선대사는 경상
위에 놓았던 축원문을 들어서 무거운 음성으로 느릿느릿 읽었다.

「오늘 지극하온 정성으로 재자 명주 날리군 태수 김 흔공은 엎디어 대
자대비 관음대성전에 아뢰나이다.

378

천하 태평하여지이다.

이 나라 상감님 성수 무강하셔지이다.

큰 벼슬 잔 벼슬 하는 이 모든 충성되어지이다.

백성이 질고 없고 시화 세풍하여지이다.

불도 흥왕하와 중생이 다 죄의 고를 벗어지이다.

이 몸과 아내와 딸 몸 성하옵고 옳은 일 하여지이다.

딸 이번에 모례(毛禮)의 집에 시집가기로 정하였사오니, 두 사람이 다 불은 입사와 백년 해로하옵고 백자 천신하옵고 세세 생생에 보살행 닦게 하여 주시옵소서.

이몸 죄업 많사와 아직 아들 없사오니 귀남자 점지하여 주시옵소서.」 하는 것이었다.

이 축문을 들은 조신은 가슴이 내려앉는 듯하였다.

「그러면 달례는 벌써 남의 집 사람이 되었는가?」

조신은 앞이 캄캄하여 몸이 앞으로 쓰러지려 하였다. 이때에 평목이 팔꿈치로 조신의 옆구리를 찔렀기에 겨우 정신을 수습할 수가 있었다.

축원문은 또 읽혀졌다. 축원문이 끝날 때마다 재자는 절을 하였다. 달례도 절을 하였다.

축원문은 세 번 반복하여 읽어졌다

재자의 절도 세 번 있었다.

세 번째 달례가 옥으로 깎은 듯한 두 손을 머리 위에 높이 들 때에는 조신이 달려들어 불탑을 둘러엎고 달례를 움키어안고 달아나고 싶은 충동을 느꼈다. 그리고 관세음보살상을 바라보았다. 관세음보살은 조신을 보시고 빙그레 웃으시는 듯, 그러나 그것은 비웃음인 것 같았다.

조신은 또 한번 불탑에 달려들어 관세음보살상을 끌어내어서 깨뜨려 버리고 싶은 분노를 느꼈다. 그러나 다시 관세음보살상을 우러러볼 때에는 관세음보살은 여전히 빙그레 웃고 계셨다.

그 뒤에 중단, 하단, 칠성단, 독성단, 산신당 일은 어떻게 지나갔는지 조신은 기억이 없었다.

재가 파한 뒤에 조신은 조실에 용선대사를 뵈었다.

용선대사는 꼭 다문 입과 깊은 눈썹 밑에서 빛나는 눈가에 웃음을 띤 듯하였다.

　　「시님, 소승은 어떻게 합니까?」

하는 조신의 말에는 눈물이 섞여 있었다.

　　「무엇을?」

하는 대사의 얼굴에는 무서운 빛이 돌았다.

　　「사또 따님은 혼사가 맺어졌습니까?」

　　「그래, 아까 축원문에서 듣지 아니하였느냐? 화랑 모례 서방과 혼사가 되어서 삼 일 후에 혼인 잔치를 한다고 그러지 않더냐?」

　　「그러면 소승은 어찌합니까?」

　　「무얼 어찌해?」

　　「사또 따님과 백년 연분을 못 맺으면 소승은 이 세상에 살 수 없습니다.」

　　「이 세상에 살 수 없으면 어디 좋은 세상으로 갈 데가 있느냐?」

　　「소승, 이 소원 이루지 못하면 죽어서 축생도에 떨어져서 배암이 되어서라도 사또 따님의 뒤를 따르겠습니다.」

　　「그것도 노상 마음대로는 안 될 것을, 그만한 인연이라도 없으면 그렇게도 안 될 것을.」

　　「그러면 소승 사또 따님을 한 칼로 죽여 버리고, 소승도 그 피 묻은 칼로 죽겠습니다.」

　　「그것도 네 마음대로 안 될 것을.」

　　「그것도 안 되오면 소승 혼자라도 이 칼로 죽어 버리겠습니다.」

하고 조신은 품에서 시퍼런 칼 하나를 내어서 보인다.

　　「그것도 네 마음대로는 안 될 것이다.」

　　「어찌하여서 안 됩니까? 금방 이 칼로 이렇게 목을 따면 죽을 것이 아닙니까?」

　　「목이 따지지도 아니할 것이어니와, 설사 목을 따더라도 지금은 죽어지지 아니할 것이다. 네 찌그러진 모가지에 더 보기 숭한 칼 자욱 하나만 더 내고 너는 점점 사또 따님과 인연이 멀어질 것이다.」

380

「그러면 소승은 어찌하면 좋습니까? 시님, 자비심을 베푸시와 소승의 소원을 이룰 길을 가르쳐 주옵소서.」

하고 조신은 오체투지로 대사의 앞에 너부시 엎드려 이마를 조아린다.

대사는 왼편 손 엄지가락으로 염주를 넘기고 말이 없다.

조신은 머리를 들어서 용선을 우러러보고는 또 한번 땅바닥에 엎드려,

「시님, 법력을 베푸시와서 소승의 소원이 이루어지도록 하여 주옵소서.」

하고 수없이 머리를 조아린다.

「네 분명 달례 아기(阿只)와 연분을 맺고 싶으냐?」

하고 대사는 염주를 세이기를 그친다.

「네, 달례 아기와 연분을 맺고 싶습니다.」

「왕생 극락을 못하더라도?」

「네, 무량겁의 지옥고를 받더라도」

「축생보를 받더라도?」

「네, 아귀보를 받더라도」

「네 몸뚱이가 지금만 하여도 추악하여서 여인이 보면 십 리만큼이나 달아나려든, 게다가 더 추한 몸을 받아 나오면 어찌될꼬?」

용선은 빙긋이 웃는다.

「시님, 단지 일년만이라도 달례 아기와 인연을 맺었으면 어떠한 악보를 받잡더라도 한이 없겠습니다.」

「분명 그러냐?」

「네, 분명 그러하옵니다. 일년이 머다면 한달만이라도 한달이 안 된다 오면 단 하루만이라도 단 하루도 분에 넘친다 하오면 이 밤이 새일 때까지만이라도, 시님 자비를 베푸시와 소승을 살려 주시옵소서. 소승의 소원을 이루어 주시옵소서.」

하고 조신은 한 번 일어나서 절하고 무수히 머리를 조아린다.

「그래라.」

용선은 선뜻 허락하는 말을 준다.

「네? 소승의 소원을 이루어 주십니까?」

조신은 믿지 못하는 듯이 대사를 바라본다.

「오냐, 네 소원이 이루어질 것이다.」

「금생에?」

「바로 사흘 안으로.」

「네? 사흘 안으로? 소승이 달례 아기와 연분을 맺습니까?」

「오냐, 태수 김공이 사흘 후에 이 절을 떠나기 전에 네 소원이 이루어질 것이다.」

「네? 시님? 그게 참말입니까?」

「그렇다니까.」

「어리석은 소승을 놀리시는 것 아닙니까? 시님, 황송합니다. 소승이 백 번 죽사와도 시님의 이 은혜는 잊을 수가 없을 것입니다. 시님, 황송합니다.」

하고 조신이 일어나서 절한다.

용선은 또 한참 염주를 세이더니 손으로 무릎을 치며,

「조신아!」

하고 부른다.

「네.」

「네, 꼭 내 말대로 하렷다.」

「네, 물에 들어가라시면 물에, 불에 들어가라시면 불에라도.」

「꼭 내가 시키는 대로 하렷다.」

「네, 팔 하나를 베라시면 팔이라도, 다리 하나를 자르라시면 다리라도.」

「응, 그러면 네 이제부터 법당에 들어가서 관음기도를 시작하는데, 내가 부르는 때까지는 나오지도 말고 졸지도 말렷다.」

「내, 이틀 사흘까지라도.」

「응, 그리하여라.」

「그러면 소승의 소원은 이루어…….」

「이 믿지 않는 놈이로고! 의심을 버려라!」

하고 대사는 대갈일성에 주장(拄杖)을 들어 조신의 머리를 딱 때린다.

조신의 눈에서는 불이 번쩍한다.

조신은 나오는 길로 목욕하고 새옷으로 갈아입고 관음전으로 들어갔다. 용선법사는 조신이 법당에 들어가는 것을 보고 문을 밖으로 잠그며,

「조신아, 문을 잠갔으니 내가 부를 때까지 나올 생각 말고, 일심으로 관세음보살을 부르렷다. 행여 딴 생각할셔라.」

「네.」

하는 소리가 안에서 들렸다.

「나무대자대비 관세음보살 관세음보살…….」

하는 조신의 염불 소리가 밤이 깊도록 법당에서 울려 나왔다. 조신은 죽을 힘을 다하여서 관세음보살을 부르는 것이었다.

「일심으로 —— 잡념 들어오게 말고.」

하던 용선스님의 음성이 조신의 귓가에 붙어서 떨어지지 아니하였다.

등잔불 하나에 비추어진 관음전은 어둠침침하였다. 그러한 속에 조신은 가부좌를 걷고 앉아서 목탁을 치면서 관세음보살을 불렀다. 그러는 동안에도 조신의 눈은 언제나 관세음보살님의 얼굴에 있었다. 반년나마 밤이면 자라는 쇠가 울기까지 이 법당에서 이 모양으로 앉아서, 이 모양으로 관세음보살님의 얼굴을 바라보면서 칭호를 하였건마는, 오늘 밤에는 특별히 관세음보살님의 상이 살아 계신 듯하였다. 이따금 정병(淨甁)을 듭신 손이 움직이는 것도 같고 가슴이 들먹거리는 듯도 하고 자비로운 웃음 띠우신 그 눈이 더욱 빛나는 것도 같았다.

조신이 더욱 소리를 가다듬고 정신을 모아서,

「관세음보살, 관세음보살.」

하고 부르면 관세음보살의 한일자로 다물어진 입술이 방긋이 벌어지는 듯하기도 하였다.

그러나 다음 순간에 보면 관세음보살님의 입술은 여전히 다물어 있었다.

절에서는 대중이 모두 잠이 들었다.

오직 석벽을 치는 물결 소리가 높았다 낮았다 하게 조신의 귀에 울려 올 뿐이었다.

그리고는 조신이 제가 치는 목탁 소리와 제가 부르는 염불 소리가 어디 멀리서 울려 오는 남의 소리 모양으로 들릴 뿐이었다.

「관세음보살, 관세음보살, 관세음보살.」

조신이 몸의 피곤함을 느낄수록 잡념이 들어오기 시작하였다.

「잡념이 들어오면 정성이 깨어진다.」

하여 그는 스스로 저를 책망하였다. 그리고는 목탁을 더욱 크게 치고 소리를 더욱 높였다.

잡념이 들어올 때는 눈앞에 계시던 관세음보살이 스러져서 아니 보이는 것 같았다. 그러다가 잡념을 내어쫓은 때에야 금빛나는 관세음보살상이 여전히 눈앞에 계시었다.

「나무대자대비 관세음보살마하살.」

하고 조신은 관세음보살 명호를 갖추어 부름으로 잡념이 아니 들어오고 관세음보살님의 모양이 한 찰나 동안도 눈에서 스러지지 아니하기를 힘써 본다.

등잔의 기름이 반 남아 달았으니 새벽이 가까웠을 것이다.

낮에 쉴 사이 없이 일을 하였고, 또 김랑으로 하여 정신이 격동된 조신은 마음은 흥분하였으면서도 몸은 피곤하였다. 또 칭호가 만념(萬念)도 넘었으니, 그것만으로도 피곤할 만하였다.

「이거 안 되겠다.」

하고 조신은 자주 정신을 가다듬었다. 그러나 사흘 동안이야 설마 어떠랴 하던 것은 어림없는 생각이었다. 조신의 정신은 차차 흐리기를 시작하였다.

조신은 무거워 오는 눈꺼풀을 힘써 끌어올려서 관세음보살상을 아니 놓치려고 힘을 썼다.

그러나 어느 틈엔지 모르게 조신은 퇴 밑에 벗어 놓은 김랑의 분홍신을 보면서 관세음보살을 부르고 있었다.

조신은 목탁이 부서져라 서너 번 크게 치고,

「나무대자대비 서방정토 극락세계 관세음보살마하살.」

하고 불렀다.

그러나 그것도 잠시요, 또 수마(睡魔)는 조신을 덮어 누르는 듯하였다.

이번에는 앞에 계신 관세음보살상이 변하여서 김랑이 되었다. 분홍 긴 옷을 입고 흰 버선을 신고 옥으로 깎은 듯한 두 손을 내밀어서 지난 봄 조신의 손에서 철쭉을 받으려던 자세를 보이는 듯하였다.

　조신은 벌떡 일어나서 김랑을 냅다 안으려 하였으나, 그것은 허공이었고 불탑 위에는 여전히 관세음보살님이 빙그레 웃고 계시었다.

　조신은 다시 목탁을 두들기고,

「나무관세음보살마하살.」

하고 소리 높이 불렀다.

　얼마나 오래 불렀는지 모른다. 조신은 이 천지 간에 제가 부르는「관세음보살」소리가 꽉 찬 듯함을 느꼈다. 김랑도 다 잊어버리고 제가 지금 어디 있는 것도 다 잊어버리고, 저라 하는 것도 잊어버린 것 같았다. 오직

「나무관세음보살.」

하는 소리만이 살아 있는 것 같았다.

　이때였다.

「똑, 똑, 똑, 똑.」

하는 소리가 조신의 귓결에 들려 왔다.

　또 한번,

「달그락 달그락.」

하는 소리가 났다.

　조신은 소스라쳐 놀라는 듯이 염불을 끊고 귀를 기울였다.

　이때에 용선스님이 잠근 문이 삐걱 열리며 들어서는 것은 그 누군고? 김랑이었다. 김랑은 어제 볼 때와 같이 분홍 긴 옷을 입고 흰 버선을 신고 방그레 웃으며 들어왔다.

「아가씨!」

　조신은 허겁지겁으로 불렀으나, 감히 손을 내어밀지는 못하고 합장만 하였다. 조신은 거무스름한 장삼에 붉은 가사를 걸치고 있었다.

「시님 기도하시는 곳에 제가 이렇게 무엄히 들어왔습니다. 그렇지만 아무리 참으려도 참을 수가 없어서 어머님 잠드신 틈을 타서 이렇게 살짝 빠져 나왔습니다. 남들은 다 잠들어도 저만은 잠을 못 이루고 시님이 관세음보살 염하시는 소리를 하나도 빼지 아니하고 다 듣고 있었습니다.」

「그러기로 이 밤중에 아가씨가 어떻게 여기를!」

「사모하옵는 시님이 계시다면 어디기로 못 가겠습니까? 산인들 높아서 못 넘으며 바다인들 깊어서 못 건너겠습니까? 시님이 저 동해 바다 건너편에 계시다 하오면 동해 바다라도 훌쩍 뛰어서 건너갈 것 같습니다.」
하는 김랑의 가슴은 마치 사람의 손에 잡힌 참새의 것과 같이 자주 발락거렸다.

「못 믿을 말씀이십니다. 그러기로 소승 같은 못나고 찌그러진 것을 무얼——.」
하고 조신은 부끄러운 듯이 고개를 숙인다.

「못나고 잘나기는 보는 사람의 마음입니다. 제 마음에는 시님은 인간 어른은 아니신 듯——.」

「아가씨는 소승을 어리석게 보시고 희롱하시는 것입니까?」

「아이, 황송한 말씀도 하셔라. 이 가슴이 이렇게 들먹거리는 것을 보시기로서니, 이 깊은 밤에 부모님의 눈을 기이고 이렇게 시님을 찾아온 것을 보시기로서니, 어쩌면 그렇게도 무정한 말씀을——.」

김랑은 한삼을 들어서 눈물을 씻는다.

「그러기로 아가씨와 같이 귀한 댁 따님으로, 아가씨와 같이 이 세상 더 볼 수 없는 아름다운 이로 천하가 다 못났다 하는 소승을——」

「지난 봄 언뜻 한 번 뵈옵고는 시님의 높으신 양지를 잊을 길이 없어서.」

「그러기로 아까 낮에 축원문을 들으니, 아가씨는 벌써 모례 서방님과———.」

「시님, 그런 말씀은 말아 주셔요. 부모님 하시는 일을 어길 수가 없어서—— 아이 참, 여기서 이렇게 오래 이야기하다가 노시님의 눈에라도 뜨이면, 어쩌다가 부모님이라도 제 뒤를 밟아 나오시면, 어머님께서 잠시 제가 곁에 없어도 아가 달례야, 달례 아기 어디 갔느냐, 하시고 걱정을 하시는걸.」
하고 깜짝 놀라는 양을 보이면서,

「아이, 지금 부르는 소리 아니 들렸습니까?」
하고 김랑은 조신의 등뒤에 몸을 숨기며 두 손으로 조신의 어깨를 꼭 잡

는다. 조신의 귀에는 김랑의 뜨거운 입김과 쌔근쌔근하는 가쁜 숨소리가
감각된다. 조신은 사지를 가눌 수가 없는 듯함을 느낀다.

「아, 물결 소리로군. 오, 또 늙은 소나무에 바람 불어 지나가는 소리.」

하고 달례는 조신의 등에서 떨어져서 앞에 나서며,

「자, 시님 저를 데리고 가셔요.」

하고 조신의 큰 손을 잡을 듯하다가 만다.

「어디로요?」

하고 조신은 일종의 무서움을 느낀다.

「어디로든지, 시님과 저와 단둘이서 살 데로.」

「정말입니까?」

「그럼, 정말 아니면 어떡하게요. 자, 어서어서 그 가사와 장삼을 벗으셔
요. 중도 장가듭니까? 자. 어서어서. 누구 보리다.」

조신은 가사를 벗으려 하다가 잠깐 주저하고는 관세음보살상을 향하여
합장 재배하고,

「고맙습니다. 관세음보살님, 고맙습니다. 제자의 소원을 일러 주시오니
고맙습니다.」

하고는 가사와 장삼을 홰홰 벗어서 마룻바닥에 내어던지고 앞서서 나온다.

김랑도 뒤를 따른다. 김랑은 법당 문 밖에 나서자, 보퉁이 하나를 집어
들고 사뿐사뿐 조신의 뒤를 따라서 대문 밖에를 나섰다. 지새는 달이 산
머리에 걸려 있었다.

「그 보퉁이는 무엇입니까?」

하고 조신은 누구 보는 사람이 없는가 하고 사방을 돌아보면서, 나무 그
늘에 몸을 숨기고 묻는다.

김랑도 나무 그늘에 들어와서 조신의 옆에 착 붙어서며, 보퉁이를 들어
서 조신에게 주며,

「우리들의 일평생 먹고 입고 살 것.」

하고 방그레 웃는다.

조신은 그 보퉁이를 받아 든다. 무겁다.

「이게 무엇인데 이렇게 무거워요?」

「은과 금과 옥과. 자, 어서 달아나요. 누가 따라나오지나 않나 원 사령들 중에는 말보다도 걸음을 잘 걷는 사람이 있어요 —— 자, 어서 가요. 어디로든지.」

조신이 앞서서 걷는다.

늦은 봄이라 하여도 새벽 바람은 추웠다.

「어서 이 고을 지경을 떠나야.」

하고 김랑은 뒤에서 재촉하였다.

「소승이야 하루 일백오십 리 길은 걷지마는 아가씨야 ——.」

「제 걱정은 마셔요. 시님 가시는 데면 어디든지 얼마든지 따라갈 테야요.」

두 사람은 동구 밖에 나섰다. 여기서부터는 큰길이어서 나무 그림자도 없었다. 달빛과 산 그늘이 서로 어우러지고 풀에는 이슬이 있었다.

「이 머리를 어떡하나?」

하고 조신은 밍숭밍숭한 제 머리를 만져 보았다.

「송낙이라도 뜯어서 쓰시지.」

하고 김랑도 걱정스러운 듯이 조신의 찌그러진 머리를 보았다.

「아무리 송낙을 쓰기로니 머리가 자라기 전에야 중인 것을 어떻게 감추겠습니까?」

「그러면 나도 머리를 깎을까요?」

하고 김랑은 두 귀 밑에 속발한 검은 머리를 만져 본다.

「그러하더라도 남승과 여승이 단둘이서 함께 다니는 법은 어디 있습니까?」

「그래도 중이 처녀 데리고 다닌다는 것보다는 낫지요. 그럼, 이렇게 할까요? 나도 머리를 깎고 남복을 하면 상좌가 아니 되오.」

「이렇게 어여쁜 남자가 어디 있겠소?」

두 사람의 말에서는 점점 경어가 줄어든다.

「그럼, 이렇게 합시다. 나는 머리를 깎지 말고 시님의 누이동생이라고 합시다.」

「누이라면 얼굴이 비슷해야지, 나같이 찌그러지고 시커먼 사내에게 어떻게 아가씨 같은 희고 아름다운 누이가 있겠소」
　「그러면 외사촌 누이라고 할까?」
　「외사촌이라도 조금은 닮은 구석이 있어야지.」
　「그럼 어떻게 하나?」
　「벌써 동이 트네. 해뜨기 전 어디 가서 숨어야 할 텐데.」
　「글쎄요. 뒤에 누가 따르지 않나 원.」
　두 사람은 잠깐 걸음을 멈추고 온 길을 돌아본다.
　「그러면 이렇게 합시다.」
하고 조신이 다시 말을 내인다.
　「어떻게요?」
하고 김랑이 한 걸음 가까이 와서 조신의 손을 잡는다.
　「아가씨를 소승의 출가 전 상전의 따님이라고 합시다.」
　「그러면?」
　「아가씨 팔자가 기박하여 어려서 집을 떠나서 부모 모르게 길러야 된
다고 하여서, 소승이 모시고 어느 절에 가서 아가씨를 기르다가 이제 서울
댁으로 모시고 간다고 그럽시다. 그러면 감쪽같지 않소?」
　「황송도 해라 종이라니?」
　「아무려나 오늘은 그렇게 하기로 합시다. 그리고 이제는 먼동이 훤히
텄으니, 속에 들어가 숨었다가 햇발이나 많이 올라오거든 인가를 찾아갑
시다. 첫새벽에 길에서 사람을 만나면 도망꾼으로 알지 아니하겠소?」
　「시님은 지혜도 많으시오. 오래 도를 닦으셨기에 그렇게 지혜가 많으시
지.」
하고 김랑은 웃었다.
　조신은 김랑의 말에 부끄러웠다. 그러나 평생 소원이요, 죽기로써 얻기
를 맹세하였던 김랑을 이제는 내 것을 만들었다 하는 기쁨이 더욱 컸다.
　두 사람은 길을 버리고 산골짜기로 들었다. 아직 풀이 자라지 아니하여
서 몸을 감출 수 없는 것이 안타까웠다.
　「아가씨 다리 아니 아프시오?」
　「다리가 아파요.」

「그럼 어떡하나? 이 보퉁이를 드시오. 그리고 내게 업히시오.」

「아이, 숭해라, 그냥 가세요.」

두 사람은 한정 없이 올라갔다. 아무리 올라가도 동해 바다가 보이고 산 밑으로 통하는 길이 보이는 것만 같았다.

「이만하면 꽤 깊이 들어왔는데.」

하고 조신은 돌아서서 앞을 바라보았다. 아직 해는 오르지 아니하였다. 다만 동쪽 바다에 가까운 구름이 누르스름하게 물이 들기 시작하였을 뿐이다.

「이제 고만 가요.」

「아직도 길이 보이는데.」

「그래도 더 못 가겠어요.」

하고 김랑은 몸을 못 가누는 듯이 젖은 바위에 쓰러지듯이 앉는다.

「조금만 더 올라갑시다. 이 물줄기가 꽤 큰 것을 보니 골짜기가 깊을 것 같소. 길에서 안 보일 만한데 들어가서 쉽시다.」

「아이, 다리를 못 옮겨 놓겠는데.」

「그럼, 내게 업히시오.」

하고 조신은 김랑에게로 등을 돌려댄다.

「그러기로 그 보퉁이도 무거울 터인데, 나꺼정 업고 어떻게 산길을 가시랴오?」

「그래도 어서 업히시오. 소승은 산길에 익어서 평짓길이나 다름이 없으니. 자, 어서.」

김랑은 조신의 등에 업혔다. 어린애 모양으로 두 팔로 조신의 어깨를 꼭 잡고 뺨을 조신의 등에 대었다.

조신은 평생 처음으로 여자의 몸에 몸이 닿인 것이다. 비록 옷 입은 위라 하더라도 김랑의 부드럽고 따뜻한 살 기운을 감촉할 수가 있는 것 같았다.

조신은 김랑을 업은 것이 기쁘고, 또 보퉁이의 무거운 것이 기뻤다. 그는 한참 동안 몸이 더 가벼워진 듯하여서 성큼성큼 시내를 끼고 올라갔다. 천리라도 만리라도 갈 수 있는 것만 같았다.

이따금 짐승이 놀라서 뛰는 소리도 들리고 무척 일찍 일어나는 새소리
도 들렸다. 그러한 때마다 조신은 마치 용선화상이나 평목이,

「조신아, 조신아.」

하고 부르는 것만 같아서 몸을 멈칫멈칫하였다.

「우리가 얼마나 왔어요?」

하고 등에 업힌 김랑이 한삼으로 조신의 이마와 목의 ·땀을 씻어 주며 물
었다.

「어디서, 낙산사에서? 큰길에서?」

「낙산사에서.」

「오십 리는 왔을 것이오.」

「길에서는?」

「길에서도 오 리는 왔겠지.」

「인제 고만 내립시다.」

「좀더 가서.」

「그건 그렇게 멀리 가면 무엇하오? 나올 때 어렵지요」

「관에서 따라오면 어떡하오?」

「해가 떴어요」

「어디!」

「저 앞에 산봉우리 보셔요」

조신은 고개를 들어서 앞을 바라보았다. 과연 상봉에 불그레하게 아침
볕이 비치었다.

「인제 좀 내려놓으셔요」

하고 김랑은 업히기 싫다는 어린애 모양으로 두 팔로 조신의 어깨를 떠밀
고 발을 버둥거렸다.

조신은 언제까지나 김랑을 업고 있고 싶었다. 잠시도 몸에서 내려놓고
싶지 아니하였다. 그러나 팔은 아프고 땀은 흐르고 숨은 찼다. 조신은 거
기서 몇 걸음을 더 걷고는 김랑을 등에서 내려놓았다.

올려쏘기 시작하는 아침 햇빛은 순식간에 골짜기까지 내려왔다. 하늘에
닿을 듯한 잣나무 사이로 금 화살 같은 볕이 쭉쭉 내려쏘아서 풀잎에 이슬

방울들이 모두 영롱하게 빛나고 시냇물 소리도 햇빛을 받아서는 더 요란한 것 같았다.

「우수수.」

「돌돌돌돌.」

하는 수풀에 지나가는 바람 소리와 돌 위로 흘러가는 냇물 소리에 섞여서 뻐꾹새와 꾀꼬리와 산새들의 소리가 들리기 시작하였다.

김랑은 작은 바위 위에 걸터앉아서 조신을 물끄러미 바라보았다. 그 눈은 다정한 미소가 있으나, 그래도 피곤한 빛은 가리울 수가 없었다. 밤새도록 걸음을 걸었으니 배도 고팠다.

「인제 어디로 가요?」

하고 김랑은 어디를 보아도 나무뿐인 골짜기를 휘 둘러보았다.

「글쎄, 어디 좀 쉴 만한 데를 찾아야겠는데, 저 굽이만 돌면 좀 평평한 데가 있을 것도 같은데.」

하고 조신은 작은 폭포라고 할 만한 굽이를 가리켰다.

조신의 등에 척척 달라붙은 저고리가 선뜩선뜩하였다.

「좀더 올라갑시다. 어디 의지할 데가 있어야 쉬지 않아요?」

하고 조신은 깨끗한 굴 같은 것을 생각하였다. 혹은 삼꾼이나 사냥꾼의 막 같은 것을 생각하였다. 그런 것이 있을 것만 같았다. 그러한 데를 찾아서 깨끗이 치워 놓고 김랑을 쉬게 하고 또 둘이서 한자리에 쉬는 기쁨을 상상하였다. 그것은 아무도 볼 수 없는 데, 햇빛도 바람결도 볼 수 없는 데이기를 바랐다. 조신과 김랑이 단둘이만 있는 데이기를 조신은 바라면서 김랑을 들쳐 업고 또 걷기를 시작하였다.

골짜기가 갑자기 좁아지고 물소리가 더욱 커졌다. 물문이라고 할 만한 좌우 석벽에는 철쭉이 만발하여 있었다.

그 목을 넘어가서는 조신이 상상한 대로 둥그스름하고 평평하게 된 벌판이라고 할 만한 것이 나섰다. 그 벌판에는 잡목이 있었다.

「아이, 저 철쭉 보아요」

하고 등에 업힌 김랑이 소리를 쳤다.

「응.」

392

하고 조신은 땀방울이 뚝뚝 흐르는 머리를 쳐들었다.

산비둘기 소리가 구슬프게 들렸다.

마침내 조신은 굴 하나를 찾았다. 개천에서 한참 석벽으로 올라가서 굴의 입이 보였다.

「여기 굴이 있다!」

하고 조신은 기쁜 소리를 질렀다.

「아가씨 여기 계시요. 소승이 올라가 있을 만한가 아니한가 보고 오리다!」

하고 조신은 김랑을 내려놓고 옷소매로 이마의 땀을 씻고 석벽을 더듬어서 올라갔다.

조신은 습관적으로,

「나무관세음보살.」

을 부르고 그 굴 속으로 고개를 쑥 디밀었다. 저 속은 얼마나 깊은지 모르나, 사람이 들어가 서고 누울 만한 데도 꽤 넓었다.

「됐다!」

하고 조신은 김랑과의, 첫날밤의 즐거운 꿈을 생각하면서 굴에서 나왔다.

「아가씨, 여기 쉬일 만합니다.」

하고는 도로 김랑 있는 데로 내려와서 김랑더러 거기 잠깐 앉아 기다리라 하고 개천 저쪽 수풀 속으로 들어가서 삭정 솔가지와 관솔과 마른 풀을 한아름 가지고 왔다.

「불을 때요?」

하고 김랑이 묻는다.

「먼저 불을 때야지요. 그래서 그 속에 있던 짐승과 버러지들도 나가고 습기도 없어지고 또 춥지도 않고.」

하고 조신은 또 가서 나무와 풀을 두어 번 안아다가 굴 앞에 놓고 부시를 쳐서 불을 살랐다.

컴컴하던 굴 속에 뻘건 불길이 일어나고 바위 틈으로는 연기가 새어나오기 시작하였다.

조신은 나무를 많이 지펴 놓고는 김랑 있는 데로 돌아 내려와서 김랑을 안고 개천에 건너서 큰 나무 뒤에 숨었다.

「왜 숨으셔요?」

하고 김랑은 의심스러운 듯이, 무서운 듯이 조신을 쳐다본다.

「짐승이 나오는 수가 있습니다.」

「굴 속에서?」

「네, 굴은 짐승들의 집이니까.」

「무슨 짐승이 나와요?」

「보아야 알지요, 곰이 나올는지 너구리가 나올는지 구렁이가 나올는지.」

「에그, 무서워라!」

「불을 때면 다 달아나고 맙니다.」

「시님은 굴에서 여러 번 자 보셨어요?」

「중이나 화랑이나 심마니나 사냥꾼이나 굴잠 아니 자 본 사람 어디 있
어요?」

이때에 굴 속에서 시커먼 곰 한 마리가 튀어나와서 두리번거리다가
뒷산으로 달아 올라가는 것이 보였다.

「곰의 굴이로군.」

하고 조신은 김랑을 돌아보고 빙그레 웃었다.

「그게 곰이오?」

하고 김랑은 조신의 팔에 매어달린다.

「아가씨는 곰을 처음 보시오?」

「그럼, 말만 들었지.」

「가만히 보고 계시오, 또 나올 테니.」

「또?」

「그럼, 지금 나온 놈이 수놈이면 암놈이 또 나올 거 아니오? 새끼들도
있는지 모르지.」

「가엾어라. 그러면 그 곰들은 어디 가서 사오?」

「무어, 우리 둘이 오늘 하루만 빌어 있는 것인데, 우리들이 가면 또 들
어와 살겠지요.」

「이크, 또 나오네!」

394

하고 김랑은 등을 조신의 가슴에 딱 붙이고 안긴다. 또 한 곰이 새끼들을 데리고 나와서 또 두리번거리다가 아까 나간 놈의 발자국을 봄인지 그 방향으로 따라올라갔다.

「인제 다 나왔군. 버러지들도 다 달아났을 것이오」

하고 조신은 김랑을 한번 꽉 껴안아 본다. 조신의 목에 걸린 염주가 흔들린다.

조신은 굴 아궁이에 불을 한 거듭 더 집어넣고 또 개천 건너로 가서 얼마를 있더니 칡뿌리와 먹는 풀뿌리들과 송순 많이 달린 애소나무 가장귀를 꺾어서 안고 돌아왔다.

「자, 무얼 좀 먹어야지. 이걸 잡수어 보시오」

하고 먼저 송기를 벗겨서 김랑에게 주고 저도 먹었다. 송기는 물이 많고 연하였다.

「맛나요」

하고 김랑은 송기를 씹고 송기 벗긴 솔가지를 빨아먹었다.

「송기는 밥이구 송순은 반찬이오. 이것만 먹고도 며칠은 삽니다.」

둘이서는 한참 동안이나 송기와 송순을 먹었다.

「자, 칡뿌리. 이것도 산에 댕기는 사람은 밥 대신 먹는 것이오. 자, 이게 연하고 달 것 같습니다. 응, 응, 씹어서 물을 빨아먹는 건데, 연하거든 삼켜도 좋아요」

하고 조신은 그중 살지고 연할 듯한 칡뿌리를 물에 씻어서 김랑을 주었다.

김랑은 조신이가 주는 대로 칡뿌리를 받아서 씹는다. 조신도 먹는다. 그것들이 모두 별미였다. 곁에 김랑이 있으니, 바윗돌을 먹어도 맛이 있을 것 같았다.

얼마쯤 먹은 뒤에 조신은 지나가는 사람이 있더라도 자취를 아니 보일 양으로 나머지를 묶어서 큰 나무 뒤에 감추어 버렸다. 그리고는 물을 많이 마시고, 조신은,

「자, 인제 올라가 굴 속에서 쉽시다. 그리고 다리 아픈 것이 낫거든 길로 내려갑시다.」

하고 김랑의 손을 잡아서 끌고 굴 있는 대로 올라갔다.

불은 거의 다 타고 향긋한 솔깡 냄새가 풍길 뿐이었다.

조신은 타다 남은 불을 굴 가장자리로 모아서 화로처럼 만들어 놓고, 솔가지로 바닥에 재를 쓸어내고 그 위에 마른 풀을 깔았다.

「자, 아가씨 들어오셔요」

하고 조신은 제가 먼저 허리를 굽혀서 굴 속으로 들어갔다. 굴 속은 후끈하였다.

김랑은 잠시 주저하는 듯하더니 조신의 뒤를 따라서 굴 속으로 들어갔다.

「지금 이 굴 속에는 짐승 하나, 버러지 하나 없으니, 마음 놓으시오」

하고 조신은 기름한 돌을 마른 풀에 싸서 베개까지 만들어서 김랑에게 주었다.

이튿날 아침에 두 사람은 굴 속에서 나왔다. 조신은 김랑의 얼굴을 밝은 데서 대하기가 부끄러웠으나, 김랑은 더욱 부끄러운 듯이 손으로 얼굴을 가렸다.

두 사람은 시냇가에 내려와서 양치하고 세수를 하였다.

조신은 세수를 끝내고는 서쪽을 향하여서 합장하고 염불을 하려 하였으나, 어쩐 일인지 두 손이 잘 올라가지를 아니하였다. 제 몸이 갑자기 더러워져서 다시 부처님 앞에 설 수 없는 것 같음을 느꼈다. 그래도 십수 년 하여 오던 습관에 부처님을 염하고 아침 예불을 아니하면 갑자기 무슨 큰 벼락이 내릴 것 같아서 무서웠다.

그래서 조신은 억지로 두 손을 들어서 합장하고 들릴락말락한 소리로,

「나무아미타불.」

열 번과,

「나무관세음보살마하살.」

열 번을 불렀다.

조신이 염불을 하고 나서 돌아보니 김랑이 조신의 모양을 보고 웃고 섰다가,

「그러고도 염불이 나오시오?」

하고 물었다.

조신은 무안한 듯이 고개를 숙였다.

「제가 공연히 나타나서 시님의 도를 깨뜨렸지요?」

하고 김랑은 시무룩해 하면서 물었다.

「아가씨 곁에 있는 것이 부처님 곁에 있는 것보다 낫습니다.」

하고 조신은 겸연쩍은 대답을 한다.

「아가씨는 다 무엇이고, 고맙습니다는 다 무엇이오? 인제 나는 시님의 아낸데.」

하고 김랑은 상긋 웃는다.

「그럼, 시님은 다 무엇이오? 나는 아가씨 남편인데.」

「또 아가씨라셔, 하하.」

「그럼, 갑자기 무에라고 부릅니까?」

「응, 또 부릅니까라셔, 하하. 시님이 퍽은 용렬하시오」

「아가씨도 소승을 시님이라고 부르시면서.」

「응, 인제는 또 소승까지 바치시네. 파계한 중이 소승은 무슨 소승이오? 출분한 계집애가 아가씨는 무슨 아가씨고, 하하하하.」

하고 김랑은 조신과 자기를 둘 다 조롱하는 듯이 깔깔대고 웃는다.

조신은 어저께 굴을 찾고 곰을 쫓고 할 때에는, 또 밤새도록 김랑에게 팔베개를 주고 무섭지 말게, 추워하지 말게, 억센 팔로 폭 껴안아 줄 때에는 자기가 김랑의 주인인 것 같더니, 김랑이 자기를 보고 파계승이라고 깔깔대고 웃는 것을 보는 지금에는 김랑은 마치 제 죄를 다루는 법관과도 같고, 저를 유혹하고 조롱하는 마귀와도 같아서 섬뜨레함을 느꼈다. 그래서 조신은 김랑으로부터 한 걸음 뒤로 물렀다.

「시님 노여우셨어요? 자, 아침이나 먹어요」

하고 김랑은 조신이 들고 있는 보퉁이를 빼앗으며,

「자 여기여기 앉아서 우리 아침이나 먹어요」

하고 제가 먼저 물가 바위 위에 앉으며 보퉁이를 끄른다. 그 속에서는 백지에 싼 떡이 나왔다.

조신도 김랑의 곁에 앉았다.

「이게 웬 떡이오?」

「도망꾼이 그만한 생각도 아니하겠어요」

하고 떡 조각을 손수 떼어서 조신에게 주면서,

「자, 잡수셔요. 아내의 손에 처음으로 받아 잡수어 보시오」

하는 양이 조신에게는 어떻게 기쁘고 고마운지 황홀할 지경이었다.

조신은 그것을 받아 먹으면서,

「그러면 이 보퉁이에 있는 게 다 떡이오?」

하고 물었다.

「우리 일생 먹을 떡이오」

하고 김랑이 웃는다.

「일생 먹을 떡?」

하고 조신은 그것이 은금 보화가 아니요, 떡이라는 것이 섭섭하였다.

「왜, 떡이면 안 돼요?」

「안 될 건 없지마는, 난 무슨 보물이라고.」

「중이 욕심도 많으시오. 나 같은 여편네만으로도 부족해서 또 보물?」

하고 김랑은 조신을 흘겨본다.

조신은 부끄러웠다. 모든 욕심——이른바, 오욕을 다 버리고 무상도
(無上道)만을 구하여야 할 중으로서 여자를 탐내고 또 보물을 탐내고—
— 이렇게 생각하면 앞날과 내생이 무서웠다.

「보물 좀 보여 드릴까요? 자.」

하고 김랑은 미안한 듯이 보퉁이 속에 싸고 싼 속 보퉁이를 끄르고 백지로
싼 것을 또 끄르고 마침내 그 속에서 금가락지, 금비녀, 은가락지, 은비녀,
옥가락지, 옥비녀, 산호, 금패, 호박 같은 것들이 번쩍번쩍 빛을 발하고 쏟
아져 나왔다.

「아이구!」

가난한 집에 태어나서 여태껏 중 노릇만 한 조신의 눈에는 이런 것들이
모두 처음이었다. 누런 것이 금인 줄은 부처님 도금을 보아서 알거니와
그 밖에 다른 것들은 무엇이 무엇인지 이름도 알 길이 없었다.

「이만하면 어디를 가든지 우리 일생 편안히 먹고 살지 않아요?」

하고 달례는 굵다란 금비녀를 들어서 흔들어 보이면서,

「이것들을 팔아서 땅을 장만하고, 집을 하나 얌전하게 짓고, 그리고 우리 둘이 아들딸 낳고 산다 말야요. 우리 둘이 머리가 파뿌리가 되도록.」

하고 조신에게 안긴다.

「늙지도 말았으면.」

조신은 늙음이 앞에 서기나 한 것같이 낯을 찡그렸다.

「어떻게 안 늙소.」

달례도 양미간을 찌푸렸다.

「늙으면 죽지 않어?」

「죽기도 하지마는 보기 숭해지지 않소? 얼굴에는 주름이 잡히고 살갗이 꺼칠꺼칠해지고.」

「또 기운도 없어지고.」

「눈이 흐려지고, 아이 숭해라.」

달례는 깔깔대고 웃는다.

조신은 달례의 저 고운 얼굴과 보드라운 살이 늙으려니 하면 슬펐다. 하물며 그것이 죽어서 썩어지려니 하면 견딜 수가 없었다.

「그런 생각은 맙시다. 흥이 깨어지오. 젊어서 어여쁘고 기운 있는 동안에 재미있게 삽시다. 자 우리 가요. 어디 좋은 데로 가요.」

달례는 이렇게 말하고 조신을 재촉하였다.

두 사람은 일어났다.

둘째 권

조신은 달례를 데리고 남으로 남으로 걸었다.

뒤에는 무엇이 따르는 것만 같고 수풀 속에서도 무엇이 뛰어나오는 것만 같았다. 미인과 재물을 지니고 가는 것만 하여도 마음 졸이는 일이어든, 하물며 남의 약혼한 처녀를 빼어 가지고 달아나는 조신의 마음의 졸임은 비길 데가 없었다.

게다가 달례의 말을 듣건대, 그의 새서방이 될 뻔한 모례는 글도 잘하거니와, 칼도 잘 쓰고 활도 잘 쏘고 말도 잘 달리고 또 풍악도 잘하는 화랑이었다. 모례가 칼을 차고 활을 들고 말을 타고 따라오면 어찌하나 하면 조신은 겁이 났다.

이때에,

「조신아, 조신아. 섰거라!」

하고 외치는 소리가 들렸다.

조신은 다리가 와들와들 떨렸다. 하마터면 그 자리에 주저앉을 뻔하였다.

「어떻게 해, 이를 어째!」

400

하고 조신은 달례와 보물 보퉁이를 들쳐 업고 뛰었다.

　그러나 겁을 집어먹은 조신의 다리는 방앗공이 모양으로 디딘 자리만 되디디는 것 같았다. 마침 나무 한 포기 없는 데라 어디 숨을 곳도 없었다. 조신에게 이 동안이 천 년은 되는 것 같았다.

　「하하하하.」

하고 뒤에 웃는 소리가 들렸다. 이제나 저제나 하고 기다려도 모례의 화살은 날아오지 아니하였다.

　「내야, 조신아. 내다, 평목이다.」

　평목은 벌써 조신을 따라잡았다.

　조신은 뒤를 돌아보았다. 그것은 분명히 입이 넓기로 유명한 평목이었다.

　조신은 그만 달례를 업은 채로 길바닥에 주저앉았다. 맥이 풀린 것이었다.

　조신의 몸은 땀에 떴다. 숨은 턱에 닿았다. 목과 입이 타는 듯이 말랐다. 눈을 바로 뜰 수가 없고 입이 열리지를 아니하였다.

　평목은 조신의 머리를 싼 헝겊을 벗겼다. 맹숭맹숭한 중대가리다.

　「이놈아, 글쎄 내 소리도 못 알아들어? 그렇게 내다 해도 못 알아들어?」

　평목은 큰 입으로 비쭉거리고 웃었다.

　「아이구, 평목아 사람 살려라.」

　조신은 비로소 입을 열었다.

　「이놈아, 글쎄 중놈이 백주에 남의 시집갈 아가씨를 빼가지고 달아나니깐 발이 조리지 않아?」

　평목은 더욱 싱글싱글하였다.

　「그래 너는 어떻게 알고 여기 따라왔니?」

　「시님께서 가 보라고 하시니까 따라왔지.」

　「내가 이 길로 오는 줄 어떻게 알고?」

　「노시님이 무엇은 모르시니? 남으로 남으로 따라가면 만나리라고 그러시더라.」

「그래 너는 왜 온 거야?」

「글쎄, 시님께서 보내셔서 왔다니까.」

「아니, 왜 보내시더냐 말이다.」

「너를 붙들어 오라고, 지금 사또께서 야단이셔. 벌써 읍으로 기별을 하였으니까, 군사들이 사방으로 떨어날 것이다. 그러면 네가 어디로 달아날 테야? 바람개비니 하늘로 오를 테냐, 두더지니 땅으로 들 테냐? 꼼짝 못하고 붙들리는 날이면 네 모가지가 뎅겅 떨어지는 날야. 그러니까 어서 나하고 아가씨 모시고 돌아가자, 가서 빌어. 아직 아가씨 말짱하십니다, 하고 빌면 네 모가지만은 제자리에 붙어 있을 것이다. 자, 어서 가자.」

하고 평목은 달례를 향하여,

「아가씨, 어서 날 따라오시오 글쎄 아가씨도 눈이 삐었지, 어디로 보기로 글쎄, 저런 찌그러진 검둥이놈한테 반하시오? 자, 어서 가십시다. 만일 진정 모례라는 이가 싫거든, 내 좋은 신랑을 한 사람 중매를 하오리다. 하다못하면 내라도 신랑이 되어 드리지요.」

평목은 이렇게 지절대며 달례의 어깨를 밀어서 앞을 세웠다.

「이놈이.」

하고 조신은 번개같이 덤벼들어 평목의 뺨을 때렸다.

「네, 이놈! 또 한번 그런 소리를 해 보아라. 내가 너를 죽여버리고 말 테다.」

조신은 씨근씨근하였다.

「이 못난 녀석이 어디 이런 기운이 있었어?」

평목은 달례를 놓고 커다란 입을 벌리고 껄껄 웃었다.

평목이가 웃고 보니, 조신은 부끄러움이 나서, 제 손으로 때린 평목의 뺨이 불그스레하여지는 것을 겸연쩍게 바라보았다.

평목은 어깨에 걸쳤던 보퉁이를 내려서 조신이 앞에 내어밀며,

「엇네, 노시님이 보내시는 걸세.」

하였다.

「그게 무엔가?」

조신은 더욱 무안하였다.

「끌러 보면 알지.」

조신은 끌렀다.

거기서 나온 것은 법당에 벗어 팽개를 치고 왔던 칡베 장삼과 붉은 가사였다.

「이건 왜 보내신다던가?」

조신은 가사와 장삼을 두 손으로 받들어 들고 물었다.

「노시님께서 그러시데. 이걸 조신이놈을 갖다 주어라, 이걸 보고 조신이 놈이 돌아오면 좋고, 안 돌아오거든 몸에 지니고나 댕기라고 일러라. 지금은 몰라도 살아가노라면 쓸 날이 있으리라, 그러시데. 그럼 잘 가게, 나는 가네. 부디 재미나게들 살게. 내 사또 뵙고, 자네들이 하슬라 쪽으로 가더라고 거짓말을 하여 줌세. 사또도 사또지, 이제 저렇게 된 것을 다시 붙들어 가면 무얼 하노.」

하고 평목은 조신과 달례를 바라보고 한 번씩 웃고는 뒤도 아니 돌아보고 휠휠 오던 길로 가고 말았다.

「고마웨, 평목이 고마웨.」

하고 조신이 외쳤으나 평목은 들은 체도 아니하였다.

조신은 용선노사와 평목의 일이 고마웠다.

그러나 그런 생각도 할 새가 없었다. 조신은 달례를 데리고 어서 달아나야 한다. 모든 것을 다 잃어도 달례를 잃어서는 아니 된다.

평목은 사또에게 조신이 달아난 길을 가리키지 아니한 모양이었다. 그들은 무사히 태백산(太白山) 밑까지 달아날 수가 있었다. 여러 번 의심도 받았고 또 왈패들을 만나서 달례를 빼앗길 뻔도 하였으나 조신은 그때마다 용하게도 혹은 구변으로 혹은 담력으로 이러한 곤경들을 벗어났다.

「이게 다 관세음보살님 은혜야.」

조신은 곤경을 벗어날 때마다 달례를 보고 이런 말을 하였다.

조신은 태백산 깊숙한 곳에 들어가서 터를 잡고 집을 짓고 밭을 일궜다. 모든 것이 다 뜻대로 되는 것만 같았다. 보리를 심으면 보리가 잘 되고, 콩을 심으면 콩도 잘 되었다. 닭을 안기면 병아리도 잘 까고, 병아리를 까면 다 잘 자랐다. 개도 말같이 크고, 송아지도 얼른 큰 소가 되었다. 호

박도 박도 동이만하게 열렸다. 물도 좋고 바람도 좋았다. 이따금 호랑이, 곰, 멧돼지, 살쾡이, 족제비 같은 것이 내려오는 모양이나, 아직도 강아지 하나, 병아리 한 마리 잃은 일이 없었다.

「관세음보살님 덕이야, 산신님 덕이고.」

조신은 이렇게 기뻐하였다.

이러한 속에 옥 같은 달례를 아내로 삼아 가지고 살아가는 조신은 참 복되었다. 이웃에 사는 사람들도 다 부러워했다.

첫아들이 났다. 그것은 꿈에 미륵님을 뵈옵고 났다고 하여서 「미륵이」라고 이름을 지었다.

다음에 딸을 낳았다. 그것은 꿈에 달을 보고 났다고 하여 「달보고」라고 이름을 지었다.

셋째로 또 아들이 났다. 그것은 꿈에 칼(劍)을 보고 났다고 하여서 「칼보고」라고 이름을 지었다.

넷째로 또 딸을 낳았다. 그의 이름은 「거울보고」였다.

인제 조신에게는 부족한 것이 아무것도 없었다. 단 한 가지 걱정되는 것은 늙는 것이었다. 조신은 벌써 오십이 가까웠다. 머리와 수염에 희끗희끗한 것이 보이고, 그렇게 꽃 같은 달례도 자식을 넷이나 낳으니 눈초리에 약간 잔주름이 보이고 살에 빛도 줄었다. 달례도 벌써 삼십이 넘었다.

조신은 아니 늙으려고 산삼도 캐러 다니고 사슴도 쏘러 다녔다.

「내가 살자고 너를 죽이는구나.」

하고 조신은 살을 맞고 쓰러져서 아직 채 죽지도 아니한 사슴의 가슴을 뚫고 그 피를 빨아먹었다. 그리고 용을 갖다가 식구들이 다 나눠 먹었다.

산삼도 먹었다.

이것으로 정말 아픔과 늙음과 죽음이 아니 오려는가?

하루는, 조신이 삼을 캐러 갔다가 집에 돌아오니, 미륵이, 달보고, 칼보고, 세 아이가 나와 놀다가 아비가 돌아오는 것을 보고,

「아버지, 손님 왔어.」

하고 조신에게로 내달았다.

「손님? 어떤 손님?」

조신은 가슴이 덜컥 내려앉는 것 같았다. 이 집에 찾아올 손님이 있을 리가 없었다.

「중이야.」

「중?」

조신은 벌써 중이 아니었다.

「응, 입이 커다래.」

「엄마가 알든?」

「처음에는 누구셔요? 하고 모르더니 손님이 이름을 대니깐 엄마가 알던데.」

「이름이 뭐래?」

「무에라더라? 무슨 목이.」

조신은 다 알았다.

평목이로구나 하고,

「평목이라든?」

하고 미력이를 보고 물었다.

「오라, 평목이, 평목이래, 하하.」

아이들은 평목이란 이름과 입이 커다란 것을 생각하고 웃는다.

그러기로 평목이가 어찌하여서 왔을까. 대관절 어떻게 알고 찾아왔을까. 조신은 큰 비밀이 깨어질 때에 제게 있는 모든 복이 터무니없이 깨어지는 것 같아서 섬뜨레하였다.

조신은 그동안 십여 년을 마음 턱 놓고 살았던 것이다. 남의 시집갈 처녀를 훔쳐왔다는 것이 마음에 걸리기는 하나, 그렇더라도 이제야 누가 알랴 한 것이었다. 달례의 부모도 인제는 달례를 찾기를 단념하였을 것이요, 또 모례도 인제는 다른 새 아씨한테 장가를 들었으리라고 생각하기 때문에 마음을 놓고 있었던 것이다.

그러하던 것이 불의에 평목이 온 것을, 아니 기억은 십오 년 전으로 돌아가 마치 바늘 방석에 앉은 것 같았다.

평목이란 조신이 알기에는 결코 좋은 중이 아니었다. 낙산사에 있을 때에 용선스님의 눈을 기이고는 술도 먹고 또 재 올리러 온 젊은 여자들을 노리기도 하던 자였다. 또 도적질도 곧잘 하던 자였다. 그 커다란 입으로 지절대는 소리는 모두 거짓말이었고 남을 해치는 말이었다. 그런데 이 작가가 조신과 달례를 곱다랗게 놓아 보낸 것이 수상하다고 생각하였으나, 그것은 용선스님의 심부름이기 때문이라고 조신은 생각하였다.

집에 온 것은 과연 평목이었다. 그도 인제는 중늙은이 중이었다.

「평시님, 이게 웬일이오?」

조신은 옛날 습관으로 중의 인사를 하였다.

「지나던 길에 우연히 들렀소」

하고 평목도 십오 년 전 서로 작별할 때보다는 무척 점잖았다.

그날 밤 조신은 평목과 한방에서 잤다. 두 사람은 낙산사의 옛날로 돌아가서 이야기가 끝날 바를 몰랐다. 용선스님은 아직도 정정하시고 평목은 이번 서라벌까지 다녀오는 길에 산천 구경 겸 온 것이라고 하였다.

그러나 물론 조신은 평목의 말을 무엇이나 반신 반의하였다. 더구나 평목 자신에 대한 말은 믿으려고도 아니하였다.

이것은 조신만이 그런 것이 아니라 평목을 잘 아는 사람은 다 그러하였다. 평목은 악인은 아니나 거짓말쟁이였다.

「그런데 아무려나 기쁘오. 참 재미나게 사시는구료.」

평목은 이렇게 말하였다. 조신에게는 평목의 말이 빈정거리는 것으로 들릴 뿐더러, 그 말에는 독이 품긴 것 같았다.

「재미가 무슨 재미요, 부끄러운 일이지.」

하고 조신은 노스님이 평목을 시켜서 보내어 준 가사와 장삼을 생각하였다. 오랫동안 잊어버렸던 것이기 때문에 지금은 그것이 어디 들었는지도 알 수 없었다.

「재미가 무슨 재미? 그럼 나하구 바꾸려오?」

평목은 벌떡 일어나 앉으며 이런 소리를 하였다.

「바꾸다니?」

조신은 불끈함을 느꼈다.

「아니, 나는 이 집에서 재미나게 살고, 시님은 나 모양으로 중이 되어서 떠돌아다녀 보란 말요.」

406

평목은 농담도 아닌 것같이 이런 소리를 하였다.

「에잉?」

하고 조신은 돌아누우며,

「원, 아무리 친한 처지의 농담이라 할지라도 할 말이 다 따로 있는 것이지, 그게 다 무슨 소리란 말요?」

하고 쩝 소리가 나도록 입맛을 다시었다. 평목이 달례에게 불측한 생각을 가졌거니 하니 당장에 평목을 어떻게 하기라도 하고 싶었다.

「흥, 어디 내게 그렇게 해 보오. 이녁은 남의 아내를 훔쳐 내인 사람 아니오? 내 입에서 말 한마디만 나와 보오. 흥, 재미나게 살겠소. 모가지는 뉘 모가지가 날아가고? 강물은 제 곬으로 가고 죄는 지은 데로 가는 거야. 모례가 지금 어떻게 당신을 찾는 줄 알고.」

평목은 침을 탁 뱉었다.

모례란 말에 조신은 전신이 오그라드는 듯하였다. 모례는 달례의 남편이 될 사람이었다. 칼 잘 쓰고 말 잘 타기로 서울에까지 이름이 난 화랑이었다. 조신도 화랑이란 것을 잘 아는 바에, 화랑이란 한번 먹은 뜻은 변함이 없고, 한번 맺은 의를 끊는 법이 없다. 모례가 십오 년이 지난 오늘에도 달례를 찾을 것은 당연한 일인 것 같았다.

그렇게 생각하면 무서웠다. 한번 모례와 마주치는 날이면 매를 만난 새와 같아서 조신은 아무리 날쳐도 그 손을 벗어나지 못할 줄을 안다.

이렇게 생각하고 조신은 벌떡 일어났다.

「평시님, 아니, 정말 모례가 아직도 나를 찾고 있소?」

「어찌 안 찾을 것이오? 제 아내를 빼앗기고 찾지 않을 놈이 어디 있단 말요. 하물며 화랑이어든. 화랑이, 그래 한번 먹은 뜻을 변할 것 같소?」

「아니, 평시님, 똑바로 말을 하시오. 정말 모례가 나를 찾소?」

「찾는단밖에. 이제 다 버린 계집을 찾아서 무엇하겠소마는 두 연놈을 한 칼로 쌍동 자르기 전에 동이덩이같이 맺힌 분이 풀릴 것 같소?」

「아니, 정말 평시님이 모례를 보았느냐 말이오. 정말 모례가 이 조신을 찾는 걸 보았느냐 말이오?」

「글쎄 그렇다니까. 모례가 그때부터 공부도 벼슬도 다 버리고 원수 갚

으러 나섰소. 산골짜기마다 굽이 샅샅이 뒤져서 아니 찾고는 말지 아니할
것이오. 오늘이나 내일이나 여기도 올는지 모르지. 시님도 그만큼 재미를
보았으니, 인제 그만 내어놓을 때도 되지 않았소? 인제는 벌을 받을 날이
왔단 말요.」

평목은 어디까지나 조신을 간지려 죽이려는 듯이 눈과 입가에 비웃음을
띠고 있었다.

「시님.」

하고 조신은 떨리는 음성으로,

「시님, 이 일을 어찌하면 좋소? 그때에도 시님이 나를 살리셨으니 이
번에도 시님이 나를 살려 주시오. 네 아이들을 불쌍히 여기셔서 시님이
나를 살려주시오. 제발 활인공덕을 하여 주시오. 여섯 식구를 죽게 하신
대서야 살생이 되지 않소? 평시님, 제발 나를 살려 주시오.」

하고 두 팔을 짚고 꿇고 앉아서 수없이 평목의 앞에 머리를 조아렸다.

「글쎄, 시님도 그렇게 좋은 말로 하시면 모르지마는 시님이 만일 아까 모
양으로 내 비위를 거스린다면 나도 다 생각이 있단 말이오. 안 그렇소?」

평목은 가슴을 내밀고 고개를 잦힌다.

「그저 다 잘못했으니 살려만 주오.」

조신은 또 한번 이마를 조아린다.

「그러면 내가 시님이 같이 살던 부인이야 어찌 달라겠소마는 따님을 날
주시오. 아까 보니까, 이쁘장한 게 어지간히 쓰겠습디다.」

평목의 이 말에 조신은 한 번 더 가슴에서 분이 치밀고 눈초리에 불꽃이
뛰는 것을 느꼈다. 그는 순간에 번뜩 조신의 눈앞에는 도끼가 보였다. 나
무를 찍고 장작을 패는 도끼다. 기운으로 말하면, 평목이 조신을 당할 리가
없었다. 당할 수 없는 것은 오직 평목의 입심과 능글능글함이었다.

도끼는 방 한편 구석에 누워 있었다. 새로 갈아 놓은 날이 등잔불을 받
아서 번쩍번쩍 빛났다.

「당장에 평목의 골통을 패어 버릴까?」

하고 조신은 주먹을 불끈 쥐었으나 참았다. 그리고 웃는 낯으로,

「그건, 아직 어린걸.」

하고 눙쳐 버렸다.

「어리기는 열다섯 살이 어려요?」

평목의 눈이 빛났다. 조신은 한 번 더 동이덩이 같은 것이 치미는 것을 삼켜 버렸다.

「자, 인제 늦었으니 잡시다. 내일 마누라하고도 의논해서 좋도록 하십시다.」

조신은 이렇게 말하고 자리에 누웠다. 평목도 누웠다.

조신은 잠이 들지 아니하였다. 헛코를 골면서 평목이 하는 양을 엿보았다.

평목은 잠이 드는 모양이었다.

평목이 코를 고는 것을 보고야 조신은 마음을 놓았다.

평목이 깊이 잠들기를 기다려서 조신은 소리 아니 나게 일어났다.

「암만 해도 평목의 입을 막아 놓아야 할 것이다.」

조신은 이렇게 생각하고 구석에 놓인 도끼를 생각하였으나, 방과 몸에 피가 묻어서 형적이 남을 것을 생각하고는 목을 매어 죽이기로 하였다. 조신은 손에 맞는 끈을 생각하다가 허리띠를 끌렀다.

평목이 꿈을 꾸는지 무슨 소리를 지절거리며 돌아누웠다.

조신은 죽은 듯이 가만히 있었다. 그러나 평목이 움직이는 것을 보고는 죽이는 것이 무서워졌다.

「사람을 죽이다니.」

하고 조신은 진저리를 쳤다.

그렇지마는 평목을 살려 두고는 조신 제 몸이 온전할 수가 없었다. 평목에게 딸을 주기는 싫었다. 딸 달보고는 아비는 아니 닮고 어미를 닮아서 어여뻤다. 그러한 딸을 능구렁이 같은 평목에게 준다는 것은 차마 못할 일이었다.

그뿐 아니다. 설사 딸을 평목에게 주더라도 그것만으로 평목이 가만 있을 것 같지 아니하였다. 필시 재물도 달라고 할 것이다. 딸을 주고 재물을 주면 조신의 복락은 다 깨어져 버리고 말 것이다.

「아무리 하여서라도 평목은 없애 버려야 한다.」

조신은 오래 두고 망설이던 끝에 마침내 평목의 가슴을 타고 허리띠 끈으로 평목의 목을 졸랐다. 평목은 두어 번 소리를 치고 팔다리를 버둥거렸으나 마침내 조신을 당하지 못하고 말았다.

조신은 전신에서 땀이 흘렀다. 이빨이 떡떡 마주치고 팔다리는 허둥허둥하였다.

조신은 먼저 문을 열고 밖에 나가 보았다. 지새는 달이 있었다. 고요하다.

조신은 다시 방으로 들어와서 평목을 안아들었다. 평목의 팔다리가 축축 늘어지는 것이 무서웠다.

조신은 나무 그늘을 골라 가면서 평목의 시체를 안고 뒷산으로 올랐다. 풀잎 소리며 또 무엇인지 모르는 소리가 들릴 적마다 조신은 전신이 굳어지는 듯하여서 소름이 쭉쭉 끼쳤다.

조신은 평소에 보아 두었던 굴 속에 시체를 집어넣고는 뒤도 아니 돌아보고 집으로 내려왔다. 내일이나 모레나 틈을 보아서 묻어 버리리라고 생각하였다.

이튿날 아침에 아내 달례가,

「손님은 어디 가셨어요?」

하고 물을 때에 조신은,

「새벽에 떠나갔소」

하고 어색한 대답을 하였다.

사람을 죽인다는 큰 죄를 저지른 사람의 마음이 편안할 리가 없었고, 마음이 편안치 아니하면 그것이 얼굴과 언어, 동작에 아니 나타날 수가 없었다.

조신은 밤에도 깜짝깜짝 놀라고 식욕도 줄었다. 늘 근심을 하고 있었다. 동구에 사람의 그림자만 너푼하여도 조신은 가슴이 덜컥 내려앉았다.

이 모양으로 삼사 일이나 지난 뒤에야 조신은 비로소 평목의 시체를 묻어 버리리라 하고 땅을 팔 제구를 가지고 밤에 뒷산에 올라갔다. 그러나 무서워서 그 시체를 둔 굴 가까이 갈 수가 없었다. 어두움 속에 평목이가 혀를 빼어 물고 으흐흐흐하면서 조신에게 덤벼드는 것만 같았다. 그래서 전신에 땀을 쭉 흘리고 집으로 돌아왔다.

그래도 이 시체를 감추어 버리지 아니하면 필경 발각이 날 것이요, 발각이 나면 조신은 살인죄를 지고 말 것이다. 그래서 조신은 기운을 내어서 또 밤에 산으로 갔다. 그러나 이 날은 전날보다도 더욱 무서웠다. 다리가 떨려서 옮겨놓기가 어려웠다. 어두움 속에서는 또 평목이가 혀를 빼어물고, 두 팔을 기운없이 흔들면서 조신을 향하여 오는 것 같았다. 조신은 겁결에 어떻게 온 지 모르게 집으로 달려왔다. 전신에는 땀이 쭉 흘렀다.

「어디를 밤이면 갔다 오시오?」

아내는 이렇게 물었다.

조신은 무엇이라고 대답할 바를 몰라서,

「삼 캐러.」

하였다.

「밤에 무슨 삼을 캐오.」

아내는 수상하게 물었다.

「산신 기도 드리는 거야.」

조신은 이러한 대답을 하였다.

산신 기도란 말을 하고 보니 또 새로운 걱정이 생겼다. 그것은 시체를 묻지도 아니하고 내버려 두었기 때문에 필시 산신님의 노염을 사서 큰 동티가 나리라 하는 것이었다.

「산신 동티란 무서운 것인데.」

하고 조신은 몸에 소름이 끼쳤다. 산신님이 노하시면 작으면 삵, 족제비, 너구리 같은 것이 난동하여서 닭이며 곡식을 해롭게 하고, 크면 늑대, 곰, 호랑이, 구렁이 같은 짐승을 내놓아서 사람을 해한다는 것이다.

산신제를 지내자니 사람을 죽인 몸이라 부정을 탈 것이오.

「어떡하면 좋은가…….」

하고 조신은 잠을 이루지 못하였다.

이러한 생각을 하면 벌써 산신 버력이 내리는 것만 같았다. 금시에 상멍에(큰 구렁이)가 지붕을 뚫고 내려와서 제 몸을 감을는지도 모른다. 호랑이가 내려와서 사랑하는 아내와 아이들을 물어 죽일는지도 모른다.

조신은 머리가 쭈볏쭈볏함을 느낀다.

그러나 조신은 모처럼 쌓아 놓은 행복을 놓아 버릴 수는 없었다. 아무리 하여서라도 언제까지나 언제까지나 꽉 붙들고 매어달리지 아니하면 아니 된다.

조신은 용선스님이 주신 가사를 생각하였다. 몸에 가사만 걸치면 천지 간에 감히 범접할 귀신이 없다는 것이다. 그러나 부처님이 명하신 계행을 깨뜨린 더러운 몸에 이 가사를 걸치면, 가사가 불길이 되고 바람이 되어서 그 사람을 아비지옥으로 불어 보낸다는 것이다.

「그 가사 장삼을 집에 두어서 이런 변사가 생기는 것이 아닐까?」

조신은 이렇게도 생각하여 보았다.

그렇게 생각하니 검은 장삼과 붉은 가사가 저절로 너풀너풀 허공에 날아올라 가는 것 같아서 조신은 몸서리를 쳤다. 너풀너풀 가사 장삼은 조신의 눈앞에 있어서 오르락내리락한다.

조신은 눈을 떠 보았다.

캄캄하다.

어두움 속에서 수없이 가사와 장삼이 너풀거렸다.

그중에는 평목의 모양도 보이고 용선스님의 모양도 보였다. 그러나 용선화상의 모양은 곧 스러졌다.

조신은 정신이 어지러워 지접할 수가 없었다.

아내와 아이들이 있는 방으로 가고 싶었으나 가위눌린 사람같이 몸을 움직일 수가 없는 것 같았다.

아내의 얼굴도 무서웁게 나타나 여귀와 같았다.

아이들의 얼굴도 매서운 귀신과 같았다.

조신은 어찌할 줄을 몰랐다. 눈을 떠도 무섭고 감아도 무서웠다.

「아아 내가 왜 이럴까. 밤길을 혼자 가도 무서움을 아니 타던 내가 왜 이럴까.」

조신은 정신을 수습하려고 애를 써 보았으나 안 되었다. 모든 것이 다 저를 위협하고 해치려는 원수인 것 같았다.

조신은 낙산사 관음상을 마음에 그려 보려 하였다. 그 자비하신 모습을 잠깐 뵈와도, 살아날 것만 같았다. 이러한 경우에 사랑하는 처자도 아무러한 힘도 없었다. 「나무」하고 「대자대비 관세음보살마하살」을 부르려 하나 입이 열리지 아니하였다.

전신이 얼어 들어오는 듯하였다.

조신은 아무리 하여서라도 관세음보살상을 뵈오려 하나, 나오는 것은 무서운 형상뿐이었다. 눈망울 툭 불거진 사천왕상이 아니면 머리에 뿔 돋친 염라국 사자의 모양뿐이었다.

가사와 장삼이 어지럽게 너풀거리던 어두움 속에 눈망울 불거지고 뿔 돋친 귀신들, 머리 풀어헤치고 입에서 피 흘리는 귀신들이 어지러이 나타나서 조신을 노려보았다.

다음 순간에 눈앞에는 이글이글 검푸른 불이 타는 불지옥과, 지글지글 사람의 기름이 끓는 큰 가마며, 입을 벌리고 혀를 잡아당기어서 자르는 광경이며, 기름틀에 넣고서 기름을 짜듯이 불의한 남녀를 눌러 짜는 광경이며, 이 모양으로 모든 흉물스러운 광경이 보이고, 나중에는 평목이가 퍼런 혀를 빼어물고 손에 제가 목을 매어 죽던 끄나불을 들고 나타나서 조신을 향하여 손을 뻗치는 것을 보일 때에 조신은 베개에 두 눈을 비비며 저도 모르게 소리를 질렀다.

조신이 다시 정신을 차렸을 때에는 옆에 아내 달례가 있었다.

「웬일이오?」

달례는 남편이 눈을 뜨는 것을 보고 일어나 앉으며 묻는다. 달례가 두 팔을 들어서 흩어진 머리를 거둘 때에 그 흰 두 팔꿈치와 젖가슴이 어두움 속에 보이는 것이 조신의 눈에는 금방 꿈속에서 보던 귀신과 같아서 악 소리를 치면서 벌떡 일어났다.

「아니, 왜 그러우?」

달례도 깜짝 놀라는 듯이 앉은 걸음으로 뒤로 물러나며 머리 가누던 두 손을 앞으로 내어밀었다.

「아니야.」

하고 조신은 맥없이 도로 드러누웠다. 저도 제 행동이 부끄러웠고 아내에게도 숨기고 있는 살인의 비밀이 혹시 이런 것으로 탄로가 되지나 않는가 하여 겁만 났다.

「아니라니?」

하고 달례는 남편의 수상한 행동에 마음이 놓이지 아니하였다.

「요새에 웬일이오? 밤마다 헛소리를 하고 —— 자면서 팔을 내어두르고, 몇 번이나 소스라쳐 놀랐는지 몰라. 참 이상도 하오. 아마 무슨 일이 있나 보아. 나도 꿈자리가 사납고. 어디 바로 말을 해 보슈. 그 평목인가 한 중이 어디 갔소? 왜 식전 새벽에 아침도 안 먹고 갔단 말요. 암만해도 수상하더라니. 그이 왔다 간 다음부터 당신의 모양이 수상해요. 어디 바루 말을 해 보아요. 그 중은 어디로 갔소?」

달례가 이렇게 하는 말은 마디마디 회초리가 되어서 조신의 등덜미를 후려갈기는 것 같았다.

「내가 그 녀석 간 곳을 어떻게 알아? 저 갈 데로 갔겠지.」

조신은 아무 관심 없는 양을 꾸미느라고 퉁명스럽게 대답하였다. 그러나 그 가슴은 몹시 울렁거렸다.

「아니, 그이를 왜 그 녀석이라고 부르시오? 우리가 도망할 때에 관에 이르지도 아니한 이를?」

달례의 말은 한 걸음 조신의 가슴속으로 파고들었다.

「우리가 재미있게 사는 것을 보고는 샘도 날 것 아니야?」

조신은 아니할 말을 하였다고 고대 뉘우쳤다.

「아니, 그이가 무어랍니까?」

달례는 무릎 걸음으로 조신의 곁으로 다가앉는다.

「아냐, 별일은 없었지마는.」

조신은 우물쭈물 이 이야기를 끊고 싶었다.

「아니, 그이가 무에랍디까? 모례 말을 합디까?」

「왜 모례가 있으면 좋겠어? 모례 생각이 나느냐 말야?」

조신은 가장 질투나 나는 듯이 달례 편으로 돌아눕는다.

「왜 그런 말씀을 하슈? 누가 모례를 생각한다우?」

「그럼, 모례 말은 왜 해? 그 원수놈의 말을 왜 입에 담느냐 말야. 모례라는 모자만 들어도 내가 분통이 터지는 줄을 알면서 왜 그런 소리를 하느냐 말야.」

조신에게 제일 싫고 무서운 것이 모례의 이름이었다. 만일 누가 하루에 한 번씩만 모례의 이름을 조신의 귀에 불어넣어 준다면 한달 안에 조신은 말라 죽었을 것이다.

그러나 이 자리에서 모례의 말을 가지고 아내에게 핀잔을 준 것은 모례 때문이라기보다는 죽은 평목의 비밀을 지키자는 계교로서였다. 그러나 한 번 여자의 마음에 일어난 의심은 거짓말로라도 풀기 전에는 결코 잠잠케 할 수는 없었다.

달례는 전에 없이 우락부락한 남편의 태도가 불쾌한 듯이 뾰로통한 소리로,

「모례가 무슨 죄요? 그이가 왜 당신의 원수요? 당신이나 내가 그의 원수면 원수지. 까닭 없는 사람을 미워하면 죄가 안 되오?」
하고 쏘았다.

조신은 벌떡 자리에서 일어나 앉으며,

「무엇이 어째? 모례가 원수가 아니야? 모례놈이 내 눈앞에 번뜻 보이기만 해라, 내가 살려 둘 줄 알고. 담박에 물고를 내고야 말걸.」
하고 어두움 속에 희미하게 보이는 아내의 얼굴을 노려본다. 이렇게 억지로라도 성을 내니 무서움이 좀 가라앉는다. 평목의 원혼이 멀리로 달아난 것도 같았다.

그러나 달례는 환장한가 싶은 남편의 태도가 원망스러운 듯, 전보다 더 뾰롱뾰롱하게,

「모례를 죽여요? 당신 손에 죽을 모렌 줄 알았소? 그이는 화랑이오 칼 잘 쓰고 활 잘 쏘고 하는 그이가 당신 손에 잘 죽겠소. 사람의 일을 아나. 혹시 그이가 여기 올 지도 모르지. 만일 모례가 여기 오는 일이 있다면 당신이나 내가 땅바닥에 엎드려서 비는 거야, 죽을 죄로 잘못했으니 살려 줍시사고, 저 미력이랑 달보고랑 어린 것을 불쌍히 여겨서 살려 줍시사고 제발 괴발 비는 거야. 불공한 말 한마디만 해 보오, 당장에 목이 달아날 테니. 그나 그뿐인가, 암만해도 당신이 평목 시님을 죽.」
할 때에 조신은 달려들어서 달례의 입을 손바닥으로 막아 버렸다.

「함부로 입을 놀려?」

하고 조신은 달례의 몸을 잡아 흔들었다.

달례는 방바닥에 이마를 대고 쓰러지면서,

「과연 그랬구료.」

하고 울면서 푸념을 한다.

「그날 밤에 이상한 소리가 나길래 혹시나 하면서 설마 그런 일이야 하였더니 정말 당신이 그 중을 죽여.」

할 때에 조신은 또 달례의 몸을 잡아 흔든다.

「여보, 여보」

하고 조신은 무서워하는 사람 모양으로 숨이 찬다. 조신은 달례의 귀에 입을 대고,

「그런 소리 말어, 아이들이 들어, 누가 들어.」

하고 덜덜 떨었다.

조신은 제가 사람을 죽였다는 것이 저 밖에 다만 한 사람이라도 아는 사람이 있다는 것이 한없이 무서웠다.

조신은 달례의 귀에 뜨거운 김을 불어넣으면서 말을 한다. 그것은 달례의 분을 풀어서 입을 막자는 것이었다.

「그놈이 —— 평목이놈이 우리 둘이 산다는 것을 일러바친다고 위협을 한단 말야. 모레가 칼을 갈아 가지고 아직도 우리들을 찾아댕긴다고. 방방곡곡으로 샅샅이 뒤진다고 그러니까.」

하고 조신은 한층 더 소리를 낮추어서,

「그러니까 그놈이 달보고를 저를 달라는 거야, 그러니 참을 수가 있나.」

하고 한숨을 내어쉰다.

달보고를 달란다는 말에는 달례도 흠칫하고 놀라는 빛을 보였다.

「이 일을 어찌하면 좋소?」

하고 달례의 말은 절망적이었다.

조신의 집에는 이미 평화는 없었다.

어른들이 얼굴에 매양 근심하는 빛이 있으니 아이들의 얼굴에도 화기가 없었다. 닭, 개, 짐승까지도 풀이 죽고 집까지도 무슨 그늘에 싸인 듯하

였다.

추수도 다 끝나고 높은 산에는 단풍이 들었다. 콩에 배불린 꿩들이 살진 몸으로 무겁게 날고 있었다. 매사냥꾼 활사냥꾼들이 다니기 시작하고, 산촌 집들 옆에는 겨울에 때일 나뭇더미가 탐스럽게 쌓여 있었다. 이제 얼마 아니하여 눈이 와서 덮이면 사람들은 뜨뜻이 불을 지피고 술과 떡에 배를 불리면서 편안하게 재미있게 과동을 하는 것이다.

그러나 조신의 마음에는 편안한 것이 없었다. 곳간에 쌓인 나락섬에서는 평목의 팔이 쑥 나오는 것 같고 나뭇더미에서도 평목의 큰 입이 혀를 빼어 물고 내미는 것 같았다. 게다가 모례가 언제 어느 때에 시퍼런 칼을 빼어 들고 말을 달려 들어오는지도 몰라서 밤 바람에 구르는 낙엽 소리에도 귀가 쫑긋하였다.

「이 자리를 떠나 다른 데로 가서 숨어야 할 터인데.」

조신은 날마다 이런 생각을 하기는 하면서도 어디로 어떻게 갈 것인지 궁리가 나지 아니하였다. 죄를 지은 사람에게는 천지도 좁았다.

추워지기 전에 하루라도 일찍이 떠나야 된다 된다 하면서·머뭇머뭇하는 동안에 첫눈이 내렸다. 조신은 식전에 일어나 만산 평야로 하얗게 눈이 덮인 것을 보고는 가슴이 두근거렸다. 무슨 일이 있어서 도망을 가더라도 눈 위에 발자국이 남을 것이 무서웠다.

이 날 미력이가 아랫동네에 놀러 갔다가 돌아와서 조신의 가슴을 놀라게 하는 소식을 전하였다. 이 고을 원님이 서울서 온 귀한 손님을 위하여 이 골짜기로 사냥을 온다는 것이었다. 이러한 큰 사냥이면 매도 있고 활도 쏘고 또 불을 때어서 곰이나 너구리나 여우도 잡는 것이 예사다. 수십명 일행이 흔히 하루 이틀을 묵으면서 많은 짐승을 잡아 가지고야 돌아가는 것이었다. 그나 그뿐인가, 동네 사람들은 모두 몰이꾼으로 나서서 산에 있는 굴은 말할 것도 없고 바위 밑까지도 샅샅이 뒤지는 것이었다. 그리 되면 저 평목의 시신이 필시 드러날 것이요, 그것이 드러난다면 원님이 반드시 이 일을 그냥 두지 아니하고 범인을 찾을 것이다.

「그것을 묻어 버릴 것을.」

하고 조신은 뉘우쳤다. 묻어야, 묻어야 하면서도 무서워서 못한 지가 벌써 한달이 되었다. 비록 선선한 가을 일기라 하더라도 한달이나 묵은 송장이 온전할 리가 없었다. 필시 썩어서 는적는적 손을 댈 수 없이 되었거나 혹은 여우가 뜯어먹어 더욱 보기 흉하게 되었을 것이다. 이런 생각으로 조신은 평목의 시체 처치를 못한 채 오늘 날에 이르렀다.

조신은 앞이 캄캄해짐을 느꼈다. 아내와 아이들이 제 얼굴을 물끄러미 바라보고 있는 양이 아마 낯색이 변한 것이라고 짐작하고 짐짓 태연한 모양을 한다는 것이 이런 소리가 되어 나왔다.

「망할 녀석들! 사냥은 무슨 주리할 사냥을 나와. 짐승 죽이는 것이 살생이 아닌가. 지옥에를 갈 녀석들!」

이 말에 달례는 눈을 크게 뜨고 조신을 바라보았다. 사람을 죽인 사람이 어떻게 저런 소리를 하나 하는 것 같았다.

조신은 아니할 소리를 하였다 하고 가슴이 섬뜨레하였다. 저도 그런 소리를 하려는 생각이 없이 어찌된 일인지 그런 소리가 나온 것이었다. 무슨 신의 힘이 저로 하여금 그런 소리를 하게 한 것 같아서 조신은 등골에 얼음물을 퍼붓는 듯함을 느꼈다.

그러나 이제 평목의 시체를 처치할 수는 없었다. 우선 눈이 오지 아니하였다. 발자국을 어찌하나. 오늘 볕이 나서 눈만 다 녹인다면 밤에 아무런 일이 없더라도 평목의 시신을 묻어 버리리라고 마음을 작정하였다.

그러나 물 길러 나갔던 달보고는 또 하나 이상한 소식을 전하였다.

「내가 물을 긷고 있는데, 웬 사람이 말을 타고 오겠지 —— 자주 긴 옷을 입고, 이렇게 이렇게, 이상하게 생긴 갓을 쓰고 그리고 아주 잘생긴 사람야. 이렇게 이렇게 수염이 나고. 그 사람이 우물 옆으로 지나가더니 몇 걸음 가서 되돌아서 오더니, 말에서 내리더니 나를 한참이나 물끄러미 보더니, 아가, 나 물 좀 다우, 그래요. 그래서 바가지로 물을 떠 주니까 두어 모금 마시고는 너의 집이 어디냐 그러겠지. 그래……」

하고 달보고의 말이 끝나기도 전에 조신은 눈이 둥그래지며,

「그래, 우리 집을 가르쳐 주었니?」

하고 숨결이 커진다.

달보고는 아버지의 수상한 서슬에 놀란 듯이 입을 다문 채로 고개를

두어 번 까닥까닥한다.

「그래, 그 사람이 젊은 사람이든?」

이번에는 달례가 묻는다.

「나이를 잘 모르겠어. 수염을 보면 나이가 많은 것도 같은데 얼굴을 보면 아주 젊은 사람 같아요」

달보고는 그 붉은 옷 입은 사람을 이렇게 그렸다. 그리고는 부끄러운 듯이 왼편 손을 펴서 파르스름한 옥고리 하나를 내어놓으며 수줍은 듯이 이렇게 설명하였다.

「그 사람이 물을 받아 먹고 돌아 설 때에 웬일인지 띠에 달렸던 이 옥고리가 땅에 떨어지겠지. 그러니깐 그 사람이 깜짝 놀라서, 구부려 이것을 줍더니, 잠깐 무엇을 생각하더니, 아따 물값이다, 하고 나를 주어요」

「왜 남의 사내한테서 그런 것을 받아, 커다란 계집애가?」

하고 달례가 달보고를 노려본다.

「싫다고 해도 자꾸만 주는 걸. 땅에 떨어지는 것을 보니 이것은 분명히 네 것이라고 그러면서.」

하고 달보고는 아주 어색하게 변명을 한다.

조신은 까닭 모르게 마음이 설렌다. 도무지 수상하였다. 이런 때에는 억지로라도 성을 내는 것이 마음을 진정하는 길일 것 같았다. 그래서 조신은 커다란 손으로 그 옥고리를 집어서 문 밖으로 홱 내던지면서,

「그놈이 어떤 놈인데 이런 것으로 남의 계집애를 후려.」

하였다.

옥고리는 공중으로 날아서 뜰 앞 바윗돌에 떨어지면서 째깍 소리를 내고 서너 조각으로 깨어졌다.

달보고는 손으로 두 눈을 가리우고 방바닥에 엎드려서 울었다. 달례는 눈에 눈물이 어리며,

「울지 마. 엄마가 그보다 더 좋은 옥고리 줄게 울지 마.」

하고 일어나서 시렁에 얹었던 상자를 내려 하얀 옥고리 하나를 꺼내어 달보고에게 주었다.

달보고는 「싫여, 싫여」 하고 그것을 받지 아니하였다.

얼마 후에 관인이 와서 조신의 집을 서울 손님의 사처로 정하였으니 제일 좋은 방 하나를 깨끗이 치울 것과 따라오는 하인들이 묵을 방도 하나 치우라는 분부를 전하였다.

조신은 마음에는 찜찜하나 어찌할 도리가 없어서 사랑을 치웠다. 이것은 창을 열면 눈에 덮인 태백산이 바라보이고 강 한 굽이조차 눈에 들어오는 방이었다. 절에서 자라난 조신은 경치를 사랑하였다. 그는 이 방에서 평생을 즐겁게 지내려 하였었다. 그러나 평목이가 이 방에서 죽어 나간 뒤로는 이 방은 조신에게는 가장 싫고 무서운 방이 되어서 그 앞으로 지나가기도 머리가 쭈뼛거렸다.

조신은 사랑방 문을 열 때에 연해 헛기침을 하고 진언을 염하였다. 문을 열면 그 속에서 평목이가 혀를 빼어물고 나올 것만 같았다.

그러나 정작 문을 열고 보니, 아무것도 없었다. 다만 싸늘한 기운이 비인 방 냄새와 함께 훅 내뿜을 뿐이었다.

조신은 방을 떨고 훔쳤다. 깨끗한 돗자리를 깔고 방석을 깔았다. 목침을 찾다가 문득 그것이 평목이가 베었던 것임을 생각하였다.

서울 손님이라는 것이 어떤 귀인인가. 혹시나 내 집에 복이 될 사람이면 좋겠다고 생각하였다.

「설마, 설마.」

하고 조신은 중얼거렸다. 설마 모례야 올라고 하는 것이었다.

그러나 그 사람이 달보고를 유심히 보더라는 것, 옥고리를 준 것, 하필이 집으로 사처를 정한다는 것들을 생각하면 그것이 모례인 것도 같았다.

「만일 그것이 모례면 어찌하나.」

조신은 멍하니 태백산 쪽을 바라보았다. 날은 아직도 흐리고 산에는 거무스름한 안개가 있다.

「모례가 십칠 년 전 일을 아직도 생각하고 있을까. 더구나 귀한 사람이 그런 것을 오래 두고 생각할라고. 벌써 다른 아내를 얻어서 아들딸 낳고 살 것이다. 설령 아직도 달례를 생각하기로소니 우리 집에 달례가 있는 줄을 알 까닭이 없다. 달보고가 하도 어미를 닮았으니까 혹시 우리 집이 달례의 집인가 의심할까. 모례가 나를 본 일은 없다. 누가 그에게 내 용모

420

파기를 하였을까. 내 찌그러진 얼굴, 비뚤어진 코—— 그러나 세상에 그렇게 생긴 사람이 나 하나밖에 없으란 법은 없다.」

조신의 생각은 끝이 없다. 그러고도 무엇이 뒷덜미를 내려짚는 듯이 절박한 것 같다.

조신은 무엇을 찾는 듯이 방안을 휘둘러보았다.

「앗, 저 바랑, 저 바랑!」

하고 조신은 크게 눈을 떴다. 벽장 문이 방싯 열리고 그 속에 집어넣었던 평목의 바랑이 삐죽이 내다보고 있다.

조신의 머리카락은 모두 하늘로 뻗었다. 저것을 처치하지 아니하였고나 하고 조신은 발을 구르고 싶었다.

조신은 얼떨결에 벽장문을 홱 잡아 제치고 평목의 바랑을 왈칵 낚아채었다. 그리고는 구렁이나 손에 잡힌 것같이 손을 떼었다. 바랑은 덜컥하고 방바닥에 떨어져서 흔들렸다. 척척 이긴 굵은 베로 지은 바랑이다. 평목의 등에 업혀서 산천을 두루 돌고 촌락으로 들락날락하던 바랑이다.

조신은 이윽히 이 말없는 바랑을 물끄러미 보고 있었다. 바랑은 아무 말도 없었으나 그 속에는 많은 말이 들어 있는 것 같았다. 이것이 벽장에서 떨어질 때에 떨거덕한 것은 평목의 밥과 국과 반찬과 물을 먹기에 몇십 년을 쓰던 바리때요, 버썩하는 소리를 내인 것은 평목이 어느 절에 들어가면 꺼내어 입던 가사 장삼일 것과 그 밖에 바늘과 실과 칼과 이런 도구가 들어 있을 것은 열어 보지 아니하고라도 조신도 알 수가 있었다. 조신이 낙산사에서 지니고 있던 바랑과 바리때는 어느 누가 쓰고 있는지 모른다.

그러나 조신의 생각에는 평목의 바랑 속에는 이런 으레 있을 것 외에 무서운 무엇이 나올 것만 같았다. 조신은 바랑을 여는 대신에 그 끈을 더욱 꼭 졸라매었다. 무서운 것이 나오지 못하게 하자는 것이다. 그리고 조신은 그 바랑을 번쩍 들어서 벽장을 들여넣었다. 침침한 벽장 속에 바랑은 야릇한 소리를 내고 들어가 굴렀다. 조신의 귀에는 그것이 바랑이 벽에 부딪치는 소리만 같지는 아니하였다. 분명 무슨 이상한 소리가 그 속에 있었다. 그 이상한 소리는 이상하게 귀에 묻어서 떨어지지 아니하였고, 조

신의 손과 팔에도 바랑을 집어넣을 때에 무엇이 물컥하고 뜨뜻미지근하던
것이 배어 있는 것 같았다.

「아아 모두 죄를 무서워하는 내 마음의 조화다. 있기는 무엇이 있어.」
하고 조신은 제 마음을 든든하게 먹으려고 하였다. 그러나 「내 마음」이라
는 것이 내 말을 듣지 아니하였다.

조신이 서울 손님의 사처 방을 다 치우고 나서 지향할 수 없는 마음을
가지고 고민하고 있을 즈음에 조신의 집을 향하고 올라오는 사오 인의 말
탄사람과 수십 명의 사람의 떼를 보았다. 그들 중에는 동네 백성들도 섞여
있었다.

말탄 사람들은 조신의 집 앞에서 말을 내렸다. 관인이 내달아 일변 주
인을 찾고 일변 말을 나무에 매었다.

조신은 떨리는 가슴으로 나서서 귀인들 앞에 오른편 무릎을 꿇어 절을
하였다.

「어, 깨끗한 집이로군, 근농가로군!」

코 밑에 여덟 팔자 수염이 난 귀인이 조신의 집을 돌아보며 말하였다.
이분이 아마 이 고을 원인가 하고 조신은 생각하였다.

원은 집 모양을 휘 돌아본 뒤에, 고개를 돌려 한 걸음 뒤에 선 귀인을
보면서,

「이번 사냥에 네 집에서 이 손님하고 하루 이틀 묵어 가겠으니, 각별히
거행하렷다.」
하고 위엄 있게 말하였다.

「예이. 누추한 곳에 귀인이 왕림하시니 황송하오. 벽촌이라 찬수는 없
사오나 정성껏 거행하오리다.」
하고 조신은 또 한번 무릎을 꿇었다.

「어디 방을 좀 볼까?」
하는 원의 말에 조신은 황망하게 사랑 문을 열어 제쳤다. 원과 손님은 방
안을 휘둘러보고,

「어, 정갈한 방이로군!」
하고 방 칭찬을 하고는,

「이봐라, 내 그 부담을 방에 들여라.」

하여 짐을 들이도록 분부하고, 손님을 향하여서,

「아손, 어찌하시려오? 방에 들어가 잠깐 쉬시려오, 그냥 산으로 가시려오?」

하고 의향을 묻는다.

손님은 그 옥으로 깎은 듯한 얼굴에 구슬같이 맑은 눈을 한 번 감았다 뜨면서,

「해도 늦었으나 먼저 사냥을 합시다.」

한다.

「그러시지, 다행히 사슴이라도 한 마리 잡으면 저녁 술 안주가 될 것이니까?」

하고 원은 아래턱의 긴 수염을 흔들며 허허 하고 소리를 내어서 웃는다.

귀인들은 소매 넓은 붉은 우틔를 벗고 좁은 행전을 무릎까지 올려 신고 오동집에 금으로 아로새긴 칼을 옆에 차고 어깨에 활과 전통을 메고 머리는 자주 박두를 쓰고 나섰다. 관인들은 창을 들고 몰이꾼들 손에 작대기를 들고 매바치는 팔목에 매를 받고 산을 향하여서 길을 떠났다. 조신은 산길을 잘 타는 사람이라는 동네 사람의 추천을 받아서 앞잡이를 하라는 영광스러운 분부를 받았다. 사냥개는 없었으나 동네 개들이 제 주인을 따라서 좋아라고 꼬리를 치며 달리고, 미력이를 비롯하여 동네 아이놈들도 몽둥이 하나씩을 들고 무서운 듯이 멀찍이 따라오며 재깔대었다.

사람들이 걸음을 걸을 때마다 눈에 덮인 낙엽들이 부시럭부시럭, 와싹와싹 하고 소리를 내었다. 까치들이 짖고 솔개, 산새들이 놀란 듯이 우짖고 왔다갔다하였다.

먼저 산제터인 바위 밑에 이르러 제물을 바치고 오늘 사냥에 새와 짐승을 줍시사고 빈 뒤에 모두 음복하고, 그리고는 사냥이 벌어졌다.

매바치는 등성이 바위 위에 서고 몰이꾼들은 잔솔 포기와 나무 포기, 풀 포기를 작대로 치며, 「아리, 아리」 하고 꿩과 토끼를 몰아내고, 개들도 얼른 눈치를 채어서 코를 끌고 꼬리를 치고 어떤 때에 네 굽을 모아 뛰면서 새 짐승을 뒤졌다. 놀란 꿩들이 껙껙 소리를 지르면서 날고 토끼도 귀를

빳빳이 뻗고 달렸다. 이러는 동안에 두 귀인은 매바치 옆에 서 있었다. 앞잡이인 조신도 그 옆에 모시고 있었다.

얼마 아니하여서 대여섯 마리 꿩을 잡았다. 아직도 채 죽지 아니한 꿩은 망태 속에서 쌔근쌔근 괴로운 숨을 쉬고 있었다.

또 서울 손님의 화살이 토끼도 한 마리 맞혔다. 목덜미에 살이 꽂힌 채로 한 길이나 높이 껑충 솟아 뛸 때에는 모두 기쁜 고함을 쳤다.

매는 몇 마리 꿩을 움퀴더니 더욱 눈은 빛나고 몸에 힘이 올랐다. 그의 주둥이와 가슴패기에는 빨간 피가 묻었다.

「살생.」

하고 조신은 속으로 중얼거렸다.

「살생을 아니하오리다.」

하고 굳게굳게 시방 제불 전에 맹세한 조신이다.

그러나 제 손으로 이미 평목을 죽이지 아니하였느냐. 중을 죽였으니 살생 중에도 가장 죄가 무서운 살생을 하지 아니하였느냐. 그렇지마는 오랫동안 자비의 수행을 한 일이 있는 조신은 목전에 벌어진 살생의 광경을 보고 마음이 자못 불안하였다.

꿩망태가 두둑하게 된 때에 서울 손님은 원을 보고,

「매사냥은 그만큼 보았으니, 나는 사슴이나 노루를 찾아보려오. 돼지도 좋고, 모처럼 활을 메고 나왔다가 토끼 한 마리만 잡아 가지고 가서는 직성이 아니 풀릴 것 같소. 그럼 태수는 여기서 더 매사냥을 하시오. 나는 좀더 깊이 산속으로 들어가 보려오.」

하고 서 있던 바윗등에서 내려선다. 원은 웃으며,

「아손 조심하시오. 태백산에는 호랑이도 있고 곰도 있소. 응, 곰은 벌써 숨었겠지마는 표범도 있소. 혼자는 못 가실 것이니, 창꾼을 몇 데리고 가시오.」

하고 건장한 창 든 관인 두 쌍을 불러 준다.

조신은 또 앞장을 섰다. 조신은 이 산속에 골짜기 몇, 굴이 몇인 것도 안다. 그는 보약을 구하노라고 지난 해 매일같이 산을 탔다.

조신은 자신 있게 앞장섰다. 오직 조심하는 것은 평목의 시신을 버린 굴

근처로 가지 않겠다는 것이었다. 그러나 거기 대하여서는 조신은 안심하였다. 왜 그런고 하면, 평목을 내버린 굴은 동네 가까이어서 사슴이나 기타 큰 짐승 사냥에는 관계가 없기 때문이었다.

조신은 아무쪼록 평목의 굴에서 멀리 떨어진 방향으로 길을 잡았다.

골은 더욱 깊어지고 수풀도 갈수록 깊어졌다. 무시무시하게도 고요한 산 속이다. 조신이 앞을 서고 손님이 다음에 걷고 장군들이 그 뒤를 따랐다.

사람들의 눈은 짐승의 발자국을 하나도 아니 놓치려고 하얀 눈을 보고 있었다. 바싹 소리만 나도 귀를 기울였다.

눈 위에는 작은 새 짐승들의 귀여운 발자국들이 가로세로 있었다. 그러나 큰 짐승의 발자국은 좀체로 보이지 아니하였다.

얼마를 헤매며 몇 굴을 뒤지다가 마침내 산비탈 눈 위에 뚜렷뚜렷이 박힌 굵직굵직한 발자국을 발견하였다.

모두들 숨소리를 죽였다. 사냥에 익숙한 듯이 손님은 가만히 발자국을 들여다보아서 그것이 사슴의 것인 것과 개울을 건너서 등성이로 올라간 발자국인 것을 알아내고, 이제부터는 조신 앞잡이는 쓸데없다는 듯이 제가 앞장을 서서 비탈을 올라갔다. 조신과 창군들은 그 뒤를 따랐다.

손님은 등성에 가서 지형을 살펴보고, 창군 두 쌍은 좌우로 갈라서, 한 쌍은 서편 골짜기로, 하나는 동편 골짜기로 내려가라 하고 자기는 조신을 데리고 발자국을 따라서 내려갔다.

발자국은 두 마리의 것이었다. 암수가 앞서거니 뒤서거니 어디로 가노라고 떠난 것이었다. 활과 칼을 가진 이가 그들을 뒤따르고 있는 것을 생각하면 조신은 제가 그 사슴이 된 것 같았다. 될 수 있으면 앞서 달려가서 사슴에게 일러 주고 싶었다.

사슴들은 똑바로 가지는 아니하였다. 그들은 제 발자국이 무엇을 의미하는지를 안다. 그들은 가끔 방향을 바꾸기도 하고 어떤 등성이나 골짜기에서는 발자국을 어질러 놓기도 하였다. 무척 제 자국을 감추려고 애를 썼으나 땅을 밟지 아니하고는 갈 수 없는 그들이라 아무리 하여도 자국은 남았다. 혹은 바위를 타고 넘고 혹은 아직 얼어붙지 아니한 시냇물을 밟아서 아무쪼록 제 자국을 감추려 한 사슴 자웅의 심사가 가여웠다.

열에 아홉은 이 두 사슴 중에 적어도 한 마리는 목숨의 끝날이 왔다고 조신은 생각하고 한없이 슬펐다.

「인연과 업보!」

하고 조신은 닥쳐오는 운명을 벗어나기 어려움을 마음이 아프도록 절실하게 느꼈다.

다행한 것은 사슴들의 발자국이 평목의 시신이 누워 있는 굴과는 딴 방향으로 향한 것이었다.

조신이 인연을 생각하고 업보를 생각하면서 손님의 뒤를 따르고 있을 때에 문득 손님이 우뚝 걸음을 멈추고 몸을 나무 뒤로 감추었다. 조신도 손님이 하는 대로 하고 손님이 바라보는 방향을 바라보았다.

「있다!」

하고 조신은 속으로 외쳤다.

한 백 보나 떨어져서 싸리 포기들이 흔들리는 속에 사슴 두 마리가 서서 멀리 남쪽을 바라보고 있었다.

「사람이 따르는 것을 눈치채었나?」

하고 조신은 가슴이 울렁거렸다.

손님은 활에 살을 메어 들었다. 그리고 사슴들이 싸리 포기 밖으로 나오기를 기다리고 있었다. 사슴들은 고개를 이쪽으로 돌렸다. 그 위엄 있는 뿔이 머리를 따라서 흔들렸다.

사슴은 분명히 위험을 느낀 모양이었다. 그들은 얼마 높지 아니한 등성이를 타고 넘음으로 이 위험을 피하려고 결심한 모양이었다. 수놈이 먼저 뛰고 암놈이 한 번 더 이쪽을 바라보고는 남편의 뒤를 따랐다. 조신이 이 모양을 바라보고 있을 때에 통 하고 활 시위가 울리며 꿩의 깃을 단 살이 사슴을 따라 날으는 것을 보았다.

살은 수사슴의 왼편 뒷다리에 박혔다. 픽하고 박히는 소리가 조신의 귀에 들리는 듯하였다.

살을 맞은 사슴은 한 번 껑충 네 발을 궁구르고는 무릎을 꿇고 쓰러질 때에 암사슴은 댓 걸음 더 달리다가 돌아서서 목을 길게 빼고 바라보았다. 이때 둘째 화살이 날라서 암사슴의 앞가슴에 박혔다. 살맞은 사슴은 밍

하는 것 같은 한마디 소리를 지르고는 나는 듯이 ㄱ자로 방향을 꺾어 달려 내려갔다. 수사슴이 벌떡 일어나서 암사슴이 가는 방향으로 달렸다. 몹시 다리를 절었다.

이것이 모두 눈 깜짝할 새다.

손님도 뛰고 조신도 뛰었다. 창군들도 본 모양이어서 좌우로서 군호 외치는 소리가 들렸다.

사슴은 허둥거리는 걸음으로 엎치락 눈보라를 날리면서 뛰었으나 얼마 아니하여 암놈은 눈 위에 구르고는 다시 일어나지 못하였다. 상처가 앞가슴이라, 깊은 데다가 기운이 약한 것이었다. 그러나 수놈은 절뚝거리면서도 고꾸라지면서도 구르면서도 피를 흘리면서도 죽음을 피해 보려고 기운차게 달렸다. 그가 지나간 자리에는 흰 눈 위에 붉은 피가 떨어져 있었다.

죽음에서 도망하려는 사슴은 아직도 적을 피하느라고 여러 번 방향을 바꾸었으나, 차차 걸음이 느려짐을 어찌할 수 없었다. 따르는 사람은 점점 사슴에게 가까이 갔다. 사슴은 이제는 더 뛸 수 없다는 듯이 땅에 엎드려서 고개를 던졌으나 순식간에 또 일어나서 뛰었다. 비틀비틀하면서도 뛰었다.

사슴은 또 한번 방향을 바꾸었다. 얼마를 가다가 또 한번 방향을 바꾸었다. 그는 기운이 진할수록 오르는 힘은 지세를 따라서 자꾸만 내려갔다. 매사냥하던 사람들도 인제는 사슴을 따르는 편에 어울렸다.

조신은 무서운 일을 발견했다.

그것은 사슴이 평목의 굴을 향하고 달리는 것이었다. 조신은 그가 또 한번 방향을 바꾸기를 바랐으나 몰이꾼들 등쌀에 사슴은 평목의 굴로 곧장 몰려갔다.

「그리 가면 안 돼!」

하고 조신은 저도 모르는 결에 소리를 질렀다. 사람들은 조신을 돌아보았으나 그것이 무슨 뜻인지 몰랐다. 조신은 제 소리에 제가 놀랐다.

사슴은 점점 평목의 굴로 가까이 간다. 마치 평목의 굴에서 무슨 줄이 나와서 사슴을 굴로 끌어들이는 것같이 조신에게는 보였다.

조신의 등골에는 식은땀이 흘렀다.

「아, 아, 아차!」

하고 조신은 몸을 뒤로 잦히면서 소리를 질렀다. 사슴이 바로 굴 입구에
까지 다다른 것이었다. 조신의 이 이상한 자세와 소리에 서울 손님이 물
끄러미 보았다. 조신은 정신이 아뜩하고 몸이 뒤로 넘어가려는 것을 가까
스로 참았다.

사슴은 평목의 굴 앞에 이르러서 머리를 굴 속으로 넣고 그리고 들어
가려는 모양을 보이더니 무엇에 놀랐는지 도로 뒷걸음쳐 나왔다. 조신은,

「살아났다.」

하고 몸이 앞으로 굽도록 긴 한숨을 내어쉬었다.

그러나 사슴이 다른 데로 향하려 할 때에는 벌써 몰이꾼들이 굴 앞을
에워쌌다. 사슴은 고개를 들어 절망적인 그 순하고 점잖은 눈으로 한 번
사람을 휘 둘러보고는 몸을 돌려 굴 속으로 들어가고 말았다.

「사슴을 두 마리나 잡았다.」

하고 사람들은 떠들었다.

「단 두 방에 두 마리를.」

하고 사람들은 서울 손님의 재주를 칭찬하고 천신같이 그를 우러러보았다.

그중에도 원이 더욱 손님의 솜씨를 칭찬하였다.

원은 창 든 군사에게 명하여 굴 속에 든 사슴을 잡아내라 하였다.

창 든 군사 한 쌍이 창으로 앞을 겨누고 허리를 반쯤 굽히고 굴로 들
어갔다.

조신은 얼굴이 해쓱하여서 닥쳐오는 업보에 떨고 있었다. 도망할 수도
없는 형편이었다.

「관세음, 관세음.」

하고 입 속으로 중얼거렸다. 아들 미력이가 아버지의 수상한 모양을 보고
가만히 그 곁에 가서 조신의 낯빛을 엿보았다.

「엣, 송장이다! 죽은 사람이다!」

하고 외치는 소리가 굴 속에서 나왔다.

돌아선 사람들은 한결같이 놀라서 서로 돌아보았다.

창 든 사람들은 굴 속에서 뛰어나왔다.

428

그들의 얼굴에는 핏기가 없었다.

「사람이오, 사람이 죽어 넘어졌소. 송장 냄새가 코를 받치오!」

그들은 허겁지겁으로 이렇게 말하였다.

「살인이로군.」

누구의 입에선가 이런 말이 나왔다.

사슴의 일은 잊어버린 듯하였다.

원은 관인들에게 명하여 그 시신을 끌어내라 하였다.

관인은 둘러선 백성 중에서 네 사람을 지명하여 데리고 횃불을 켜 들고 굴로 들어갔다. 그중에는 조신도 끼여 있었다.

조신은 반이나 정신이 나갔다. 그러나 이런 때에 그런 눈치를 보이는 것이 제게 불리하다고 생각할 정신까지 없지는 아니하였다. 그는 와들와들 떨리는 다리를 억지로 진정하면서 관인의 뒤를 따라 굴로 들어갔다. 굴 속에는 과연 송장 냄새가 있었다. 사슴도 이 냄새에 놀래어서 도로 나오려던 것이라고 조신은 생각하였다.

춤추는 횃불 빛에 보이는 것이 둘 있었다. 하나는 평목의 눈뜬 시체요, 하나는 저편 구석에 빛나는 사슴의 눈이었다.

「들어, 들어.」

하고 관인은 호령하였다. 사람들은 송장에 손을 대기가 싫어서 머뭇머뭇하고 있었다.

「두 어깨 밑에 손을 넣어, 두 무릎 밑에 손을 넣어!」

조신은 죽을 용맹을 내어서 평목의 어깨 밑에 손을 넣었다. 그 순간 그가 평목을 타고 앉아 목을 졸라매던 것, 평목이가 픽픽 소리를 내며 팔다리를 버둥거리던 것, 혀를 빼어물고 늘어지던 것, 그것을 두리쳐 메고 굴로 오던 것 —— 이 모든 광경이 눈앞에 나타났다.

「평목 스님, 제발 내 죄를 용서하시고 극락 왕생하시오」

하고 조신은 수없이 빌었다. 그렇지마는 평목이가 극락에 갈 리도 없고 저를 죽인 자를 원망하는 마음을 풀 리도 없다고 조신은 생각하였다. 세세 생생에 원수갚기 내기를 할 큰 원업을 맺었다고 조신은 생각하였으나, 그래도 조신은 이런 생각을 누르고 평목에게 빌 길밖에 없었다. 살 맞은 사승을 이 굴로 인도한 것도 평목의 원혼이었다.

「평목 스님, 잘못했소. 옛정을 생각하여 용서하시오. 원한을 품은 대로는 왕생 극락을 못하실 터이니 용서하시오. 나를 이번에 살려만 주시면 평생에 스님을 위하여 염불하고 그 공덕을 스님께 회향할 터이니, 살려 주오.」

조신은 이렇게 뇌고 또 뇌었다.

가까스로 평목의 시체가 땅에서 떨어졌다.

조신은 평목의 입김이 푸푸 제 입과 코에 닿는 것 같아서 고개를 돌리고 걸음을 걸었다.

평목의 시체는 굴문 밖에 놓였다. 밝은 데 내다놓고 보니 과히 썩지도 아니하여서 용모를 분별할 수가 있었다.

「중이로군.」

누가 이렇게 말하였다.

「평목대사다.」

서울 손님은 이렇게 소리쳤다.

「우리 집에 왔던 그 손님이야.」

조신은 입술을 물고 미력이를 노려보았다. 미력이는 고개를 숙이고 아버지 곁에서 물러났다.

원은 한 번 평목의 시체를 다 돌아다보고 나서 서울 손님을 향하여,

「모례 아손은 이 중을 아신단 말씀이오?」

하고 서울 손님을 바라본다.

조신은 「모례」란 말에 또 한번 아니 놀랄 수 없었다. 그렇다면 달보고에게 옥고리를 준 것이나 조신의 집에 사처를 정한 것이나 다 알아지는 것 같았다.

모례는 원의 묻는 말에 잠깐 생각하더니,

「그렇소, 이 사람은 평목이라는 세달사 중이오. 내가 십육칠 년 전 명주 낙산사에서 이 중을 알았고, 그후에도 서울에 오면 내 집을 늘 찾았소.」

하고 대답하였다.

원은 의외라는 듯이 모례를 이윽히 보더니,

「그러면 모례 아손은 이 중이 어떻게 죽었는지 무엇 짐작되는 일이 있

으시오?」

하고 묻는다.

「노상 짐작이 없지도 아니하오마는 보지 못한 일이니 확실히야 알 수 있소? 대관절 태수는 이 사람이 어떻게 죽은 것으로 보시오? 그것부터 말씀해 보시면 내 짐작과 맞는지 아니 맞는지 알 수가 있을 것이니, 사또의 말씀을 듣고 내 짐작을 말씀하오리다.」

하고 조신을 돌아본다.

조신은 애원하는 눈으로 모례를 바라보았다. 죽고 살고가 인제는 모례의 말 한마디에 달린 것이었다. 모례라는 「모」자만 들어도 일어나던 질투연마는 지금은,

「모례 아손, 살려 줍시오.」

하고 그 발 앞에 꿇어 엎드려 빌 마음밖에 없었다. 조신은 또,

「평목스님 내가 잘못했소.」

하고 평목의 시신을 붙들고 빌고도 싶었다. 그러나 아직도 무사히 벗어날 수가 있지나 아니한가 하고 요행을 바라면서 일이 되어가는 양을 보고 있었다. 그의 아들 미력이는 먼 발치에 서서 아비 조신을 바라보고 있었다. 아들의 눈이 제 눈과 마주칠 때에 조신은 그것을 피하지 아니할 수 없다.

원은 모례에게 자기의 소견을 설명하였다.

「내가 보기에는 이 사람이 여기 와서 죽은 것이 아니라 다른 데서 죽어서 여기 온 것 같소. 이 사람이 여기서 자다가 죽었을 양이면 옆에 행구가 있을텐데 그것이 없소. 바랑이나 갓이나 신발이나 지팡이나 이런 것이 없는 것을 보면 이 사람이 이 굴 속에서 자다가 죽은 것이 아니라 다른 데서 죽어 가지고 이리로 온 것이 분명하오. 또 혀를 빼어문 것을 보면 목을 졸려 죽은 모양인데, 목에는 이렇게 바오라기로 졸라매었던 형적이 있지마는 여기는 바오라기도 없고 매어달릴 데도 없으니 무엇으로 보든 여기서 아니 죽은 것만은 분명하오.」

원의 설명을 듣고 있던 모례는 때때로 옳은 말이라는 듯이 고개를 끄덕끄덕하면서 듣고 있다.

말을 끝낸 태수는 꽤 듯한 낯빛으로 모례를 본다. 모례는 또 한번 끄덕하고,

「옳은 말씀이오. 내가 보기에도 그러하오. 그러면 사또는 이 사람을 해한 사람이 누군지 짐작하시오?」

하고 원에게 묻는다. 원은 대답하되,

「그 말씀이오. 이 사람이 죽기는 이 동네에서라고 생각하오. 여기서 멀도 아니한 집이 있고 또 굴이 여기 있는 줄을 잘 알고, 또 세달사나 낙산사에 관계가 있는 사람인가 하오. 지나가는 중을 제물을 탐하는 적심으로 죽였다고 볼 수 없으니 필시 무슨 사혐인가 하오. 이런 생각으로 알아 보면 진범이 알아질 것도 같소마는, 아손 말씀이 죽은 사람을 아신다 하니 이제는 아손이 보시는 바를 일러 주시오.」

라고 한다.

「과연 사또는 명관이시오. 절절이 다 이치에 꼭 맞는 말씀이오. 나도 사또 생각과 같은 생각이오. 평목으로 말하면 분명히 사혐으로 죽었다고 보오. 평목을 죽인 자가 누구냐 하는 데 대하여서는 나로서는 짐작하는 바가 있소마는, 일이 일이라 경경히 누구를 지목하여 말하기가 어렵소. 이치에 꼭 그럴 것 같으면서도 실상은 그렇지 아니한 일도 간간이 있으니까요. 그러니까 사또는 우선 죽은 사람의 행구와 이 사람이 이 동네에 들어오는 것을 본 사람을 알아 보시오. 그래서 상당한 증거만 나서면 그 나머지 평목이나 평목을 해한 사람에 대한 말씀은 그때에 내가 자세히 사또께 아뢰리다.」

하는 모례의 말을 가만히 듣고 있던 태수는 고개를 크게 끄덕이면서,

「아손 말씀이 지당하오.」

셋 째 권

　조신은 다 죽은 상이 되어서 집에 돌아왔다. 그는 굴 앞에서 당장 죄상이 발각되어서 결박을 짓는 줄만 알고 마음을 졸이고 있었으나 모례의 의견으로 그 자리만은 면하였다. 그러나 모례의 말투는 어느 것이 조신인지를 아는 것도 같았다.

　조신이 돌아오는 것을 본 달례는 걱정스러운 듯이 조신의 눈치를 보았다. 그 해쓱한 낯빛, 퀭한 눈, 허둥허둥하는 몸가짐, 모두 심상치 아니하였다.

　「왜, 어디가 아프시오?」

　달례는 조신이 방에 들어오도록 문을 비켜 주며 물었다.

　달보고도 바느질감을 놓고 아비를 바라보았다. 미력은 시무룩하고 마당에 서 있어서 방에 들어오려고도 아니하였다.

　「미력아, 들어오려무나. 발이 젖었으니 버선 갈아 신어라.」

하고 달례는 아들을 불러들였다.

　「모례야 모례.」

　조신은 힘없이 펄썩 주저앉으며 뉘게 하는 소린지 모르게 한마디 툭 쏘았다.

「응, 무어요?」

달례는 몸이 굳어지는 모양으로 보였다.

「모례라니까. 그 사람이, 달보고한테 옥고리 준 사람이 모례란 말야. 세상일이 이렇게도 공교하게 되는 법도 있나. 꼼짝달싹 못하고 인제는 죽었어, 죽었어. 아아.」

하고 옆에 아이들이 있는 것도 상관 아니하고 이런 소리를 하고는 고개를 푹 수그린다.

「모례가 무에요, 어머니?」

달보고가 묻는다.

미력이가,

「어머니, 굴 속에서 송장이 나왔는데 그것이 평목이래. 우리 집에 접때에 와 자던 그 대사야.」

하고 어른스럽게 근심있는 낯색을 짓는다.

「응, 굴 속에 송장, 평목대사?」

「어머니, 몰르슈? 모례 아손이라는 이의 화살에 맞은 사슴이 하필 그 굴로 도망을 가서 사람들이 사슴을 잡으러 들어가 보니까, 평목대사의 송장이 나왔거든. 그래서 누가 이 사람을 죽였나, 죽인 사람을 찾는다고 모조리 여러 집을 뒤진대요, 필시 대사의 행구가 나올 것이라고.」

미력이는 이 말을 하면서도 때때로 조신을 힐끗힐끗 바라본다.

「아니 여보슈, 그게 정말이오? 그게 정말 평목대사의 시신이오?」

달례가 조신에게 묻는다. 이런 말들이 모두 조신의 죄를 나타내는 것 같았다.

「그렇다니까. 그러니 어쩌란 말야?」

하고 조신은 짜증을 낸다.

「아니, 그이가, 그 시님이 어디서 누구한테 죽었단 말요?」

하고 묻는 달례의 가슴이 들먹거린다.

「내가 어떻게 알아? 어떤 도적놈한테 맞아 죽었는지 내가 어떻게 아느냐 말야? 달보고야, 내, 냉수.」

조신은 입이 마르고 썼다.

「아니, 그이가, 새벽에 떠났다고 아니하셨소? 설마설마, 당신이…….」
하고 달례는 말을 아물리지 못한다.

조신은 냉수를 벌꺽벌꺽 마시고 나서,

「입 닥쳐, 웬 방정맞은 소리야?」

물 그릇을 동댕이치듯이 내어던진다.

「평목이 죽은 것이 문제야? 모례가 나타난 것이 일이지. 평목이야 어
떤 놈이 죽였는지 모르지만 죽인 놈이 있겠지. 어디 도적질을 갔다가 얻
어맞아 죽었는지 남의 유부녀 방에 들었다가 박살을 당했는지 내가 알게
무엇이람. 그놈이 하필 왜 여기 와서 뒈어져. 그 경을 칠 여우는 왜 그
놈의 상판대기 뱃대기를 파먹지를 않았어.」

가만히 내버려 두면 조신은 언제까지라도 지절댈 것 같았다.

「아이 어떡하면 좋아, 이 일을 어떡하면 좋소」
하고 달례가 조신의 말의 중동을 잘라 버렸다.

「어머니, 모례가 무에요?」

달보고가 애를 썼다.

미력이가 달보고의 귀에 입을 대고,

「모례가 사랑에 든 서울 손님야. 수염 긴 양반은 원님이고 수염 조금
나고 얼굴이 옥같이 하얀 양반이 모례야.」
하고 설명해 준다.

달례는 음식을 차리러 부엌에 내려갔다. 꿩을 뜯고 사슴의 고기를 저미
고, 달례는 바빴다. 달보고는 부지런히 물을 길어 들였다. 조신은 술과 주
안상을 들고 사랑으로 들락날락하였다. 나중에는 어찌 되든지 당장 할 일
은 해야 하겠고, 또 태연자약한 빛을 보이는 것이 죄를 벗어날 길이라고도
생각하였다.

「호, 꿩을 잘 구웠는걸. 사슴의 고기도 잘 만지고. 아손, 이런 산촌 음
식으로는 어지간하지 않소? 이것도 좀 들어 보시오」

원은 벌써 얼근하게 주기를 띠고 이런 말을 하였다.

그러나 모례는 아무리 술을 마셔도 취하지 않는 모양이요, 말도 많이

하지 아니하였다. 조신은 이 좌석에서 하는 말을 한마디도 아니 놓치려고 그런 눈치 아니 채일 만큼 귀를 기울였다.

「엇네, 주인도 한 잔 먹소」

원은 더욱 흥이 나는 모양이었다.

「이 봐라, 네 이 큰 잔에 한 잔 그득히 부어서 주인 주어라.」

통인이 큰 잔에 술을 부어서 조신에게 주었다.

「황송하오」

하고 조신은 술을 받아 외면하고 마시고는 물러나올 때에 아전이 달려와서,

「사또 안전에 형방 아전 아뢰오」

하고 문밖에서 허리를 굽혔다.

통인이 문을 열었다.

원은 들었던 잔을 상에 내려놓고, 문으로 고개를 돌리며,

「오냐, 알아 보았느냐?」

하고 수염을 쓸었다.

「예이, 이 동네 안에 있는 집은 모조리 적간하였사오나 송낙이나 바랑이나 굴갓 같은 중의 행구는 형적도 없사옵고, 동네 백성들 말이 지금부터 한달 전에 어떤 중이 이리로 들어오는 것을 보았다 하옵는데, 굴갓을 썼더라는 사람도 있고 송낙을 썼더라는 사람도 있으나 바랑을 지고 지팡이를 짚었더란 말은 한결 같사옵고, 아무도 그 중이 동네 밖으로 나가는 것을 못 보았다 하오」

아전이 아뢰는 말을 가만히 듣고 있던 원은, 안으로 통하는 문안에 아직 나가지 않고 서 있는 조신을 힐끗 보며,

「주인, 자네는 그런 중을 못 보았는가? 한달쯤 전에?」

하고 고개를 아전 쪽으로 돌려,

「한달쯤 전이랬겄다?」

「예이, 한달쯤 전이라 하오. 어떤 백성의 말이 길갓 밭 늦은 콩을 걷다가 그런 중이 이 골짜기로 향하고 올라오는 것을 보았다 하오, 다 저녁때에.」

436

하고 아전이 조신을 한 번 힐끗 본다.

　원은 몸을 좌우로 흔들고 고개를 끄덕끄덕하더니,

　「이 골짜기로?」

하고 다시 묻는다.

　「예이, 바로 이 골짜기로.」

하고 또 한번 조신을 본다.

　「이 골짜기로, 다 저녁 때에.」

하고 원은 혼자말로 중얼거리더니, 조신에게,

　「주인, 자네는 혹시 그런 중을 못 보았나? 바랑을 지고 지팡이를 짚고, 다 저녁 때에 이 골짝으로 올라오는 중을 못 보았나?」

하고 물끄러미 바라본다. 조신은 오른 무릎을 꿇어 절하며,

　「소, 소인은 한달 전은커녕, 금년 철 잡아서는 중이 이 골짜기로 들어오는 것을 보지 못하였소」

하고 힘있게 말하였다.

　「금년 철 잡아서는 중을 하나도 못 보았다?」

　원은 조신을 노려보았다.

　「예이, 금년 철 잡아서라는 것은 과한 말이오나 한달 전에는 중을 보지 못하였소」

　원은 다시 묻지 아니하고 아전을 향하여, 모든 의심이 다 풀린 듯한 어조로,

　「오, 알았다. 물러가거라. 오늘은 더 일이 없으니 물러가서 다들 쉬렸다. 술을 먹되 과도히 먹지 말고 아무 때에 불러도 거행하도록 대령하렸다. 군노, 사령 잘 단속하여 촌민에게 행패 없도록 네 엄칙하렸다.」

　원은 먹은 술이 다 깬 듯이 서슬이 푸르다.

　「소인 물러나오」

하고 아전은 한 번 굽신하고 가버렸다.

　「문 닫아라. 아손, 인제 아무 공사도 없으니 마음놓고 먹읍시다. 이 봐라 술 더 올려라.」

　조신은 데운 술을 가지러 병을 들고 안문으로 나갔다. 조신은 등에 이

마에 땀이 쭉 흘렀다.

　밤도 깊어서 모두 잠이 들었다. 깨어 있는 것은 조신뿐인 것 같았다. 기실 조신은 모든 사람이 다 잠들기를 기다린 것이었다. 조신은 할 일이 있었으니, 그것은 사랑 벽장에 있는 평목의 행구를 치우는 것이었다.

　평목의 시체를 묻지 아니한 것보다 못지 않게, 그의 행구를 처치해 버리지 아니한 것을 조신은 후회하였다. 조신은 이 행구를 치울 것을 잊어버린 것은 아니었다. 다만 무서워서 손을 대기가 싫어서였다. 그러나 이 행구는 평목을 죽인 살인에 대하여는 꼼짝할 수 없는 증거였다. 왜 그런고 하면 그 바랑 속에는 평목의 이름을 쓴 도첩이 있을 것이요, 또 아마 그의 바리때 밑에도 이름이 새겨 있을 것이다. 이것이 드러난 다음에야 다시 무슨 변명이 있으랴. 이것을 생각하면 조신은 전신이 얼어 들어가는 것 같았다.

　조신은 식구들이 다 잠들기를 기다렸으나, 달례가 좀체로 잠이 아니 드는 모양이었다. 조신은 달례에게 대하여서도 장차 제가 시작하려는 일을 알리고 싶지 아니하였다. 죄를 진 자가 제 죄를 감추려는 모든 일은 제 그림자 보고도 말하고 싶지 아니한 것뿐이었다.

　마침내 달례가 정말인지 부러인지 모르나 가볍게 코를 고는 소리가 들렸다. 조신은 가만히 일어나서 밖에 나갔다. 흐렸던 하늘은 활짝 개고 시월 하순 달이 불붙는 쇠뿔 모양으로 떠올라와서 푸르스름한 빛을 내고 있는 것이 귀신 사는 세상에나 볼 것같이 무시무시하였다.

　조신은 호미와 낫을 들고 사랑 벽장 붙은 쪽으로 발끝 걸음으로 가만가만 걸어갔다. 다들 사냥에 지치고 술이 취하였으니, 아무도 볼 사람이 없으리라고 안심은 하나 달빛이 싫었다.

　조신은 아무쪼록 처마 그늘에 몸을 감추면서 호미끝으로 벽장 바깥 벽을 따짝따짝 긁어 보았다. 의외로 소리가 컸다. 조신은 쥐가 긁는 소리와 같이 방안에서 자는 사람의 귀에 들리도록 가락을 맞추어서 긁었다.

　마른 벽은 굳기가 돌과 같아서 여간 쥐가 긁는 소리로는 구멍이 뚫어질 것 같지 아니하였다.

　「이렇게 언제 그놈의 바랑을 끌어낼 만한 구멍을 뚫는담.」

하고 조신은 뒤를 휘 둘러보며 한숨을 쉬었다.

「그래도 뚫어야 한다. 뚫고 그놈의 바랑을 꺼내야 한다. 그 밖에는 살아날 길이 없다.」

조신은 또 호미끝으로, 혹은 낫끝으로 콕콕 찔러도 보고 박박 긁어도 보았다. 그러고는 얼마나 흙이 떨어졌나 하고 손으로 쓸어도 보았다. 그러나 아직 윗가지가 조금 드러났을 뿐이요, 그것도 손바닥만한 넓이밖에 못되었다.

이 모양으로 조신이 정신없이 긁고 있을 때에, 방에서 한 소리가,

「이게 무슨 소린가?」

하자, 또 한 소리가,

「쥔가 보오. 벽장에 쥐가 들었나 보오」

하고 주고받는다. 귀인이라 잠귀가 밝다 하고 조신은 벽에서 떨어져서 두어 걸음 달아나서 숨어서 귀를 기울였다.

「거 꿈 수상하오」

하고 또 소리가 들린다. 그것은 원의 음성이었다.

「무슨 꿈이오?」

하는 것이 모례의 소리였다.

「비몽사몽인데 저 벽장문이 방싯 열리며 웬 중의 머리가 쑥 나온단 말요. 그러나 쥐 소리에 잠이 깼는걸.」

이것은 원의 소리. 다음에는 모례의 소리로,

「낮에 본 것이 꿈이 된 게지요」

그리고는 잠잠하다. 조신은 두 사람의 코 고는 소리가 나기를 기다렸으나 아무 소리도 없었다.

조신은 원의 꿈이 마음에 찔렸다. 평목이가 원의 꿈에 나타나서 전후 시말을 다 말하면 어찌하나 하고 고개를 숙였다.

평목의 혼이 원의 꿈에 들어오는 것을 막을 길이 없어도 벽장에 든 평목의 행구는 집어치워야만 한다. 조신은 또 낫끝으로 윗가지를 따짝따짝해 보았다. 그리고는 귀를 기울였다. 조신은 조금 더 힘을 주어서 호미로 흙을 긁었다. 그러다가 지그시 흙을 잡아당기었다. 쩍하면서 흙 한 덩어리

가 떨어진다. 흙 덩어리는 손을 피하면서 털석하는 소리를 내고 땅에 떨어져서 부서졌다. 고요한 밤이라 조신의 귀에는 그것이 벼락치는 소리와 같았다. 조신은 큰일을 저지른 아이 모양으로 두 손을 허공에 들고 어깨를 웅숭그렸다.

「이 봐라.」

하고 호령하는 소리가 들렸다. 원의 소리다.

「이 봐라. 네, 이 벽장 열어 보아라. 쥐가 들었단 말이냐, 사람이 들었단 말이냐.」

이것은 원이 윗방에서 자는 통인을 부르는 소리였다.

「아이구 이제는 죽었고나!」

하고 조신은 호미를 버리고 방으로 뛰어들어갔다. 혹시 발각이 되더라도 도적이 와서 벽을 뚫다가 달아난 것으로 보였으면 하는 한줄기 희망도 있었지마는, 그것은 그렇다 하고라도 평목의 바랑이 드러났으니 꼼짝할 수가 없다.

조신은 달례를 흔들었다. 달례가 벌떡 일어났다.

「나는 달아나오.」

조신은 떨리는 소리로 말하였다.

「네, 어디로?」

달례는 조신의 소매에 매달렸다.

조신은 떨리는 손으로 달례의 머리를 만지면서,

「내가 평목이를 죽였어. 평목이를 죽인 게 내야. 그런데 그것이 탄로가 났어. 원이 알았어. 이제 꼼짝달싹할 수 없이 되었으니, 나는 달아나는 대로 달아나겠소. 당신은 모례 아손께 빌어 보오. 살인이야 내가 했지, 당신이야 상관 있소? 집과 재물은 다 빼앗기겠지만 당신이나 아이들이야 설마 죽일라구. 자 놓으시오. 어서 달아나야 해.」

하고 한 손으로 달례가 잡은 소매를 낚아채고 한 손으로 달례의 머리를 떠밀어서 몸을 빼치려고 한다. 그래도 달례는 놓지 아니하고 더욱 조신의 소매를 감아쥐며,

「당신이 달아나면 다같이 달아납시다. 살인한 놈의 처자가 어떻게 이

동네에 붙어 있겠소. 우리 다섯 식구 가는 대로 가다가 살게 되면 살고, 죽게 되면 같이 죽읍시다.」

하고 조금도 허둥허둥하는 빛도 없이 아이들을 일으킨다.

조신의 집 식구들은 얼마나 빨리 걸었는지, 작은 두텁 고개를 넘어 큰 두텁 고개 수풀 길에 다다랐을 때에는 아이 어른 할 것 없이 모두 땀에 떠 있었다.

「아버지, 좀 쉬어 갑시다.」

하는 미력이의 목소리는 가늘었다.

조신이 우뚝 서서 뒤를 돌아보았다. 미력이는 눈 위에 기운 없이 펄썩 주저앉았다.

「아버지, 나는 더 못 가겠어요」

하고 미력이는 그만 쓰러지고 말았다.

「웬일이냐. 어디가 아프냐?」

하고 달례가 미력이의 머리를 만져 보았다.

「아이구, 이를 어쩌나. 이애 몸이 불이로구료.」

조신은 업은 아이를 내려놓았다. 미력의 몸은 과연 불같이 달았다.

「미력아, 미력아.」

하고 조신과 달례가 아무리 불러도 미력은 숨소리만 짧게 씨근거리고 말을 못하였다. 조신은 굴 앞에 놓인 평목의 시체를 생각하였다. 미력이가 앓는 것은 평목의 장난인 것 같아서 일변 무섭고 일변 원망스러웠다.

바람은 없었으나 새벽은 추웠다. 조신은 미력을 무릎 위에 안았다. 열 일곱 살이나 먹은 사내는 안기도 아름이 벅찼다. 어린 것들은 옹기종기 모여 앉아서 떨고 있었다. 이러다가 여섯 식구가 몽땅 얼어 죽을 길밖에 없었다. 인가를 찾아가자니, 집으로 되돌아가지 아니하면, 큰 두텁 고개 이십 리를 넘어야 하였다. 게다가 뒤에는 조신을 잡으려고 따르는 나졸이 있는지도 모른다.

조신은 절망적인 마음으로 하늘을 우러러보았다. 갈구리 같은 달이 높이 하늘에 걸리고 샛별도 주먹같이 떠올랐다. 이 망망한 법계에 몸을 담을 곳이 없는 몸인 것을 조신은 가슴 아프게 느꼈다.

이 모양으로 얼마나 지났는지 모르나 조신은 벌써 숨이 끊어진 미력을 그런 줄도 모르고 안고 있었다. 달례가 미력의 몸을 만져 본 때에야 비로소 그가 식은 몸인 것을 알았다.

「미력아, 미력아.」

하고 두어 번 불러 보았으나 눈물도 나오지 아니하였다.

「미력아, 네야 무슨 죄 있느냐. 부디 왕생 극락하여라. 나무아미타불, 나무아미타불.」

하고 염불을 하면서 그 시체를 안고 일어나서 허둥지둥 묻을 곳을 찾았다.

땅을 팔 수도 없거니와, 팔 새도 없었다. 조신은 여기가 좋을까, 저기가 좋을까, 하고 나무 그늘로 이리저리 헤매었다. 볕이나 잘 들 데, 물에 씻기지나 아니할 데, 이 다음에 와서 찾을 수 있는 데 —— 이러한 곳을 찾느라고 이리저리 헤매었다. 조신은 무섭고 미운 생각으로 평목의 시체를 안고 가던 한달 전 일을 생각하였다. 이제 그는 슬픔과 아까움과 무서움을 품고 아들의 시체를 안고 헤매는 것이다.

조신은 두드러진 바위 밑 늙은 소나무 그늘에 미력을 내려놓았다. 그리고는 혹시나 살아 있지나 아니한가 하고 미력의 가슴에 귀를 대어 보았으나 잠잠하였다.

「정말 죽었구나.」

하고 조신은 벌떡 일어났다. 조신은 미력의 손발을 모았다. 아직도 굳어지지 아니하여 나긋나긋하였다. 생명이 다시 돌아올 것만 같았다.

조신은 미력의 시체를 눈으로 파묻었다. 아무리 두 손으로 눈을 처덮어도 미력의 검은 머리가 덮이지 아니하였다. 미력이가 몸을 흔들어서 눈이 흘러내리는 것 같았다.

마침내 검은 머리도 감춰졌다. 인제는 달빛에 비친 눈더미뿐이었다.

조신은 오래간만에 합장을 하였다. 뜨거운 눈물이 쏟아짐을 걷잡을 수가 없었다. 어디서 캥캥하고 여우 우는 소리가 들렸다. 조신은 돌아서서 처자들이 있는 곳으로 내려왔다.

달례와 세 아이들은 한데 뭉쳐서 옹올 떨고 있었다. 속은 비이고 몸은 얼어 들어왔다. 어제 사냥하노라고 산으로 달리고 밤을 걱정과 슬픔으로 새운 조신은 사내면서도 정신이 반은 나간 것 같았다.

「자, 다들 일어나서 가자. 산 사람은 살아야지. 걸음을 걸으면 몸도 더 워진다.」

하고 조신은 칼보고를 업고 나섰다. 달례도 젖먹이를 업고 따랐다. 달보고도 기운 없이 따랐다.

「고개만 넘어가면 인가가 있어.」

하고 조신은 가끔가끔 뒤를 돌아보면서 걸었다.

「가족에게 알리지 말고, 나 한 몸만 빠져 나왔더라면 이런 일은 없을걸.」

하고 조신은 후회하였다. 아무리 살인한 놈의 식구라도 당장 내어쫓지는 아니할 것이다.

「나 한 몸만 같으면야 무슨 걱정이 있으랴. 어디를 가면 못 얻어먹고 어디를 가면 못 숨으랴. 이 식구들을 끌고야 어떻게 밥인들 얻어먹으며 몸을 숨기긴들 하랴.」

하고 조신은 얼음 길에 힘들게 다리를 옮겨 놓으면서 혼자 생각하였다.

조신의 일행이 천신만고로 두텁 고개 마루턱에 올라설 때에는 벌써 해가 떴다.

태백산맥의 여러 봉우리들이 볕을 받아서 금빛으로 빛났다. 마루턱 찬바람은 살을 에이는 듯하였다. 골짜기는 아직 밤이 남아 있고 그 위에는 안개가 있었다. 조신은 저 어두움 속에는 따뜻한 인가들이 있고 김이 나는 국과 밥이 있을 것을 생각하였다. 배고프고 떨고 있는 처자를 다만 한참 동안이라도 그런 따뜻한 맛을 보여 주고 싶었다.

「아버지 추워.」

「어머니 배고파.」

아이들은 이런 소리를 하기 시작하였다.

「잠깐만 참아. 이 고개를 다 내려가면 말죽거리야. 거기 가면 따뜻한 방에 들어앉아서 따뜻한 국에 밥을 말아먹을걸.」

조신은 이런 말로 보채는 어린것들을 위로하였다.

조신네 일행은 마침내 말죽거리를 바라보게 되었다. 이것은 그리 큰 주막거리는 아니나, 삼태골, 울도, 멍에 목으로 가는 길들이 갈리는 목이었다. 그래서 보행객이나 짐실이 마소들이 여기 들러서 묵어서 가는 참이었다. 조신의 계획은 밤 동안에 우선 여기까지 와 가지고 어디로나 달아날 방향을 정하자는 것이었다. 길이 사방으로 갈리기 때문에 종적을 숨기기 쉽다고 생각한 것이었다.

「저기 집 보인다.」

「연기가 나네.」

하고 아이들은 얼어붙은 입으로 좋아라고 재깔였다.

「떠들지 말아라.」

달례가 걱정하였다.

연기나는 집들을 본 아이들은 매우 흥분한 모양이었다. 그들은 산길을 걷는 동안은 거의 입을 벌리지 아니하였다.

냇물은 굵은 돌로 놓은 징검다리에 부딪쳐 소리를 내며 흘렀다. 물결이 없는 곳에는 얼음이 얼어 있었다. 꿩도 날고 까마귀와 까치도 날았다.

주막거리에는 벌써 짐진 사람과 마소 바리들이 떠나고 있었다. 웬 보행객 한 사람이 마주 오는 것을 조신은 보았다. 조신은 어쩌나 하고 가슴이 뭉클하였으나, 어찌할 도리가 없었다.

「어디서 떠났길래 이렇게 일찍 오시오?」

하고 그 행객이 조신의 일행을 보고 물었다. 그는 조신네 일행을 훑어보았다.

「얘 외할아버지가 병환이 위독하다고 전인이 와서 밤도아 오는 길이오.」

하고 조신은 그럴 듯이 꾸며대었다.

그 행객은 달례와 달보고를 힐끗힐끗 보면서 지나갔다.

조신은 아무쪼록 태연한 태도를 지으려 하였으나 인가가 가까워 올수록 가슴이 울렁거렸다. 아직 방아골 살인 소식이 여기까지 올 리는 만무하다고 믿기는 믿건마는, 죄 지은 마음에는 밝은 빛이 무섭고 사람의 눈이 무서웠다.

「태연해야 돼.」

하고 조신은 저를 책망하면서 말죽거리에 들어섰다. 부엌들에서는 김이

444

오르고, 죽을 배불리 먹고 짐을 싣고 나선 마소와, 길에 서성거리는 사람들의 입과 코에서도 김이 나왔다. 거리에 나선 사람들의 눈이 조신의 일행에 모이는 것 같아서 낯이 간지러웠다. 조신은 아내 달례와 딸 달보고의 얼굴이 아름다운 것이 원망스러웠다. 비록 수건을 눈썹까지 내려썼건마는 수건 밑으로 드러난 코와 입과 뺨만 해도 그들이 세상에도 드문 미인인 것을 알 수가 있었다.

「금시에 곰보라도 되어 버렸으면…….」

하고 조신은 아내와 딸을 돌아보고 길바닥에 침을 탁 뱉었다.

조신은 될 수 있는 대로 거리 저편 끝 으슥한 집을 골라서 들려 하였으나, 사람들이 쳐다보고 따라오는 것이 짜증이 나서 「아무 집이나」 하고 주막에 들었다.

주막쟁이는 조신네 일행의 차림차림이 남루하지 아니한 것을 보고 「안손님」이라 하여 안으로 끌어들였다.

「무얼 잡수시려오? 묵어 가시려오? 애기들이 어여쁘기도 하오.」

하고 주막집 마누라는 수다를 떨었다.

「에그, 추우시겠네. 어서 이리 들어들 오시오.」

하고 방에 늘어놓은 요때기 옷가지를 주섬주섬 치우면서도 조신네 식구를 힐끗힐끗 보았다. 조신은 그 여편네가 싫었으나 어찌할 수 없었다.

방은 따뜻하였다. 밥도 곧 들어왔다. 상을 물리는 듯 마는 듯 아이들은 고꾸라져서 잠이 들었다. 달례는 아이들이 자는 양을 물끄러미 들여다보고 앉아 있었으나 역시 꼬박꼬박 졸고 있었다.

조신은 자서는 안될 텐데 하면서도 자꾸만 눈꺼풀이 무거웠다. 죽은 미력이를 생각하기로니 자서 될 수 있나 하고 저를 꼬집건마는 아니 잘 수가 없었다. 결국 조신도 달례도 다 잠이 들고 말았다. 마치 이 세상에서 마지막으로 한 번 편히 쉬자 하는 것 같았다.

행객과 마소가 다 떠나고 난 주막거리는 조용하여서 낮잠 자기에 마침이었다. 조신네 식구들은 따뜻한 방에서 마음놓고 자고 있었다.

이때에 조신의 귀에,

「여보시오, 손님. 여보시오, 애기 어머니, 일어나시오. 누구 손님이 찾아

오셨수.」

하는 소리가 들렸다. 조신은 그것이 주막쟁이 마누라의 음성이다 하면서 얼낄덜낌에,

「없다고 그러시오, 여기는 아무도 오지 않았다고.」

하고 돌아누웠다. 돌아눕고 생각하니 아니할 소리를 하였다 하고 벌떡 일어나 앉았다. 주막쟁이 마누라는 문을 열어 잡고 밖에 서서 모가지만 방 안에 디밀고 있었다.

「누가 왔어요?」

하고 조신은 아까 한 말은 잊어버린 듯이 주막쟁이 마누라를 물끄러미 바라본다.

「누구신지 내가 어떻게 알아요. 말 타고 오신 손님이에요. 말 탄 시종 하나 데리고, 아주 점잖은 양반이에요.」

마누라가 이렇게 말할 때에 달례도 일어나서 벽을 향하여 머리를 만진다.

조신은 울렁거리는 가슴과 떨리는 몸을 억지로 진정하려고 한 번 선하품을 하고 기지개를 켜고 나서 가장 태연하게,

「말 탄 사람이라, 나 찾아올 사람이 있나. 그래 무에라고 나를 찾아요?」

하고 천연덕스럽게 물었다. 자기 운명의 마지막이 다다랐음을 느끼면서도, 그는 잠시라도 속이지 아니할 수 없었다.

「손님 행색이 유표하지 않소? 선녀 같은 아씨, 작은 아씨만 해도 눈에 띄지 않소? 게다가 서방님이 또 특별하게 잘나셨거든. 벌써 말죽거리에 소문이 짜아한데 뭐 숨기랴 숨길 수 없고 감추랴 감출 수 없는 달 아니면 꽃인걸 뭐, 안 그래요, 아씨? 그래, 그 손님이 말죽거리 들어서는 길로 이러이러한 사람 못 보았느냐고 물었을 것 아니에요? 그러면 말죽거리 사람은 남녀 노소 할 것 없이 그런 손님이 우리 집에 들었느니라고 말할 것 아니에요? 원체 유표하거든. 아이, 어쩌면 아씨는 저렇게도 어여쁘실까. 누가 애기를 셋씩이나 낳은 분이라 해? 할미는 말죽거리서 육십 평생을 살아도 저러신 분네는 처음이야. 이 작은아씨도 활짝 피면 어머니

446

같을 거야.」

하고 할미의 수다는 끝날 바를 모른다.

「그 손님은 어디 계슈.」

이것은 달례가 묻는 말이었다.

「아, 참, 일어나셨다고 가서 알려야겠군. 손님네 곤히 주무신다고 했더니 그러면 가만두라고, 깨거든 알리라고 그러시던데.」

하고 마누라는 신발을 찔찔 끌면서 가 버린다.

「여보, 주인 마님.」

하고 조신은 문으로 고개를 내어밀고 불렀으나 귀가 먹었는지 그냥 부엌으로 가서 스러지고 말았다.

달보고가 일어나서 놀란 새 모양으로 아비와 어미의 낯색을 번갈아 보고 있다.

조신은 가만히 앉아 있었다. 인제 도망할래도 도망할 재주도 없었다.

「우리를 잡으러 온 사람은 아닌가 보오. 아마, 모레 아손인가 보아.」

조신은 달례를 보고 이런 소리를 하였다. 달례는 말없이 매무시를 고치고 있었다.

「인제는 앉아서 되는 대로 되기를 기다릴 수밖에 없다.」

하니 조신은 마음이 편안하여졌다.

「죽기밖에 더하랴.」

하고 조신은 더욱 마음을 든든히 먹었다.

밖에서 마누라의 신 끄는 소리가 들리고, 그 뒤에는 뚜벅뚜벅 점잖은 가죽신 소리가 들렸다.

문이 열렸다. 마누라의 싱글벙글하는 얼굴이 나타나며,

「손님 오시오.」

하고 물러선다.

그래도 잠시는 손님의 모양이 보이지 아니하였다.

조신과 달례와 달보고는 굳어진 등신 모양으로 숨소리도 없이 가만히 앉아 있었다.

달례는 문득 생각난 듯이 아랫목에 뉘었던 두 아이를 발치로 밀어 손님이 들어서면 앉을 자리를 만들고 있었다. 조신은 그것이 밉고 질투가 났으나, 지금은 그런 생각을 할 경황이 있을 수 없다고 생각하고 입맛을 다셨다.

「에헴.」

하고 기침을 하고 가래를 고르는 소리가 들렸다.

그러자 자주 긴 옷에 붉은 갓을 쓴 모례가 허리에 가느스름한 환도를 넌지시 달고 두 손을 읍하여 소매 속에 넣고 문 앞에 와서 그림 그린 듯이 선다.

「조신대사, 나 모례요.」

조신은 예기한 바이지마는 흠칫하였다. 「모례」라는 이름보다 조신대사라는 말이 더욱 무서웠다.

조신은 벌떡 일어났다. 무서워서 일어난 것인가, 인사로 일어난 것인가 조신 저도 몰랐다. 그의 눈은 휘둥글하여 깜박거릴 힘도 없었다.

달례도 일어나서 벽을 향하고 돌아섰다. 달보고는 모례를 한 번 힐끗 눈을 치떠서 보고는 고개를 소곳하고 엄마의 곁에 섰다.

「마누라는 저리 가오.」

하고 모례는 주막쟁이 할미를 보내었다. 모례는 할미가 부엌으로 스러지는 것을 보고 나서,

「놀라지 마오. 나는 대사를 해하러 온 사람은 아니오. 조용히 할 말이 있어서 찾아왔으니 내가 방에 좀 들어가야겠소.」

하고 신발을 벗고 올라선다.

조신은 저도 모르는 겨를에,

「아손마마 황송하오.」

하고 방바닥에 꿇어 엎드렸다.

모례는 문을 닫고 달례가 치워놓은 자리에 벽을 등지고 섰다.

조신은 꿇어 엎딘 채로 두 손으로 방바닥을 짚고 고개만 쳐들고 눈을 치떠서 모례를 우러러보며,

「황송하오, 누추한 자리오나 좌정하시오.」

하였다. 조신에게는 모례가 자기 일가족을 죽이고 싶으면 죽이고, 살리고

싶으면 살릴 수 있는 신명같이 보였다. 모례의 그 맑은 얼굴, 가느스름하고도 빛나는 눈, 어디선지 모르게 발하는 위엄에도 조신은 반항할 수 없이 눌려 버렸다.

달례는 저런 좋은 남편을 버리고 어찌하여 나 같은 찌그러지고 못난 남자를 따라왔을까 하면 꿈같고 정말 같지 아니하였다.

모례는 조신이 권하는 대로 앉았다. 긴옷으로 두 무릎을 가리우고 단정히 앉은 양은 더욱 그림 같고 신선 같았다. 그 까만 윗수염 밑에 주홍 칠을 한 듯한 입술하며, 옥으로 깎고 흰 깁으로 싼 듯한 손하며, 어디를 뜯어 보아도 나와 같이 업보로 태어난 사바 세계 중생 같지는 아니하였다. 조신은 새삼스럽게 제 몸이 추악하게 생기고 마음이 오예로 찬 것을 깨달았다. 더구나 눈앞에 놓인 제 두 손을 보라. 그것은 사람을 죽인 손이 아닌가. 평목대사의 목을 조르고 코와 입을 누르던 손이 아닌가. 그나 그뿐인가, 몇 번이나 이 손으로 모례를 만나면 죽이려고 별렀던가.

「그리고 내 입, 내 혀!」

하고 조신은 이를 갈았다. 이 입, 이 혀로 얼마나 거짓말을 하였는가. 아내까지도 속이지 아니하였는가. 「장인이 병환이 위중해서 밤도아 오는 길이라」고 오늘 아침 말죽거리 어귀에서 행객에게 한 거짓말까지도 모두 불붙는 채찍이 되어서 조신의 몸을 후려갈겼다.

「아손마마, 살려 주오. 모두 죽을 죄로 잘못하였소. 저 어린 것들을 불쌍히 여겨서 제발 살려 주오.」

하고 조신은 우는 소리로 중얼거리면서 무수히 이마를 조아렸다.

「조신대사.」

하고 모례가 무거운 어조로 부른다.

「예이, 황송하오. 이 몸과 같이 궁흉 극악한 죄인을 대사라시니 더욱 황송하오.」

하고 조신은 전신이 땅에 잦아듦을 느꼈다.

「조신대사, 궁흉 극악한 죄인이라 하니 무슨 죄를 지었소?」

모례의 소리에는 죄를 나타내는 법관과 같이 엄한 중에도 제자의 참회를 받은 스승과 같은 자비로운 울림이 있었다.

조신은 더욱 마음이 비창해지고 부끄러움이 복받쳐 올랐다.

「비구로서 탐음심을 발하였으니 죄옵고, 그 밖에도 죄가 수수 만만이오나 달례 아가씨를 후려낸 것과 평목대사를 죽인 것이 죄 중에도 가장 큰 죄라고 깨닫소.」

이렇게 참회를 하고 나니 도리어 마음이 가벼워지는 듯해서 눈물에 젖은 낯을 들어 모례를 쳐다보았다.

「그러한 죄를 짓고도 살고 싶은가?」

조신은 잠깐 동안 말이 막혔다. 진정을 말하면 그래도 살고 싶었다. 그러나 또 한번 거짓말을 하였다.

「이 몸은 만 번 죽어 마땅하오나 이 몸이 죽으면 저것들을 뉘가 먹여 살리오. 아손마마 저것들을 불쌍히 보시와서 그저 이번만 한 번 살려 주소사.」

하고 조신은 소리를 내어서 느껴 울었다. 그러나 조신은 제가 마치 저 죽는 것은 둘째요, 처자가 가여워서 슬퍼하는 모양을 꾸미는 것이 저를 속임인 줄을 알면서도, 아무쪼록 모례가(또 달례나 달보고도) 거기 속아주기를 바라는 범부의 심사가 부끄럽고도 슬펐다.

모례가 대답이 없는 것을 보고 조신은 더욱 사정하고 조르고 싶었다. 처음에는 아주 뉘우치는 깨끗한 마음으로 말을 꺼내었으나 살고 싶은 생각, 요행을 바라는 탐심의 구름이 점점 조신의 마음을 흐리게 하였다. 조신은 아무리 하여서라도 모례를 눈물로 이기고 싶었다.

「제발 이번만. 아손마마, 활인 공덕으로 제발 이번 한 번만 살려 줍소사. 이번만 살려 주시면 다시는 죄를 안 짓고 착한 사람이 되겠사옵고, 또 세세 생생에 아손마마 복혜 쌍전하소서 하고 축원하겠사오니, 아손마마, 제발 이번만 살려 줍소사.」

하고 조신은 꺼이꺼이 목을 놓아 울었다.

「조신대사!」

하고 모례는 아까보다도 높은 어조로 불렀다.

조신이 듣기에 그것은 무서운 어조요, 제 눈물에 속은 어조는 아니었다. 조신은 한 줄기 살아날 희망도 끊어지는가 하고 낙심하면서 고개를 쳐들어

우러러보았다. 속으로는 모례의 마음을 돌려 줍소서 하고 무수히 관세음 보살을 염하였다.

「조신대사, 나는 대사를 죽일 마음도 없고 살릴 힘도 없소. 대사가 내 아내 달례를 유혹하여 가지고 달아난 뒤로 나는 여태껏 대사의 거처를 탐문하였었소. 대사를 찾기만 하면 이 칼로 죽여서 원수를 갚을 양으로. 그러다가 평목대사가 대사의 숨은 곳을 알아내었다 하기로, 진가를 알아 볼 양으로 평목대사를 보냈던 것이오. 평목대사를 먼저 보낼 때에는 내게 두 가지 생각이 있었소. 만일 조신대사가 죄를 뉘우치고 내게 와서 빌고 다시 중이 되어서 수도를 한다면 나는 영영 모른 체하고 말리라 하는 마음하고, 또 한 생각은 만일 조신대사가 참회하는 마음이 없다면 이 칼로…….」

하고 허리에 찬 칼을 쭉 빼어서 조신을 겨누며,

「만일 아직도 뉘우침이 없다면, 내가 이 칼로 조신대사의 목을 베려 하는 것이었소. 그랬더니 평목대사가 떠난 뒤에 열흘이 되어도 스무 날이 되어도 한달이 되어도 소식이 없으므로 내가 그 고을 원께 청하여 사냥을 나왔던 것이오. 내가 대사의 집을 찾다가 우물가에서 저 아기를 만나서는 모든 의심이 다 풀리고 저 아기가 달례의 딸인 줄을 안 것이오. 내가 저 아기에게 옥고리를 준 것은 그것을 보면 혹시나 대사나 달례가 내가 가까이 온 줄을 알아보고 지난 잘못을 뉘우치는 눈물을 흘리고 내게 용서함을 청할까 한 것이오. 나는 살생을 원치는 아니하오. 더구나 한번 몸에 가사를 걸었던 비구의 몸에 피를 내기를 원치 아니하였소. 그래서 조신대사에게 살 기회를 넉넉히 줄 겸, 또 정말 그 집이 조신대사와 달례가 사는 집인가를 확실히 알 겸 대사의 집에 사처를 정하였던 것이오. 그러나 내가 바라던 것은 다 틀려 버렸소. 조신대사가 평목대사를 죽였다는 것이 발각되었소그려. 복도 죄도 지은 데로 가는 것이야. 조신대사는 불제자이면서도 죄를 짓고 복을 누리려 하였소. 꾀를 가지고 천하를 속이고 인과응보의 법을 속이려 하였지마는 그게 될 일인가. 조신대사는 굴에서 평목대사의 시신이 나왔을 때에도 시치미를 떼었소. 대사는 그러하므로 천지의 법을 속여 보려 하였고, 또 벽장에 둔 바랑을 꺼내려고 구멍을 뚫었지마는, 그것이 도리어 그 바랑을 세상에 내어놓게 재촉하였소. 그것이 안 되니까,

대사는 도망하였소. 도망하여 세상과 천지를 속이려 하였지마는, 그 사슴이 자취를 남기던 것과 같이 조신대사도 자취를 남겼소. 그림자와 같이 따르는 업보를 어떻게 피한단 말이오? 그런데 조신대사는 제 죄의 자취를 지워 버리고 제 업보의 그림자를 떼어 버리려 하였소. 그게 어리석다는 것이야. 탐욕이 중생의 눈을 가린 거야. 그런데 조신대사는 아직도 깨닫지 못하고 이제는 눈물과 말과 보챔으로 또 한번 하늘과 땅을 속여 보자는 거야. 부끄러운 일 아니오? 황송한 일 아니오? 이 자리에서는 조신대사의 목숨은 내게 달렸소. 내 한 번 손을 들면 대사의 목이 이 칼에 떨어지는 거야. 내가 십유여 년 두고 벼르던 원수를 쾌히 갚을 수 있는 이때요」
하고 모례는 벌떡 일어나 칼을 높이 들어 조신의 목을 겨눈다.

조신은 황황하여 몸을 일으켜 합장하고,

「아손마마, 살려 줍시오. 잠깐만 참아 줍시오.」
하고 애원하는 눈으로 모례를 우러러본다.

모례의 눈에는 불길이 뿜었다.

모례는 소리를 높였다. 타오르는 분노를 더 참을 수 없는 것 같았다. 당장에 그 손에 들린 칼이 조신의 목에 떨어질 것같이 흔들리고 번쩍거렸다.

「이놈! 네 조신아 듣거라. 불도를 닦는다는 중으로서 남의 아내를 빼어내고도 잘못한 줄을 모르고, 네 법려인 사람을 죽이고도 아직도 제 죄를 뉘우칠 줄을 모르고 내가 그만큼 사리와 정리를 다해 타일러도 아직도 좀꾀를 부려서 나를 속이고 천지 신명을 속이려 하니, 너 같은 놈을 살려 두면 우리 나라가 더러워질 것이다. 내가 당장에 이 칼로 네 목을 자를 것이로되, 아니하는 뜻은 너는 이미 나라의 죄인이라, 나라의 죄인을 내 손으로 죽이기 황송하여 참거니와, 만일 네가 도망하여 나라에서 너를 잡지 못한다면 내가 하늘 끝까지 가서라도 이 칼로 네 목을 베고야 말 테니 그리 알아라.」
하고 칼을 도로 집에 꽂고 자리에 앉는다.

조신은 그만 방바닥에 엎어지고 말았다. 머리를 부딪는 소리가 땅 하였다. 조신은 마치 벼락 맞은 사람과 같았다. 힘줄에도 힘이 없고 뼈에서도 힘이 빠진 것 같았다. 오직 부끄러움과 절망의 답답함만이 가슴에 꽉 차서 숨이 막힐 듯하였다.

칼보고가 깨어서 울었다. 그 소리에 젖먹이도 깨어서 기겁을 할 듯이 울었다. 조신은 고개를 들어서 달례와 달보고를 바라보았다. 달례는 벽을 향한 채로 느껴 울고 달보고는 두 손으로 낯을 가리고 울고 있었다.

조신은 모례를 바라보았다. 모례는 깎아 놓은 등신 모양으로 가만히 방바닥만 내려다보고 있었다. 까마귀가 가까운 어디서 까옥까옥하고 자꾸 짖고 있었다.

조신은 마침내 결심을 하였다. 인제는 별 수 없다. 자기는 자현하여서 받을 죄를 받기로 하고 처자의 목숨을 모례에게 부탁하자는 것이었다. 그렇다, 사내답게 이렇게 하리라 하고 작정을 하니 마음이 가뿐하였다.

「아손마마!」

하고 조신은 모례를 불렀다.

모례는 말없이 조신에게로 고개를 돌렸다. 그 눈에는 몹시 멸시하는 빛이 있었다. 입을 한일자로 꽉 다물고 입귀가 좌우로 처진 양이 참을 수 없이 못마땅하다는 뜻을 표함이었다. 이것은 지위 높은 귀인이 아니면 볼 수 없는 표정이었다.

조신은 모례의 표정을 보고 더욱 가슴이 섬뜨레하였으나 큰 결심을 한 조신에게는 아무것도 두려울 것도 없고 꺼릴 것도 없었다. 만일 이제 또 모례가 칼을 빼어 목을 겨누더라도, 그 날이 목덜미에 스치더라도 눈도 깜짝 아니할 것 같았다. 아까운 것이 있을 때에는 바싹만 해도 겁이 많더니 모든 것을 다 버리고 나니, 하늘과 땅에 두려울 것이 없었다. 조신은 처자도 이제는 제 것이 아니요, 제 몸도 목숨도 그러함을 느꼈다. 조신은 마치 무서운 꿈을 깨어난 가벼움으로 입을 열었다.

「모례아손, 이제 내 마음은 작정되었소. 나는 이 길로 가서 자현하려오. 나는 남의 아내를 유인하고 남의 목숨을 끊었으니 내가 나라에서 받을 벌이 무엇인지를 아오. 나는 앙탈 아니하고 내게 오는 업보를 받겠소. 내게 이런 마음이 나도록 —— 나를 오래 떠났던 본심에 돌아가도록 이끌어 준 아손의 자비 방편을 못내 고맙게 생각하오.」

하고 조신은 잠깐 말을 끊고 모례의 얼굴을 바라보았다. 모례의 눈과 입에는 어느덧 경멸의 빛이 줄어졌다. 그것을 볼 때에 조신은 만족하고 또 새로운 힘을 얻었다.

조신은 그리고는 달례와 아이들을 돌아보았다. 약간 그들에게 마음이 끌렸으나 이제는 도저히 내 것이 아니라고 제 마음을 꽉 누르고 다시 입을 열었다.

「모례아손, 이 몸이 간 뒤에는 의지할 곳 없는 이것들을 부디 건져 주소사. 굶어 죽지 않도록, 죄인의 자식이라고 천대받지 않도록 부디 돌아보아 주소사. 그 은혜는 세세 생생에 갚사오리다.」

할 때에 조신은 얼음같이 식었던 몸이 훈훈하게 온기가 돎을 느꼈다. 그리고 두 눈에서는 따뜻한 눈물이 막을 수 없이 흘러내렸다.

달례도 달보고도 모두 더욱 느꺼워서 울었다. 그러나 그것은 슬프지마는 따뜻하고 부드러운 슬픔이었다.

모례의 눈도 젖었다. 그가 가만히 눈을 감을 때에 두 줄 눈물이 옥같이 흰뺨에 흘러내리는 것을 그는 씻으려고도 아니하였다.

방안은 고요하였다. 천지도 고요하였다. 한 중생이 바로 깨달아 보리심을 발할 때에는 삼천 대천세계가 여섯 가지로 흔들리고 지옥의 불길도 일시는 쉰다고 한다.

이렇게 고요한 동안에 세월이 얼마나 흘렀는지 모른다.

모례는 이윽고 손을 들어 낯의 눈물을 씻고,

「조신대사, 잘 알았소. 그렇게 보살의 본심에 돌아오시니 고맙소. 길 잃으면 중생이요 깨달으면 보살이라, 과연 대사는 보살이시오. 나는 지금 대사의 말씀에서 눈물에서 부처님을 뵈왔소. 이 방안에 시방 삼세 제불보살이 모여 계오심을 뵈왔소. 대사의 가족은 염려 마시오. 내가 다 생각한 바가 있소. 대강 말씀하리다. 아이들은 내가 내 집에 데려다가 내 아들딸로 기르오리다. 그리고 아이들의 어머닐랑은 내 집에를 오든지, 친정으로 가든지, 또는 달리 원하는 데로 가든지 마음대로 하기로 하는 것이 어떠하오?」

모례의 관대함을 조신은 찬탄하여 일어나 절하고,

「은혜 망극하오. 더 무슨 말씀을 이 몸이 하오리까?」
하고 달보고를 돌아보며,

「달보고야, 이제부터는 이 어른이 네 참 아버지시다. 칼보고도 거울보고도 다 이제부터는 아버지로 모시고 섬겨라. 나는 두텁 고개 눈 속에 묻힌 미력이를 따라 저 세상으로 가련다.」
할 때에는 그래도 목이 메었다. 조신의 눈앞에는 제 몸이 미력의 뒤를 따라 죽음의 어두운 길로 걸어가는 양이 보이고, 평목이가 혀를 빼어물고 어둠 속에서 불쑥 나오는 양이 보여서 머리가 쭈뼛하였다. 무서워서 어떻게 죽나 하는 생각이 나자 전신에 소름이 끼쳤다.

이때에 달례가 벽을 향하여 그린 듯이 섰던 몸을 돌려서 오른 무릎을 꿇고 왼편 무릎을 세우고 그 위에 두 손을 단정히 놓고 앉아 잠깐 모례를 치떠보고 고부슴하게 고개를 숙이며 옥을 굴리는 듯한 목소리로,

「모례아손 마마, 죄 많은 이 몸이 무슨 면목으로 마마를 대하여 무슨 염의로 말씀을 여쭈오리까. 다만 목을 늘여서 죽이시기를 바라는 일밖에 없사오나, 당초에 이 몸이 조신대사를 유혹한 것이옵고 조신대사가 이 몸에 먼저 손을 대인 것은 아니오니 그것만은 알아 줍소서. 우리 나라 법에 남편 있는 계집이 딴 남편을 섬기는 것은 죽일 죄라 하옵고, 또 비록 불의라 하여도 십유여 년 남편이라고 부르던 조신대사가 이제 이 몸 때문에 죽게 되었사온데 이 몸 혼자 세상에 살아 있을 염치도 없사옵고, 또 아손 마마께서 자비심을 베푸시와서 저 어린 것들을 거두어 주신다 하오시니 더욱이 황감하올 뿐더러, 죽더라도 마음에 걸리는 일 하나도 없사오며, 또 평생에 남편으로 섬기기를 언약하고도 배반한 이 죄인이, 마지막 길을 떠날 때에 아손마마의 칼에 이 죄 많은 몸을 벗어나면 저생에서 받을 죄도 가벼울 것 같사오니, 제발 아손의 허리에 차신 칼로 이 목을 베어 줍소사.」
하고 두 손으로 방바닥을 짚고 가만히 몸을 앞으로 굽히며 옥과 같이 흰 목을 모례의 앞에 늘인다.

조신은 달례의 그 말, 그 태도에 감복하였다.

「달례는 도저히 나 같은 범부의 짝은 아니다. 저 사람이 나와 같이 십여 년을 동거한 것은 무슨 이상한 인연이거나, 그렇지 아니하면 무슨 장난

이다.」

　이렇게 생각하고 한 끝으로는 아깝고 한 끝으로는 부끄럽고 또 한 끝으로는 대견도 하였다. 그러나 이제 와서는 이 인연도 장난도 꿈도 다 끝이라고 생각하면 한없이 아쉽고 슬펐다. 도저히 이 대견한 인연을 일각이라도 더 늘릴 수가 없다고 생각하면 하염없음을 금할 수 없었다.

　「아아, 그립고도 귀여운 내 달례.」

하고 조신은 달례의 검은 머리쪽을 애틋하게 바라보았다.

　말없이 달례의 하소연을 듣고 있던 모례는 눈을 번쩍 뜨며,

　「달례, 잘 생각하였소, 바로 생각하였소, 진실로 내 칼에 죽는 것이 소원이오? 마음에 아무 거리낌도 없고 말에 아무 거짓도 없소?」

하고 달례를 향하여 물었다.

　「천만에 말씀이셔라. 본래 믿지 못할 달례오나 세상을 떠나는 이 몸의 마지막 하소연이오니 터럭끝만한 거짓도 없는 것을 그대로 믿어 줍소사.」

하는 달례의 음성에는 조금 떨림이 있었으나 분명하고도 힘이 있었다.

　모례는 벌떡 일어나 한 걸음 달례의 앞으로 다가서며,

　「진정 소원이 그러하거든, 일찍 세세 생생에 부부 되기를 언약한 옛정을 생각하여 이 몸이 지옥에 떨어지는 일이 있더라도 달례의 소원을 이루어 드리리다.」

하고 왼손으로 금으로 아로새긴 칼집을 잡고 오른손으로 칼자루를 쥐기 잠시 주저하는 듯하더니, 번개가 번쩍하며 시퍼런 칼날이 공중에 걸려 있었다.

　「달례, 눈을 들어 이 칼을 보오.」

하고 모례가 칼을 한 번 춤을 추이니 스르릉하고 칼이 울었다.

　달례는 고개를 들어서 칼을 쳐다보았다.

　「칼을 보았소.」

하고 달례는 다시 고개를 늘인다.

　「칼이 무섭지 아니한가?」

하는 모례의 말에 달례는,

　「무서울 줄이 있사오리까, 그 칼날이 한 찰나라도 빨리 내 살을 베는

맛을 보고 싶소이다.」
하고 그린 듯하였다.

「모례는 마지막으로 달례에게 수유를 주오. 이 세상에 대한 애착과 모든 인연을 다 끊고 마음이 가장 깨끗하고 고요해진 때에, 인제 죽어도 아무 부족함이 전연 없고 물과 같이 마음이 된 때에 손을 드시오. 그때에 내 칼이 떨어지리다.」

조신이나 달보고나 다 눈이 둥그래지고, 칼보고 거울보고는 달보고의 손을 부여잡고 죽은 듯이 있었다.

세 번이나 숨을 쉬었을까 하는 동안이 지나간 뒤에 달례는 가볍게 자기 오른손을 들었다.

번쩍하고 칼날이 빛날 때에는 조신도 달보고도 손으로 눈을 가리고 땅에 엎드려서 한참 아무 소리도 없었다.

조신은 무서운 광경을 예상하면서 고개를 들었다. 그러나 놀랐다. 달례의 머리쪽이 쌍둥 잘라지고 뒷덜미에 한 치 길이만큼 실오리만한 피가 흐르고 있었다.

모례의 칼은 벌써 칼집에 있었다.

조신은 이것이 무슨 뜻인지를 알았다. 머리쪽을 자른 것은 승이 되란 말이요, 목의 살을 잠깐 베어서 피를 낸 것은 이것으로 죽이는 것을 대신한다는 뜻이었다. 그 어떻게, 그렇게 모례의 검술이 용할까 하고 탄복하였다.

조신은 유쾌하다 하리만큼 가벼운 마음으로 포승을 지고 잡혀가서 옥에 매인 사람이 되었다.

중생이 사는 곳에 죄가 있어서 나라가 있는 곳에 옥이 있었다. 왕궁을 지을 때에는 옥도 아니 짓지 못하였다. 극락이 있으면 지옥이 있었다. 이것은 모두 중생의 탐욕이 그리는 그림이었다.

옥은 어느 나라나 어느 고을이나 마찬가지로 어둡고 괴로운 곳이었다. 문은 검고 두껍고 담은 흉헙고 높고 창은 작고 방은 겨울이면 춥고 여름이면 더워서 서늘하거나 따뜻함이 있을 수 없었다. 더할 수 없이 더러운 마음들이 이루는 세계이매, 그같이 더러웠다. 흙바닥은 오줌과 똥과 피와

고름으로 반죽이 되고 그 위에 때묻은 죄인들의 목에는 칼, 손에는 수갑, 발에는 고랑을 차고 미움과 원망과 슬픔과 절망의 숨을 쉬고 있었다. 어둠침침한 속에 허여멀끔한 여윈 얼굴과 멀뚱멀뚱한 눈들이 번쩍거렸다. 쿨룩쿨룩 기침 소리와 끙끙 앓는 소리가 들렸다. 이 속에서는 개벽 이래로 몇천 몇만의 사람이 죽어 나간 것이었다. 조신은 이러한 옥 속에 들어온 것이었다.

옥에서 주는 밥이 맛있고 배부를 리가 없어서 배는 늘 고팠다. 사람이 살 수 있는 곳 중에 가장 더럽고 괴로운 데가 옥인 모양으로, 사람이 먹는 것 중에 가장 맛없는 밥이 옥밥이었다. 배는 늘 고팠다. 목은 늘 말랐다. 늘 추웠다. 늘 아팠다. 늘 침침하고 늘 답답하였다.

그러나 조신은 이 속에서 기쁨을 찾기로 결심하였다. 이 생활을 수도하는 고행으로 삼으려는 갸륵한 결심을 하였다. 조신은 오래 잊어버렸던 중의 생활을 다시 시작하였다. 그는 일심으로 진언을 외우고 염불을 하였다. 얻어들은 경 구절도 생각하고 참선도 하였다. 이런 것은 과연 큰 효과가 있어서 조신은 날마다 날마다 제 법력이 늘어감을 느꼈다. 그 증거로는 마음이 편안하였다. 다른 죄수들이 다 짜증을 내고 악담을 하고 한숨을 쉬어도 조신은 점점 더 태연할 수가 있었다.

날마다 죄수는 들고 났다. 어떤 죄수는 끌려나갔다가 몹시 얻어맞고 축 늘어져서 다시 피에 젖은 옷에서 비린내를 풍기면서 들어오기도 하나, 어떤 죄수는 나갔다가 다시 돌아오지 아니하여서 그 자리가 하루 이틀 비어 있는 일도 있었다. 이런 것은 무죄 백방이 되었거나, 죽은 것이라고 다른 죄수들이 생각하고는 그 자리를 다시금 돌아보는 것이다.

새로 들어오는 죄수는 살도 있고 기운도 있었다. 그는 먼저부터 있던 죄수들에게 여러 가지 세상 소식을 전하였다. 이것은 옥중에서는 가장 큰 낙이었다.

이 속에 들어오는 사람은 예나 이제나 다름이 없었다. 도둑질하고 온 놈, 사람을 때리고 온 놈, 또는 조신 모양으로 사람을 죽이고 온 놈, 남의 집에 불 싸 놓고 붙들려 온 놈, 계집 때문에 잡힌 놈, 양반 욕보인 죄로 걸린 놈, 이 모양으로 가지 각색 죄명으로 온 놈들이었으나, 한 가지 모든 놈에 공통한 것은 저는 애매하다는 것이었다. 이를테면 사람은 죽였지마는 그런 경우에는 아니 죽일 수 없었다든가, 불을 놓은 것은 사실이나 불을 놓인 놈의 소행이 더 나쁘다든가, 이 모양이라서 아무도 제가 잘못한 것이라고는 생각지 않는 모양이었다. 조신은 그런 핑계를 들을 때마다 제 죄도 생각해 보았다.

「달례 같은 어여쁜 계집이 와서 매달리니 어떻게 뿌리쳐? 누구는 그런 경우에 가만 둘까. 평목이 놈이 무리한 소리로 위협을 하니 어떻게 가만 두어? 누구는 그놈을 안 죽여 버릴 테야?」

이 모양으로 생각하면 조신은 아무 죄도 없는 것 같았다.

「아뿔싸!」

하고 조신은 흠칫하였다.

「평목이 놈이 나 없는 틈에 내 딸에게 아니 내 아내에게 무례한 짓을 하려 했기 때문에 그놈을 죽였다고 했다면 그만 아냐? 분해, 분해!」

조신은 제가 대답 잘못한 것을 후회하였다.

「괜히 모두 불었다. 모례놈한테 속았다.」

이렇게 생각한 조신에게는 다시 마음의 평화는 없었다.

조신은 아직 판결은 아니 받고 있었다. 사실은 활활 다 자복하였건마는, 법의 판정에는 여러 가지 까다로운 절차가 많았다. 죄인이 자복을 하였더라도 그것을 그대로 다 믿는 것은 법이 아니다. 평목의 시체를 관원이 검시도 하여야 하고 동네 사람들의 증언도 들어야 한다. 이러한 사정으로 이 사건은 해가 넘어서 조신은 옥에서 한 설을 쇠었다.

섣달 그믐날 밤 부중 여러 절에서는 딩딩 묵은 해를 보내는 인경이 울었다. 장방에 조신과 같이 간힌 수십 명 죄수들이 잠을 못 이루고 눈을 감았다 떴다 하는 것이 등잔불 빛에 번쩍번쩍하였다. 그들은 모두 집을 생각하고 처자를 생각하고 있었다. 벽 틈으로는 찬바람이 휘휘 들어오고 바깥에서는 눈보라가 벽에 부딪치는 소리가 쓰윽쓰윽하고 바다의 물결 소리 모양으로 들렸다.

조신은 한 소리도 아니 놓치려는 듯이 인경 소리를 세고 있었다. 마침내 잉잉하는 울림을 남기고 인경 소리도 그쳤다. 방 어느 구석에선가 훌쩍

홀쩍 느껴 우는 소리가 들렸다.

인경 소리에 가라앉았던 조신의 마음에는 다시 번뇌의 물결이 출렁거리기를 시작하였다.

「어, 추워!」

하고 조신은 이를 악물고 주먹을 한 번 불끈 쥐었다.

「죽기 싫어. 살고 싶어.」

조신은 길게 한숨을 내쉬었다. 그러나 살아날 가망은 없었다. 조신의 눈앞에는 평목의 시신과 바랑이 나오고 원과 모례의 얼굴이 나왔다. 증거는 확실하다. 그리고 조신은 세 번 문초에 다 똑바로 자백하였다.

「왜, 모른다고 뻗대지 못했어? 그렇지 않으면 평목에게 죄를 뒤집어 씌우지를 아니했어? 에익, 고지식한 것!」

스스로 저를 책망하고 원망하였다.

한 번뇌에게 문을 열어 주면 뭇 번뇌가 뒤따라 들어온다.

「달례가 보고 싶다.」

조신은 달례와 같이 살 때에 재미있고 즐겁던 여러 장면을 생각한다. 그 어여쁜 얼굴, 부드러운 살, 따뜻한 애정, 이런 것이 모두 견딜 수 없는 그리움을 가지고 또렷또렷이 나타난다. 그때에는 따뜻한 방에 따뜻한 금침이 있고 곁에는 달례의 부드럽고 향기로운 몸이 있었다.

「으응.」

하고 조신은 저도 모르는 결에 안간힘 쓰는 소리를 내었다.

「어느 놈이 내게서 달례를 빼앗았나?」

하고 조신은 소리소리치고 싶었다.

조신에게서 달례를 빼앗은 것은 모례인 것만 같았다.

「이놈아!」

하고 조신은 모례를 자빠뜨리고 가슴을 타고 앉아서 멱살을 꽉 내리누르고 싶었다.

이렇게 생각하면 달례는 지금 모례의 품속에 안겨 있는 것 같았다. 모례의 칼에 머리쪽을 잘렸으니 필시 달례는 어느 절에 숨어서 제 복을 빌어 주려니하고 생각하던 것이 어리석은 것 같았다.

「그렇다. 달례는 지금 모례의 집에 있다. 분명 모례의 집 안방에 있다. 달례는 곱게 단장을 하고 모례에게 아양을 떨고 있다.」

조신의 눈에는 겹겹으로 수병풍을 두른 모례집 안방이 나오고 그 속에 모례와 달례가 주고받는 사랑의 광경이 환히 보였다.

조신의 코에서는 불길같이 뜨거운 숨이 소리를 내고 내뿜었다. 조신의 혼은 시퍼런 칼을 들고 모례의 집으로 달렸다. 쾅쾅 모례 집 대문을 부서져라 하고 두드렸다. 개가 콩콩 짖었다. 대문은 아니 열리매, 훌쩍 담을 뛰어넘었다. 모례집 안방 문을 와지끈하고 발길로 차서 깨뜨렸다. 모례는 칼을 빼어들고 마주 나오고 달례는 몸을 움츠리고 울었다.

조신은 꿈인지 생시인지 몰랐다.

「아아, 무서운 질투의 불길. 천하의 무서운 것 중에 가장 무서운 것!」

조신은 무서운 꿈을 깬 듯이 치를 떨었다. 못한다. 이것이 옥중이 아니냐. 두 발은 고랑에 끼여 있고 두 손은 수갑에 잠겨 있다. 꿈은 나갈지 언정 몸은 못 나간다.

조신은 옥을 깨뜨리고라도 한 번 더 세상에 나가 보고 싶었다. 다른 것을 보는 것이 아니라, 달례가 모례의 집에 있나 없나 그것이 알고 싶었다. 그러나 여러 날을 두고 백방으로 생각하여도 그것은 되지 않을 일이었다. 한방에 혼자 있더라도 해 볼 만하고, 또 죽을 죄인들끼리만 한방에 모여 있더라도 무슨 도리가 있을 것이다. 그러나 죄 무거운 사람, 가벼운 사람 뒤섞여서 둘씩 셋씩 한 고랑을 채워 놓고 그런 사람을 열 간통 장방에 수십 명이나 몰아넣었으니 꼼짝할 수가 없었다.

조신은 모든 것을 단념하고 처음 옥에 들어왔을 때 모양으로 주력과 참선으로 우선 마음을 편안하게 하고 내생 인연이나 지어 보려 하였으나 탐애와 질투의 폭풍이 불러 일으키는 마음의 검은 물결을 어찌할 수가 없었다.

대보름도 지나고 지독한 입춘 추위도 다 지난 어떤 날 조신은 장방에서 끌려나갔다. 와살스러운 옥사장이 한 손으로 조신의 상투를 잡고 한 손으로 덜미를 짚어서 발이 땅에 닿기가 어렵게 몰아쳤다. 조신은 오늘 또 무슨 문초를 하는가보다, 이번에는 한번 버티어 보자 하고 기운을 내었다.

그러나 조신은 관정(官庭)으로 가는 것이 아님을 알고 발을 멈추며,
「관정으로 안 들어가고 어디로 가는 거요?」
하고 물었다.
　옥사장은 조신의 꽁무니를 무릎으로 퍽 차며,
「어디는 어디야 수급대 터로 품삯 타러 가지. 잔말 말고 어서 가.」
하고 더 사정 없이 덜미를 누르고 머리채를 낚아챈다.
「품삯이 무에요?」
　조신은 그래도 묻는다.
「아따 한세상 수고한 품삯 몰라, 잘했다는 상급 말이야.」
하고 옥사장은 또 한번 아까보다 더 세게 항문께를 무릎으로 치받으니 눈
에 불이 번쩍나고 조신의 몸뚱이가 한 번 공중에 떴다가 떨어진다.
「아이쿠, 좀 인정을 두어 주우.」
하고 조신은 끌려간다.
　다른 옥사장 하나가,
「이놈아, 그렇게도 가는 데가 알고 싶어? 이놈아 양반댁 유부녀 후려
내고 사람 죽였으면 마지막 가는 데가 어딘지 알 것 아냐. 그래도 모르겠
거든 바로 일러 줄까? 닭 채다가 붙들린 족제비 모양으로, 부엌 모퉁이
응달에 시래기 타래 모양으로 매어다는 데 말야, 여기를 이렇게.」
하고 손길을 쫙 펴서 조신의 모가지를 엄지손가락과 손길 새에 꽉 끼고
힘껏 툭 턱을 치받치니 조신은 고개가 젖혀지며 아래 윗니가 떡 하고 마
주친다. 그것이 우스워서 조신을 잡아가는 옥졸들이 하하 하고 앙천 대소
한다.
　조신은 이제야 분명히 제가 가는 곳을 알았다. 그러고는 아이들에게 끌
리기 싫다는 송아지 모양으로 두 발을 버티고 허리힘을 쑥 빼어 버리니
조신의 몸뚱이가 옥사장의 손에 잡힌 머리채에 대롱대롱 달렸다가 옥사장
의 팔에 힘이 빠지니 땅바닥에 엉치가 퍽 떨어진다.
「안 갈 테야? 이럴 테야? 난장을 맞고야 일어날 테야?」
하고 옥사장들은 허리에 찼던 철편을 풀어 조신의 등덜미를 후려갈기며
끊어져라 빠져라 하고 끄대기를 나꾸챈다.

「아이구구.」

하고 조신은 일어선다.

벌써 형장이 가까운 모양이어서 조신의 두리번거리는 눈에는 사람들이 보였다. 옥사장이 덜미를 덮어 눌러서 몸이 기역자로 굽었기 때문에 사람들의 얼굴은 잘 안 보이고 아랫도리만 보였다. 그래도 혹시나 달례가 보이지나 아니하나 하고 연해 눈을 좌우로 굴렸다. 조신의 눈에는 거기 있는 사람들이 모두 달례인 것 같기도 하였으나 정말 달례는 보지 못하였다.

조신은 마침내 보고 싶은 달례도 보지 못하고, 하고 싶은 말도 하지 못하고 눈을 싸매고, 뒷짐을 지고, 목에 올가미를 쓰고, 매달려서 다리를 버둥버둥하였다.

「살려 주오, 살려 주오」

하고 소리를 질렀으나 제 귀에도 그 소리가 들리지 아니하였다.

숨이 꼭 막혀서 답답하였다. 차차 정신이 흐려졌다.

「무서워서 어떻게 죽나. 죽은 뒤에 무엇이 있나?」

하고 조신은 관세음보살을 염하면서 팔다리를 버둥거렸다.

「아이고, 나는 죽네, 관세음보살.」

그리고는 조신은 정신이 아뜩하였다.

얼마나 지났는지,

「조신아, 이놈아, 조신아.」

하고 꽁무니를 누가 차는 것을 조신은 감각하였다.

조신은 눈을 번쩍 떴다.

선잠을 깬 눈앞에는 낙산사 관음상이 빙그레 웃으시고, 고개를 돌리니 용선노장이 턱춤을 추면서 웃고 서 있었다.

조신은 이때부터 일심으로 수도하여서 낙산사성이라는 네 명승 중에 한 분인 조신대사가 되었다.

조선 천지를 진동시킨《무정》

구 인 환
(서울대학교 교수)

① 지향적 욕구와 존재적 현실의 갈등

사람은 언제나 내일을 그리면서 오늘에 산다. 지향적 욕구와 존재적 현실의 갈등 속에서 살아간다. 인간은 천사도 아니고 금수도 아니라는 파스칼의 명제에는 천사 지향성과 현실의 집착이라는 이원적(二元的) 의미가 내포되어 있다. 천사 지향의 지향적 욕구는 낙원 추구로 나타나고 현실 집착의 존재적 욕구는 현실주의와 본능의 축약으로 귀결된다. 문제는 지향적 이상주의도 현실을 무시할 수 없고, 현실주의자도 내일의 지향을 무시할 수 없다는 데 있게 된다.

인생의 파란만장한 여울물은 바로 이 양극성의 매력 속에서 방황하는 죄어린 삶의 파노라마다. 어느 한편에 전력투구(全力投球)하여 거기에 안주하지 못하고 다른 편에 대한 관심을 불식하지 못하는데 그 소용돌이는 더욱 세차게 된다. 집요하게 천사 지향의 낙원 의식을 추구할수록 현실에 더욱 집착하게 되고, 현실에 집착하여 본능 의식에 탐닉할수록 삶의 새로운 승화를 희구하게 된다. 당위(sollen) 추구 의식과 존재(sein) 집착 의식이 서로 견인(牽引)하고 있는 현상이 되풀이된다. 그러기에 현실주의자 아닌 이상주의자가 없고 이상주의자가 아닌 현실주의자가 없다고 한다. 전자는 천사 지향에서 중간자적인 인간에로의 하향적 회귀 의식(下向的 回歸意識)으로, 후자는 본능적 타락에서 상향적 복귀 의식(上向的 復歸意識)으로 발로됨을 말한다. 결국 인간은 이 두 극의 어느 선상에 서게 마련이다.

여기에서 천사 지향성의 지향적 추구로 영원한 안식처인 낙원을 추구할 때는 보통 현실의 개조 의식으로 나타나기 쉽다. 지향적 욕구를 가로막는 장애 요소를 고발하고, 어떻게 그것을 극복하여 낙원을 추구할 수 있는가의 삶의 지표(指標)을 제시하게 되는 것이다. 고발되는 장애 요소는 존재적 현실에 대한 낙원의식의 대응적 비판이며, 삶의 지표의 제시는 그것을 초극하여 낙원을 현실화하기 위한 행동 모랄의 제시다. 그러면서도 언제나 존재의 현실에 대한 회귀 의식을 버리지 못한다. 강릉의 남천(南川)에서 볼 수 있는 연어의 모천 회귀 의식(母川回歸意識)과 상응되는 하향적 회귀 의식은 이상과 현실의 괴리(乖離)에서 오는 갈등을 겪게 된다. 낙원 추구 의식이 강할수록 이 갈등도 심하게 나타난다. 이광수가 바로 그런 예다.

이광수가 언제나 논객(論客)이기를 원하고 문사(文士)로 자처하기를 싫어한 것이나, 창작을 하면서도, 문학의 본령에 회귀하려는 것이 그런 양상이다. 그는 〈여(余)의 작가적 태도〉에서, 다음과 같이 밝히고 있다.

> 나는 일찍 은사로 자처하기를 즐겨한 일이 없었다. 내가 《무정》·《개척자》를 쓴 것이나 《재생》·《혁명가의 아내》를 쓴 것은 문학적 작품을 쓴다는 의식보다는 대개가 논문대신으로 내가 보는 당시 조선의 중심 계급의 실상 ──그의 이상과 현실의 괴리, 그의 모든 약점을 여실하게 그려내어서 독자의 감계(鑑戒)나 감흥(感興)의 재료로 삼을 겸, 조선어문의 발달에 일자극을 주고 될 수 있으면, 청년의 문학욕에 불건전치 않은 독물(讀物)을 제공하자──이를테면 이 정치 아래서 자유로 동포에게 통정(通情)할 수 없는 심회의 일부분을 말하는 방편으로 소설의 붓을 든 것이다. 그러므로 소설을 쓰는 것은 나의 일여기(一餘技)다. 나는 지금도 문사는 아니다.
>
> ──《東光》, (1931년 4월)

《무정》이나 《재생》 등 여러 편의 장편을 발표하고도 문사이기를 거부하고 있는 것을 봐도 저간(這間)의 사실을 알 수 있다. 이 문학을 사회 개조의 수단으로 보는 것이나 여기론을 조선소설의 권선징악이나, 개화기 소설의 사회 교화나 감계의 문학을 문학의 기능으로 강조하는 것과 그 맥

468

(脈)을 계승하고 있다. 그러면서도 '정의 문학'·'상적 문학(常的文學)'을 강조하여, 문학을 교화의 수단으로 삼으면서도 도덕이나 종교에서 분리하여 예술의 형성을 추구한다. 그것은 지향적 욕구에 의한 교화 수단으로서 문학을 추구하면서 존재적 현실의 정의 문학에 안주하려 한 이광수 문학의 이원성(二元性)을 의미한다.

이광수 문학의 갈등과 불통일성도 바로 이 이원적 욕구가 조화 상승하지 못하고 균열적으로 확산한 데서 오는 파탄 현상이다. 또한 이 이원적인 욕구가 평행적으로 양립하지 못하는 데에서 이광수 문학의 다양한 양상을 볼 수 있다. 이광수의 첫 장편인 《무정》은 바로 이러한 이광수의 갈등을 구체적으로 부각시킨 근대소설이다.

2 한국소설의 새로운 출발

《무정》(《매일신보》, 1917. 1. 1~6. 14. 126회)은 이광수의 첫 장편이며, 최초의 근대 장편소설이다. 〈금일아한청년(今日我韓青年)과 정육(情育)〉을 시작으로 〈조혼의 악습〉, 〈조선 가정의 개혁〉 등 기성 질서에 과감히 도전하는 논객(論客)으로 출발한 춘원 이광수(春園 李光洙)가 〈어린 희생〉·〈헌신자〉 등 일련의 단편에서의 미숙에서 벗어나 근대소설의 면모를 갖춘 작품을 발표하여 조선 천지를 진동시킨 장편이 《무정》이다.

한국 소설 중에서 《무정》처럼 많이 읽히고 인구(人口)에 회자되며 수많은 비평의 대상이 된 작품도 그리 많지 않다. 70년 넘게 많은 사람이 읽고 한국 소설의 논의에서 《무정》이 빠지지 않은 것으로 봐도 알 수 있다. 발표 당시는 사회적 충격과 흥분 속에 온 천지가 들끓을 정도였다.

《무정》이 발표되는 《매일신보》를 보기 위해서 일이십 리 길을 뛰어가는 것은 보통이요, 젊은이들은 《무정》의 새로운 의식에 의해 벌어지는 희비극에 열광했고, 기성층에서는 있을 수 없는 반도덕적인 세계라고 혹평하여 《매일신보》 사장에게 항의했으며, 경학원(經學院)에서는 이광수를 공격하는 연설회가 열렸으며, 유림회(儒林會)에서는 중추원(中樞院)에 《무정》을 중지해 달라는 진정서를 보내는 등 1917년은 《무정》으로 조선 천지가 소용돌이쳤다.

이러한 《무정》은 신학문을 한 이형식과 선각자연하는 김장로의 딸이요, 과도기의 신여성인 김선형, 어렸을 때 정혼한 전형적인 구여성에서 신여성으로 이행해 가는 박영채, 신문기자면서 내일을 투시하는 지향적 의지를 지닌 신우선, 또한 죽음을 택한 영채를 구하고 정신적 감화를 주어 개인 의식을 자각케 하여 일본 유학을 가게 하는 김병욱 등이 등장해서 과도기의 조선의 젊은이의 모습을 그린 작품이다.

백철이 「《무정》은 이 계몽기의 신문학을 여기에서 종합해 놓은 하나의 기념탑과 같이 용립(聳立)한 작품이었다. 말하자면 초창기의 신문학을 결산해 놓은 거작(巨作)이다」라고 문학적 의미를 규정하리만큼 《무정》은 근대소설의 금자탑이 아닐 수 없다.

《무정》은 이광수가 「다난(多難)한 반생의 도정(道程)에서 간명하게 말하고 있는 대로 ① 일로전쟁에 눈 뜬 조선을 배경으로, ② 조선 청년의 이상과 고민을, ③ 민족주의와 자유주의의 이데올로기를 가지고, ④ 사실적으로 작품을 써서, ⑤ 조선 청년의 진로에 도움이 되게 하기 위해서 씌어진 작품이다. 이 중 ①, ②, ③은 '상의 문학'이나 '정의 문학'이 추구하는 존재적 현실이요, ④, ⑤는 공리적 문학이 지향하는 지향적 욕구로 볼 수 있다. 앞의 것은 《무정》의 제재와 기법이고 뒤의 것은 그의 사상과 기능을 의미한다. 《무정》의 ④·⑤의 지향적 욕구의 성취를 위해 ①·②·③의 존재적 현실을 펼친 셈이다. 이 두 사이에 상호간 견인 작용과 갈등이 있게 된다. 그 견인과 갈등의 양상이 바로 《무정》에 수용되며 한국소설의 새로운 출발을 보게 되는 것이다.

③ 지향 욕구 성취의 열린 가능성

《무정》은 도산(島山)의 준비론적인 사상과 민족주의 사상을 바탕으로 교육과 과학의 입국(立國)에 의한 내일을 추구한 작품이다. 거기에 개성의 자각에 의한 근대 의식을 바탕으로 기성 관습에 대한 비판 정신이 조응되어 개혁 사상을 선양(宣揚)하고 있다.

이러한 《무정》은 서술자의 초점이 모아지는 시점(視点)과 등장 인물들의 갈등 구조, 그리고 개인과 사회의 지향 의식을 살핌으로써 더 심층적으로 이해할 수 있다.

첫째 《무정》은 전지적 작가 시점(Omniscient author narration)에 의해 서술되어 있다. 이광수는 작가가 설정한 인물을 작중 상황에 의해 자유롭게 활동할 수 있게 놓아두지는 않는다. 등장 인물은 조종하고 사상이나 지시를 서술하며 작중의 서술자로 개입한다. 《이야기와 담론》에서 말한 대로 작가가 작중 서술자로 모든 것을 관여하고 지시하며 서술한다. 《무정》에 등장하는 인물의 외면과 내면을 다 관장하고 행동에 관한 설명, 심리적 변화의 의미까지도 해석한다. 영채에서 보듯이 기성 질서를 존중하는 듯하면서도 김장로를 통해 도산의 준비론과, 병욱으로 근대의식의 자각이라는 사상을 적절히 배합하여 구사한다. 또한 형식이 비리에 대해 저항을 한다든가, 영채를 찾기 위해 평양에 가서 계향(桂香)을 만나 거기에 빠지다가 돌아온다든가, 자살을 결심한 영채가 병욱을 만나게 되는 것을 주인공들을 자유자재로 이동시켜 인생을 총체적으로 그린다. 또한 영채와 선형 사이에 낀 형식의 고민이나 민족의 진향성을 신우선 기자를 통해서 보여 주는 등 전지적 작가 시점으로 삶의 총체상과 그 지향적 의미를 보여 주고 있다.

둘째는 내면적 갈등과 결말 강조의 갈등 양상이 균형적 갈등(Symmetric conflict)으로 진행되고 있다. 《무정》은 전지적 작가 시점으로 욕구→좌절→성취(구제)의 갈등 구조를 전개해 가고 있다. 《무정》에서 이 갈등 구조를 이형식과 박영채, 김선형과 김병욱을 기축으로 하여 진행한다. 이형식은 동경 유학을 한 청년으로 개화된 집안에서 신학문을 한 선형과 결합되기를 지향한다. 학교의 비리와 싸우기도 한 그 앞에 정신적 숭배자의 딸이요, 아버지가 정혼한 박영채가 기생을 하면서까지 순결한 자세로 형식 앞에 나타난다. 여기에 형식의 존재적 현실과 지향적 욕구의 갈등이 심화된다. 영채는 나의 은사의 딸이요, 아내로 허락을 맡은 여자인데, 비록 기생으로 있었다고 해도 그를 구할 의무가 있다. 나는 아내로 맞이하려고 선형에게로 지향하는 욕구와 갈등을 일으키게 된다. 자살하러 나간 영채를 찾아 평양에 다녀와서는 선형과 약혼하여 미국 유학을 떠나는 존재적 현실을 지향적 욕구로 승화시키는 균형적 갈등을 하고 있다.

영채의 경우도 같은 양상을 띤다. 개화 운동가인 아버지에 의해 정혼한 그와 결합해야 한다는 욕구에 존재적 현실인 기생을 감수하고 그 욕구의 성취에 전력을 다한다. 정혼한 남자를 따라야 한다는 구도덕의 맹종이 아닌, 형식과 영원한 삶을 성취하려던 욕구는 이중의 좌절로 실의에 빠지게 된다. 아버지와 오빠가 개화 운동을 하다가 옥사하는 것이 그 첫 번째 좌절이요, 기생이란 신분과 배학감에게 정조가 유린당하여 형식을 가까이 할 수 없는 것이 두 번째의 좌절이다. 이 좌절의 극복을 위해서 택한 일이 자살로 나타난다. 좌절 뒤의 절망에 대응하는 매개를 김병욱의 개성의 자각의 근대의식에서 찾게 된다. 결국 병욱과 같이 일본 유학을 가기 위해서 기차에 오르게 되는 구조 지향적 갈등(Structure-oriented conflict)으로 나타난다.

이 두 갈등의 축은 김병욱과 신우선의 매개에 의해서 삼랑진(三浪津) 수해 복구 합창회의 결말 강조로 응집(凝集)된다. 수해 위로 음악회를 하고 신우선 기자와 같이 조선의 장래를 염려하면서 교육과 과학 입국을 강조하는 결말 구조로 《무정》의 갈등 구조는 화해를 이루게 된다.

셋째, 《무정》은 개인과 사회의 지향적 욕구 성취의 가능성을 제시하고 있다. 그것은 개인 의식의 자각과 민족적 사회 의식의 각성, 그리고 지향 욕구 성취의 열린 가능성으로 나타난다. 《무정》의 여인상은 김선형의 순응적인 여인상, 김병욱의 확산적 여인상, 영채의 지향적인 여인상으로 나타난다. 영채는 본인이 자각한 의식을 확산시켜 영향을 주는 김병욱의 감화를 받아, 구사상에 의한 관습이나 의식을 근대의식으로 변형하며 내일을 성취하려는 지향적 욕구에 투철한 인간형으로 변모해 간다. 그런 의미에서 영채가 선형보다 훨씬 존재적 현실을 극복하여 지향적 욕구를 성취할 지평(地平)을 열고 있다. 이러한 여인상은 《개척자》의 김선순, 《재생》의 김경주, 《흙》의 선희, 《유정》의 남정임, 《사랑》의 석순옥 등에서 그와 같은 경향을 찾아 볼 수 있다. 또한 작가가 서술자가 되어 개입하여, 민족주의나 개성의 자각에 의한 근대주의의 사상적 지향성이 짙게 깔려 있어 이형식의 지향 의식으로 나타나며 그것이 삼랑진의 교육과 과학 입국의 열린 가능성으로 나타난다.

472

이광수 소설은 《무정》의 열린 가능성에서 시작하여 《사랑》의 북한요양원(北漢療養院)의 낙원 성취로 그 완성을 보여 준다. 삼랑진 수해 현장에서 자선 음악회를 마치고 이현식이 제창하고 세 처녀가 공감한 교육과 과학 입국의 지향 의식이 《개척자》·《재생》·《군상》 3부작·《유정》·《흙》 등의 수다한 여정을 지나 안빈과 석순옥에 의해 성취된 한 낙원의 성취로 이광수 소설의 다층적(多層的)이고 다성적(多聲的) 소설의 의미는 완성을 보게 된다. 이런 맥락에서 《무정》은 한국 근대소설의 첫 장편일 뿐만 아니라 열린 가능성이라는 점에서 그 뒤에 펼쳐지는 이광수 소설의 이해와 감상을 위해서 출발의 의미를 가진 작품이다. 한국의 근대소설은 이광수로부터 시작되고 이광수의 소설은 《무정》에서 시작되는 의미가 여기에 있다.

시련과 형성의 2중주

이 재 선
(문학평론가 · 서강대 교수)

① 페미니스트 텍스트로서의 《무정》

이광수의 첫 장편소설 《무정》(1917)은 이미 잘 알려져 있듯이, 그 전대의 문학 형식인 신소설의 긍정적인 발전 형태로서, 현대소설사에서 하나의 획기적인 기념비로서의 의의를 지니고 있는 작품이다. 물론 현재에도 비판과 옹호의 서로 다른 평가의 대상이 되어 있는 것도 사실이지만, 신소설에서 관념적으로 제기되었던 근대적 이념의 문제들을 정서적인 흥미화와 더불어 새로운 서사법과 형태 미학으로 발전시켰다는 점에서 매우 중요한 위치를 차지한다는 사실은 누구도 부인하지 못할 의의로서 평가된다.

작품 《무정》은 비록 계몽적 요소가 과다한 양식의 소설인 것이 분명하지만, 신소설의 변환적인 완결의 의미를 지니고 있을 뿐만 아니라, 최초의 근대적 장편소설 형태의 한 모형을 제시한 점에서 결코 간과해 버릴 수 없는 작품인 동시에 춘원 문학의 원점으로서 재평가의 여지가 충분히 있는 작품이다.

일찍이 춘원은 잡지 《삼천리》(1937. 1월호)에서 이 《무정》의 저작 동기를 밝히기를 새로운 연애 문제, 새로운 결혼 문제를 통해서 여명기의 신진 지식 계급 남녀들의 고민을 그리려 했다고 지적한 바 있다. 이런 고백 속에 암시되어 있듯이, 그는 주로 낡았지만 아직도 여전히 위력을 가진 기존의 사회적 · 윤리적 규범과 제도에 대응하면서 근대의 새로운 윤리관과 세상살이의 새로운 패러다임을 정립하려는 데 주력한 것으로서, 이를 유교적인 가부장 제도 내지 부권에 대응하는 이행 세대인 젊은이들의 사랑과 결혼의 자유 선택 및 개성의 해방과 홀로서기 및 사회적 의무 의식과 책임에의 인지로서 극화한 것이다.

이 점에서 《무정》은 시대적인 과도기의 소산으로서의 의식과 감정 구조의 이원성 및 분기적 이극 원리가 반영되어 있는 작품이다. 이 이원성의 문제는 주인공인 이형식의 추처럼 흔들리는 성격과 서사 구조에서 중요한 의미를 지니고 있기도 하지만, 보다 먼저 주목하게 되는 것은 순진하기로 일치하는 주인공 이형식과 박영채가 모두 공통적으로 고아(孤兒)의 상태로 성장하거나 가족적인 정애의 목가가 파괴된 가족 내지 아버지 부재 상태에 있는 인물로 설정되고 있다는 사실이다.

이형식은 뚜렷한 가계가 설명되어 있지 않은 고아 출신이며, 박영채 또한 한때는 안락했으나 일가가 투옥되거나 자결·옥사 등의 환란으로 해서 거덜이 나버린 집안의 외톨이 딸이다. 말하자면 안전을 보장해 줄 집과 보호자를 잃음으로써 시련과 변화와 표박의 삶이 원칙적으로 예견되어 있는 그런 인물들인 것이다.

이것은 매우 중요한 의미를 지니고 있다. 즉, 그것은 이들이 근원적으로 가정이나 그로부터의 보호를 받을 수 있는 상태의 상실 상태 내지 결별 상태에 있음으로 해서 부권 사회의 장치와 이탈된 고도의 상태에 있거나 이접됨으로써 그만큼 구속인 관습으로부터 유동성과 방향 전환이 비교적 용이한 조건임을 내포하기 때문이다. 고아의 상태란 시공적으로 과거적인 것으로부터의 해체와 파손의 표징인 동시에 운명적으로 적응과 변화에의 방향 전환이 그만큼 용이한 존재인 것이다. 그래서 결과적으로 이형식이 처음부터 개신 이념의 인물이 되고 영채 역시 일련의 시련 과정에서 전통적인 정신적 토양의 경계선을 넘어 새로운 방향 개변의 길을 가게 되는 인물인 것이다.

따라서 이러한 두 인물의 삶의 긍정으로 엮어지는 《무정》은 표제의 정감적 초점이 영채에 적지 않게 모여져 있기 때문에 남성 작가에 의한 근대 초기의 페미니스트 텍스트로서 새롭게 읽혀질 수 있는 여지를 충분히 갖고 있는 것이다.

② 시련과 형성의 2중주

여주인공인 박영채의 삶을 중심 초점으로 해서 페미니즘의 시각에서 볼 경우, 《무정》은 우선 그 장르적인 성격이 시련소설(Novel of ordeal)과 교양소설(Bildungsroman) 및 교육소설(Erziehungsroman)이 복합·혼융된 일종의 '형성소설'에 해당한다. 그것은 가족의 몰락, 난파와 표박의 삶을 거쳐서 근대적이고 독자적인 개성의 자각과 의식의 독립화에 근거, 세상에의 길 또는 근대적인 삶에로 나아가는 사회학 과정과 새로운 생성의 과정을 다루고 있기 때문이다.

상편이 주로 일련의 시련의 이데와 악화의 시퀀스로 이루어진 반면에, 하편은 계몽주의적인 형식의 이데와 개선의 시퀀스를 구조로 하고 있는 것이 서사적인 특징이다.

박영채의 삶은 그 아버지와 오빠들의 무고한 투옥으로 인해서 행복한 가족의 목가 상태가 붕괴하는 데서 비롯된다. 이렇듯 가정이 해체됨으로써 이로 인해서 어린 나이에 고아가 되어 버린 영채에게는 새로운 세상살이의 삶의 상태나 훼손되지 않는 여성으로서의 순결과 정절이 피할 수 없게 시련에 당면하게 된다.

이 시련이란 바로 인물과 인내의 시험으로 볼 수 있는 일종의 행위인 것으로, 영채가 마주치는 시련은 주로 구조적으로 열성화되어 있는 여성으로서의 순결이나 정절에 대한 일련의 남근적 힘의 공격적인 침해의 위기적 국면으로 나타난다.

이런 장애와 시련의 둘러쌈과 중첩 단계는 기생이 되어 이형식을 만나는 자리에서의 편력과 내력담의 고백에서 아주 구체적으로 나타나게 된다. 이에 의거하면 영채의 집안이 무고하게 거덜나는 데서부터 이미 악화와 시련의 가능성이 잠재되어 있으며 이 잠재성은 남복을 한 채 걸어서 평양 행의 편력의 길을 나서는 과정에서 현실적으로 당면하게 된다. 이 과정에서 영채가 남복으로 변장을 한다는 것은 물론 예측되는 장애와 공격적인 시련에 대한 방어 형태로서의 의미를 지니는 것도 사실이지만, 여성이 구조적인 열성으로 취급되는 남성 지배의 전통 사회에 대한 실체적인 인지를 기반으로 하는 행위인 것이다.

이런 변복의 방어 형태에도 불구하고 영채의 운명은 중첩되는 위기적 시련과 악화에 무방비하게 마주치게 되며 그때마다 조력자와 전수된 효 (孝), 정(貞)의 이데에 의해서 겁탈의 위기 국면을 모면하게 된다. 그러나 이렇듯 시련을 타넘어 온 영채도 투옥된 아버지를 위한 효행을 위해서 돈 확보의 유일한 수단인 기생으로 전신하는 희생까지도 감수하지만, 이것이 오히려 가문 훼손이란 이유로 부친의 죽음을 초래하는 악화를 가져오는 결정적인 시련에 마주치게 한다. 그리고 마지막 비호자로서 믿어 왔던 이 형식과의 만남에서 실망과 원망의 마음으로 되돌아 섰던 다음날 그는 끝내 위선적인 교육자인 호색한 배명식의 공격 앞에 순결을 겁탈당하는 악화에 빠져듦으로써 이것이 자살행으로 연계되는 것이다.

여기서 시련의 절정으로서의 영채의 겁탈은 중요한 상징성을 지니고 있 다. 즉, 그것은 사회가 그 속성으로서 지닌 폭력으로서의 의미도 있는 것이 사실이지만, 결과적으로 이 겁탈은 유교적인 정절의 파손 내지 훼손으로 서의 의미를 지니는 것이다. 영채의 몸의 순결 상태는 영채에게 있어서는 부권적인 질서를 따르는 것으로서의 삶의 도덕적인 순결성, 바로 그것을 뜻하는 것이다. 그래서 영채는 이런 순결성을 겁탈당함으로써 배상이나 또는 복수의 방법을 택하는 것이 아니라 스스로의 죽음을 선택하게 된다. 신체의 정절은 곧 자신의 것이 아니라 전통적인 가치 규범의 상징적인 등 가물인 것이다.

이 몸은 옛날 성인과 선친의 가르침을 지키어 선친께서 세상에 살아 계실 때에 이 몸을 허하신 바 선생을 위하여 구태여 이 몸의 정절을 지키어 왔 나이다. 그러나 이 몸은 이미 더러웠나이다. 아아, 선생이시여, 이 몸은 이미 더러웠나이다. 약하고 외로운 몸이 애써 지켜 오던 정절은 작야에 수포에 귀하고 말았나이다. 이제는 이 몸은 천지가 허하지 못하고 신명이 허하지 못할 극흉 극악한 죄인이로소이다. 이 몸이 자식이 되어는 어버이를 해하고, 자매가 되어는 형제를 해하고 아내가 되어는 정절을 깨뜨린 대죄인이로소이다.

　서간체로 표출된 이 유서에는 유교 교육을 받은 영채로 대리되는 모든 구식 여성들의 감정 교육적 성격과 정신적인 특징이 반영되어 있다. 여기서 주목되는 것은 영채가 신체적인 순결성을 겁탈당하고서도 자기 개인을 독립적인 존재로 인식하지 못하고 있는 점이다. 어디까지나 부권적인 가족의 정신으로 환원시켜 스스로를 그 가족이나 가문에의 예속적 존재 단위로 파악하고 있다. 그렇기 때문에 그의 몸과 믿음을 다 자신의 것이 아니라 가문의 것으로 인지하고 있다.

　부친이란 가문의 우상이 결정한 일이기 때문에 이형식을 사랑해야 할 몸이며, 또 그래서 순결을 지켜야 한다고 믿고 있는 것이다. 의식과 행동이 이러할 때 아버지로부터의 감정적인 독립이나 자기 검증의 개성화란 처음부터 개재해 들어갈 틈이 없는 것이다. 그렇기 때문에 순결을 겁탈당했다는 것은 개체적인 여성으로서의 치욕이기 이전에 혈연 관계로 이루어진 가문의 영광에 대한 치욕의 먹칠로서 받아들이는 것이다. 이렇듯 영채는 겁탈이 곧 가문에의 독성(瀆聖) 행위가 된다고 믿기 때문에 '효'와 '정'을 잃은 깊은 죄의식에 빠지게 되고 그것 때문에 자살행을 떠나게 되는 것이다.

　이때 자살행은 두 가지의 상반되는 의미를 지니고 있다. 하나는 부친의 자결과 마찬가지로 무력해진 지나간 시대의 가치를 매장하는 의식으로서의 의미이며, 또다른 하나는 이전과는 다른 전환된 삶으로 가는 이행의 축으로서의 의미를 지니는 것이다. 사실 결과적으로 영채의 대동강행은 기생으로서의 삶을 청산하는 이탈의 떠남인 동시에 수동적이긴 하지만 새로운 형성을 위한 변환의 궤도로 진입하는 것으로 만들고 있다.

　여기서 영채가 이제껏 거듭 마주쳐 왔던 악과 어둠으로 점철된 악화와 시련의 연쇄적인 과정은 끝나게 되고, 선과 햇빛의 밝음이 뚜렷한 개선과 성장의 서사적인 사이클로 접어드는 변주의 삶이 전개되는 것이다. 그녀가 현대 문명의 상징인 기차를 탄다는 것은 함축성을 지닌다.

　한편 어휘론적으로 살펴볼 경우, 《무정》은 '가르친다'는 동사어의 빈도가 적지 않게 나타나고 있음을 볼 수 있다. 이것은 '배운다'는 동사어가

더 비중을 가진 신소설과의 변별적인 이질성이다.

경성학교 영어 교사 이 형식은 오후 두 시 사년급 영어 시간을 마치고 내리쬐이는 유월 볕에 땀을 흘리면서 안동 김 장로의 집으로 간다. 김 장로의 딸 선형(善馨)이가 명년에 유학을 가기 위하여 영어를 준비할 차로 이 형식을 매일 한 시간씩 가정교사로 고빙하여 오늘 오후 세 시부터 수업을 시작하게 되었음이다.

그래서 어찌하면 학생들을 더 가르쳐 줄까. 어찌하면 그네의 행실을 아름답게 만들고 어찌하면 그네의 정신을 깨우쳐 줄까.

형식은 교과서를 가르치고 남은 시간은 반드시 새롭고 유익하다고 생각하는 이야기로 채웠다.

「가르쳐야지요! 인도해야지요!」
「어떻게?」
「옳습니다. 교육으로, 실행으로 저들을 가르쳐야지요. 인도해야지요. 그러나 그것은 누가 하나요?」

'가르친다'는 교육의 이데가 이처럼 광범위하게 확산되어 있는 것만으로도 《무정》은 교양소설 내지는 형성소설의 한 변종으로서의 계몽적인 교육소설의 성격을 지니고 있는 것이다. 그만큼 인간의 형성을 위한 교육적인 이념이 잠재되어 있기 때문이다. 이 점에서 《무정》은 분명히 독일식의 교양소설을 일반화한 형성소설의 면모를 지니고 있다.

마리안 허쉬는 형성소설의 특질을 밝히는 가운데, 사회적 질서의 맥락 내에서의 대표적 개인의 성장과 발전, 수동성, 사회의 생의 학교 내지 경험의 보고로의 인지, 주인공의 교육 묘사에 의한 독자 교육의 교훈성 등등을 지적하고 있다.

그리고 바흐친 역시 루소의 《에밀》과 같은 작품을 예를 들면서 교육학

적인 양육의 과정이 다루어진 교훈·교육소설을 형성소설이란 변종으로서
간주하고 있다.

소설 《무정》은 이런 양상을 적지 않게 포함하고 있는 것으로, 영채로
하여금 기차를 타고 죽음의 자살행을 떠나게 하는 것에서부터 새로운 형
성과 성장이 예비되어 있는 것이다. 그것은 아버지가 있는 평양을 향한
지난날의 시련의 과정이 아니라 이 여정은 바로 낡은 인습의 허물을 벗어
버리고 강박된 타나토스의 의식을 청산하고, 새로운 만남을 통해서 신생의
삶으로 진입함으로써 자기 독립적이고 근대적 개인으로 성숙하는 기틀을
마련하게 되는 것이다. 여기서 신구의 분열된 가치의 틈바구니에서 끝내
과거로 역행하고 마는 아버지 박 진사의 비극적 삶과는 이질성이 드러난다.
그러나 물론 목표의 불확실성 내지 미성숙이란 한계점이 없는 것은 아니다.

③ 대립의 교화자

교양소설 내지 형성소설의 중요한 성격은 수동적인 주인공을 교화(敎
化)시키는 교화자 내지는 선도자의 존재다. 허쉬는 형성소설에서 주인공이
아닌 다른 인물들은 자아와 사회의 대응력 간의 중개자로서 봉사하는 교
화자, 목적과 성취란 양자택일을 표상하는 주인공에 대한 반사체로서 봉
사하는 동반자, 그리고 감정 교육의 기회를 마련하는 연인 등으로서 여러
고정된 기능을 한다고 밝히고 있다. 그리고 치올코우스키 역시 집단의 원
리에 따라 주인공을 교육하는 정신적인 선도자의 출현이라고 지적한다.

《무정》이 교육적인 형성소설의 성격을 갖게 되는 것은 이런 교화자 내지
정신적인 선도자의 역할이 뚜렷하게 제시되어 있는 점이다. 《무정》에는
박영채를 교화하는 세 사람의 선도자가 존재한다. 아버지 박 진사와 유학생
김병욱. 그리고 다소 약하기는 하지만 기생 월화란 존재이다. 이 세 사람의
교화자 가운데서 상호 대립적인 것이 바로 박 진사와 김병욱이다.

주인공 박영채의 삶의 과정에 있어서 제 1의 원초적인 교화자 내지 선
도자는 그의 아버지인 박 진사다. 박 진사는 비록 현대성이나 시대 적응의
유동성에 대해서 어느 정도의 새로운 의식을 갖고 있는 것은 사실이지만,
그럼에도 불구하고 여성관에 있어서는 본질적으로 부권적인 전통 사회나

완고한 문화를 상징하는 전형적인 인물임이 분명하다. 즉, 그는 시대의 급격한 변화에 대해서 민첩한 반응을 보일 만큼 개화나 사회적 근대화에 이끌린 나머지 '사천 년 내려오던 관습을 깨뜨려 버리고 온전히 새것을 취한다'는 파괴와 수용의 구체적인 징표로서 머리를 깎고 검은 옷을 입으며 학교를 만들어 새로운 근대 사상을 강조하는 일면을 드러내는 인물이다. 그러면서도 학교에서 돌아온 딸 영채에게 《소학》·《열녀전》·《내측》과 같은 유교적 덕목의 여성 교과서로 전통 교육을 전수시킬 만큼 전통 고수적인 면모를 강하게 지니기도 한다.

따라서 영채는 학교라는 근대적인 공공의 외계와 관계를 맺으면서도 부권적인 구조가 지배적인 가정이란 봉쇄적인 고도에서 행하는 유교적 윤리에 더 순응하고 따르는 교육을 받게 된다. 그래서 영채는 이 모순의 공존 사이에서 근대적인 각성의 잠재성을 갖추거나 변화의 감정 교육적 단서를 마련하게 되는 것이 아니라, 오히려 그러한 아버지의 가훈에 의한 가르침인 유교적인 윤리관을 그의 삶을 지배하는 절대 가치와 품위있는 선행과 미덕의 지표로 삼게 되는 것이다.

그러나 그는 착한 세상과 착한 사람이 없다고 생각하지 아니하였나니, 대개 그가 칠 년 전에 그러한 세상과 그러한 사람들을 목격하였다. 그리고 자기는 열녀전, 내측, 소학에 있는 사람들과 같은 사람이니 결코 악한 세상에 버무릴 수 없는 사람이라 하였다. 영채의 아버지가 영채의 어렸을 때의 가르친 열녀전과 내측과 소학은 과연 영채의 일생을 지배한 것이다.

이러한 박 진사의 교화는 영채로 하여금 철저할 만큼 가족의 수장이며 절대적인 권위인 부권주의에 고착되게 할 뿐만 아니라 효와 정의 가치관에 매이게 한다.

영채는 옛말을 생각하였다. 그때 아버지께서 제몸을 팔아 그 돈으로 그 아버지의 죄를 속한 옛날 처녀의 말을 들을 제, 아직 열 살이 넘지 못하였던 영채는 눈물을 흘리며 나도 그리하였으면 한 일이 있음을 생각하였다.

부친께서, 「너는 형식의 아내가 되어라」 하신 말씀을 자라나서 생각하니, 다만 일시 농담이 아니라 진실로 후일에 그 말씀대로 하시려 한 것이라 하고 내 몸이 가루가 되더라도 부친의 뜻을 아니 어기리라 하였다.

이처럼 아버지의 존재와 위치는 거의 절대의 권위를 표상한다. 따라서 영채에 있어서는 이형식이란 존재까지도 대등한 사랑의 정서적인 대상이라기보다는 아버지의 잔상이거나 부상의 대리자에 더 가까운 존재인 것이다. 아버지 박 진사는 그 기본적인 기능에 있어서 전통적인 가치 규범의 전수자라고 할 수 있다.

이에 비한다면, 신여성의 전형인 김병욱은 박 진사와는 전혀 다른 기능과 역할을 하고 있는 교화자요, 정신적인 선도자인 것이다. 그는 영채의 죽음의 평양행을 재생과 변환의 궤도로 옮겨 놓는 데 있어서 결정적인 역할을 하는 인물이다. 따라서 기차 속에서의 그와의 만남은 자아에 대한 새로운 인식은 물론 여성의 존재론적인 위상에 대한 새로운 개인과 각성을 얻는 계기를 이루게 된다. 이런 작가를 대리하는 병욱의 교화는 거의 설복적인 담화의 성격을 띠고 전개된다.

첫째, 영채 씨는 속아 살아 왔어요 이 형식이란 사람을 사랑하지도 아니하면서 공연히 정절을 지켜 왔어요. 부친께서 일시 농담 삼아 하신 말씀 한마디 때문에 영채 씨는 칠팔 년 헛된 절을 지낸 것이외다.

「그렇지요. 그것이 삼종지도(三從之道)가 아닙니까.」

「흥, 그 삼종지도라는 것이 여러 천 년간 여러 천만 여자를 죽이고 또 여러 천만 남자를 불행하게 하였어요. 그 원수의 글자 몇 자가, 흥.」

부모의 말에 순종하는 것이 자식의 도리겠지요. 지아비의 말에 순종하는 것이 아내의 도리겠지요. 그러나 부모의 말보다도 자식의 일생이 지아비의 말보다도 아내의 일생이 더 중하지 아니할까요? 다른 사람의 뜻을 위하여 제 일생을 결정하는 것은 저를 죽임이외다. 그야말로 인도의 죄라 합니다. (중략)

여자도 사람이지요. 사람일진댄 사람의 직분이 많겠지요. 딸이 되고 아내가 되고 어머니가 되는 것도 여자의 직분이지요. (중략) 그런데 고래로 우리나라에서는 남의 아내 되는 것만으로 여자의 직분을 삼았고 남의 아내가 되는 것도 남의 뜻대로, 남의 말대로 되어 왔어요. 지금까지 여자는 남자의 한 부속품, 한 소유물에 지나지 못하였어요. (중략) 우리도 사람이 되어야 합니다. 여자도 되려니와 우선 사람이 되어야 합니다.

이런 담화에서 시사되고 있듯이, 병욱의 교화는 전통적인 사회 문화적 관습에 의해서 구조적으로 열성화되어 있는 여성의 위상을 해방시키려 하고 있을 뿐만 아니라, 기존 가치 체계에 대한 농도 짙은 반역적인 비판을 담고 있다. 박 진사의 교화가 여성이나 자녀로 하여금 굴레를 씌우는 것이라면 병욱의 교화는 바로 그 굴레를 벗기는 것으로서 대립적인 양상을 지닌다.

그리고 전자의 문화에 있어서는 아버지란 존재의 권위상이며 아비 찾기의 모티프가 강조되는 데 비해서 후자의 경우에 있어서는 아버지는 갈등과 부정의 대상이다. 이런 상호 대립되는 교화 작용을 접함으로써 영채는 마침내 늘 고수해 왔던 전자 지향적인 허상의 의식을 청산하고 후자 지향의 의식 세계로 변환하는 새로운 삶의 추를 선택함은 물론 근대적 자아와 형성의 지평에 나서게 되는 것이다. 따라서 교화자 내지 정신적 선도자로서의 아버지와 병욱은 남성 지배의 낡은 문화와 여성의 위상 향상되는 근대 문화를 표상하는 의미를 지니는 것이다. 이 점에서 붕괴와 생성의 문화적인 사이클의 과정에 대한 인식이 기반이 되어 있는 작품이다.

4 《무정》의 자리

소설 《무정》은 단순히 문학사란 적층에 놓여 있는 화석과 같은 작품이 아니다. 언제까지 거듭 읽혀지고 또 거듭되는 평가를 받을 만한 작품이다. 더구나 춘원의 일제 말기의 마땅치 않은 결함으로 해서 의도적으로 《무정》 가치가 손상을 입거나 폄하되는 것은 온당한 평가일 수가 없는 것이다. 물론 《무정》은 청산되지 못한 계몽주의적 교훈성에서 그 한계점이 없는 것은 아니지만, 근대 초기의 대표적인 페미니스트 텍스트로서 형성소설이란 장르 형태의 한 가능성을 틀잡았다는 점에서 소중한 위치를 차지하고 있는 것이 사실이다. 그럼으로써 이후 전개될 형성소설의 선구적인 모형 내지는 출발점으로서의 의의를 갖고 있다.

뿐만 아니라 신소설의 관념 편향적인 양상을 훨씬 세련미있게 가다듬음으로써 개신 이념에 대한 소설의 가치를 상승시킨 것은 중요한 의의로서 평가되는 것이다. 그리고 언제나 인도주의적이거나 도덕적인 상상력이 그 기반이 되어 있는 춘원의 문학 세계는 어떤 층의 독자들에게 있어서도 해독성을 갖고 있지 않는 가르침과 즐거움을 혼용하고 있는 점도 결코 간과해 버릴 수 없는 특성인 것이다.

《무정》과 소설적 근대성

서 영 채
(시인)

① 근대소설이란 역사적 맥락 속의 《무정》

인식적 장치로서의 소설은 두 가지의 인식 과정을 포함하고 있다. 하나는 실재하는 현실과 역사라는 다면체로부터 어느 한 단면을 선택적으로 포착하는 것, 그리고 다른 하나는 그것을 소설의 고유한 언어 체계로 다시 배열하는 것이다.

이러한 선택과 배열의 특수성에 의해 한 작가나 작품의 개성이 드러난다. 그러나 선택과 배열의 방식이 한두 작가나 작품에만 국한된 것이 아니라, 어느 한 시대에 생산된 소설들 속에서 일반적인 규범이나 규칙으로 존재하고 있을 때, 우리는 그것을 그 시대 소설의 일반 문법이라 할 수 있다.

그러므로 우리가 소설사의 한 시대를 구분해 내고자 할 때, 가장 우선적인 일은 이러한 소설 문법의 존재 방식을 확인하는 것, 그리고 그 문법이 어떻게 해체되고 새로운 것으로 전환되는지를 규명하는 일일 것이다.

《무정》이 어떤 의미에서건 소설사적 시대의 한 전환점에 놓여 있다면, 그리고 우리가 《무정》을 통해 읽어 내고자 하는 것이 근대소설의 역사적 맥락이라면, 기존의 소설적 규범과 《무정》이 어떤 상호 관계를 가지고 있는지를 따져 보는 것이 또한 우선적인 일일 것이다.

일차적으로 그것은 문체나 소설의 기법, 소설 속에 투영되어 있는 이데올로기의 형태 등에 의해 고찰될 수도 있을 것이다. 그러나 보다 본질적인 것은 소설의 내적 형식의 변화를 살피는 일, 곧 소설이라는 인식적 장치의 원리나 구조가 변화하는 모습을 살피는 일이다.

그러므로 이 글에서 《무정》은 소설의 근대성, 나아가 근대소설의 존재 방식을 점검하기 위한 하나의 시금석 역할을 하며, 이와 같은 관점에서, 《무정》의 직접적인 전텍스트로 상정할 수 있는 것들은 신소설과 고전적인 영웅소설, 애정소설들이다. 이들은 알레고리나 풍자만을 목적으로 한 단형 서사체가 아니라, 인물들의 일생을 그려 낸 대서사문학에 속한다는 점에서 그러하다.

② '운명적 논리'와 '이원적 인식틀'의 해체

고전소설과 신소설이 지니고 있는 인식적 특징은 철저한 '이원적 인식틀'에 의존하고 있다는 점이다. 이것은 일차적으로 선악의 이분법이라는 소설적 인간관을 통해 현상하지만 —— 이 점은 여러 연구자들에 의해 누누이 지적된 바 있다 —— 그러나 '이원적 인식틀'은 이보다 더 근본적인 차원, 즉 '기호·의미의 이분법'의 차원에서 드러난다.

고전소설과 신소설에 등장하는 모든 인물들은 선인과 악인으로 양분된다. 절대적 선인과 절대적 악인이 양 극단에 놓여 있고, 다른 모든 인물들은 이 양 극단의 어느 한 지점에 배열된다. 그리고 대부분의 소설에서 절대적 선인과 절대적 악인은 주인공과 적대자의 역할을 한다. 그들이 절대적이라는 관형어를 가질 수밖에 없는 것은 선과 악의 선택에 있어서 철저히 무반성적이라는 점에 있다. 즉, 그들은 선과 악을 선택함에 있어 어떤 회의나 반성도 모른다는 것이다.

이런 의미에서 선악은 판단되고 선택되는 것이라기보다는 소설의 전제로서 선험적으로 부여되는 것이라는 말도 가능하다. 그만큼 선과 악의 경계는 절대적이다. 그 경계를 넘나드는 인물은 경우에 따라 간혹 나타나기도 하지만, 그 경계 위에서 갈등하거나 회의하는 인물은 존재하지 않는다.

선악으로 양분된 인물들로 이루어진 이들 소설의 서사 세계는 현실 세계와는 무관하게 존재하는, 그 자체로서 하나의 독립된 소우주다. 소설 밖의 현실 세계에 존재하는 인간들은, 물론 소설 속의 인물들처럼 절대적인 선인이나 악인도 있을 수 있겠지만, 대부분은 두 가지의 모습을 함께 갖추고 있는 평범한 인물들이기 때문이다. 그러므로 이들 소설에 등장하는 인물들은 하나의 기호고 비유 형상(rhetorical figure)에 지나지 않는다.

그들의 고유명사는 별다른 의미가 없다. 선인과 악인, 악인의 하수인과 선한 구원자, 응징자, 복수자 등의 일반명사만이 존재하고 있을 뿐이다. 악인들은 개인적인 욕망을 성취하기 위해 간계를 꾸미고, 선인들은 구원자들의 도움으로 가까스로 위기를 모면한다. 위기와 구원으로 구성되는 서사 단락들은 소설이 종결될 때까지 반복된다. 이러한 과정 속에서 누구도 악행에 대해 회의나 반성을 하지 않으며, 따라서 악인들을 악행으로 이끌어 넣은 속량(贖良)이나 애정, 재물에 대한 욕망 등의 동기가 아무리 절실한 것이라 할지라도 그것은 텍스트의 표면으로 포착될 수 없다. 선인의 경우도 마찬가지다. 아무도 자신의 행위나 존재에 대한 의미를 문제삼지 않는다. 행위나 삶의 의미는 소설이라는 소우주 바깥에 존재하는 것이기 때문이다.

이와 같이 소설이라는 인식적 장치는 인간이라는 기호들의 이면을 포착할 수 없는 것으로 존재한다는 점, 즉 소설 속에서 의미의 세계와 기호의 세계는 철저히 단절되어 있으며, 그러므로 비유 형상이나 기호가 될 수 없는 평범한 인물들은 소설의 인식틀에 포착될 수 없다는 점, 이것이 신소설과 고전소설의 고유한 문법이며 위에서 언급한 '이원적 인식틀'의 진정한 의미다.

소설의 서사 구조 속에서 '이원적 인식틀'은 주인공의 운명을 통해 형상화된다. 그리고 그 배후에는 성리학적 세계상, 즉 태극과 음양오행의 원리로 대표되는 순환론적 형이상학과 이기(理氣)의 이분법에 입각한 존천리거인욕(存天理去人欲)의 윤리관이 자리하고 있다. 여기에서 제거되어야 할 것으로서의 인욕(人慾), 즉 인간의 사사로운 욕망이란 욕망 일반이 아니라 '분(分)의 윤리'를 벗어난 욕망을 의미한다. 그리고 '분의 윤리'가 직분이나 명분으로 구체화되는 중세적인 신분의 윤리, 곧 성리학적 인륜의 질서이고 보면, 인욕이란 곧 중세의 신분적 질서를 교란하려는 힘을 의미한다 할 것이다.

모든 사람들에게 부여된 임무가 인욕을 제거하여 하늘이 품부(稟賦)한 당위적 질서인 천리(天理)에로 복귀하는 것이듯이, 소설의 영웅에게 부여된 임무는 적대자들의 욕망을 제거하고 천리를 실현시키는 것, 그럼으로써 천리의 현존재인 공동체의 인륜성을 수호하는 것이다. 그리고 그 과정의 필연성은 형이상학적 의미의 천리인 오행의 논리가 보장하고 있다. 그러므로 영웅은 예외없이 승리하고, 승리해야만 소설의 주인공일 수 있으며, 적대자들의 욕망은 그러한 영웅의 운명에 찬란한 광휘를 부여해 주기 위해서만 존재한다.

이와 같은 규범들을 가장 상징적으로 형상화하고 있는 것은 귀족적 영웅소설들이다. 그러나 해체기의 영웅소설이나 조선 후기의 애정소설들, 그리고 대부분의 신소설들도 이러한 규범들로부터 크게 떨어져 있지는 않다. 귀족적 영웅소설에서, 적대자들의 사사로운 욕망을 제압해 내는 영웅들의 운명은 소설 속에 존재하는 초월적인 힘에 의해 필연적인 것으로 보장되고 있다.

그러나《곽어사전》이나《조부인전》등 해체기의 영웅소설들이나 후기의 애정소설들의 운명은 필연성의 차원에서 당위성의 차원으로 격하된다. 그럼에도 불구하고 이 소설들 속에서 주인공은, 비록 귀족적 영웅소설에서와 같이 탁월한 지력과 용력의 영웅은 아니라 할지라도, 자신의 삶의 행로를 윤리적으로 결단해 내는 단호한 윤리적 영웅으로 등장한다. 그러므로 이들은 윤리적 선을 향한 의지만으로 자신의 운명에 몸을 맡기며, 이들의 운명은 서사적 우연에 크게 의존하고 있다. 이몽룡이나 이혈룡이 암행어사가 되어 춘향과 옥단춘을 구원하는 것, 채봉을 구원해 준 평양 감사가 이상적인 목민관의 모습을 한 것, 이러한 것들은 모두 귀족적 영웅소설에서와 같이 천상적인 질서에 의해 예정된 것이 아니라 단지 우연적인 것에 지나지 않는다. 그러나 그 우연은 당위적인 것이다. 윤리적 선을 향한 단호한 의지와 사필귀정의 천리가 그 배후에 존재하고 있기 때문이다.

고전소설과 신소설 속에서 '운명의 논리'와 '이원적 인식틀'은 서로 동일한 것이면서 상보적인 관계에 있다. 이들 소설의 주인공들이 생동하는 인간이 아니라 기호에 불과한 것은, 그들의 배후에 이미 예정된 것으로서의 운명 —— 그것은 필연적인 것일 수도 당위적인 것일 수도 있다 —— 이

488

존재하고 있기 때문이다.

성리학적 천리의 강력한 힘에 의해 지탱되는 운명의 논리에 비하면, 영웅들은 오히려 초라한 하나의 기호에 지나지 않는다. 그들은 자신의 운명이 지시하는 길을 묵묵히 걸어가고 있을 뿐이다. 그들에게는 자신의 운명을 제시해 주는 추월적 시니피에로서의 운명, 곧 천리가 절대적인 힘으로 버티고 있기 때문이다. 천리는 소설 세계의 바깥에 있으면서도 소설 속의 인물들의 운명을 결정하고 조합한다. 이와 같이 천리를 정점으로 구성된 성리학적 인륜성이라는 의미의 세계, 그리고 그 의미의 구체적인 비유 형상으로 구성되는 기호들의 세계, 우리가 이원적 인식틀이라 부르는 것은 바로 이러한 두 개의 세계가 서로 단절적인 것으로 소설 속에 공존하고 있다는 것, 혹은 그중 하나는 바깥에 존재하고 있다는 것을 의미한다.

《무정》이 가지는 소설사적 의미는 바로 이러한 운명의 논리 혹은 이원적 인식틀을 해체하면서 등장한다는 점에 있다.

③ 삼각 관계의 애정 갈등에서 드러난 중립적 욕망의 등장

《무정》의 서사 구조의 중심에 놓여 있는 것은 형식과 영채, 선형 사이의 삼각 관계다. 이 세 인물 중 애정 갈등에 적극적으로 참여하는 인물은 형식과 영채 두 사람에 의해 생겨나는 것이라 할 수 있는데, 이는 외견상 두 개의 서로 다른 서사적 문법의 충돌에 의해 발생하는 것으로 나타난다. 형식의 편에서 본 영웅소설의 혼사 장애와 영채의 편에서 본 애정소설의 혼사 장애가 그것이다.

형식의 인물 설정에 투영되어 있는 영웅소설의 문법에 따르자면, 그는 선형과 결합하고, 김 장로의 도움으로 유학을 마치고 돌아와 공동체의 안정과 번영을 도모해야 한다. 반면에 영채가 표상하는 애정소설의 문법에 의하면, 형식과의 결합을 가로막는 기생 신분이라는 것은 한낱 장애물에 지나지 않는다. 다단한 삶의 역정을 거치며 기생으로 전락하면서도 형식을 위해 정절을 지켜 온 영채는 결국 형식과 다시 결합하여 행복한 과거로 복귀해야 한다.

이와 같이 영채와 형식의 인물 설정에 투영되어 있는 두 개의 문법은

《무정》 속에서 서로 양립 불가능한 것으로 대결하고 있다. 그러나 그것은 이내 또다른 형태로 전환된다. 7년 만에 형식과 해후한 영채가 자신과 형식의 처지에 대한 절망감 속에서 형식과의 결합을 스스로 포기하기 때문이다. 애정소설들에서 자신의 의지를 끝까지 관철시켜 나가는 강인한 기녀들은 어떤 절망적인 상황 속에서도 포기를 모른다. 그러므로 영채가 형식과의 결합을 포기한다는 것은 그 스스로 애정소설의 여주인공이기를 포기한다는 것, 즉 애정소설의 문법이 삼각 관계의 한 축으로 성립될 수 없다는 것을 의미한다. 이에 따라 삼각 관계를 해소하는 적극적인 역할은 오직 형식만이 담당하게 되고, 이와 동시에 갈등이 전개되는 공간도 인물들의 행위와 사건이 벌어지는 서사 세계에서 형식의 내면 공간으로 옮겨진다.

형식에게 선형은 개인적인 욕망의 대상이고 영채는 의무감의 대상이다. 자신의 은인인 박 진사와의 의리로 보자면 영채와의 결합이 마땅할 것이며, 또 영채는 자신의 정혼자이기도 하다. 그러나 지금 그 앞에는 '장안 갑부의 외동딸'이며 학식과 미모를 겸비한 선형이 있고 그가 꿈에도 그리던 미국 유학이 있다. 그는 이러한 양자택일 앞에서 번민과 갈등을 거듭한다. 그의 목전에서 영채와 선형의 치열한 대결이 벌어지는 것이다. 그것은 곧 박 진사와 김 장로의 대결, 즉 전통과 근대의 대결이며 동시에 당위와 욕망의 대결이다. 이러한 대결이 형식의 심리적 갈등을 통해 텍스트 표면으로 형상화될 때, 형식의 인물 설정에 투영되어 있는 영웅소설의 문법도 의미를 상실한다. 영웅소설의 주인공들은 지력과 용력의 영웅일 뿐 아니라 동시에 윤리적 영웅이기 때문이다. 그러므로 욕망과 당위 사이에서 갈등을 거듭하는 형식은 결코 영웅일 수 없으며, 동시에 《무정》은 영웅소설의 문법과 결별하게 되는 것이다.

이와 같은 방식으로 《무정》의 애정 갈등은 혼사 장애적인 것에서 삼각 관계적인 것으로 전화된다. 혼사 장애는 정신의 절대적인 중심이 존재하는 곳에서만, 곧 주인공으로 등장하는 인물들이 윤리적인 영웅인 한에서만 성립될 수 있다. 그 자체로서 순정하고 고결한 애정을 가진 남자와 여자가 있고, 이 두 사람의 결합을 방해하는 힘은 이들의 외부에 존재한다. 즉 자신의 욕망만을 만족시키기 위해 다른 사람의 정혼자나 기혼자를 탐하는 적대자가 등장하여 이 둘의 애정을 방해하는 것이다. 그러므로 여기에는 애정 그 자체에 관한 갈등이나 선택을 둘러싼 갈등이 존재할 수 없다. 가야 할 길은 이미 절대적인 것으로 주어져 있으며 그 이외의 것은 주인공들의 행로를 방해하는 장애물일 뿐이다.

이에 비해 삼각 관계의 경우, 이미 결정된 애정의 행로를 방해하는 힘은 외부가 아니라 내부에 존재한다. 적대적인 힘은 선량한 두 남녀의 결합을 방해하는 악당이 아니라, 애정의 윤리라는 당위에 맞서 그와 대등한, 혹은 그보다 더 큰 힘으로 등장하는 자기 자신의 욕망인 것이다. 그것은 신분 상승에 대한 욕망이나 성취 욕구에서 비롯된 것일 수도 혹은 물욕이나 타락한 가치의 소산일 수도 있다.

그러므로 애정 갈등의 두 가지 이형태(allomorph)인 혼사 장애와 삼각 관계는 각각 전통적인 가치 질서와 자본제적 가치 질서라는 상이한 세계관에 대응된다. 곧 삼각 관계적인 애정 갈등은 고전소설과 신소설의 문법이 알지 못했던 전혀 새로운 것이며, 삼각 관계라는 형식이 소설 전면에 포착됨으로써, 공동체적 인륜성이라는 제2의 자연 속에 잠들어 있던 제1의 자연, 그 자체로서는 중립적인 인간의 욕망이 비로소 소설이라는 인식틀 속에 포착되는 것이다.

《무정》에서 개인의 욕망은 삼각 관계를 둘러싼 이형식의 심리적 갈등을 통해 형상화된다. 그러나 그것은 윤리적 당위와 대조되고 있음에도 불구하고, 그 자체로서 사악하거나 타락한 가치가 아니다. 선형에 대한 형식의 마음이 미혼의 청년이라면 누구나 가질 수 있는 자연스럽고 순진한 것이기 때문이다.

바로 이러한 점에서 이형식의 경우는 이수일을 버리고 김중배를 선택하는 《장한몽》의 심순애의 경우와 변별된다. 심순애는 김중배가 표상하는 자본제적 욕망 앞에서 속수무책으로 무너지며, 김중배를 선택함에 있어 마치 마술에 걸린 듯이 어떤 회의나 갈등도 하지 않는다. 그러므로 그것은 진정한 의미의 선택이 아니라 단지 그 이후의 서사적 갈등을 도출해 내기 위해 설정된, 속화된 서사적 장치에 불과하다. 심순애가 김중배를 선택한 이후 자신의 결정을 후회하는 것이 그토록 손쉬운 것도 바로 이러한 때문이며, 심순애를 유혹하고 이수일을 타락시킨 재물에 대한 욕망이 저주받아 마땅한 추악한 것으로 간주되고 있는 것 역시 이러한 사정으로 보자면 당연한 것이라 할 수 있다. 그러므로 《장한몽》에서의 인간의 욕망이란 고전소설과 신소설들의 그것과 다를 바가 없는 인욕(人慾), 즉 타락한 가치에 불과하다.

그러나 《무정》에서의 욕망은 그 자체로서는 결코 추악한 것일 수 없는 중립적이고 상대적인 것이다. 영채가 지녀 온 무구한 정신적 가치에 비하자면 열등할 수도 있을 것이지만, 가부장적 전통 속에서 억압되어 온 연애 감정이라는 측면에서 보자면 오히려 고귀하고 바람직한 것이다. 그리고 그것이 인간의 본능에 속하는 것인 한 그 누구에게도, 심지어는 가장 순결한 영채에게도 없을 수는 없는 것이다. 바로 이러한 이중적인 것으로서의 욕망, 그 자체로서의 중립적이지만 경우에 따라 극단적인 가치에로 연결될 수 있는 가능성으로 존재하는 보편적인 것으로서의 욕망, 우리 소설사에서 그것은 《무정》에서야 비로소 포착되는 것이다.

④ 주체의 분열을 통한 심리적 갈등과 회의의 내면 묘사

인물의 행위를 통해 결과적인 것으로 현상하는 욕망은 언제나 선악의 이항 대립에서 자유로울 수 없다. 그러나 행위의 결과와 무관하게 행위의 동기로서 존재하는 욕망은 인간의 내면 속에 감추어져 있다. 소설이 인간의 욕망을 벌거벗은 모습으로 포착해야 한다면, 그것은 필연적으로 인물들의 내면에 대한 묘사를 필요로 한다. 그러므로 중립적인 것으로서의 욕망이 《무정》이 확보한 소설적 근대성의 새로운 내용이라면, 내면 묘사는 그것의 새로운 형식이다.

《무정》에 등장하는 주요인물들은 모두 풍부한 내면 세계를 가지고 있다. 이형식이나 박영채뿐 아니라 형식의 하숙집 노파나 영채의 기생어미, 평양에서 형식을 배행하는 계향이나 병욱의 오빠 병국 등 부차적인 인물들까지도 심리 묘사를 통해 내면이 공개된다. 이들의 내면이 텍스트의 전면으로 형상화될 때, 그들은 더 이상 의미의 세계와 차단된 기호의 세계에 존재하는 인물일 수는 없으며, 그 나름의 진실과 삶의 모랄을 가지고 있는 살아 있는 인간이 된다. 말하자면《무정》은 '이원적 인식틀'에 의해 감추어져 있던 기호들의 이면과 의미를 포착해 내는 셈이며, 이러한 때 소설의 인물들은 그 누구도 절대적인 선인이나 악인일 수는 없다. 그러므로 영채의 강간을 주선한 노파와 같은 경우인데, 그 행위만으로 보자면 신소설에 자주 등장하는 인물거간(人物居間)과 다를 바 없으나, 형식의 눈을 통해 내면적인 진실이 공개됨으로써 악인에 불과한 것이 아니라는 사실이 드러난다.

또한 욕망과 당위 앞에서, 우유부단한 인물이라는 평을 들을 만큼 회의나 번민을 거듭하는 형식뿐 아니라《무정》에서 가장 완벽한 윤리적 인물로 등장하는 영채조차도 사실은 강하게 육욕을 느낀 사실이 심리 묘사를 통해 노출되고, 그럼으로써 영채까지도 절대적 선인이 아니라 단지 선에의 의지를 유달리 강하게 지닌 평범한 인물이 되는 것이다. 이와 같은 방식으로 선악의 이분법과 의미·기호의 이분법은 해체된다. 그리고 이러한 '이원적 인식틀'의 해체는 내면의 형성이라는 요소를 동반한다. 말을 바꾸자면 내면이 형성됨으로써 '이원적 인식틀'이 해체되는 것이다.

물론 인간의 내면이《무정》에 와서야 비로소 발견된 것이라고 할 수는 없다. 고전소설과 신소설들에서도 다양한 방식으로 인물의 내면이 기술되고 있다. 여기에서 내면은 일차적으로 인물이 느끼는 고립감과 긴밀한 관계를 가지고 있다. 한 인물이 공동체적인 인륜성 속에서 안정감을 느끼고 있을 때 그에게 내면이란 존재하지 않는다. 공동체의 다른 성원들과 그리고 공동체를 위요(圍繞)하고 있는 자연과의 정서적인 유대감으로 충일한 영혼들은 자신과 공동체의 삶에 대한 어떤 회의도 알지 못하며, 그들에게 정신적 갈등이란 틈입할 여지가 없기 때문이다. 그들은 아직 분열과 소외를 경험하지 못한 유년의 영혼들이다.

내면은 비극적인 현실 속에서 주체와 공동체의 분열을 체감하는 개인들에 의해 발견된다. 이러한 인물들은《금오신화》,《운영전》,《주생전》,《최척전》등 초기 소설과 조선 후기의 애정소설 등에서 등장한다. 그리고 부분적으로는 영웅소설들에게서 찾아볼 수 있다. 그들은 공동체적 질서의 파괴를 경험하거나, 공동체의 현실적인 질서를 폭력으로 느끼고 그와는 다른 가치를 추구하는 개인들이다. 그러므로 그들은 현실 속에서 고독을 경험한다. 고독한 자들의 언어는 필연적으로 독백적일 수밖에 없으며, 독백적인 언어는 서정시의 상태를 지향한다. 《채봉감별곡》에서 그 대표적인 예를 찾아볼 수 있다.

채봉은 연인과의 결합을 위해 갖은 곤경에 직면한다. 마침내 절망적인 상황에 이르러 아무에게도 고백할 수 없는 답답한 마음을 달을 향해 토로하다가 채봉(곧 송이)은 서안에 앉아 시를 쓴다. 소설 《채봉감별곡》의 결구를 아름답게 장식하는 장편의 서정가사 〈추풍감별곡〉이 그것이다. 이와 유사한 예는 〈청년회심곡〉, 〈부용의 상사곡〉 등에서도 발견되며, 그 원형은 조선 중기의 한문소설들인 《금호신화》, 《운영전》 등에서 찾아질 수 있는데, 특히 《만복사저포기》와 《이생규장전》 그리고 《운영전》 등에서는, 서정시가 소설 전체의 핵심적인 요소로 자리할 만큼 압도적인 무게를 가지고 있다.

고전소설들에서 인물의 내면을 형상화하는 독백적 장치로는 이러한 서정시들 이외에도 독백, 신세타령 사설, 고백조의 대화, 하늘을 향한 기구, 편지 등을 들 수 있다. 이러한 독백적 장치들은 모두가 개인의 고독과 절망, 즉 공동체의 질서로부터 소외당하거나 일탈해 있으며 또한 그 질서에 대항하는 인물들의 내면을 술회하는 장치로서 기능한다. 그것은 《운영전》에서처럼 내밀한 사랑의 고백이나 공동체의 금기를 위반할 수밖에 없는 자의 심정 고백이기도 하고, 《옥단춘전》의 경우처럼 하늘을 향한 기원과 원망, 혹은 《유충렬전》에서처럼 사라져 버린 어버이에 대한 안타까운 마음의 토로이기도 하며, 《청년회심곡》에서와 같이 자신의 방탕과 일탈을 반성하는 참회의 서정시이기도 하다.

신소설의 독백적 장치들은 크게 두 가지 형태로 나누어 볼 수 있다. 먼저, 독백적 장치들은 각 인물이 처한 비극적 상황 속에서 자신의 심정을 표출하기 위한 수단으로 사용되는데, 이는 앞에서 살펴본 고전소설의 독백적 장치들의 기능과 동일하다. 이를 '서정적 독백'이라 한다면, 이와는 다르게 줄거리의 전환점에서 인물의 행동에 서사적 인과성을 부여하거나 혹은 결정적인 행동을 시작하는 인물의 심리를 짐짓 보여 줌으로써 소설에 극적 흥미를 더하기 위해 독백적 장치가 사용되는 경우가 있어, 이를 '서사적 독백'이라 할 수 있다.

《혈의누》의 옥련과 옥련모의 독백이라든지 《귀의성》에서 춘천집의 독백 등이 서정적 독백의 전형적인 예이며, 옥련과 구완서가 조우하는 장면에서의 구완서의 독백, 서일순과 최여정이 공모하게 되는 과정에서 서일순의 독백(모란봉) 등이 서사적 독백의 예에 해당된다.

이 둘은 특정 작가나 특정 작품에 국한되지 않고 여러 신소설들을 통해 풍부하게 드러나고 있다. 그러나 신소설들 중 비교적 초기 작품에 해당되는 이인직의 소설들에게서는 '서정적 독백'이 '서사적 독백'보다 훨씬 자주 나타나고 서술되는 분량에서도 '서정적 독백'이 우위를 차지한다.

그러나 이해조의 후기 소설들을 비롯하여 최찬식이나 김교제에 이르면 양자의 비중은 역전된다. '서정적 독백'은 매우 축소되며 전혀 등장하지 않는 경우도 있다. 반면에 '서사적 독백'은 모든 주요 등장 인물의 행동에 부가된다. 그럼으로써 독자는 다른 등장 인물들이 알지 못하는 한 인물의 속생각을 알게 되고 장차 전개될 사건들의 윤곽을 미리 짐작하게 되어, 소설의 극적 박진감이 더한층 강화된다. '서사적 독백'들은 주로, 겉으로는 선인인 체 행동하지만 안으로는 온갖 음모와 간계를 동원해 선한 주인공들을 궁지에 몰아넣는 악인들의 속셈을 공개하는 데 사용된다.

이는 이들 소설의 서사적 부침이 한층 더 잦아지는 현상, 즉 위기와 구원의 서사 단락들이 미세하게 짜여져 이야기의 굴곡이 뚜렷해지고 복잡하게 되는 현상과 맥락을 같이한다. 하나의 고비가 지나가면 또다른 고비가 뒤를 따르고, 이런 방식으로 이루어지는 위기와 위기의 연쇄들이 최후의 고비를 향해 달려나간다. 이러한 과정 속에서 '서사적 독백'은 위기를 야기시키는 인물들이나 위기로부터 벗어나는 인물들의 행동에 서사적 인과의 고리를 제공하는 것이다.

신소설과 고전소설에서 사용되는 독백적 장치들은 이와 같이 소설에 극적인 요소들을 부여하기 위해 사용된다. '서정적 독백'은 비극적 상황에 처한 인물의 절망감과 고독을 드러내 보여줌으로써 그 상황의 비극성을 한층 강조하고, '서사적 독백'은 행동을 시작하는 인물들의 진의를 밝혀줌으로써 악인의 교활함과 선인의 정당함을 더욱 선명하게 부각시킨다.

말하자면 소설에 극적 흥미를 더하기 위한 장식적인 수단, 그것이 신소설과 고전소설에서 독백적 장치들이 갖는 의미인 것이다. 그러므로 독백적 장치들을 통해 형상화되는 인물들의 내면은 《무정》의 그것과 단지 양적인 측면에서 뿐 아니라 차별성을 갖는다.

《무정》에서 심리 묘사를 통해 형상화되는 인물들의 내면은 심리적 갈등과 회의가 표면화된 것, 즉 주체의 분열에서 연유하는 것이다. 형식은 영채와 선형이 표상하는 당위와 현실의 선택 앞에서 갈등하고, 영채는 형식과의 결합을 강하게 희구하면서도 그것이 현실적으로 불가능하다는 사실 앞에서 절망한다.

이와 같은 방식으로 형식과 영채는 주체의 분열을 경험한다. 그것은 당위적인 질서와 현실적인 질서 사이의 충돌에서 비롯되는 분열이다. 반면에 고전소설이나 신소설에서 등장하는 인물의 내면은 이러한 분열과는 거리가 멀다. 독백적 장치들을 통해 형상화되는 내면이란 이미 주어져 있고 고정되어 있는 인물들의 의미를 극적으로 확대한 것에 지나지 않는 것이기 때문이다.

그러므로 고전소설과 신소설에서 등장하는 내면이 소설의 '이원적 인식틀'과 동일한 맥락에서 충돌없이 존재하는 요소라면, 반대로 주체의 분열을 통해 형상화되는 《무정》의 내면은 '이원적 인식틀'을 해체시키며 등장하는 요소라 할 수 있다. 그리고 바로 이러한 점이 《무정》을 신소설이나 고전소설과 구별시켜 주는 핵심적인 요소, 곧 《무정》의 근대성을 가늠할 수 있는 척도의 또다른 하나다.

⑤ '회귀의 크로노토프'에서 '모색의 크로노토프'에로의 이동

'이원적 인식틀'의 해체와 관련하여 지적할 수 있는 또 하나의 요소는 소설에 표현된 시간과 공간의 내적 연관, 즉 크로노토프(chronotope)가 변했다는 점이다. 고전소설과 신소설에는 반드시 돌아가야 할 곳 혹은 회복해야 할 것으로서의 원점이 존재하고 있다. 그것 혹은 그곳은 귀족적 영웅소설들에서처럼 가부장을 정점으로 모든 가족 구성원들이 평화롭게 공존하는 가정이기도 하며, 애정소설들에서처럼 주인공의 출발점이었던 자연스럽고 이상적인 애정의 상태이기도 하다. 주인공은 적대적인 힘의 폭력에 의한 원점으로부터 분리됨으로써 고난을 겪는다. 그러므로 그들이 추구하는 것은 파괴당한 원점을 회복하는 것, 즉 출발점에서 향유했던 이상적인 가치의 상태로 복귀하는 것이다.

소설 속에서 형상화되는 그들의 분투와 노력은 언제나 원점을 향하고 있다. 따라서 원점은 출발점이자 동시에 종결점이다. 종결점은 미래가 아니라 과거, 즉 다시 도래할 과거로서의 미래다. 현재가 추구하는 이상으로서의 미래는 이미, 그리고 항상 과거 속에 존재하고 있는 것이다. 다시 말해, 과거와 미래는 원점이라는 동일한 지점으로 맞물려 있고, 과거로부터 분리된 현재는 둥근 원환을 따라 미래이자 과거인 원점을 향해 나아간다. 이와 같은 시공간의 배열을 '회귀의 크로노토프'라 부른다면, 이것은 신소설과 고전소설들이 '이원적 인식틀'의 산물이라는 사실과 긴밀한 상관 관계를 가지고 있다. 기호이자 비유 형상들의 세계인 소설 바깥에, 선험적인 것으로서 존재하는 의미의 세계가 원점의 가치를 보장해 주고 있기 때문이다.

그러나 《무정》의 소설 세계는 신소설과 고전소설들을 통해 하나의 일반 문법으로 확정된 '회귀의 크로노토프'를 부정한다. 이것은 이형식과 박영채의 시간 경험을 통해 확인될 수 있다. 이형식은 비록 고아지만 조화롭던 고향의 기억들을 가지고 있다. 박 진사의 집에 영채와 함께 기거하면서 수학하던 때의 기억들이 그것이다. 이 점에서 형식과 영채는 일치하며, 그러므로 그들에게는 박 진사의 집으로 표상되는 유년의 과거가 출발점의 구실을 한다.

그러나 문제는 박 진사의 죽음으로 고향이 파괴되어 버렸다는 점이다. 그들이 고향의 상태를 회복하려 한다면, 그 유일한 방법은 그들이 서로 결합함으로써 고향의 상태를 동일하게 재현해 내는 것이다. 그러나 형식과 영채는 바로 이 지점에서 결렬된다. 영채는 고향의 상태를 회복하기 위해 형식과의 결합을 강하게 희구한다. 만약 그것이 현실 속에서는 불가능한 일이라면 죽음을 통해서라도 실현하고자 한다. 이러한 점에서 영채는 '회귀의 크로노토프'의 잔영이라 할 수 있다.

반면에 형식은 스스로가 새 시대의 새로운 인물이 되...
하며 과거에로의 복귀를 거부한다. 과거는 비록 자신의 고향이고...
정답고 그리운 기억들이지만, 그것은 유년의 원초적인 조화로움에 지나지
않는 것이어서 그곳으로 돌아갈 수는 없다. 그가 추구하는 것은 과거가
아니라 미래, '전신과 전화, 잠행정과 수뢰정'이 지배하는 새 시대에 있기
때문이다.

형식과 영채는 이와 같은 모습으로 과거라는 원점과 단절된다. 영채는
고향으로 돌아가지 못하고, 형식은 돌아가지 않는다. 이 두 명의 중심 인
물의 의식과 행위에 의해 구성되는 《무정》은 그럼으로써 '회귀의 크로노
토프'라는 문법으로부터 벗어난다. 그것은 미래와 과거를 동일한 지점으로
연결시켜 주던 원점이라는 고리가 해체되는 것, 즉 서사적 과거와 현재,
미래를 둥글게 연결해 주던 원환적 시간 구성이 파괴되는 것을 의미한다.

이제 그들에게 삶의 의미를 부여해 주는 이상적 가치 세계로서의 고향은
과거가 아니라 미래에 존재하며, 장차 도래할 고향의 실체를 확인하기 위
해서는 파편화된 현재의 삶을 부단히 탐사해야 한다. 떠나온 곳으로서의
과거와 가야 할 곳으로서의 미래가 무정형의 상태로 얽혀 있는 곳은 바로
현재 시간이며, 따라서 이제 현재는 '회귀의 크로노토프'에서와 같이 과
거에로의 회귀를 위해 존재하는 무의미하고 잠정적인 공간이 아니라, 부
재하는 과거와 선취(先取)된 미래의 투영체로서 가장 의미심장한 공간이기
때문이다.

이러한 모습의 시공간의 배열을 '모색의 크로노토프'라 한다면, 여기에
서 과거나 미래는 오직 현재와의 연관성 하에서만 의미를 가질 수 있다.
즉 인물들의 내면 세계 —— 회상과 반성, 모색 등 —— 를 통해 과거와 미
래는 현재 시간 속으로 편입된다. 그럼으로써 스토리 시간에 비해 플롯
시간은 현저하게 확장되고, 반대로 사건이 진행되는 현재의 공간은 현저
하게 축소되고 구체화된다. 이러한 변화를 '회귀의 크로노토프'에서 '모
색의 크로노토프'에로의 전환이라 한다면, 그것은 고전소설과 신소설로부
터 《무정》을 구분시켜 주는 또 하나의 특징이라 할 것이다.

498

⑥ 반성적 인식 주체의 등장과 소설적 인식 지평의 확장

지금까지 세 가지로 나누어 언급한 《무정》의 근대소설적 요소들은 종국적으로 소설 속의 인물이 반성적 주체로 등장한다는 하나의 핵심으로 통합될 수 있을 것이다.

인물이 소설 외적인 가치 질서에 대한 단순한 비유 형상이 아니라 그 스스로 풍부한 내면을 가진 반성하는 주체로 등장할 때, 비로소 인간의 욕망은 절대적 악이 아니라 중립적인 것, 경우에 따라서는 악으로 전락할 수도 혹은 그 자체로서 순정하고 필연적인 것일 수도 있는 것으로 규정된다. 그리고 이러한 이중성, 반성하는 주체와 그의 욕망이 필연적으로 당면해야 하는 이중성은 그가 현실 속에서 추구하는 가치로서의 욕망(혹은 이상) 간의 분열, 곧 '불행한 의식'을 선제로 하고 있다는 사실로부터 기인하는 것이다.

근대소설 역시 인식적 장치의 하나인 이상, 이러한 이중성으로부터 예외일 수는 없다. 소설의 육체가 될 현실 속에 이미 근대의 이중성이 존재하고 있기 때문이다.

《무정》에서 이러한 이중성은 현실의 질서를 인정하려 하는 이형식과 인정하지 못하고 있었던 박영채 사이의 대립으로 표현되었다. 물론 이형식과 박영채는 기존의 자신의 가치관을 그대로 고수하지는 않는다. 두 사람은 각각의 상이한 방식으로 자신의 가치관에 대한 환멸을 경험하고 새로운 이념으로 통합된다. 형식은 자신의 욕망만을 추구하는 근대인으로 등장하여, 애정 갈등 속에서 개인주의적인 근대성에 대한 회의와 환멸을 경험하고, 이를 민족이라는 공동체의 차원으로 고양시킨다. 영채 역시 전통주의자로 출발하지만 병욱을 통해 근대의 세례를 받고 삼랑진의 축제를 통해 역시 민족주의라는 차원으로 고양된다. 말하자면, 형식과 영채의 대립과 방황은 전통과 근대의 자기 지양 과정이며 민족 계몽주의라는 심정의 세계는 그 접점인 셈이다.

그것이 근대주의에 맞설 수 있는 논리의 체계로 형상화되지 못했다는 것은, 그러나 이광수의 한계라기보다 《무정》을 생산한 1910년대의 사상사적 위상으로부터, 그리고 동시에 소설이라는 양식 자체의 운명으로부터 비롯된 것이라 해야 할 것이다.

국가 상실이라는 압도적인 역사적 배경과 1919년 3월 1일로 분출되는 엄청난 민족의식이, 논리가 아니라 심정의 세계에 존재하는 것이라는 점, 그리고 장편소설이라는 양식은 동시대의 일상적인 현실과 제도를 떠나서는 존재할 수 없는 것이라는 점에서 그러하다. 그러므로 《무정》의 대미를 화려하게 장식하고 있는 낭만적 이상주의와 낙관론은 하나의 환상에 불과한 것이지만, 필연적이며 운명적이라 해도 좋을 환상이다. 최소한 《무정》이 1919년 3월 1일 이전인, 1917년에 생산되었다는 사실이 부인되지 않는 한 그러하다.

근대와 전근대로, 또한 문명 개화라는 논리와 민족의식이라는 심정으로 분열된 세계 속에서, 자기 세계에 대한 환멸을 통해 종국적인 통합을 향해 나아가는 인물들의 행로를 그려 낸 《무정》은, 이러한 의미에서 1910년대 교양소설에 해당한다고 할 수 있다.

그러나 우리가 《무정》을 통해 읽어 내고자 하는 것이 근대소설의 존재 방식이라면, 논리와 심정의 이러한 통합이 어떤 이데올로기로 귀결되는지는 큰 문젯거리가 아니다. 보다 문제적인 것은, 소설이라는 인식적 장치의 위상에 어떤 변화가 일어나고 있는지, 그리고 그것이 소설사의 한 시대를 구획할 만큼 의미심장한 것인지의 여부다.

《무정》에서 묘사되는 근대에로의 지향 과정은 인물의 내면에 대한 묘사를 통해서만 소설 텍스트로 현상할 수 있다. 즉 소설이라는 인식적 장치가 인간이라는 기호의 이면을 포착할 수 있는 것으로 존재한다는 전제하에서만, 인물들은 단순한 기호가 아니라 반성하는 주체일 수 있으며, 소설은 세계의 분열과 주체의 자기분열이라는 근대성을 포착할 수 있다는 것이다.

그러므로 이제 소설은 '이원적 인식틀'에 의해 선험적인 것으로 주어져 있는 의미를 재생산해 내는 단순한 재현적 장치일 수는 없으며, 그 자체로서 주체와 세계의 의미를 모색하고 생산해 내는 인식적 장치로서 기능할 수 있게 한다.

이를 일컬어 소설적 인식 지평의 확장이라 한다면, 이것은 우리 소설사의 맥락 속에서《무정》이 확보해 낸 가장 획기적인 요소라 할 것이며, 소설 미학의 근대성을 논의함에 있어《무정》이 가장 앞자리에 놓일 수 있는 근거가 된다.

이광수 연보

1892년   평안북도 정주군 길산면 이종원(42세)과 3취 부인 충주 김씨 (23세)를 부모로 하여 전주 이씨 문중의 5대 장손으로 태어나다.

1902년   8월, 부모 모두 콜레라로 사망하여 일시에 3남매가 고아가 되다.

1903년   동학에 입도하여 박찬명 대령집에 기숙하며, 동경과 서울로부터 오는 문서를 베껴 배포하는 심부름을 하다.

1905년   일진회(천도교)의 유학생 9명 중에 선발되어 도일하다.

1908년   명치학원 급우 山岐俊父의 권유로 톨스토이에 심취. 홍명희의 소개로 육당 최남선(19세)을 알게 되다.

1910년   향리의 오산학교 교주 남강 이승훈의 초청으로 동교의 교원이 되다. 7월 백혜순과 결혼.

1913년   한·만 국경을 넘다. 상해에서 홍명희·문일평·조용은·송상순 등과 동거하다.

1914년   최남선 주재로 창간된 《청춘》에 참여.

1916년   조도전 대학 대학부 문학과 철학과에 입학하다. 《매일신보》로부터 신년소설 청탁을 받고 구고(舊稿) 중의 박영채에 관한 것을 정리하여 《무정》이라 함.

1917년   《학지광》 편집위원. 두번째 장편 《개척자》를 《매일신보》에 연재.

1919년   〈조선청년독립단 선언서〉 기초. 조동우·주요한의 협력으로 《독립신문》의 사장 겸 편집국장에 취임.

1921년   허영숙과 정식으로 결혼.

1924년	《동아일보》 연재 사설 〈민족적 경륜〉이 물의를 일으켜 일시 퇴사하다. 김동인·김소월·김안서·전영택·주요한 등과 함께 영대(靈臺) 동인이 되다.
1926년	양주동과 문학관에 관하여 처음으로 지상 논쟁을 하다. 동아일보사 편집국장에 취임함.
1928년	《동아일보》에 《단종애사》 연재.
1929년	《3인 시가집》(춘원·주요한·김동환) 삼천리사에서 간행.
1931년	이갑을 모델로 《무명씨전》을 《동광》에 연재함.
1932년	계몽문학의 대표작 《흙》을 《동아일보》에 연재하다.
1933년	조선일보사 부사장에 취임. 장편 《유정》을 《조선일보》에 연재하다.
1937년	동우회 사건으로 김윤경·박현환·신윤국 등과 함께 종로서에 유치되다.
1938년	단편 〈무명〉과 전작 장편 《사랑》의 집필에 착수함.
1939년	《세종대왕》의 집필에 착수. 김동인·박영희·임학수의 소위 '북지황군위문'에 협력함으로써 친일의 제1보를 내딛다. 친일문학단체인 조선문인협회 회장이 되다.
1940년	香山光郎으로 창씨개명.
1942년	장편 《원효대사》를 《매일신보》에 연재. 제1회 대동아문학자대회(동경)에 유진오·박영희와 함께 참가함.
1943년	이성근·최남선과 함께 조선인 학생의 학병 권유차 동경을 다녀오다.
1946년	돌베개를 베어온 탓으로 안면신경마비와 고혈압으로 고생하다. 광동 중학교에서 영어와 작문을 가르치다.
1947년	홍사단의 청함을 받아 사능으로 돌아와 전기 《도산 안창호》의 집필에 착수.
1949년	반민법에 걸려 육당과 함께 서대문 형무소에 수감되다. 이상협의 청탁으로 《사랑의 동명왕》 집필을 시작.
1950년	유작 〈운명〉을 집필. 공산군에게 납북되어 사망.

춘원 명작 간행의 의미

　춘원 이광수(春園 李光洙) 선생은 일제 말기의 민족적 수난기에 부일 협력을 하게 된 허물로, 1970년대까지만 해도 우리의 신문학 개척자로서의 불멸의 업적마저 경시하거나 말살하려는 경향이 현저했습니다.

　그러나 우리의 문학 전통의 올바른 계승 발전에 진력해 온 《문학사상》 지는 춘원의 탁월한 문학 유산을 그 어떤 이유로서도 우리 문학사에서 지울 수 없다는 소신으로, 20년간 꾸준히 기회 있을 때마다 그의 문학적 업적에 대한 재조명을 지속해 왔습니다.

　이제 춘원의 탄신 1백 주년에 즈음하여 문학사상사 판 '한국문학대표 작선집'에 그의 《무정·꿈》, 《흙》, 《사랑》의 3대 명작을 정확한 고증을 거쳐서 권위 있는 해설을 곁들여 수록케 된 것은, 매우 뜻깊은 일이라고 하겠습니다.

　이로써 오식(誤植)과 오기(誤記)의 시비를 불식하고 올바른 작품 평가를 위한 획기적인 계기를 마련케 됐다고 자부하여 마지않습니다.

　그동안 춘원의 작품은 생사 불명이라는 이유로 그의 저작물의 발행이 한정되어 왔습니다.

　그러나 지난해 북한을 방문한 그의 삼남 이영근(李榮根) 박사께서, 춘원이 1950년의 전란 와중에 운명하셨다는 기록을 확인함으로써 춘원의 저작물은 관계법에 의하여 만인의 것으로 열리게 되었습니다.

모든 납북 또는 월북 문인들의 생사에 관한 사실 확인은 이제까지 북한 당국이 직접 또는 간접으로 공표 확인한 사실을 우리 사회에서도 하나의 예외없이 그대로 인정해 왔습니다. 따라서 다른 아무런 객관적 사실의 방증이 없는 이상, 유독 춘원의 경우에만 저작권에 관한 특례(特例)를 인정할 수는 없을 것입니다.

　　본시 저작권이란 발명·특허권과 마찬가지 취지로, 일정 기간은 그 본인이나 가족에의 창작 또는 발명의 노고에 대한 장려와 보상적 성격을 띤 독점적 권리로서 인정되지만, 법이 정한 상당 기간이 지나면, 만인에게 개방하여 보다 많은 사람들에게 제한없이 그 문화·문명적 혜택을 누리게 하려는 데 그 목적이 있다고 하겠습니다.

　　우리는 춘원 문학이 여러 모로 해빙(解氷)의 계절을 맞아 더욱 널리 많은 독자들의 사랑을 받고, 정당한 평가를 받게 되기를 그의 명작들을 발간하면서 간절히 바라 마지않습니다.

1992년 3월

(주) 문학사상사

편집장 유한근

한국문학대표작선집 10 무정 · 꿈

초판 1쇄 — 1992년 3월 30일
초판 22쇄 — 2013년 12월 26일

지은이 — 이 광 수
펴낸이 — 최 정 희
펴낸곳 — (주)문학사상
주 소 — 서울특별시 송파구 중대로38길 17(138-858)
등 록 — 1973년 3월 21일 제 1-137호

전 화 — 02)3401-8540
팩 스 — 02)3401-8741
홈페이지 — www.munsa.co.kr
이메일 — munsa@munsa.co.kr

잘못 만들어진 책은 구입하신 서점에서 바꾸어 드립니다.
값은 표지 뒷면에 표시되어 있습니다.

ISBN 978-89-7012-199-4 03810